Michael Kleebergs »Karlmann« in der Presse:

»Ein einzigartiges Buch, ein grandioser Roman.«
Frankfurter Allgemeine Sonntagszeitung

»Wer sein Publikum über 500 Seiten zu unterhalten versteht mit einem ernsten Roman, der ist schon ein toller Kerl.« *Süddeutsche Zeitung*

»Kleeberg kann Romanszenen auffalten, die ohne Zweifel zum Besten der deutschen Gegenwartsliteratur gehören.« *Die Zeit*

»Eine sprachlich meisterhafte Innenbetrachtung des männlichen Ichs. Genial gut.« *Bild am Sonntag*

»Der große, ja großartige Roman ›Karlmann‹ von Michael Kleeberg. Eine unwiderstehliche Mischung aus Erzählkunst und Reflexion.«
Hamburger Abendblatt

»Kleeberg kann schreiben, dass einem schwindlig wird.« *NDR*

MICHAEL KLEEBERG

KARLMANN

ROMAN

PENGUIN VERLAG

Die Originalausgabe erschien 2007
unter dem Titel *Karlmann* bei DVA.

Sollte diese Publikation Links auf Webseiten Dritter enthalten,
so übernehmen wir für deren Inhalte keine Haftung,
da wir uns diese nicht zu eigen machen, sondern lediglich
auf deren Stand zum Zeitpunkt der Erstveröffentlichung verweisen.

Penguin Random House Verlagsgruppe FSC® N001967

1. Auflage 2023
Copyright © 2007 der deutschsprachigen Ausgabe
by Penguin Verlag
in der Penguin Random House Verlagsgruppe GmbH,
Neumarkter Straße 28, 81673 München
Umschlag: bürosüd nach einem Entwurf von semper smile
Umschlagmotiv: plainpicture/LP
Druck und Bindung: GGP Media GmbH, Pößneck
Printed in Germany
ISBN 978-3-328-11121-4
www.penguin-verlag.de

Für Scotty und Toune

Manch Leben ist, wie Licht und Nacht, verschieden,
In goldner Mitte wohnest du.

FRIEDRICH HÖLDERLIN

Die Sanftmütigen werden die Erde besitzen,
aber nicht die Schürfrechte.

PAUL GETTY

Juli 85

Wo entspringt diese ungeheure Zuversicht, die sich durch den Bildschirm hindurch auf dich überträgt und fortpflanzt: Es kann nichts passieren. Es kann nichts schiefgehen.

In den leeren blauen Augen, die nach innen horchen (darüber im Sonnenlicht leuchtend der weißblonde Fransenteppich der Schweinswimpern)? In dem ernsten, versunkenen, kalten Kindergesicht? Der spielerisch oder als sei er ein schüchternes kleines Mädchen, das etwas aufsagen soll, vor- und zurückgleitenden rosigen Zunge im Mundwinkel, wenn zugleich die Augen starr werden wie Gewehrmündungen?

Du weißt es nicht.

Vielleicht in dem breitbeinigen, steifen, fast gorillahaft im Oberkörper pendelnden Stand auf weißbeflaumt-weißen, obszön kräftigen, säulenhaften Schenkeln? Der irrsinnigen Bogenspannung des weißen Oberkörpers, sodaß sich vor der Explosion, vor dem Zusammenschnappen, dem schußähnlichen trockenen Knall, Hinterkopf und Waden, so meint man, berühren müssen? Oder in der im Grunde lächerlichen geballten Faust, der man dennoch glaubt wie der Geste des Erlösers?

Diese sinnlich aufgeworfenen vollen Lippen im Profil, wie geschwollen, wie angeklebt, die helle Haut, der blonde Lulu-Haarhelm, länger jetzt als vor zwei Wochen. Und wie er fällt! Der Sprung dem ausgestreckten Arm hinterher, quer in der Luft schwebend. Der Aufprall dieses schweren, großen, weißen Kindmann-Körpers. Ein abstoßender Anblick: wie ein erschossenes riesiges Albino-Tier.

Stürzen, Staubfressen, Erniedrigung. Und wie langsam er sich zunächst wieder aufrappelt. Er kniet auf allen vieren, der Kopf hängt, langsam langsam, wie ein angeschlagener, angezählter Boxer, noch halb groggy, kommt er wieder hoch, wuchtet sich seitlich hoch, pustet, spuckt sich in die Hände wie wir früher zum Klettern an der Teppichstange.

Und dann dieser Blick! Dieser blaue, undurchdringliche, unbezwingbare und zugleich nichtsahnend naive Blick aus diesem zarten Kindergesicht! Gott, er weiß gar nicht, was das ist: Verlieren! Er weiß gar nicht, was das ist: Niederlage und Angst und Scham! Er kann zwanzigmal wie ein geschlachtetes Schwein in den Staub klatschen und wird wieder hochkommen mit diesem intakten Blick. Der nichts Gutes verheißt. Das ist mehr als Zuversicht, mehr als Gewißheit, mehr als Sport.

Das ist etwas ganz Neues, etwas, das noch nie da war und wofür es kein Wort gibt. Das ist der, der unsere Träume erfüllen wird, das ist der, der dich spüren läßt, welch grenzenloses, welch unermeßliches Potential du selber hast.

Gänsehaut, siehst du? Das ist der elektrische Kontakt, der Kraftfluß von ihm zu mir und zurück, wieder hinein in das riesige, noble, grüne Geviert.

Letzter Sonntag des Turniers im grünen Londoner Südwesten. Englisch diszipliniertes Warten auf das abschließende Crescendo vor dem sterbensöden Montag. Die zwei Wochen lang in T-Shirts und Sonnenbrillen, Pepitahütchen und Basecaps, in Regenhüllen und Kapuzen umherstreifenden Massen, die mit Popcorn und Chips und Wimpeln und Regenschirmen die Alleen zwischen den Plätzen füllten im Schatten der modrigen Holzgerüste und Betonpfannen des Center Courts und des Courts Number One, sind verschwunden. Alles ist leergefegt, nur die hohe grüne Schüssel des zentralen Stadions voll bis auf den letzten Platz. Amplituden aus Licht und grüngesprenkeltem Schatten, aus Stille, in der das Plock-Plock des Ballwechsels widerhallt, und dem aufrauschenden, hochbrandenden Lärm der Menge, Applaus, der klingt wie das Auffliegen eines Schwarms von zehntausend Zugvögeln. Amplituden aus sonntäglicher Sommerlethargie und nervös-elektrischem Prickeln. Vereinzelte schrille Schreie, die eine Welle von Gelächter überspült und erstickt. Von den Tribünen steigt ein Geruch nach Sperrholz und Leim auf und feuchtem Segeltuch und nassem Rost, nach Schweiß und Sonnenmilch, nach aufgestoßenem Bier, nach Cola und Ketchup und nach süßlichen und säuerlichen Eaux de Cologne. Menschen, die mit der Tube aus der Stadt gekommen sind, Menschenströme, die Schlange standen vor den metallisch riechenden Drehkreuzen, Familien, Paare, Männergruppen; aus Chelsea, Belgravia, Dagenham und Brixton sind sie gekommen, der ganze Hautfarbenregenbogen von fahl bis bläulich schwarz, klassenlose Gesellschaft der Glücklichen, die Karten ergattert haben fürs Endspiel, alle gleichwertig im Schatten des Mythos, alle privilegiert und stolz. Das Wetter spielt mit, keine dunkle Wolke in Sicht, wie so oft in den letzten zwei Wochen. *The year of the thunderbolt.*

Das weiße Grundrauschen der Erwartung schwillt an und überträgt sich aus dem Londoner Sportpark via Weltraum, Satelliten, Schaltzentrale und Antennendraht auch in dieses Zimmer, das Diesseits des Center Courts, die Welt hinter dem Sucher der Kamera: Hier ist sie, die Hamburger Wohnung von Charly Renn, der heute morgen geheiratet hat.

Er sitzt zurückgelehnt – noch zurückgelehnt – in dem grünen Sofa, trägt noch die schwarze Anzughose vom Standesamt und das weiße Hemd. Dessen oberste zwei Knöpfe sind geöffnet, die Krawatte hat er mit der Bewegung eines Erstickenden gelockert beim Nachhausekommen, eine Geste und ein Gefühl aus irgendeinem amerikanischen Film, den er halb unbewußt nachspielt, eine Societykomödie – die schlechten enden alle mit dieser Heiratsszene, während die guten erst mit dem Abgrund einsetzen, der sich danach auftut … Fehlt der Whisky oder Martini, der ihm gereicht werden müßte. Die andern werden Bier wollen zum Match. Die Manschettenknöpfe, die er vom Alten geborgt hat, liegen im Aschenbecher auf dem Beistelltisch.

Ist es das Bewußtsein deines großen, außergewöhnlichen Tages, das jetzt auch diese Bilder mit einer ganz persönlichen Bedeutung tränkt? Ist es das Lampenfieber des Zuschauers vor dem bangentspannt erwarteten Stellvertreterkampf, das ausgreift und dich plötzlich existentiell erfüllt?

Interferieren die Schwingungen einer persönlichen und einer überpersönlichen Erregung derart, bezieht man mit einem Mal alles auf sich und sich auf alles, glaubt, die Welt drehe sich um einen, und man selbst drehe sich zugleich um die Welt, sodaß man einen zugleich historischen und panoramatischen Blick auf sich und von sich bekommt. Der Fokus der Wahrnehmung verengt sich nicht auf den gegenwärtigen Augenblick, sondern weitet sich, alle Rezeptoren sind auf Empfang gestellt, und so wie ein Muschelstock, ins Meer gestellt, die treibenden Mollusken an sich zieht und bindet, bis er vollhängt von wahren Clustern von ihnen, zieht Charlys Bewußtsein die Raumzeit an sich und bindet sie in seine Wahrnehmung des besonderen Moments mit ein.

Alles: der Blick aus dem Fenster auf die schräge Schattenlinie, die das sonntägliche Haus dort drüben diagonal teilt, der sonnengelbe Stamm der Platane davor, die Bilder, die das innere Auge dir erschafft, weiterschweifend über deine Stadt, dort, wo der Blick nicht hinreicht, von Backsteinfassaden, von vermoosten Parks, von der Weite des Stroms, und mit der vergegenwärtigten Zeit die Farbe wechselnd, von schwarzweißen Straßenbahnen, zu deren Beschwörung das innere Ohr das zugehörige Klappern und Kreischen liefert, die Impressionen von heute morgen, die einander wie wehende Seidentücher überflatternden Parfumdüfte auf den Treppenstufen des Standesamtes, die braungebrannten nackten Schienbeine junger Frauen, sich verjüngend zu den Fesseln hinab, die Füße umschlossen von der süßen Folter schlanker, enger, hochhackiger Pumps und Sandalen, die aus den Augenwinkeln bemerkte Hand deines Vaters, die sich beim Jawort tastend, suchend wie die eines Blinden auf Mamas behandschuhte legte – das ganze enggesponnene Netz aus Bewegungen durch die Zeit, das dich unweigerlich, unfehlbar, von Verknüpfung zu Verknüpfung zum jetzigen Augenblick gebracht hat, in diese Altbauwohnung hier im Eppendorfer Weg, in Hörweite der Osterstraße, die trotz des Zusammenlebens ihre Yin- und Yanghälften behalten hat, Christines Zimmer aus Glasvitrinen und weißem Schleiflack,

Barbie-Puppenstube im Ikea-Showroom, die bunten Siebdrucke mit Cocktailgläsern darauf und Doisneaus Kuß als Schwarz-Weiß-Poster, und deines, noch immer an die Junggesellenbude von einst erinnernd, voll sentimentalem Sperrmüll und abgestoßenen Erbstücken, und das Grenzland der Küche, in dem Verbrüderung und Vermischung der Objekte einsetzt, und der Flipper, an dem du kaum spielst (ist nicht dasselbe ohne Kneipenatmosphäre und Kleingeldsuchen), den du noch in der Jarrestadt gefunden hast, in dem kleinen Eckgeschäft im Jolassestieg, das gebrauchte Spielautomaten verkauft und herrliche, aber unbezahlbare Wurlitzers, und die verknüllt auf dem Bett liegende Jeans Christines, und ihr tänzerischer Gang, übers Becken nach vorn schiebend und doch wie ein edles Pferd die Fußspitzen aufsetzend, mit dem sie vorhin aus der Tür verschwunden ist – all das wird nicht als Nebensächlichkeit aus deiner Wahrnehmung getilgt, sondern als integraler Bestandteil des besonderen Moments aufgenommen, von dem kein Detail anders sein durfte, als es ist.

Das Gedächtnis lebt von solchen Muschelstöcken epiphanischer Augenblicke, die ihm Schlüsselreize liefern, bei deren Nennung die an ihm festgewachsenen Cluster von Erinnerungen sich öffnen und ihre Bilder freigeben, wohingegen ganze Monate und Jahre, von denen nichts an so einem Pfahl hängt, auf immer verloren und gerade deswegen ohne Bedauern verloren sind.

Aber sowenig Charly, wird er später an diesen Tag zurückdenken, sich an die Hochzeit und das Tennismatch wird in Einzelheiten erinnern können, so getreu werden doch das Licht, die Möbel in der Wohnung, Christines ausgeblichene Jeans auf dem Bett, das Magendrücken der Spannung zwischen Bangigkeit und Erfüllung, der Widerstreit der von heutigen Eindrücken heraufbeschworenen Vergangenheitsbilder, so getreu wird doch der ganz einzigartige Fingerabdruck dieses Tages mit seinem nur ihm eigenen Linienspiel von Memento mori und Lebensfreude in Charlys Gedächtnisdatei aufbewahrt bleiben. Und je nachdem, in welchem künftigen Kontext er dieses Tags gedenkt, wird die Erinnerung eine emotionale Partitur spielen, die seine damalige Stimmung in C-Dur oder a-Moll rekonstituiert.

Das Kaleidoskop von Bildern und Gefühlen verlangt nach einem Ausdruck, und da es unmöglich ist, alles in wenige Worte zu fassen, unvorstellbar, dem Gefühl der Spannung und dem Kristall des Augenblicks angemessen Ausdruck zu verleihen, der Überdruck aber doch befreit werden muß, ist es plötzlich ein Teilaspekt, ein ganz banales Scherbchen nur, das sich selbständig macht und Charly im wahrsten Wortsinne herausrutscht. Er holt Luft und sagt, den beiden Männern zugewandt, die auf Sesseln sitzen: Wißt ihr, es ist das erste Mal, daß ich jemandem zujubele, der jünger ist als ich selbst!

Jaja, seit *Little Jimmy Osmond*, entgegnet Kai und kann dabei den nickenden Kopf mit dem klaffenden Mund nicht zur Seite drehen, er starrt in den Bildschirm hinein, auf die weißlich graue Erde mit den Sonnenpfützen, aus der hier und da staubig grüne Inseln und Atolle wachsen.

Wird in Zukunft immer öfter vorkommen, gewöhn dich besser gleich dran, ergänzt Thommy.

Auch der Ton der beiden, des Studien- und des Schulfreundes, gehört wesenhaft zur Atmosphäre dieses Tages und ist eine implizite Anerkennung der Tatsache, daß dies heute *sein* Tag ist, worauf mit Schnödigkeit reagiert werden muß, gemäß den Gesetzen ihres Sprachcodes, der, nach außen zur Abgrenzung und Hierarchisierung dienend, nach innen eben gerade für flache Hierarchien sorgt, indem er jedes Pathos mit Sarkasmen beschießt, jede Selbsterhöhung mit beißender Ironie unterminiert und jeden Gefühlshügel mit dem Bagger des Zynismus einebnet.

Es sind nicht so viele, mit denen Charly nach den Gesetzen dieses Codes umgeht. Auch Thommy, der, mittlerweile in Tübingen lebend, nur für die Hochzeit nach Hamburg gekommen ist, braucht eine Weile, bis er ihn wieder beherrscht. Auch wird er, ist man nur zu zweit, nie lange aufrechterhalten, genauso wie es völlig undenkbar ist, in größerer Gruppe anders miteinander umzugehen als in dieser forcierten, nihilistischen Schlagfertigkeit, die sich, ausgehend vom Ton bestimmter Fernsehserien, über die Jahre entwickelt und eingebürgert hat und so etwas ist wie das Gegenmodell zum zweihundert Jahre zuvor modischen

»fühlenden Herzen« des Zeitalters der Empfindsamkeit: nämlich die Zurschaustellung eines kalten Herzens und das Prinzip, *nicht* berührt zu sein.

Aber ebensowenig, wie schon damals die Protagonisten der hysterischen Sensibilität davor gefeit waren, in prustendes Gekicher angesichts der eigenen Übersteigerungen auszubrechen, hindert das Selbstschutz- und Schonungsprogramm der schnöden Hardboiledness Charly und Konsorten daran, unter vier Augen und bei gedämpftem Licht halblaut intimste Geständniskultur und Seelenzergliederung zu pflegen.

Kai, der zu Hause war zwischendurch, hat sein weißes kurzärmliges Button-down-Hemd und die schwarze Krawatte anbehalten, trägt dazu aber Jeans und Docksides.

Wie kommst du eigentlich nachher da hin?

Jobst holt mich ab.

Service, sagt Thommy anerkennend. Mit Ines?

Nein, die Trauzeugin bleibt zur Anprobe des Abendkleids an Christines Seite.

Wär man doch auch gerne dabei.

Hat einen nur keiner gefragt. Wo denn, bei ihren Eltern?

Charly nickt.

Na, vielleicht belehren sie sie ja in letzter Minute noch eines Besseren.

Zu spät, sagt Charly entspannt. Die Unterschriften sind geleistet.

Kai, skeptisch wie immer: Wenn du dir anschaust, wer wen rausgeschmissen hat, besitzt er überhaupt keine Chance. McEnroe und Connors in drei Sätzen weggefegt. Das wird laufen wie üblich: Silbermedaille und das wars. Die Deutschen kacken doch alle ab, wenns drauf ankommt.

Ich weiß nicht, ich weiß nicht. Ich hab so ein Gefühl, so ein Gefühlchen. Ich glaube, der könnte es sein.

Das hast du bei Gross auch gesagt, Mark Spitz hast du gesagt. Und dann kam irgendein hungriger unbekannter Australier, und er hatte nichts mehr zuzusetzen. Zwei Medaillen sind doch auch schön. Aber eben nicht, wenn man das Zeug zu fünfen hätte.

Und er war nichtmal wütend. Alle zu satt, zu nett, denen fehlt das entscheidende Gen, das, ich weiß nicht, der Wahnsinn, das Über-sich-hinauswachsen-Können.

Theoretisch hast du ja recht. Trotzdem. Ich glaube, der hat das Gen.

Und außerdem, siebzehn, ungesetzt, nichts gewonnen bisher.

Queens hat er gewonnen, nun stell dir doch mal vor ...

Ich stell mir ja vor. Ich wills mir nur nicht zu sehr vorstellen, weil es am Ende doch nichts wird. Willst du meine Hände sehen? Als hätt ich sie unter den Wasserhahn gehalten.

Charly starrt auf Kais wie zur Abwehr hochgereckte Handflächen. Die großen runden Augen unter den hochgebogenen Brauen über dem rotblonden Schnurrbart. Die Sekunden der Irritation, die du so liebst: Meint er das jetzt ernst? Als wir in der Mensa diskutierten mit diesem Mädel vom ASTA, dem wir nur zugehört haben, weil es überraschend hübsch war, und das uns zur Mitarbeit aufforderte und zum Eintritt in die KPD/ML oder die Grünen oder was, und Kai, ohne eine Miene zu verziehen, antwortete: Nein danke, ich bin bereits im ADAC.

Aber angenommen, er schafft es ...

Träume du nur, solange du noch kannst. Wenn er das schafft, dann ... dann ... dann können wir sagen, wir sind dabeigewesen ...

Ach ja, was bliebe von den Jahren ohne den Sport? Das samstägliche Ritual der Sportschau, das in der Kinderzeit Höhe- und Ruhepunkt, Dreh- und Angelpunkt der Wochenenden gewesen war, nur komplett, wenn sie alle davorsaßen, samt Onkels und Tanten zu Familienfesten. Was in anderen Familien der sonntägliche Kirchgang, bei uns war es die samstägliche Bundesliga, ein Moment der Besinnung (und oft genug der trauten Langeweile).

Irgendwann emanzipiert sich das eigene Leben vom Sport, weiß nicht, ob man darüber glücklich sein soll, irgendwann sind die stärksten Emotionen nicht mehr die kollektiven des Sports, sondern die geheimen, privaten, unmittelbaren des eigenen Lebens.

Weißt du, daß es lange her ist, daß ich vor einem Fußballspiel derart gezittert habe wie heute?

Der Fußball ist auch nicht mehr, was er mal war, sicher, wenn sie die Hymne spielen, kriege ich immer noch Gänsehaut, aber...

74 war trotz des Sieges nur noch ein Schatten von 70, sagt Thommy. Und 82 hat einen so schalen Nachgeschmack hinterlassen wie ein in Gesellschaft von Leuten, mit denen man sich nichts zu sagen hat, vertaner Abend.

Und 78? fragt Kai süffisant.

Alesia? Ich kenne kein Alesia, antwortet Thommy.

Das Beste dran ist sowieso die Bild am nächsten Morgen beim Frühstück oder Eiberle in der SZ, sagt Charly. Trotzdem: Wenn ich mal einen Sohn kriege mit Christine, stecke ich ihn auch in den Fußballverein, um meinen Teil für Deutschlands Zukunft zu tun...

Der Satz ist ein gutes Beispiel für jenes Sich-in-der-Schwebe-Halten zwischen Ernst und Ironie, mit dem sie alle drei dem Sport gegenübertreten. Charly betont ihn so, daß er wie ein Scherz klingt, er soll auch ein Scherz sein, nichtsdestoweniger hat er vor, es tatsächlich so zu halten. Es ist die Schizophrenie oder das dialektische Spiel zwischen der Tatsache, daß man weit über diesen Zustand hinausgewachsen ist, in dem der Sport ernst und heilig war wie die Religion für Kinder, daß man desillusioniert längst vom Jugendtraum Abschied genommen hat, selbst ein umjubelter Sportler werden zu können, daß man die Beliebigkeit, das Lächerliche, auch das Widerliche des Sport-Business längst durchschaut, und der Melancholie über dieses Wissen, der man sich mit Erwachsenenkraft und Männerstarrsinn ein paar köstliche Momente lang erwehrt. So ist eine solche Sportübertragung heute immer ein je nach Charakter mit Zynismus, Sarkasmus, Selbstironie oder sentimentaler Naivität betretenes Kinderreservat, als brächen erwachsene Männer abends heimlich auf dem Spielplatz ihrer Jugendtage ein und riefen einander inmitten der schaukelnden und rutschenden Nostalgieseligkeit Zoten und Gemeinheiten zu. Es ist ganz ernst gemeint und zugleich ganz unernst, aber daß es eben beides ist, versteht nicht, wer nicht als Kind in diesem Glauben aufgewachsen ist.

Aber genau wie wirkliche Religiosität ist es zugleich mehr als das, nämlich Sehnsucht und Ehrfurcht. Ehrfurcht vor der epischen Größe des Zweikampfs, seiner Reinheit und Ehrlichkeit, seiner zivilisierenden Kraft und zugleich seiner mythischen Schicksalsverwobenheit. Die Liebe zu einer Kunstgattung oder Kulturpraxis, an deren Möglichkeiten und Berechtigung man tief innerlich nicht mehr glaubt, bringt die Parodie hervor, und so ist das Verhältnis Charlys und seiner Freunde zum Sport im Grunde ein parodistisches. Seit der Kindheit haben sowohl Liebe als auch Unglaube große Fortschritte gemacht – und beide zusammen ergeben die Leidenschaft. Eine parodistische Leidenschaft aber ist ein zutiefst konservatives Gefühl. Führte man den dreien diese Herleitung vor und bezeichnete sie in ihrer Liebe zum Sport als Konservative – vermutlich würde keiner von ihnen ernsthaft widersprechen.

Charly würde den Unterschied soziologisch erklären, sieht er solche Erwachsenen vor sich, für die der Ernst des Sports nie gebrochen wurde. Wenn ich an das Frankreich-Spiel 82 denke, wie überdreht und zotig und rassistisch wir uns vor dem Fernseher gebärdet haben, wie nur smarte Jungs aus gutem Hause es fertigbringen, die sich im Leben nicht gemeinmachen würden mit diesen Zocker- und Zuhältertypen in ihren dicken Autos, wenn ich stattdessen daran denke, wie auserwählt ich mich gefühlt habe, als ich damals zum ersten Mal in den Tennisclub kam mit all den braunen Mädchenbeinen in den weißen Söckchen, mit der leuchtend roten Asche auf dem Platz, mit den Holzschlägern und den weißen Pullovern mit rotblauem Zopfmuster, mit den Leuten, die im Clubhaus die Eltern freundlich grüßten und dann uns – das war der Sport, den man praktizierte, beim aktiven Fußball blieben irgendwann nur die Hauptschüler ...

Sag mal, ist das ein Alptraum gewesen, oder hat Curren McEnroe und Connors wirklich beide in drei Sätzen gefuckt? fragt Thommy.

Kai nickt: Der große McEnroe! Völlig chancenlos. Blaß, langsam, ungläubig. Stumm. Vor allem stumm. Hat nicht einmal gemeckert und geflucht wie sonst. Als hätte dieser Curren ihm mit seinen unglaublichen Returns das Mark aus den Knochen gesogen ... Der unzerstörbare Connors genauso. Nach einer Stunde guckt er auf die Anzeigetafel und liegt zwei zu null Sätze zurück. Und eine halbe Stunde später war die Messe gelesen.

Charly verzieht heuchlerisch den Mund: schon bitter für die beiden. Er fühlt sich wie jemand, der vier Asse auf der Hand hat und kein Mitgefühl empfinden kann. Muß an Beckers Gesten denken gegen Nyström, als es wirklich auf der Kippe stand. Dieses wilde Nicken. Dieses Pusten in die Hand. Diese Tanzschritte, die trippelnden, die Ellbogen in die Taille gestemmt, das Becken vorgeschoben, als würde er einen riesigen aufgepumpten Schwengel vor sich hertragen. Ungeheuer obszöne Bewegung. Fehlte nur die halbmeterweit ausgreifende Wichsgeste. Shuffle, hat ein Kommentator das genannt, der das Becken übersah, Becker-shuffle.

Am Tag nach Currens Sieg über McEnroe saß ich im Arkadash, da kam Joe herein, erinnerst du dich Kai, der aus dem Oberseminar bei Behrendt, der Engländer oder besser Waliser mit seinem roten Haar und Graham-Hill-Schnurrbärtchen, und als die Rede auf McEnroes Niederlage kam, sagte er mit dieser typisch britischen beiläufigen Entschiedenheit, so daß es sich nicht anhörte wie eine Meinung, eine Einschätzung, ein persönlicher Tip, sondern wie eine mathematische Kausalität, ein Axiom, das er in aller Selbstverständlichkeit aussprach, mit leichter Verwunderung womöglich noch darüber, daß kein anderer in der Lage war, leidenschaftslos eins und eins zusammenzuzählen: McEnroe draußen? sagt er. *So Becker has it if he wants. Sounds strange, a German tennis player.*

Da ist es dir erst eigentlich aufgegangen. Vorher war es, glaube ich, nur die Freude daran, endlich einen deutschen Tennisspieler siegen zu sehen, nach all den Jahren voller Bungerts, Meilers, Pinners. Die Augen und wie er sich bewegte, das vage Gefühl, der könne mehr draufhaben als die üblichen Flaschen. Sicher, bei den Frauen gibt es Achtungserfolge, Top Ten-Sachen. Aber dieser Satz von Joe, dieser objektive, ruhige Satz: *So Becker has it.* Da ist es mir wie Schuppen von den Augen gefallen. Er kann es wirklich schaffen. Er kann siegen. Ein Deutscher! In Wimbledon! Und dann das Wichtigste, der unnachahmlich britische Zusatz, tief-gründigste Philosophie: *If he wants. So Becker has it if he wants.* Wenn er es denn will. Je länger man darüber nachdenkt, desto unausschöpflicher ist das. *Becker has it. If he wants.* Daran liegt es alles. Es wirklich zu wollen.

Die Krone liegt da, und er kann sie sich nehmen. Aber er muß es wollen. Ich will verflucht sein, wenn ein Typ mit diesen Augen, jemand, der sich mit so einem Blick aus dem Staub hochrappelt, nicht wirklich will. Und dann der Nachsatz, den hab, glaube ich, nur ich wirklich gehört, da hob Joe das Kinn und sah mich an, der Ritterschlag: *Sounds strange, a German tennis player.* Was hieß das? Das hieß: Willkommen im Club. Ihr gehört dazu, hieß das. So muß Montgomery rübergestarrt haben nach Tobruk zu Rommel. So war der Blick, den sich Mitchum und Curd Jürgens zuwarfen am Ende von »Duell im Atlantik«, als sie sich zum ersten Mal von Angesicht zu Angesicht sahen, nachdem sie anderthalb Stunden versucht hatten, den andern auf den Meeresgrund zu schicken. *Sounds strange a German tennis player,* sagt der Landsmann von Fred Perry, der Clubverwalter von Wimbledon sozusagen, der Türhüter des zivilisierten Westens. Hut ab. Charly, du kannst die Welt aus den Angeln heben, *if you want.* Und deswegen weiß er, daß es um mehr geht als um Tennis heute nachmittag.

Langsam nimmt die Spannung zu. (Vielleicht ist ja auch alles nur Täuschung und Einbildung und hinterher das schale Gefühl, um einen Sommernachmittag betrogen zu sein und vor der Glotze hängend von einer Zäsur im eigenen Leben geträumt zu haben, lächerlich.)

»*...unser Reporter heute: Reiner Deike!...*«

Die Trauung in das schöne alte Stellinger Rathaus mit seinen von geschwungenen Puderzuckerröllchen gerahmten Kreuzfenstern und Backsteingiebeln zu verlegen war Charlys Idee. Christine hätte auch auf dem eigentlichen Eimsbüttler Standesamt in den Grindelhochhäusern geheiratet. Aber obwohl das Gründerzeitgebäude mit den hohen, stuckverzierten Decken und der Treppe unter dem Eingangserker weitab steht, fast bei Hagenbecks Tierpark, ist für Charly kein anderer Ort in Frage gekommen. Er wollte ein typisches Eimsbüttler Ambiente, selbst wenn man dazu, strenggenommen, Eimsbüttel verlassen mußte. Er wollte einen Ort, der seiner Phantasie von Eimsbüttel entspricht, und das tun die berühmten Hochhäuser am Grindelberg überhaupt nicht.

Seine Phantasie von Eimsbüttel ist Teil der umfassenderen Phantasie, die sich um Christine rankt. Frische Liebe wuchert, ähnlich wie ein Tumor, aber sie ernährt sich, anders als ein solcher, weniger vom eigenen, als vom Körper des geliebten Menschen, in dessen Leben sie auch ihre Metastasen schickt. Ist man verliebt, entzücken einen nicht nur äußerliche Details des anderen, die Geste, mit der er sein Haar aus der Stirn streift, die unvermutet heisere, kehlige Stimme nach der körperlichen Liebe, der graziöse Bogen, den sein Körper beschreibt, wenn er sich rückwärts verbiegt, um der Ferse mit dem Zeigefinger in den Schuh zu helfen (und wie dabei ihr Schwanenhals sich dreht und der blonde Schopf über die Schläfe fällt), es ist vielmehr seine Gesamtheit, die der Liebende sich einverleiben, aneignen will, um ihm näherzukommen, ihn zu erfassen, und der wichtigste Bestandteil dieser im Grunde unfaßlichen Figur im Raum des Jetzt ist ihre Vergangenheit, das heißt, all die Christines, die sie gewesen ist, um zu der zu werden, die vor dir steht, all die Christines, die dir nicht gehört haben, die dir fremd sind, die dich faszinieren, auf die du eifersüchtig bist, die du auch besitzen willst und deshalb rekonstituieren mußt wie ein Archäologe, dem sich beim Graben nach Scherben nach und nach eine ganze vergangene Welt zusammensetzt.

Der Schlüssel zu diesen früheren Christines heißt Eimsbüttel. Hier ist sie geboren, hier ist die Tischlerei ihres Vaters, hier hat sie ihre gesamte Kindheit verbracht, und seit sie zusammen sind, hat sich das Viertel, das für Charly zuvor einfach ein beliebiges Hamburger Stadtviertel gewesen ist, in seinen Augen vollkommen verwandelt. Jeder Spaziergang ist zu einer Art Jakobsweg geworden, an jeder Straßenecke befindet sich ein Reliquienschrein, jede Fassade, jeder Platz, jede Perspektive ist aufgeladen, bedeutungsschwer, sehnsüchtig stimmend. Selbst die Leerstellen üben eine melancholische Faszination aus, so wenn Christine auf ihren Wegen durch die Methfesselstraße, die Sillemstraße, die Lutterothstraße, den Hellkamp auf irgendein lieblos hochgezogenes Flachdachgebäude deutet und sagt: Hier war vorher der Milchladen, oder: Hier stand das Haus, in dem mein Kindergarten war. Sehen sie über den Zaun, hinter dem das Elefantentor steht, und Christine erklärt, daß sich hier »früher« der Haupteingang befunden habe, überkommt Charly das Gefühl, sie überblicke, wie Hammonia, die Ortsgöttin, die gesamte Geschichte der Stadt. Deutet sie auf ein platanenumstandenes Rondell an einer Kreuzung verkehrsberuhigter Straßen und erzählt, hier habe sie Fahrradfahren gelernt, blickt Charly mit solcher Sehnsucht und Nostalgie auf die skateboardfahrenden Halbwüchsigen und die zwei verhüllten Türkinnen mit Kinderwagen, als könne er im Innern ihrer Silhouetten die fünfzehn oder zwanzig Jahre jüngere Geliebte mit Zöpfen und Söckchen ebenso sehen wie zuvor in dem Aldi-Container das an dieser Stelle abgerissene zweistöckige Backsteinhaus mit dem duftenden Laden und seinen Milchpumpen und dem Block Molkereibutter (den er aus eigener Kindheitserinnerung rasch nach Eimsbüttel transferiert hat).

»Ja, wie sind die Chancen von Boris Becker? Es hat natürlich Umfragen gegeben. Die alten Meister sind befragt worden, gerade Fred Perry, den wir eben gesehen haben, hat gesagt: Ich habe schon vor dem Halbfinale auf Boris Becker gesetzt. Ich bleibe dabei, warum soll ich jetzt die Pferde wechseln? John Newcombe und Lewis Hoad, die beiden berühmten Australier sagen: Curren vielleicht, aber eigentlich spricht doch 'n bißchen mehr für Bekker. Die beiden einzigen, die sich klar festgelegt haben für Curren, sind Stan Smith, der hier 1972 gewonnen hat, und die Siegerin im Dameneinzel, Martina Navratilova. Arthur Ashe, der Kapitän der amerikanischen Davis Cup-Mannschaft, wollte sich nicht festlegen...«

Siehst du, ist doch gar nicht so schlecht.

Abwarten und Teetrinken.

Aber Eimsbüttel hat noch eine weitere und tiefere Bedeutung für Charly, die zugleich eine von Christines Eigenschaften ist, vielleicht die, auf die er am eifersüchtigsten ist und die er sich daher mehr als alle anderen einverleiben muß: Eimsbüttel ist Christines Heimat. Und Heimat ist Christines fremdeste und für Charly kostbarste Eigenschaft, weil er selbst keine besitzt. Nicht so eine.

In Wirklichkeit laufen solche Gefühlsprozesse natürlich andersherum, als man sie wahrnimmt, aber was bedeutet in Gefühlsdingen schon Wirklichkeit? Tatsächlich hat das Thema Heimat für Charly nur diese Bedeutung erlangt, weil Christine, die er liebt, eine hat. Hätte Charly sich stattdessen in eine Diplomatentochter verliebt, reagierte er vermutlich mit derselben zehrenden Sehnsucht, die jetzt Namen wie Unnapark und Ottersbekallee in ihm hevorrufen, auf die vagen Bilder eines Zugvogellebens zwischen den privilegierten Wohngebieten irgendwelcher Kapitalen von Rio bis Athen, von Kairo bis Stockholm.

Aber die Tatsache, daß Christine, obwohl die Familie, als sie zwölf oder dreizehn war, ein Stück weiter raus gezogen ist, ein und denselben Ort in der Zeit sich hat wandeln sehen, sich mit ihm gewandelt hat, daß sie auswendig weiß, welche Straßen, Fassaden und Anblicke hinter einer Häuserfront liegen, auf die man sieht, daß sie auf Fenster deuten und sagen kann: Hier wohnt immer noch die alte Frau Kosswitz, daß ein weißhaariger Mann, der sein Einkaufswägelchen durch die Osterstraße schiebt, sie wiedererkennt, begrüßt und nach ihrer kleinen Schwester fragt, die doch nun auch schon »eine erwachsene Frau« sein müsse, daß sie auf eine vorbeiradelnde Braunhaarige mit Walkmanstöpseln in den Ohren deuten und sagen kann, die habe sie damals im Park in die Brennesseln geschubst, all das läßt Charly, vergleicht er es mit den eigenen abgebrochenen, aufgepfropften, fragmentarischen Erinnerungen, der Heimat im Rückblick auf seine Kindheit und Jugend, einen Wert beimessen, den er dem Begriff und den dazugehörigen Erlebnissen und Gefühlen damals niemals zugestanden hätte. (Ebensowenig übrigens wie Christine selbst, für die das alles nur Selbstverständlichkeiten sind: Sie geht mit viel gespalteneren Gefühlen durch Eimsbüttel, da ihr all die baulichen und atmosphärischen Veränderungen wehtun.)

Sie kommen, sagt Kai.

Tennis ist ein zutiefst britischer Sport geblieben. Understatement beim Einmarsch der Gladiatoren: Die Kamera fokussiert auf den schmalen, von einer grünen Trennwand geschützten Gang, wo beide Männer aus den Katakomben auftauchen. Ein jovialer Leprechaun, schwer bepackt mit Taschen und Schlägern wie ein Caddie, macht selig lächelnd den Anfang. Dann ein ernster Funktionär im Blazer. Dann Becker, man sieht nur den weißblonden Schopf, der Blick geht nach unten, er kaut an einem goldenen Halskettchen, weiße Trainingsjacke mit dicker blauer Bauchbinde, eine wandelnde Premiumzigarre. Neben ihm der braunhaarige Curren mit Mittelscheitel und Supertramp-Haarschnitt, knochiges Kinn, ein Mann, Beckers Lippen dagegen sinnlich wie die von Brigitte Bardot. Neben ihnen ein zweiter Funktionär im hellgrauen Anzug. Der Applaus brandet hoch, wird noch einmal stärker, als sie auf dem Court erscheinen. Eine helle Menschenmenge mit Sonnenbrillen und Sonnenhüten, darüber das graue Schieferdach wie das einer überdimensionierten englischen Jagdhütte. Der Typ im grauen Anzug eine Art Zeremonienmeister. Auf sein unsichtbares, unhörbares Kommando bleiben sie stehen, machen auf dem Absatz kehrt, verneigen sich stumm zur königlichen Loge (wie beim Stierkampf), wo aber traditionell nur der Herzog und die Herzogin von Kent sitzen mit ihren gebleckten windsorschen Pferdegebissen. Keine Hymnen, keine eigens komponierte Fanfare, nichts. Und wie sie latschen und aussehen in ihren schlabbrigen Lycra-Anzügen. Kein Bewußtsein von der Größe des Augenblicks. Aber was erwartest du? Die haben beide die Hosen voll. Hinterher wird schon einer den Kopf heben.

Charly liebt Wimbledon, denn er liebt Traditionen. Vielleicht liebt er den Sport überhaupt nur, weil er Traditionen liebt, denn es gibt nichts Traditionelleres. Zeremonien der ewigen Wiederkehr, das über die Jahre im Wandel Gleichbleibende, das es einem erst erlaubt, Vergleiche anzustellen – früher und heute – und Teil der vergehenden Zeit und der sich aufbauenden Historie zu werden. Die stille Macht der Institution, stärker als jedes Individuum, macht den Sieg zu mehr als einem Sieg, macht aus einem Sportwettkampf einen Mythos, eine Erinnerung des eigenen Fleisches, der eigenen Haut. Das Atavistische. Der Löwe, Herr seines Reviers, der nach hundert Kämpfen schließlich einem Jüngeren unterliegt, alles verliert, seine Frauen, sein Land, und zum Sterben ins Exil geht. Naturgesetz. Die Tragödie im Amphitheater: Aufstieg, Behauptung und Fall. Und dabei immer die Hoffnung auf ein Herkules-Schicksal, ein einziges Mal auf dem Höhepunkt, vor der ersten Niederlage, entrückt zu werden. Der Zwang zu weißer Kleidung, dem noch die größten Rebellen Folge geleistet haben, das Grüßen und Abschreiten des Spaliers der Balljungen und -mädchen, die Diener oder Knickse vor der Loge, der englische Sommerregen, und wie in einem Ballett klappen die Schirme auf, mit einem Klang wie Meeresrauschen wird im Laufschritt die grüne Plane über das Spielfeld gezogen, und die Kameras suchen trostlose Perspektiven: die leeren Tribünen von schräg oben aus der letzten Reihe mit der angeschnittenen Dachkante, von der sich die Tropfen wie Perlschnüre abseilen. Sonntägliche Langeweile, die ebenso dazugehört wie die spitzen Schreie bei einem As oder einem vermeintlichen As und das dezente, selbst beim dritten Mal mit kaum erhobener Stimme genäselte *Quiet please* oder *Quiet please, Ladies and Gentlemen*. All das ändert sich nie.

Ja, es wäre wie die Aufnahme in einen ehrwürdigen Club. Von Cramm, dem Gentleman, dem ein Pferd auf dem heimischen Gut die Fingerkuppe abgebissen hatte, war es nicht gelungen in der Nazizeit, und, erinnerte sich Charly recht an die Passage in dem Sportbuch, entschuldigte er sich beim Londoner Publikum dafür, so schlecht gespielt zu haben gegen Fred Perry. Aber wenn es diesem Becker tatsächlich gelingt, wenn es ihm gelingt … Das wäre eine von diesen Wunscherfüllungen, die man nie für möglich gehalten hätte, so etwas wie der erste Indiana Jones. Zwanzig Jahre lang hat man sich durch die Western und Krimis und Abenteuerfilme durchgelangweilt bis zum Showdown, und dann dieser Film, der mit dreihundert pro Stunde anfängt und überhaupt nicht mehr runterkommt. Kein Gedanke an Plausibilität, sondern die ganze Zeit nur immer gib ihm die Kante, als würde ein Weihnachtsmann auf Koks seinen ganzen Sack über dir auskippen. Aber das hier wäre noch viel mehr. Keine Fiktion. Eine Ermächtigung. Hier und jetzt wird gesprungen. Und er ist cool, so etwas James Deanhaftes, unentschieden zwischen Mann und Kind, sehr seltsam und irgendwie jaggerhaft sexy mit diesen Fruchtlippen, zugleich auch fremd und unnahbar in seiner privaten Glocke, irgendeine primitive und wahnsinnig effiziente Poesie ist da am Werk.

Eine Stimmung von Festlichkeit, auf den Rängen, beim Kommentator. Und auch hier.

Siehst du, was dieser Curren für einen Unterbiß hat? Gräßlich! sagt Thommy.

Wann war das, September oder Oktober 82, ein wunderbar sonniger Herbst, als wir auf der Düne saßen am Ellbogen im warmen Sand, umspielt von der Brise, und in den Sonnenuntergang blickten. Es ging um die Beatles und jungen Ruhm, den Zauber, aber auch die Gefahren von jungem Ruhm, das Süchtigmachende daran, die Angst davor, den Traum davon, und in einem ersten kühlen Anhauch die Furcht, die von der einsetzenden Abendkühle kaum zu unterscheiden war, die halbe Anerkenntnis, daß dieser Zug für sie beide bereits abgefahren sein könnte. Ich kann damit leben, der Gedanke an Ruhm ist ein Spielgedanke, aber Thommy, der Schriftsteller werden will, für den war das euphorische Träumen schon in erste Bitterkeit getaucht, so als hätte er mit dem Schreiben nur die zweite oder dritte Wahl getroffen, nach der Musik und dem Sport, weil diese Berühmtheit nie so eruptiv, so wahnsinnig und sexy sein kann und meistens noch die Ehrungen so langweilig und steif sind wie die Jubiläen eines Schützenvereins.

Was macht ihn aus, den Zauber jungen Ruhms? Zunächst das Wunder des Herausknospens, des Herausbrechens von Genie aus der völligen Anonymität und dem Magma dieser Nachpubertätsjahre. Das Unverdiente, Unerarbeitete. Das Göttergeschenk des reinen Talents und seine glückhafte, vollkommen unwahrscheinliche Durchsetzung. Daß man ganz ungerechterweise von den Göttern bevorzugt wird, geliebt wird, aus einem dunklen

Schlamm Gleichgearteter herausgezogen wird ins Licht. Und dabei das unbeschädigte Selbstbewußtsein des jungen Menschen, der nichts für normaler, für angemessener hält, als daß gerade er und seine Schöpfung als beispielhaft erkannt werden. Ach, daran glauben dürfen, und zum Teufel mit aller Selbstbescheidung und Einordnung!

»Die Wetten bei den Buchmachern sind heute ausgeglichen, die Chancen heute sind wirklich 50:50.«

Plötzlich ist sich Charly dieses Tags, dieser Stunde ganz bewußt. Er sieht alles und sich selbst darin, gestochen scharfes Diorama, in dem er umherschweifen kann. Sonntag. Hochzeit mit seiner Traumfrau. Bohnerwachsgeruch im Standesamt. Die bewundernden Blicke der Freunde. Mutter, Vater, Erika mit zum zweiten Mal sich rundendem Bauch, das Baby im Kinderwagen im Mittelgang. Der Blumenstrauß aus Pfingstrosen und Levkojen. Die Goldringe. Das Tiefdruckpapier der Urkunden. Die Erwartung der Feier heute abend, ein leises Spannungssummen. Jetzt: die Wohnung in der Nachmittagssonne. Staubpartikel in der Luft. Kai, Thommy, Vertrautheit. Das Finale von Wimbledon mit einem Deutschen. Der große Bildschirm, dazu im Augenwinkel die Manschettenknöpfe in dem dunkelblauen Glasaschenbecher. Komponenten eines besonderen Tages. Eines Glückstages. Unterirdisch ein schales, flaches Gefühl im Magen: Angst vor der Niederlage Beckers, die den Tag zusammenstürzen ließe, ihn zurückkatapultieren würde in einen dieser trüben Kindheitssonntage, wenn gegen Mittag mit dem Geruch nach Fisch aus der Küche der Stimmungsumschwung einsetzte. Gewinnt er nicht, ändert das auch nichts an der Hochzeit und dem Fest, aber einmal könnte doch alles klappen. Einmal Perfektion.

Die Kamera zoomt auf die Tribüne. Die blonde Freundin Currens und wie eine ergraute, faltige Version derselben Frau: seine Mutter. Dann Bildwechsel. Ion Tiriac. Weißes Hemd, schwarzer Mongolenschnurrbart, schwarze Strickkrawatte. Undurchdringliches Gesicht. Links neben ihm Günter Bosch. Mit der Brillantine-Welle im Haar sieht er aus wie eine Margarine-Reklame in »Das Beste« aus den Fünfzigern. In die Jahre gekommener Teddyboy. Alle möglichen nervösen Kräuselungen laufen über sein Gesicht. Mit der rechten Hand kratzt er sich den linken Unterarm. Curren macht Dehnübungen. Applaus rauscht auf. Jubelschreie wie Schaumkrönchen darüber.

»Herzlicher Beifall für die beiden Finalisten. In wenigen Sekunden geht es los mit Aufschlag Becker.«

Dieser Tiriac ist ein ganz raffinierter Hund, sagt Kai.

Kaum zu glauben, daß er selbst mal Spitzenspieler war. Davis Cup-Finale gegen die Amis immerhin.

Austausch von Kenntnissen. Man ist nicht nur Fan, auch, vor allem, Kenner der Materie. Zahlen, Daten, Zusammenhänge, Statistik, Historie, Fachausdrücke: Slice, überrissene Vorhand, Rückhandcross…

Ja, wirkt eher wie eine bleichgesichtige Version von Don King. Aber jedenfalls der richtige Manager, um Kohle zu machen.

Tiriac hat einen Riecher. Wenn der sich Becker unter den Nagel gerissen hat, weiß er warum.

Stille jetzt auf dem Center Court wie nach dem Stimmen eines Orchesters. Man könnte eine Chips-Tüte rascheln hören. Charly setzt sich gerade, rückt bis an die Sofakante vor. Kai hat bereits die Finger am Schnurrbart. Becker erster Aufschlag: die nach hinten gebogene Stahlfeder – die Explosion – das Zusammenschnappen. Ein As.

Erste Adrenalinausschüttung. Der Zug ist angefahren, du bist an Bord.

Kai: Wahnsinn!

Charly: Geil! Geil!

Thommy: Boah!

Nur solche Bilder, nur solche Momente!

Zurückschlendern zur Grundlinie. Schläger am Absatz abklopfen. Curren in die Hocke wie ein Abfahrer vor dem Startsignal. Aufschlag, Return, Volley. Punkt.

Der nächste Aufschlag. Diese langsame, fast zeitlupenhafte Geste, wenn er den Arm hebt, um den Ball hochzuwerfen. Großaufnahme, die blonde Wimpernmarkise, die rosige Zunge im Mundwinkel. Cross diesmal. Bumm! Curren reckt sich, kommt nicht ran. Ein As. Der Linienrichter duckt sich weg wie ein Boxer vor dem Schlag. Hinter ihm kracht der Ball ins grüne Schaumgummikissen. Aufschrei läuft in Wellen durchs Publikum.

Game to Becker. Becker leads one game to love, first set.

»*Ein guter Auftakt für Boris Becker. Eins zu Null-Führung im ersten Satz.*«

Der Aufschlag, das ist, sowas hab ich noch nie gesehn.

Stan Smith hatte so nen ähnlichen Aufschlag, sagt Thommy.

Geh mir nicht auf die Eier mit Stan Smith. Wenn du den heute sehen würdest, das wäre ein Damenaufschlag dagegen, die haben doch damals alle son Frauentennis gespielt, Topspin hui übers Netz, trippel trippel.

Blödsinn!

Das Gedächtnis legt Schwarzweißfotos von Suzanne Lenglen über die Erinnerung an Erika im Club in Hannover. Mehr *concours d'élégance* als Sport. Dabei doch das kurze Röckchen. Ihre langen Beine mit dem roten Rhombenmuster, das die Äderchen auf den Schenkeln bildeten, wenn sie erhitzt war, ihr ausgestreckter Arm, wenn sie einen Passierball erwischen wollte. Die grüne Plastiksonnenblende auf ihrer Stirn. Pferdeschwanz. Wie sie auf der Terrasse des Clubhauses deine Physikaufgaben gemacht hat. Warum hat sie mit ihrem Einserabitur und dem brillanten Studium diesen Vollidioten geheiratet, der ihr jetzt schon das zweite Kind andreht? Kurz vor ihrer Hochzeit wart ihr im Kino. Einer der raren Momente von Offenheit zwischen euch in den letzten Jahren. Danach hat sie einen über den Durst getrunken und gesagt: Wenn man schon *A woman under influence* sein soll, dann will ich mir den Mann, unter dessen Scheffel ich mein Licht stelle, wenigstens selbst aussuchen. Die Bilder von Erika damals bringen Charly wieder auf die Heimat Christines und die fehlende eigene.

Die Erinnerung an den Ort, aus dem er den Milchladen nach Eimsbüttel importiert hat, Friedrichshafen, wo sie drei Jahre verbracht haben (Charly war vier, als sie aus Hamburg wegzogen), beschränkt sich auf den Schulweg die Rosenstraße hinab, die Sandöschstraße entlang an der französischen Kaserne vorüber mit den Panhards und Simcas auf der Straße und den mißtrauisch in ihre Richtung blickenden, kleinen, sehnigen, braunen Männern, über die Hauptstraße hinüber, deren Namen er vergessen hat, die Maybachstraße hinab, linker Hand das Maybachwerk, rechts das gelbe achtstöckige Hochhaus, immer neben Erika her, die, ein Jahr älter und damals noch größer als er, ein Tempo vorlegte, das er nur halten konnte, wenn er bei jedem zweiten oder dritten Schritt ein paar schnelle Trippelschritte einlegte. Kommst du? fragte Erika, und er antwortete gepreßt, um zu verbergen, daß er außer Atem war. Er hat seine Schwester nie gebeten, langsamer zu gehen, kein einziges Mal. Er weiß noch, wie stolz er darauf war. Was existiert noch von Friedrichshafen? Zwei Schwarzweißbilder der Erinnerung: Winter und Schnee und ein Magirus-Lastwagen mit langer Haube, der sich brüllend die Steigung von der Promenade zur Brücke über die Eisenbahn hochquälte, dort, wo die Hochstraße begann und der Milchladen stand. Und ein weiteres, ebenfalls aus dem Winter: jenes andere Hochhaus an einer Kreuzung in der Innenstadt, das auf einem schmalen Sockel ruhte und hohe Richtantennen auf dem Dach hatte und neben dem der Verkehr auf der schneematschbraunen Straße in einer Unterführung verschwand, die für Charly immer einem Höllenschlund glich, weil dort für ihn die bekannte Welt endete.

»*Der zweite verlorene Flugball für Curren. Er wirkt hier am Anfang doch nervöser als Becker. Wenn Becker überhaupt nervös ist. Aber ich glaube schon, daß er es ist...*«

Game to Becker...

»*Und der erste Doppelfehler und der erste sogenannte Break. Eine Entwicklung, die Curren sichtbar nicht mag...*«

...two games to love.

»*Was für ein Start in dieses Match!*«

Der Erfolg über alle Maßen, das Auf-goldenen-Fontänen-zum-Himmel-Getragenwerden, bevor man jemals die Gelegenheit hatte, bitter zu werden von Niederlagen und unerfüllten, unerfüllbaren Hoffnungen. Und dieses Gefühl – wahrscheinlich sogar ein aufleuchtendes Wissen – um das Einzigartige, das dir geglückt ist:

Please please me, und der Funke springt über. Die dir gleichen, die Gleichaltrigen, die Brüder und Schwestern des eigenen Lebens, die eigene Generation, von deren Anonymität du eben noch ein Teil warst, sie stürmen heran, erheben dich, tragen dich auf Händen, du bist derjenige, der ihre Träume lebt, in dir findet ihrer aller Existenz ihre Rechtfertigung, ihre Berechtigung, ihren Ausdruck. Durch dich erleben sie Ewigkeit im Augenblick. Du bist der Messias. Und du bist zwanzig Jahre alt oder wieviel auch immer. Und unsterblich. Ein Schauer überläuft ihn bei der Erinnerung an diesen Moment dort auf den Dünen, als es so schien, bald könne es auch für sie soweit sein und sie hätten nur noch ganz kurz zu warten auf die Apotheose. Die Dauer eines Matchs...

Dieser Curren ist mir ein Rätsel. Wo kommt der her? Wie hat der Connors und McEnroe so weghauen können? O Gott, dieser Return! Da kann Becker nur noch dumm aus der Wäsche schauen. Wenn der jetzt returniert wie gegen McEnroe, dann ist Ende der Fahnenstange.

Nun hör doch auf zu unken, hat doch gerade erst angefangen.

Wenn Beckers erster Aufschlag nicht mehr kommt, dann ist Sense, sag ich dir.

Und warum sollte er nicht mehr kommen?

Die Nerven, mein Lieber. Irgendwann muß dem ja klarwerden, wo er hier steht. Wie diesem Tausendfüßler, der sich die Beine verheddert, als er drüber nachdenkt, wie er es macht.

Fourty-thirty. Das Stadion hält den Atem an.

Die in Zeitlupe beginnende, dann ansatzlos im Kontakt des peitschenartig auf den Ball treffenden Schlägers verwischende Bewegung. Die nach hinten boxenden Ellbogen beim Sprint ans Netz. Die weißblond beflaumten Säulenbeine. Der Return als Passierball längs der Seitenlinie. Becker schaut ihm hinterher wie einem abfahrenden Zug, den er trotz Gerenne zum Bahnsteig hoch nicht mehr erreicht hat.

Der läuft in sein Verderben. Warum bleibt er nicht einmal auf der Grundlinie, wenn er kein As schlägt, und versucht, ihn auszuspielen. Der muß doch gesehen haben, was der Wichser für Returns schlägt.

Herrgott, weil er schon unterwegs ist, kaum daß er den Ball getroffen hat. Weil er auf seinen Aufschlag vertraut.

Hoffentlich vergeht ihm dieses Vertrauen nicht mitsamt dem Aufschlag. Wenn er noch fünf sone Dinger um die Ohren bekommt, steckt er auf.

Der steckt nicht auf. Du hast doch gesehen. Der ist irgendwo auf Wolke sieben. Der spielt im Rausch. Der kann gar nicht runter.

Mensch, irgendwann wird er auch schnallen, daß er erst siebzehn ist und ungesetzt.

Geil! Das Aufrauschen der Menge. Beide schlurfen zum Bänkchen.

Becker leads...

Hast du das gesehn? Hast du das gesehn? Diesen Volley? Diesen Aufschlag? Geil geil geil.

Siehst du!

Ich brauche ein Bier. Ich verdurste. Willst du nicht auch eins?

Ich hab gestern abend genug gebechert, letzter Abend als freier Mann. Ich mach mir nen Kaffee.

Kaffee! Ich brauch ein Bier!

Ja geh halt holen! Steht in der Küche. Ich kann hier jetzt nicht weg.

Soll ich euch auch eins mitbringen? Kaffee machst du dir doch sowieso keinen, und heute abend hast du auch nichts zu tun, außer dich feiern zu lassen.

Aber hinterher, sagt Thommy und leckt sich in einer Pantomime des geilen Wolfs von Tex Avery die Lippen.

Angebot zum männlichen Standardgespräch, auf das Kai gleich einsteigt: Wenn du ihn nach drei Bier nicht mehr hochkriegst, spring ich ein. Als Trauzeuge hab ich das Recht dazu.

Charly lächelt. Er weiß, daß sich in diesen Phrasen auch ein Kompliment für Christine versteckt. Er liebt dieses gemütliche, etwas suhlige Gefühl männlicher Kameraderie.

Jedesmal bei Aufschlag Becker hält er den Atem an: Wenn er ihn nur durchbringt! Alles, bloß kein Break, daß dann womöglich die Nerven durchgehen und alle Dämme brechen.

Schon Nyström und Mayotte haben mich ein Jahr meines Lebens gekostet, auch wenn man hinterher, gestärkt von Beckers stählernen Nerven und seinem völligen Mangel an Angstphantasien, wie neugeboren aus dem Match hervorging. Platt, mit nassen Händen, aber stark, glücklich, selbst ein potentieller Sieger. Und dieses fürchterliche Regenmatch gegen Jarryd, denn es ist ja von Runde zu Runde schlimmer und spannender geworden.

Die Hoffnung auf und der Glaube an Wunder sind leicht wie Flaumfedern. Beim ersten Windstoß fliegen sie davon. Hinterher zeiht man sich dann der Kleingläubigkeit, ja mehr noch: Es besteht ein Zusammenhang zwischen der Zuversicht vor dem Fernseher und der magischen Kraftübertragung auf den Sportler. Bei Deutschland–Frankreich 82, da hat dich Thommy hinter dem Sofa hochgeholt, als es drei-eins stand, er sagte, ich weiß, daß sie es noch schaffen, ich weiß es, jetzt ist Rummenigge drin, da scheißen sich die Frenchies in die Hosen. Hinterher beim Finale war ihr Glaube aufgebraucht und prompt. Andererseits, nach der Logik müßte man nur alle Chinesen mit Fernsehern ausrüsten, und nie mehr würde ein anderer als die Schlitzaugen was gewinnen.

Als Jarryd den ersten Satz locker für sich entschied und bei Becker gar nichts klappte, konnte man sich noch sagen, das will nichts heißen, siehe Nyström oder Mayotte. Wie er da umgeknickt ist und sogar mit seiner hellen Jungenstimme dem Schiedsrichter zugerufen hat, er mache Schluß, da hätte man in den Fernseher springen und ihn schütteln mögen. Und die Bilder dann dieses seltsam häßlichen, gelblichen Fußes, die Zehen sahen so zusammengepreßt aus, als wäre er fünfzehn Jahre lang in spitzen Pumps umhergelaufen, und diese gelben, eingewachsen aussehenden Zehennägel, irgendwie beruhigend, daß er rein körperlich auch was Ekliges, Schweinehaftes hat, aber gut, nach dem ersten Satz immer noch Ruhe. Doch als es dann im zweiten 5:4 Jarryd stand und Vorteil für ihn, da ist mir plötzlich kalt geworden, als stünde ich selbst dort auf dem Platz und wäre siebzehn und hätte im Halbfinale einen Satzball gegen mich zum 0:2. Eigentlich zittert einem dann die Hand. Was soll er da machen?

Probieren, zweite Chance gibts nicht mehr. Er kann eigentlich nichts mehr tun außer aufgeben. Und dann schlägt er einen Volley aus unglaublicher Position cross, ich weiß nicht, göttliche Eingebung, Mut der Verzeiflung, Glück, die Venus von Milo der Tennisschläge, Moses teilt die Wasser, eine Geste von einer Zehntelsekunde, wert, in Marmor gemeißelt zu werden, Einstand, die ganze Zeit atmest du nicht, dann ein Punkt, der nächste Ballwechsel, jetzt ist er im Vorteil, und dann: plötzlich wieder ein As, ausgerechnet in diesem Moment fällt ihm wieder ein, wies geht. Ein As, und er hat den Satzball abgewehrt und rettet sich ins Tie-Break. Ein Champion. In solchen Momenten merkst dus. Da gibts, das ist das Große am Sport, kein Tricksen und kein Blenden. Und dann kam der Regen. Platzregen, eine Dusche, als hätte auch der Himmel eingehalten und pißte jetzt los.

Einmal hat dich eine Szene an den Stierkampf erinnert, an die Momente, wenn der Matador nach mehreren Passagen mit der Muleta den Stier gebannt hat und sich mit einer dieser verächtlichen spanischen Gesten abwendet, sich umdreht, ohne ihn eines Blickes zu würdigen, ihm provokant den Rücken zuwendend, mit diesem schwulen Hämorrhoidenschritt davonstolziert. Genauso dreht sich Jarryd ab, als er vorne am Netz einen Punkt gemacht hat, einen Ball, nach dem Becker vergeblich gehechtet ist, jetzt liegt er am Boden, Jarryd schaut gar nicht hin, schreitet zurück zur Grundlinie.

»*Und nun hat er zwei Satzbälle!*«

Charly und Kai springen zugleich auf, strahlen sich an, klatschen sich ab mit feuchten Handflächen. Thommy hält demonstrativ beide Daumen hoch.

Game and first set Becker.

Geil!

Sie sagen »Gaaiil«, ein Geräusch, das den Mund in die Breite zieht und wie der größte Teil ihrer fragmentarischen Unterhaltung eine Chiffre ist. Jeder weiß, was der andere empfindet: ein einsilbiges, kurzes Glück.

»*Ist das möglich!? Hier sehen wir die Eltern, die eigens aus Leimen hier angereist sind.*«

Ach Gott, siehst du die Perlenkette von Muttchen. Und das grüne Kleid, süß.

Und Vati erst mit der Sechziger-Jahre-Krawatte!

»Ich glaube, es ist für sie angenehmer, bei der Publizität, die dieser junge Mann erreicht hat, hier zu sein und ihren Sohn zu bewundern. Erster Satz nach sechsunddreißig Minuten, wir sehen es oben rechts, mit 6 : 3 für Boris Becker.«

So, der Erste ist geschlagen und gewonnen, es besteht nun keine akute Gefahr. In solchen Momenten setzt eine gewisse Routine ein, im Stadion wie vor dem Fernseher. Aufstehen und Recken ist erlaubt, vielleicht sogar kurzes Hinausgehen, das zur Psychologie großer Sportereignisse zu gehören scheint, deren Kampfstätte man gerne momenteweise verläßt, vielleicht um die Nerven zu beruhigen für den nächsten Akt, um sich in noch größere Spannung zu versetzen – vielleicht geschieht das Entscheidende ja gerade, wenn ich draußen bin – oder um sich gegen den Bann zu behaupten, ihm die eigene Macht entgegenzustellen: Solange ich fort bin, kann nichts geschehen.

Nicht daß Charly und die anderen das Interesse verloren hätten, aber so ein Tennismatch auf Rasen ist eine seltsame Kombination explodierender, verwischender Momente von künstlerisch-körperlicher Aktion, die man sich hinterher im gegenseitigen Wechselspiel von »Und hast du gesehen, wie er ...« vergegenwärtigen muß, um sie erst wirklich wahrzunehmen, und völlig leeren, genormten Zwischenzeiten: die Seitenwechsel, die Pausen auf den Stühlen, ein Handtuch um die Schultern, das Nippen an Plastikbechern, während die verzweifelte, rastlose Kamera übers Publikum irrt auf der Suche nach minderen Blickfängen, ratlos auf dem blauen leeren Sommerhimmel verharrt, die grüne Anzeigetafel mit dem Rolex-Signum fixiert, die leuchtenden Golddukaten ihrer Ziffern, oder es mit dem väterlich ruhigen Schiedsrichter vom Stuhl probiert. Irgendwer hat einmal eine Statistik geführt, aus der hervorging, daß ein Zweistundenmatch auf Rasen aus sage und schreibe sieben Minuten Action besteht, der Rest ist Beiwerk.

Charly steht in der Küche. Er lockert die Krawatte noch mehr, öffnet das Fenster, das auf den grünen Hinterhof Richtung Kanal hinausgeht, dehnt die steifen Beine, knackt mit den Fingerknöcheln und nimmt sich ein Bier aus dem Kühlschrank.

Das rauschende Wuuuschsch, mit dem der Lautsprecher des Sonygeräts das Aufbrausen des Beifalls herüberbringt, läßt ihn erstarren.

Was ist denn los? Wie stehts? Mach ma lauter!

» Das ist der Boris Becker, wie wir ihn schon öfter erlebt haben. Wenn es sein muß, hechtet er sich nach dem Ball, in dem Falle aber vergeblich. «

Eins-eins, keine Panik.

»...wieder die dynamische Aufschlagbewegung von Becker. Er ist sehr schnell vorn, viel schneller als in den bisherigen Begegnungen. Und hier der Hechtsprung. Das Hemd ist jetzt zwar schmutzig, aber Becker hat ausgeglichen. «

Ich geh mal eben pissen. Ruft mich, wenn was passiert.

Er geht in seinen schwarzen Pantoffeln ins Badezimmer, wäscht sich die feuchten Hände und sieht sich im Spiegel an. Immer der Versuch, hinter die Haut zu blicken. Schon als Kind davorgestanden wie vor einem Gemälde: Gewiß, das dunkle Haar, die hoch aufgeschossene Gestalt, die etwas gebogene Nase, die etwas zu schmalen Augen und Lippen, der trotz allem schöne ebenmäßige Schnitt, alles gut getroffen, aber wo versteckt sich das Besondere, das Einzigartige, das dich von anderen unterscheidet? Als müsse der Künstler irgendwo ein Zeichen gesetzt haben, das sich bei genauer Beobachtung erkennen ließe. Als müsse hinter der Folie der Haut die Antwort liegen. Man ist sich selbst gegenüber blind.

Von den zwei Jahren in Dachau, die auf Friedrichshafen folgten, weil der Alte eine neue, bessere Stelle hatte und auch für die Kinder alles besser werden würde, selbst wenn sie jetzt fünf Kilometer mit dem Rad zur Schule fahren mußten bei jedem Wetter, erinnert er sich nur mehr an die Fußballspiele auf die einander gegenüberliegenden Garagentore bei Ecki, der in dem benachbarten Mietshaus wohnte. Wie es donnerte und schepperte, wenn ein Ball einschlug, und wie der Hausmeister schimpfend aus seiner Wohnung kam und sie alle auseinanderstoben. Dort war er auch gefragt worden, ob sein Vater bei »EiBiEm« arbeite, der vielen Umzüge wegen und weil er nicht von hier war. Charly hatte »ja« gesagt, weil er IBM beeindruckender fand als die aufeinanderfolgenden Autozulieferer, bei denen der Alte Abteilungsleiter und später Personalchef war, meist schon wieder beim nächsten, sobald er die Familie nachgeholt und eine Wohnung, ab Dachau dann ein »schönes Einfamilienhaus«, für sie gemietet hatte. Nach Dachau kam Hannover, besser gesagt Hemmingen Westerfeld, bis sie dann 1972 endlich wieder zurück nach Hamburg zogen, um es drei Jahre später wegen der Amsterdamer Eskapade noch einmal für ein Jahr zu verlassen.

Aber die Erinnerung an all diese Orte ist nur ein in absolute Dunkelheit gebohrter Lichttunnel, der irgendwo abbricht und nicht bis in die Gegenwart reicht und an dessen Wänden links und rechts Bilder hängen, die, soviel sie dir bedeuten, zusammen keine Geschichte ergeben, kein Panorama, keine Kontinuität. Die vielen unbekannten Eimsbüttler Christines der Vergangenheit sind nämlich im Grunde eine einzige, wogegen Charly ein Puzzle mit fehlenden Teilen ist, zusammengesetzt aus einem Friedrichshafener, einem Dachauer, einem Hannöverschen, einem Amsterdamer und schließlich einem Hamburger Charly. Daß dir genau dieser Wirrwarr lange Zeit als modern erschienen ist, daß du auch heute noch unterschreiben würdest, all die Umzüge und Eindrücke hätten deinen Horizont erweitert über das Niveau von Leuten hinaus, die immer am gleichen Fleck geblieben sind, daß du, genau wie Erika, den Schneller-Höher-Weiter-Ehrgeiz, mit dem Papa das Familienleben angetrieben und beschleunigt hat, auch in dir selbst als Antriebsquelle sitzen hast – wie sollte es denn auch anders sein –, all dies hat so gar kein argumentatives Gewicht mehr, seit du Christine liebst und ihr Leben: eine Idylle abseits von überspanntem Ehrgeiz, eine Heimat, wie du sie auch gerne gehabt hättest.

Es ließe sich einwenden, daß Christines Familie eine solche Eimsbüttler (und Handwerker- und Sozialdemokraten-) Idylle nie gewesen ist, daß sie bei der erstbesten Gelegenheit, sich ein Reihenhaus leisten zu können, Eimsbüttel verlassen hat, daß die Erziehung der Kinder offenbar nicht nur in Harmonie und Toleranz und Offenheit verlief, andernfalls wären die Konflikte nicht zu erklären, die zumindest Annemarie mit ihren Eltern ausficht. Ja, es ließe sich vor allem einwenden, daß du dir, kratzt man die ganze Romantiktünche ab, mit der du Christines Herkunft verkleisterst, eigentlich eine etwas bessere Schwiegerfamilie gewünscht hättest (und auch die Eltern und Erika haben bei der ersten Begegnung Blicke getauscht und die Nase gerümpft, auch wenn sie es nicht wagten, dir gegenüber etwas offen zu kritisieren oder zu bespötteln), etwas mehr Bildung und Horizont, eine etwas größere, leichthändigere bürgerliche Sicherheit des Auftretens, ein anderes gesellschaftliches Umfeld, etwas mehr Geschmack und Stilsicherheit – kurz und gut: etwas Standesgemäßeres.

Ha! Genau! antwortet deine empörte Liebe diesen diabolischen Einflüsterungen, denn der Blick auf das Tennisspiel hat sie plötzlich auf eine gewagte Gedankenkonstruktion gebracht: Stand unser Leben nicht seit jeher unter dem Gesetz der Logik des Sports, wo es nur die Wahl zwischen Sieg und Niederlage gibt (und selbst bei Sportarten, die ein Unentschieden kennen, ist das nur ein Aufschub, eine Vertagung der Entscheidung, die unweigerlich kommen muß)? Und ist deine Sehnsucht nach Christines Heimat nicht die Verweigerung dieser Lebenslogik? Ja, ist deine Liebe zu ihr nicht deshalb so kostbar, weil sie diesen erschöpfenden Teufelskreis unterbricht? Ist nicht die Liebe eine bewußt und willentlich herbeigeführte Niederlage? Ist zu lieben nicht die Erlösung? Endlich unterliegen dürfen. Angesichts deiner Hoffnung auf Beckers Sieg macht dieser Gedanke dir plötzlich angst. Einen Moment lang scheinen hier zwei sich ausschließende Logiken einander gegenüberzustehen, dann verwirren deine Gedanken sich, der Faden reißt, du bist wieder im Hier und Jetzt.

»Hier eine Fußballeinlage. Die Fans freuen sich. Tie-Break. Erster Punkt für Becker. Und gegen den Aufschlag von Curren. Das wird ihm Mut geben. Und völlig verzweifelt sieht seine Freundin aus. Sie atmet tief durch. Sie hatte bislang allen Grund zum Strahlen, zum Jubeln. Jetzt ist aber Kevin Curren in Schwierigkeiten. 1:0 für Becker.«

Ob sie seinen verschwitzten Schwanz wohl lutscht nach so einem Match? fragt Thommy.

Wenn er den Zweiten auch gewinnt, können wir uns entspannen, sagt Kai.

Charly ist schon wieder absorbiert von den hin- und herwischenden Schatten auf dem Bildschirm. Er weiß so wenig, welche Gedanken eben noch durch seinen Kopf gezogen sind, wie der Himmel sich an die Wolkenbildungen von vor fünf Minuten erinnert. Das Bier ist warm, woran er merkt, daß er seit einiger Zeit den Flaschenhals umklammert hält. Kai wühlt in seinem Schnurrbart wie nach Läusen.

Tennispublikum, gerade in Wimbledon, ist im allgemeinen fair. Ungleich fairer als beim Fußball. Trotzdem gibt es Sympathien. Eine kollektive Zuneigung zu einem Spieler, die etwas ausmachen kann, manchmal schon vorher festgelegt, von den Medien, von der näheren oder ferneren Vergangenheit der Sportler, manchmal sich erst im Laufe eines Matchs bildend, ganz selten während des Spiels die Seiten wechselnd.

Kraftstrahlung aus Hunderten, aus Tausenden geballter Fäuste, die Energie von Stoßgebeten. Oder einfach die Jubelsirene und die launigen aus den kurzen Zwischenmomenten der Stille tönenden Anfeuerungsrufe: *Boris, I love you!* Mit wem identifiziert man sich bei einem solchen Spiel? Ohne das Mitzittern bleibt nicht viel hängen, objektives Interesse am Sport ist nicht möglich. Man muß sich mit dem Lokalpatrioten identifizieren oder dem Landsmann, dem Champion oder dem Außenseiter, dem Schöneren, dem Böseren, dem Chancenlosen, dem Götterliebling oder dem Underdog ... Heute fällt es leicht...

Bevorzugen die Engländer den blonden deutschen Jungsiegfried oder den Favoritenkiller? Hängts am hübschen Gesicht, der Haarfarbe, der Nationalität, dem ritterlichen oder provozierenden Verhalten auf dem Platz? Ich glaube, heute neigt sich die Waage zugunsten Beckers. Blutjung, schön, ungesetzt, stark und verzweifelt. Er fällt in die Scheiße, klopft sich ab, macht weiter. Erstaunlich, daß offenbar keiner der Tommies mit *Kraut* und *Tank* kommt wie beim Fußball.

»... *Curren nur dreimal. Aber er hat alle seine Tie-Break-Sätze gewonnen.*«

Wie seltsam steif die Beine und der Rücken sind bei Becker, wenn er aufschlägt. Diese zu engen Shorts. Deshalb wirken die weißen Beine so massiv. Die anderen haben weitere Hosenbeine. Gewiß, Curren hat die beiden letzten Champs rausgeworfen, als Außenseiter. Das müßte ihm eigentlich Sympathien bringen. Aber es war zu glatt, sie hatten keine Chance. Es waren keine heroischen Matches. So haben die Leute eher das Gefühl, daß Curren sie um ein großes Endspiel betrogen hat. Das werfen sie ihm vor. Was man sich so alles zusammenphantasiert, damit die Dinge passen...

»*Sechs Punkte. Es werden die Seiten gewechselt, ohne daß es gestattet ist, sich hinzusetzen, sich ein wenig auszuruhen.*«

Wär ja auch noch schöner, bemerkt Kai.

Das hat ihm immer gefallen: die psychologische Kriegsführung, wenn sie am Netzrand vor dem Schiedsrichterstuhl aneinander vorbeimüssen. Weil sie meist gleichzeitig zu diesem Engpaß kommen. Bloß nicht den andern ansehen. Bloß cool und gleichgültig. Er macht es selbst auch so, alle machen es so. (Frauen nicht.) Wenn er null-vierzig zurückliegt, wirft er Jobst alle vier Bälle, mit denen sie spielen, zum Aufschlag rüber, um ihm zu signalisieren, daß er sie noch brauchen wird.

Den Tie-Break verscheißt er, sagt Kai unvermittelt aus dem Nichts heraus. Ansatzlos, apodiktisch wie ein Orakel.

Klopf auf Holz, zischt Charly ihm zu. Was soll das? Solches Geunke ist nie gut. So ein Match ist ein fragiles Gebilde. Jede schlechte Vibration...

Becker gehechtet. Den Ball nicht erreicht. Gott, wie langsam er sich aufrappelt. Punkt für Curren.

»... *es muß für die fast unerträglich sein, zuzuschauen...*«

O Gott! O je!

Kai springt auf, halb auf, und läßt sich wieder in den Sessel fallen, der ächzt.

»... *wohl der beste Return von Kevin Curren im ganzen Spiel. Und der bringt ihm zwei Satzbälle.*«

Hast du das gesehn? Hast du das gesehn? Bumm! Unmöglich, so ein Return...

Halts Maul, sagt Charly. Aber Becker hat den Ball bereits ins Netz geschlagen.

Game and second set Curren.

»Jubel beim Publikum, bei Curren und seinen Angehörigen. Kevin Curren gewinnt den zweiten Satz im Tie-Break mit 7 : 6. Schade, schade für Boris Becker, der mit 3 : 0 geführt hatte. Jetzt ist alles wieder offen. So ist das halt auf Rasen. Da dominiert man, und innerhalb von ein paar Minuten kann sich das Blatt wenden. Womit ich nicht gesagt haben will, daß Boris Becker nun verloren ist.«

Ist er aber, sagt Kai. Jetzt wirds schnellgehn, wirst du sehn.

Die Zuschauer sind warmgelaufen. Glücklich rutschen sie auf ihren Stühlen herum, wie um festeren Halt zu bekommen, jetzt, wo es noch dauern wird. Niemand wird an diesem sonnigen Nachmittag im berühmtesten Tennisclub der Welt durch einen schnöden Dreisatzsieg um seine Emotionen betrogen werden. Becker hat den ersten Aufschlag. Die Rolex-Anzeigetafel, die ins Bild gerückt wird, goldgrün zitternd, mit den ominösen schwarzen Löchern der ungespielten drei noch möglichen Sätze. Eine Tragödie mit Katharsis und dem Satyrspiel der schwachsinnigen Interviews hinterher, eine erfolgreiche Massen-Autohypnose, während der man sich mit angehaltenem Atem darüber hinwegtäuscht, daß sie so keinerlei praktische Bedeutung besitzt, gemessen an Kriegen, Krisen, Zahnschmerzen oder der Liebe – die sie dennoch allesamt zu unterbrechen oder sogar anzuhalten vermag. Ein neuer Chef der Sowjets, neue Hoffnung aufs Ende des Wettrüstens, vierzig Jahre Kriegsende, was berührt dich daran, gemessen an der Lebenswichtigkeit, die dieses Tennisspiel besitzt? Hier hocken Wetter, die ein kleines Vermögen gewinnen könnten. Irgendein Typ beschließt, noch eine Chemotherapie zu überstehen, weil er sieht, daß Menschen über sich hinauswachsen können, um ein Ziel zu erreichen. Ein ganzer Industriezweig fiebert mit, Profitennis ist die Speerspitze eines weltumspannenden Netzes von Kinderarbeitern in Asien bis zu Topmanagern in den Staaten und Herzogenaurach. Es ist völlig bedeutungslos und zugleich von unübertrefflicher Wichtigkeit.

Die beiden sind auf Betriebstemperatur. Aufschlag, Return, Volley, Punkt. Kaum ein längerer Ballwechsel. Abgewandte Gesichter. Geballte Fäuste. Noch hat keiner eine Bresche geschlagen in die Selbstsicherheit des anderen. Aber das Gerüst wankt. Die Fangarme der Spannung, die auch die des drohenden Unheils sein könnten, greifen aus, umschlingen Charly, umschlingen ihn wie Schlangen den Laokoon, von dem man beim Anblick der Skulptur auch nicht sagen kann, wieviel Genuß in seinem verzweifelten Ringen steckt. Ich und Match überlagern sich, die elektrischen Ströme beider Organismen fließen zusammen, Spiel und Charly wachsen aneinander fest. Beckers Bewegungen, Beckers Schläge, Beckers Taktik, jeder Impuls in seinem Hirn, der in Lichtgeschwindigkeit als Befehl an die Muskeln gesendet wird, kommt wie ein fernes Echo auch noch in Charlys Körper an. Zuckende Waden, geballte Fäuste, Schweißabsonderung, der Ansatz einer Vorwärtsbewegung, zu schwach, den Körper aus dem Sofa zu heben, mahlende Kiefer, lautlose, sinnlose Wörter aus klaffendem Mund, die nicht im eigenen Hirnstamm geformt werden. Der Versuch mitzudenken, auf der Höhe zu bleiben. Andersherum muß es auch funktionieren: die eigenen Kräfte mobilisieren und bündeln, um den Spieler zu stärken, der zur Marionette deiner Wunschgewalt werden müßte. Dich sammeln, aus den tiefsten Tiefen schöpfen, Kräfte, Ruhe, Durchhaltevermögen. Aber woher nehmen? Die Titelmusik von Indiana Jones: Da da-di da, daa da daa. Was hast du sonst noch in petto an starken Emotionen, die du in die Waagschale werfen könntest?

Jenes Gefühl grenzenloser Freiheit, intensivster, zehrender Freiheit damals, als er mit Thommy zum Skifahren nach Lech unterwegs war und sie hinter Bregenz abbogen, weil sie glaubten, die kürzere Route über Warth wäre offen, als sie die Serpentinen hinauffuhren und sich ihnen plötzlich in der Februarsonne ein unsagbar weites Hochtal darbot, in der Tiefe die verschneiten Gipfel, so weiß, höher die Berghütte, ein schwarzer Tuschekringel, höher die Wolken, weit, weit alles, grenzenlos.

Hohe Momente, die muß ich ihm rüberfunken, die müssen aus meinen Atomen in die von Becker überspringen, Triumphrausch, spürst dus, komm, jeder hilft dem andern ins Licht –

»O je!«

Stille im Stadion. Bei 3 : 3 liegt Becker bei eigenem Aufschlag null-vierzig hinten. Kai springt auf und läuft hinter den Sessel, hält sich mit beiden Händen an der Lehne fest. Kann ihn jetzt nicht haben. Er stört. Er müßte weg, er ist Curren. Charly würdigt ihn keines Blickes. Kein Trostwort, keine Aufmunterung. Ballwechsel. Atem anhalten. Curren hechtet. Aber Becker macht den Punkt. Sie umarmen einander. Jetzt ist es wieder gut, daß er da ist, sein Arm auf deiner Schulter. Wenn man in solchen Momenten allein ist und keinen Blitzableiter hat, niemand zum Anfassen –

»Haben Sie das gesehen? Im Fliegen diese harte Vorhand. Aber Becker war auch da. Hat er sich wehgetan? Eine ganz wichtige Situation. Und für beide. Hier im dritten Satz und für das gesamte Match.«

Game Curren.

»Zum ersten Mal nimmt Kevin Curren Boris Becker das Aufschlagspiel ab. Die Vorentscheidung im dritten Satz?!«

Es steht auf der Kippe, denkt Charly. Jetzt steht es auf der Kippe. Es kann alles noch schiefgehen. Er starrt Kai an, fasziniert davon, wie dessen Körper sich der Zentralkontrolle entzogen hat: Der Mund knabbert achtlos, aber fanatisch am Nagel seines rechten Zeigefingers, wie ein Tier, das sich ein in die Falle geratenes Glied abfrißt. Jetzt fällt die Kinnlade nach unten. Der Zeigefinger zieht sich aus dem Mund zurück und zupft, wühlt im Schnurrbart. Die nassen Handflächen reiben sich mechanisch auf den Sessellehnen trocken, während der rechte Fuß ein unsichtbares Baßpedal bearbeitet. Die rechte Hand scheint nach etwas greifen oder eine Fliege fangen oder verscheuchen zu wollen, dann sinkt sie so langsam auf die Lehne wie ein landender Zeppelin. Jetzt hebt sie sich wieder, ergreift die Bierflasche, erhält aber nicht den Befehl, sie zum Mund zu führen. Ein autonomer Nervenknoten im Arsch katapultiert das Bekken ein Stückchen nach oben, aber der Körper, der nicht weiß warum, folgt sofort wieder der Schwerkraft zurück in den Sessel. Die Bierflasche wird erneut abgesetzt, ein fremdes Objekt, das die Hand nicht länger berühren will. Die landet stattdessen auf dem Scheitel, kratzt ihn pflichtschuldig, reibt über die Stirn. Die Augen sind währenddessen auf den Bildschirm fixiert, die hin und her zuckende Iris folgt wie ein Cursor den bewegten Bildern. Der Mund formt lautlos Worte, die man ohne Lippenlesen zu können als Wiederholungen des Fernsehkommentars erkennt.

Es fällt Charly auf, wie weit das Sofa nach hinten gerutscht ist. Offenbar hat er, während er Kai beobachtete, so gezappelt, ist so oft aufgesprungen und hat sich wieder verzweifelt und erleichtert fallen lassen, daß –

Währenddessen ihre mitlaufende Konversation: Ja! O Gott! Verdammte Scheiße! Mach es! Scheiße! Nein! Warum macht er ...? Genial! Hastudasgesehn? Das gibts nicht! Dasdarfdochnich ...!

Die TV-Passivität zwingt die Körper wie im Schlaf zu Ersatzbewegungen, angedeuteten Schritten. Unregelmäßige Atmung. Eine REM-Phase im Wachzustand. Die blöden, leeren Gesichter von Menschen, die voll konzentriert oder vollkommen abwesend sind. Die Stoßgebete im Kopf, nur Wortfetzen: Er darf nicht – bitte nicht – mach daß er –

»*Wie clever gespielt!*«

Ein gehetztes Hin und Her, Explosionen von Muskel- und Schnellkraft, eine diagonale Choreografie, die sich mit jeder atemlosen Sekunde zu einer mythischen Oper, zum Heldenepos auftürmt, zum zitternden Bewußtsein, etwas Einmaligem in Realzeit beizuwohnen, etwas Unvergeßlichem, das hinterher binnen weniger Stunden als Bild, als Bewegungsablauf in der Erinnerung wieder zu Nichts zerfallen wird und nur als Mosaiksteinchen einer Emotion überlebt. Die Kämpfe der Götter und Titanen, die hier auf der Erde ihre Fortsetzung und Entsprechung erfahren, satyrspielhaft, trivialisiert, bannend trotzdem.

»*Ist das denn drin? Wieder die geballte Faust. Und der verdiente Beifall für Boris Becker.*«

Wie ein vorüberrasender Düsenjäger im Tiefflug der Schrei, den Beckers Rebreak den Zuschauern abpreßt: Jiirraaahh!

Quiet. Quiet please, Ladies and Gentlemen. Thank you.

Die beruhigende Stimme des Schiedsrichters wirkt auch auf Charly, Thommy und Kai. Die Atmung normalisiert sich. Zurechtrücken auf der Sitzfläche. Bereitmachen für den nächsten Ansturm. Stille. Nur das leise Rauschen des Fernsehers. Der Kommentator meldet, daß Becker sein fünfzehntes As geschlagen hat.

Hast du den Blick von Curren gesehn nach dem Rebreak? Völlig ungläubig. In dem ist was zerbrochen.

Nicht zu früh freun, sagt Charly zwischen den Zähnen.

Kai deutet mit dem Kinn auf den Bildschirm.

Hast du gesehn? Seine Haare sind länger geworden seit Turnierbeginn. Jetzt gehn sie ein bißchen über die Ohrn.

Wie er vorhin am Boden lag im zweiten Satz: wie ein verwundetes Tier bei der Großwildjagd. Und wie er sich dann wieder hochgerappelt hat.

Wann kommt eigentlich Jobst?

Nach dem Spiel, nehm ich an. Er muß sich ja auch noch umziehn und dann aus Alsterdorf rüber, während Ines den ganzen lieben langen Tag mit Christine zusammengluckt. Mir müßten die Ohren klingeln.

Wie lange kennst du sie eigentlich schon? fragt Kai.

Wen, Ines?

Ines kennt man immer schon zu lange, wirft Thommy ein.

Ewigkeiten. Über zehn Jahre. Aus der allerersten Cliquenzeit, als ich aus Hannover zurück war. Da war sie dreizehn oder so. Bevor wir wieder weg sind nach Amsterdam. Nee, Ines kannte ich schon, da habe ich von Christines Existenz noch nichts geahnt. Obwohl die beiden die ganze Zeit in einer Klasse waren.

Und Jobst?

Der hat irgendwie immer dazugehört, erklärt Thommy.

Und wie sind die beiden zusammengekommen?

Ines, ich mag sie ja wirklich gern, wie eine Schwester, aber sie ist halt immer ein Wanderpokal gewesen. Vielleicht war es ja wie mit dem alten Jules-Rimet-Cup: Wer dreimal dran war, darf ihn behalten.

»*Ein Aufschlagspiel mit drei Assen! Mein Gott ... Unglaublich.*«

Aber es gelingt Becker nicht, den Satz zu gewinnen. »Nein!« schreit er, es ist aus dem allgemeinen Rauschen herauszuhören, und der Kommentator wiederholt sofort: »*Nein, schreit Becker.*« Er blickt ratlos auf den Schläger, zupft an der Bespannung.

»*Den Nervenkrieg beim zweiten Aufschlag hat diesmal Curren gewonnen.*«

Weiß noch, wie wir es vor Spannung nicht mehr aushielten bei der England-Revanche, als es gleich wieder null-zwei stand, damals hatten wir die Engländer ja noch nie besiegt, und über Wembley war so viel geredet und geschrieben worden, die ganze Spannung, die den Körper fast sprengte, mußte raus, es war ja, glaube ich, schon früher Abend, und ich bin rausgerannt, aber ich war nicht der einzige, drei, vier waren da bei Ecki auf dem Hof, wir standen alle da mit rotem Kopf, verzweifelt, irgendwie hatten wir alle das Gefühl, wir müßten das jetzt besser machen, und wie wir dann gebolzt haben da in der Abendsonne und getrickst, und mit welcher Leidenschaft wir uns in die Bälle warfen und was uns gelang am Ball, als wäre etwas von der Spielkunst, ein Abglanz, eine Vorahnung, wie ein Dämon in unsere zehn-, zwölfjährigen Körper gefahren, bis Eckis Vater im Feinrippunterhemd plötzlich am offenen Fenster stand und brüllte: Komm rein, Beckenbauer hat den Anschluß geschafft ...

Der Rausch, das Glück eines rennenden, tobenden Jungen: nichts zu vergleichen. Wenn er an den Typen bei ihnen im dritten Stock denkt, bricht ihm jetzt noch der kalte Schweiß aus ...

»*... mit sehr viel Topspin versehen, aber der Ball war um etwa zehn Zentimeter zu lang ...*«

Ich hab als Junge eigentlich nur Handball im Kopf gehabt, sagt Kai, den Bildschirm ansprechend. VfL Gummersbach, Hansi Schmidt, das waren meine Idole, wahrscheinlich weil ich im Verein war. Tennis hab ich erst angefangen, als sich meine Eltern das Haus in Pinneberg gebaut haben. Wieso eigentlich Wanderpokal?

Was? fragt Charly irritiert. Nun mach es doch!

Aber alle vier Satzbälle, die bei 5:4, die bei 6:5, wehrt Curren ab.

Der ist noch nicht fertig. Du weißt doch, wie das in Cliquen ist, jeden Sommer neue Paarungen, die im Herbst auf den Feten dann irgendwie kaputtgingen.

Und du?

»Erleichterung bei Kevin Curren, bei seiner Mutter, bei seiner Freundin Linda und seinem Anhang. Vier Satzbälle im dritten Satz abgewehrt, und wieder gibt es den Tie-Break. Wie ein Tennisspieler sieht Boris Becker nun nicht mehr aus, eher wie ein Fußballer oder ein Rugbyspieler.«

Aber der Hechter war trotzdem genial.

Die ganze rechte Hälfte seines Rückens ist staubgrau.

Nein, gegangen bin ich nie mit ihr.

Jener unvergeßliche Nachmittag, 77 muß das gewesen sein. Geheimster Geheimbesitz.

One-zero, Becker.

Jetzt muß er es doch schaffen! Er muß es schaffen!

Aber der Curren hat noch keinen Tie-Break verloren.

»Was für ein Kampf, und Curren trifft sich selbst am Arm!«

Ja, rennen zu können. Dieser Berufssoldat aus dem dritten Stock mit dem Bürstenschnitt und seine drei Jungs ebenfalls mit Bürstenschnitt, wie aus den fünfziger Jahren, genauso wie die Schmalztolle von Bosch, und Becker wird verwarnt wegen Coaching, vorsichtig! Jetzt nichts verpatzen! Der muß doch jetzt nicht gecoacht werden! Jeden Morgen trapp trapp trapp die Treppe runter, alle vier, und dann plötzlich eines Tags geht er am Stock, hätte ja fragen können, was ist los, aber gut, man will auch nicht aufdringlich sein, guten Morgen, guten Abend, das Minimalprogramm, reicht ja, war ja auch nicht tragisch, nach drei Monaten kommt er plötzlich an zwei Krücken runtergehumpelt, während die Jungs immer noch trapp trapp trapp, auch sein Gesicht sah nicht anders aus, aber wenn man vorher aus Höflichkeit nicht, dann jetzt schon aus Angst, und ein weiteres halbes Jahr später saß er im Rollstuhl, und da hat Christine dann seine Frau angesprochen, nicht ihn selbst, der uns noch immer zunickte, soldatisch und brav. MS, Scheiße, erster Gedanke: Ist hier irgendwas im Haus, was gesunde Leute krank macht? Asbest? Formaldehyd? Schlechte Magnetfelder? Ja, und dann eines Tages schleppen sie klong klong klong den Sarg runter, immerhin zu Hause gestorben, aber keine Fünfzig der Typ, Scheiße, Scheiße.

Ja, Ines, 77 war das, im Frühherbst in ihrem Mädchenzimmer, in seiner Erinnerung sind die Vorhänge zugezogen, ein Eindruck von gedämpftem herbstlichem Spätnachmittagslicht, es ist gar nichts passiert, deshalb vermutlich nie abgehakt, ähnlich wie man sich an Reiseeindrücke, von denen man kein Foto gemacht hat, viel intensiver erinnert, die ganze Zeit das zehrende Bedürfnis, einander zu küssen, aber in dieser wunderbaren, halb ängstlichen, halb keuschen, idealistisch verträumten Jugendstimmung zugleich die Angst, irgend etwas wäre dann nicht mehr wie vorher (was ja stimmt), die Angst, etwas »kaputtzumachen« zwischen ihnen beiden, natürlich auch einfach die Angst, zurückgewiesen zu werden, und vielleicht eben auch die Ahnung, daß solch eine Spannung ohne Lösung etwas Besonderes ist. Ein oder zwei Küsse ganz am Ende vielleicht, das war alles, nur einer, glaube ich, ein Abschiedskuß, hauchzart, geschlossene Lippen auf geschlossenen Lippen, ein kleines, süßes Entsagen, das für Siebzehnjährige schon fast eine religiöse Erfahrung ist. Die Stimmung unvergeßlich, eine zarte Aufrichtigkeit aus dem Gefühl heraus, im Reservat dieser Stunde dem andern gefahrlos die verletzbare Unterseite zeigen zu können, die Muschelschalen öffnen und dem andern das in rosiges Fleisch gebettete Perlchen seiner Seele offenbaren zu dürfen. Etwas Geschwisterliches oder Blutsbrüderhaftes, ein Stündchen Paradies vor dem Sündenfall. Ganz leise haben wir geredet, als forderten die Geständnisse Stille und die Wände hätten Ohren, keine Ahnung mehr, worüber, aber die ganze Zeit in dieser wie mundgeblasen feinen, fragilen Zuversicht der Jugend. Den Vertrauenspakt dieses Nachmittags hat auch nie einer von ihnen enttäuscht, beide haben sie ihn wie einen Schatz gehütet, wie getrocknete Blumen in einem dicken Buch, und die dazugehörige Musik, die in der Erinnerung zugleich mit den Bildern und dem Grundgefühl auftaucht, ja die das Grundgefühl ist. Wenn er sich daran erinnern will, legt er die Platte auf, selten genug, *You're a lady, I'm a man, your're supposed to understand how these things are often planned to be.* Die wispernde, diskrete, fistelnde Stimme von Peter Skellern mitten im Brausen eines Orchesters erweckt die Erinnerung an jenen Nachmittag zum Leben. Und als es dann begann mit Christine, war sofort klar, daß das Ganze irgendwie unter der Patronage von Ines stehen würde, daß sie – obwohl sie die beiden keineswegs zueinander geführt hatte, Ines hätte sich gehütet, sie behielt ihre Freunde lieber eifersüchtig für sich – die Vertraute, die Hüterin dieser Liebe sein würde und selbst auf seltsame Weise Teil von ihr. Ja, dieses große Haus aus den Dreißigern, unten die Zahnarztpraxis ihres Vaters, und jener Nachmittag in dem stillen Mädchenzimmer, bis wohin manchmal leise, leise die Schreie der Gepeinigten zu hören waren –

»*Ist es denn möglich?! Überhaupt den Aufschlag zu bekommen!*«

*Hast*udasgesehn? Hastu*das*gesehn? Ich glaubs nicht!

»*Und dann noch diesen Ball aus* der *Position so flach rüberzuspielen ...*«

Der blaue Himmel über dem schwarzen Schindeldach des Center Court. Und wie eine Offenbarung wird ihm plötzlich bewußt: Es ist derselbe Himmel wie hier in Eimsbüttel. Es ist derselbe Tag, dieselbe Stunde. Tag der Entscheidung für Becker und für ihn, ihrer beider Nachmittag. Der junge Tennisspieler, unbefangen, kühl bis ans Herz, auf Wolke sieben spielend, und er, Charly Renn, am Tag seiner Hochzeit, kurz vor seinem Examen, unbegrenzte Möglichkeiten vor sich, offene Horizonte, Eheglück, Kinder, Reisen, Freunde, Erfolg, Geld, wenn sie es nur schaffen, wenn es gelingt, diesen Satz zu gewinnen.

Immer nur einen Schritt vor den andern setzen beim Tennis. Nie nach einem gewonnenen Punkt an das gewonnene Match denken, sonst ist das Spiel verloren, bevor du wieder im Jetzt bist. Aber wenn es ihm gelingt, wenn sie die Konzentration hochhalten, wenn sie den Tanz auf dem Seil bestehen, ohne runterzuschauen, dann, dann ...

Curren macht einen Doppelfehler. Becker führt 6:0.

Jetzt darf ich nicht nachlassen. Nur der nächste Ball. Hin- und herpendeln. Kommen lassen. Wir haben eine Sicherheitsmarge. Stärke und Zuversicht, dicht daneben der Abgrund. Wieder schweift die Kamera über die Eltern. Die Mutter mit der Perlenkette. Der Vater mit seiner blauen Krawatte und dem dunklen Haar. Sie blicken aus dem Fernseher heraus. Kai sieht dasselbe wie er: Sag mal, woher hat der Becker eigentlich sein blondes Haar? Meinst du, der Alte hat sich schon mal ein paar Fragen gestellt?

Wahrscheinlich, sagt Charly, ist Borg der wahre Vater.

Das würde einiges erklären. Müßte Muttchen aber das Bundesverdienstkreuz kriegen für den Fehltritt.

Curren ist auf 6:3 heran.

Jetzt alles abschalten. Gut, er hat drei Punkte, zwei darf er noch machen, wird er aber nicht. Denn jetzt machen wir ein As oder nochmal so einen Return, und dann, stell dir vor, was das heißt, erst der Sieg, dann das Hochzeitsfest. Aber da müssen wir jetzt noch durch. Einmal noch über alle Grenzen hinaus. (Und es ist ja erst der dritte Satz, mein Gott!) Du kannst es, ich kann es auch. Der Tag steht in allen seinen Sekunden wie ein durchsichtiger Eispalast vor ihm, durch dessen Gänge und Korridore du dich bewegst. Alles von allen Seiten zugleich zu sehen, jede Sekunde ein Kristall.

Das Glück, eingekapselt, kann nicht mehr entwischen.

»*JA!* (Becker pustet in die Hand, als habe er sich verbrannt.) *Mit dem achten Satzball* (völlig kontrolliert ist er, kurzer Shuffle). *Die Mutter Elvira und der Vater Karl-Heinz können sich freuen. Was hat der Junge doch für Nerven!* (Die beiden trotten zu ihren Sesseln. Becker wechselt das Hemd. Endlich. Der weiße Rücken.) *Ich meine starke Nerven natürlich!*«

Seine blonden langen Wimpern, die, während er dahockt und trinkt, den Kopf leicht zurückgelehnt, seine Augen vollständig verbergen.

Curren schreitet gesenkten Kopfes zur Grundlinie. Wieder denkt Charly an Stierkämpfe. Man muß ihre Köpfe runterkriegen. Wenn nach der Arbeit mit den Banderillas, der Veronika und der Muleta der Blutverlust und die Erschöpfung so groß sind, daß der Kopf zu hängen beginnt, öffnet und lockert sich die zehnpfenniggroße Stelle zwischen den Nackenmuskeln, den Knochenplatten, in die der Degen hineinfahren muß, um bis ins Herz zu dringen. Curren läßt den Kopf hängen, das ist keine Einbildung. Auch Kai ist ruhiger geworden, sitzt entspannt zurückgelehnt da, die Bierflasche in der Rechten, den linken Arm über die Sessellehne gelegt, als wolle er jemanden neben sich um die Schulter fassen. Erst jetzt kommt Charly dazu, sich in Ruhe eine Zigarette anzuzünden. Thommy hat schon eine halbe Schachtel geraucht. Der Gedanke, wie Christine jetzt schöngemacht wird, erregt ihn, das Bild ihres schlanken, knabenhaften, braunen, nackten Körpers, an dem sich drei Frauen zu schaffen machen, um ihn ganz in Weiß zu verhüllen.

»WAS für ein Auftakt in diesem vierten Satz! Gleich mit einem Break!«

Jetzt hat ers in trockenen Tüchern, sagt Kai mit derselben ruhigen Bestimmtheit, mit der er zuvor Beckers Untergang prophezeit hat.

Charly verspürt einen heftig andrängenden Lachreiz. Plötzlich überrieselt ihn die große Leichtigkeit, überkommt ihn tiefinnere Gewißheit, eine Wärme, als wäre eine Wolkendecke aufgerissen und er stünde im hellen Sonnenlicht – die Sonne strahlt übrigens tatsächlich, die ganze Fensterbank blendend weiß im Licht. Jetzt wird es ein Genuß. Jetzt wird es die große, die breite Siegerstraße, wie im Segelboot, wenn es Wind annimmt und plötzlich vorwärtszugleiten beginnt. Mit einem Mal fällt ihm ein, was Ruud, mit dem er ein Pflichtseminar Psychologie belegt hat, einmal sagte über das 74er-Endspiel: Der Untergang unserer Oranje-Mannschaft hat eine ganze Generation bis zum Tode geprägt. Hätten wir damals gewonnen, wäre unsere Generation mit mehr Selbstvertrauen erwachsen geworden, und die Niederlande wären heute ein anderes Land. *So Becker has it if he wants. Sounds strange a German tennis player.*

Er fährt mit dem Daumen um den Kieferknochen (Stoppeln! Ich muß mich noch rasieren vor dem Fest!), der sich hart und fest und ohne Fettschicht unter der Haut abzeichnet. Seine Atmung befreit sich von der Kopplung an das Spiel und dem Rhythmus von Atemanhalten und Gehechel. Er spürt oder glaubt zu spüren, wie sein Hirnstamm Glückshormone produziert, Transmitterstoffe des Enthusiasmus, und sie durch seine Adern schickt. Es ist, als könne sein Arm teleskopartig wie der von Reed Richards ausfahren bis dort drüben zum Regal und die Hand mit präzisem Griff das Buch (»Wie funktioniert das: Staat«) ergreifen. Es ist, als könne er plötzlich alles erfassen und verstehen, die Dinge im Zimmer, Kais und Thommys Bewegungen, den Fensterausschnitt, die einzelnen Zuschauer im Londoner Stadion, die Spielzüge in ihren zerrasterten Bewegungsabläufen, in ihrem Auftauchen und Verschwinden in der Zeit, alles zugleich. Präzision des Auges, Präzision der Wahrnehmung, der Gedanken, die ineinandergreifen wie die polierten Teile einer vollautomatischen Werkzeugmaschine.

Er erlebt das Match jetzt wie ein Rockkonzert in dem Moment, wo der Funke überspringt, die Zurückhaltung zwischen Zuschauersaal und Bühne überwunden wird wie eine Barrikade, wenn die Angst vor Peinlichkeit abgestreift wird, wenn das Sonnengeflecht beginnt, im Beat zu schwingen, der Solarplexus brennt und dann entspannt, wenn der Körper drauf und dran ist, die Ketten der Scham zu sprengen. Adrenalinschübe wie in voller Beschleunigung auf dem Motorrad, der brennende Phosphorfleck im Bauch, der sich ausbreitet, im Wiederholungsrausch des Gitarrenriffs.

Er ist erwacht. Wie ein Gott der griechischen Mythologie, den die ersten morgendlichen Sonnenstrahlen treffen, der blinzelt und sich reckt und spürt, wie Kräfte in ihn fließen, der sich seiner Göttlichkeit bewußt wird im Erwachen und der im Aufstehen plötzlich feststellt, wie bei den Bewegungen seiner Arme, seiner Beine, seines Rückens die Bäume wachsen und ausschlagen, die Erdkruste sich wellt und aufbricht, er selbst ist die Welt, die sich zum Himmel hin erhebt.

Im Zenit meiner Kraft, ich kann alles, ich bin keiner Niedrigkeit fähig, dieses Glücksgefühl läßt wie eine warme, wohlige, nicht endende Ergießung eine tiefe Zuneigung aus ihm strömen für alle und alles, eine Zuneigung, die sich mit prickelnder Kampfeslust zu dem Bewußtsein vereint, Sorge tragen zu müssen und zu können für die Seinen.

Der erste, den diese Zuneigung zusammen mit seinem Blick trifft, ist Kai dicht neben ihm, dessen Zuckungen, dessen klaffenden Mund, dessen schenkelschlagende breite Hände, dessen begeistert leuchtende braune Augen sie mit einbezieht. Er ist dabei in diesem Augenblick, ebenso Thommy, das werden sie nie wieder verlieren können. Aber weiter fließt die Lava seiner Zuneigung, mit sentimental-nostalgischem Dank zu seiner Mutter, mit ewigkeitssicherer Vertrautheit zu seiner Schwester, selbst zu ihrem Vollidioten von Mann, vor allem aber zu Christine, seiner Christine. Die Zuneigung wandelt sich zu selbstbewußtem Respekt, denkt er an seinen Vater, der die Feier heute abend ausrichtet, normalerweise zahlen ja die Brauteltern, aber bei den Dimensionen, die das Ganze annimmt, ist der Alte eingesprungen. Das kann er ja. Seine Hochzeit. Sein Sohn. Seine Schwiegertochter.

Für sie alle ist er da, ist er mitverantwortlich. Ihres Glückes Schmied mit aller Kraft, und nebenbei, leichthändig, auch der seines eigenen. Bewundernd betrachtet er die sich überkreuzenden Adern auf seinen Unterarmen, und dann, als erinnerte der Anblick ihn an irgendein Foto, schwarzweiß, ein Iggy-Pop-artiger Arm mit einer Nadel in der blauen, kabeldicken Vene, legt sich in seinem Innern ein Schalter um, und das Glücksgefühl wechselt seine Richtung, ohne an Intensität abzunehmen. Jetzt sieht er die Zielgerade des Tennisspiels unterlegt von hartem, treibendem Beat, und undeutliche, verwischende Bilder von Geschwindigkeit, Exzeß, Jubel um seine Person, von ruchlosem Genuß und Sich-Gehen-Lassen, von Highwayfluchten und fremden Frauengesichtern ziehen als rasende Collage über die Monitore seiner zweiten Wahrnehmung. Alle Frauen vögeln, die in deinen Bannkreis geraten, verflucht, wenn mich daran irgendwelche Konventionen hindern werden! Nichts mehr von Verantwortung, Familie und rechtschaffener Karriere, sondern der berauschende Bittergeschmack einer ausschließlich egozentrischen Odyssee über die Meere von Selbstverwirklichung und Selbstverlust.

Zwei sich überblendende Filme auf demselben Zelluloidstreifen, die einander verdrängen wollen und um deine ungeteilte Aufmerksamkeit kämpfen. Aber es gefällt dir, dich einmal nicht entscheiden zu müssen, auf zwei Lichtstrahlen zugleich in die Zukunft zu reiten, sodaß die gegenläufigen Phantasien gezwungen werden, sich aufeinander einzupendeln. Innere Befriedigung, kein Entweder-Oder wird dir abgenötigt, und er kann sich jetzt wieder, im Genuß der Gewißheit, daß nichts mehr schiefgehen wird, daß jede böse Überraschung und Schicksalswende ausgeschlossen ist, den Bildern auf dem Fernsehschirm überlassen. (Nur ein feiner, leichter Kitzel der Ungewißheit bleibt, aber der ist eher angenehm.)

Die spitzen Schreie, die atemlose Stille im Moment des Aufschlags, das Piepen des elektronischen Fehlermelders, die Buchhalterstimme des Schiedsrichters. Was mögen das für Leute sein auf den Tribünen, die sekundenkurz, schlaglichtartig ins Kameraauge geraten und der Welt präsentiert werden?

Der kleine Grauhaarige mit den Geheimratsecken und dem knubbeligen Jockeygesicht, ein professioneller Wetter vielleicht, ein Bookie, der nachher um ein paar tausend Pfund reicher sein wird oder um ein paar hundert ärmer. Sein ernstes, in Dackelfalten gelegtes Gesicht, auf dem sich die ganze Wettbüroarithmetik und Kaffeesatzleserei seines Gewerbes abzeichnet, über die jeder Mathematiker und Statistiker den Kopf schüttelt, aber die Hunderttausende in Atem und am Leben hält in schmuddeligen Wettbüros voller Papierschnipsel und Resopaltische; unerschöpfliche Gespräche, schwachsinnige Tabellen und Vergleiche, eine ganze eigene, vertrackte und versteckte Seitenwelt des Sports. Natürlich ist es Sport! sagt der Jockey entrüstet. Was glauben Sie, was dazugehört vorauszusehen, daß McEnroe, die Nummer eins der Welt, das Viertelfinale nicht übersteht? Quellenstudium in *Tennis World* und den Klatschseiten von *The Sun*, einen Kumpel, der einen Kumpel kennt, der von seinem Trainer gehört hat, das Biowetter, die Tages- und Wochenstatistiken seiner Leistungskurve und was nicht noch alles, und wissen Sie, warum ich es gewußt habe? Weil Tatum ihre Tage hat und ihn nicht rangelassen hat...

Die schafsnasige Frau unbestimmten Alters, die sich jetzt, als habe sie soeben eine schreckliche Nachricht vernommen, entsetzt die Hand vor den Mund hält, weil bei 3 : 5 und 30 : 40 für Curren Beckers Rückhandreturn zu lässig war, weil der Junge zwei Punkte hintereinander vergeigt und Curren wieder auf 4 : 5 rankommt. Sie will den blonden jungen Gott, das Kind, siegen sehen. Sie hat Angst um ihn, als überquerte er zum ersten Mal eine Straße. Sie will seinen Kopf an ihre Brust drücken und sein Haar streicheln und wahrscheinlich auch spüren, wie sein an sie gedrückter, großer Jungenkörper angesichts all dieser mütterlichen Liebe plötzlich ganz heiß und fest gegen ihr geblümtes Sommerkleid …

Der alte Herr im khakifarbenen Sommeranzug mit gelockerter Krawatte um den mageren Hals unter dem grauen, gestutzten Schnauzer, unter dem blaßgelben Strohhut, *The year of the thunderbolt*, mag er denken, Gewitter und Sturzregen und der Pulvergeruch der Revolution über Wimbledon. *Beckers Blitz,* geht es ihm durch den Kopf, Stukaheulen in seinen Ohren, aber wie träumerisch lang die Wimpern dieses blonden Jungen sind, das macht ihn fertig, *sounds strange a German tennis player.* Aber willkommen im Club.

Und der halbwüchsige Pakistani, den die vorüberhuschende Kamera jetzt streift. Sein offener Mund, seine teichgroßen Augen. Seine Generation! Sollte es wirklich möglich sein? Nicht doch für ihn? Aber wenn sie einen *German Nazi* in Wimbledon siegen lassen, dann lassen sie ja vielleicht auch ihn an die Universität, wenn er sich genauso hechtet. Zwei Jahre jünger ist er als der ungesetzte Finalist. Es ist also menschenmöglich, es zu schaffen, wenn man quer durch die Luft fliegt und dann wieder aufsteht und sich den Dreck abklopft, zehnmal, zwanzigmal. Oder einfach weg von zu Hause, eine Wäscherei aufmachen, eine Kneipe, ein Softwarehaus, Kohle machen. Jetzt steht es 30 : 15. Noch zwei Punkte.

Becker, steifbeinig, wirft den Ball in dieser zeitlupenhaften Geste zum Aufschlag hoch. Der Schläger peitscht auf den Ball. Siegfried am Amboß, und er schlug ihn nieder in den Grund.

Ein As! Charly und Kai springen zeitgleich auf, aus ihrem verkrampften Zwerchfell pufft ein stöhnendes Jah! Becker tanzt seinen Becker-Shuffle.

Quiet please, Ladies and Gentlemen. Thank you. Quiet please.
Stille.

Der historische Augenblick.

Charly strafft sich. Diese Momente sind etwas für später. Diesmal der Aufschlag von rechts. Das Piepen. Fehlstart für die spitzen Schreie, die, als Jubelschreie aus der Kehle kommend, als Angst- und Verzweiflungsschreie verhallen, was komisch klingt. Gelächter quittiert das.

Quiet. Quiet please.
Stille.

Der Aufschlag.

Doppelfehler. Im Bild plötzlich Beckers Mutter, die das Gesicht mit den Fäusten verbirgt. Ein Aufschrei der Enttäuschung hallt durchs Stadion und verrieselt im angespannten Rauschen.

»Ich glaube, sie war nicht die einzige, die die Hände vor die Augen gelegt hat. Zweiter Matchball, in dem Falle vergeben. Aber er hat ja noch einen.«

Der kleine rote Siedepunkt in der Magengrube. Aber Charly genießt es, die Hände in die Armlehnen gekrallt, wie einen Sturzflug. Die vergessene Kippe im Aschenbecher windet eine dünn gekräuselte Rauchsäule in den sonnigen Zimmerstaub.

Aufschlag von links. Die rosige Zunge zwischen den Lippen. Jetzt geht es schnell. Die Explosion. Currens Reflexbewegung. Die hintere rechte Ecke des Platzes. Irgendwo hoch oben, eine Sternschnuppe, der wegspringende weiße Ball. Aufrauschender Jubel, darin verkapselt, klein, trocken, die Stimme: *Game, set and match Becker.* Der reißt die Arme hoch, sein Kopf hängt. So geht er zum Netz. Das strahlende Jungenlachen. Erlösung. Charly hat gesiegt. Zuversicht fürs eigene Leben sitzt jetzt so fest auf seinen Knochen wie das Muskelfleisch. Seine Vergangenheit bis hierher, diese Stunde, die Zukunft. Alles hat seine Logik, seine Richtigkeit. Ein Pfeil, aufs Glück geschossen, schlägt zitternd im Schwarzen ein.

»Schließen wir uns dieser Freude an! Das ist unglaublich, meine Damen und Herren!«

Zoom auf Beckers Vater, der aufgestanden ist und jetzt eine Agfa-Klack-Kamera in beiden Händen hält, als wolle er einen Kindergeburtstag fotografieren. Die absurde, possierliche Kleinheit dieser Geste angesichts der ungeheuerlichen Größe des Moments. Lachend klatschen Charly und Kai sich ab wie frischgebackene Gewinner des Doppels. Ich glaub es nicht, sagt Thommy immer wieder: Ich glaub es nicht, ich glaub es nicht. Charly spürt sich leuchten. Spürt den Magnetismus, der von ihm abstrahlt. Er weiß, heute abend wird er unwiderstehlich sein. (Schade, daß ichs nicht mehr ausnutzen kann.) Ein Gefühl der Allmacht ergreift von ihm Besitz. Ganz ruhig jetzt.

»Die Geschichte ist um ein Kapitel reicher!«

Er hat Kraft getankt, Selbstvertrauen injiziert bekommen für die nächsten zwanzig Jahre.

Als es wenig später während der Interviews klingelt, geht Thommy an die Tür. Charly hört ihn rufen: Ah, der Bierkutscher ist da! Und, hast du das Match gesehen? Göttlich, hä?

Bierkutscher vielleicht, aber verdient Kohle ohne Ende im Getränkegroßhandel seines Alten. Was mal wieder zeigt, daß die dümmsten Bauern die dicksten Kartoffeln. Heute morgen die Kutsche war ein schöner Einfall. Aber natürlich von Ines. Immerhin hat Jobst es organisiert. Vielleicht hat er die Kutsche ja bei Holsten bekommen. Du lieber Himmel, er sieht aus, als wolle er zum Rennen nach Ascot. Frack. Weste. Piquéstoff, wenn das so heißt. Wer heiratet hier heute? Aber es wäre ein Wunder, wenn die beiden sich nicht von der Show herausgefordert fühlen und spätestens nächstes Jahr auch zum Altar schreiten.

Mensch ihr Torten, reißt hier mal das Fenster auf, man sieht ja die Hand nicht vor Augen vor lauter Qualm, sagt er mit empörter Gelassenheit und wedelt mit seiner kleinen hübschen Hand vor dem ebenmäßigen, sommersprossigen Gesicht mit den arglosen Kuhaugen. Hier siehts ja aus wie bei Hempels unterm Sofa und stinkt wie in der Männerumkleide.

Machs halblang, wir haben doch noch Zeit. Ich muß ohnehin noch unter die Dusche. Und, hast du Becker gesehn?

Schönes Spiel, nickt Jobst.

Schönes Spiel, sagt er, äfft Charly.

Thommy wiederholt: Schönes Spiel! Ist das alles, was dir dazu einfällt?

Beide schütteln resigniert-belustigt den Kopf, während Jobst ruhig durch die Zimmer geht und die Fenster öffnet. Die zwei Knöpfe am Ansatz des Anzugschwanzes.

Und dreht um Himmels willen die Musik leiser!

Nachdem sie dem Fernseher den Ton abgedreht haben, haben sie abwechselnd die Nadel immer wieder auf *We are the champions* gelegt. Ein ganzes singendes Stadion, sie haben den Lärm schon gar nicht mehr wahrgenommen, mit dem Rauschen im eigenen Kopf verwechselt, das Lied hält den Adrenalinspiegel oben. Jetzt hebt Jobst den Tonarm mit spitzen Fingern hoch und hängt ihn ein. Die Ohren summen noch nach.

Sie reden noch ein bißchen über das Match, aber Jobsts Lüftungsaktion und sein Aufzug ernüchtern sie und erinnern sie an die eigentliche Bedeutung des Tages. Alle Evokationen in der Art von: »Und wie er dann bei den zwei Breakbällen gegen sich diese drei Asse geschlagen hat« oder »Hast du den Blick gesehen, als es Spitz auf Knopf stand da im dritten Satz, Mund abputzen und jetzt erst recht?« versiegen in einer gewissen Leere, wie sie sich an Sonntagnachmittagen nach Sportübertragungen oft auftut.

Jobst hat sich aufs Sofa gesetzt und starrt vor sich hin. Er hat diese Rindergeduld, die nicht allzuviel mit sich anzufangen weiß, aber zuversichtlich ist, daß alles irgendwie weitergehen wird und richtig und gut ist. Weiß der Himmel, was Ines an ihm findet, außer daß sie wohl, wo alles sich zu Paaren findet, keine Lust hatte, außen vor zu sein.

Kai hat nicht aufgehört, Jobst anzustarren. Jetzt fragt er: Sag mal, kommen eigentlich alle im Smoking? Ich hab nämlich keinen.

Unsinn, antwortet Charly. Du ziehst denselben Konfirmandenanzug an wie heute früh. Der einzige, der im Smoking auftauchen wird, bin ich.

Wenn du dich da mal nicht täuschst, sagt Jobst. Ich mein, es ist schließlich die erste richtige große Hochzeit im Freundeskreis. Die werden sich schon nicht lumpen lassen.

Bei diesen Worten ist die Euphorie wieder da.

Die Spätnachmittagssonne strahlt auf das Parkett. Goldglanz. Träges Rauschen des spärlichen Wochenendverkehrs von draußen. Von irgendwoher leise Klaviermusik. Zu denken, daß es Leute gibt, die den Nachmittag gänzlich anders erlebt haben. Wie er dasitzt, Jobst, die Hände im Schoß gefaltet. Wie ergeben er wartet, Herrschaftschauffeur zwischen zwei Fahrten. Charly empfindet ein Prickeln von Verheißung.

So, ich geh jetzt scheißen, sagt er absichtlich derb, um sich die Kluft zwischen der kuhwarmen, banalen Kumpelatmosphäre und seinem heimlichen Erhöhungsgefühl bewußtzumachen, dann duschen, und dann können wir los.

Kai nutzt den Moment: Dann mache ich mich auch auf und versuche mal, mich irgendwie dem Anlaß gemäß zurechtzumachen.

Thommy erhebt sich ebenfalls. Bis nachher, ich muß mich auch noch schönmachen für die Brautjungfern.

Lampenfieber ist es, was dich auf die Kloschüssel treibt. Dünn, flutschend, stinkig, die Eingeweide entspannen sich, und die Erleichterung und der Gestank, heimelig und vertraut, laden zum Verweilen ein, ganz ähnlich wie du nach der letzten Zeile einer Hausarbeit noch eine Weile am Schreibtisch sitzt im Zigarettenqualm und die langsam sich lösende Konzentration zum Nachsinnen in verschiedene durch die Denkarbeit geöffnete Richtungen nutzt, bevor du dann irgendwann, wie ein plötzlich und spät Erwachter aufspringst und die Fenster aufreißt.

Das Selbstbewußtsein, mit dem das Tennismatch Charly erfüllt hat, und das fiebrige Hochgefühl in Erwartung des Hochzeitsfestes fließen ineinander wie zwei gleich große Flüsse. Er könnte noch stundenlang hier sitzen in seiner euphorischen Muffglocke und tausend sich von hier aus öffnenden virtuellen Lebensalternativen folgen wie ein Naturforscher den Verzweigungen in einem Flußdelta. Sein Blick fällt auf die Mauernische über dem

Klopapierhalter, in dem die kleine hellblau-weiße Plastikmadonna aus Lourdes steht mit dem winzigen Weihwasserbecken zu ihren Füßen. Christines Hang zu Kitsch und Nippes. Für fünfzig Pfennig auf irgendeinem Flohmarkt erstanden. Vor unserer Zeit. Lange ist dieses Ding, all dieser geschmacklose Kram, Charly ein Dorn im Auge gewesen. Er hat damit gehadert, dieses Zeug in der gemeinsamen, in seiner Wohnung stehen zu haben, er hat an Christines Geschmackssicherheit, damit an ihrer Intelligenz und deswegen letztlich an seiner Liebe zu ihr gezweifelt und jedesmal, wenn er auf dem Klo saß, wieder mit dem Anblick der Madonna gerungen, als sei sie eine kompromittierende oder schockierende Tagebuchaufzeichnung Christines, auf die er durch Zufall gestoßen wäre und die ihm seine Freundin so sehr entfremdet hätte, daß mit einem Mal wieder all die furchtsame Faszination der ersten Anfänge angesichts eines unbekannten Menschen da war. Beschäftigt man sich nur intensiv genug mit einer beglückenden oder beängstigenden Sachlage oder Hypothese, so verlieren sich irgendwann die positiven oder negativen Vorzeichen, mit denen die Sache behaftet ist, und nur die Intensität bleibt und wird zu einer eigenen Qualität, zum einzigen, was die Erinnerung bewahrt. So ist auch die Madonna irgendwann von einem Ärgernis zu einer Ikone all des Fremden und daher Aufregenden an Christine geworden, denn die Liebe bemüht sich ja, einer Spinne gleich, den gefangenen Fremdkörper mit soviel Goodwill zu umgarnen, daß er sich nicht mehr rührt und sie ihn sich einverleiben kann, fast ein Fetisch ist die Madonna heute, den er auch, ist Christine einmal länger fort und er hat Sehnsucht nach ihr, statt eines Fotos ansieht, als sei in ihr all die umkreisende Bemühung um ein fremdes Leben gebannt, die wir Liebe nennen. Und als Christine, für die das Ding natürlich gar keine tiefere Bedeutung hat, ihrer vor kurzem überdrüssig wurde und sie wegwarf, hat Charly sie eigenhändig aus dem Müllbeutel gefischt und wieder an ihren Platz gestellt mit dem Gefühl, er müsse die eigentliche Christine gegen eine Laune verteidigen, die sie ihrer selbst entfremdete.

So, nun aber runter.

Von draußen Kais Stimme: Ich gehe! Bis nachher! Und hol dir da drinnen keinen runter, Charly, du wirst noch gebraucht heute abend.

Türenschlagen. Eile jetzt, als könntest du zu spät kommen und der charismatische Staub wäre nicht mehr auf den Flügeln. Im Badezimmer erstarrt er unter dem eisigen Duschstrahl, zuckt zurück, zwingt sich sofort wieder drunter. Ununterscheidbarkeit zwischen extremer Hitze und Kälte. Dann von innen heraus sich ausbreitende Wärme. Nicht ein Gast deines Körpers, sondern das Gefühl, die Seele, vervielfacht, sitze in jeder Pore der Haut.

Jobst ruft etwas, was Charly unter der Dusche nicht verstehen kann. Er denkt wieder an das Wort »Bierkutscher«, und dieses Wort, das auf seinem euphorischen Zustand schwimmt, holt plötzlich ein Lied aus den Tiefen seiner Erinnerung, und er weiß in dem Moment, da es ihm einfällt und er beginnt, laut zu singen, daß er es den ganzen Abend nicht mehr loswerden wird: »Hei, heute morjen mach ick Hochzeit, ding dong bald bimmelts wunderbar ...«

Dachau 69 oder 70. In der Stadthalle. *My fair lady*. Benno Hoffmann (in der Pause durfte ich in der Künstlergarderobe um Autogramme nachfragen, ganz alleine, weiß noch die dicke Schminke auf dem riesigen glatzköpfigen Gesicht): »Kommt Kinder Küßchen, weint noch ein bißchen, doch bringt mich pünktlich zum Altar!«

Und der Chor: »Doch bringt ihn – bringt ihn pünktlich zum Altar!« Hoffmann, die Ellbogen breit ausgefahren, und links und rechts hängt sich immer noch eine Frau ein, bis die Quadrille die ganze Bühnenbreite einnimmt, oder sie haben ihn irgendwann auf die Schultern gehoben und im Triumph von dannen getragen. Kein Bierkutscher, ein Müllkutscher, der zum Schluß eine gute Partie macht. Ein trunkener Silen, mächtiger Rumpf, den sie unterfassen mußten, damit er sich in seinem sinnlichen Rausch aufrechthält. Schwer von Wein, schwer von Glück, eine Erscheinung, an der man nicht vorüber kann. Rubens hat ihn gemalt, auch van Dyck, aber da hat er etwas Erschreckendes, ein schlagflüssiger Greis eher als ein Inbild barocker Lebensfreude.

Bevor sie ihn, trunken wie er ist vor Kraft und Lebenslust und einem fast in Lachreiz ausartenden Einverständnis mit sich selbst, auf ihren Schultern zum Altar (oder besser ins Landhaus Scheerbarth) tragen können, muß er sich noch anziehen. Umkleidekabinenatmosphäre vor dem Match. Jeder hängt eigenen Gedanken nach, während es aus dem Stadion oben summt wie aus einem Wespennest. Jobst sitzt ruhig auf dem Sofa, eine Hand auf der Arm-, die andere auf der Rückenlehne, und scheint die Staubkörnchen auf dem Fernseher zu zählen, während Charly an ihm vorübereilt, in Unterhose, in schwarzen Socken, dann im weißen Hemd, dann in der Smokinghose. Wo zum Teufel sind die Manschettenknöpfe hin?

Hier, sagt Jobst leidenschaftslos. Hier im Aschenbecher.

Was er an Jobst mag, ist, daß keine Veränderung mit ihm vorgeht, außer jener langsamen, der Zeit geschuldeten, die seine vor zehn Jahren noch kindlichen Züge markanter hat werden lassen, die feine Krähenfüße um die Augen gezeichnet hat, ihn, seit er arbeitet, statt des karierten Holzfällerhemds regelmäßig ein weißes und eine Krawatte anlegen läßt, und so, der Entwicklung seines Einkommens gemäß, weiter mit ihm verfahren wird. Gerade dies, daß nichts passiert, läßt einen aufmerksamer und neugieriger auf ihn blicken als auf sprunghaftere, aktivere Geister, da mit jedem Tag, jedem Jahr, in dem Jobst einfach weiterlebt, die statistische Wahrscheinlichkeit größer wird, daß irgendein Beben, eine Erschütterung vorfallen muß, was man sich in seinem Falle umso faszinierender ausmalt, als man sich beim besten Willen nicht vorstellen kann, wie er dazu fähig sein sollte, aus welchen Tiefen seines Inneren die Lava hervorbrechen sollte. Ebensowenig scheint etwas von außen diese grundlegende Veränderung bewirken zu können, keine Heirat, keine Krankheit, kein Tod. Es gibt doch diese Anekdote über Gary Cooper, der als Junge vor dem Kamin saß und konzentriert in die Flammen starrte: »Woran denkst du?« fragte seine Mutter leicht beunruhigt. »An nichts, Ma.« »Da wußte ich«, sagte sie, »daß er ein großer Schauspieler werden würde.« Diese Geschichte, harmlos und freundlich genug an sich, hast du einmal erzählt im Beisein Jobsts, und weil er dabei war, erschien sie jedermann wie auf ihn gemünzt und nicht mehr harmlos, sondern eine böse Verspottung seiner Einfalt. Jobst hat nicht darauf reagiert, und Charly hat sich gefragt, ob das dicke Ende noch komme, aber als es ausblieb und Jobst so freundlich und hilfsbereit war wie immer, hat er Gewissensbisse bekommen. Daß Jobst aber wirklich nichts gemerkt und ihm auch niemand etwas zugetragen haben sollte, schien, je mehr Tage vergingen, desto unglaubwürdiger, und plötzlich kamst du auf den Gedanken, er habe es sehr wohl verstanden, schweige aber darüber, aus Würde, aus Größe, weil es ihm nicht dafürstand, sich über jeden Blödsinn aufzuregen. Und mit einem Mal warst du die Laborratte, die ihre lächerlichen Spielchen trieb, während ein größerer, objektiverer Geist, der ausgeglichene Jobst, dir zusah und abwinkte: Laß ihn mal machen.

Weißt du übrigens, daß ich deinen Vater gesehen habe, letzte Woche in der Stadt?

Charly, rastlos immer wieder zum Spiegel im Flur unterwegs, um sich zu begutachten, sagt: Ach ja? Wo denn?

Am Gänsemarkt.

Ja, da ist sein Büro. Und, habt ihr geredet?

Nein, ich hab ihn nur so von weitem gesehen. Ich war gerade mit meinem Vater in der Oper eine Bestellung aufnehmen.

Wie läuft er eigentlich so, der Getränkehandel? fragt Charly.

Kann nicht klagen.

Und? fragt Charly. War er mit jemandem zusammen?

Nein, ist einfach quer über den Gänsemarkt gelaufen. Und ich dachte noch: Was für ein Zufall. Von allen Leuten, die in Hamburg leben, siehst du ausgerechnet am belebtesten Platz einen, den du kennst. Brauchst du noch lange?

Das ist Jobst. Wie versickerndes Regenwasser langsam zu Grundwasser wird, hat sich die gelassene Verwunderung angesichts jener Begegnung langsam zu einer Erkenntnis gesammelt, die einige Tage später ausgesprochen werden will, in diesem ruhigen, ein wenig erstaunten Ton, der einen ganz kurz stutzen läßt: Ist vielleicht nicht doch etwas dran?

Ich krieg die Fliege nicht gerade.

Soll ich dir helfen? Laß sehen. Seine Hände riechen nach Seife und Pfeifentabak, und sein Gesicht, das jetzt dicht hinter dir ist, duftet nach einem lieblichen Rasierwasser.

Perfekt. Ich fahr mir noch kurz über die Haare, dann können wir los, wie spät ist es?

Halb sieben, wir haben Zeit.

Ja, aber ich will jetzt da sein. Ich will jetzt dahin, meine Hochzeit genießen, von der ersten Minute an. Ding Dong, bald bimmelts wunderbar. Kommt Kinder Küßchen (Hör auf mit dem Scheiß, sagt Jobst zurückweichend), weint noch ein bißchen, doch bringt mich pünktlich zum Altar!

*

In Jobsts Golf, an dessen Antenne noch die bunten Bändchen von heute morgen hängen, fühlt er sich, durch das sommerliche, sonntägliche Hamburg fahrend, wie dieser glücklich berauschte Silen, der sein Gewicht nicht mehr spürt, wie jener auf türkisdurchleuchteten und -durchglitzerten Mittelmeerwellen schwimmende, schaumkrönchenumspritzte, mit rosigen und himmelblauen Blumengirlanden bekränzte und behängte weiße Stier, der auf seinem Rücken das samtige, schwellende Fleisch der von ihm geraubten, im Damensitz auf ihm reitenden Europa spürt, deren linke Hand, um Halt zu finden, mit anmutiger Geste, aber festem Griff den Schaft seines linken Horns umfaßt, deren Zehen das balsamisch milde Wasser kämmen, während um sie beide herum ein goldener Lichtwirbel Nymphen, Putten, Tritone mit Muschelhörnern und Delphine zu einem erotischen Reigen gruppiert. Sie fahren unter der S-Bahn Holstenstraße hindurch, rechts ragen die hohen roten Backsteingemäuer der Brauerei auf, deren Innenhöfe Jobst geläufig sein müssen – seltsamer Gedanke, daß es Bereiche in der Stadt gibt, Komplexe, Zusammenhänge, in denen er sich als Kenner und Fachmann bewegt –, dann die Max-Brauer-Allee hinab bis zur Elbchaussee. Hügelauf, hügelab durch die grüne Prachtallee, von Lichtseen in Schattentäler und wieder zurück ins Licht, sehr schräg die Sonnenstrahlen schon, wie ein Segler hart am Wind, von Zeit zu Zeit offenbart sich der graue Strom unten, so breit, daß man sich hier fast fühlt wie in einer Stadt an einer Meeresbucht. Rechts die Villa mit dem Säulenportal, Övelgönne, dann der Jenischpark und Teufelsbrück und Finkenwerder gegenüber. Wer je durch Licht und Schatten der Elbchaussee hinausfuhr, der ahnt etwas von der Verheißung dieser Stadt – Hafenstädte sind ja immer verheißungsvoller als andere aufgrund der einen aufgerissenen Seite, der die Haut fehlt, die andere Städte umgibt, und von der man direkt in ihr Fleisch, in ihren Blutkreislauf gelangt, und weil sie unserer Angstlust vor dem Fortgehen und Heimkommen Bilder und Töne liefern –, ahnt etwas von einer zwiefachen widersprüchlichen Sehnsucht: der des Außenstehenden, von hier zu stammen, ein gewachsener Teil von ihr zu sein wie die selbstbewußten, festgegründeten Herrenhäuser und die hundertjährigen Buchen, um des Geheimnisses teilhaftig zu werden, das irgendwo in ihnen sich verbirgt und sich nur dem erschließt, dem alles zur Gewohnheit geworden ist, und der des Eingesessenen nach Aufbruch, seine unerklärliche, selbstzerstörerische Lust darauf, die Nabelschnur zu durchschneiden, um die Chimäre Freiheit zu gewinnen. Denn ist es nicht so, daß sie alle fortwollten, obwohl sie wußten, das Glück, das sie zurückließen, wäre auf immer verloren, und was immer sie gewinnen würden, ließe sie dennoch untröstlich? Wollten Adam und Eva nicht hinaus aus dem Garten Eden? Wollte Odysseus nicht fort aus Ithaka? Und du erinnerst dich selbst an solch eine mythische Reise durch diese Gefilde, die zugleich ein Hinein und ein Hinaus war, eine Sehnsucht nach Herkommen und eine nach Fortgehen.

Ein Frühlingsmorgen war es, du hast die Schule geschwänzt und bist in die S-Bahn gestiegen, um einem Mädchen, das du ein einziges Mal gesehen hattest, einen Überraschungsbesuch abzustatten, keine andere Information in der Hand, als daß die Privatschule, die es besuchte, »irgendwo am Jenischpark« war. Du hast weiter nichts von ihr gewußt, als daß sie eine grüne Sonnenbrille trug, blondes Lauren-Bacall-Haar hatte, aus Hamburg stammte und in eine Privatschule ging. Aber als du in einem dieser knisternden, klappernden Holzwaggons, die es damals noch gab, »über die Grenze« fuhrst in den Westen der Stadt, zunächst über die Scheel-Plessen-Straße hinweg, über die Industrieviertel hinter dem Bahnhof Altona, die Gummifabriken, Aalräuchereien, die Margarineunion, in weiter Ferne der Turm des Altonaer Krankenhauses, Bahrenfeld, und dann plötzlich bei der Station Othmarschen in eine andere Welt eingetaucht bist, eine geheimnisvolle, alte, grüne Park- und Alleenlandschaft, und immer das Gefühl, du nähertest dich der Küste, du spürtest schon das Meer hinter den Bäumen, der Himmel werde schon weiter über den Parks, und dann in Klein-Flottbek ausstiegst und umherirrtest, die Atmosphäre eines altehrwürdigen, etwas heruntergekommenen Kurbades geatmet hast, aber zugleich von der Hoffnung erfüllt warst, von hinten, von der Landseite her, in jene mythische Küstenstadt zu gelangen, die ferne leuchtet, da wuchs dieses unbekannte Mädchen um all das: um den Weg zu ihr hin, um die Viertel, die man zu überwinden hatte, die Welt der Arbeit, um endlich in die ihre zu gelangen, in die Welt derer, die in umfriedeten alten Gärten aufgewachsen sind.

Die Schule hast du nie gefunden, aber je länger du in diesem Stadtviertel durch die Straßen mäandert bist, desto vielschichtiger und beziehungsreicher wurde jenes Mädchen, denn wenn wir von einem Menschen, der uns fasziniert, nichts wissen, erschafft unsere Phantasie die fehlenden Teile für uns, und ausgehend von der Sonnenbrille, dem Haar und der Privatschule hast du dir jenes Mädchen um die weite S-Bahn-Fahrt, um das Relikt des hölzernen Waggons, um das Gleiten oder besser Rattern über die Arbeiterviertel hinweg und das Arom von Ewigkeit der Bäderatmosphäre rund um ihren Bahnhof bereichert und dich dann in sie als eine Art blonde Hammonia verliebt.

Aber auch nachdem das Mädchen dir gleichgültig geworden war, blieb die S-Bahn-Reise als unvergeßlicher Eindruck, und was daran ihm gegolten hatte, wurde mit der Zeit zur Erinnerung an deine erste tiefe Begegnung mit der Stadt selbst und ihrer Verheißung.

Da drüben, das rote Haus, das ist die letzte Privatschule, wo ichs vergeblich mit der mittleren Reife versucht habe, deutet Jobst auf ein tief im Grünen liegendes Backsteingebäude, bevor mein Vater dann ein Einsehen hatte und mich angelernt hat. Wo müssen wir eigentlich ab?

Ja, wer je durch die Elbchaussee hinausfuhr Richtung Blankenese, der wird in keiner anderen Stadt mehr leben wollen. Könnte den Alten heute noch verfluchen für seine manische Umzieherei.

Ich zeigs dir, hinter Blankenese erst. Du mußt erst durch den Ort durch. Weißt du, wo die Krekbahn abgeht?

Jobst schüttelt den Kopf.

Ich zeigs dir dann.

Feudale Gegend, sagt Jobst.

Wie sichs gehört.

Die Strecke wird immer festlicher, jetzt erblühen Lichtspaliere zu beiden Seiten der Straße, als wäre der Weg mit weißen Blumen bestreut. Das Rauschen und Summen des Meers ist schon zu hören jenseits der grünen Pagoden, die es noch den Blicken entziehen. Ein erwartungsvoller Schimmer breitet sich über dem Horizont aus. Wie wundervoll es ist, gerade noch nicht zu wissen, was genau geschehen wird, wozu diese Aura dir heute abend dienen und nützen wird.

Why would I have a drink with you? The first one because you like to drink. The second one because you like to drink with me, and the third one because you like me.

Hier mußt du runter, hier links.

Steile Straße, gesäumt von Platanen, Ahorn, Kastanien. Dann der Parkplatz. Voller Autos, ein wenig kreuz und quer gestellt, als hätten die Insassen es nicht erwarten können auszusteigen. *12 exclusive Doppelzimmer mit Elbblick. Hochzeitssuite.* Der Michelin-Stern war schon einmal da, ist aber wieder verloren. Sowieso alles Absprache. Aber nach Scherrer, Canard, Haeberlin und Lemercier ist das die beste Küche in Hamburg, sagt der Alte. Yvonne war natürlich mit Paolino gekommen. Logisch, Paolino und sommers das Gogärtchen. Typisch Yvonne. All die Autos lassen Charly begreifen, daß sie älter geworden sind, erwachsen.

Ein langgestrecktes, reetgedecktes Haus mit zahlreichen Mansarden. Von der Terrasse auf der Rückseite geht der Blick aufs Mühlenberger Loch, Schweinesand, nach Cranz rüber ins Alte

Land. Elbaufwärts in der Ferne die bunten Lichter vom Petroleumhafen. Der Alte hat den großen Saal und die Terrasse gemietet. Da steht sein Wagen, da der grüne Jaguar von Onkel Franz. Deutlich dagegen abgesetzt und viel dreckiger: die Golfs und Polos und Renaults und Civics der jüngeren Generation. Der Granada Kombi muß dem Herrn Schwiegervater gehören. Genau: Blumengebinde auf der Haube.

Lampenfieber. Wie werden die anderen aussehen? Werden sich schon nicht lumpen lassen. Als sie sich der weißlackierten Landhaustür nähern, neben der ein Pflock mit ebenfalls reetüberzogenem Giebeldach, eine Art riesiges Vogelhäuschen, die Speisekarte mit großflächiger (nicht ganz geschmackssicher für diese Preislage, wie?) Veltins-Reklame trägt, öffnet sie sich von innen. Ein weißlivrierter jugoslawischer Majordomus mit schwarzem Bartschatten begrüßt sie dienernd. Als er, sich zwischen den beiden Klinken verrenkend, die zweite Tür öffnet, schlägt ihnen das Volierenrauschen, Geflatter und Gezwitscher der Festgesellschaft entgegen. Charly spürt einen Kloß im Magen wie ein Schauspieler, wenn der Inspizient ihm zuwinkt. Hinein in den Feuerofen!

Er steht auf der Schwelle eines großen Raums, der von einer langen Bar in poliertem Holz beherrscht wird. Links und rechts zwei hohe Türen, die eine geschlossen, dort geht es in den Speisesaal, in dem normaler Restaurantbetrieb herrscht. Die andere ist offen, das ist ihr Saal, man kann die verschiedenen gedeckten Tische erkennen, ein Regattabild mit den Dutzenden weißer Segel der gestärkten Baumwollservietten. Voll aber ist dieser Vorraum hier.

Die Party hat noch nicht begonnen, aber man ist bereit, es liegt eine Spannung in der Luft, ein Dampfdruck, der die Moleküle sich nervös aneinanderreiben läßt wie die Läufer vor dem Startschuß zum New York-Marathon. Genauso, wie zu Hause aus irgendwelchen psychologischen Gründen alles in die Küche drängt, als fände man dort Schutz oder Intimität oder könne sich besser abstoßen in den Ring hinein, ist hier jedermann rund um die Bar verankert. Junge bei Jungen, Alte bei Alten, Familie bei Familie. Einige stichprobenartige Blickbohrungen, mit denen Charly den

Raum sondiert, bevor er selbst wahrgenommen wird, ergeben ein seltsames Gefühl von Fremdheit und Außenstehen. Bekannte, ja vertraute Gesichter, und doch ganz anders. Glattes Haar, normalerweise mit Gummis zu Pferdeschwänzen zusammengebunden, von spitzen Coiffeursfingern kunstvoll toupiert, in Wellen gelegt, zu Kräusellocken gestutzt, sie haben Glanzlichter gesetzt, Tönungen plaziert, Kataloge und Illustrierte sind konsultiert worden; in ordinären Ohren stecken kunstvolle, funkelnde Straß-Gehänge, Perlen schimmern, Rubine blitzen wie alter Bordeaux in Kristallkaraffen, Kameen – Gott, selbst Kameen haben sie der Urgroßmutter im Biedermeiersarg entrissen! Ein bodenlanges, rotsamtenes Abendkleid, gerafft über den Nieren und hinabfließend über den Buckel des Hinterns wie über eine Olympiaschanze, dort wo sonst Jeans mit Plastikgürteln ... Eine weiße Batistlilie mit einem kelchförmigen Rückenausschnitt, in dem, leicht gebräunt, makellos Wirbel für Wirbel, ohne ein Gramm Fett ein zwanzig- oder fünfundzwanzigjähriger Rücken sitzt wie in einem Schmuckkästchen, und der Stoff um den Arsch, lieber Himmel, ich will tot sein, wenn die eine Unterhose trägt! Ich krieg einen Steifen, ich kann da jetzt nicht rein. Und die Rote mit ellbogenlangen roten Lederhandschuhen, die die Finger sehen lassen. Rotlackiert ... die um deinen Schwanz, mein Gott ...

Er hat Jobst verloren, aber das macht nichts.

Spitzendekolletés, und diese Brüste darin, diese Formen! Es ist nicht auszuhalten, und dein Blick senkt sich gegen den Boden: hochhackige Pumps, goldene Riemchensandalen, lachsfarbene Mules, Seidenstrümpfe, gold- oder anthrazitschimmerndes Lycra um schmale Fesseln, diese Waden, diese Schenkel! Mehr, mehr! Glitzernde Haarspangen, Diademe, Colliers, goldene Ührchen. Wo haben sie das alles her? Haben sie die Schmuckkästchen ihrer Mütter geplündert oder sich extra für diesen Anlaß eingedeckt, oder besaßen sie das alles bereits, ohne daß er davon wußte? Warten Frauen auf einen solchen Anlaß, um sich so erschreckend zu verwandeln? Und du, du und deine Hochzeit, du bist der Grund für diese wahnwitzige Metamorphose. Mein Gott, ich könnte sie alle ficken, nur für ihre Kleider und Schuhe, ohne ein einziges

Gesicht überprüft zu haben! (Und warten sie nicht alle auch genau darauf?) Dezent gepuderte Haut, weggezauberte Unreinheiten und Pickel, rote Lippen, rosige Lippen, Blasemünder, wohin das Auge blickt, nachgezogene, betonte, gezupfte Brauen, Lidschatten, Wimperntusche, du lieber Himmel, wenn eine Frau solche Register zieht, bist du verloren, rettungslos verloren, so ein kleines Licht, rote, weiße, sogar violette, auch schwarze Finger- und Fußnägel ... Und die Jungs, was sag ich, die Männer in Smokings, dunklen Anzügen, zweireihig, dreiteilig, mit Brusttüchlein, hier und da sogar eine Uhrkette. Und geputzte Schuhe! Geputzte, glänzende Schuhe! Hast du je einen von ihnen mit glänzenden Schuhen gesehen? Eine kopernikanische Wende! Eine Hand lässig in der Hosentasche, die Köpfe den Frauengesichtern zugeneigt. Was ist das? Eine Inszenierung? Eine Theaterpremiere? Alle haben ihre Rollen gelernt, die Kostüme angezogen, nur du hast deinen Text vergessen? Ein Blick in den mannshohen, goldgerahmten Spiegel belehrt ihn über seinen Irrtum: Er selbst (wenn das du bist) sieht genauso aus. Elegant, schick, smart, in einen Mann verwandelt, was immer du vorher gewesen sein magst.

Angesichts der wogenden Menge, in die er jetzt hineinmuß (sich wie Freddie Mercury von der Bühne fallen lassen, und sie fangen dich auf), nach Christine ausspähend, die er nirgends erblickt, greift er instinktiv in die Hosentasche, um eine Zigarette herauszuziehen. Aber seine suchende Hand trifft nur auf das Bic-Feuerzeug, und jetzt fällt ihm ein, daß er beim Umziehen die Schachtel in der anderen Hose vergessen hat. Als er wieder aufblickt, bewegt die Szenerie vor ihm sich wie auf einem Bildschirm, momentan ohne Ton. Ein Schwenken, Streifen und Abschneiden, dessen Kameramann er ist, und die Kamera schweift so insistierend über die Hände all der Kostümierten, daß er, anders als sonst, wenn er gedacht haben würde: Ah wunderbar, sie rauchen alle, ich kann mir problemlos eine schnorren, die Zigaretten, Zigarren, Pfeifen in den Fingern der rund um die Bar gruppierten Festgäste als individuelle Insignien eines jeden einzelnen empfindet, viel mehr als ihre Kleidung, ihre Schuhe, ihren Schmuck.

Dort am Tresen zum Beispiel, hineingegossen in dieses boden-
lange rote Kleid, die behandschuhten Ellbogen auf die Zink-
oberfläche gestützt: Ines, ihr kastanienbraunes Haar in einer irr-
sinnig im Überrollen fixierten hokusaischen Woge ihre Wange
beleckend und dann auf der Schulter aufbrandend, sich nach
oben bäumend, wie sie mit der freien Hand gestikuliert, und in
der hält sie (das Kleid hat keine Taschen, logisch, wo sollten die
sitzen?) die goldglänzende Benson-Packung und wirkt wie Eva
Braun (der kleine rote Kirschmund, in dem die Zigarette steckt),
die sich mit nichts als einem handlichen Barren geschmolzenen
Zahngolds im April 45 auf den Obersalzberg gerettet hätte und,
mit nervöser Contenance die Gesten ausprobierend, die sie den
heimlich importierten paar Hollywoodfilmen entnommen hat,
auf die Ankunft der Amerikaner wartet, um ihnen ein Sauf-Con-
duit nach Argentinien oder Vatikanstadt abzuschwatzen.

Ihr Jobst ist wie üblich, wenn sie sich produziert, nicht in
der Nähe, wo sie ihn auch nicht brauchen kann. Er wirkt dann
immer wie ein Bühnenarbeiter, der mitten in der Aufnahme hinten durchs Bild läuft. Er hat sich dort drüben in einem der englischen Clubsessel niedergelassen, um sich eine Pfeife zu stopfen,
die er seit seinem 15. Lebensjahr Zigaretten vorzieht. (Würde
Ines – aber die hat Brecht ebensowenig drauf wie er – ihm irgendwann sagen: Nimm doch die Pfeife aus dem Maul, du Hund,
er wäre ehrlich empört über ihren Ton und überzeugt, sie liebe
ihn nicht mehr.) Er muß sich hinsetzen, um zu rauchen, vorzugs-
weise in einem Sessel oder Sofa verschwinden dabei. Im Stehen, im Gehen, auf einem Stuhl auch nur scheint es ihm unmöglich, die Prozedur verlangt dieses Erschöpfte, dieses sich aus dem
Getriebe der Welt Zurückziehende, als gehe ihr ein plötzlicher
Alterungsschub voraus oder eine niederschmetternde Neuigkeit.
Dabei blickt er so gleichmütig in die Gegend wie der alte Mose in
den *Searchers*, auch er eine Gestalt von heiliger Einfalt, die vom
Leben nur den Schaukelstuhl will. Sobald er aber die Pfeife mit
seinem süßen dänischen Tabak gestopft hat und sich ins Jungen-
gesicht hält, wirkt er wie eines der Kinder, die auf Rummelplät-
zen die Köpfe durch bemalte Wände stecken und jetzt plötzlich

von weißen Seemannsbärten umrahmt sind und Kapitänsmützen auf der Stirn sitzen haben, so daß ihre Gesichter auf den Erinnerungsfotos immer an Zwerge oder Liliputaner erinnern.

Jetzt geht, mit wie Flügelstümpfen ausgestellten Ellbogen, Annemarie an ihm vorüber, den Freiraum fordernd, den niemand ihr streitig macht. Das Sorgenkind der Familie, wie Christine erzählt hat, denn ihre kleine Schwester hat momentan ihre Schneiderlehre »unterbrochen« und treibt sich stattdessen im Ashram im Karoviertel herum. Sie raucht eine klassische filterlose Gauloises, das hellblaue Päckchen ragt ein Stück aus der Gesäßtasche ihrer Jeans. Die Kamera folgt ihr, zoomt von der Totalen in die Halbtotale und ins amerikanische Format: Annemarie aus Aix-en-Provence, die unter den Platanen die mit Kreidefußspuren auf den Asphalt gemalte Schrittfolge der Gauloises-Reklame nachgeht, sorgsam bedacht, die Betriebsanleitung des Nonkonformismus zu befolgen, in der glücklichen Gewißheit, wie sie andere Leute nach der Lektüre von Marx, Bakunin oder Adorno empfinden mögen, in diesem Werbespot sowohl die Analyse der Lage als auch die Tapetentüren hinaus aus der Entfremdung entdeckt zu haben. Ihre ausgeblichene Jeans, ihr weißes Männerhemd (Überbleibsel der Phase, als sie in allem die große Schwester imitierte), darüber der orangene Rohseide-Kasack (immerhin Reimer Claussen), barfuß natürlich, die Sandalen, sofern sie überhaupt beschuht erschienen ist, stehen vermutlich unter dem Familientisch an ihrem von der Tischkarte bezeichneten Platz. Sie ist dunkelhaariger als Christine, mit den gleichen slawischen Wangenknochen und dem gleichen tiefen Haaransatz, der den beiden Schwestern etwas Windschnittiges verleiht. Während sie mit in Falten gezogener Stirn den Rauch ihrer Gauloises inhaliert und sich mit dem kleinen Finger (kein Nagellack) die Tabakkrümel aus dem Mundwinkel wischt, ist ihr Blick etwas in die Höhe gerichtet, als erwarte sie auf einem Teleprompter eine Fortsetzung des Gauloises-Spots mit weiteren und präziseren, dem Ambiente hier angepaßten Handlungsanweisungen für ein individualistisches, selbstbestimmtes Leben. Der letzte Spot hat sie den schlendernden Gang gelehrt, mit dem sie die Spießerwelt teilt, der ihre Schwester sich verkauft hat, aber sie weiß nicht recht, wie nonchalant, abweisend oder freundlich sie sich nun geben soll, wobei das Fortgehen, das Aus-dem-Rahmen-der-Leinwand-Treten auch keine Option wäre, denn draußen ist nichts. Die Grenzen der Gauloises-Reklame sind die Grenzen der erkundeten, kartografierten Welt.

Onkel Franz und Schwager Kumpf, die ihre dunklen Anzüge mit größerer Selbstverständlichkeit tragen als andere, sind mit ihren Zigarren ein wenig beiseite getreten, als seien sie dabei, sich in ein holzgetäfeltes Kabinett zurückzuziehen. Beide haben den Blick vertraulich auf die achtzehn Zentimeter langen Torpedos gesenkt, die sie sich soeben aus dem Humidor neben der Bar ausgewählt haben, die Beratung eines Obers in Anspruch nehmend, ohne ihm zu verhehlen, daß sie sich in der Materie besser auskennen als er. Vor zwei Jahren wußten sie vermutlich beide noch nicht, was ein Humidor ist oder hätten das Wort für eine Schallplattenmarke gehalten wie Polydor. Aber die Kenntnis dieses Begriffs, die mit der Erkenntnis gekommen ist (und eine Weile nach der Erkenntnis ist auch die Selbstüberwindung gekommen, es zu tun), sich Havannas für zwanzig Mark das Stück leisten zu können, und die Fähigkeit, ohne sich zu verhaspeln, eine bestimmte aus jenem Kästchen zu verlangen und sie unter den Augen der anderen einfach so in Rauch aufzulösen – in genußvollen Rauch wohlgemerkt –, die berauscht sie auf stille Weise. Sie schauen sie an, vergleichen sie, halten sie hoch, als wollten sie am Lichteinfall die Echtheit prüfen, beschnuppern sie, Franz indem er die Nase an seiner Zigarre entlangreibt, was Kumpf aufmerksam registriert, ähnlich wie ein erstmaliger Gast auf einer Vernissage einem erfahreneren Kunstkenner abschaut, daß nicht die Bilder das Entscheidende sind, sondern wie man sich angesichts dieser Kulisse selbst sichtbar macht. Sie lassen sie sich von dem blütenweißen Jugoslawen abknipsen, sie sprechen leise, vermutlich über die Weltlage, einige Stichwörter genügen ja, Schewardnadse, Börner, SALT 2, Vermummungsverbot, und sehen mit ihrer Haltung – Standbein, Spielbein, eine Hand in der Hosentasche, die andere, welche die Zigarre hält, beschreibt erklärende, vertrauenerweckende Politikerbögen zwischen dem eigenen Mund und der Brust des Gegenübers – wie zwei Staatssekretäre aus, die eine neue Waffe, eine miniaturisierte Atombombe, zur Begutachtung erhalten haben von ihren Spezialisten, Wissenschaftlern und Technikern, die sie mit Aktenordnern voller Informationen eingedeckt haben. Nun sind die beiden durchdrungen von der eigenen Expertise, halb bestürzt, halb stolzgeschwellt angesichts ihres Herrschaftswissens, das um jeden Preis der normalen Bevölkerung vorenthalten bleiben muß.

Yvonne, ihren blöden Sohn im Schlepptau, ist eine weitere Insel ohne Brücke zu den anderen. Wohl unvermeidlich, sie dabeizuhaben, er hätte sie nicht eingeladen, auch der Alte haßt sie ja wie die Pest, und daß sie die Gehirne eines jeden von ihnen kaltlächelnd mit dem Eierlöffel auslöffeln würde, wenn sie damit ihrem bescheuerten Sohn etwas mehr Grips verschaffen könnte, ist auch klar. Also warum? Familienbande. »Das kann man denn doch nicht machen.« Charly starrt auf die vom Puder betonten Längsfurchen zwischen Nase und Oberlippe: Raucherhaut, angespannt jetzt vom Halten der elfenbeinernen Zigarettenspitze, die wie ein verknöcherter, mumifizierter Penis zwischen ihren trockenen Lippen sitzt, an dem sie angewidert und bemüht, an Nützlicheres zu denken, knabbert. Wie ein Bleistiftspitzer eine stumpfe Mine, so schält sie diesen dürren Hornpimmel, wahrscheinlich hat sie so auch damals den Großvater zur Scheidung geblasen: die Schwänze der Männer zugespitzt aufs Wesentliche mit trockenen kleinen Nagebewegungen, die aussehen, als versuche sie währenddessen halblaut Geld zu zählen: Njak, njak, njak, njak. Dabei ein Gesicht wie eine Magenkranke, die einen Bitter trinken muß. Eigentlich könnte er es gleich hinter sich bringen und ihr eine Zigarette abschnorren. Wenn er nur wüßte, was sie raucht. Papirossy wahrscheinlich. Reiner steht bei ihr mit hängenden Armen, als müsse er ihr gerade erklären, warum Mantel und Hut, die sie ihm zu tragen aufgegeben hat, aus ihnen verschwunden sind. Auch schon graue Schläfen, obwohl er keine Vierzig ist. Erika hat irgendwann gesagt, all seine Probleme kämen daher, daß er als Heranwachsender seine Mutter hätte ficken müssen. Weiß der Teufel, ob etwas dran ist, wie soll man schließlich jemanden zu sowas zwingen, aber das, was sie seine Blödheit nennen, diese Nervengeschichte, muß ja irgendeinen Grund haben. Yvonne hielte er jedenfalls für fähig dazu. Er wirkt wie ein Fisch am Haken. Unwillkürlich folgt er den Bewegungen der Zigarettenspitze seiner Mutter, jedenfalls im Ansatz. Und wenn sie einholt, das heißt den Kopf zurückwirft, ruckt er unwillkürlich ein Stückchen näher zu ihr hin. Der Anzug ist tadellos, es sind die abgekauten Fingernägel und wie er jetzt nach einer Zigarette kramt wie nach einer Pillendose, als spüre er einen Herzanfall nahen und müsse Nitrotabletten einwerfen. Typisch: die minzgrün-weiße Reyno-Packung. Man kann nicht Zähneputzen und Rauchen zu gleicher Zeit, mein armer Reiner, das ist schizophren. Entweder du qualmst oder du lutschst Mentholbonbons. Nein, er wird jetzt nicht da hingehen, womöglich raucht Yvonne das gleiche Zeug in ihrer Spitze.

Eher schon zu seiner Schwester in der puderrosa chanelartigen Kombination aus offenem Spencer und Stretchjerseyrock, der dem wachsenden Bauch Raum läßt. Daß sie immer noch raucht, ist allerdings bedenklich in ihrem Zustand, wobei sie sich der Tatsache womöglich gar nicht bewußt ist, wirkt doch die lange dünne Eve in ihren langen dünnen Fingern wie eine natürliche Verlängerung derselben, wie ein Dirigentenstab oder der Zeigestock eines Physiklehrers, eher noch, geht er nach dem gebannten Blick ihres Gegenübers, wie ein Pinsel, mit dem sie abstrakte Gemälde in die Luft huscht. Wo sah er diesen Anblick schon einmal? Genau, in dem Film über Picasso, in dem der Regisseur auf die ingeniöse Idee gekommen war, den Künstler auf eine Glasscheibe malen zu lassen, sodaß man von dahinter die Arabesken und die ihnen zugrundeliegenden Handbewegungen mitsamt den konzentrierten schwarzen Augen Picassos zugleich sehen konnte. Genauso malt Erika mit Rauch, virtuos, und ihr Gesichtsausdruck läßt keinen Zweifel am Marktwert des flüchtigen Gebildes (diesen Gesichtsausdruck hat sie in der Ehe mit Kumpf gelernt: sich nicht mehr zu fragen, ob man etwas bezahlen kann, sondern wofür man das Geld ausgeben soll), das sie mit einer letzten Pirouette aus dem Handgelenk signiert – die Augen des anderen zeigen: Er hat bereits gekauft –, bevor sie ihre Malutensilien vehement im Aschenbecher ausdrückt, als würde sie den Pinsel ins Terpentinglas stechen.

Jetzt geht sie auf die kleine Menschentraube zu, die der Alte überragt. Wie üblich steht er leicht gebeugt da, um demjenigen, mit dem er gerade redet, das Ohr zuzuneigen, nicht etwa weil er schlecht hört, sondern damit es so aussieht wie eine besondere Aufmerksamkeit, ein gesteigertes Interesse an den Worten des anderen, von denen er zugleich nichts verpassen wolle und denen er so die schützende und privilegierte Intimität privaten Geflüsters zu verleihen scheint, wo es ihm doch in Wirklichkeit nur darum geht, die Leute nicht aus der Nähe ansehen zu müssen. Also dreht er den Kopf weg, kann währenddessen beobachten, was er will, eine Notwendigkeit für einen, der seit Jahrzehnten glaubt, der jeweilige Gesprächspartner sei genau der, der ihn daran hindert, einen interessanteren zu finden. Er nickt ab und an verständnisinnig und in der meist unerfüllten Hoffnung, der andere begreife dieses Nicken als Aufforderung, einen abschließenden Punkt ans Ende seines Sermons zu setzen. Was er im übrigen problemlos dadurch erreichen kann, daß er sich wieder zu voller Höhe aufrichtet und den Mund-zu-Ohr-Kontakt einfach unterbricht. Feine Schweißperlen leuchten auf seiner Platte, der Hornrahmen seiner Brille changiert im Licht des Lüsters vom Schwarzen ins Kastanienbraune. Jetzt angelt er den wildledernen Tabaksbeutel aus der Smokingtasche und hält ihn wie üblich, indem er die Lederschlaufe über den gelben Zeigefinger streift, sodaß das Beutelchen daran baumelt, während er mit einer freien Hand, was noch jeden verblüfft hat, die Zigarette dreht. Ja ja, so entstehen Mythen. Karl Renn, der Nonkonformist im Management, dessen Ideen a priori für originell gehalten werden, weil seine Marotten so unkonventionell sind. Ein Freigeist, der Selbstgedrehte raucht und eigene Wege geht, wie die Leute, begierig darauf wartend, ob diese eigenen Wege nun ins unvermeidliche Verderben oder doch zu einer beruhigenden, weil für sie nicht gangbaren Erhöhung führen, eben so sagen, wenn einer nur die ungeschriebene Etikette seiner Kaste mißachtet. Mittlerweile, seit er dank Herzinfarkt eine ruhigere Kugel schiebt im Lessinghaus, schockt es seine Umgebung, die Kulturfritzen, die mit ganz anderen Exzentrikern umgehen müssen, nicht mehr so sehr wie einst die Vorstände. Seine Fingerfertigkeit, Tabaksbeutel hier, Papierchen da, verleiht ihm etwas von einem Marionettenspieler, der seinem Gegenüber unwillkürlich das Gefühl vermittelt, ebenso an Fädchen zu hängen wie der baumelnde Ledersack.

Und zwei Schritte daneben Mama, die nicht raucht und nie geraucht hat, aber die, in einer rührenden Form der Mimikry, die ihr selbst gewiß gar nicht bewußt ist, zwei Salzstangen zwischen Zeige- und Mittelfinger hält und eine dritte abknabbert, als wolle sie auf die ihr eigene Weise, nachsichtig und solidarisch zugleich, ihr Einverständis mit seiner Raucherei kundtun. Die Gewohnheit hat er in ihrem Amsterdamer Jahr angenommen, die Holländer rauchen alle bis hin zum Vorstandschef Selbstgedrehte. Nein, das hätte nicht gereicht, es muß die Frau gewesen sein, die unbekannte Geliebte, für die er entweder solch ein Bild abgeben oder die er in seiner Verliebtheit imitieren wollte. Verliebte kopieren ja gern die Angewohnheiten ihrer Geliebten, als brächte sie das deren Seelen noch näher. Wie sich später herausstellte, war sie überhaupt der Grund dafür gewesen, daß er sich um diesen Amsterdamer Job bewarb, und die ganze Familie mußte mit, damit er täglich seinen Spaß haben konnte, und trotzdem den Schein wahren. Für die wollte er sich verjüngen mit Selbstgedrehten und Tabaksbeutel und Fingerspielen, und dann, es wundert mich heute noch, wie die beiden das hinter unserem Rücken ausfechten konnten, die Aussprache, Mamas Ultimatum, die Ärmste, wie sie sich zusammengerissen haben muß, aber kein Wort, und vor lauter Schweigen ist ihr schönes Haar in dem Jahr grau geworden, und die Fältchen haben sich zu Runzeln vertieft (wie er sie umschmeichelt hat, es färben zu lassen), und dann noch der Herzinfarkt des Alten, eine ziemlich perfekt getimte Show, sich per Infarkt aus seinen Schwierigkeiten zu mogeln, da konnte natürlich kein Donnerwetter mehr auf ihn nieder, sondern Familienzusammenhalt und ältere Rechte und Selbstbesinnung und Reue mit dem Ergebnis, daß sie alle wieder zurück sind nach Hamburg, neue Wohnung, und statt des Berufsstresses dann irgendwann die Leitung des Lessinghauses, bei der er sich als *elder statesman* fühlen darf, und Bruch mit der Unbekannten. Nur die Selbstdreherei ist geblieben. Vielleicht denkt er ja an die Frau, während die Lederschlaufe um seinen Finger hängt und er das Ohr vertraulich dem Mund irgendeines Typen zuneigt, im Augenblick gerade dem des frischgebackenen Schwiegervaters, des Tischlers aus der Lutterothstraße. Daß der ein Hitlerbärtchen trägt, wußte ich gar nicht, peinlich, ja wie? Jetzt wischt er es weg mit seinen dicken, geschwollenen Handwerkerfingern, o Gott, er schnupft! Ein schwarzer Rand unter seinen großen haarigen Nasenlöchern bleibt übrig. Jetzt ist die schräge Kopfhaltung des Alten besonders leutselig.

Dann doch zu Ines, die eben aufgeblickt und dich gesehen hat. Also eine Benson, und außerdem wird sie wissen, wo Christine steckt. Auf dem Weg zu ihr von links und rechts Glückwünsche von Leuten, die heute früh nicht auf dem Standesamt waren und, soweit er es hören kann, ihre Gespräche über Beckers Wimbledonsieg unterbrechen dafür. Ein weiterer weißgekleideter Kellner verstellt ihm mit einem Tablett voller Sektkelche den Weg, und er ergreift, den Blick auf Ines gerichtet, die ihm ebenso entgegenlächelt wie er ihr, zwei Gläser und hebt im Weitergehen eines hoch, der Freundin zuprostend, bevor er bei ihr anlangt. Schon wieder vertritt ihm einer den Weg, ein altes Gesicht voller Jahresringe wie ein gefällter Eichenstamm. Er kennt es nicht. Heisere Stimme des unverbesserlichen Rauchers mit geteerten Bronchien, Geruch eines Biertrinkers. Der schwarze Anzug stammt, der Schwere des Stoffs und dem Schnitt nach zu urteilen, aus den Fünfzigern. Prost Bräutigam, sagt der Alte, dessen knotige rote Hand keinen Sektkelch, sondern den Henkel eines Bierhumpens umklammert. Ich darf dich doch duzen. Charlys Mienenspiel durchläuft eine die Augenbrauen und Mundwinkel betreffende Zuckung der Ungewißheit, ob er es mit jemandem zu tun hat, den er kennen müßte, oder mit einem angetrunkenen Störenfried. Der Alte bemerkt das Zögern. Bin der Opa von Christine. Charlys Gesicht entspannt sich, die Augenbrauen sinken, die Mundwinkel ziehen sich zu erleichtertem Lächeln auseinander. Genau, der stand heute morgen auch dabei, irgendwo, das ist der letzte der Familie, der noch in Eimsbüttel lebt. Wir kenn uns ja noch nich so, nech, aber ich sach dir (er ist nicht bei seinem ersten Bier) mal: Paß du mir gut auf die Lütte auf, nech, das is nämlich n hochan-s-tändiges Meechen, die hat das nämlich verdient. Sonst (und dabei formen die Jahresringe sich zu einem Kranz von Lachfältchen, um zu verdeutlichen, daß der in Höflichkeit ungeübte Ton zwar ernst, aber nicht böse oder vorwurfsvoll gemeint ist), sonst kriechste das nämlich mit mir zu tun, nech! Prooust, min Jung! Und alles Gute für euch beide!

Charly stößt an. Eine warme Welle der Zuneigung zu diesem wackeren Eimsbüttler Alten und zu allen simplen, unverdorbenen und ehrlichen Menschen erfüllt ihn, denen er auch sich selbst zugehörig fühlt in diesem Moment, weil sie althergebrachte Werte haben und zu ihnen stehen, aber auch das Gefühl brennender, zehrender Liebe zu Christine, die so sehr geliebt wird, sodaß er sich fühlt wie jemand, der auf einer Auktion eine Million für ein Gemälde ausgegeben hat und beim Hinausgehen, noch etwas schwummrig von seinem Wagemut, vom vormaligen Eigentümer aufgehalten wird, der ihm zum Erwerb des Meisterwerks gratuliert und ihm die Expertise aushändigt. Ja, er wird gut auf sie aufpassen, auf die »Lütte«. (In welchen reichen althamburgischen Echoraum dieses Wort Christine nun wieder stellt.) Hüten wie meinen Augapfel werde ich sie (schönes, altertümliches, in diese momentane Sentimentalität passendes Wort) und ihr Glück machen.

Prooust, sagt er auch und stößt das dünnwandige Sektglas kräftig und herzlich gegen den Halbliterhumpen. Heute zerbricht nichts. Keine Sorge. Und um die Begegnung auf diesem hohen und glücklichen Ton enden zu lassen, weil er nämlich nicht weiß, was er mit dem Alten weiter reden soll, deutet er mit Kinn und Augen in die Richtung, wo Ines steht, sagt nochmal Prooust und stößt sich sozusagen mit dem Glas von ihm ab, um mit dem Schwung bis zu ihr zu gelangen, in deren Begrüßungslächeln Bewunderung und Zuneigung liegen, Stolz und Freude, daß er zu ihr kommt.

Er reicht ihr den Sekt, und sie stoßen an. Gibst du mir eine Benson? Ich hab meine Zigaretten im falschen Anzug.

Sie reicht ihm eine und sagt: Besser so. Sieht nicht schön aus, wenn so ein Smoking an der falschen Stelle ausbeult.

Er fragt sich, ob er überinterpretiert, was er zwischen den Zeilen zu verstehen glaubt. Sie gibt ihm Feuer, und er neigt sich etwas zu ihr hinab. Dieselbe Geste wie der Alte.

Bei dem dunklen Stoff sieht man die Ausbeulungen nicht so leicht, testet er.

Ines klappt die stark getuschten Wimpern nach oben: Frauen sehen sowas immer.

Mit einem leichten Frösteln beschließt er, sich nicht getäuscht zu haben.

Wenn ich nicht wüßte, daß sich hier irgendwo die richtige Braut versteckt, würde ich tippen, du wärst es. Atemberaubendes Kleid.

Ines lächelt geschmeichelt. Zugegeben, noch unpraktischer als der Smoking. Darunter würde wirklich alles auftragen.

Sie haben ihren Ton gefunden für heute abend.

Sie ist oben in eurem Gemach und bereitet sich noch auf ihren Auftritt vor. Ich führe dich ihr gleich zu. Das gehört zu meinen Aufgaben als Brautjungfer.

Charly will es noch etwas genauer wissen: Wo ist Jobst?

Den habe ich im Getümmel verloren. Aber keine Angst, der wird sich schon wiederfinden.

Der treue Hund läßt Frauchen nicht im Stich, wagt sich Charly vor.

Ja, aber er beißt nur Leute, die er nicht kennt.

Sie lachen, um dem anderen und vor allem sich selbst zu bestätigen, daß sie scherzen. Ein paar Freunde kommen vorbei, stoßen an und beglückwünschen Charly zur Hochzeit und zu dem schönen Fest. Detlev stößt dazu und bleibt stehen. Sie spüren beide, daß er (er trägt keine Krawatte, zwei Kragenflügel seines rosa Hemdes ragen über die Revers des hellen Anzugs, das dunkelblonde Haar ist gegelt und nach hinten gekämmt, sodaß er an den Schläfen zwei angelegte Hermesflügelchen zu tragen scheint) die alte Cliquenkonkurrenz auch hier herstellen will, was heute nicht paßt. Es ist nicht sein Tag, das sollte er wissen und akzeptieren. Aber er ist dickfellig genug, es zu ignorieren, und eitel genug, zu glauben, er könne und dürfe sich gewissermaßen auf die rollende Hochzeitskutsche schwingen: Zu spät, noch einen mit dir zu trinken als freier Mann. Was meinst du, Ines, haben wir ihn verloren? Mein armer Charly, jetzt werde ich mich ganz allein um all die Mädels kümmern müssen.

Zu Charlys Erstaunen reagiert Ines sofort und souverän mit einem Wort, das er gar nicht erwartet hätte von ihr, das im Freundeskreis gar nicht denkbar und gebräuchlich war und dessen hoher Ton sofort allgemeinem Spott preisgegeben gewesen wäre. Sie faßt Charly unter, schiebt eine Schulter vor und sagt zu Detlev und den anderen: Ihr entschuldigt uns! (Keine Frage, ein Befehl! Charly könnte sie küssen für den arroganten Ton.) Wir müssen hinauf ins Hochzeitsgemach, den Bräutigam seiner Braut zuführen.

Ohne zu zögern reagiert er auf den leichten Druck ihres Arms, fällt in Gleichschritt, läßt sich von ihr mitziehen, würdigt Detlev keines entschuldigenden Blicks. Sie steuern die breite hölzerne Treppe an, die zu den Zimmern hinaufführt. Mit der freien Hand hält Ines ihr Kleid an zwei Fingern hoch. Unnachahmlich elegant. Wo haben sie das alle gelernt und wann, um heute abend plötzlich vollendete Damen und Kavaliere zu sein? Rip-van-Winkle-Gefühl, etwas verschlafen zu haben.

Nun kennen wir uns schon so lange, sagt Ines. Aber wenn du mir vor zehn Jahren gesagt hättest, daß wir irgendwann mal hier zusammen die Treppe raufgehen würden und ich deine Trauzeugin wäre (Christines Zeugin, denkt Charly korrigierend)...

Ja, es stimmt, sie haben eine Geschichte, gemeinsame Erinnerungen, eine längere Geschichte als er und Christine, weniger heftig, keine Liebe, eher eine geschwisterliche Vertrautheit, aus der wie Wegmarken ein paar Momente herausragen. Ein Bummel auf den Landungsbrücken, als gerade die Kruzenshtern angelegt hatte und die bartlosen sowjetischen Matrosen mit den breiten rosigen Gesichtern und den großen wasserblauen Augen von Bord enterten zum Landgang, um sich auf St. Pauli korrumpieren zu lassen. Na, bißchen mit dem Todfeind flirten? hatte er zu ihr gesagt, als einer der Jungs ihr schüchtern zulächelte. Und sie, hinterherblikkend: Das sind die Männer, die dich mit dem Bajonett abstechen und mich vergewaltigen. Ines vergewaltigen ist immer ein gutes Thema gewesen beim Masturbieren. Ihr weißer Körper mit den kräftigen Hand- und Fußgelenken und den großen Händen und Füßen und dem breiten Becken und dem noch breiteren Schenkelansatz, wo sie in ein paar Jahren aus dem Leim gehen, wo ihre sehr weiße Haut von der Zellulitis angegriffen werden wird, da, wo jetzt schon ein paar milchweiße Kanäle die Schwäche des Bindegewebes erkennen lassen. Er kennt sie ja nackt vom Baden. Apropos: Seit ihrer Anspielung vorhin ist er irritiert, und jetzt auf der Treppe hat er Gelegenheit, verstohlene Blicke zu werfen. Tatsächlich nimmt er keinen Slip wahr unter ihrem roten Kleid. Sollte da tatsächlich nur noch Haut sein unter dem Stoff?

Ja, wir sind schon so zwei alte Veteranen. Weißt du noch, als Christine mich überredet hatte, mit euch zu der Friedensdemo nach Bonn zu fahren?

O ja, werd ich nie vergessen, der Sonderzug und dann die Menschenmassen im Hofgarten und der Jubel, als sie über Lautsprecher bekanntgaben, wir wären eine halbe Million. Und Willy Brandt. Es war doch Willy Brandt? Und wie wir das Abteil gewechselt haben wegen dem Typen, der unaufhörlich *Blowin' in the wind* sang.

Ach ja, den hatte ich ganz vergessen, schlimmeres Gewinsel als Dylan selber.

Aber was ich nicht vergessen habe, sagt Ines, das war dein Gemecker die ganze Zeit über gegen die pazifistischen Schafe und daß Schmidt gar nicht so unrecht hätte mit seiner Nachrüstung und daß sie doch rüber in die DDR sollten, wenn sie so fest an den Friedenswillen der Kommunisten glaubten.

Charly kichert: Naja, und jetzt koaliert schon James Bond mit den Russen. Oder auch der große Pizza-Abend bei euch.

Ja, sagt Ines, wenn ich gewußt hätte, worauf der hinausläuft, hätte ich Christine nicht eingeladen. Oder dich. Oder vielleicht doch? Vielleicht habe ich es ja sogar absichtlich gemacht. Jedenfalls seid ihr ein so schönes Paar, daß ich es nicht bereue.

Sie sind auf dem Treppenabsatz. Spannung verstärkt sich. Gleich wird er Christine sehen in einem Kleid, das sie vor ihm geheimgehalten hat. Gleich wird gar kein Raum mehr sein für die gute alte Ines, mit der er so viele gemeinsame Erinnerungen hat, vor allem diesen Nachmittag in ihrem verschatteten Mädchenzimmer. Er will ihr irgendwie danken für die Treue all diese Jahre, ihr, die niemanden wie ihn hat, sondern nur den lieben, beschränkten Jobst, er will sie glücklich machen heute an seinem Glückstag, er hat genug Glück heute, um es weitergeben zu können, gerade ihr, er will irgendeinen Ausdruck finden für diese Vertrautheit zwischen ihnen (kriege dabei allerdings nicht das Bild ihrer nackten Möse unter dem roten Stoff aus dem Kopf). Jetzt klopft sie an, jetzt geht die Tür auf, und da steht Christine.

Ein Traum in Blond und Weiß, und Ines neben ihr schrumpft zum Aschenputtel in der Lichtaura der Schöneren, Wichtigeren, irgendwie kann keine noch so hübsche Dunkelhaarige ankommen gegen eine Blondine (braungebrannt) im Glanz, im Sonnenlicht ihrer Helligkeit. Und jetzt tut Ines ihm regelrecht leid, und er fühlt sich schuldig, weil er so ganz recht hatte mit Christine, weil die Waage so eindeutig zu ihren Gunsten ausschlägt, weil es so evident ist, daß er sie liebt und lieben muß.

Und auch Ines schaut sie mit Stolz und Bewunderung an wie eine seltene Blume, ein Gebirgsedelweiß, das sie entdeckt und zu dem sie ihn jetzt in einer schwierigen Bergwanderung geführt hat. Das weiße Kleid. Ein einziger Träger, in der Mitte über ihren Brüsten aufsteigend, links am Hals vorbeigleitend. Ihr schöner, langer, glatter Hals. Nein, nicht rein weiß. Wie ein weißes Kleid an einem sonnigen Maitag unter einem blühenden Apfelbaum. Ein leicht changierender, mal rosiger, mal silbriger Schatten spielt darauf. Der Stoff glatter, seidiger noch als ihre Haut. Die Lippen dunkelrot. Weiß die Zähne, jetzt öffnet der Mund sich zum Sprechen. Auf der Stirn eine Art Diadem oder Spange, verziert mit blauen Eisvogelfedern, eine Parüre aus dem 19. Jahrhundert, Hochzeitsgeschenk von Onkel Franz (vielleicht ne Nummer zu groß, das Ding ist, hat Franz sich nicht verbeißen können, ihn zu informieren, im Falle, daß er es nicht zu schätzen gewußt hätte, zweitausend Mark wert).

Ich bin so aufgeregt wie sehe ich aus ich bin dreimal aufs Klo gerannt Sind eigentlich die drei aus der Armgartstraße da O Gott die Schuhe drücken die ziehe ich nachher aus (weiße spitze Pumps, hinten offen, mit Fersenriemen. Braune Haut. Sie trägt keine Strümpfe. Das Kleid unten an den Knöcheln so eng wie eine Bandage, irgendeine asiatische Erotikfolter. Ein bei jeder Bewegung sich wie ein Aal windender Schlitz vom Saum bis hoch übers Knie). Und Gefall ich dir Gut siehst du aus komm mal her du hast da zwei Schuppen auf der Schulter das sieht nicht schön aus Und Sind schon alle da Ist Papa schon unterwegs Warte ich küsse dich ja schon Aber vorsichtig mit dem Lippenstift Ich bin so glücklich Charly.

Charly tritt einen Schritt zurück, ein wenig in seinem Elan gebremst. Es ist kein Rankommen an sie. Zu perfekt verpackt, gestylt, zu empfindlich. Er kann nicht, was er jetzt wollte: sie an sich drücken, damit sie meine Latte spürt, mit ihr Mund-zu-Mund-verschlungen auf das King-Size-Bett taumeln, ihr das enge Kleid wie eine verschweißte Plastikfolie vom Leib streifen und reißen und an den brennendsten Punkten die Verbindung herstellen zwischen ihnen, damit die Ströme abfließen, die Spannung nachläßt, er wieder klar im Kopf wird. Ziehen in den Lenden, im Unterbauch, wenn ich jetzt nicht gleich darf, stehe ich den Abend nicht durch.

Mit einer gewissen Ernüchterung, ja Bitterkeit, sieht er plötzlich deutlich, daß sie beide in diesem Moment ganz weit voneinander entfernt stehen, jeder für sich, eingeschlossen in seine egozentrische und egoistische Phantasie von diesem einzigartigen Abend, daß sie keineswegs ein Fleisch und eine Seele sind, daß Christines Bangen und Sorge und Vorfreude ganz auf sich selbst gerichtet ist, daß sie in sich hineinhört, sich selbst auskostet; er übrigens auch. Dieser Moment ist der *freeze frame* all der Phantasien, Wachträume, Konzeptionen, all des Kopfkinos, der Muster des Films »Charly und Christine«, ja sogar »Charly und

Frau«, die seine Vorstellungskraft in Jahren abgedreht hat, eine bewegte Galerie realer und virtueller und gänzlich abstrakter Bilder, mit denen er jetzt alleine ist und alleine sein will, Bilder, die sich auf seinen Befehl animieren, kombinieren und die angehalten werden können, und letztlich ist dieses Spiel mit Christines und ihren gemeinsamen Millionen Möglichkeiten faszinierender in diesem Augenblick als das Weiterablaufen der Realität.

Dieser Moment ist sozusagen die Signatur, der Stempel, die Realitätsbeglaubigung für das einem ungewissen Ausgang zustrebende Leben, seit er an jenem Abend bei Ines zum ersten Mal richtig mit ihr geredet hat und in der Nähe ihres Gelächters und ihrer Gesten sich plötzlich wieder daran erinnerte, wo und wie er sie zum ersten Mal wahrgenommen hatte. Auf dem Schulhof nämlich in meinem letzten Jahr, ein sommerlicher Tag, sie muß drei Klassen unter mir gewesen sein, da saß sie in der großen Pause langgestreckt mit dem Rücken an eines der Krüppelbäumchen gelehnt – sie durfte den Schulhof noch nicht verlassen, ich kam gerade von der Bäckerei zurück –, in einem in der Sonne blendendweißen Männerhemd, ausgeblichenen Jeans, barfuß, rauchend, neben ihr dieser ganz unglaublich häßliche Drachen von Freundin, ohne den sie vielleicht gar nicht so sehr aufgefallen wäre, ein großes, knochiges, langhaariges, dunkles Monster mit einem vierkantigen Gesicht, und ich habe noch nicht einmal den Schritt verlangsamt. Aber dennoch war ein Bild in ihn gepflanzt, oder vielleicht anders: Der Anblick, der sich ihm bot, wurde vom mit Lichtgeschwindigkeit sortierenden Computer seines Hirns einem dort lagernden Mangelgefühl zugeschlagen, das er befriedigen oder das mit ihm zusammen produktiv werden konnte, weit unter dem nach Realisierungen suchenden Bewußtsein, welches den Vorgang lediglich mit einem konsequenzenlosen »Oho« registrierte. Vermutlich habe ich das Bild in der Folge sogar öfter einmal zum Wichsen hervorgeholt: die Vorstellung, wie sie diese enge Jeans öffnet, dort am Baum. Aber erst vier oder fünf Jahre später, als er beim Pizzabacken in der Küche von Ines' Elternhaus zum ersten Mal mit ihr redete, wurde das, was damals befruchtet worden war, mit einem Schlag virulent.

Es braucht, wenn das Verlieben auf die Weise funktioniert, die die Franzosen den *coup de foudre* nennen, den Einschlag des Blitzes, zunächst gar nicht notwendigerweise ein Objekt. Oder besser gesagt braucht es zwar ein Objekt, aber nicht unbedingt ein zweites Subjekt. Statt zu sagen: »Ich verliebe mich in dich«, sollte es treffender heißen: »Ich verliebe mich anhand deiner.« Es braucht zunächst nur eine Art Fliegenfalle, einen Trichter, über dessen Rand beide aus freier Wahl kriechen. Dieser Akt bezieht die Möglichkeit der bewußten Selbsttäuschung mit ein, denn beide gehen davon aus, daß es zu nichts verpflichte, sich am oberen Ende des abschüssigen Kreises zu bewegen, kalkulieren aber immer zugleich auch ein, daß ihrer Entscheidung die Gefahr innewohnt, immer tiefer zu geraten, dorthin, wo es immer enger wird, immer steiler, wo kein Herauskommen mehr ist nach oben, sondern nur noch gemeinsames Gleiten in den engen Schlund hinab. Wer über den Rand klettert, ist sich dieser Eventualität bewußt, für wie unwahrscheinlich er sie auch halten mag. Warum aber tut er es?

Die Falle ist zunächst nichts als die Einladung zu einem Gespräch, einem Tanz, einem Flirt. In ihrem Fall hatte Ines den Anlaß geschaffen, indem sie sowohl Charly als auch Christine ohne ihre damaligen festen Freunde einlud und sie damit beide in eine besondere Lage, in eine gemeinsame Außenseiterposition gegenüber den anderen Freunden brachte. Das machte beide zwangsläufig auf sich selbst und aufeinander aufmerksam. Der Trichter stand sichtbar, ostentativ vor ihren Augen. Warum kletterte Charly hinein? Weil sein Bewußtsein mit einem Mal jenes Bild vom Schulhof, dessen Stunde gekommen war, hervorholte, dessen erotisches Potential nunmehr benutzt, konkretisiert, auf seine Realitätstauglichkeit geprüft werden konnte.

Warum ist auch der andere bereit, zeitgleich oder fast zeitgleich? Das bleibt ein Mysterium. Gibt einer das Signal? Strahlt, dünstet er etwas aus, dem der andere folgt, folgen muß? Entscheidet man sich per Augenkontakt oder Gesten gleichzeitig zu dem Schritt? Tut man ihn überhaupt wegen eines bestimmten anderen oder ganz von sich aus, aus einer erotischen Gestimmtheit heraus, die noch kein bestimmtes Ziel hat? Kommt es nicht häufig vor, daß man an einem Abend beim Tanzen mit zweien oder dreien flirtet und sich durchaus vorstellen könnte, mit jedem von ihnen zu schlafen, und hängt es dann nicht offenbar vom Zufall des Timings der Gefühle ab, welcher der drei Fremden ganz plötzlich wenige Jahre später dein Mann oder deine Frau und Vater oder Mutter deiner Kinder ist, sodaß man sich in manchen metaphysischen Momenten eingesteht, daß unser Schicksal um eines Augenzwinkerns willen ein gänzlich anderes hätte werden können. Fragt man den anderen später und im Grunde voller Verwunderung, was ihn denn bewogen habe, sich mit uns einzulassen, »damals«, so bekommt man dieses Mysterium immer nur mit den üblichen hilflosen Worten beschrieben: »Ich hatte Lust auf dich«, »Ich war neugierig, worauf das mit uns hinausläuft«, »Ich habe mich in dich verliebt«. Aber all das trifft nicht das Entscheidende, denn die Neugier richtet sich nicht eigentlich auf den anderen, da man von jemandem, den man nicht kennt, nicht wirklich etwas erwarten kann, sondern ganz auf sich selbst, auf die in diesem Augenblick als existenzverändernd empfundene Hoffnung, das wenige Sekunden, Minuten oder Stunden in die Zukunft hineingeschriebene Szenario von der sexuellen Begegnung mit kurzer zeitlicher Verzögerung und all der überraschenden Abweichung vom Drehbuch tatsächlich nachzuleben.

Die Neurobiologie erklärt das mit dem Instinkt, fürs Zustandekommen einer möglichst vorteilhaften lebensfähigen Verbindung von Samen- und Eizellen sorgen zu wollen. Aber im Unterschied zu den Tieren darf jeder weit über seine rein animalischen Instinkte hinausgewachsene Mensch sich am Spiel der Fortpflanzung und Perpetuierung der Gattung beteiligen, so daß dieser Urdrang höchstens einer der Gründe dafür ist, die mit der Gleitcreme der Erotik bestrichene Innenseite des Trichters zu betreten, wo es früher oder später kaum mehr ein Halten gibt auf dem Weg hinab.

Der Mensch ist auch und vor allem ein soziales Wesen und produziert als solches beständig Bilder seiner selbst in seiner Umgebung aus verschiedenen Außenperspektiven: Welches Bild von mir haben die anderen, wenn sie mich in dieser Konstellation sehen? Wie harmonisch, wie beeindruckend fügt sie sich in die Gesamtkomposition? Handelt es sich um eine ästhetisch gelungene Installation: Charly und Christine?

Vor allem auch ist der Mensch, namentlich der junge Mensch, ein Wesen, für das die Veränderung, das Neue, ein Wert an sich ist, und dem es weniger um die Frage geht, was denn mit dem Neuen gewonnen sei, als um die Ahnung, daß jedes Neue eine willkommene, eine notwendige Häutung auf dem Weg zu sich selbst bedeutet.

Die relativ häufige Bereitwilligkeit, es nach dem Koitus, dem Ergebnis des gemeinsamen Hineinstrudelns in den Trichterschlauch, »miteinander zu versuchen«, ist denn vielleicht auch in erster Linie die Konsequenz dieses Glaubens ans Neue, diesem manchmal bis zum Panischen gehenden Wunsch nach Veränderung, der nicht einer nach Verbesserung ist, sondern eher aus dem existentiellen Dilemma des Menschen am Kreuzweg rührt: Was verpasse ich, wenn ich an dieser Abzweigung den bekannten Weg weitergehe, anstatt den anderen, unbekannten einzuschlagen?

Auch mit Liebe hat diese Bereitwilligkeit, beieinander bleiben zu wollen, zunächst noch nichts zu tun. Es stimmt nämlich nicht, daß man nur mit dem leben könnte oder wollte, den man liebt: Die Wahrheit ist, daß man die, mit denen man lebt, auch anfängt zu lieben. Leben könnte man mit quasi jedermann, das ist nur eine Frage des Grades an Zivilisation und Rücksichtnahme, und man fängt schon aus reinem Selbsterhaltungstrieb rasch an, denjenigen zu lieben, mit dem man lebt, ganz gleich, wieviel Umstellung das zunächst von einem verlangt.

Der gesamte Weg vom Betreten der Fliegenfalle bis hin zum Beginn gemeinsamen Lebens ist ein einsamer Weg, ein egozentrischer Weg, den man alleine zurücklegt, bei dem man den anderen nicht als Menschen aus Fleisch und Blut braucht und wahrnimmt, sondern lediglich als – wenn auch sehr reale – Projektionsfläche für die eigenen sich an seinem Bild inspirierenden Szenarien. Selbst für den Koitus ist der andere Mensch als solcher nicht entscheidend, der Akt an sich, als eigene Erfahrung, ist, zumindest die ersten Male, aufregend genug, sonst könnte man nicht problemlos sexuell mit Menschen verkehren, die »gar nicht unser Typ sind«, »von denen man gar nichts will«.

Die Liebe beginnt, wenn sie beginnt, sobald der andere zu Wort kommt, sobald er tatsächlich oder im übertragenen Sinne von sich zu sprechen beginnt oder eben seine Umstände von ihm sprechen, und dies geschieht fast zwangsweise, denn wie das alte Wort sagt: Wes das Herz voll ist, des geht der Mund über. Der Beginn der Liebe ist der Schritt des von sich selbst erregten, des entzündeten Bewußtseins vom Ich zum Du, ist sein Drang, seinen Zustand zu rechtfertigen und zu erklären, indem es objektive Gründe für ihn findet, und zwar in der Person des anderen, die man, ganz gleich, wie sie ist, zu idealisieren beginnt, indem man alles Fremde an ihr – und zunächst *ist* alles an ihr fremd – bereitwillig als eine Qualität empfinden will.

Diese Periode ist zwar eine Selbstillusionierung, aber zugleich auch eine Zeit erhöhter und gesteigerter Wahrnehmungsfähigkeit, Sensibilität und Phantasie, die uns bessert, woher auch das Hochgefühl der »ersten Zeit der großen Liebe« rührt, welches eine Mischung ist aus dem Schwung, mit dem wir noch die entnervendsten Marotten und unappetitlichsten Eigenheiten des anderen in rosiges Licht zu tauchen gewillt sind, der Entdeckereuphorie, in der jeder Mensch sich als ein Kolumbus, ein Vasco da Gama fühlen kann, der die Ost-West-Passage eines fremden Lebens entdeckt und (jedesmal wieder) als erster durchsegelt und erkundet hat, und dem Drang, sich mittels Mimikry dem anderen, seinem Geschmack, seinen Gewohnheiten anzunähern, um in der eigenen Haut zu spüren, wie es wäre, er zu sein. Denn im Grunde möchte jeder frisch Liebende lieber als er selbst der von ihm geliebte Mensch sein, und sei es nur, um sich solcherart von einem einzigartigen Menschen geliebt zu wissen.

Man baut sich seine Liebe selbst, um in ihr wohnen zu können. Aber je mehr man sich und seinem eigenen Wesen bei diesem Prozeß Gewalt antut, desto einsturzgefährdeter das Haus. Doch sind das kluge Spitzfindigkeiten, zu denen man erst nach dem Scheitern einer Liebe im Rückblick, der immer etwas gänzlich anderes ist als die Gegenwart, angehalten wird. Die Natur, um ihre Geschäfte verrichten zu können, macht uns währenddessen zu unserem Frommen vollkommen blind für derartige Gedanken.

Was war es nun aber, das Charly und Christine, nachdem sie an jenem Pizza-Abend bei Ines den Trichter betreten hatten, noch in derselben Nacht in ihn hinabsog – Charly fuhr am Ende des Tags mit ihr in seine Wohnung in der Jarrestadt, wo sie miteinander schliefen – und sie danach bewog, obwohl beide »in festen Händen« waren, ihre jeweiligen Beziehungen zu beenden und es miteinander zu versuchen? Die Konstellation jenes Moments mit ihrem Mosaik aus Motiven und Anreizen. Zunächst einmal waren die »festen Hände« offenbar so fest nicht gewesen, man merkt die Morschheit einer Verbindung ja, wie die eines gesund aussehenden Baumes, oft erst, wenn man sich, zurückprallend vor dem Neuen, dagegenlehnt, und sie gibt nach. Offenbar war die Hoffnung auf das Neue in dem Moment, als es sich anbot, stärker als die Verbindung zum Gewohnten, weil dieses Neue zum einen in der warmen und freundlichen Beleuchtung jenes Abends bei der gemeinsamen besten Freundin auftauchte und gewissermaßen von ihr und dem gesamten Ambiente begrüßt, gestattet, angefacht, behütet, gefördert wurde und daher unter einem guten Stern zu stehen schien, und weil zum anderen dieses Neue, also der jeweilige Anblick Charlys und Christines, ihr Aussehen, ihre Kleidung, ihre typischen Gesten, ihre Worte, Bewegungen, Scherze, ihr Benehmen Dritten gegenüber und deren Benehmen ihnen gegenüber, die Musik, die gerade lief, was an diesem Tag sonst noch geschehen war und die Stimmung, in der man ihn durchlebt hatte, weil all diese Bilder, in die das Neue sich kleidete, es dem Wunschgenerator, der im Innern eines jeden von uns arbeitet, ermöglichten, passende, kongruente Bilder aus seinem Speicher zu holen, in dem Millionen Varianten des eigenen, isolierten Bildes mit zahllosen Ergänzungen kombiniert werden können, die aus der persönlichen Phantasieproduktion ebenso stammen wie aus der Außenwelt: Wichsszenarien, Bücher,

Gemälde, Filmszenen, erotische Träume, Werbespots, und diese Bilder ins Bewußtsein zu transferieren und zu einigen verlockenden, vielversprechenden Drehbuchentwürfen und Standbildern zum Thema Charly und Christine zusammenzufügen.

In Charlys Fall war der Auslöser jene Schulhoferinnerung an ein Mädchen im weißen Männerhemd, und womöglich trug Christine am Abend bei Ines wieder ein solches, was in Charlys Gedächtnis die Verbindung herstellte, wobei die Tatsache, daß es sich um dasselbe Mädchen handelte, die Sache zwar pikanter machte, aber nicht entschied. In Christines Fall mag es ein anderer Schlüsselreiz gewesen sein. Vielleicht lief auf dem Plattenteller ein Lied, das zu einer früheren Verliebtheit gehörte und sie, weniger als diese konkrete heraufzubeschwören, an die Intensität des Gefühlszustandes »Verliebtsein« erinnerte, gerade als ihr gegenüber jemand stand, dessen Anblick plötzlich mit der Erneuerbarkeit des vermißten Gefühls verschmolz.

Es ist nur ein Detail, eine Facette und Momentaufnahme all jener komplexen Prozesse, was Charly in diesem Augenblick im Hochzeitszimmer isoliert bewußt wird, nämlich das oben beschriebene Phänomen, daß der ganze Weg vom Betreten der Fliegenfalle bis hin zum Beginn gemeinsamen Lebens ein einsamer, ein egozentrischer Weg ist, den man alleine zurücklegt. Und nur, weil dieses Detail ihm aus dem Zusammenhang gerissen bewußt wird, ernüchtert ihn die im Kontext gesehen ganz verständliche und niemanden erniedrigende Tatsache, daß Christine im jetzigen Moment dieser wahrgewordenen Phantasie »Hochzeit« darüber nachsinnend, wie es dazu kommen konnte, an sich denkt, nicht an ihn, daß sie eher sein Bild benötigt als ihn selbst – und daß es ihm genauso geht, daß er es ebenso hält.

Die zwei Frauen im Hochzeitszimmer reden und kichern miteinander, begutachten sich, zupfen aneinander herum. Es stört ihn, daß sie diesen Augenblick für sich haben will, von ihrem Vater begleitet hinunterschreiten möchte als eine Art Ersatz für den Weg durch die Kirche, dabei hatten wir beide keine Lust auf Kirche, eigentlich müßten wir jetzt gemeinsam oder aber hier oben alleinebleiben. Muß aber auch Verständnis haben. Den Weg die Treppe hinab braucht sie als Trophäe, das ist für die Erinnerung, fürs Alter. Man muß alleine sein, um sich auf sich selbst konzentrieren zu können, letztendlich doch auch beim Vögeln: Wenn man kommt, ist es eine Sekunde lang eine absolut egoistische Befreiung: Das nimmt mir keiner mehr. Sich darum zu kümmern, daß der andere kommt, ist Zivilisation. Andererseits großzügig sein. Auch Becker im Triumph der einsamste Mensch auf der Welt. Gewähren lassen können.

Es klopft. Ines geht zur Tür. Christine fällt ihm jetzt doch um den Hals. Seitlich.

Ich liebe dich. Danke, daß du mir die zwei Minuten mit Papa läßt. Weißt du, für ihn ist es ein großer Moment und auch ein Trost.

Der kleine Mann mit dem zerbröselnden Hitlerbärtchen aus Schnupftabak. Kein Gegner.

Charly lächelt: Mach sie alle sprachlos.

In der Tür dreht sich Christine um: Ach, seid ihr so lieb und bringt mir Tabak und Hülsen mit? Da in dem Täschchen auf dem Bett. Kann das Zeug jetzt nicht in der Hand gebrauchen.

Christine stopft. Damals an dem Abend hat er es zum ersten Mal beobachtet: Wie sie den wattierten Beutel auf die Knie hob, die Kordeln lockerte, das Päckchen Drum herausholte, dann die schwarzrote Gizeh-Stopfmaschine (Farbe der Anarchie, von Liebe und Tod, und wie er geneigt war, dies bei ihr für eine bewußte Farbwahl zu halten, übrigens zu Unrecht), dann den Pappkarton mit den Hülsen, alles vor sich auf den Tisch stellte, den Stopfer aufklappte, mit ihren langen schlanken Fingern den Tabak in die Rinne preßte, wobei einige Krümel an ihren rosigen feuchten Fingerspitzen haften blieben. (Ist sie nervös? Meinetwegen?) Der ein wenig abstoßende, aber auch auf krause Weise erregende Anblick ihrer abgekauten Nägel (diese feuchten, tabakkrümelbehafteten Finger mit diesen Nägeln um meinen Schwanz), wie sie dann den Stopfer schloß, festdrückte, eine Hülse aus dem Karton angelte, auf die Plastikmuffe steckte, mit zwei Händen – ratsch ratsch – vor- und zurückzog und die fertige Zigarette von der Muffe löste: Willst du die? Und als er nickte, zündete sie sie an ihren Lippen an und reichte sie ihm, und nie hat ihm eine Zigarette so gut geschmeckt.

Verliebt er sich deswegen in sie, wegen dieser Prozedur, halb Vorbereitungen eines Kunsthandwerkers in seiner Werkstatt, halb alchimistische Versuchsanordnung, die sie und den, der ihr zusieht, kurz aus der Zeit und der Umgebung hebt? Verliebt er sich in sie wegen dieser präzisen, nicht alltäglichen Gesten, der Nähe ihrer Haut, des Spiels ihrer lebendigen Sehnen darunter? Erregt, verlockt ihn dieses ein wenig Schmuddlige, Schlampige, das von ihren ungepflegten Nägeln ausgeht, weil er es über irgendeine komplexe Assoziationskette mit dem Gedanken an Freiheit, Zigeunerfreiheit, verbindet? Oder erscheint ihm das ganze banale Tun von einer Aura der Besonderheit umgeben, weil in diesem Zustand zugespitzter Empfindlichkeit und Empfänglichkeit jedes Detail, jeder Handgriff des Menschen, der sie hervorgerufen hat, numinose Qualität bekommt?

Ines geht die zwei Schritte bis zum Bett, auf dem tatsächlich dieser rote, wattierte Beutel von damals liegt, hebt ihn hoch und sagt, sich zur Tür drehend und den Kopf leicht senkend, sodaß Charly ihre Augen unter den Wimpern nicht sehen kann, sondern nur die blassen Sommersprossen auf ihrer Nase: Na, das ist jetzt wohl ein Adieu auf lange Zeit.

Er wendet sich zur Tür und versucht, die Hand am Knauf, zu verstehen, was sie damit ausdrücken will. Plötzlich bekommt die Frage Wichtigkeit, und er dreht sich, anstatt die Tür zu öffnen, noch einmal zu ihr um. Ines, darauf nicht gefaßt und bereits in der Vorwärtsbewegung, prallt gegen ihn, sodaß seine Arme sie ganz unwillkürlich umschließen, er ihr duftiges Haar direkt unter seiner Nase, unter seinem Kinn riecht und dann, als ihre Arme ihn umschließen, ihr Gewicht wie Blei empfindet, das ihn, den unerbittlichen Gesetzen der Schwerkraft folgend, in die Tiefe zieht. Die Masse ihrer Körperlichkeit, ihr lebendiger, gegen ihn gedrückter Leib. Sofort, unwillkürlich, hat er eine Erektion und weiß, daß sie sie spürt, will, daß sie sie spürt.

Bis zu diesem kleinen Wollen ist alles reiner Zufall und reine Mechanik gewesen, in der Zehntelsekunde, in der ihre Körper sich nicht sogleich voneinander lösen, erkennen die mitdenkenden Hirne, daß ein Schalter umgekippt, eine Entscheidung gefallen ist, daß die Unschuld wie Luft aus einem mürben Ballon aus ihrem Tun entweicht, daß eine schiefe Ebene betreten wurde, von der aus es nur mehr in eine Richtung gehen kann. Beide erkennen das, Charly wie Ines, und die einzige Reaktion ihres Willens, die jetzt am Ende dieser Zehntelsekunde möglich ist, ist der dennoch schon nachgeordnete, dem Entscheidenden hinterherhinkende Entschluß: Ich will es, der eigentlich lauten müßte: Ich habe es gewollt.

Danach geht alles so schnell und hektisch – und daß es unter den gegebenen Umständen schnell gehen muß, ist ebenfalls eine Erkenntnis dieser Zehntelsekunde, etwas, das die Körper wissen, ohne eine Willensentscheidung abzuwarten –, alles geht so schnell und hektisch vor sich, daß die übliche Kongruenz aus tausend kleinen Entschlüssen und Befehlen ans Nervensystem und darauf folgenden Handlungen aufgehoben ist und fast umgekehrt erscheint in den umständehalber selbständig und autonom arbeitenden, aus der Erfahrung schöpfenden Körpern und einer Art begleitender Selbstrechtfertigung, einem laufenden geistigen Kommentar der Ereignisse, der an den mit über dem Kopf zusammengeschlagenen Händen dastehenden, unaufhörlich hilflose Beschwörungsformeln ausstoßenden goetheschen Zauberlehrling erinnert, an dem vorbei in rasendem Tempo die zum Leben erweckten Besen einen Eimer nach dem anderen schleppen, bis das Haus unter Wasser steht.

Es ist, als vergrößere die auf wenige mögliche Minuten beschränkte Dauer des sexuellen Aufeinandertreffens dessen Energie: Sie küssen sich nicht, sondern stoßen einander die Zunge tief in die Mundhöhle, fahren drückend an ihr entlang, penetrieren sich gegenseitig mit diesen weichen, kräftigen, nassen Aalen der Lust. Er hat Mitleid mit ihr empfunden (empfindet Mitleid), ganz so, als müsse sie nun am Weg zurückgelassen werden, er wollte ihr eine Freude machen (will ihr eine machen), irgendeine Geste, die zeigt, daß sie auch in Zukunft nicht alleine sein wird (Jobst kommt hier nicht vor, stattdessen interpretiert der innere Kommentator, offenbar völlig verwirrt von den Ereignissen: »Dann ist es ja gut, daß jetzt doch alles bleibt wie früher«), zugleich hat er es geahnt, gewußt, sobald er sie unten an der Bar erblickte. Der Magnetismus, der heute von ihm ausgeht – heute könnte er jede kurz ansehen, und sie wäre ihm zu Willen. Sie sprechen kein Wort, um den Bann des »es geschieht ja gar nichts, alles Einbildung, das hier passiert nicht wirklich« aufrechterhalten zu können. Charly muß deshalb an den Satz denken, den Onkel Franzens Exfrau nach ihrer Scheidung erzählte. Als sie ihn in der Rehaklinik, wo er nach der Knieoperation lag, unangemeldet besuchte und beim Vögeln mit einer Unbekannten überraschte und er, rot angelaufen und bleich zugleich, mit fleckigem Gesicht stammelte: *Das, was du hier siehst, das ist es nicht.*

Jesusmaria, antworten seine Gedanken seinen Gedanken, das ist nicht der Moment für Reminiszenzen. Aber das Bewußtsein von dem Wahnsinn, dem unentschuldbaren, daß er hier im Hochzeitszimmer, heute am Hochzeitstag mit der Trauzeugin der Frau, die er liebt, mit seiner ältesten Freundin gleich vögeln wird, daß dies nicht mehr vermeidbar ist jetzt, daß er der sich verselbständigenden Lust hinterherrennt wie einem Wagen, dessen Bremsen sich gelöst haben und der den Berg hinabrollt, daß er gleich alles, was er sich für Christine aufgespart hat, was nur ihr gehört, in Ines hineinspritzen wird, ohne noch etwas dagegen tun zu können oder zu wollen, diese Warner und Mahner, die beständig in die Schaltzentrale seines Gehirns eindringen wollen, um ihn aufzuhalten, die sich davor stauen wie Bittsteller vor einem Amtszimmer, die schieben und drängen sie beide wortlos und grob zur Tür hinaus. Früh genug werden sie wieder hereingeströmt sein, und irgendwann werden sie die Tür eintreten, aber erstmal weg mit ihnen, denn soeben ist er dabei, Ines' Brüste zu drücken durch den Stoff, sie zu pressen, fast will er ihr wehtun, damit sie, ernüchtert, von ihm abläßt und um sie zu warnen vor dem, um sie zu strafen für das, was hier geschieht, und natürlich auch aus Geilheit, diese großen, schweren Brüste mit den dunkelbraunen Warzenhöfen (er sieht sie, ohne sie sehen zu müssen, das kommt davon, wenn man einander so lange kennt), viel größer als Christines unentwickelte Knabenbrust. Jetzt rafft er mit zitternden Händen (vorsichtig wegen nachher, wegen gleich jetzt, keine Rückstände schaffen, nichts kaputtmachen) das enge Kleid hoch, das allerdings auf den Hüften hängenbleibt, noch immer sind ihre Münder verbunden, und Ja! Ich hab es doch gewußt (Stolz und eine gewisse Bestätigung seines Tuns), sie hat nichts drunter! Die schwarzen, halterlosen Strümpfe enden in einem noch schwärzeren, verdickten Saum, über dem die weiße nackte Haut der Schenkel und des Beckens mit der roten, nässenden Wunde des Geschlechts so schockierend, grell und erregend wirkt wie auf bestimmten aquarellierten Zeichnungen aus Egon Schieles Skizzenbüchern. Während seine rechte Hand, der niemand den Befehl dazu gab, mit Zeige- und Mittelfinger in die marshmallowhaft weiche Furche zwischen den Pelzsäumen greift, spürt er in seiner Unterhose die Tröpfchen Seminalflüssigkeit, die dem Orgasmus vorausgehen. Lieber Gott, nicht in die Hose! Aber Ines, die an ihr herumfummelt, bekommt sie nicht auf. Natürlich, sie sucht den Gürtel, Ines, eine Smokinghose hat keinen Gürtel, mußt ihr helfen, sie abwehren, sonst knöpft sie dich auf, und dann kommst du. Wie lange sind sie schon zugange? Weniger als eine halbe Minute? Noch kann niemandem etwas aufgefallen sein. Wenn man jetzt nur aufhören könnte! Es wäre noch nichts passiert, noch kein Gewissenswurm ans Herz gesetzt. Er löst dennoch den Arm von ihr, knöpft die beiden Schnallen an den Seiten auf, den vorderen Knopf, die Hose fällt. Sie denkt mit, gibt ihm Leine, damit er heraussteigen kann, zieht dann zu ruckartig die Unterhose nach unten, sein Schwanz (sie wird sich dran verbrennen, so sehr glüht er, die Eichel pocht in vororgasmischer Erregung) schnellt hervor wie ein Schachtelteufel. Glüht ihre Handmuschel oder glühst du selbst so? Jaja, wir hören ja gleich auf, nur dies eben noch. Augenkontakt: ineinander jetzt. Aber wie? Nur erst dieses praktische Problem lösen, dann Zeit für die prinzipiellen Fragen. Unisono suchen ihre Augen nach einer Möglichkeit. Das Bett fällt aus, Sakrileg, auch darüber herrscht Einigkeit, die keiner Worte bedarf. Schließlich ist das hier kein Betrügen, kein Vertrauensbruch, sondern eine Art überstürzt-zärtlicher Abschied, etwas, worauf sie beide ein Anrecht haben, verlorene Kinder, die sie sind, seit Christine aus diesem Raum verschwand an der Hand ihres Vaters und sie schnöderweise sich selbst überlassen hat. Ein Adieu für lange Zeit, hat sie gesagt, und ja: ein Abschied, ein letzter Gruß, manchmal entdeckt man ja erst im Fortgehen, wen man da verläßt, nein, das hast du jetzt aus irgendeinem Film, diese Idee, einem französischen wahrscheinlich. Inmitten der Windhose der Bewegungen ihrer lustgetriebenen Körper und all der darum kreisenden Gegenwehrgedanken, Erklärungen, Rechtfertigungen und Erinnerungen erblickt er mit einem gewissen Erschrecken das ruhige Auge des Sturms: seine helle, schmerzlich-angstvolle, erobererhafte, junge, jubilierende und brausende lebendige Freude an dem, was hier geschieht, seinen Stolz auf das verrückte Abenteuer und dessen Gelingen trotz aller Anfechtungen, die Bestätigung, die es birgt: den kleinen entscheidenden Vorsprung im Kampf gegen die verrinnende Zeit und das andere Geschlecht, den die Seele sich soeben verschafft. Ja, ich habe es drauf ankommen lassen! Ja, es ist eine wilde Lust! Jede neue nackte Frau, in deren Geruch und Gezappel du dich ergießen kannst, ist ein Pfand gegen Betrug und Enttäuschung, gegen den Tod. Das einzig Wahre, was immer du dir hinterher sagen wirst. Schon hat sich die Sturmwand wieder geschlossen, ist die Epiphanie zu Ende, und in die leeren Sekunden des Suchens nach einer Möglichkeit, einen relativ sauberen, knitter- und fleckenfreien Fick zustandebringen zu können, bricht das Bewußtsein, das Denken, und bringt die Erregungsseifenblase zum Platzen.

Wie gesagt, nie und nimmer auf dem Bett, da fängt der Betrug an. Setzt sie sich auf den Schreibtisch, liegt ihre Möse zu hoch für meinen Schwanz. Sie um deine Hüften geschlungen, wäre ein Gewichtheberkunststück, das außerdem die Kleider in Mitleidenschaft zöge. Ja, es bleibt nichts, als sich voneinander zu lösen, umherzublicken, sich mit Gesten und Fingerzeigen zu behelfen, die Zeit wird knapp, unten läßt Christine sich bewundern und fragt sich, wo sie bleiben, alle fragen sich, wo sie bleiben, womöglich wird schon die Suppe serviert, sollen schon die

Reden gehalten werden, riechen Christine oder Jobst Lunte, oder Kai wird heraufgeschickt, und Gott, welcher Anblick sich ihm dann böte. Jetzt hat Ines sich in den Hüften nach vorn gebogen, mit den Händen auf der Sitzfläche des Stuhls abgestützt, streckt ihm den Hintern entgegen, die Beine in den schwarzen Sandalen weit gespreizt, er sieht, wie die Öffnung ihre wurstförmigen Zehen quetscht, hungrige Vogeljunge, die alle zugleich ihre Köpfe aus dem zu engen Loch des Nistkastens zwängen wollen, und Charly sieht sich selbst nacktärschig, die schwarzen Nylonsocken bis auf halbe Höhe seiner weißen Waden hochgezogen, hinter ihr in Position gehen (er kann ihr nicht einmal mehr in die Augen blicken, erniedrigend das Ganze) und spürt und sieht dann seine Erektion schwinden, bloß ist es jetzt Ehrensache, ihn wenigstens noch hineinzubekommen. Ines ist sehr feucht und sehr weit offen, an jedem Widerstand würde er abknicken, und sie keucht und verhehlt ein Aufstöhnen, als er in sie gleitet, aber da ist jetzt nichts mehr zu machen, beim zweiten Stoß flutscht er wieder heraus, und sein wie von Altweibersommer bedecktes Glied ragt kaum mehr über die schwarzlockige Schambehaarung hinaus. Es schämt sich, denkt er ernüchtert, vielleicht besser so, denkt er, gerade noch rechtzeitig zur Vernunft gekommen, immer noch ist kein Wort gefallen, und um ihr zu verstehen zu geben, daß es vorbei ist, bückt er sich zu ihrem Rücken hinab und küßt die Wirbelsäule. Aber sie hat schon verstanden, richtet sich auf, lächelt ihm verstohlen, verschwörerisch und verlegen aus ihrem geröteten Gesicht zu, läuft, das Kleid immer noch um die Hüften gekrempelt, ins Badezimmer (wo ihre Absätze auf die Fliesen hämmern, daß das ganze Haus es hören muß) und rupft Dutzende von Papierhandtüchern aus dem Spender, er ist ihr wie in Trance nachgegangen, sie reicht ihm eine Handvoll, deutet mit ihnen, da er offenbar schwer von Begriff ist, auf sein Geschlecht, und jetzt versteht er, putzt sich trocken, während sie sich ebenfalls die Scham abwischt, die Beine noch immer gespreizt, mit etwas rundem Rücken und vorgeschobenem Becken, wie ein kakkender Hund, denkt Charly, jetzt bin ich dabei, wie sie sich den Arsch abputzt, und das erst scheint ihm jetzt wirklich unerlaubt, ein Einblick in ihre Intimität, den er nicht will. Er dreht sich um, während sie mit der Hand hilflose, aber präzise Bewegungen durch ihre Frisur macht.

Peinlich wie sie sind, und vielleicht auch gerade weil sie peinlich sind und in ihrer Peinlichkeit von höchster Intimität, erweisen sich diese Augenblicke nach dem Irrsinn als die stärksten, die gefühlsintensivsten, ja die schönsten, die Charly sich zwischen ihm und Ines denken kann. Es schwebt etwas von der tiefen Vertrautheit um sie beide, wie Männer sie empfinden müssen, die vom Schlachtfeld kommen, wo sie einander im Angesicht des Todes in ihrer letzten Wahrheit gesehen und erkannt haben. Näher an dem Gedanken, der keine Erkenntnis ist, aber auch keine Lüge, in Ines verliebt zu sein, wäre er nie als jetzt. Ja, er ist in sie verliebt, aber nur diese wenigen Sekunden des *Aftermath* lang, in ihnen ist ihm niemand näher, es ist ein scharf abgegrenzter Bereich, eine halbe Minute umfassend, in der sie angeekelt von sich selbst mit den Papierhandtüchern hantieren: der kleine Garten ihrer Liebe.

Er steigt in die Hose, knöpft sie zu, sie kommt ihm entgegen, nimmt im Vorübergehen Christines rote, wattierte Tasche vom Bett, blickt ihn scheu an, lächelt, sagt: Charly ...

Er sagt: Ja?, aber sie sagt nichts weiter, und während sie den Flur entlang und die Treppe hinuntergehen, fragt er sich, was da jetzt ungesagt gesagt wurde. Ich liebe dich auch. Es war trotzdem schön. Wir hätten es nicht tun sollen. Natürlich werden wir beide kein Wort darüber verlieren und es vergessen. Nein, natürlich werden wir es nie vergessen, aber es bleibt unser kleines Geheimnis, unsere kleine Schuld, und das ist unsere Freundschaft doch wert.

Aber am Fuß der Treppe sehen sie in einer Menschentraube Christine, die sich immer noch bewundern läßt, und Charlys erster unwillkürlicher Gedanke, der mitten in die Erleichterung darüber fällt, daß sie noch da ist, erst hier ist, daß sie ganz unversehrt aussieht, wo doch ihr Treiben dort oben wie ein Voodoozauber hätte wirken, jede Umarmung ihr hätte Nadelstiche versetzen müssen, lautet: Scheiße, wir hätten uns mehr Zeit lassen und es richtig zu Ende bringen können und uns waschen, denn sein Schwanz juckt, ist feucht und klebt an der Unterhose. Aber gut, er wird trocknen, bleibt ein falbes Fleckchen, das herausgewaschen werden wird wie alles, was konkret ist an der Erinnerung. Von der wird nur eine blasse Aura überleben und darin ein Gefühl von Vertrautheit, das rasch vergessen haben wird, woher es rührt. Wahrscheinlich ganz gut so, daß du nicht gekommen bist. Mordversuch, bei dem Ladehemmung herrscht, ist etwas anderes als Mord mit einer Leiche. Etwas vollkommen anderes. Jetzt wird es aber Zeit, zu Christine zu gehen, sie rufen dich auch schon fürs Foto.

Er stellt sich neben sie, faßt sie fest um die Taille, als wolle er sagen: Ich lasse dich nicht wieder weg von mir. Dabei ist es jetzt, mit dem Gefühl ihres geliebten, vertrauten Körpers an seinem, eher ein Hilferuf: Halte mich doch endlich fest, damit ich nicht noch mehr Dummheiten mache. Jetzt sind sie endlich komplett: das *Paar* (Gottes willen, stinkt mein Jackett nicht nach Ines' Opium und meine Finger nach ihrem im Antrocknen immer strenger, tangiger, fischiger duftenden Austernsaft?), die Feier kann beginnen.

Sie schlängeln sich, sie schreiten durchs Gedränge, nehmen jeder noch einen Sekt vom Tablett des weißgekleideten Kellners (so kurz ist es erst her, daß ich den Geschmack des vorherigen noch auf der Zunge zu spüren glaube). Man fotografiert. Küßt euch! Sie küssen sich. Nochmal!

Erika, um die immer einer seiner Freunde herum ist, die das ungekünstelt Damenhafte an ihr anzieht, erzählt gerade Thommy und Kai etwas, rhythmisiert ihre Geschichte mit dem Zigarettentaktstock, es scheint um Yvonne zu gehen. Ich glaub, es war ihr Fünfzigster. Sie hat zwei Feiern gegeben. Einmal als Mitinhaberin des Juwelierladens für die Gesellschaft und am nächsten Tag mit dem, was vom Büfett übrig war, für die Familie. Alle saßen da im Wintergarten zwischen den ganzen Blumensträußen von gestern. Das Problem war nur, sie hatte sie die Nacht über, damit sie frisch blieben, raus in den Garten gestellt. Und während wir dasitzen und am Kaffee nippen, kriecht plötzlich eine fette rote Nacktschnecke über den Rand aus einer Vase heraus, und dann noch eine und noch eine. Du blickst dich um, und plötzlich siehst du, daß auf allen Glastischen diese ekligen Nacktschnecken ihre Schleimspur ziehen, auch so leopardengefleckte, das sind die fürchterlichsten, nachdem sie sich aus den Vasen befreit haben, manche waren schon auf dem Parkett gelandet. Und Yvonne, die zuerst nichts bemerkt hatte, der dann aber unsere mangelnde Konzentration auf die Geschichte auffiel, die sie gerade zum besten gab, folgt unseren Blicken und sieht sie auch, eine nach der anderen, die Schnecken. Aber glaubst du, sie wäre aufgesprungen mit Igitt und Hilfe. Keine Spur, sie hat sich nicht einmal unterbrochen in ihrer Rede, nur vielleicht ein wenig lauter und ar-ti-ku-lier-ter gesprochen, hat sie mit perfekter hanseatischer Contenance zu Ende gebracht und ist dann aufgestanden und vorbei an diesen Schnecken, ohne sie eines weiteren Blickes zu würdigen, hinausgegangen wie an unliebsamen Gästen vorbei, die sie schneiden wollte.

Wie hängt die eigentlich mit euch zusammen, diese Yvonne, fragt Thommy.

Sie ist sozusagen unsere Stiefgroßmutter. Großvater Renns zweite Frau. Er hat unsere Großmutter verlassen, da war Papa achtzehn oder so und Franz vierzehn oder fünfzehn, und sie geheiratet, die wiederum Reiner mit in die Ehe gebracht hat, der damals noch ein kleines Kind war. Naja, und Karl, also Papa, hat ihnen das nicht verziehen und deswegen auch auf die Übernahme des Geschäfts verzichtet und ist eigene Wege gegangen. Deswegen ist Franz jetzt der Inhaber. Und der Sohn von dieser Yvonne, Ogott (Looping mit Eve), das ist ein heikles Thema. Das ist vor Gericht gegangen. Die Brüder gegen Yvonne, der Alte hat das betrieben, und für Franz war es peinlich, gegen seine Stiefmutter zu prozessieren, mit der er jeden Tag im Laden stand. Keine Erbfolge für den armen Reiner. Yvonne ist als Witwe unseres Großvaters Miteigentümerin, aber fifty-fifty mit Franz, und wenn sie stirbt, geht alles auf Franz über. Der arme Reiner arbeitet als Angestellter im Geschäft, auch wenn er der einzige gelernte Goldschmied ist, und darf nur darauf hoffen, wenn die Alte über den Jordan geht, eine nach irgendeinem komplizierten Schlüssel ausgerechnete Abfindung zu kriegen, die was mit dem unter ihrer Mitgeschäftsführung erwirtschafteten Gewinn zu tun hat. Yvonnes großes Unglück, das Ganze. Und sie und Papa sind wie Feuer und Wasser. Aber zur Hochzeit ist sie natürlich trotzdem eingeladen. Verstehs, wer kann.

Am Ehrentisch, dem »guten Familientisch« oder Familientisch eins – denn es gibt auch noch den »schlechten« mit Erika und Mann, Franz, Yvonne und ihrem Sohn und einen dritten für die entfernteren Generationen und Verwandtschaftsgrade –, dem des Brautpaars, haben die beiden Mütter sich bereits gefunden, vielleicht weil beide nicht rauchen oder weil es für beide ein symbolischer Abschied ist, über den man einander trösten muß. Zwei unterschiedliche Frauen. Charly liebt das Gesicht seiner Mutter, diese distinguierte Sanftheit, unter deren leicht gepuderter Glätte sich wie die verblaßten Narben einer verklärten Märtyrerin der bürgerlichen Ehe die Amsterdamer Runzeln abzeichnen. Dieses Gesicht, das seinen Ausdruck schmerzerfahrener Güte oder verwundert-berührt dem leisen Klang einer Melodie aus der Vergangenheit nachsinnender Konzentration zum Teil dadurch erhält, daß Mama keine schönen Zähne hat, nie hatte, und daher den Mund zum Ausdruck aller Emotionen, die ihn gemeinhin öffnen, auch in Momenten der Heiterkeit mit einem gewissen Nachdruck geschlossen hält, dieses Gesicht ist, egal, wann und wo er es erblickt, immer das Gesicht, das sich zur Nacht – die Lichter sind schon gelöscht im Kinderzimmer, und nur vom Flur her kommt ein Dämmerschein – über ihn herabsenkt wie der Mond in jenem Kinder- und Schlaflied und einen Kuß auf seine Stirn haucht, der lange Zeit hindurch, länger als er gebetet hat, als wahres und linderndes *Ego te absolvo* ihm zu unbeschwertem Schlaf verhalf.

Sie wurde nur selten wütend (im Gegensatz zum Alten, der ein Choleriker war und wie alle Choleriker nicht ganz ernstzunehmen, aber mit Vorsicht zu genießen), aber wenn, dann parierten sie, nicht aus Angst vor ihr, sondern eher um sie, als könnte sie sonst zerspringen wie jene dünne und feingeschwungene Porzellankaffeekanne, die er so geliebt hatte, weiß mit hundert feinen blauen Sprüngen. (Man sagte ihm immer, es seien keine Sprünge, aber schließlich zerbrach sie ja doch, und er hatte sogar geweint und darauf bestanden, die Scherben aufzuheben und sie selbst wieder zusammenzukleben. Wie so oft stand die Absicht für die Tat ein, die Gewißheit, die Tüte mit den aberhundert Scherben sicher in seinem Schrank geborgen zu haben, beruhigte ihn über die Unwiederbringlichkeit des Verlustes, und irgendwann milderte sich die Dringlichkeit der Restaurierung, und als er Jahre später beim Auszug die Tüte nicht mehr fand, war ihm das kaum ein Achselzucken wert, umso mehr, als er die unversehrte Kanne problemlos vor sein geistiges Auge rufen konnte.)

Heute sieht seine Mutter tatsächlich so aus, diese feinen Sprünge, das sind die fast dreißig Ehejahre, aber Gott sei Dank ist ein Mensch haltbarer als Porzellan. Sie trägt Marineblau und Zartrosa, anstelle eines Ausschnitts eine große Taftschleife am Ansatz der Bluse. Erika ist von der Anlage her eine ähnliche Frau, wird sich aber anders entwickeln, weil ihr Kumpf kein Format hat und sie intelligenter ist als Mama, gebildeter natürlich auch – und vor allem, weil man als Frau heute nicht mehr mitmacht, was Mama mitgemacht hat.

Ihre Gesten Christines Mutter gegenüber haben etwas Behutsames, als rede sie einem dicken, verängstigten Tier, einer sturen Kuh, die sich nicht mehr vor- und zurückbewegen will, gut zu, daß niemand ihr hier Böses wolle und keine Gefahr bestehe, zur Schlachtbank geführt zu werden: Darüber müssen Sie sich keine Gedanken machen. Die Männer brauchen ein Korrektiv, vor allem die Renns.

Bei dem Wort »Korrektiv« schaut Frau Kellinghusen sie erschrocken an, mit großen Augen über die halbmondförmigen Gläser ihrer Lesebrille hinweg, deren Gestell so gebogen und ziseliert ist wie das billige Kunstgewerbezeug, das man im Urlaub kurzentschlossen an einem Stand kauft. Das graublonde Haar ist mit mehreren Dosen Dreiwettertaft zu einem Horst hochtoupiert, in dem ein Auerhahn nisten könnte. Die gleiche niedrige Stirn wie ihre Töchter, aber fünfundzwanzig Kilo mehr, von denen einige sich in einem kropfartigen Truthahnhals versammelt zu haben scheinen, der bei jeder Kopfdrehung in Schwingungen versetzt wird. Die ein wenig verengten Augen und das gespitzte Schnüßchen verraten die Konzentration, zu der sie sich zwingt. Charly fragt sich, ob diese völlige Taubheit für alles, was Ironie ist im Gespräch, dieses ausschließliche Eins-zu-eins-Niveau, auf dem man mit ihr verkehren muß, lediglich ein Problem der Generation und des sozialen Niveaus ist oder womöglich doch ein unverkennbares Zeichen von genetischer Beschränktheit, das sich früher oder später auch bei ihren Töchtern oder, schlimmer noch, bei ihren Enkeln, manifestieren muß.

Ich kann das gut nachvollziehen. Ich hatte damals auch ein mulmiges Gefühl. Tippmädchen aus Arbeiterfamilie und der junge Karl Renn, obwohl er da ja schon auf eigenen Füßen stand nach dem Bruch mit seinem Vater und sich durchschlagen mußte. Aber es war ja doch eine hanseatische Familie, und wenn er auch geschäftlich eigene Wege ging, bei der Hochzeit und vorher schon bei der Verlobung waren sie trotzdem alle da und haben mich unter die Lupe genommen, und, ich gesteh Ihnen, was ich mir heute noch vorwerfe, ich hab mich meiner Eltern geschämt damals, dummes Ding, das ich war, ich glaube, ich habe ihnen sehr wehgetan, weil sies natürlich bemerkt haben, dabei gabs ja keinen Grund dafür, nicht wahr? Ich meine, es war ja eine ehrenwerte Familie, Sozialdemokraten, was nicht jeder von sich behaupten konnte, und dann haben sich die Zeiten ja auch geändert, Gott sei Dank. Heutzutage kommt ja kein Mensch mehr auf den Gedanken, daß Christine zu Hause sitzen und die Kinder großziehen müßte wie wir.

Bei dem »wir« lächelt Frau Kellinghusen und wagt zu widersprechen: In einer guten Ehe muß schaman jeder seinen Platz haben, nech, und das war früher schon ganz passend eingerichtet.

Und dann hat sie doch bald einen schönen Beruf, fährt Charlys Mutter unbeirrt fort, Fotografin, das ist doch kreativ.

Bei »kreativ« geraten die Wangen von Frau Kellinghusen wieder ins Vibrieren. Ach scha, von Kindern will sie man nun goor nichts wissen, meine Christine. Und die Annemarie, was ihre jüngere Schwester ist, ersrech nich. Ich sach ja nichts, ich bin ja glücklich, sach ich, daß die Christine nun ein festes Nest gefunden hat und endlich zur Ruhe kommt, die Annemarie ist es, die mir Sorgen macht, nech? Aber unter uns (sie dreht ihr bebendes Fleisch durch den Saal), ne Nummer kleiner hättes auch getan, oder?

Leichtes Stirnrunzeln von Charlys Mutter (die blauen Sprünge in der Porzellankanne), die das Fest organisiert hat: Ach schauen Sie, man macht das doch nur einmal, hoffentlich (dabei zwinkert sie: vergebens), und es soll doch auch ein unvergeßlicher Tag sein für die Kinder.

Na, da warten Sie mal ab, Frau Renn, was der Horst (sie sagt »Hooast«) als Überraschung parat hat, ich verrats Ihnen, weil ich es sowieso nich bei mir behalten kann, ein Ehebett hat er heimlich getischlert, abends, nach der Arbeit (sie sagt »Oorbeit«), und das Schönste ist der gedrechselte Rahmen, mit so Figuren und Ranken und Tieren, sowas macht er ja kaum noch, das meiste ist ja Kunststoff (sie sagt »Kuns-toff«) heutzutage, wer will denn noch Türen und Fenster aus Holz, und das Drechseln schon gar, das hat er schon Schahre nich mehr gemacht, da war er ganz stolz drauf, daß er das noch kann. (Bettina Renn lächelt sinnend, sie versucht sich ein Ehebett vorzustellen, das aussieht wie eine Kuckucksuhr.) Ach, wo ich gerade von ihm rede, sagt sie und bückt sich im Sprechen unter den Tisch zu ihrer Handtasche, ich darf nich vergessen, ihm seine Medikamente hinzustellen. Sie hat ein kleines grünweißes Plastikdöschen und eine bräunliche Flasche mit Schraubverschluß in der Hand, zögert dann aber, irgend etwas auf dem kunstvoll gedeckten Tisch zur Seite zu rücken. Finden Sie das unpassend? fragt sie und fährt gleich fort: Er braucht es ja aber doch.

Was muß er denn da alles nehmen? fragt Charlys Mutter mitfühlend.

Ja, da in der Dose, das sind die Antibiotikas, und das hier ist der Antischockensaft.

Antischockensaft? fragt Bettina Renn sanft.

Ja (und sie senkt ein wenig die Stimme), für die Verdauung. Da kann ich Ihnen nur zu raten, wenn Sie da auch Probleme haben. Wenn Sie regelmäßig Antischockensaft trinken, dann, nun ja, dann flutscht es wieder so richtig.

Franz setzt die Videokamera ab, mit der er das Brautpaar gefilmt hat, und wendet sich, drei Schritte zurücktretend, um Intimität zu signalisieren, an Kumpf: Also, die Stewardess auf dem Atlantikflug bietet dem Mann, der aus dem Fenster blickt, Tee oder Kaffee an. Der dreht sich um, gestikuliert wild und ruft: Die Tragfläche steht in Flammen! Darauf die Stewardess: Dann vielleicht doch eher einen trockenen Martini. Kumpf, die Sektflöte in der Hand, macht einige Tanzschrittchen vor und zurück und biegt den Oberkörper nach vorn, um Gelächter zu symbolisieren, das er sich, den Mund voll von Erdnüssen von der Bar, gerade nicht gestatten kann.

Im Hintergrund, etwas verloren, drei junge Mädchen, sehr blond, die alle aussehen wie Cindy Lauper in dem Clip zu *Girls just wanna have fun* und sich auch so ähnlich bewegen: drei plattfüßige, weibliche Tick, Trick und Tracks, die sich im Gänsemarsch staunend um die eigene Achse drehen. Vermutlich Christines Freundinnnen aus der Armgartstraße, Modedesignstudentinnen im selbstgeschneiderten Outfit. Klassischer Fall von falscher Kleiderwahl, denkt Charly. Irgendwo klingelt ein Glöckchen. Eine Strömung hin zum Speisesaal setzt ein, der man nur schwer widerstehen kann.

In drei Jahren feiert die Firma ihr Fünfzigstes, sagt Franz zu Kumpf. Da müssen Sie kommen. Wir werden irgendwas auf die Beine stellen. Muß man ja. Fünfzig Jahre Juwelier Renn an der Großen Bleichen, da muß man die Puppen schon ein bißchen tanzen lassen.

Wann? fragt Kumpf, in drei Jahren, also 1988? Den entsprechenden Terminkalender hab ich noch nicht, aber ich werds mir im Kopf rot anstreichen.

Der gute Familientisch ist, wie alle anderen, ein Achtertisch. Weiße Tischdecke, weiße Serviettenmöwen, ausladende Platzteller, Salz und Pfeffer in einem kleinen Reklamekörbchen der

Biermarke des Hauslieferanten. Neben jedem Teller die Menü-
kärtchen. Das Brautpaar sitzt eingerahmt von den beiden Trauzeugen auf der einen Seite, die beiden Elternpaare gegenüber. Die
abwechselnde Reihung bringt Ines an Charlys rechte Seite, der
arme Jobst ist von Charlys Mutter, der die Tischordnung zwei-
tägiges Kopfzerbrechen bereitet hat – immer wieder legte sie die
Kärtchen neu aus wie Patiencen –, da die beiden kein Ehepaar
sind, an einen der entfernten Freundes- und Bekanntentische ver-
bannt worden.

Charly kann sich nicht auf das Menü konzentrieren, seine
rechte Seite brennt, und er hat Angst, Ines anzusehen, als trage
sie eine Medusenfratze. Aber er spürt bewundernde Blicke auf
sich von den Freundestischen und bewundernde, begehrliche
auch auf Christine, und die machen ihn noch stolzer. Und wenn
ihr wüßtet, ich hab sie beide gehabt. Sicher, sicher, nichts, worauf
man sich etwas einbilden sollte, im Gegenteil. Kein Erfolg, den
du deiner Intelligenz, deiner Arbeitskraft, irgendeinem Talent
verdankst. Obwohl. Melone mit Schinken. Nichts in der Liga
von »Ein Haus bauen, einen Baum pflanzen, ein Kind zeugen«.
Apropos: Nimmt Ines eigentlich noch die Pille? Nicht auszuden-
ken … obwohl du ja nicht gespritzt hast. Entenkraftbrühe. Hm.
Und dennoch blinkt irgendwo in dir drin was auf. Was Lächerli-
ches, Prähistorisches, trotzdem gut zu wissen, daß es da ist. Zitro-
nensorbet. Igitt! Aber naja, Nouvelle Cuisine eben. Schließlich
doch nicht wirklich etwas passiert, das einem nachgehen müßte,
gerade noch rechtzeitig die Kurve gekriegt, aber wenn du es die
ganze Zeit wiederkäust, kriegst dus nie aus dem Kopf. Typisch,
heute morgen, als er den Onkel dem Schwiegervater vorstellte,
der ewige ausgeleierte Spruch des Alten: Mein Bruder. Franz
heißt die Kanaille. Und der alte Kellinghusen: Sind Sie irgendwie mit dem Juwelier Renn von der Großen Bleichen verwandt?
Und Franz, bebend vor Stolz, aber in aller Beiläufigkeit, sozusagen seine Nägel musternd: Bin ich selbst! Rinderfilet. Sehr schön.
Mangia mangia, sagen die Itaker, *fa sangue*, kann ich brauchen.
Orangencreme. Französische Rohmilchkäseauswahl. Christine
stößt ihn mit dem Ellbogen an.

Ihr Großvater, der ihm vorhin ins Gewissen geredet hat, mit einem altmodischen Fotoapparat. Lächeln bitte. Und jetzt küßt euch mal.

Schaffen wir das? fragt Christine kokett. Ihre gierige Zunge in seinem Mund. Der Duft ihres Dior-Dior. Sie einmal darin baden lassen und dann von Kopf bis Fuß an ihr schnuppern und lecken. Der Großvater dankt und zieht ab.

Meinst du, ich kann mir die Serviette um den Hals binden? Oder ist das lächerlich? Wenn ich irgendeinen Soßenfleck auf das Kleid kriege, versinke ich vor Scham im Boden. Entenkraftbrühe! Warum nicht gleich Tomatensuppe?!

Die Orangencreme immerhin, sagt Charly beruhigend, müßte so ungefähr dieselbe Farbe haben wie das Kleid.

Zum Schluß Mokka, Cognac, Zigarren aus dem Humidor. Naja, nicht schlecht, kann man dem Alten nichts vorwerfen. Er prostet seiner Mutter zu, die ihn bei geschlossenem Mund mit diesem nachdenklichen, melancholischen Lächeln ansieht, von dem er sich immer durchschaut fühlt wie von Röntgenstrahlen.

Bevor aufgetragen wird, kommt Erika vom schlechten Familientisch herüber, hockt sich aber wider Erwarten neben Christine, nicht neben ihn: Ich wollte dir nur noch schnell sagen, daß ich mich freue. Aber laß dir nichts gefallen von dem kleinen Macho.

Willst du nicht lieber eine Tischrede halten? fragt Charly.

Über dich? »Mein Bruder«? Also: Mein Bruder ... hm, mein Bruder ... tja, was wäre über meinen Bruder zu sagen? Soll ich dir erzählen, wie er sich mal einen Nachmittag nicht aus der Wohnung getraut hat, weil unten ein Pudel frei herumlief?

Christine kichert.

Beißt der? hat er gefragt, halb hinter dem Vorhang, aus Furcht, der Pudel entdeckt ihn da oben im dritten Stock.

Charly sagt brüderlich: Scheißtussi ... wie war es eigentlich in Afrika? Sie war ohne Kumpf dort, der Geld verdienen muß. Zwei Wochen. Mutig in ihrem Zustand. Oder verantwortungslos.

Erika streicht sich eine braune Strähne, die aus dem Haarnest gefallen ist, hinters Ohr. Die Frauen schuften, die Männer trinken den ganzen Tag Bier.

Wie hier, sagt Christine, die sich in der gespielten Frauensolidarität gegen Charly wohlfühlt.

Aber das wollte ich eigentlich gar nicht erzählen, sondern etwas zu eurem Ehrentag beitragen, was ich letztens in den *Minima Moralia* von Adorno gelesen habe und was ich bemerkenswert fand: nämlich, daß in dem Geschlechterkampf, zu dem jede längere Ehe mutiert, in der der geldverdienende Mann sich als Chef geriert und die Frau sich an ihm rächt, indem sie ihn Dritten gegenüber seiner Lächerlichkeit preisgibt, beide unrecht haben, weil die Frau in ihrer Entzauberung des Mannes die Unwahrheit der Konstellation ausdrückt, in der sie doch selbst ihre ganze Wahrheit sucht. Mit anderen Worten: keine Rettung möglich, bevor nicht die gesamte Gesellschaft anders tickt.

Zu deiner Information, Herr Adorno war der Paartherapeut von Schwager Kumpf und Erika. Aber dann hat er sich aufs Bücherschreiben verlegt und ist pleite gegangen, sagt Charly, dem ein Manifestieren von Bildung und Bücherwissen immer auf die Nerven geht, und der daher versucht, den Dingen den Ernst, der irgend etwas Provokatives für ihn hat, zu nehmen, indem er sie lächerlich macht.

Auf die Worte »von Adorno gelesen« und *Minima Moralia* reagiert er auf dieselbe allergische Weise wie auf Pathos oder gestelzten Ausdruck, so als würde sie zu Christine sagen: »Dieses Diadem putzt ungemein« anstatt »Das Ding auf deinem Kopf sieht irgendwie geil aus«. Das Zitat eines philosophischen oder literarischen Gedankengangs wirkt ebenso auf ihn wie eine Verletzung der ungeschriebenen Regel des Understatements im Gefühlsausdruck. Doch hat sein Mißtrauen gegen den Geist andere Ursachen als seine Allergie gegen den hohen Ton. Es ist ja nicht so, daß er nicht nachdenken würde, aber vielleicht kann man verkürzt sagen, daß er den Erwerb von Kenntnissen schätzt, nicht aber die Konfrontation mit Erkenntnis, weil alles, was man in so unterschiedlichen Bereichen wie dem Handwerk, der praktischen Psychologie, der Verfeinerung der Konsumgewohnheiten lernen kann, hilft, das Haus, das man bewohnt, zu vergrößern, zu bereichern, zu verschönern, wogegen er dem spitzfindigen und unbeweisbaren, in der Praxis folgenlosen Großen und Ganzen, den philosophischen und literarischen Worten, mit einer gewissen Bangigkeit unterstellt, dessen Fundamente zu untergraben und ihrem verständigen Leser zuzumuten, alles niederreißen und gänzlich anders sehen zu sollen.

Dieses Ideal der Beiläufigkeit im Leben und in der Sprache, das Charly ebenso wie die meisten seiner Bekannten mit mehr oder weniger Talent verfolgt und das eines der kulturellen Resultate unserer Erfahrung ist, der Ausdruck nämlich gesunder Skepsis derjenigen, die als aufgeklärte Menschen der Moderne von der kurzen Halbwertzeit, der jämmerlichen Umsetzung, ja Umkehrung aller großen Ideen in der Praxis längst wissen, desgleichen von all den verrannten, entsetzlich gescheiten Apologien dessen, was sich in der Folge als schlimmste Irrwege erwies, dieses Ideal stößt an gewisse Wörter, die sich ihm verweigern und seine Grenzlinie markieren. Es sind dies Worte wie »Gott«, »Tod«, »Auschwitz« oder Sätze wie »Die Literatur ist die Axt für das gefrorene Meer in uns«, Worte, mit denen man im Grunde genommen nicht leben kann. Sie lassen sich nicht produktiv machen. Es sind Bomben, die das Leben zersprengen können, und der hohe, ernste Ton, in dem sie daherkommen, ist die Zündschnur, die zu ihnen führt und die gekappt werden muß, bevor es zur Explosion kommt. Nicht aus Zynismus, sondern aus Barmherzigkeit sich selbst gegenüber.

Der hohe Ton jedoch, das Pathos, ist trügerisch, denn die Zündschnur kann ebensogut zu einem Rohrkrepierer der Peinlichkeit führen wie zu einer Atombombe. Und so besteht dann doch wieder ein Zusammenhang zwischen Charlys spöttischer Reaktion auf Erikas »Bildungsgeprotze« und jener auf das Pathos anderer Leute, nämlich der, daß er es im einen Fall seinem aufgeklärten Bewußtsein schuldig zu sein glaubt, auf Diskrepanzen zwischen hohem Ton und banaler Realität aufmerksam zu machen, im anderen Fall seinem Selbsterhaltungstrieb, sozusagen den Transformator zu spielen und fehlgeleiteten Starkstrom, der alle Sicherungen herausspringen ließe, in häuslich verwendbaren Schwachstrom umzuwandeln.

Nun sei doch mal still, sagt Christine. Das interessiert mich.

Erika zieht, voller Selbstverständlichkeit die Tischordnung ihrer Mutter mißachtend, den unbenutzten Stuhl von der Stirnseite neben Christine und gibt dem Kellner, der die Honigmelone mit dem Schinken aufträgt, mittels eines stummen Blicks zu verstehen, daß er ihr hier servieren soll.

In Accra sind die Hauptverkehrswege Abwasserkanäle, sagt sie. Die Kinder spielen gern da drin, die rutschen in den Rinnen die Straße runter. Überall stinkt es nach Verwesung und Scheiße.

Erika, bitte, sagt ihre Mutter, denn mittlerweile hört der ganze Tisch, der noch kein eigenes Konversationsthema gefunden hat, ihr zu. Muß das sein, beim Essen?

Jetzt ist Charly wieder stolz auf seine Schwester, wie früher, wenn sie sich den Eltern gegenüber etwas herausnahm, was sie sich, unantastbar in der Schule, wie sie war, leisten konnte.

Dir als Fotografin müßte es gefallen: Die Erde ist rot, die Farben bunt, aber auf den Dörfern werden die Frauen noch beschnitten, Schamlippen und Kitzler weg und –

Erika, nun ist gut! Der Alte hebt den Kopf, ein Stück Melone und ein Fetzchen Schinken auf seine Gabel gespießt, mit der er auf seine Tochter deutet: Vielleicht hätten wir ja damals –

Seine Frau unterbricht ihn mit gerötetem Gesicht, ein Zweifrontenkrieg ist ihr jetzt zuviel: Spar es dir, Karl, du hast gleich noch genügend Gelegenheit, deine rhetorische Begabung an deinem Sohn auszulassen.

Erika stockt, denn Christines Vater, der sich alles mit unbewegtem und nachdenklichem Gesicht angehört hat, klopft jetzt, da die Melone abgedeckt ist, mit der Gabel an sein Weinglas. Er räuspert sich, steht auf, schiebt dabei mit den Schenkeln den Stuhl zurück, was ein quietschendes Schaben hervorruft, peinlich und peinigend laut, zieht eine Lesebrille aus der Brusttasche (zum Glück, denkst du, hat er gerade keins dieser Schnupftabak-Hitlerbärtchen unter der Nase), dann ein gefaltetes Papier aus der Innentasche seines Jacketts und räuspert sich nochmal. Stille kehrt ein.

Christines Hand unter dem Tisch sucht deine. Sie ist sehr feucht. Ihre freie führt sie ans Herz und flüstert dir zu: Ich bin so aufgeregt.

Erika, diskret wie immer und wissend, wann ihre Zeit vorbei ist, legt Christine den Arm auf die Schulter und geht dann gebückt, als müsse sie unter dem Lichtstrahl eines Film- oder Diaprojektors hindurch, zurück zu ihrem Tisch. Der Alte macht eine Vierteldrehung, um den Redner besser im Blick zu haben, lehnt sich zurück und verschränkt die Arme.

Liebes Brautpaar, liebe Hochzeitsgäste – er macht mit steifem Hals eine symbolische Halbdrehung in den Raum hinein, er steht ja, wenn er sie ansieht, mit dem Gesicht zur Wand –, meine liebe Christine (ihr Händedruck verstärkt sich), ich bin ja nun weiß Gott kein Mann des Wortes, und der Hobel, der meine Rede hier etwas glätten könnte, ist noch nicht erfunden (oha, denkt Charly, gut gesagt, daran muß er gefeilt haben), aber ich möchte doch zu diesem besonderen und einmaligen Ereignis ein büschen was schnacken dürfen, nech? Ich mach es auch kurz, versprochen. (Beifälliges, freundliches Gemurmel. Das Gesicht des Alten eine jovial lächelnde Maske) Ja, was soll ich sagen, jetzt sitzt meine kleine Christine hier im Abendkleid, strahlend wie eine Prinzessin, und dabei kommt es mir wie gestern vor, daß sie mir noch auf dem Knie saß und reiten wollte. Oder daß sie sich von ihrer Mutter hier, meiner treuen Gisela, Märchen hat vorlesen lassen. Ihr liebstes war Aschenputtel, hab ich mir sagen lassen. Das konnte sie sich gut vorstellen, denn wir hatten damals auch noch einen Kohlenherd. Aber keine Angst, wir haben sie nicht die ganze Arbeit machen lassen! Nascha, aber von dem Prinz, der mit ihr tanzt und sie dann heiratet, da hat sie von geträumt. Na, und was soll ich sagen: Heute hat sie ihn bekommen!

Aua, Zahnschmerz! denkt Charly, der die Prinzenanspielung ausschließlich finanziell interpretieren kann in diesem Moment und als Geschmacklosigkeit empfindet. Wenn er das Märchen richtig in Erinnerung hat mit der gierigen Mutter, dann gibt das einen Hautgout sondergleichen, schließlich hat er als Student auch nicht mehr Geld als Christine, aber da die in diesem Moment zum ersten Mal leise aufschluchzt vor Rührung, fühlt er sich gleich wieder besänftigt. Warum schließlich sollte er, wenns ihm auch nicht zuzutrauen ist, es nicht im übertragenen

Sinne meinen? Selbstbewußtsein, mein Lieber! Und Christine, die dahinschmilzt, macht ihn sentimental. Interessant, denn sie redet nie besonders von ihren Eltern oder wie schön ihre Kindheit gewesen wäre. Jedenfalls ist es instruktiver, ihre Reaktionen auf die Rede ihres Vaters zu beobachten, als jedem einzelnen Wort zuzuhören. Als er davon schwärmt, daß sie ihm nie Kummer bereitet hätte, suchen ihre Augen die ihrer Schwester am schlechten Familientisch, und sie zwinkert ihr zu. Sie wird sich nachschminken müssen, bietet jetzt schon ein ziemliches Bild der Verwüstung. Und sie wird die Entenkraftbrühe als Gelegenheit ergreifen zu verschwinden, auf die Art und Weise entgeht sie elegant der Gefahr, sich das Kleid zu beflecken. Aber sowas tut man nicht in einer Rede: Jetzt macht er Anspielungen auf die Sorgen, die Annemarie ihnen bereitet im Gegensatz zu Christine, das ist private Schmutzwäsche, das gehört nicht in eine Tischrede, und auf Annemaries kleinem Gesicht da drüben ist das Lächeln zu einer Maske erstarrt. Jetzt kommen die Anekdoten aus der Kinderzeit, er erzählt es wirklich einfach alles runter, ohne Aufbau und Struktur, war schon eine tiefe Einsicht, das mit dem Hobel, aus der nur leider keine Konsequenzen folgen. Andererseits auch rührend, wie sehr er an ihr hängt, was es offenbar doch für eine psychologische Hürde ist, über die er da muß, so eine Heirat. Viel stärker als auf dem Standesamt oder sonstwann spürst du plötzlich etwas von dem Ernsten und Heiligen, das früher einmal, bei irgendwem einmal, in diesem Entschluß und Akt gelegen haben muß. Was das einmal bedeutet haben muß für diese Leute. Weit jenseits aller Späße und Sektlaunen und jedem »Machen wir es doch einfach«. Vielleicht auch jenseits der Liebe. Du siehst dich in fünfundzwanzig Jahren, wenn *deine* Tochter heiraten wird. Wirst dasitzen mit Christine und auch so eine Rede halten: Eben noch so klein und anschmiegsam und mit Puppen gespielt, und jetzt verläßt du mich für einen anderen Mann, der mir nicht das Wasser reichen kann, und läßt dir seinen Schwanz reinstecken, gerade wo ich das Gefühl habe, jetzt könnten wir miteinander reden, jetzt müßten wir miteinander reden, uns alles sagen ... Nur daß, während es immer noch weiterwest, ausschließlich von ihr die Rede ist, als würde Christine sich selbst heiraten. Ein paar nette Sätze über mich hätte er sich ja vielleicht abkneifen können. Aber es ist unglaublich, wie in solchen Momenten dann doch der Familienegoismus durchschlägt bei diesen Leuten. Nun komm schon zum Ende, Alter! Die Leute werden unruhig. Christine hat ihr Tempo durchgeweint. Er versucht offenbar, einen Schlußdreh zu finden, und schafft es nicht, und noch eine Parenthese und noch eine. Gott, hör auf! Jetzt endlich: ... erhebe ich denn also mein Glas noch einmal auf meine Christine, die heute geheiratet hat, und auf uns alle, das Brautpaar und die Familien, naja, ihr wißt schon, was ich meine. Prooust, runner damit!

Während Christine aufspringt, um zu ihm zu laufen, tupft er sich mit einem Stofftaschentuch die Stirn und greift dann zum Schnupftabak, zieht sich wie ein Junkie eine Nase rein, gerade als sie ihm um den Hals fällt, so daß sie das Hitlerbärtchen wegküßt. Dann wird die Entenkraftbrühe serviert, und Christine entschuldigt sich und verschwindet.

Was hat sie denn? fragt Ines. Soll ich ihr nachgehen?

Nein, sagt Charly, sie zieht sich nur die Lippen nach.

Nach dem Filetsteak klimpert es zum zweiten Mal. Endlich, denkt Charly und gesteht sich ein, daß er auf nichts anderes gewartet hat. Der Magnetismus des Alten, trotz allem. Wirkt auch auf die anderen. Wer noch einen Bissen Fleisch im Mund hat, weil er trödelte, erstickt beinahe an der Bemühung, ihn geräuschlos runterzuwürgen. Jetzt wäre es das Interessanteste, Mamas Gesicht zu beobachten, um relativieren zu können. Wenn einer mit allen seinen Schlichen vertraut ist, dann sie. Aber diese geheimnisvolle, unbegreifliche Solidarität zwischen schlachterprobten Ehepaaren wird ihre Züge versiegeln. Er ist, den Löffel ans Glas schlagend, aufgestanden. Kein Zettel. Natürlich nicht. Er steht da, lässig, groß, überzeugend, wie er in den Vorstandssitzungen gestanden haben muß, um die Kollegen auf irgendwelche Rationalisierungen einzuschwören, oder wie er jetzt vor den Hamburger Kulturbürokraten und Pfeffersäcken steht, um ihnen Gelder für sein Lessinghaus aus der Tasche zu leiern.

Liebes Hochzeitspaar, liebe Freunde und Verwandte. Ich kann nicht so gut Platt schnacken wie mein verehrter Vorredner, obwohl auch ich aus einer Hamburger Familie stamme, die schon vor dem großen Brand – und ich rede von dem aus dem 19. Jahrhundert – ein Mitglied in der Bürgerschaft sitzen hatte. Aber was hanseatisches Bürgertum immer ausgemacht hat, war die Blutzufuhr von außen, und wenn ich – amtlich beglaubigt – seit drei Jahren meinem Namen den Zusatz Krück hinzugefügt habe, dann ist das eine Hommage an meine Mutter und ihre hugenottischen Vorfahren, denen unser Land ebensoviel zu verdanken hat wie ich ihr. Sie werden denken, ich schweife schon ab, kaum daß ich begonnen habe. Aber vielleicht ist es ganz gut, angesichts dessen, worüber ich sprechen werde, eine kleine Unterscheidung gemacht zu haben zwischen Renn und Renn-Krück.

Charly sieht hinüber zum schlechten Familientisch. Franz lächelt, er kennt seinen Bruder. Yvonne ist nur von hinten zu sehen. Ihr Sohn raucht.

Ich würde offengestanden auch lieber von unserer betörenden Christine hier sprechen, da es einfach angenehmer ist, ein Loblied auf das ewig Weibliche zu singen, das uns hinanzieht, als verzweifelt zu versuchen, die angestrengte Existenz von uns Männern zu rechtfertigen. (Du Heuchler! Raffinierter Heuchler.) Aber wer vermöchte so rührend und mit soviel Emotion von ihr, ja: zu schnacken wie ihr eigener stolzer Vater? Im übrigen will ich nicht ungerecht sein. Ich habe vor nicht einmal einem Jahr eine Eloge auf eine andere bezaubernde junge Dame halten dürfen, die den Bund der Ehe gewagt hat, meine Tochter Erika, und werde in zwei Jahren, anläßlich unseres dreißigsten Hochzeitstags viele schöne Worte der Dankbarkeit formulieren dürfen gegenüber der, die hier an meiner Seite sitzt und die eigentlich viel mehr als ich dafür verantwortlich ist, falls aus unseren Kindern etwas geworden sein sollte. (Das kannst du laut sagen!)

Er hebt das Wasserglas, um einen Schluck zu nehmen und prostet seiner Frau symbolisch zu. Die blickt geradeaus, mit einem versonnenen (starren?) Lächeln, als versuche sie, sich in dem verchromten Salzstreuer auf der Tischmitte zu spiegeln.

Wenn ein Mann Karl heißt, beginnt er wieder und sieht diesmal Charly direkt an, und nennt seinen Sohn Karlmann (Muß das sein? denkt Charly und fühlt sich erröten, zehn Jahre hab ich daran gearbeitet, diesen Namen verschwinden zu lassen. Ein paar Gesichter grinsen, ein paar Köpfe rücken zusammen), dann denkt der gebildete Mensch natürlich an den Frankenkönig und fragt sich: Wer war Karlmann? Dazu gleich mehr. Ich jedoch habe damals an einen ganz anderen Karlmann gedacht, jenen Sohn Karl Martells nämlich, des ruhmreichen Hausmeiers, der sich dessen Reich mit Pippin dem Jüngeren teilte, dem Vater Karls des Großen, dessen Onkel Karlmann vor allem war. Ein Kriegsheld, Eroberer und doch auch Förderer der Künste und Protektor des Christentums. Fern von mir der Gedanke damals, eine Dynastie begründen zu wollen, aber der Name Karlmann schien mir eine Garantie für ein ehrenwertes Weitermachen, Weiterschaffen, Weiterkommen. Jener historische Karlmann übrigens, meine liebe Christine, zog sich am Ende seines Lebens, alles Weltlichen überdrüssig, als Mönch nach Montecassino zurück. Daß du deinem Karlmann das Leben so interessant gestalten wirst, daß er auf solche Gedanken gar nicht erst kommt, da bin ich ganz zuversichtlich.

Karlmann, Karlmann, als mache es ihm Spaß. Er sieht, die Ton- von der Bildspur abkoppelnd, diesen Mann an, hochgewachsen und schlank im großen und ganzen noch immer, wie er selbst. Die Glatze macht ihm einen Charakterkopf, fehlende Haarbüschel über den Ohren verhindern, daß er wie ein Trottel aussieht oder wie Professor Bienlein. Oder alt. Die ausgeprägten Längsfalten von den breiten Nasenflügeln zu den Winkeln des Mundes mit der schmalen Ober-, der vollen Unterlippe. Gewiß, so ein Mann geht einmal fremd, wenn er das Angebot bekommt. Trotzdem, eine so drollige wie erbärmliche Rasse, der Mann. So durchschaubar. So wenig Dimensionen. Aber mit der Gabe, die wenigen, die er hat, glänzen zu lassen. Wichtig erscheinen zu lassen. Der immer leicht gönnerhaft geneigte Kopf. Seine apodiktischen Entscheidungen: Wir ziehen um. Wir ziehen aus Hamburg fort nach Friedrichshafen. Wir ziehen von Dachau nach Hannover. Eine große Chance für uns alle: Wir verlassen Hamburg und gehen nach Amsterdam. Ich habe genug von dem Streß, ich werde kürzer treten. Warum hat sie das alles mitgemacht? Wir hatten ja keine Wahl. Aus Liebe? Aber Liebe ist doch kein festgewachsenes Organ, kein Körperteil, das so lange hält wie der Mensch. Sie verschleißt doch. Dennoch nie den Eindruck erweckt, als sei sie seiner überdrüssig. Müde ja. Nicht der Ehe. Eine allgemeine Müdigkeit. Auch wieder bewundernswert, sie so an sich gekettet zu haben, ohne auch einmal ihren Weg zu gehen. Ohne ein einziges Mal ihren Weg zu gehen. Und auch ich hänge ja an ihm dran durch diesen Namen, bin namenstechnisch sein Anhängsel, sein Wurmfortsatz, seine verschnittenen, verdünnten Gene. Wie ungeheuer glücklich manchmal abends, wenn er sich Zeit genommen und mit mir geredet hat. Wir zwei können schließlich vernünftig miteinander sprechen. Nicht unter Männern, das nicht. Unter einsichtigen Leuten. Nie das Gefühl gegeben, du wärst zu klein oder zu dumm, seine Sätze zu verstehen, seine Gedanken. Einmal in Basel in dem Museum vor dem Bild, das mir Angst gemacht hat. Der schwarze Rachen einer Felseninsel. *Toteninsel.* Davor in einem wackligen Boot eine Weißgekleidete. Daß das eine Tote war, wußtest du schon. Die Menschen sterben, wie Oma und Opa. Aber daß man dann in diesen schwarzen Rachen hineinmuß … Was du nicht wußtest, ist, daß es für alle gilt, ausnahmslos, auch für dich. Dafür betete man ja schließlich und hatte den Schutzengel überm Bett hängen: um die privilegierte Beziehung zu Gott aufzubauen, in der er einem dann anvertrauen würde: Du bist die Ausnahme. Du wirst ewig leben. Wie er dich, als gerade kein Aufseher hersah, die Leinwand anfassen ließ, um dir zu zeigen, daß es nur Leinwand war und Ölfarbe, kein schwarzes Loch, das dich ansaugt. Damals, als du im Religionsunterricht von der Auferstehung hörtest und ganz natürlich annahmst, sie funktioniere für jedermann, und nach drei Tagen sei jedes Grab leer, und dich gewundert hast, daß man sie nicht einfach aufschaufelt, um das Christentum zu beweisen…

… aber eben auch noch ein anderer, nämlich der Bruder selbst Karls des Großen, gesalbt und König wie er. Und damit komme ich zum entscheidenden Punkt meiner Hommage, deren Ende zumindest die Kellner herbeisehnen, um endlich das Dessert auftragen zu können. Ich habe mein ganzes Berufsleben im Angestelltenverhältnis verbracht ...

Mama träumerisch lächelnd. Christine entspannt. Ihre Mutter konzentriert: nicht gewöhnt an lange Sätze. Ihr Vater mit der biederen Zufriedenheit dessen, der seine Arbeit gut gemacht hat und nun den Auftraggeber angesichts seines Handwerks über Kunst extemporieren hört, was ihn nicht stört, da es nicht in sein Ressort fällt. Auf den Gesichtern an den Nachbartischen gespannte Aufmerksamkeit. Wohlwollen. Heitere Zufriedenheit. Baguettekrümel auf der weißen Tischdecke mit ihrem Licht- und Schattenwebmuster. Filter und filterlose Kippen im Aschenbecher. Die schwarzrote Stopfmaschine neben dem Teller. Wachheit.

... immer einmal selbständig sein und das Gefühl haben, daß von meiner Vision zu den Tatsachen eine saubere, schnurgerade Linie führt. Und nun habe ich den Schritt gewagt, und, ich darf es sagen, eine eigenständige kleine Firma erworben. Darüber gleich mehr. Aber in meinem Alter überläßt man die Erfüllung einer Vision mit Leben besser anderen. Jüngeren. Strapazierbareren, Hungrigeren. Was meinem Alter ansteht, ist die Rolle des *Elder Statesman*. Des Beraters und Lotsen, der die Windrichtung prüft und die Sandbänke kennt und den Kurs vorgibt. Kapitän nach Gott auf dem Schiff muß ein anderer sein. Den man sich mit Bedacht aussuchen soll. Lange prüfen soll. Nun, ich hatte Zeit, ihn lange zu prüfen und für gut zu befinden. Ja, mein Sohn, ich spreche von dir. Du stehst im Examen, und wenn du möchtest, wartet deine erste Bewährungsprobe auf dich. Ich will dich haben, wie es auf den Freiwilligenplakaten in den Staaten hieß anno 1917. (Und tatsächlich deutet er lächelnd und mit ausgestrecktem Zeigefinger auf Charly.) Ich habe ein Autohaus erworben. In Norderstedt. Vertragshändler und Vertragswerkstatt eines großen deutschen Autoherstellers. Ich habe lange genug im Zulieferermilieu gearbeitet, um mir diesen Schritt gut überlegt zu haben. Keine ganz einfache Branche, aber eine, die in Deutschland immer noch Zukunft hat. Ein Dutzend Menschen arbeiten dort. Und sie brauchen einen Geschäftsführer. Einen Chef. Und der wirst, wenn du einschlägst, du sein.

Der deutende Finger wird zur ausgestreckten, geöffneten Hand. Charly hört Ahs und Ohs im Rauschen seines Kopfes. Sehr vereinzelter Beifall, der darauf wartet, losbrechen zu können, sobald er mit seiner Hand den Kontakt schließt. Christines Hand an seinem Ellbogen: Ist es ein Ziehen oder ein Drücken? Sein Aufstehen schwerfällig, als hätte er einen Pokal zu stemmen. Kais bewundernde, leuchtende, neidische Augen, als sei er bei einem Radrennen, bei dem er sich in guter Position wähnte, plötzlich überrundet worden, aber von seinem besten Freund. Er steht auf. Er schiebt die Hand vor. Der Druck der großen warmen trockenen vertrauten Hand seines Vaters. Vertrauen, Sicherheit, Stolz. Stolz trotz allem.

Ich gratuliere dir, mein Sohn.

Die Hände trennen sich. Ein Schmerz.

Ich gratuliere euch beiden, daß ihr verstanden habt, einander zu finden. Er dreht sich um zum Saal. Seine Autorität hält den Beifall zurück. Ich danke Ihnen. Er hebt das Glas: Auf das Brautpaar!

Jetzt rauscht er auf. Alle Gesichter ihnen zugewandt. Charly steht noch, Christine zieht es hoch. Unwillkürlich neigen beide den Kopf. Das bewundernde Lächeln von Kai und Ines, von unten herauf. Die Gäste erheben sich, der Applaus intensiviert sich noch, als würde allen erst nach und nach die Bedeutung des Moments aufgehen. Dann auch die beiden Trauzeugen. Überkreuzumarmungen und Küsse. Ines' glühende Lippen. Blütenzart mit hartem Unterfutter. Feucht. Auf seinen Lippen. Ganz legal. Dieser Kuß widerruft, nihiliert den anderen. Kai schlägt dir auf die Schulter. Seine Stirn an deinem Ohr, seine Stimme wie durch einen Tunnel in all dem Rauschen: Gratuliere, du Sausack! Noch nicht mal mit dem Studium fertig und schon Geschäftsführer. Du fällst auch immer auf die Füße!

Die Parallelität zu den TV-Bildern heute nachmittag fast zuviel, fast nicht zu ertragen. Gut tut die Wärme von Mama. Ihre warmen Hände um meine Wangen. Ihr warmer Mund. Rührend, wie sie jetzt Christine küßt. Frauen, die sich mögen über die Generationen hinweg, haben immer etwas rätselhaft Faszinierendes. Irgendwie glaubt er unwillkürlich, es müsse eine Mercedes-Vertretung sein. Oder doch BMW? Oder Audi? Oder gar Porsche...

Ist dies der unvergeßliche Moment, an den er sich erinnern wird? Aber was ist es denn, das im Gedächtnis bleibt? Nie Zeitabläufe, und seien sie noch so kurz und scharf umrissen, die man noch einmal durchlaufen könnte, so wie man einen Film sieht. Eher Fotografien. Oder besser: Standbilder, von denen die Erinnerung einen Teil animiert, bei dem aber nie klar ist, ob es die originalen Bewegungen sind oder virtuelle Rekonstitutionen, Variationen auf ein Thema. Nenne mir den Namen eines Jahres, Tages oder einer Stunde, und einige von ihnen, der Name Hochzeit zum Beispiel, werden eine Phiole aufplatzen lassen, in der flüssig, gasförmig, als Radiowelle ein Cluster von Erinnerungen bewahrt wird, die in Form von vagen, ungeordneten Bildern, Melodien, Stimmen, Handlungsfetzen austreten und sich zu einer Art Smoghimmel der Vergangenheitsstimmung über dich wölben. Das Gedächtnis aber wird von deinem aktuellen Bewußtsein gesteuert, welches mit mehr oder weniger Erfolg und Wahrhaftigkeit das Feintuning versuchen wird, die Sendereinstellung, welches versuchen wird, Ordnung und Reihenfolge zu schaffen und die delphischen Orakeldämpfe der Erinnerung in klare Gedächtnissprache zu übersetzen. Überwältigend, bleibend, immer wieder hervorrufbar ist aber nur das Gas selbst, das bei der Nennung des Namens aus der Phiole steigt, denn dieses Gas ist das Gefühl des damaligen Moments, das dir beim Aufreißen der Vakuumverpackung entgegenströmt: so frisch, so betörend, so zehrend oder so peinlich und bitter wie in der unvergessenen Sekunde seiner Entstehung und Verfertigung. Aber das Seltsame: Du weißt fast immer bereits im Moment des Erlebens, ob es ein solcher ist, dessen Gefühl du nicht vergessen wirst. Es sind schon in ihrer Gegenwart Augenblicke, in denen die Zellophanverschweißung vom Leben reißt und das, was du zu sehen und zu erleben glaubtest, plötzlich in ungeahnt intensiverer Kontur, Form und Farbe sich dir offenbart. Du bist wach, wie du nie wach warst, hier, wie du nie hier warst, es ist fast wie eine Erkenntnis, nur daß es nichts zu begreifen gibt.

Dieser Moment jedoch ist zu rauschend, zu rasch bewegt, zu voll von Worten, Gestalten, Figuren, Widersprüchen, dein Bewußtsein von ihm zu getrübt, als daß er in späterer Zeit sich zu etwas anderem als einem Farb- und Stimmungswirbel rekonstruieren ließe. Aber er wird kommen, der andere Moment, jener Muschelstock, um den sich die Erinnerungscluster zum Thema siebter Juli 1985 werden ballen können, er kommt tatsächlich noch: nach dem Nachtisch, nach dem Kaffee, nach dem Cognac, nach den Zigarren, nach einer Rede deines Freundes Thommy, der ganz zuletzt noch, als niemand mehr damit rechnete, mit leicht zitterndem Löffel an sein Glas klopfte und aufstand, der dünne Hals mit dem kleinen Kopf darauf ragte aus dem zu weiten Hemdkragen, die Augen waren hinter den spiegelnden Brillengläsern nicht zu sehen, aber der Blick schien sich schräg nach unten zu verlieren. Es war keine geplante, keine aufgebaute Rede, mehr ein kurzer Freundschaftsgruß vom anderen Ufer eines großen Sees, in dessen Mitte sie einander manchmal schwimmend trafen. Thommy setzte seine eigene Suche, Ungewißheit, sein Mäandern in Beziehung und Gegensatz zu Charlys Königsweg der Geradlinigkeit, der heute abend auf einem ersten, aber gewiß nicht letzten Gipfelpunkt angelangt sei. Er war gerührt und hat Thommy auf beide Wangen geküßt, die nun doch obligate, von Onkel Franz herbeigetragene Havanna wie eine Zigarette zwischen Zeige- und Mittelfinger von sich weghaltend, damit der Qualm ihnen nicht in die Augen stieg. Aber all das war ein Wahrnehmungsverwischen wie die Fotoaufnahme eines vorbeifliegenden Pulks von Galoppern, bis sie dann den Tanz eröffnen mußten und den ersten Walzer hinlegten, steifbeinig, suchend, ihre Schritte kontrollierend, den Blick zwischeneinander hinab auf ihre Schuhe gerichtet, bis die anderen endlich einfielen und die Aufmerksamkeit von ihnen genommen war. Es gab zwei, drei Walzer, damit Charly auch mit Mutter und Schwiegermutter und Christine mit Vater und Schwiegervater tanzen konnte. Danach legte der Discjockey Platten auf, und die jüngere Generation okkupierte und übernahm gnadenlos erleichtert das Parkett der Operationen. Nach einigen Rocknummern der erste Slow, und Christine, die zu Peter Frampton die Schuhe abgestreift und weggekickt hat, gleitet paßgenau in seine Arme und gegen seinen Körper. Es ist ausgerechnet, ausgerechnet! *You're a Lady* von Skellern, das Lied, das ihn über eine vertretbare, verratbare Grenze hinaus mit einer anderen Frau verbindet.

Charly erwacht aus seinem weißen Rauschen und ist: HIER. Christine hat ihre Arme um seinen Nacken geschlungen, ihr Mund berührt heiß seinen Hals. Wie sie es früher auf Partys manchmal tat, stellt sie ihre Füße auf seine schwarzen Lackschuhe, und so dreht er sie schrittweise im Kreis langsam mit sich. Die asthmatisch-melancholische Stimme: *I'm a man, you're supposed to understand* ... Er sieht, zu dicht vor seinen Augen, um es scharf zu sehen, ihr Blondhaar, darunter das weiße Kleid wie Sommermorgenlicht, wenn man am Mittelmeer die Fensterläden aufklappt.

Sie reckt sich etwas empor und spricht in sein Ohr: Du wirst das doch aber nicht tun, Charly. Du wirst doch nicht dein Diplom versauen und dir deine Zukunft verbauen, um ausgerechnet mit deinem Vater zusammenzuarbeiten. Sag mir, daß du dich nicht *wegschenken* wirst an eine Autowerkstatt!

Dies ist das Wort, dies der Moment, der bleiben wird. Ein wenig fremdelnd und neben sich stehend wegen des Liedes, das ihm und Ines gehört, Christines Gewicht durch seine Schuhe spürend, dieses besondere, außergewöhnliche, nie zuvor gebrauchte Wort aus ihrem Mund hörend: *dich wegschenken*, das Christine eine neue, unbekannte Goldhaut von Poesie überstreift und eine ganze Welt feinfühliger, tiefer, hoher Wertschätzung für ihn enthält. Er ist mit einem Mal, mit diesem Wort, zu etwas Kostbarem geworden, zu etwas Vielversprechendem, noch undeutlich, aber eindeutig angelegt, zum Kelch einer großen Zukunft, die jetzt schon zu trinken, zu verschütten, wegzugießen höchsten Schaden bedeuten würde, größte Verschwendung. Etwas, das einen Preis hat, den nur sie wirklich kennt und schätzt und im Aussprechen des Wortes festgesetzt hat. Etwas, das nicht in die

Hände derer geraten darf, die es nicht zu schätzen wissen, die nicht bereit sind, den Preis zu zahlen. Wie sehr sie ihn lieben muß und durchdrungen hat, wie sehr bewußt er ihr in jeder Faser und Maser sein muß, damit sie, aus einem Wortschatz schöpfend, den er nicht vermutet hätte in ihrem Besitz, dieses eine hat hervorholen können, um ihn zu beschwören: *Sag mir, daß du dich nicht wegschenken wirst.*

Es ist eine Kriegserklärung an Papa, es ist wie im Kaukasischen Kreidekreis, zwei Liebende, die an mir zerren. Er nimmt den Kristall des Augenblicks in sich auf: die Beleuchtung, das Lied: *Your're supposed to understand how these things are often planned to be*, ihre Schwere, ihr spezifisches Gewicht, das an ihm hängt, ihr Duft nach Dior-Dior, Bratensoße und Drum, und dieses Wort: dich wegschenken. Ein Taumel, eine Muskelschwäche: Genau das wird das Leitmotiv sein in zehn, in zwanzig Jahren, wenn einmal das Wort fällt: deine Hochzeit.

Aber es muß auch geantwortet sein auf diesen Satz und wieder in den Fluß der Zeit gesprungen mittels einer Entgegnung, die im übrigen, trotz all der Vergegenwärtigung inzwischen, der Frage auf dem Fuß folgt. Manche Sätze oder Fragen sind ihrem Klang, ihrem Tonfall, ihrer Wortwahl nach so apodiktisch, daß sie, ganz gleich, ob man derselben Meinung ist oder eigentlich widersprechen will oder gar nicht an ihrem Inhalt interessiert ist, aufgrund einer Art ungeschriebener sprachlich-ästhetischer Etikette, eines musikalisch-rhythmischen Gesetzes, zunächst eine symmetrische Antwort erzwingen, um die Harmonie des Gebildes, dessen zweite, abfallende Hälfte man beizutragen hat, nicht zu zerstören. Sag mir, daß du dich nicht wegschenken wirst an eine Autowerkstatt! *Natürlich nicht!* ist seine, ist die einzig mögliche erste Antwort.

Das Lied ist zu Ende, und sie lösen sich voneinander. Natürlich nicht, wahrscheinlich. Ich weiß doch auch noch gar nichts darüber. Er hat mich ja auch überrumpelt. Na, sehen wir mal. Ich werde mir das Ganze mal irgendwann mit nüchternem Kopf anhören, ob es Unfug ist. Wahrscheinlich ist es das. Ich hab ja schließlich nichts unterschrieben.

Als er das sagt, fällt ihm auf, welch einen Unfug er selbst redet. Der nachglühende Druck der Hand seines Vaters ist bindender als alle Unterschriften, und hinter den Beifall in jenem Moment, hinter die bewundernden Blicke bei dem Wort Geschäftsführer, hinter die Lust auf Arbeit, Verantwortung, Geld, Karriere, auf Leben, kann er bereits nicht mehr zurück.

Oktober 86

Du kennst die unterschiedlichsten Arten zu erwachen, sanfte und sinnliche, abrupte und erschreckende, aber was sie, sofern dich nicht einfach am Ende des natürlichen Schlafzyklus die Schläge der inneren Uhr wecken, alle gemeinsam haben, ist ein Reiz von außen, den die gegen Morgen schwächer werdende Schlaflogik nicht mehr dauerhaft umspinnen kann und der die in der Unterwasserwelt des Schlafs wie Plankton verstreuten Elemente und Komponenten deines Bewußtseins anlockt und hinauf zur Oberfläche zieht, auf welchem Wege sie sich wieder zusammenfügen, so daß mit dem ersten Luftschnappen über dem Wasserspiegel des Wachzustandes oder kurz darauf dein Ich erneut zum gewohnten Ich aneinandergewachsen ist.

Der sanfteste all dieser Reize ist wahrscheinlich das langsam hochdimmende Tageslicht. Beim Hinaufgleiten zur Helligkeit hat das Bewußtsein fast unendliche Muße, vom aufgelösten Zustand, die Häute des Traums sukzessive abstreifend, in die wache Form zu finden, da das Licht es als der einzige Weckreiz, der an keine individuelle Empfindung geknüpft ist, gleich, ob positiv oder negativ, nicht in eine Identität zwingt. Gerade einmal werden die Sensoren des Schlafschwarms, der noch kein Ich ist, unterscheiden können zwischen sonnigem und trübem Tageslicht und den Weg hinauf daher vielleicht in einer Dur- oder einer Mollstimmung zurücklegen, denn ebenso wie unter Wasser die Schallwellen stärker wirken, verstärkt auch der Halbschlaf jeden Außenreiz, ohne ihn vorderhand noch an seiner Gattung und Form zu erkennen.

Ein ähnlich wohliges Erwachen kann auch ein Klang hervorrufen, beispielsweise senkt vom Wind herbeigetragenes städtisches Glockenläuten eine Erinnerung an die Ostermorgen deiner Kindheit in die Unterwasserlandschaft, und du schwebst der Helligkeit in der Erwartung auf profane und heilige Wunder des Festtages entgegen, selbst wenn nur ein normaler Montag bevorsteht. Auch eine geliebte Stimme kann es sein, die leise deinen Namen nennt, zu dem du nun emportauchst, ein wenig hastiger die Zelte des Schlafes abbrechend und ein wenig pflichtschuldiger, denn deine Bewußtseine haben alle Hände voll zu tun, dem Ruf, der ja die Aufforderung ist, »zu dir zu kommen«, zu folgen und sich im Zeichen dieses Namens und in der Erinnerung daran, was er bedeutet, zu finden und zu ordnen. Daß die Stimme vertraut ist, wird die Zumutung gering halten, die das Geschäft der Integration für den Erwachenden immer bedeutet, wobei die Sensoren auch hier einen dringlichen von einem gelassenen Ton zu unterscheiden wissen und je nachdem mit mehr oder weniger Unruhe das Puzzle der Identität zusammenfügen. Deren Grundgestimmtheit wird sich, abhängig von der Beschaffenheit des Reizes, von dem der Halbschlafende – in dessen Zustand das bewußte Zeitgefühl noch nicht existiert – nicht sagen kann, ob Erwartungen oder Erinnerungen mit ihm verbunden sind, irgendwo auf der fließenden Skala zwischen Furcht und Verheißung einpendeln.

Während von allen Weckreizen Gerüche die schwächsten sind, die schon in geballter Konzentration vor deiner Nase auftauchen müssen, um anderes als bizarre Traumverrenkungen hervorzurufen, ist jede Berührung eine komplexe Herausforderung an deine Bewußtseinspartikel, da du sie zwar spürst, aber aufgrund deines aufgelösten Zustandes zunächst nicht zu lokalisieren vermagst. Die auf deiner Schulter liegende Hand hältst du vielleicht für ein eigenes, neues Glied, das aus dir herauswächst, dem Licht entgegen wie ein Ast an der Krone einer Koralle. Die Schlaflogik potenziert Berührungen stärker als jeden anderen Reiz und versucht zugleich, sie einzubinden. Beispielsweise bist du vor einiger Zeit mit leichter Hand an der Schulter wachgerüttelt worden und hast dabei geträumt, eine aufgebrachte Menschenmenge versuche in einer engen Gasse, den Fiat 500 umzustürzen, in dem du gesessen hast, und erst die Erschütterung des aufs Dach kippenden Autos weckte dich endgültig, wobei du völlig verdutzt zu dir kamst, weil du um zu erwachen kopfüber aus dem verbeulten Fiat kriechen mußtest.

Ein Wachrütteln wirkt, als drücke man mit Gewalt einen Zylinder in einen Behälter mit Flüssigkeit: Der Druck erhöht sich überall, und die Puzzleteile des Ichs wirbeln so panisch durcheinander wie der Schnee in den Glaskugeln der Kinder. Dagegen kann dieselbe Unwissenheit des Schlafbewußtseins darüber, wo genau die fremde Hand wirkt, die leider seltene Variante einer sexuellen Stimulation zum Zweck des Aufweckens, da die physischen Reaktionen sich zwar sehr wohl am Ort des Geschehens einstellen, der Schlafende diesen Ort aber keinem Ich zuordnen kann, zu einer Erfahrung im wahrsten Wortsinne ozeanischer Seligkeit werden.

Jeder Weckreiz aber, ganz gleich, wie sanft oder unsanft, wie zart oder durchdringend er sein mag, ist, sofern er nicht zum allerersten Mal auftritt, an eine Empfindung gekoppelt, die, bevor Charly noch Ich zu sagen oder auch nur den Reiz selbst zu identifizieren vermag, die Qualität seines Erwachens bestimmt, eine Erinnerung, die zur Vorahnung wird. Denn ebensosehr wie das prekäre Gebilde des sich zusammensetzenden Bewußtseins in diesen Sekunden oder Sekundenbruchteilen des Erwachens von seiten des Schlafs beeinflußt wird (dergestalt, daß er nach einem intensiven Traum, in dem er von seiner Frau betrogen und verlassen wurde, der richtigen »zurückgekehrten« und unschuldigen Christine am Frühstückstisch noch immer mit revanchistischen Gelüsten gegenübersitzt und womöglich sogar einen Streit vom Zaun bricht, um sie für das zu bestrafen, was sie, wie er im Grunde doch wissen sollte und ja auch weiß, gar nicht wirklich getan hat), genauso wird es auch von seiten des Tags mit Erinnerungen beeinflußt und braucht hinterher minuten-, manchmal stundenlang, um die tatsächliche neue Realität gegenüber dieser Voreingenommenheit anzuerkennen.

Das schrille, grelle, rhythmische Piepen, nach vier Tönen aussetzend, dann sich lauter, insistierender wiederholend, wieder fortwandernd, erneut zurückkommend, noch gellender, das seit einem Jahr zu Charly in die Tiefe dringt, löst einen plötzlichen Schmerz aus, der sich wie ein Angelhaken in seinem Gaumen verfängt und ihn unbarmherzig, abrupt nach oben reißt. Die Zeit bis zum Wachwerden, in Wirklichkeit nur Sekundenbruchteile, ist ein qualvoller Weg, auf dem er merkt, daß das Gefühl, das er für einen Schmerz hielt, in Wahrheit die Angst ist, die der vermeintliche Schmerz ihm eingejagt hat. Als er endlich wach ist und auf dem mattschwarzen Braunwecker herumtastet, um das Klingeln zu beenden, ist er von diesem Schmerz, dieser Angst, was immer es ist, so ausgehöhlt, ausgezehrt, so müde und erschöpft und hoffnungslos, als hätte er kein Auge zugetan, weiß aber noch nicht, wovor er eigentlich Angst hat. In dem Moment, in dem er sich daran erinnert: Es ist sechs Uhr, ich muß aufstehen und um sieben im Autohaus sein, ist er der Schuljunge von einst, der mit dem Gedanken erwachte: Es ist sechs Uhr, ich muß aufstehen und um sieben zur Schule fahren. Denn nicht nur beherrscht die an das Weckergepiepe gekoppelte Angst den Erwachenden, sie kann ihn auch mittels fehlgeleiteter Assoziationen des sich zusammenfügenden Bewußtseinspuzzles als einen anderen erwachen lassen, keinen ganz fremden Menschen zwar, aber als ein Selbst aus einer anderen Zeit oder einem anderen Lebenszusammenhang.

Es ist der gleiche Kloß im Magen, und wenn ihm auch klar wird, daß er nicht mehr der Schuljunge von damals sein kann, so begegnet er der Angst vor dem Tag doch mit nichts als der begrenzten Abstrahierungskraft und der engen Perspektive dieses Jungen.

Ist es die frühmorgendliche Dunkelheit um diese Jahreszeit, die diese Verwandlung hervorruft, oder die Ähnlichkeit des unerfüllbaren Wunsches, nicht zur Arbeit zu gehen, mit dem damals ebenso unerfüllbaren, zu schwänzen, obwohl man nicht krank war? Jedenfalls erlebt der erwachende Erwachsene diesen Moment und die gesamte nächste halbe Stunde in der emotionalen Welt des Kindes: die Aussicht, in Kürze unbekannten Herausforderungen gegenüberzustehen, die du nicht überblickst und die dich überfordern. Nie dich sicher fühlen können und gewappnet, immer voller Furcht davor, was sie wieder in petto haben werden für dich und daß du ihm nicht gewachsen sein wirst. Jeden Morgen wie in einem Käfig zu sich kommen.

Unwillkürlich wartest du auf Mama, und da du zugleich weißt, daß keine Mama kommt, musterst du die neben dir weiterschlafende Christine mit einer völlig unangemessenen Verbitterung, weil sie dir nicht wie oder als deine Mutter hilft, in den bedrohlichen Tag zu finden. Welch ein zärtlich liebevoller Charon sie damals gewesen ist auf der Überfahrt vom Schlaf übers Badezimmer, den Kleiderschrank, die Schulranzenkontrolle, das Frühstück bis zur Haustür und dem Blick auf die feucht glitzernde Lichttraube um den Laternengalgen in der Morgenfinsternis eines Oktober- oder Novembertages. Warme, helfende, leitende Hände, die, auch wenn du dich nicht an ihnen festklammern konntest, dich doch immer nur mit dem Versprechen aus der Tür stießen, dich auch wieder zurückzunehmen.

Von Christine ist nur der blonde Schopf zu sehen auf dem schneeweißen, leicht gemaserten Baumwollbezug des Kopfkissens. Tief schläft sie, oder tut doch so, und es stimmt schon, man ist nie so allein wie neben einem Schlafenden. Du kannst ihr nicht zumuten, mit dir zusammen schon um sechs Uhr aufzustehen, und ihr selbst fällt es leider nicht ein, es von sich aus zu tun, wenigstens von Zeit zu Zeit.

Unter welch gänzlich anderem Stern der Tag begänne, wenn sie einmal um diese Stunde, verschlafen, bettwarm, die Füße eiskalt, dir den Kaffee ans Bett brächte, den ihren fast wortlos schlürfen würde, den Kopf an deiner Schulter, das Haar nach Schlaf duftend, beide Hände um ihre Tasse geschlossen, um sich an ihr zu wärmen, und diese Minuten mit dir teilte, und dann, wenn du in Anzug und Krawatte noch einmal zurückkämst, um ihr einen Kuß auf die Stirn zu drücken, murmelte: Ich schlaf noch ein bißchen.

Man könnte das ansprechen, aber es ist Charlys Überzeugung, daß eine solche Geste als Resultat einer Aussprache nichts mehr wert wäre.

Ihr Atem geht ruhig. Wenn sie dich hört, ringelt sie sich im halbwachen Bewußtsein, daß diese scheußliche Helligkeit und Bewegung nicht für sie gelten, nur noch tiefer in den Schlummer. Sie muß erst gegen elf in der Armgartstraße sein, wenn überhaupt.

Ebensowenig wie damals tröstet dich das Wissen, daß mit der Tageshelligkeit, dem Moment, da du im Kreis der Leidensgenossen am Ring stehen wirst, plötzlich alles nicht mehr so tragisch und unüberwindlich erscheinen wird. Irgendwie mogelt man sich immer durch, jedesmal verliert die von der Küste des Schlafes aus bedrohliche Gewitterfront bei Licht viel von ihrem Schrecken. Aber dennoch muß jeden dunklen Morgen der Tunnel der Angst durchwandert werden in der unausgesprochenen Übereinkunft, währenddessen nicht sicher zu sein, daß er irgendwann endet.

Weil du es unter Schmerzen dennoch tust, weil du nicht schwänzt, obwohl, anders als zu Schulzeiten, keine höheren Mächte als das Pflichtgefühl und deine Vernunft dich zwingen, den bitteren Gang zum Schafott (das heißt ins Badezimmer) zu tun, belohnst du dich jeden Morgen mit dem Gefühl eines selbstmitleidigen Heroismus, und womöglich – wer weiß schon so genau, welche Finten sich der menschliche Geist ausdenkt, um sich zu überlisten –, womöglich übertreibst du ja vor dir selbst Angst und Abscheu ein klein wenig, um dieses heroische Gefühl schaffen zu können, das du dir als Lohn und Kompensation gönnen willst und mußt, um morgens nicht einfach auf den Wecker zu schlagen und weiterzuschlafen, das Kissen über dem Kopf. Denn eines ist sicher: Viele andere Kompensationen – außer natürlich dem Geld – gibt es nicht. (Auch wenn netto gerade drei übrigbleiben, ist es natürlich ein Quantensprung: Ich kann gar nicht soviel ausgeben, wie jeden Monat dazukommt. Ein neuer Receiver, ein Anzug fallen gar nicht ins Gewicht, können dem ewig positiven Kontostand nichts anhaben. Urlaube lassen sich anders planen. Auf einen Schlag riesiger Vorsprung vor den anderen, mit Ausnahme von Kumpf und Jobst – aber den kann man eigentlich nicht zählen, weil er nur von seinem Vater mitgeschleppt wird. Also auf der Tabelle ein plötzlicher Sprung ganz nach vorne, wo ich ja eigentlich auch hingehöre. Andererseits nicht übersehen, daß es hier keine Steigerung geben wird und beispielsweise Kai, sobald er anfangen wird, Geld zu verdienen, mich bald überholt hat. Sicherheit, aber kein Quell der Freude. Das Gefühl von Leistung und Verdienst will sich nicht einstellen.)

Seit einem Jahr arbeitest du jetzt und weißt mit einer Ernüchterung und einem Fatalismus, die du beinahe schon für Lebensklugheit hältst, daß es ein gigantischer Fehler gewesen ist, das Danaergeschenk anzunehmen, das dein Vater dir gemacht hat. Ein Lebensfehler, als wärst du, dabei dich nach New York einzuschiffen, kurzerhand an Bord eines Dampfers nach Karatschi gegangen, nur weil du für den ein Erste-Klasse-Billet bekamst, und entferntest dich jetzt mit jeder Seemeile weiter von deinem Selbstbild, deinen Träumen und Plänen, die währenddessen wie vergessenes Gepäck am Kai stehen und modern.

Ich bin, ganz objektiv betrachtet, nicht in der Lage, dieses Autohaus zu leiten. Ich weiß nicht genug, ich kann nicht genug, ich verstehe nicht genug. Daß ich es dennoch tue, besser gesagt, daß ich spiele, ein Autohaus zu leiten, und daß es dennoch zu funktionieren scheint, heißt lediglich, daß die Katastrophe bisher ausgeblieben ist (was es umso wahrscheinlicher macht, daß sie, heute, morgen, irgendwann ausbrechen wird). Dies ist das Sonderbare und jenseits aller Seelentaktik Grund genug, um jeden Morgen einen Angstkloß im Magen zu spüren.

Das Betriebswirtschaftliche ist nicht das Problem, das ist primitiv genug bei einer solch kleinen Struktur, und tatsächlich träumst du manchmal davon, dich anstelle von Frau Schmidt im Kabuff einschließen zu können und nichts anderes tun zu müssen, als das Kaufmännische zu regeln, das klar, eindeutig und unbezweifelbar schwarz auf weiß in zwei Spalten steht, und dich nicht um den Reparaturbetrieb und den Verkauf kümmern zu müssen, um nicht verantwortlich zu sein für den ganzen maschendrahtumzäunten Komplex mit Showroom, Verwaltungstrakt, Ersatzteillager und Werkstatt samt Parkplatz und Parkwiese, der bei jedem Gedanken daran, daß du dies alles überwachen, instandhalten, voranbringen mußt, Alptraumdimensionen annimmt, als wärst du der einzige Nachtwächter von Metropolis, der, seine Laterne in der Hand, jeden Abend das aussichtslose Unterfangen antritt, den Moloch zu durchqueren und jede Unregelmäßigkeit entdecken und richten zu müssen.

Aber sobald die Angst dich so kleingemacht hat, daß du davon träumst, ein Sachbearbeiter, ein anonymes Rädchen, ein Mitläufer zu sein, regt sich auch Widerstand gegen dieses Selbstbild in Form einer weiteren Angst, die eher noch stärker ist als die andere. Vor die Wahl gestellt zwischen Überforderung und Anonymität, war die letztere Angst immer die stärkere. Und dein Finger ging trotz dieser Furcht als erster oder einziger hoch, wenn es hieß: Wer meldet sich freiwillig? Deshalb weißt du im Grunde deiner Seele ganz gut, daß du das Angebot des Alten immer wieder annehmen würdest, daß nicht er verantwortlich ist, sondern ganz alleine ich, und daß ich auch alles meistern kann oder zu meistern lernen werde und nur eines mir wirklich angst macht, weil es etwas völlig Neues und Fremdes ist: ein Dutzend Menschen zu führen. (Allein schon das Wort!)

So leicht das Kaufmännische zu lesen, zu entziffern, zu durchschauen ist, so verschlossen bleibt dir der Werkstattbetrieb. Du weißt nicht, immer noch nicht, wie effizient und wie ehrlich dort bei Hephaistos unter dem Vulkan gearbeitet wird, und gehörst zu den Menschen, die in den Dingen, die sie nicht durchschauen, immer automatisch gegen sie gerichtete Intrigen vermuten. Witt arbeitet mit dem Rücken zu dir und protegiert die Monteure, seine kleine Familie, vielleicht nur, um ihren eingespielten, bewährten Arbeitsrhythmus nicht von einem neuen Besen stören zu lassen, vielleicht aber eben auch, um etwas vor dir zu verschleiern, dich zu täuschen, lächerlich zu machen und damit deine Autorität zu untergraben. (Welche Autorität?)

Und lächerlich hast du dich zu Anfang gleich selbst gemacht mit deinem halb aus studentisch-bürgerlich schlechtem Gewissen gegenüber der Arbeiterschaft, halb aus romantischen Erinnerungen an Mopedbasteleien und schwarze Fingernägel geborenen Versuch, diesen zum Teil gleichaltrigen Mechanikern ein Kumpel zu sein statt des unbarmherzigen Chefs, den in dir sehen zu können – das hast du mittlerweile kapiert – sie ein Recht haben. (Denn ein Arbeitgeber, der Schmus macht von wegen wir sind doch alle gleich und sich einschleimt, aber dreimal soviel verdient und sich nicht die Hände dreckig macht und dich rausschmeißen kann, ist eine persönliche Erniedrigung, der Chef an sich als Schwein und harter Hund dagegen ist eine überpersönliche Fatalität, mit der man schon seit Generationen lebt und leben kann.)

Als von Karosserien und Motoren schwärmender Kumpel, der sich bewundernd ansieht, wie sie einen Vergaser ausbauen, freundlich gemeinte Handreichungen tut, sie nach ihrer Musik fragt, die neben dem überquellenden Aschenbecher aus einem alten, verschmierten Kofferradio dröhnt, und Verständnis für ihre Freizeitbitten zeigt, bist du für diese Männer, deren Stolz ihr Glaube ist, die Mechanismen der Welt wenn schon nicht zu steuern, dann doch wenigstens durchschaut zu haben, diese Männer, die sich viel darauf zugute tun, daß ihnen keiner was vormachen kann, ein studentischer Schwärmer, ein verachteter Intellektueller mit zwei linken Händen, ein Schwätzer, den zu bescheißen fast schon Ehrensache ist. Dieser tierische Instinkt, den Leitwolf, der sich schwach zeigt, wegzubeißen, ist alles, was in ihnen von Arbeiterselbstbewußtsein übrig ist.

Dieter kommt regelmäßig zu spät und geht zu früh. Anstatt mit ihm von gleich zu gleich zu reden, hättest du ihn längst abmahnen müssen. Aber wie das Ruder herumreißen, ohne völlig inkonsequent und unglaubwürdig zu werden? Und wie soll ich es anstellen, von dem fünfzigjährigen Werkstattmeister Witt als Autorität anerkannt zu werden? Du hast sie alle gefragt, das war schon ein Fehler, nach ihrer Meinung, nach Verbesserungsvorschlägen, nach Kritik, du hast dich ihnen allen, im übrigen auch Sternhart, dem Verkäufer-Strizzi, als ein Lernender, Lernwilliger, mithin Ahnungsloser vorgestellt, anstatt als jemand, der ihnen mißtraut, sie alle für potentielle Versager und Gauner und Nichtstuer hält und den ganzen Tag mit einem Pokerface durch den Laden geht, das jedermann glauben läßt, er sei ertappt. Andere Seiten aufziehen, gewiß. Aber ich will doch auch nicht jeden Tag in den Krieg ziehen! Theoretisch weißt du, daß es nur eine Frage der Zeit ist, bis du durchblicken wirst, daß sich irgendwann die Schleier vor deinen Augen heben werden und du, einfach im Vorübergehen, die Dinge sehen wirst. Aber noch ist es nicht soweit.

Auch Sternhart gegenüber: Herr Renn (die bedeutsame Betonung auf dem »Herr«), Herr Renn, ich verkaufe seit sechzehn Jahren Autos! Natürlich hat er recht. Was hätte ich denn tun sollen? Ihm frisch von der Uni kommend erklären, wie er seinen Job zu machen hat? Aber dich ihm sozusagen als Lehrling im Verkaufen von Autos anzubiedern und seiner billigen Stammtischphilosophie mit großen Augen zu lauschen, das war auch nicht das richtige. Vielleicht ist es ja überhaupt Unsinn, alles selbst machen zu wollen, eine allerdings verzeihliche Anfängerschwäche. Nicht unterschieden zu haben zwischen Machen und Verstehen. Papa sagt: Ein Geschäftsführer arbeitet nicht, er plant, er kontrolliert, er sorgt für eine harmonische Mannschaft. Aber eigentlich hatte es ja auch ganz anders aussehen sollen. Eigentlich sollte Herr Zgorzelak, den er wie die gesamte Belegschaft vom Voreigentümer übernommen hat, sich ums große Ganze kümmern und ich, bis ich das Diplom habe und eingearbeitet bin, um »Diversifikation«. Charly, was ich suche, ist der *sophisticated Opel buyer*. Nach einem Jahr darf ich dir sagen: Den gibt es nicht. Eine contradictio in adiecto. Und dann wirft er ihn im Januar wegen Unterschlagung fristlos raus, weil er mit seiner Frau während der Geschäftszeit und auf Spesen mittagessen gegangen ist. Und Roman am nächsten Morgen: Aber Sie werden hier doch nicht der neue Geschäftsführer, oder? Und ich, noch ahnungslos über die Pläne des Alten: Nein, wieso? Und er, entwaffnend: Ach weil, Sie können das doch gar nicht.

Dein heroisches Jammergefühl, das seinen Höhepunkt erlebt, wenn du, unter der Dusche stehend, das kalte Wasser aufdrehst und dir dabei wie ein von Gott und den Menschen verlassener Märtyrer vorkommst – im Grunde schämst du dich seiner mehr als alles anderen. Denn so, wie du ihn verstehst, besteht der Heroismus, auch der unscheinbare, die Heroik des Alltags, aus zwei Teilen, dem Dennoch der Tat gegen Widerstände und Gefahren und der großen Sache, um deretwillen du die Risiken auf dich nimmst. Aber der einzige Widerstand, den du zu überwinden hast, ist deine Trägheit, und die Sache, für die du dich überwindest – die Führung und Aufrechterhaltung eines Betriebs, dessen Hauptzweck es ist, noch mehr durchschnittliche Autos in die Welt zu stellen, und dessen Nebenzweck (immerhin), ein Dutzend Menschen zu ernähren –, die ist, vom Rande des Schlafs und des Bettes aus betrachtet, von einer solch atemnehmenden Banalität und Überflüssigkeit, daß man sich schämen muß, statt an ihrer Aufrechterhaltung nicht vielmehr an ihrer Abschaffung zu arbeiten. Es ist ein Leben ohne Mehrwert, und nur gnadenlose Materialisten können den im Geld ausmachen (oder aber es bräuchte noch viel mehr davon).

Aber was dann? Was dann? Morgen für Morgen an eine Gedankenkette geschmiedet zu erwachen, an deren Ende du vor dem Labyrinth solch fruchtloser Grübelei stehst, ist es, was jede Bewegung vom Erwachen bis zum Arbeitsbeginn so mühselig und freudlos werden läßt.

Daß du, die Kaffeetasse in der einen Hand, mit der anderen die Decke ein wenig herabziehst, um einen Kuß auf den Ausschnitt ihres Gesichts zu hauchen, ist weniger eine Geste der Zärtlichkeit als der Beweis, den du dir selbst erbringen mußt, Christine nicht dafür zu hassen, daß sie dich jeden Morgen so alleinelaßt.

Und plötzlich fällt dir auch wieder ein, was die Nacht so unruhig und die Angst vor dem Erwachen diesmal noch zehrender gemacht hat als sonst: daß du versprochen hast, ihr heute deine Entscheidung mitzuteilen. Gestern abend noch hat sie dich daran erinnert: Vergiß nicht, morgen! Damals vor einem Jahr hat sie dir das Versprechen abgenommen: Ein Jahr machst du es meinetwegen, die verdammte Tankstelle, aber dann mußt du dich entscheiden! Und sie hat es nicht vergessen. Vor zwei Wochen hat sie zum ersten Mal wieder davon angefangen: Vergiß nicht, daß du jetzt bald ein Jahr da oben in Norderstedt arbeitest und mir versprochen hast, dich zu entscheiden, damit dieses Lamentieren ein Ende hat!

Heute muß ich einen Entschluß fassen, ob ich hinschmeiße oder nicht. Und ich bin keinen Schritt weitergekommen mit dem Für und Wider, keinen Schritt seit einem Jahr.

Einen Moment lang zögert Charly, ob er nicht zu ihr ins Bett kriechen und sich an ihr festhalten soll. Als er sich dann abwendet, hat er das Gefühl, von den geschlossenen Augen einer Sphinx abgewiesen und in völlige Einsamkeit gestürzt worden zu sein.

Umso besser fühlt Charly sich im Auto. Gewiß, das liegt zum einen daran, daß Bewegung in Form von Autofahren für die ewig ruhelose Seele der kleinste gemeinsame Nenner und die müheloseste Form von Veränderung und Tat ist. Wenn sonst schon nichts sich wandelt und man selbst auch nicht in der Lage ist, einen Wechsel der Situation herbeizuführen, Lenken und Gasgeben kann man immer, und die räumliche und zeitliche Distanz, die man überwindet, beruhigt und bannt die Ungeduld, diese Mutter aller Untugenden, der alles lieber ist als das, was ist, und deren Gier nach Veränderung (im Grunde der reine Nihilismus) man mit Autofahren ein preisgünstiges Opfer bringen kann. Es liegt aber auch an seinem Einsamkeitspathos. Die eigentümliche Freude am Autofahren bedarf des Gefühls, alleine zu sein, denn sowohl zu Hause vermißt zu werden und sich zu seinen Lieben zurückzuwünschen als auch ein Ziel zu haben, das einen anlockt und anzieht, lenkt davon ab, den Zustand genießen zu können, diese eigentlich paradoxe Kombination aus Geborgenheit und einer wunderbaren Illusion von Freiheit, der nämlich, in jede Richtung überallhin zu können, wollte man denn irgendwohin, aber zugleich nirgendwohin zu wollen. Und je insistierender eine nachtragende innere Stimme leise grollende Beleidigungen Christines flüstert, desto wohler fühlt Charly sich, denn die Einsamkeit, eben noch ein Grund zu verzweifeln, ist im Auto das einzig adäquate Gefühl.

Es ist, genau besehen, keine einzelne innere Stimme, eher etwas, das man ein inneres Standgericht nennen könnte, das immer einmal wieder ad hoc zusammentritt und im wesentlichen aus drei Protagonisten besteht. Der sich eben so abfällig über Christine geäußert hat, ist der Verteidiger, in Personalunion auch ein enger

Freund Charlys, vielleicht sein verläßlichster, der bedingungslos zu ihm steht und ihm alles durchgehen läßt, manchmal aber auch zum Advocatus Diaboli mutiert oder zum Verführer selbst, dann nämlich, wenn er ihn ganz gewissenlos zu den egoistischsten, niedrigsten Entscheidungen oder Ansichten bringen will oder sich – das ist nicht ganz klar – als ihr Echo betätigt. Viel unbequemer ist der Ankläger, der manchmal auch selbst das bluttriefende Richterbeil schwingt. Seinen Ansprüchen ist nie zu genügen, seine Vorwürfe haben meist Hand und Fuß, er ist unangenehm *down to earth*. Seine lapidaren Kommentare treffen immer deine verwundbare Stelle, aber wirklich von Glück sagen kann Charly nur, daß er nicht auch noch die Urteile spricht. Nur manchmal schlägt er zu, ohne sie abzuwarten. Einzig lächerliche Figur dieser Trias ist der Richter, denn er hat nicht die Gewalt, seine Sprüche durchsetzen zu lassen. Der Angeklagte kann ihm sozusagen einfach das Mikrophon abdrehen, sie nicht anerkennen und kurzerhand den Saal verlassen, mit der einzigen Konsequenz, danach auf Endlosschleife die Plädoyers der Anwälte weiterhören zu müssen.

Christine kümmert sich nicht genug um dich, dann laß halt mal, um sie abzustrafen, Eva Messner ran, sagt der Verteidiger. Du bist ein Jammerlappen und weißt im Grunde sehr genau, daß sie recht hat. Du wirst es noch bereuen, sie zu unterschätzen, sie weiß genauer, was sie will, als du, sagt der Ankläger. Heute abend teilst du Christine deinen Entschluß mit, und bis dahin wirst du dich der Arbeit mit vollster Konzentration und größtem Einsatz widmen, entscheidet der Richter, und Charly dreht den Lautstärkeregler des Autoradios hoch.

Launiges Frühmorgengeplapper des Moderators für die verschworene Gemeinschaft der früh aufgestandenen AA (Anonyme Autofahrer). Nostalgisch stimmender warmer Gestank (Gummi, Abgase) aus dem Heizgebläse. Lightshow aus flirrenden, tanzenden, weißen und roten Lichtpunkten, Kometen, Bahnen. Geborgenheit in der Ordnung des Signalsystems der Ampeltrauben, Schilderwälder, Kreisverkehre, Abbiegespuren. Auf den Mobiles der Verspannungen, Verkabelungen, Leitungen hasten Lichter entlang.

Es gibt, wenn du den Weg durch die Stadt hinaus nimmst und nicht in Stellingen auf die Autobahn fährst, emotionale Wegmarken, die die Strecke strukturieren und die dich in diese besondere Autofahrerstimmung versetzen, während der motorische Apparat sich ums Fahren kümmert und im gelassenen Stolz, die Stadt lesen zu können, die Spuren antizipiert, um nicht in Abbiegerschlangen zu geraten. Abhängig vom Wetter, vom Grad an Helligkeit und von der Musik, die gerade läuft, ist das eine Art Lebenszuversicht aus dem Geist eines nostalgischen Blues. Es sind Namen, deren Klang entweder Erinnerungen bündelt oder vergangene Träume aktiviert, und beides bindet dich an diese Stadt, verbündet dich mit ihr. Vielleicht haben ein Da Gama oder ein Bougainville, am Morgen vor der Ausfahrt von Anfechtungen gepeinigt, den Finger über die Seekarten gleiten lassen, die sie auf ihren Reisen verfertigt hatten, und sich leise murmelnd die Namen der vertrauten Inseln, Atolle und Kaps hergesagt, um sich anhand ihrer zu vergewissern, daß sie gelebt hatten, denn jeder dieser Namen ließ, so wie eine Parfumphiole, die man aufschlägt, ihren Duft verströmt, Bilder aufsteigen, die ihre Existenz beglaubigten, was immer ihnen auch noch bevorstehen sollte.

Für Kinder ist eine Stadt immer ein unüberschaubarer, undurchdringlicher Dschungel, durch den wenige Schneisen der Vertrautheit geschlagen sind, Tunnel des Verstehens, verschiedene Gänge, die von zu Hause zu bestimmten Orten und wieder zurück führen, links und rechts gerahmt von potemkinschen Fassaden, die man wiedererkennt und an denen man sich orientieren kann. Aber dahinter und an jeder Seitenstraße tut sich ein Schlund des Unbekannten auf, und bei dem Gedanken, es könne ausgesetzt werden irgendwo, wo alles sich gleicht und keine Orientierung möglich ist, überkommt das Kind ein Grauen vor dem Ungeheuren, aber auch eine erste Ahnung von Abenteuer.

Dem Erwachsenen hat sich der Plan seiner Stadt von Synapse zu Synapse erschlossen, und einige dieser Namen murmelt jetzt auch Charly, um sich auf dem Weg hinauf zu dem emotionellen Brachland seines Arbeitsortes, diesem Ultima Thule seiner alltäglichen Expeditionen, zu trösten und zu stärken.

Lutterothstraße, Methfesselstraße (der Leim- und Holzgeruch in der Tischlerei des Schwiegervaters, all die kleinen Sträßchen, das honiggelbe Licht hinter den Fenstern der Backsteinwaben, Christines Kinderheimat, konserviert in der Luft zwischen den alten Häusern, im Licht- und Schattengeflocke unter den Kastanien auf den Provinzstadtplätzchen). Lokstedt, Gazellenkamp, Nedderfeld (der NDR-Komplex, jetzt in der Oktoberdunkelheit ist außer einer massigen schwarzen Silhouette nichts zu sehen von diesem städtischen Bergmassiv und den unbekannten, geschäftigen Tälern dahinter). Niendorfer Markt, An der Lohe (Spaziergänge mit Freunden und Geliebten über die Wiesen des Geheges und das Gefühl, unabsehbare Mengen an Zeit zu besitzen und verschwenden zu können, ein Dagobert Duck der Zeit zu sein mit einem Zukunftsspeicher, in dem du genußvoll geplanscht hast). Der Anblick startender Flugzeuge, schräg im Himmel aufgehängt, ein Bild, dessen schwindelerregende Dynamik und gedrungene Kraft ein paar Jahre lang immer nur ein einziges Sehnsuchtsziel des Flugs hat möglich erscheinen lassen: New York. Ring Drei, Kronstiegtunnel (die unsichtbaren Straßenzüge hinter den Schallschutzmauern, wo du vielleicht ein Reihenhausleben führen könntest, unbehelligt von allem Ehrgeiz).

Die Magenschmerzen setzen wieder ein, wenn ich durch Garstedt, durch Norderstedt fahre und bei der U-Bahn-Station in die Straße mit dem seltsamen Namen Harckesheyde einbiege (wo das Viertel doch ganz schlicht Harksheide heißt). Dieselbe Stimmung wie damals, wenn die Eltern mir, weil wir wieder einmal umgezogen waren, die fremde neue Schule in der fremden Umgebung der fremden Stadt zeigten (warte nur, hier wirst du dich bald genauso wohl fühlen wie vorher). Dann ist der Mast mit dem schwarzgelben Blitzzeichen zu sehen.

In zehn Jahren vielleicht, wenn das alles hier lange vorüber ist, wird auch die Fahrt die Ulzburger Straße hinauf und der Name Harckesheyde mehr bedeuten als nur den Moment, in dem die Anspannung unerträglich wird.

Der Anblick all der kreuz und quer herumstehenden Autos hinter dem Verwaltungstrakt (nachfragen, wann die Dachdekker kommen und den Riß in der Elefantenhaut reparieren; ausgerechnet an der Decke des Showrooms ist die Feuchtigkeit in Form einer wagenradgroßen bräunlichen Aureole durchgekommen, die sich nicht wegpinseln läßt), dort wo eine Kopie seines Nummernschildes seinen Parkplatz markiert, all der tiefergelegten Kadetts, Irmscher-Asconas mit Rallyestreifen, verbeulten Mantas mit ausgestellten Kotflügeln, die wirken, als hocke eine Gruppe Sumoringer in Wartestellung auf dem Asphalt, mahnt ihn dazu, endlich seine Chart fertigzustellen und zu verteilen, an der er schon seit Wochen in freien Augenblicken herumkritzelt: Ordnung auf dem Gelände, keine kostenlosen Reparaturen während der Arbeitszeit an den getunten Schrottlauben all der Freunde, die die Monteure zu haben scheinen, einwandfreies Zurücklassen des Arbeitsplatzes, Entfernung aller angepinnten Schweinereien. Die Werkstatt darf nirgendwo dort, wo Kunden hinkommen können, aussehen wie ein Spind. Die Liste könnte seitenlang werden.

Titten und Mösen aus der Wochenend, das Gegröle und Gespucke und die Konversationen. Roman zu Dieter, der ihm offenbar Spielschulden nicht zurückzahlen will: Du Jude! Darauf Dieter: Der, wo die deutsche Sprache nicht mächtig ist, der muß mich nicht einen Juden nennen. Oder über Recep: Wenn der nochmal nervt, stecken wir ihn inn Güterwagen, und ab nach Anatolien. Oder Roman, als du einmal eine Diagnose von Witt in Frage gestellt hast: Nee lassen Sie mal, Herr Renn, der Meister, das ist ne echte Konifere, was Automatikgetriebe angeht. Oder Witt, als du die Arbeitsmoral von Dieter kritisiert hast, mit falscher Pflichtschuldigkeit: Ich weiß ja, Herr Renn, das hab ich ihm auch verbal gesagt, und wenn ein Karsten Witt seinen Leuten das sagt, dann spuren die. Und wenn ich ihm die Chart in die Hand drücke, wird er mir sagen: Keine jüdische Hast, sowas hat Ihr Vorgänger schon zur Vergasung gemacht, und sich dann umdrehen und zu seinen Leuten sagen: Der Herr Renn gibt mal wieder Direktricen aus.

Mit Kai kann ich darüber lachen, aber hier nicht. Ihre Judenwitze, meine Judenwitze, ihre Bildzeitungslektüre, meine Bildzeitungslektüre. *Quod licet Iovi*, aber das ist es nicht wirklich.

Was hat mich von ihnen getrennt? In der Grundschule, auf dem Bolzplatz, auf dem Hof des Mietshauses waren wir noch zusammen. Mit dem Umzug ins Einfamilienhaus, mit dem Eintritt ins Gymnasium haben sich unsere Wege auf Nimmerwiedersehn geschieden. Unsere Interessen, Sport und Musik, sind die gleichen. Ich lese wie sie die Bildzeitung, fachsimple über Fußball, spiele Skat und trinke Bier. Dennoch ist alles anders. Dumm sind sie nicht. Du hast Gespräche mitgehört (und bist dabei fast wahnsinnig geworden), in denen sie sich mit einer manischen Akribie endlos und mit stupender Detailgenauigkeit über Arbeitsvorgänge und Erfahrungen austauschten. Es ist nicht so, daß sie der Komplexität der Welt nicht gewachsen wären. Sie schließen Kauf- und Mietverträge, sie verstehen es, elektrische Leitungen zu verlegen und Schaltkreise zu knüpfen, sie buchen preiswerte Pauschalreisearrangements. Sie orientieren sich, sie wissen, was sie wollen, sie kommen zurecht. Was also ist es?

Man könnte, Charlys Überlegungen und Skrupeln vorgreifend und sie zusammenfassend, den Abstand, den er konstatiert, vielleicht mit dem Begriff der Hamletisierung erklären, einem soziologischen eher als einem psychologischen Phänomen. Wollte Charly sich gewisser peinlicher Momente seiner Grundschulzeit erinnern, wüßte er, daß der Graben sich schon in den damaligen Konfrontationen zwischen den beiden Jungen auftat, die sich auf dem Schulhof oder dem Bolzplatz schwer atmend und mit geballten Fäusten gegenüberstanden. Der eine höhnte und spottete und der andere, stumme oder stockend ständig die gleichen Worte »Ja, reden kannst du« wiederholende, dessen Kopf immer roter wurde, schlug irgendwann zu. Was euch trennte, vielleicht das einzige, was euch trennte, aber tiefer als alle sonst vorstellbaren Grenzen, war die Sprache.

Man könnte die Hamletisierung definieren als eine Brille aus Worten, die dich deine Umgebung schärfer sehen läßt. Sie vergrößert den Abstand zwischen dem Ich und allem, was nicht Ich ist, sie verknüpft das Konkrete mit dem Allgemeinen. Ein anderes Wort dafür wäre wohl Ironie. Eine Brille gegen die Kurzsprachigkeit, die die Leute mißtrauisch und vorsichtig macht gegenüber der Welt, die sie zwingt, sich tastend voranzubewegen und dem vermeintlichen Gegner immer in einer Eins gegen Eins-Situation gegenüberzutreten, um ihn weggrätschen zu können.

Und auch wenn Charly sich zu Recht verbitten würde, ein Intellektueller genannt zu werden, ist er doch ein Hamletisierter, weil ihm die Worte zur Verfügung stehen, selbst dem, was er nicht begreift, Ausdruck zu verleihen. Den gleichaltrigen Monteuren dagegen (für die Älteren wie Witt, Recep oder auch Sternhart ist es schwieriger zu sagen) ist ihr Sprachvermögen einerseits ein zu stumpfer Bohrmeißel, um nach Erkenntnis zu schürfen, und zum anderen ein zu inexakter, zu ärmlich ausgestatteter Apparat, um damit den Abstand zwischen sich und der Welt zu vermessen und zu behaupten, den man gemeinhin Zivilisation oder Kultur nennt.

Es ist, als griffen die sprachlichen Synapsenschaltungen des Hamletisierten horizontal in die Breite aus und vernetzten ihn mit dem verfügbaren Wissen über die Dinge, wogegen die der anderen vertikal hinabreichen und sie mit den einzelnen Phänomenen selbst verbinden. Aus diesem Unterschied erklärt sich die Sehnsucht so vieler Intellektueller nach dem vermeintlich gesünderen, direkteren Zugriff »einfacher Menschen« aufs Leben sowie das unterschwellige Mißtrauen dieser gegen jene. Es ist das Mißtrauen eines Kurzsichtigen gegen seine Umgebung. Wer der Komplexität, die dich von außen bedroht, und der Komplexität in deinem Innern, die vermittelt werden will, nicht mit einem passenden Wort Herr zu werden vermag, wer die Dinge nicht in Worte bannen, beherrschen und von sich abrücken kann, sondern gezwungen ist, sich mit vorgestanzten Formeln, mit Klischees, mit vagen Annäherungen aus dem kollektiven Wortschatz um sie herumzudrücken und doch nie erschöpfend mit ihnen fertigzuwerden, dem geht es wie einem Kurzsichtigen, der nur scharf sieht, was in seiner unmittelbaren Umgebung liegt, aber ansonsten von der Gaze des Vagen umgeben ist und der gut daran tun wird stehenzubleiben, anstatt sich zu schnell vorwärtszubewegen. Der genaue Blick auf Armeslänge geht Hand in Hand mit einer Blindheit für große Distanzen, an die – und deswegen führt für Charly auch kein Weg zu ihnen – niemand, der durch die Brille der Sprache aus seiner Kurzsichtigkeit erlöst wurde, sich noch erinnern will. Der Preis, den der Hamletisierte dafür zu zahlen hat, liegt darin, daß er denselben Weg von A nach B mit schwererem Herzen beschreiten wird als die, deren Sicht nur bis zum nächsten Kilometerstein reicht. Er nämlich überblickt die ganze Distanz, die es zu bewältigen gilt.

Währenddessen hat Charly die Achseln gezuckt und gesagt: Sophisticated und Opel, von wegen! Es ist schon ernüchternd, welche Einblicke in die Psyche der Leute du hier tust. Aber du mußt achtgeben, daß diese Chart nicht diktiert wird von deinem Wunsch, ein ästhetisch befriedigenderes Arbeitsumfeld zu schaffen, von deinem Wunsch, es ein wenig schön zu haben hier. Sachlich bleiben und keinen Erziehungskatalog erstellen! Es soll ein Regelwerk werden, weiter nichts, aber auch nicht weniger.

Trotzdem wollte niemand, der diese Ironiebrille je getragen hat, sie noch einmal ablegen, selbst wenn die anderen sie mit ihren Fäusten manchmal zu Bruch schlagen. Gestehst diese Kurzsichtigkeit im Grunde auch keinem zu. Was unfair ist. Die Brille der Sprache kriegen die Kassenpatienten des Lebens nämlich nicht verschrieben. Ohne sie hängst du dir die Titten aus der Wochenend in den Spind, die sind nicht ironisch, aber wenn du ironisch bist und trotzdem Titten sehen willst, dann nimmst du den Pirellikalender, bei dessen Anblick selbst ein Intellektueller mit sich diskutieren läßt, ob es sich hier nicht um Kunst handelt.

Es ist schon wahr: Der Pirellikalender ist das geschmackvollste Objekt im ganzen Komplex, das, was einer gewissen Idee von Zivilisation, Verfeinerung, Kultur, ja von Sublimation des Lebens durch Kunst am nächsten kommt. Aus irgendeinem Grund hat er seinen angestammten Platz im Kabuff. Und zwar an der Wand hinter dem Stuhl von Frau Schmidt. Eva, die Sekretärin, hat ihn ständig im Blick, weil sich die beiden Schreibtische gegenüberstehen. Ebenso sieht ihn ein jeder, der den fensterlosen Raum betritt, der nach Kaffee und kalter Asche riecht.

Die sich auf glänzendem Metall, Gummi, Plastik oder Leder rekelnden oder ausgestreckten zweidimensionalen Mädchen in ihrer kalt-heroischen, riefenstahlschen Erotik zu sehen und direkt darunter die leibhaftige Frau Schmidt war anfangs eine seltsame Konfiguration: Die Buchhalterin schien mit strenger Würde die Realität zu verteidigen und hochzuhalten und im Grunde nur dazusitzen, um die Installationen der Girls ad absurdum zu führen. Das Merkwürdigste war, daß sie sich dabei erstaunlich gut schlug – in mittleren Jahren, ledig, mit ihren Sorgenfalten und ihrer schlaffen Raucherhaut, ihrer ewig glänzenden Stirn und Nase, hochgeschlossen, unvorteilhaft gekleidet, mit grauen Fädchen zu beiden Seiten des strengen Mittelscheitels, mit gelbem Zeigefinger von den Filterlosen, mit krummem Rücken und einem Bauch, den die Bluse im Sitzen zu mehreren Wülsten einschnürte, die die Knöpfe an den Knopflöchern zerren ließen wie Jagdhunde an der Leine. Sie hielt die Wirklichkeit auf eine sympathische, humorvolle, selbstironische Art hoch und rechtfertigte sie. Verglichen mit ihr wirkten die Fotomodelle überspannt, aus der Art geschlagen, angestrengt und lächerlich in ihren lasziven Posen und vor allem – ja vor allem – tot. Vielleicht so, dachte Charly manchmal schnöde, wie jedes lebendige Schwein interessanter ist als ein aufgepanntes Tigerfell.

Das änderte sich fatal, als Frau Schmidt im Februar ihre Brustkrebsoperation hatte und aufgrund des Krankenhausaufenthalts und der anschließenden Reha mit Bestrahlungen sechs Wochen lang fehlte. Sie kam hagerer, mit gelber Gesichtshaut und Perücke zurück und füllte mit einem ungeheuren, nie ausgesprochenen Durchhaltewillen ihre halbe Stelle wieder aus (Und wie unmöglich es war, den Blick nicht suchend, vergleichend, mit einem ungeheuren Horror angesichts des Gedankens, daß sie einen menschlichen Körper so verstümmeln können und er dennoch weiterlebt, auf ihre Bluse zu richten). Seitdem hatte der Pirelli-kalender die Oberhand.

Titten, Titten auf jeder Seite. Jeden Monat Brüste (nur im Oktober nicht). Makellose, samtig schimmernde, herausfordernd spöttische, herrisch gewölbte, im Profil wie Sprungschanzen, glänzend wie aus feinstem Carraramarmor. Und immer wieder denkst du: Daß Gott mit solcher Inbrunst gerade diese

Formen geknetet hat, verrät ihn doch als Ästheten und zugleich als geilen Bock. Obwohl man in diesem Zusammenhang Gott außen vor lassen sollte, will der Kalender doch in Wirklichkeit den Beweis führen, daß diese hautumspannten Geschmeide ganz genauso wie die rote Robe eines alten Aloxe Corton, wie der silbrige Schimmer eines Platinarmbandes, wie gewisse Interieurs aus Wurzelholz und Kalbsleder zu den Premiumartikeln dieser Welt gehören und daher von jedermann, der außer erlesenem Geschmack die nötigen finanziellen Mittel hat, besessen werden können.

Lachende, der Schwerkraft mühelos trotzende oder aber ihr auf sinnlichste Weise nachgebende, gesunde, ewige Brüste, immer auf Augenhöhe, und sie verhöhnten und verhöhnen die arme Gabriele Schmidt jeden Tag, jede Stunde und Minute, die sie unter ihnen sitzt, der endgültige, gnadenlose Triumph der Kunst über das Leben.

Warum hast du den Kalender nie abgenommen, umgehängt? Ich weiß es nicht. Vielleicht, weil von den glücklichen, herrlich gebauten Pirelli-Mädchen seither ein Glanz abstrahlt wie ein Licht in der Nacht, ein Trost, ein Versprechen auf ewiges Leben, ein Memento eigener Jugend, Kräfte, die sie aus der vom Schicksal stigmatisierten Buchhalterin saugen, die ihr Recht, für die Lebenden zu stehen, und ihre Glaubwürdigkeit an die Fotografien verloren hat.

Zweimal, seit du hier arbeitest, hast du (und beide Male nach dem Ausbruch ihrer Krankheit) an einem deprimierenden Abend, an dem du wieder einmal die Leitung einer Opel-Vertragswerkstatt als gesellschaftliche Ächtung empfandest, der letzte im Haus, nachdem du die Aschenbecher ausgeleert und die Spülmaschine vollgestellt hattest, dich hier eingeschlossen, den Kalender von der Wand genommen und vor dich auf die Schreibunterlage von Frau Schmidt gelegt, auf der sie per Kugelschreiber mit Dreiecken, Spiralen, Ornamenten, Mäandern, Häuschen mit Dächern den freien Raum zwischen Namen, Notizen, Telefonnummern und Rechnungen zugekritzelt hat, und mit Hilfe der Fotos dieses Jugendmemento, diesen Trost aus dir gewrungen.

Oktober: Die makellose Blondine, ihre Haut so glatt, wie nach neuesten Techniken metallic-lackiert, die bäuchlings auf einem riesigen, stark profilierten Traktoren- oder Baggerrad liegt, das sie seitlich mit Armen und Schenkeln umklammert, so daß das Zentrum des Fotos ihre dem Betrachter entgegengereckte Kruppe ist, die mit einer fast horizontalen Linie abschließt, hinter der sich in perspektivischer Verkürzung die licht- und schattenzerklüfteten Rückendünen wellen. Durch den extremen Spagat im Winkel von 120 Grad sieht es so aus, als sei der Körper genau dort, wo die Linien der Schenkel in der Gesäßspalte zusammenlaufen und eine Art geschweiftes A bilden, dabei aufzureißen. Direkt darunter hat die Spannung bereits eine Naht platzen lassen, über der wie ein vertikaler Zensurbalken oder ein hastig aufgeklebter Tapeverband der Tanga verläuft.

März, klassischer: Auf der roten Haube eines Ferrari, dessen verchromter Kühlergrill zufrieden zu grinsen oder sich die Lippen zu lecken scheint, streckt eine weitere Blondine die endlosen, in hochhackigen Sandalen endenden Beine dem Betrachter zu einem Victory-Zeichen entgegen und zieht in diesem Trichter seinen Blick direkt in ihr Zentrum mit dem doppelten Auspuffrohr. Zwei obenliegende Nockenwellen hat sie natürlich auch, aber dennoch sind dies die zwei einzigen der dreizehn Bilder (zwölf Monate plus Vorderseite), auf denen nicht die Brüste den Blickfang abgeben.

Kaum hat Charly aufgeschlossen und Licht gemacht, da hört er den Wagen von Hagen Wagner, dem Werkstattmeister. Zwei vor sieben. Gut. Auf den ist Verlaß. Wenn die ersten Kunden eintreffen, ist es notwendig, daß du ihm unter die Arme greifst, sonst gibt es Schlangen, und die hat um sieben Uhr morgens, wenn ohnehin der Ärger über die bevorstehende Reparatur und die aleatorische Rechnung köchelt, niemand gerne. Wie Charly selbst zuvor auch, nähern sich die meisten Menschen ihrer Autowerkstatt mit dem unterdrückten Groll von jemandem, der ahnt, daß er übers Ohr gehauen werden soll, sich vorgenommen hat, völlige Transparenz zu fordern, und doch bereits sicher weiß, den Argumenten, die man darauf erwidern wird, völlig hilflos gegenüberzustehen.

Während Wagner draußen ist, um den ersten Wagen zu begutachten, nimmt Charly den zweiten Kunden in Empfang. Ein gepflegter Mann in Anzug und Krawatte auf dem Weg zur Arbeit, zehn Jahre älter vielleicht als er selbst. Typ Bankangestellter und Familienvater. Muß sich zusammennehmen, um ruhig und höflich zu bleiben, will die Anstrengung, die ihn das kostet, aber zugleich auch zeigen. Offenbar hat er seine Vorwürfe auf dem Weg hierher auswendig gelernt und in die richtige Reihenfolge gebracht, so daß er jetzt, aus Furcht, sich zu verheddern, mit ihnen herausplatzt, ohne sich vorgestellt oder Guten Morgen gewünscht zu haben.

Sind Sie hier für die Werkstatt verantwortlich?

Ich bin der Geschäftsführer. Renn ist mein Name. Guten Morgen. Was kann ich für Sie tun?

Ich habe bei Ihnen einen Wagen gekauft! Vor fünf Tagen!

Charly nickt zustimmend und dankbar.

Vor fünf Tagen! Das können Sie nachprüfen! Wenn ich erst heute komme, dann weil ich bislang keine freie Minute hatte. Ich muß nämlich arbeiten, und zwar fehlerfrei! Wollen Sie mal bitte mit rauskommen, sich das ansehn!

Charly nickt und streckt die Hand aus: Nach Ihnen.

Es ist ein weißer Ascona GT. Quer geparkt, so daß niemand mehr durchkommt. Vermutlich, um die Dringlichkeit der Angelegenheit und die Eile, in der der Mann ist, zu symbolisieren.

Hier, das Nummernschild! Schief! Sehn Sie das?

Charly nickt. Er muß mit der Wasserwaage nachgemessen haben.

Schief! Hier vorne. Sehn Sie das? Das geht doch nicht an! Das ist doch Schlamperei!

Kein Problem, sagte Charly. Das richten wir Ihnen.

Ich will nicht hoffen, daß Sie dafür Geld verlangen!

Nein, das machen wir selbstverständlich kostenlos.

Der Mann, dessen Ärger auf keinen Widerstand trifft, versucht automatisch, noch mehr Terrain zu gewinnen, was Charly, erleichtert, daß es nur um ein Nummernschild geht, klaglos hinnimmt. Ich meine, das wäre ja auch noch schöner, hierfür nochmal Geld zu verlangen, wo Sie ohnehin schon eine Zulassungspauschale abkassieren.

Er will provozieren. Das als Fehdehandschuh hingeworfene Wort »abkassieren« zeigt es. Wenn hier überhaupt einer Geld verlangen dürfte, dann ja wohl eher ich.

Aber Charly reagiert ganz anders als erwartet, nämlich mit einem entwaffnend verständnislosen Gesichtsausdruck, dem ein weniger erregter Mensch sofort anmerken würde, daß die Überraschung nicht gespielt ist. Zulassungspauschale?

Ja sicher, und wofür bezahle ich denn 150 Mark in bar, wenn dann nicht einmal das Nummernschild gerade angeschraubt wird, frage ich Sie?

Charly hat sich bereits wieder im Griff. In seinem Gehirn fallen potemkinsche Pappwände um und geben den Blick auf die Kloaken dahinter frei. Er beginnt zu rechnen und zu überschlagen, redet aber zugleich mit dem Kunden weiter und taxiert ihn. Kommen Sie doch eben bitte mit ins Büro, während man Ihnen das Nummernschild richtet. Diese Zulassungspauschale – ich nehme an, unser Herr Sternhart hat Ihnen den Wagen verkauft – ist nämlich seit Mittwoch abgeschafft. Wir kontieren das jetzt intern um, vermutlich hat er das noch nicht verinnerlicht, jedenfalls erstattete ich Ihnen, zwei Tage hin oder her, natürlich das Geld zurück ... Im Gehen redet er mechanisch weiter und denkt zugleich an das, was vor ihm liegt.

Der Mann, als er hört, er müsse nicht nur nichts bezahlen, sondern bekomme sogar noch 150 Mark, fühlt sich wie bei einem unerwarteten kleinen Lottogewinn und verliert mit einem Schlag seine ganze Aggressivität, allerdings nicht seine Redseligkeit. Sein Erregungspotential ist gewissermaßen auch umkontiert worden, und nun versucht er mit Worten, die Peinlichkeit seines patzigen Tons aus der Welt zu schaffen, fast besorgt, er werde das Geld doch nicht sehen, falls dieser Automensch hier, unterbricht er sich auch nur eine Sekunde lang, sich seiner anfänglichen Unfreundlichkeit erinnert.

Charly hört kaum hin, er hat Wagner angewiesen, das Nummernschild sofort richten zu lassen. Wenn die Leute nicht Betrug vermuten, dann quatschen sie so hemmungslos über Privates wie sonst nur beim Psychoanalytiker. Es ist ein seltsames Verhältnis, was sie zu ihren Autos und Werkstätten pflegen.

Er wolle dieses Jahr zum Skiurlaub in die Berge, zum ersten Mal, seit er Vater sei, da müsse man sich ja doch kräftig umstellen und so manches entbehren, Flachau, der Sohn sei jetzt alt genug, sechs, um in die Skischule zu gehen, und das Auto mit Frontantrieb natürlich die bessere Lösung, um im Winter die Berge hochzukommen. Ob Charly schon einmal in Flachau Ski gefahren sei, er fahre doch sicher auch Ski.

Nachdem er fort ist, bleibt Charly im Büro. 150 Mark Zulassungspauschale hat sich Sternhart also erfunden. Wie lange schon? Und wie verbucht er das? Warum ist es niemandem aufgefallen? Bei fünfzehn verkauften Autos pro Monat macht das einen Zusatzverdienst von tausend netto. Nicht schlecht. Jetzt hab ich dich, mein Lieber.

Daß Autoverkäufer unter besondere Beobachtung gehören, hat er gewußt. Hat auch ein Auge darauf gehabt, daß Sternhart nicht, was gang und gäbe zu sein scheint, hochwertige Gebrauchtwagen privat kauft, um sie dann, ebenso privat, mit hoher Gewinnmarge weiterzuverkaufen, und nur den Schrott für das Autohaus in Zahlung nimmt. Aber das jetzt ist ein anderes Kaliber.

Die bevorstehende Detektivarbeit, zu der er die Hilfe von Frau Schmidt benötigt, die erst um acht kommt, versetzt Charly in einen gespannten, kontrollierten Erregungszustand, den ihm die Arbeit ansonsten so gut wie nie gewährt. Er kommt auch nicht aus der Befriedigung, Schaden von seinem Betrieb abwenden zu können, sondern eher aus der Erleichterung darüber, etwas ganz anderes zu tun zu haben und so der Ödnis der alltäglichen Routine zu entkommen.

Es ist ein merkwürdiges, entgegen aller Logik gemischtes Verhältnis, das Menschen zu ihrer Arbeit haben, eines aus Anziehung und Abstoßung, aus Solidarität und Ranküne, aus Sucht und dem verzweifelten Drang, jedes sich bietende Fluchttürchen zu nutzen, aus dem Stolz, an einem größeren Ganzen mitzuwirken, und einer geheimen Lust an der Sabotage. Die Zeit der

Arbeit ist der gigantische weiße Fleck im Zentrum der Lebens-
landkarte. Eine wie unter Diktat allgemein beschwiegene Zone
(denn erzählt wird immer nur von den Ausnahmen, mit denen
der Arbeitstag überrascht, nie von den Regeln, die ihn strukturieren) von merkwürdigster Antimaterie oder Antizeit, in die
die meisten Menschen die längste Periode ihres Lebens morgens
eintauchen und aus der sie abends wieder auftauchen, stumm,
scheinbar unverändert, scheinbar von Amnesie geschlagen und
dennoch tagtäglich wieder angezogen von irgendeinem Geheimnis, irgendeiner Offenbarung, die aber offensichtlich weder zu
Konsequenzen noch zu Mitteilungsbedürfnis Anlaß gibt.

Vielleicht ist es so, daß die Arbeit, ganz gleich welche, die
mysteriöse Sphäre ist, in der das Ich, gerade weil es hier von sich
absehen muß, gegen seine Instrumentalisierung rebelliert wie nirgends sonst. Der Ort, an dem ein permanenter Konflikt herrscht
zwischen dem Denken, Handeln und Sprechen, das der Arbeit
dient und dessen Zweck ihre Erledigung ist, und dem sein Recht
einfordernden Ich, das sich viel stärker dafür interessiert, wie
diese Arbeit es beeinträchtigt. Und immer wieder bekommt das
Ich (sich in Anekdoten, Klagen und Abschweifungen behaup-
tend, seine Erfahrungen reflektierend, seine höhere Wichtigkeit
einklagend) die Oberhand über die Sache, um die es eigentlich
geht.

Selbst bei denen, die den Stein der Weisen gefunden haben,
da bei ihnen Passion und Gelderwerb in eins fallen, gibt es ein
dauerndes Ausweichen und Sich-Drücken, ein mehr oder minder
heftiges Wider-den-Stachel-Löcken, eine Lethargie und Müdigkeit, gegen die angearbeitet wird, eine beständige Versuchung,
seitwärts nach Alternativen und Holzwegen zu schielen. Es ist
die unerträgliche Zumutung, die Geliebte permanent im eigenen Haus zu wissen und ihrem Verfall und der Zersetzung der
eigenen Liebe beiwohnen zu müssen. Alles in allem herrscht also
auch hier eine schwerlich nachvollziehbare Ineffizienz.

In manchen Momenten, wenn Charly über das Areal geht wie
jetzt, um festzulegen, wo morgen am Samstag bei der Vorstellung der neuen Omegas die Fähnchen aufgehängt werden, wo

die Gulaschkanone hinsoll, wo die Tombola, wo die Hüpfburg (gutes Wetter vorausgesetzt), weiß er, daß er vermutlich in seinem gesamten Berufsleben nicht mehr so frei sein wird wie hier. Man könnte es nämlich auch so sehen: Er ist der unumschränkte Herrscher dieses halben Hektars Grund und Boden. Er könnte, wie ein Gärtner, wie ein Architekt, mit einer Vision und mit Geduld diesen Ort nach seinen Wünschen und Vorstellungen verschönern, optimieren, verwandeln. Es könnte, ernstgenommen, eine Lebensaufgabe sein.

Eine schöne Bepflanzung der ungenutzten Teile, genau abgegrenzte An- und Zufahrtswege statt der flugplatzähnlichen, ölfleckigen Asphaltwüste. Eine moderne Werkstatt, in der man vom Boden essen kann, ein geschmackvoller Showroom mit elaborierter Ausleuchtung ohne all dieses ewig wechselnde aufgeklebte Zeug, ohne die geschmacklosen Prospektständer aus in der Sonne vergilbendem Hartplastik, und eine Lounge für die Kundengespräche (mit dem *sophisticated Opel buyer*). Er könnte sukzessive die mißliebigen Elemente entfernen und ein Team seines Vertrauens heranziehen. Er könnte die Strukturen kosteneffizienter machen, die Buchhaltung auf Computer umstellen, er könnte irgendwann einen Coup landen, Opel rauskicken und dafür eine anständige Marke übernehmen. Es gäbe ein Arbeitsleben lang, ein Menschenleben lang Aufgaben, Verbesserungsmöglichkeiten, neue Tätigkeitsfelder. Es bräuchte Geduld und Liebe zur Sache, und die Vorstellung, als Fünfundsechzigjähriger vor dem Schaufenster seines Autohauses für die Lokalpresse fotografiert zu werden, wie sie dir mit Humbatäterä die Ehrennadel der Handelskammer Norderstedt anstecken für Verdienste um den Standort und du das rankenumkränzte Bierfaß anzapfst und dann deinem geschniegelten Sohn die Schlüssel zur Cheftoilette überreichst, läßt dir den Schweiß aus allen Poren brechen. (Heute abend sage ich Christine, daß ich kündige.)

Und das ist auch der Grund, warum er sich mit Leidenschaft in die Aufgabe vertieft, herauszufinden, wie Sternhart die Firma betrogen hat. Es ist eine gerechtfertigte Flucht aus der eigentlichen Arbeit, und womöglich kommt sie zum Teil aus einer gewissen perversen, dem Destruktiven ehrlicheres Interesse als dem Konstruktiven entgegenbringenden Lust, dem auf den Grund zu gehen, was die Arbeitsgrundlage unterminiert und zu zerstören droht, so wie jemand, der die Tapeten neu streichen soll, einen feuchten Fleck entdeckt und so lange kratzt und reißt und pult und gräbt, bis er der Nässe zur Quelle gefolgt ist, aber, anstatt die Wohnung zu verschönern, das gesamte marode Mauerwerk bloßgelegt hat (und sich dann am liebsten die Hände abklopfte und sagte: Ich hab getan, was getan werden mußte, und fortginge).

Aber da es der einmal geweckten Arbeitslust im Grunde egal ist, welcher Aufgabe sie sich zu widmen hat, und sie sich von der, die sie hervorrief, mühelos auf eine übertragen läßt, die sie nie zu wecken vermocht hätte, profitieren auch die übrigen Arbeiten von Charlys Eifer.

Und so kann er, während er die von Frau Schmidt herausgesuchten Kaufverträge der letzten fünfzehn Monate studiert (und auf jeder Kopie ist eindeutig vermerkt, daß die Zulassung im Kaufpreis enthalten ist) und zehn Kunden telefonisch erreicht, die ihm alle bestätigen, 150 Mark Zulassungspauschale in bar gezahlt zu haben (und von denen drei Selbständige, die leicht an ihre Akten herankönnen, ihm ihre Kopie des Vertrags faxen, auf der die Zeile, daß der Kaufpreis inklusive Zulassung sei, nicht steht), auch noch »im selben Aufwaschen« seine Verhaltenschart fertigstellen und übergeben (Witt, dem Werkstattmeister, mit so kurzen, trockenen Worten und einem so abwesend-kalten Blick, daß der sich vom Ernst des neuen Chefs völlig überrumpeln läßt – dabei ist es nur Charlys Konzentration darauf, keine von den Aufgaben, die er sich vorgenommen hat, zu vergessen, die den Eindruck hervorruft, weder Kommentare noch Widerspruch zu dulden, sowie eine gewisse kurz angebundene Eile, weil die Betrugssache zwar erledigt werden muß, die Tagesgeschäfte aber auch nicht warten können), aus der Adressenliste mit über hundert Handwerksbetrieben zwanzig abtelefonieren und für die kommende Woche acht Termine festmachen bei Tischlereien, Klempnereien, Baumschulen, denen er individuell auf ihre Bedürfnisse zugeschnittene Kombis (meist Kadett) anbieten will, die Post durchgehen und zur Bank fahren, um die Kraftfahrzeugbriefe abzuholen, die dort zur Sicherheit aufbewahrt werden, sowie Bargeld zu deponieren und abzuheben.

Als er zurück ist, öffnet sich nach kurzem Anklopfen die Tür, und Eva bringt ein Tablett mit einem Becher Kaffee und einem Hörnchen herein. Er sieht sie verdutzt an.

Naja, ich dachte, es ist schon gleich halb elf, und Sie haben soviel gearbeitet heute morgen, daß Sie sich noch nichtmal einen Kaffee machen konnten. Normalerweise ist die Kaffeemaschine ja an, wenn ich komme, aber heute ... da dachte ich halt ... Wo brennt es denn so?

Es ist ein wirklicher Glücksmoment: Kaffeeduft erfüllt den Raum, die Überraschung mit dem Hörnchen, aber mehr noch die fürsorgliche Geste, vor allem aber die Tatsache, daß es halb elf ist und er nicht gemerkt hat, wie die Zeit vergeht. Geschieht so selten, daß er sich hier plötzlich aufgehoben fühlt, auf eine Kinder-Robinson-artige Weise, als Mitglied einer Notgemeinschaft, die sich organisiert hat und wo jeder jedem mit kleinen Handreichungen hilft und Mut macht, und er spürt, daß dieses Gefühl, selten, wie es ist, erklären könnte, warum die Menschen, so sehr sie sich gegen sie sträuben, nicht ohne die Arbeit leben können.

Danke Eva, das ist aber lieb. Ich hab nicht dran gedacht, aber es gibt gar nichts, womit Sie mir jetzt eine größere Freude hätten machen können. Brennen tuts überall. Wo ist der Sternhart?

Sitzt im Showroom und wartet auf Kundschaft. Soll ich ihn holen?

Nein, schon gut, momentan brauch ich ihn nicht. Danke.

Charly hat genügend Material, mit dem er ihn konfrontieren kann, um ihn zu überführen. Aber das hat keine Eile. Besser ist es, die momentane Energie für andere unliebsame Dinge zu nutzen, solange du dich noch innerhalb dieser seltsamen Sphäre zeitenthobener Arbeitskonzentration befindest, in die so schwer und willentlich gar nicht hineinzukommen ist. Manchmal öffnet sie sich unversehens und nimmt dich auf, ohne daß du es bemerkst, und solche unerwarteten Kleinigkeiten wie der Kaffee lassen dich eine Wärme spüren, die nur sie gewährt.

Ja, Renn, vom Autohaus Renn in Norderstedt. Ich möchte gern mit Herrn Pilz sprechen. Ja. Klar ... Hallo, Herr Pilz ... ja, danke. Das heißt, wie mans nimmt. Nein, Sie machen mir Sorgen. Ja, es geht um die Sonderaktion mit den Tiffanys. Genau. Ich habe hier ein Fax von Ihnen vom ersten Julei. Da heißt es: Warten Sie, hier: Tiffany-Händler-Wettbewerb. Bei zwanzig verkauften Sondermodellen, genau. Nun haben wir diese zwanzig Tiffanys verkauft. Und nun habe ich ein weiteres Fax der Adam Opel AG vom 14. Oktober, auf dem lediglich steht, daß sich aus Gründen, jaja, solche Gründe werden immer ein bißchen spät erfunden, die Mindestverkaufszahl bis zum 31. Oktober auf fünfundzwanzig belaufen muß. Können Sie mir sagen, was das soll? Sie ändern die Regeln, wenn wir Ihre Bedingungen erfüllt haben ... ja nun! Ja, was glauben Sie: Die Rabatte haben wir bereits auf die Kundenpreise umgeschlagen, aber natürlich, wie soll das denn sonst gehen? Ja, ja, gewiß, aber verraten Sie mir mal, wie ich meine Mannschaft hier motivieren soll, wenn vom Hersteller ein solcher Vertrauensbruch, nein, Herr Pilz, ich wäge meine Worte durchaus, denn andernfalls müßte ich ja von Vertragsbruch sprechen. Ja. Nein. Nein, ich weiß nicht, wieviele Händler ... So? Tatsache bleibt jedenfalls, daß die Grundlage, auf der wir ... ganz genau, das ist das Fax vom ersten Juli. Morgen geht hier der Omega-Verkauf los. Und soll ich meinen Leuten sagen: Wenn wir zehn davon verkauft haben, kommt wieder irgendeiner und sagt: Kuckuck, es müssen aber fünfzehn sein. Ja ... ja, sehen Sie zu, was Sie da tun können. Ja, danke. Ja, sicherlich ziehen wir an einem Strang, natürlich, aber Sie dürfen mir mein Ende nicht um den Hals legen. Apropos, da ist noch eine weitere Sache. Ich mache hier gerade Reklamationssachbearbeitung. Genau. Ich habe fünf Fälle, in denen Opel meinen Kunden die Reparaturgarantie ablehnt. Ja, warten Sie, ich geb Ihnen die Nummern gleich. Über zwei Fälle brauchen wir nicht zu reden, das ist eindeutig. Ja. Aber die drei anderen. Die Formulierungen sind derart gewunden, das ist so weit hergeholt. Ja nun: Selbstverschulden kann in diesem Falle nicht ausgeschlossen werden, ja, Herrgott, welcher Winkeladvokat setzt Ihnen solche Begründungen auf, die Leute müssen sich doch verarscht vorkommen, wenn ich denen erkläre, daß sie durch vermutlich zu heftiges Gasgeben nach dem Anlassen einen – ja genau, das steht da, wortwörtlich, ja, Endnummer 2437. Wie soll ich meinen Kunden das erklären? Das mach ich auch nicht. Und die kommen nicht wieder. Nein-nein. Zu Opel überhaupt kommen die nicht wieder. Da müssen Sie schon mal in den sauren Apfel beißen...

Nachdem er aufgelegt hat, sagt Charly laut: Arschlöcher!

Eva kommt rein, als habe er sie gerufen.

Was ist denn los, Herr Renn? Ärger mit dem Hersteller?

Ach, Eva, es ist immer dasselbe. Die führen Krieg gegen uns, anstatt Hand in Hand zu arbeiten. Die sind so blöd, daß es schon zum Verzweifeln ist. Jetzt ändern sie die Konditionen für den Tiffany-Wettbewerb, und wir müssen plötzlich in sechs Tagen noch fünf weitere davon verkaufen, wenn wir das Geld, das wir bereits ausgegeben haben, wieder reinbekommen wollen.

Die Sekretärin lächelt mitfühlend und wirkt dann plötzlich wie eines der kaugummikauenden, bei den Amis arbeitenden, flotten deutschen Frolleins der Fünfziger, als sie mit dem Daumen nach unten zeigt und sagt: *You can't win, General.*

Als Charly lächelt, spürt sie den Moment gekommen, das Anliegen vorzubringen, für das sie schon den ganzen Vormittag gearbeitet hat. Nicht, daß der Kaffee und das Hörnchen reine Taktik gewesen wären, sie macht dergleichen gerne und regelmäßig und ohne Berechnung, weil sie ein freundliches Naturell hat und gerne Frieden bei der Arbeit und ihren Chef (wer immer es ist) ohnehin manchmal auf sich aufmerksam machen will, damit er sie wahrnimmt als Mensch. Nur daß sie das, was sie unbewußt immer tut, heute vielleicht ein wenig bewußter und nachdrücklicher tut und getimt hat und für ihre Bitte nach einem freien Tag verständlicherweise ein kurzfristiges Hoch im Mikroklima abwartet. Sie berechnend zu nennen wäre eine Übertreibung, und Charly verwirft den Gedanken sofort, auch um sich die reine Freude an Kaffee und Hörnchen nicht nachträglich verderben zu müssen.

Ach, übrigens, Herr Renn? – Ja? – Ich wollte fragen, ob ... Ja? – Ich meine, ich arbeite ja morgen mit dem Tag der offenen

Tür den ganzen Tag und habe jetzt sechsunddreißig Überstunden stehen ... Charly nickt. Ich meine, ob es wohl möglich wäre, daß ich Freitag nächste Woche freihaben könnte? Ich...

Wenn er sich dennoch ein wenig Zeit für die Antwort nimmt, dann weil er in der Vergangenheit auf solche Bitten oft falsch reagiert hat. Nämlich entweder mit pflichtschuldiger Huld und unreflektiert der Mechanik von unvermuteter Frage und symmetrischer Antwort gehorchend: Darf ich? – Ja klar. Und später bemerkte man dann, daß man in Teufels Küche geriet. Oder aber, indem er, eingedenk dieses Problems und mit dem ebenso unreflektierten Drang, seine Autorität unter Beweis stellen zu müssen, Nein! sagte, bevor die Anfrage noch ganz ausgesprochen war, und hinterher bemerkte, daß eigentlich nichts Objektives dagegen gesprochen hätte.

Mittlerweile ist er weiter in diesen Dingen. Schauen wir einmal nach, ob es geht. Er blättert den großen Tischkalender auf und überblickt die Personalsituation für den kommenden Freitag. Sieht schlecht aus, Eva. Zumindest für den Vormittag. Frau Schmidt hat Nachuntersuchung, die Termine stehen ja Monate im voraus fest, und irgend jemand muß am Vormittag hier sein. Also entweder Ihnen reicht der Nachmittag, den können Sie von mir aus haben, oder Sie reden mit Gabriele und arrangieren sich mit ihr. Wenn sie ihren Termin verlegen kann und will: Mir solls recht sein. Und als die Sekretärin noch einen Moment lang ratlos vor ihm stehen bleibt, sagt er: Sie sagen mir dann später Bescheid, wie Sie sich geeinigt haben.

Kaum ist die Sekretärin draußen, ist ihre Stimme schon wieder leicht verzerrt durch die Gegensprechanlage zu hören. Kundschaft! Können Sie rüberkommen?

Als Charly von hinten den Showroom betritt, sieht er zunächst Sternhart an einem der Tische mit einem bebrillten Mann im Zweireiher sitzen und Ausstattungskataloge durchblättern. Das sieht gut aus. Der Mann wirkt, als wisse er, was er wolle bzw. als wolle er tatsächlich ein Auto, und er sieht aus wie jemand, der sich auch eines leisten kann. Dein letzter Kunde, denkt er hämisch, aber gleich darauf, daß es nur wieder zu neuen Problemen führen wird, ihn jetzt rauszuschmeißen. Er ist ein guter Verkäufer, der jahrein, jahraus seine hundert Neuwagen an den Mann bringt.

Daß das Pärchen ein schwieriger Fall wird, kannst du schon daran sehen, daß das Mädchen mürrisch bei dem giftgrünen Corsa steht (um den es also geht), während der junge Mann in einem gewissen Sicherheitsabstand, als nähere er sich einem angeleinten Schäferhund, um den Monza herumstreicht, der zwar wie die gesamte Modellreihe ein Ladenhüter sondergleichen ist, aber in seinem Silbermetallicglanz eben auch der wichtigste Blickfang des Ausstellungsraums. (Du hast einmal einen Versuch gestartet, ein Exemplar der alten Diplomat Coupé Studie von 69 für den Showroom zu bekommen, aber das war, als hättest du dir die Kronjuwelen der Queen ausborgen wollen.)

Ihr Verhältnis herausbekommen. Sind sie verheiratet, entscheidet sie. Ihre Ernsthaftigkeit eruieren. Sind sie nur aus Langeweile hier oder um etwas zu kompensieren oder mit wirklicher Kaufabsicht, die nur herausgekitzelt, aus ihrer Verschüttung freigelegt werden muß, was leicht eine Stunde dauern kann, die sich aber nur dann gelohnt haben wird, wenn etwas dabei herauskommt, wenigstens ein Gebrauchter.

Am Anfang hat er Dutzende von Arbeitsstunden verpulvert, weil er Leute beraten und überzeugen wollte, die gar nicht wirklich vorhatten zu kaufen, die aber gerne darüber redeten, um sich selbst vorzuspielen, sie wären finanziell dazu in der Lage, und die irgendwann, unvermittelt, brüsk, manchmal sogar unhöflich aufsprangen und die Flucht ergriffen, wenn irgendein Schlüsselwort fiel, das auf ein Konkretwerden der Dinge, ein Zuschnappen der Falle hindeutete.

Ohnehin seltsam, wie sehr die Leute, die aus eigenem Antrieb hierher kommen, um sich ein Auto zu kaufen, sich plötzlich wie die Wildtiere fühlen und gebärden, die in die Enge getrieben und um ihre Freiheit gebracht werden sollen; wie sie urplötzlich einer Persönlichkeitsspaltung unterliegen, worauf man als Verkäufer sozusagen ihr besseres Ich repräsentieren muß, das sie dir auch unausgesprochen übereignen, während sie selbst mit aller Überzeugungskraft gegen ihr eigenes ursprüngliches Wollen anreden. Aber richtig schlimm wird es mit dem Reden erst, wenn sie die Unterschrift unter den Kaufvertrag gesetzt haben. Dann öffnen sich die Schleusentore, und das Mitteilungsbedürfnis ergießt sich, es ist und bleibt eine große und heilige Sache, ein Auto zu kaufen, vielleicht so wie früher die Taufe oder Erstkommunion.

Ich nehme an, Sie wollen sich erst einmal nur umschauen. Wenn ich Ihnen helfen kann, sagen Sie Bescheid. Charly wendet sich an das Mädchen, die junge Frau, besser gesagt. Freundliches Lächeln, zurückhaltende Bewegungen, Höflichkeitsabstand, Signalisierung von dezenter Bereitschaft.

Der junge Mann blickt mißtrauisch von hinter dem Monza herüber. Was soll der hier kosten?

Eigentlich kannst du sie bei solch einer Frage schon abhaken. Aber gut, du weißt mittlerweile, daß ein Besuch im Autohaus immer auch eine Prüfung und ein Test des Selbstwertgefühls ist. Gibst du ihm mit einem Wort, einer Geste, einer hochgezogenen Augenbraue, einer Intonierung zu verstehen, daß du weißt, er kann sich dieses Auto ohnehin nicht leisten, ist er draußen. Noch reichen Ehrgeiz, Motivation und guter Wille, ihn nicht sofort verjagen zu wollen. Andererseits darf man ihn auch nicht zu ernst nehmen. Fingst du jetzt an, ihn als potentiellen Kunden eines 25 000 Mark-Autos zu behandeln, käme er sich ebenso auf den Arm genommen vor. (Und die einwöchige Schulung in Bochum ist für jemanden, der zwölf Semester Volkswirtschaft samt Psychologie studiert hat, eine Zumutung gewesen. Nichts anderes, als was der gesunde Menschenverstand dir auch gesagt hätte, aber in amerikanische Begriffe verpackt und für ein irrsinniges Geld. Für diese Ausgabe hätte ich den Alten abgemahnt.)

Du nennst ihm den Preis und betonst, daß der Wagen ein Auslaufmodell ist, über die Listenpreise also könne man reden. Das Mädchen ist zu stark geschminkt für sein Alter und zu aufwendig frisiert. Es trägt an beiden Händen Ringe an Zeige- und Mittelfinger, dazu rechts den Trauring. Aha. Der junge Mann hat ein Jakkett an, das wirkt, als habe seine Frau es ihm gekauft und aufgezwungen, er trägt es wie einen Zylinderhut und bewegt sich darin, als sei es von innen mit Salzsäure bepinselt. Ein Klempner und eine Friseuse? Auch egal. Regel Nr. 2: Du mußt sie dazu bringen, sich zu setzen. Regel Nr. 3: Du mußt herausfinden, wer die Entscheidung trifft, und dich an ihn halten, ohne den andern zu vernachlässigen. Regel Nr. 4: Du mußt pawlowsche Wörter finden, auf die sie speicheln. Für ihn: negativer Sturz. Für sie, es sei denn, sie frißt zuviel Schokolade: integrierte Kindersicherung.

Das Problem ist: Du bist im Grunde deiner Seele kein Verkäufer. Du mußt dich überwinden, um jemanden zum Kauf einer Sache zu überreden, die er nicht unbedingt braucht. Und die Sachen, die er unbedingt braucht, die wird er schon von sich aus kaufen. (Wenn man wüßte, welche positiven Bilder und Erinnerungen er unbewußt mit Opel verbindet, so daß er eher hierher kommt, als zu Ford, Fiat oder Renault zu gehen, wäre man weiter. Aber du kannst die Kunden nicht auf die Couch legen. Achim Warmbold? Nein, dafür ist er zu jung.) Völlig falscher Ansatz. Du kannst den Leuten Autos verkaufen mit Charme, mit Argumenten, aber es ist jedesmal eine Energieleistung und eine Selbstverleugnung. Es gelingt dir, wenn du gut gelaunt bist (aus anderen Gründen), diese fremden Menschen mitzureißen. Aber das Gen hast du nicht. Kein Wunder, daß Sternhart Hobbyjäger ist und im Schützenverein, das macht er nicht nur, um Kontakte zu knüpfen, das liegt ihm im Blut. Anpirschen, Anlegen, Blattschuß, Waidmannsheil. Und es soll keiner auf den Gedanken kommen, er liebe das Wild nicht, das er schießt. Vermutlich liebt er es so zärtlich und inbrünstig wie sonst niemanden, und es umzubringen oder ihm Autos anzudrehen, ist nur eben der einzige Ausdruck, den diese Zuneigung kennt. Da spielt es auch gar keine Rolle, welcher Stimmung er ist, ob übernächtigt, verkatert oder depressiv. Ein Mensch ist für ihn ein Kunde, der im schlimmsten Falle nur noch nichts davon weiß. So wie für manche Ärzte jeder, dem sie gegenübertreten, ein ahnungsloser Kranker ist, und ähnlich wie ein solcher Arzt aus dem erhellenden Vortrag über Heidegger, den sein Gegenüber ihm hält, lediglich im Gedächtnis behalten wird, daß der Mann an Wucherungen, Verwachsungen oder Polypen an der Nasenscheidewand leidet, und sich die gesamte Zeit ihrer Unterhaltung zurückhalten muß, ihm nicht in die Nasenlöcher zu leuchten, so besteht für Sternhart das Leben, das eigene wie das anderer Leute, aus einer von Nebensächlichkeiten unterbrochenen, von ihnen eingefaßten Kette von Kaufentscheidungen, Käufen, Kauferlebnissen, Verkäufen und Kaufverhandlungen. Die Geschichte seiner Kindheit resümiert sich in der Erinnerung an den feierlichen Familienkauf des ersten Käfers im Jahre 60, die seiner Schulzeit in der an seinen Handel mit Zigarettenbildchen, Fußballermünzen und Spickzetteln. Urlaubsreisen waren bemerkenswert, weil man den gewitzten Südländern Teppiche und Schmuck zum Schnäppchenpreis abluchsen konnte, Hochzeitstage erschließen sich über die akribische Aufstellung der Kosten fürs Buffet, selbst eine Operation an der Gallenblase bleibt nur deswegen bemerkenswert, weil er ein Krankenhaus gefunden hatte, das die gesamte »Transaktion« (so nennt er es) für die Hälfte des Geldes machte »wie die Uniklinik Eppendorf. Und das wohlgemerkt mit Zweierzimmer inklusive Telefon und Farbfernseher!« Es scheint ein tragfähiges Konzept zu sein, die Leute steigen darauf ein und erzählen ihrerseits und fühlen sich verstanden. Auch ihr Leben besteht aus Kaufen und Verkaufen.

Der junge Mann im Jackett, dessen blondes Haar über der rötlichen Stirn in einer Bürste hochsteht, um hinten im Nacken in ausgedünnten Spitzen weit über den Kragen zu fallen, ist schließlich hinter dem Coupé hervorgekommen, um die Situation klarzustellen und zu verhindern, daß seine Frau, ungeschult in diesen Dingen und ein leichtes Opfer für solche Autohaie, falsche Wege geht und falsche Eindrücke entstehen läßt.

Wir wissen noch gar nicht, ob wir ein Auto kaufen wollen, und wenn, ob einen Opel, sagt er. Wir vergleichen nur ein bißchen – ganz unverbindlich.

Aber einen Neuwagen möchten Sie schon haben, sagt Charly vorsichtig zwischen die beiden hinein, die Versuche des jungen Mannes, Abstand zu schaffen, ignorierend.

Ich denk mal, es ist einfach sicherer mit einem Kind, ein neues Auto zu haben und nicht die ewigen Rostlauben, von denen du nicht weißt, ob sie morgen auseinanderfallen.

Der Manta hält noch 100 000, verteidigt sich ihr Mann, und dann, zu Charly gewandt: Hä, das könnt ihr doch bei Opel, Autos bauen, die ein Leben lang halten.

Charly lächelt: Dafür ist Opel berühmt, stimmt schon. Wieviel hat er denn drauf, Ihr Manta?

247 000, ist laut Schwacke nochn knappen Tausender wert.

Nun, das ist doch schon mal ein Grundstock. Darf ich Ihnen ein bißchen was über die Modelle erzählen, die für Sie in Frage kommen könnten, die sozusagen Sportlichkeit und Familientauglichkeit miteinander verbinden?

He, ich hab nicht gesagt, daß ich den Manta aufgeben will, wenn wir uns ne Familienkutsche zulegen!

Er hat einen Manta und ein Motorrad, was wir jetzt brauchen, ist ein Auto, mit dem man eine Familie und Gepäck und Einkäufe (Bierkästen, denkt Charly) und einen Hund transportieren und auch mal in die Ferien fahren kann (Anhängerkupplung, denkt Charly).

Was ist es denn für ein Hund? fragt Charly und macht sich zugleich Vorwürfe, nicht zuerst nach dem Kind gefragt zu haben.

Reinrassiger Boxer, sagt der junge Mann stolz. Mit Papieren. Hat 500 gekostet.

Wenn ich aus eigener Erfahrung sprechen darf, lügt Charly, dann ist es, wenn man kleine Kinder hat, ein ganz wichtiges Kriterium, daß einem vier Türen zur Verfügung stehen. Mit den Kindersitzen ist es sonst eine Qual...

Ja und, gibt es den hier nicht mit vier Türen?

Ist vorgesehen, aber momentan...

Da wollen sie einen auf Dreier-BMW machen, höhnt der Mann.

Frank, jetzt laß doch mal...

Ideal für Sie wäre ein Kadett. Der ist etwas größer, auch für die Langstrecke komfortabler, wenn Sie in Urlaub fahren. Und wenn Sie auch noch einen Hund haben –

Asko heißt er.

Ja also, wenn Asko es bequem haben soll, dann würde ich persönlich zu einem Caravan raten, wo Sie ein Netz oder Gitter anbringen können zwischen Laderaum und Rückbank, schließlich soll der Hund sich ja nicht auf den Schoß Ihres Babys setzen und es ablecken.

Je schneller die sich aneinander gewöhnen, desto besser.

Wissen Sie denn übrigens schon, was es werden wird?

Wir wollen uns überraschen lassen.

Garantiert ein Mädchen.

Und was macht Sie da so sicher?

Ulrike hat mir was von der Geschwindigkeit von den Spermien erzählt, wissen Sie, die wo Jungs ergeben, sind schneller, halten aber nicht lange durch, und die weiblichen, naja, und da kann man eben ausrechnen –

Frank, bitte.

Aber ein Kadett-Kombi ist natürlich voll ungeil, irgendwie.

Würde ich so nicht sagen. Als GT oder GSi –

Ich will keine aufgemotzten Autos mehr, sondern was Solides!

Bevor wir uns überhaupt überlegen, ob wir einen Opel wollen, müssen Sie uns erstmal sagen, wie das mit den Rabatten aussieht. Jeder Händler gibt Rabatte auf die Listenpreise.

Wir haben uns bislang noch mit jedem Kunden auf einen Preis geeinigt, mit dem wir alle leben konnten. Aber zäumen wir das Pferd doch einmal vom Hals her auf.

Ist es nicht öde, mein armer Charly? Es ist zutiefst öde. Es ist öde, diese Oberflächen eines fremden Lebens sich wie an einem Dia-Abend vor dir bilden zu sehen und dich als betrachtendes Neutrum von ihnen vereinnahmen lassen zu müssen, ohne daß du auch in eigener Sache zu Wort kommen könntest. Das fremde Leben, mag es auch noch so entfernt vom eigenen liegen und keineswegs beneidenswert klingen, ist immer eine Zumutung, die man nur dadurch abwehren kann, daß man sein eigenes zu Gehör bringt. Aber um dich geht es nicht, geht es nie in diesen Verkaufsgesprächen, und je länger du den beiden zuhörst, desto mehr legt sich wie Mehltau die Furcht auf dich, ihnen gar nicht so unähnlich zu sein. Je weniger du als Antwort auf jeden ihrer Sätze herausschreien kannst, wie anders du denkst, lebst, die Dinge siehst, je stummer und neutraler du zu bleiben verurteilt bist, desto ähnlicher wirst du ihnen, wird dein Schicksal dem ihren.

Du hörst ihrer Auseinandersetzung zu, seinem erfolglosen Ringen mit einer Sprache, von der er glaubt, es wäre die souveräner Menschen, der er mittels einer Anstrengung und Konzentrationsleistung auch fähig sei, indem er einzelne aufgeschnappte Fremdwörter und Fachbegriffe in seine Sätze streut, die beiläufig klingen sollen, aber doch wie in Anführungszeichen in seiner Rede stehen, leicht verkantet. Zugleich wird er, sobald sie sich ihm punktuell verweigert, wütend auf die Sprache, sodaß seine Versuche der Selbstbehauptung, sein Beharren auf seinen Kenntnissen, auch immer Kämpfe gegen sich selbst sind. Eine halbglückliche, abgestumpfte Kleinfamilie, der die Worte und Gedanken fehlen, ihrer Misere Einzigartigkeit und Hoffnung zu geben. Dieser Autokauf ist eine existentielle Entscheidung für sie, nicht nur das Geldes wegen, obwohl man sein Sparkonto nicht ohne Überwindung plündert. Aber es ist eben auch eine Lebensfrage, ein Thema, ebenso gewichtig und unübersehbar und so wenig auf die leichte Schulter zu nehmen wie die Arbeit und der Hund und das Kind und womöglich irgendwelche Musik oder Filme oder die Familie.

Du siehst sie vor dir, auf der Rückbank des Kadett die von Hundehaaren verfilzte Schottenkarodecke, darauf der Boxerhund, dem Perlschnüre aus Sabber aus dem Maul hängen, daneben das greinende, häßliche Baby mit einer solidarisch ebenso tropfenden Rotznase, davor sie, die die gelbliche Brust aus dem ärmellosen T-Shirt hebt, und seine Haarspitzen im Nacken, während er den Blick starr auf den Vordermann gerichtet hat, der nicht von der linken Spur weichen will und seine Überlegenheit, sein Existenzrecht nicht anerkennt. Und es sind nur Nuancen, nur ein wenig Schminke von Bildung und Geschmack, die sie von mir und Christine unterscheiden. Es sind nur Nuancen in der Ödnis, eigentlich nur das zweifelhafte Privileg, die Hölle als Hölle wahrnehmen und sich ein anderes Leben vorstellen zu können.

Aber nein! Es ist keine Hölle, was du lebst, kann keine sein, darf keine sein! Doch alle Werbefotos, die dir eine panisch die

Archive durchwühlende innere Suchmaschine zur Unterstützung der These liefert, die Familie Charly und Christine Renn unterscheide sich qualitativ von der Familie Frank und Ulrike Wieauchimmer (Christine ist schöner als sie, ich bin schöner als er, wir sind intelligenter, kultivierter, wir haben mehr Geld, wir vögeln besser, wir sorgen uns nicht um materiellen Unsinn – aber: Wir haben kein Kind, keinen Hund, wir würden nie zusammen ein Auto kaufen gehen), zeigen doch wie zum Hohn nur auf, daß nichts wirklich Entscheidendes euch trennt, sondern daß auch du, der das Leben durchs ständige Mitdenken der Konditionalform reicher schwindelt, in Gottes Statistik der gelebten Tage genau wie sie zu den Lauen gehörst, die der Mund des Weltgedächtnisses ausspeit wie eine Dreschmaschine leere Hülsen.

Es ist ein merkwürdiges Spiel, wenn zwei Männer zusammentreffen, ein unausgesprochenes Duell in den vielleicht nur eingebildeten kommunizierenden Röhren menschlichen Wertes und Rangs: Der Zollbreit mehr Macht, Bedeutung, Kompetenz, Wissen und Glück, den du hast, die Deutungshoheit über das Gebiet, das uns verbindet, und die du dir anmaßt oder eroberst, fehlt mir wie die Luft zum Atmen. Insignien spielen eine Rolle, zähneknirschend wird akzeptiert, daß der Mann in Anzug und Krawatte dem im Blaumann überlegen ist. Wo solche eindeutigen Unterscheidungen fehlen oder nicht gezeigt werden können, ist jede Begegnung ein zähes Ringen, ein Revierkampf, in dem das eigene Territorium markiert und jeder Zollbreit davon verteidigt wird. Nur warum und wozu? Wir sind keine Hirsche, wo der Unterlegene nach dem Duell der Geweihe fliehen müßte ins Elend ohne Gesellschaft und Fortpflanzungsmöglichkeit. Wir sind Menschen, für die die Naturregeln außer Kraft gesetzt sind. Warum üben wir dennoch die Rituale? Ist es purer Atavismus? Oder ist dieser beständige Zwang und Drang, sich der eigenen Bedeutung, des eigenen Wertes zu versichern, der doch ganz folgenlos bleibt und von einer biologischen auf eine psychologische Notwendigkeit zusammengeschrumpft ist – schließlich hast du ja keineswegs vor, die arme Ulrike, der deine Arroganz die Brüste gelb angepinselt hat, zu begatten und in deine Herde zu übernehmen –, vielleicht etwas Modernes, die alltäglich Dutzende von Malen vollzogene, lebensnotwendige Hierarchisierung in Zeiten der Demokratie?

Ist es so, daß wir den Energienachschub an Sinn, den wir brauchen, den anderen wegnehmen müssen, da keine objektive Instanz unserer Existenz mehr welchen verleiht? Wir wenden dazu eine Kraft und Besessenheit auf (die anderen Tätigkeiten, ja den Tätigkeiten überhaupt, dann abgeht. Wieviel Zeit und Energie wird nicht allein im täglichen Arbeitsumfeld dafür benötigt, nicht etwa das Arbeitspensum zu erledigen, sondern den Wert und die Berechtigung des eigenen Lebens zu demonstrieren und demonstriert zu bekommen?), als müßten wir, umgeben von einem bedrohlichen Meer der Sinnleere, das uns verschlingen würde, träte es einmal über die Ufer, beständig Dämme aufschütten, zu deren Bau wir den Boden benutzen, auf dem wir eigentlich stehen und leben sollten. Der moderne Mensch als der Holländer des Nichts? Er wird sich bedanken. Kannitverstahn.

Tatsache ist jedenfalls, daß es längst nicht mehr und vielleicht überhaupt nicht darum geht, ein Auto zu verkaufen oder zu kaufen, sondern darum, wer sich bei welchem Ergebnis dieses Kräftemessens etwas vergibt und wie jeder der beiden Opponenten ohne Gesichtsverlust aus dieser Situation als derjenige hervorgeht, dessen Existenzrecht, dessen Wert sie bestätigt und gestärkt hat.

Charly erhält unterdessen unerwartete Hilfe durch seine Mitarbeiter, die ihn im Verkaufsgespräch unterbrechen, weil sie die Entscheidung des Chefs brauchen, um weiterarbeiten zu können. Ihr respektvoller Ton, ihre Entschuldigungen und der Glücksfall, daß er in der Lage ist, ihre Fragen zu beantworten (Witt will wissen, ob morgen nur Omegas nach vorn sollen, Herr Ücel, der Teilemann, beschwert sich darüber, daß Opel Tankverschlußkappen ohne Schloß geliefert hat, und braucht Blaupunktradios, Frau Schmidt legt ihm die Unterschriftenmappe vor), tun ihm so gut, daß er wieder fähig ist, von sich abzusehen, und sich darauf zu konzentrieren, ein Auto zu verkaufen.

Die Probefahrt, zu der er das Ehepaar jetzt einlädt und die oft genug den Ausschlag gibt (das Unbekannte an einem neuen Auto, all die Hebel und Knöpfe, deren Sinn und Zweck man noch nicht kennt, der eigentlich ekelerregende Plastikgeruch, der aber eben das Unbenutzte, Exklusive verbürgt, die knisternden Polsterschoner, die Pappe auf dem Wagenboden – all das macht eine unbändige Lust auf den Besitz), liefert nun wiederum Frank die von Charly gern gewährte Möglichkeit zu punkten.

Kaum sitzt er am Steuer und hat behende rückwärts ausgeparkt – die rechte Hand auf die Rückenlehne des Beifahrersitzes gestützt, wie um sie Charly, der neben ihm sitzt, um die Schulter zu legen, die linke bewegt währenddessen das Lenkrad absichtsvoll und demonstrativ nur mit zwei Fingern –, da wird schon deutlich, welch ein erfahrener, leidenschaftlicher Autofahrer er ist. Jede Körperbewegung, jeder Blick samt sparsamster Kopfdrehung, die ganze hochkonzentrierte, gespannte Beiläufigkeit seines Verhaltens zeigen, welch hohe Stellung das Autofahren in seinem Leben einnimmt, weil es etwas ist, das er aus dem Effeff beherrscht und genießt. Aus einem Auto, das er steuert, fließt ihm in jeder Sekunde Lebensrechtfertigung zu. Er ist der Antäus der mobilen Gesellschaft.

Genauso ist Papa gefahren, glaubt Charly sich plötzlich zu erinnern, ganz früher, als wir noch klein waren, Erika und ich, lange vor dem ersten Mercedes und der damit einhergehenden langweiligen Straßenkapitäns-Souveränität. Genau mit dieser strizzihaften Begeisterung, dieser hemdsärmlig den Ellbogen aus dem Fenster winkelnden jungenhaften Freude an der Dominanz über die Maschine, diesem Guck-ich-kann-freihändig-fahren-Stolz, diesem Aufsteigerrausch der Sechziger, als ihnen bei ihrer unschuldig-mörderischen Raserei noch die Radioreporterstimmen aus der eigenen Kindheit in den Ohren gellten, die mit rollenden Rs die Heldentaten der Carraciola und Rosemeyer besungen hatten.

Das macht Charly diesen fremden, jungen, etwa gleichaltrigen Mann plötzlich auf eine etwas sentimentale Weise sympathisch. Auch daß er seine Frau gleich nach hinten auf die Rückbank kommandierte, hat etwas Sechzigerjahrehaftes, und nun stört auch sein wiederholtes »Ich sach Ihnen mal«, »Ich denke, das sehen Sie ganz falsch«, »Ich weiß das aus Erfahrung«, »Das dürfen Sie mir schon glauben« nicht mehr, mit dem er jedem Satz Charlys widerspricht, um sich ans Licht zu drängen. Denn auf die Frage nach seinem Fahreindruck sagt er auch: »Vom Feeling her hab ich ein ziemlich gutes Gefühl« und »Mit solchen Autos kriegt Opel natürlich ziemlich Hochwasser«. Charly braucht eine Weile, bis ihm aufgeht, daß er »Oberwasser« meint. Aber jetzt versteht er auch, daß es für einen solchen Mann wirklich ein Opfer bedeutet, einen Kadett oder gar Kadett Caravan zu kaufen, daß er innerlich dagegen rebelliert, und selbst wenn er sich den Vernunftsgründen öffnet, es seiner Frau und seinem ungeborenen Kind unbewußt vorhalten wird, ihn kupiert zu haben, indem sie ihm die vielleicht einzige Möglichkeit nehmen, seinen Traum von sich selbst unversehrt träumen zu können, wann immer er zum Autoschlüssel greift. Aber wie kann diese Erkenntnis benutzt werden, um das Paar zur Kaufentscheidung zu bringen?

Genau dieses Verständnis war der Fehler, den du gemacht hast, sagt er sich eine halbe Stunde später auf dem Weg zur Tischlerei Behrendsen in Henstedt-Ulzburg. Aber da es ein Fehler aus einer lobenswerten Intention heraus war, gelingt es dir nicht, dir wirkliche Vorwürfe zu machen. Hättest du den Mann nicht verstanden, dann hättest du auch nicht darüber nachgedacht, wie man ihm die Entscheidung für die Familienkutsche erleichtern könnte, und wärst nicht darauf verfallen, von der Vollfinanzierung zu sprechen, wobei du ihm zu verstehen gabst, daß es dann vielleicht nicht nötig sein würde, den Manta dranzugeben, das alte Rennpferd, das dem Ackergaul weichen soll.

Irgend etwas, jedenfalls nichts, was man hätte vorausberechnen können, wirkte auf die Frau wie ein rotes Tuch. Der Gedanke, zwei Autos zu besitzen? Die Angst vor dem Kredit? Irgend etwas zweifellos Irrationales, aber plötzlich Virulentes brachte sie auf den Plan, und mit derselben Entschiedenheit, gegen die gar kein Ankommen ist und mit der sie zuvor die treibende Kraft zum Kauf war, sprengte sie jetzt die Unterredung.

Sie hat zugemacht, hm? sagt Sternhart, als sie draußen sind. Ich kenn das. Kannst du gar nix gegen machen. Wenn die so drauf sind, sind sie für kein Argument mehr aufnahmebereit. Behandeln einen, als hätten sie dich gerade noch rechtzeitig mit der Hand in ihrer Handtasche erwischt. Was war denn passiert?

Ich hatte angedeutet, daß es nicht die einzige Lösung wäre, den Manta verkaufen zu müssen, um sich ein neues Auto leisten zu können. Ich meine, das hätte uns im übrigen eine völlig unverkäufliche Schrottmühle mit Rallyestreifen und Fuchsschwanz erspart.

Und da hat Muttern ihr Veto eingelegt?

Charly nickt.

Die arme Sau, meint Sternhart mitleidlos.

Ja, dieser Frank, denkt Charly jetzt, verdient tatsächlich kein Mitleid. Viel zu erleichtert, den Kopf aus der Schlinge ziehen zu können, um zu begreifen, daß das Problem nur aufgeschoben war, widersprach er nicht nur nicht seiner Frau, sondern sprang so schnell auf, daß er sogar als erster am Ausgang stand.

Wir denken nochmal drüber nach, sagte er, und melden uns dann nochmal. Von der Größe her ist dieser Kadett eigentlich eine Nummer zu groß für uns, sagte die Frau. Und du, schloß sie schon im Hinausgehen an, schminkst dir den Gedanken ab, daß wir uns zwei Autos leisten können. Wir kriegen ein Kind.

Richtig, denkt Charly. Das nächste Mal bin ich auf seiten des Kindes.

Sternhart, nach erfolgreichem Verkauf (mit Zulassungspauschale, nehm ich an) die Ordner, Kataloge und Prospekte zusammenlegend, hatte noch weitergeplaudert und dann von den neuen Omegas geschwärmt, ihrem Spitzen-CW-Wert, ihrer futuristischen Form, der verbesserten Aufhängung, dann wieder gekrittelt über Inkosequenzen in der Innenraumgestaltung und den mangelnden Mut der Designer, dann wieder voller Bewunderung von den ersten Fahreindrücken erzählt (Der Omega, das ist schon ein echter Gegenpool zum Rekord. Der hat Pep. Der ist nicht mehr so bodenbeständig.), aber auch erwähnt, daß Karsten (er duzt den Werkstattmeister) sich darüber beschwert habe, der Motorraum sei zu vollgestopft und es daure eine Viertelstunde länger als beim Rekord, an die Ölwanne zu kommen, alles in diesem Ton profunder Geborgenheit in seinem Thema. Er besitzt diese Selbstverständlichkeit, die man nicht lernen kann, er würde überall und jedem Gesprächspartner gegenüber von Autos und Opels reden und überhaupt nicht auf den Gedanken kommen, jemand könne sich etwa nicht für diese Dinge interessieren. Charly hat abwechselnd verteidigt und widersprochen und mitgelacht und sich dann plötzlich daran erinnert, daß er ihn nach dem Mittagessen rausschmeißen muß. Mit einem Mal kam ihm jedes weitere Wort pietätlos vor, als spreche er mit einem Todkranken, der die Nacht nicht überstehen wird, über den nächsten Sommerurlaub, und er ist aufgestanden und losgefahren.

So zehrend, anstrengend, mühselig, erniedrigend und letztlich doch erfolglos das Gespräch mit dem Ehepaar verlaufen ist, so glatt und auch fast schon wieder beleidigend reibungslos verkauft Charly eine halbe Stunde später der Tischlerei zwei Kadett-Caravans, wenn auch mit extremen Rabatten. Kein Wort der Überzeugung ist mehr nötig in dem engen, mit Leitz-Ordnern tapezierten Büro mit dem Doppelschreibtisch. Es wird im Stehen erledigt, per Handschlag, der Chef bückt sich nur, die linke Hand auf den als Schreibunterlage dienenden Tischkalender gestützt, um mit der Rechten (deren kleiner Finger fehlt) die Verträge zu unterschreiben, und begleitet Charly dann den langen, zur Werkstatt hin verglasten Flur entlang bis zur Tür zurück. Mehrere Männer im Blaumann kommen ihnen entgegengeschlurft und murmeln, ohne die Augen zu heben, gegen den Boden hin, das rituelle »Mahlzeit«, das ebenso mechanisch im Vorübergehen erwidert wird. Auch Charly, der sich fühlt wie ein Handelsattaché auf Mission in Japan, der nach erfolgreichem Abschluß den örtlichen Sitten Ehre erweist, um vor dem Rückflug bloß keinen das Geschäft gefährdenden Fehler mehr zu machen, und sich vor jedem Menschen mit vor der Brust gefalteten Händen verneigt, echot mehrmals ein demütig-heiteres »Mahlzeit«. Dann steht er draußen vor seinem Wagen in dem verwirrenden Gefühl, in weniger als fünfzehn Minuten sein

Tagessoll erfüllt zu haben, sodaß eine schülerhafte Instanz in ihm sofort Freiheit und Freizeit reklamiert.

Stattdessen fährt er, denn das deutsch-rechtschaffene, nach Kartoffelsuppe mit Wurststücken riechende »Mahlzeit« hat ihn daran erinnert, daß er außer dem Hörnchen noch nichts gegessen hat und Hunger verspüren müßte, zum nächsten McDonald's und denkt über die Entlassung Sternharts nach.

Der Groll auf ihn wegen seines Betrugs hat sich in der Zwischenzeit und nach der Unterhaltung vorhin gelegt, und langsam beginnt der Gedanke an die bevorstehende Konfrontation seinen Magen zu beschweren. Oder ist es der zweite Viertelpfünder mit Käse.

Es ist das erste Mal, daß du einen Menschen entläßt, und der Gedanke, dergleichen tun zu müssen oder zu können, hat etwas Ungeheuerliches. Es steht eigentlich, denkt es plötzlich in dir, niemandem zu, so etwas zu machen. Zwar wird die Entlassung des Verkäufers gerechtfertigt sein, andererseits bist du kein Richter und kein Staatsanwalt. Es findet (das kann oder wird vielleicht hinterher geschehen) keine öffentliche Verhandlung statt, lediglich eine Personalentscheidung, von der im Moment noch kein anderer weiß, wenn auch Frau Schmidt zwei und zwei zusammengezählt haben wird. Die wird sich allerdings hüten, etwas zu sagen (sie mag Sternhart nicht leiden, für sie das Inbild des Grapschers, was in ihrem Falle ja etwas besonders Obszönes hat).

Während er mit beiden Händen den Hamburger hält und hineinbeißt und die hinter der Glasscheibe auf der Ausfallstraße mit einem Wu-usch vorüberhuschenden Autos seinen Blick ermüden, der, um ihnen zu entkommen, über das bunte Ronald-McDonald-Klettergerüst mit Rutsche gleitet, über die blau leuchtende Aral-Tankstelle dahinter, den bunkerartigen Fertigbetonbau daneben, der einen Teppichbodenhändler und ein Fitneß-Studio beherbergt, durchläuft Charlys Nachdenken vier Stadien: Zunächst die Leidenschaft des Detektivs, der einen Auftrag erhält und schnüffelt, bis er die Lösung gefunden hat, ohne sich einen Gedanken zu machen, wen er da in wessen Auftrag verfolgt. Pure Freude am Ausknobeln eines Problems. Hier sitzt der Schuldige. Hier sind die Beweise. Dann der Ehrgeiz des Chirurgen, den entdeckten Tumor zu isolieren und vollständig wegzuschneiden, großflächig auszuschälen, ohne Rückstände, bis nur noch gesundes Gewebe zurückbleibt, ob lebensfähig oder nicht. Dann erst, jetzt erst der Blick aufs Große, aufs Ganze: Wem ist damit geholfen, den Kleindealer ans Messer zu liefern? Was geschieht mit dem Rest des Organismus, wenn ich das kranke Gewebe entfernt habe? Operation gelungen, Patient tot? Welche Konsequenzen hat es für ein Autohaus, den Mann zu entlassen, der für sechzig Prozent des Neuwagengeschäfts sorgt und nicht auf die Schnelle (wenn überhaupt) gleichwertig zu ersetzen ist? Und wie üblich kommt die Frage nach der Moral ganz zum Schluß, hinter der nach dem Fressen. Nur wenn das Überleben gefährdet ist, wird das ethische Weihrauchfaß herausgeholt, um es in der Hoffnung auf eine Rechtfertigung des nicht zu Rechtfertigenden zu schwenken.

Warum, lautet die Frage der Moral, ist es meine erste Reaktion, daß ein solcher Betrüger um jeden Preis entfernt werden muß? Warum glaube ich, bevor ich noch nachdenke, daß mein Betrieb nur in einwandfreiem moralischen Zustand existieren kann? Gibt es doch keine Fairneßpreise zu gewinnen, werden doch keine Dopingkontrollen durchgeführt. Aber aus irgendeinem Grund steckt der Gedanke in mir – oder ist es eine Illusion? oder Naivität? –, nur mit sauberen Mitteln arbeiten und leben zu wollen.

Und ist das – jetzt, wo die Frage sich zum ersten Mal konkret stellt – tatsächlich so, ist es eine Bedingung in meinem Berufsleben oder nur ein Rückstand aus Zeiten, in denen die Theorie nicht dem Stahlbad der Wirklichkeit ausgesetzt war?

In diesem Moment in der tristen, unstrukturierten Vorstadtwelt, aus dem McDonald's-Schaufenster heraus betrachtet, scheint es schon allein deshalb wünschenswert, weil das Selbstbild eines mit Wahrheit und Klarheit reüssierenden Charly ihn aus diesem Morast von unrühmlicher Arbeit in unangemessenem Ambiente herauszieht, weil das Bemühen um Ehrlichkeit befriedigender ist als das Bemühen, Autos zu verkaufen. Wieviel Raum nimmt die Empörung darüber ein, daß er mich, seinen Chef, übers Ohr gehauen hat und zugleich freundlich, wenn nicht gar freundschaftlich mit mir verkehrt? Gretchenfrage: Will ich, um sicherzustellen, daß das Geschäft nicht zusammenbricht (oder ich für zwei arbeiten muß) fünfe gerade sein lassen, ihn intern abmahnen, ihn künftig kontrollieren und weitermachen? Und so zu seinem Komplizen werden, mir von ihm zuzwinkern lassen und irgendwann nicht mehr anders mit der Erniedrigung fertigwerden, als seine Methoden zu übernehmen und zu meinen eigenen zu machen? Oder will ich ihn entfernen, und müßte der Laden deshalb Konkurs machen, weil Prinzipien mir wichtiger sind als der Erfolg?

An diesem Punkt verläßt Charly das Schnellrestaurant und das Nachdenken, weil er weiß, daß er jetzt ohnehin zu keiner Entscheidung kommt, die bis zum Moment der Konfrontation stehenbliebe. Er geht, halb bedrückt, zugleich sich seltsam erleichtert fühlend wie ein Bauer, der über Nacht zum Kadi gemacht wurde und weiß, daß er erst im Gerichtssaal erfährt, ob er sich dieser Wahl würdig erweisen wird, zu seinem mitten auf dem weitläufigen Parkplatz abgestellten Auto.

*

Er sieht dich an mit einem treuherzigen, begütigenden Blick, einem Autoverkäufer- oder Hausarzt- oder Steuerberaterblick, in dem nirgends die Schranke von Mißtrauen und Abstand zu sehen ist, die in den Augen eines jeden normalen und anständigen Menschen heruntergeklappt werden müßte, den man mit den Worten »Ich habe mit Ihnen zu reden« in sein Büro bittet.

Sternharts Verkäuferaugen dagegen sind Einbahnstraßen, ihr weicher, rehhafter Schmelz bedeutet seinem Gegenüber nur: Ich kann dein Problem lösen, aber Eingänge, Filter, Zisternen scheinen sie nicht zu sein, ganz so, als sei nichts hinter ihnen, das bewahrt oder geschützt werden müsse. Das verleiht seinem Blick aber auch Impertinenz, findet Charly, diese Augen sehen im wahrsten Sinne des Wortes von sich ab, und in die Empörung hinein, die deswegen in ihm aufkeimt, weil in einem Gespräch zwischen zwei Menschen, die ihre Identität schützen, die Gewichte immer gerecht verteilt sind, hier aber Charly den Eindruck hat, der andere überlasse und überantworte ihm alles, das Gute und das Schlechte, Schuld und Unschuld, die Anklage und die Verteidigung, in diese Empörung hinein beginnt er zu sprechen und sagt mehr und Entschiedeneres, als er selbst hat ahnen können. Er sagt also sowohl das, von dem er seit seinen Überlegungen im Schnellrestaurant realistischerweise hat annehmen dürfen, es so oder ähnlich zu formulieren, nämlich: Herr Sternhart, mit den zehn Kunden, deren Adressen und Kaufverträge Sie hier vor sich sehen, habe ich heute morgen gesprochen, sie stellen nur einen Bruchteil derjenigen dar, die Sie und mit denen Sie mein Autohaus betrogen haben. Ich kündige Ihnen daher fristlos. Er sagt aber noch mehr, halb im Affekt und halb aus Überzeugung, sozusagen aus einer affektiven Überzeugung heraus, die deutlich macht, wie wenig planbar alle unsere Äußerungen und Handlungen sind.

Zu einem gewissen Teil überrascht der Handelnde sich also immer selbst, muß das vielleicht auch tun, und womöglich liegt darin der lasterhafte und also erregende Ausgleich dafür, daß der Sprung weg vom stummen, beobachtenden Möglichkeitsmenschen hin zum Handelnden immer auch eine Verkleinerung, eine Verarmung bedeutet, eine Enttäuschung, die eben nur durch die süchtigmachende Selbstüberraschung beim Entscheiden und Tun zu kompensieren ist.

Charly schließt also ohne Unterbrechung an das »fristlos« an: und werde Sie anzeigen.

Da er bei diesen Worten Sternhart dann doch nicht ins Gesicht sehen kann, sondern den Blick ein wenig absenkt, sieht er auf dem glattrasierten Hals mit den rötlichen Kratern der Poren und den daraus sprießenden Stoppeln zwischen Kiefer und Krawatte zwei Schluckbewegungen. Der Adamsapfel, der ganze unter der Haut liegende Apparat, fährt zweimal hoch und runter, eine Bewegung, die Charly mit sentimentalem Mitleid erfüllt wie das letzte Herzpochen unter dem Federkleid eines gegen die Scheibe geflogenen, sterbenden Spatzen. Und nun doch die Augen: Auf einmal öffnen sie sich, wie auch der Mund sich zu einem tiefen, seufzenden Atemholen öffnet, und ziehen die Erkenntnis des

Gehörten wie den Tröpfchennebel eines Zerstäubers tief in sich hinein. Sie klaffen noch einen Moment weiter, als er jetzt, sich räuspernd, antwortet, und wandeln sich dann, noch innerhalb des Satzes, wieder zu den Mündungen von vorhin.

Herr Renn, wollen Sie mich ins Kittchen bringen für solche kleinen Spielchen? Das machen doch alle.

Sie haben allein im letzten Jahr 15 000 Mark unterschlagen. Das sind keine Spielchen.

Während Charly noch grübelt, wie es von hier aus weitergehen kann, aufwärts in eine lautstarke Auseinandersetzung oder abwärts in eine professionelle Verabschiedung, sieht Sternhart ihn mit einem reuigen Kinderblick an, der aber zugleich die feste Absicht kundtut, den umgestürzten Wasserkrug zu einem gemeinsam umgestürzten Wasserkrug und die Aufräumarbeiten und die Schelte zu einer gemeinsam zu bewältigenden Last zu machen.

Ja, was machen wir denn da jetzt? fragt er denn auch mit einer so leisen und entsetzten Stimme, daß ein Aufbrausen sich schon aus musikalischen Gründen verbietet.

Charly hört sich sprechen: Was Sie betrifft, so erledigen Sie bitte noch die angefangenen Arbeiten, legen sie mir dann vor, sammeln Ihre persönlichen Dinge zusammen, geben die Schlüssel ab und verlassen danach bitte das Gelände.

Dennoch quält ihn ein Schuldgefühl, das sich auch nicht dadurch bändigen läßt, daß es objektiv keinen Grund dafür gibt. Etwas, denkt Charly, ist nicht richtig daran, irgend etwas, denkt er, ist unwürdig daran, so mit einem Menschen umzuspringen, ganz gleich jetzt, ob es gute Gründe oder Notwendigkeiten dafür gibt. Aber daran gehindert, zu sagen, was zu sagen war, hat mich das trotzdem nicht.

Begabt mit den feinen Antennen des Händlers, spürt Sternhart vielleicht die Überwindung, das Mechanische in Charlys Ton, der nicht hart genug klingt. Vielleicht aber ist er auch noch so mit sich selbst beschäftigt, daß er gar nicht zuhört, denn jetzt sagt er, an seinen letzten Satz anschließend: Aber wie sollen wir das denn morgen hinkriegen, den Tag der offenen Tür? Die Neueinführung? Die ganzen Omegas, die wir verkaufen müssen?

Als Charly einen Moment lang schweigt, darauf hat er keine Antwort, hakt Sternhart nach: Ehrlich, Herr Renn, daß das nicht korrekt war, geschenkt, keine Frage, wir können über alles reden, aber das schwöre ich Ihnen, es macht wirklich jeder, man rechnet es sozusagen schon innerlich bei den Gehaltsvorstellungen dazu. Mörchen macht es, die ganzen VW-Händler, die ich kenne, machen es, als ich angefangen habe, als ich gelernt habe, da war das schon gängige Praxis.

Haben Sie eigentlich, fragt Charly dazwischen und muß fast lachen über soviel naive Unverschämtheit, haben Sie gar kein Unrechtsbewußtsein?

Natürlich habe ich das, wofür halten Sie mich, Sie müssen doch nicht glauben, ich meine, Sie müssen mich doch jetzt nicht, wir kennen uns doch, als einen Verbrecher hinstellen. Natürlich weiß ich, daß das nicht korrekt ... Aber ich meine, ich habe auch eine Familie zu ernähren, ich weiß nicht, ob Sie wissen, was netto für mich übrigbleibt, und ehrlich: Es ist einfach gängige Praxis, wir könnten ja auch – er zögert, unterbricht sich, rudert zurück – nein, nein, lassen Sie uns drüber reden, Montag gleich oder Dienstag, wenn ein bißchen Ruhe herrscht. Aber zunächst müssen wir doch um Gottes willen mal den Ansturm meistern, der uns morgen bevorsteht, ich meine, Sie können sichs Opel gegenüber gar nicht leisten, das in den Sand zu setzen, ich meine, was für eine Chance für uns, wir können uns doch mit diesen Omegas morgen fürs ganze Jahr gesundstoßen, wenn wirs richtig anfangen und an einem Strang ziehen!

Was für Sie nicht korrekt ist, Herr Sternhart, das ist für mich kriminell. Ich fürchte, da kommen wir nicht zusammen. Und was die Einführung morgen angeht, das lassen Sie mal meine Sorge sein. (Warum konnte ich ihn nicht am Montag rauswerfen, ich Hornochse?)

Er sieht auf, und Sternharts Blick scheint sich an ihm festzusaugen.

Ganz ruhig sagt Charly: Ich glaube, wir sind hier erstmal fertig. Ich habe noch zu tun.

Renn, Sie machen einen Fehler. (Trotz einer Gänsehaut ist Charly beglückt über diesen Ton, der sein Schuldgefühl abkühlt und alles rechtfertigt, was er im Sprechen entschieden hat.) Sie können gar nicht ohne mich. Sie können diesen Laden nicht schmeißen ohne mich. Sie sind nicht in der Lage. Seien Sie vernünftig, sonst können Sie hier am Jahresende den Schlüssel unter die Fußmatte legen.

Mein lieber Sternhart, die Friedhöfe sind voll von Leuten, die sich für unentbehrlich gehalten haben. Das hätten Sie sich früher überlegen müssen.

Ich werd mir das nicht bieten lassen! Nicht von Ihnen!

Müssen Sie auch nicht. Das werden die Anwälte besorgen.

Charly steht auf. Sternhart muß auch aufstehen. Er denkt nach, aber es fällt ihm nichts anderes ein als hinauszugehen.

Sie wollen also meine Existenz, mein Leben zerstören ...

Charly ordnet mehrere Broschüren auf Kante und sagt nichts.

Sie sind ein Schwein! Und ein Versager!

Raus jetzt, sagt Charly müde. Machen Sie Ihre Situation nicht noch schlimmer, als sie schon ist.

Man sieht sich immer zweimal.

Ja, und ich weiß auch schon wo, sagt Charly. Aber seine Phantasie sieht einen anderen Ort als den Gerichtssaal und zeigt ihm sofort ein kurzes Demo-Video, in dem Sternhart in der Morgendämmerung auf dem Flachdach des Möbellagers gegenüber liegt, das Auge am Zielfernrohr seines Schützenvereins-Karabiners, und ihn, der gerade aussteigt, ins Visier nimmt. Ein roter Punkt auf seinem Herzen, es ist ein Goff-Lasergewehr. Wo hab ich das bloß gelesen? Scheißkrimis. Charly Renn erschossen, sagen Sie? So jung noch! Ja, von dem Paranoiker, den er rausgeschmissen hat und der die Erniedrigung nicht verkraftete. Man wußte doch, daß der Kerl zu allem fähig ist. So jemanden provoziert man doch nicht auch noch. Wir brauchen andere Waffengesetze. Da mit den rotgeweinten Augen, die blonde Schönheit, das ist die Witwe. Ja, er ist jetzt in psychiatrischer Verwahrung. Na, zum Glück hat sie ja das Leben noch vor sich.

Als Sternhart, dessen wütendes und vergebliches Grübeln darüber, wie er noch ein weiteres Ausrufezeichen setzen könnte, ohne bleibende Schäden zu hinterlassen, seinen Gang steif und marionettenhaft macht, die Tür mittelhart zugeschlagen hat und verschwunden ist, fällt Charly unvermittelt David Hume ein, den er im Studium gelesen hat.

Denn weil man einem überführten Lügner auf allen anderen Gebieten als auf dem, wo er gelogen hat – vielleicht aus dem Gefühl heraus, ein Mensch könne nicht durch und durch verlogen sein und müsse, gerade weil er der Lüge mächtig ist, in jeder Hinsicht auch ein Spezialist für Wahrheit sein –, mehr Glauben schenkt als einem anständigen Menschen, dessen Ehrlichkeit auch ein Zeichen von Unwissenheit sein mag, hat Charly keinen Moment daran gezweifelt, daß das Argument, das Sternhart zu seiner Entlastung anführte, nämlich daß alle es so machen wie er, der Wahrheit entspricht.

Wenn du dich recht entsinnst, sprach Hume schon vor Adam Smith vom Handel als einer zivilisierenden Kraft für die Gesellschaft, wobei nicht recht klar war, ob der Rechtssinn nun eine sogenannte künstliche Tugend ist, das heißt eine im Nachdenken über familiäre und gesellschaftliche Erfahrungen gewonnene Erkenntnis, oder aber ein rein utilitaristischer Gedanke, also ein letztlich dem Eigennutz entgegenkommendes Prinzip.

Aus Sternharts Äußerungen wuchert dir jetzt aber ein Gesellschaftsporträt entgegen, das auf einem Zerbröseln der künstlichen Tugenden zu basieren scheint. Hume schrieb, daß die Nützlichkeit etwa des Rechtssinns die Quelle der Moral einer Gesellschaft sei. Wenn nun aber jeder betrügt und der bare hobbessche Eigennutz herrscht, heißt das dann, daß die Gesellschaft am Auseinanderfallen ist, in eine Phase der Dekadenz treibt, oder heißt es, daß Hume und Smith unrecht hatten? Wenn Betrug, Veruntreuung, Bestechung die Regel sind und die Dinge dennoch glatt laufen, bedeutet das ja, daß ein Paradigmenwandel stattgefunden hat, eine Rückwärtsbewegung, und daß eben nicht das Rechtsgefühl nützlich ist, sondern der Betrug.

Versuchst du, dir das flächendeckend auszumalen, ein Wirtschafts- und Gesellschaftssystem, das auf einem Kräftegleichgewicht gegenseitigen Betrugs beruht, steigt eine solche Flut von Abscheu und Widerwillen in dir auf, daß du dich – wonach es einen in vergleichbaren Fällen immer verlangt, wenn man einen Einblick in einen überkomplexen Wirrwarr von schockierenden menschlichen Abgründen tut, denen man nicht gewachsen ist, die man nicht überblickt, die das eigene Lebenskonzept höhnisch ad absurdum führen – in etwas Kleines, Sauberes, Wärmendes und Überschaubares flüchten willst, wo der Schmerz des Nachdenkens vom Trost des Fühlendürfens abgelöst wird, ganz gleich, als wie illusorisch, nicht repräsentativ oder gar verlogen man dieses Reservat, dieses Inselchen im Grunde erkannt hat.

In Charlys Fall führt diese Flucht vor dem Nachdenken zwangsläufig in die Werkstatt. Sobald er sie betritt und von den aufblickenden Monteuren mit einem Kopfnicken ohne Augenkontakt gegrüßt wird, atmet Charly tief ein und lächelt träumerisch. (Sie erinnern mich an Hunde, die vom Tisch gestohlen oder Scheiße gefressen haben und sich jetzt mit schlechtem Gewissen vor Schlägen fürchten – empörend, weil ich das nie getan habe.)

Zu wissen, woher sie kommen, ändert gar nichts an unseren Aversionen und Neigungen, schwächt sie auch nicht ab, im Gegenteil: Es verleiht ihnen eher eine historische Rechtfertigung. Die Abneigung gegen Büros, die du hast, die vor allem warnend in der Nase sitzt (die abgestandene, trockene Luft, der Geruch nach Papier und Aktenordnern, der Staub, die eigentümliche Ausdünstung von Büromaschinen, ihr warmer, stinkender, asthmatischer Atem) und die jedesmal, wenn du eines betrittst, also jeden Tag, mit einer kleinen Anstrengung gemeistert werden muß, stammt aus den frühen Jahren, wenn du Papa im Büro »abgeholt« hast. Nie dauerte es, wie versprochen »nur noch ein Viertelstündchen«, sondern mindestens eine ganze, manchmal noch länger. Es war eine Folter der Langeweile an diesem Ort ohne Spielzeug und Farben unter den summenden Neonröhren, besonders wenn du ihn manchmal sonntagmorgens aus einem seltsamen masochistischen Drang heraus »auf eine Stunde« in das leere und stille Büro begleitet und mit einem Druckbleistift Autos auf das hellgrün-weiß gestreifte und gelochte Endlospapier gezeichnet hast, während er arbeitete. Wie präsent er noch ist, der Geruch dieser Stunden, die weder schön noch scheußlich gewesen sind, vielleicht am ehesten einem im Fieberdämmer im Bett verbrachten Nachmittag gleichen.

Und genauso gegenwärtig ist dir aus derselben Epoche, du warst vielleicht sechs, der Moment in Erinnerung (ein Sonntagmorgen muß es gewesen sein, als er den Wagen wusch), als du vor dem Haus im Auto von Herrn Löffler gesessen hast, auf der Vorderbank, auch ein Opel, ein Rekord mit Trapezdach und zweifarbiger Lackierung, und den intensiven Tabakduft eingeatmet hast, der nicht aus dem überquellenden Aschenbecher kam, sondern aus den Poren des gesamten Innenraums, den Polstern, dem Dachhimmel, den Türverkleidungen. Es ist eine Erinnerung aus Sehnsucht und Faszination, etwas Ähnliches wie es die damaligen Stuyvesant-Reklamen suggerierten: der Duft der großen, weiten Welt. Und genau dieser Duft oder jedenfalls einer, der dich immer wieder an jenen erinnert – Zigarettenrauch, Gummi, Metall, Lack, Schmiermittel –, herrscht in der Werkstatt. Deswegen macht es dich immer wieder glücklich (zumindest zehn Sekunden lang), sie zu betreten.

Momentan ist nichts zu bereden, also schlenderst du, den Werkstattgeruch inhalierend und taub für den Lärm, hindurch und betrittst von hinten das immer aufgeräumte und saubere Teilelager von Recep Ücel, um mit ihm ein Schwätzchen zu halten.

Sie sprechen gerade über den morgigen Tag, da kommt Roman angerannt, und auf seinem Gesicht liegt ein bewunderndes, verschwörerisches Grinsen, das Charly gerne rahmen und aufhängen würde.

Chef, Sie hatten voll recht!

Womit?

Na mit der Rückholaktion. Der Typ ist da!

Und ist der Wagen aufgebockt?

Hochgefahrn bis an die Decke. Und leider verkantet.

Das weiß er aber noch nicht?

Logo nich. Ham Sie doch alles gesagt, wie das laufen soll. Und genauso läuft es auch.

Na, dann komm ich jetzt mal mit. Recep, wir reden nachher noch weiter.

Der schweigsame Teilemann nickt und verschwindet in seinem Regallager.

Auf dem Weg durch die Werkstatt, im Einatmen dieses berückenden, die Zeit wie eine warme Daunendecke um ihn schlagenden Geruchs und mit dem schmeichelhaften Bild des bewundernd-vertrauensvollen Soldatenblicks von Roman auf der Netzhaut, blitzt plötzlich die Möglichkeit auf, diesen Ort hier, diese Arbeitsstätte als Heimat begreifen zu können. Du müßtest nur wollen. Beim nächsten Schritt schon Zweifel, ob das eine paradiesische oder infernalische Vorstellung ist.

Dann nähern sie sich der Hebebühne, vor der mit verschränkten Armen Herr Matussek steht und hinaufblickt auf die staubige, schmutzige, ölige, rohrdurchzogene Unterseite seines Autos, dessen Räder trostlos an ihren Querlenkern herabbaumeln wie die Glieder einer aufgehängten Marionette. Dieser Anblick hat für Charly immer etwas Obszönes, als betrachte man einen ekligen Käfer von unten oder sehe das Organ- und Darmgekröse in einem aufgeschnittenen Unterleib aus der Nähe.

Da der Mann im Gegenlicht der offenen Schiebetür steht, beschreibt Charly einen kleinen Bogen, um die Helligkeit im Rücken und einen klaren Blick auf seinen Kunden zu haben. Roman feixt, der Trottel, wie ein Schüler, der den Streich durch sein unbeherrschtes Gekicher verrät, bevor er noch gelungen ist.

Sagen Sie mal, wendet der Mann, der Jeans und einen gesteppten, schlammgrünen Anorak trägt und dessen Haar im selben Maße, wie es von der Stirn zurückweicht, im Nacken auswächst, sich an Charly. Opel ist ja wohl auch nicht mehr, was es mal war. Rückrufaktion vom Hersteller wegen Bremsleitungen! Da bekommt man ja ganz andere Gefühle, wenn man sich vorstellt, man brettert mit einem Auto durch die Gegend, dessen Bremsen jeden Moment versagen können.

Jaja, sagt Charly salomonisch lächelnd. Vorsicht ist die Mutter der Porzellankiste.

Und er blickt ebenso interessiert nach oben wie Herr Matussek, als seien sie zwei Männer, die am Himmel ein Wolkenphänomen bestaunen.

So, und jetzt? fragt der Mann, als müsse sich am Wagenboden eine Verwandlung vollziehen, die zu lange auf sich warten läßt.

Jetzt bezahlen Sie mir die sechshundert Mark, die Sie mir seit sechs Monaten schulden, sagt Charly beiläufig, den Blick immer noch gespannt nach oben gerichtet. Sonst kommt der Wagen hier nicht wieder runter.

Roman prustet leise.

Der Mann, der sich in seinem dicken Anorak etwas schildkrötenartig bewegt, fährt herum und blickt verständnislos zwischen Charly und dem Monteur hin und her.

Charly denkt: Jetzt ist der Moment da, ihn eines Blickes zu würdigen oder, besser gesagt, ihn mit Blicken herabzuwürdigen.

Sie haben hier vor einem halben Jahr für 600 Mark einen Heckspoiler (er spricht es genüßlich angeekelt aus, als sagte er: einen Vibrator) gekauft, und da Sie, wie Sie damals behaupteten, kein Bargeld bei sich hatten, versprochen, den Betrag gleich noch am selben Nachmittag zu überweisen. Wir haben das unglücklicherweise vertrauensvoll akzeptiert und warten seither auf das Geld (beeindruckter Blick Romans angesichts des langen, fehlerfreien Satzes).

Ja wie? Ich weiß jetzt gar nicht ...

Wir haben Sie telefonisch um Begleichung gebeten. Wir haben Ihnen Mahnungen geschickt, drei Stück, zwei davon eingeschrieben. Sie haben nicht bezahlt.

Mit einem hellerwerdenden Blick und einem anerkennenden Lächeln (wobei die Anerkennung darin der eigenen Erkenntnisleistung gilt) sagt der Mann: Dann ist das hier also gar keine wirkliche Rückrufaktion!

Herr ... Matussek (die scheinbare Verlegenheitspause dient nur weiter der Verächtlichkeitsdemonstration, die Charly ganz entschieden Spaß macht), es ist eine rein persönliche Rückrufaktion an Sie.

Und was wollen Sie jetzt da oben mit meinem Auto machen? fragt er im Ton eines Mannes, der an den Entführer seiner Frau appelliert, und blickt zugleich wieder flehend nach oben, als könne der Wagen wie ein Wellensittich, der auf einen Baum geflattert ist, durch gutes Zureden dazu bewegt werden, wieder herunterzukommen. Der unbezahlte Heckspoiler des Ascona mustert ihn von oben herab augurenhaft.

Charly blickt ihn wohlwollend an. Auch Roman steht mit verschränkten Armen und in den Nacken gelegtem Kopf da und sieht prüfend hinauf wie ein Arno Breker, der eine soeben fertiggestellte Monumentalskulptur begutachtet. Er hat die Hebebühne sachgerecht verkantet, indem er eine Säule abgeklemmt und sie dann heruntergefahren hat. Das kann passieren, und es läßt sich kein Vorsatz für die Tatsache nachweisen, daß das Auto von dort oben nicht einfach wieder heruntergelassen und seinem Eigentümer ausgehändigt werden kann. Die Lösung des Problems ist nicht schwierig, aber ein wenig zeitaufwendig, denn man muß die Bühne bis zum Anschlag hochfahren und das Drucksystem neu kalibrieren.

Charly sagt: Sie bezahlen mir jetzt die sechshundert Mark, sonst kommt der Wagen hier nicht wieder runter.

Das ist ja Erpressung! bringt Herr Matussek mit der ehrlichen Empörung unehrlicher Menschen hervor, die aus allen Wolken fallen, wenn ihre krummen Touren auf sie selbst angewendet werden.

Sie haben nicht bezahlt und sich nicht einmal gemeldet. Sie haben toter Mann gespielt in der Hoffnung, daß die Sache irgendwann verjährt.

Davon kann doch keine Rede sein. Ich hatte kurzfristig Probleme mit der Bank. Sie wissen doch, wie die sind. Was machen wir denn nun bloß?

Sie fahren jetzt zur Bank und holen das Geld, dann bekommen Sie das Auto wieder.

Das ist Diebstahl! ruft der Mann und verschränkt die Arme.

Ja, dann müssen Sie mit der Polizei wiederkommen, wenn Sie das meinen. Aber das mit der Hebebühne ist natürlich keine Absicht. Die ist lediglich verklemmt. Bloß kann das dauern. Jetzt ist erstmal Wochenende und dann ... wenn man das überstürzt macht, kippt womöglich der Wagen runter und ist nur noch ein Haufen Schrott.

Sie lassen mir ja wohl keine Wahl, sagt Herr Matussek, mehr denn je in einem Krimi allein gegen die Mafia.

Charly, der die Rolle des Paten gern annimmt, da sie ihm schmeichelt, kann nicht anders, als zu antworten: Es ist ein faires Angebot, scheint mir.

Aber mal angenommen, die geben mir bei der Bank soviel Geld, verliere ich ja auch eine Menge Zeit mit dem Hin und Her in öffentlichen Verkehrsmitteln. Das ist dann doch wohl ein kleines Skonto wert.

Wir haben mit ihnen noch mehr Zeit verloren. Ich glaube nicht, daß Sie in einer Position sind, um mit mir zu handeln, sagt Charly kalt und plötzlich angewidert, sieht auf die Uhr und entfernt sich ohne Abschiedsworte, gefolgt von dem immer noch feixenden Roman.

Herr Matussek blickt sich nach Zeugen und Zuschauern um, aber von den anderen Monteuren hat keiner etwas mitbekommen, und Witt starrt mitten durch ihn hindurch.

Charly zieht sich in sein Büro zurück, um die Ausstattungs-, Preis- und Aufpreislisten der neuen Omegas zu studieren, damit er sich bis morgen ein Bild machen kann. Diese Arbeit, auf den ersten Blick öde wie Vokabeln lernen, fasziniert ihn, weil er diese Listen wie einen Code zu entschlüsseln und zu lesen versteht. (Und wie immer, wenn man fasziniert ist, entsteht ein Zustand zwischen äußerster Konzentration und Träumerei, ein träumerisches Rollenspiel in einer vom Objekt der Faszination ausgehenden, aber weit darüber hinaus in die Phantasie reichenden Welt.) Unter den Hunderten von Kombinationen ordnet sich die ausgeklügelte, am Computer entwickelte Preispolitik der Marke, und Charly entdeckt die vom Hersteller gewünschten und die Scheinkombinationen, das Mosaik oder Labyrinth der wahrhaftigen Varianten und ihre Preise und Kosten. Er denkt sich in die entsprechenden Abteilungen hinein, in denen vermutlich Mathematiker und Informatiker sitzen und sich anhand der ihnen von den Kalkulatoren zur Verfügung gestellten Tabellen diese alles verschleiernden und dem Fachmann dennoch offenbaren Kombinationen austüfteln.

Es gibt Angebote, die sichtlich nicht zur Realisierung vorgesehen sind, und Königswege, die den Käufer, der den ersten Dominostein angestoßen hat, auf eine bestimmte, in den offziellen Dokumenten aber so nie aufgeführte Ausstattungs- und Aufpreisbahn zwingen, hin zu Endkosten, die zwar nichts mehr mit dem Listenpreis der Reklamen, dafür aber umso mehr mit der echten Kalkulation des Herstellers zu tun haben.

Charly hat bereits zur Hälfte die Luftgrenze der Realitätsdimension überschritten, ist schon zum Teil der Leiter dieser faszinierenden Abteilung, trifft Entscheidungen, diskutiert mit dem Vorstand, wird zu Höherem berufen, da fällt ein Schatten auf die Unterlagen. Er blickt auf und sieht direkt hinter der Glasscheibe, die sein Arbeitszimmer vom Showroom trennt, im Gegenlicht eine hochgewachsene Gestalt stehen, die er erst als seinen Vater erkennt, als sie mit dem Zeigefinger von Kopf- bis Brusthöhe über die Scheibe fährt und ihn daraufhin, eine Vierteldrehung vollführend, zunächst ans Licht vor die eigenen Augen hält, dann mahnend Charly entgegenstreckt und die Brauen hochzieht.

Der erste Satz ist dann auch nicht etwa eine Begrüßung, sondern lautet: Hier müßte auch mal wieder geputzt werden.

Mittlerweile kennst du sein clausewitzsches Prinzip: Der Angreifer ist immer im Vorteil gegenüber dem Verteidiger. Die Aggression garantiert die Initiative, er ist immer einen Zug voraus. Es ist, als reiße er beim Schachspiel immer die weißen Steine an sich. Ein Spiel, ein Gespräch, einen Disput aus der Defensive heraus führen zu können, hat er nie gelernt. (Ich habe nicht lange Zeit, ich muß gleich zu einer Beiratssitzung bei den Lessingleuten, wollte hier nur mal nach dem Rechten sehen. – Was? Fristlos entlassen? Was willst du denn jetzt machen? – Weißt du, es gibt ein Dossier bei Opel, daß du nicht fähig bist, ein Autohaus zu führen. Mir sagt man: Sie sollten sich einen anderen Geschäftsführer suchen.) Was dir erstaunlicherweise in den ersten drei Minuten seiner Angriffswelle zu Hilfe kommt, ist der Apparat, das ganze, nur halb verstandene, halb kontrollierte, ungeliebte, wuchernde Autohaus, das aber dein Alltag ist, dein Revier, während er nur ein-, zweimal die Woche vorbeischaut.

Ich mache die Arbeit, dieses Bewußtsein – diese simple Tatsache, aus der momentan ausgeklammert ist, daß du selbst findest, sie schlecht zu machen, und daß du sie ungern tust – verleiht dir ein dickes Fell. Mehr und mehr betrachtest du deinen Vater mit den Augen eines Leutnants, der an der Front im Schützengraben zu liegen gewohnt ist und nun bei der Stabsbesprechung den renommierten General von seinen dreißig Kilometer dahinter geborenen Angriffsplänen und Strategien schwadronieren hört.

Dann fällt dir die Auseinandersetzung ein, die ihr vor einigen Monaten hattet, als du, zugegeben für teures Geld, einen Atari ST fürs Sekretariat sowie eine brandneue Spritz- und Trockenkabine für die Werkstatt angeschafft hast. Dem Alten war nicht klarzumachen, daß es Ausgaben gibt, die sich rechnen, auch wenn sie vom betriebswirtschaftlichen Standpunkt her nicht unbedingt notwendig sind. Wie es Mitarbeiter motiviert, wenn sie in einem Arbeitsumfeld stehen, das up to date ist, wenn sie einen Chef haben, der ihnen die Gesundheit der Firma demonstriert, indem er ihnen die neuesten Spielzeuge kauft, und wie sie andererseits den Glauben verlieren, wenn sie fühlen, wie alles, Inhaber und Ausstattung, immer älter und grauer wird, davon weiß er nichts. Ich meine, wovon reden diese Leute denn abends in der Kneipe mit ihren Kumpels: Mensch, weißt du, was wir uns jetzt geleistet haben, nen Computer. Ja ja, ihr habts gut, wir hocken hier immer noch mit unserer mechanischen Adler. Glaubst du, der alte Knacker würde auch nur mal ne Kugelkopf-IBM kaufen, der weiß wahrscheinlich gar nicht, daß es sowas gibt. Ich bin sicher, daß du, bei dem Stolz, den solche Anschaffungen verursachen, sogar zwei Gehaltserhöhungen sparen könntest. Witt jedenfalls, irgendwann im Vorbeigehen, den Mund anerkennend verzogen und kopfnickend: Ist schon n andres Arbeiten jetzt, Herr Renn, ist schon n andres Arbeiten. Und Eva hatte sich sogar schöngemacht am ersten Tag mit dem Atari: für den Computer, ich schwörs dir, mit so einem knackigen Mini, die war plötzlich wieder fünf Jahre jünger...

Während dein Vater spricht, wobei er sich auf die Kante des Schreibtischs gesetzt hat wie ein Chef, der seiner Sekretärin diktiert, denkst du immer noch über seine clausewitzsche Methode nach. Er kann sich nicht viele Freunde gemacht haben im Arbeitsleben. Er fürchtet offenbar, ohne den Frühstart, ohne die Oberhand nichts erreichen zu können. Er ist der Enterbte, der von seinem Vater Getäuschte. Diese Überlegung inspiriert Charly zu einem Gegenzug, der keine direkte Antwort ist, sondern nur als Stopper wirken soll.

Wenn du mir nicht vertraust, Papa, dann lassen wir es und buchen das Ganze unter Mißverständnis ab.

Der Alte nimmt die Brille ab, als müsse er ihn aus der Nähe studieren, wie ein Kunstsachverständiger die Textur eines Gemäldes auf Echtheit prüft. Ich habe nie gesagt, daß ich dir nicht vertraue. Wem sollte ich wohl sonst vertrauen, wenn nicht dir? Ich will aber wissen, ob ich deiner Selbsteinschätzung vertrauen kann. Schaffst du das hier?

In dem Jahr, das ich hier bin, haben wir zwei Mann einstellen müssen, den Umsatz um zwölf und die Marge um achtzehn Prozent erhöht. Mehr kann ich dazu nicht sagen. In einem Jahr schreiben wir pechschwarze Zahlen.

In einem Jahr.

Ja, in einem Jahr.

Also hast du den Laden im Griff und willst ihn hochbringen?

Und wieder diktiert vor jedem Nachdenken der Symmetriezwang die Antwort (Sicher hab ich den Laden im Griff), obwohl Charly zugleich bemerkt, ein weiteres Mal in die Falle getappt zu sein, in die er auch vor einem Jahr schon getreten ist. Offenbar ist es aber, denn so oft würde selbst ich nicht auf den Alten reinfallen, eine Grube, die ich mir selbst jedesmal grabe. Die Herausforderungsfalle, die Disziplinfalle, die Ehrgeizfalle. Weißt du, Christine, wenn ich den Bettel jetzt hinwerfe, was ich wirklich am liebsten tun würde, um würdigere, dem Bild, das wir beide von mir haben, angemessenere Aufgaben zu suchen, dann geschähe das auf halbem Wege (nur wohin?), denn mit jedem weiteren hier verbrachten Tag wird der Druck größer, den Laden irgendwie zu formen, irgendwohin zu bringen, das Ganze zu perfektionieren, ein Werkstück daraus zu machen, das man, um sich anderem zu widmen, erst aus der Hand legt, wenn es fertig ist. Nur ist ein Autohaus nie fertig.

Wann tut man etwas für sich, wann für die anderen, für das Bild, das man ihnen gegenüber abgibt? Ist das überhaupt zu trennen? Wie ist es möglich, daß du schon wieder etwas gesagt hast (Ja, ich will das hier durchziehen), woran du eigentlich nicht glaubst, das aber in dem Moment, als du es aussprachst, deinem festen, unbeugsamen Willen entsprach?

Vielleicht ist es seine Geste – er reibt sich gerade mit einer müden Handbewegung die Augen, bevor er die Brille wieder aufsetzt –, aber plötzlich denkst du: Die einzige Lösung aus diesem Dilemma wäre, daß er morgen stirbt.

Und als dir sofort darauf die Ungeheuerlichkeit deiner Abhängigkeit von ihm klar wird, die sich in diesem Verzweiflungsgedanken ausdrückt, beschließt du mit all der theoretischen moralischen Gewißheit, mit der ein Raucher mit einer akuten Bronchitis sich entschließt, sein Laster aufzugeben, morgen zu kündigen. Du wirst es erst Christine sagen, die sich freuen und stolz auf dich sein wird, und dann ihm.

Hier ist eine Kopie des Briefes, den ich an den Opel-Vorstand geschrieben habe, für die Unterlagen, sagt Karl Renn. Ich nehme an, sie werden die Antwort hierher schicken, zu meinen Händen, oder eher noch, daß sie anrufen.

Charly wirft einen Blick auf den zweiseitigen, maschinegeschriebenen Brief auf Autohaus-Briefpapier und hebt fragend die Augenbrauen.

Es geht darum, was nicht läuft bei denen und uns hier die Arbeit schwermacht: die verfehlte Modellpolitik, die falsche Ausstattung, die inadäquate Werbung. Ich bin recht deutlich geworden. Stinkt der Fisch vom Kopf her, muß man ganz oben anfangen zu schneiden. Wenn ich solche Briefe an die entsprechenden Abteilungsleiter schriebe, würde nie etwas zurückkommen.

Du hast an –

Ja, an Gäb persönlich. An wen sonst? Dem werden die Ohren schlackern, wenn er liest, daß uns schon an der Basis klar ist, was bei ihm im Hause nicht funktioniert.

Und du meinst, er liest das?

Die werfen mir den Fehdehandschuh hin, Charly, da müssen sie sich in acht nehmen.

Charly lächelt, und sein Vater, der dieses Lächeln als ein bewunderndes, solidarisches wahrnimmt, lächelt zurück. Dabei ist es eigentlich ein mitleidiges Lächeln oder bewundernd nur insofern, wie man einen Verrückten, der sich für Napoleon hält, doch bewundernder ansieht als einen, der glaubt, er sei eine weiße Maus. Die Tatsache, daß der Vorstandsvorsitzende von Opel Herrn Karl Renn, den Eigentümer eines obskuren Autohauses in Hamburg-Norderstedt, ignoriert, als das Zuwerfen eines Fehdehandschuhs zu begreifen, verlangt ein Selbstbewußtsein, das man erstmal haben muß.

Herr Renn, Telefon! ruft Eva von nebenan herüber, und der Apparat beginnt zu klingeln.

Entschuldige, sagt Charly und hebt ab.

Nein, nicht für Sie, hört er Evas Stimme. Für Ihren Vater!

Charly reicht den Hörer weiter und ist sich plötzlich – während ihm so heiß wird, als sei in seinem Innern ein Topf mit brodelndem Wasser geplatzt – einen absurden Augenblick lang völlig sicher, es müsse tatsächlich der Vorstandsvorsitzende der Adam Opel AG am Apparat sein.

Hinterher, als er begriffen hat, daß der Anruf aus dem Lessinghaus kommt, fühlt er sich so schwach auf den Beinen wie jemand, der um ein Haar von einem Auto überfahren worden wäre und jetzt, auf dem Bordstein hockend, nachzitternd begreift, wie nah er dem Tod war. Und in diese Schwäche tröpfelt das Gift der Erniedrigung darüber, daß das gänzlich arglose, natürliche, selbstverständliche »Herr Renn, für Sie« der Sekretärin seinem Vater galt und nicht ihm. Und alles, was heute gut gelaufen sein mag, Spaß gemacht haben mag, Bestätigung gebracht haben mag, ist nichts mehr wert.

Eine Viertelstunde später, sein Vater ist bereits wieder fort, steht Charly mit Recep, Wagner und Witt, die ihn verstohlen beunruhigt mustern (sie haben mittlerweile alle erfahren, daß er Sternhart rausgeworfen hat), auf dem Hof und bespricht die

Details des morgigen Tages. Die gelben Fähnchen müssen noch aufgehängt werden, die Gebrauchtwagen neu ausgezeichnet und gesaugt, es muß entschieden werden, ob die Tombola drinnen oder draußen aufgebaut wird (NDR 2 schwört, es gibt gutes Wetter, sagt Recep. Schön, aber kalt, sagt Witt) und wie die Omegas präsentiert werden sollen.

Hier vorne den schicksten, so schräg, denke ich mir, damit man beim Reinkommen gleich die Linie bewundern kann und daß es irgendwie dynamisch wirkt, was meint ihr? fragt Charly.

Drei junge Männer vom Ulzburger Fußballverein, den das Autohaus mit dreihundert Mark sponsert, haben die Torwand mitgebracht und fragen, wo sie aufgestellt werden soll. Das hänge davon ab, wohin die Gulaschkanone kommt.

Die stand früher bei solchen Anlässen immer da, sagt Witt.

Na, dann stellen wir sie doch wieder dahin, sagt Charly.

Dann sehen die vier Männer eine seltsame Erscheinung, einen zu Fuß kommenden Mann (niemand kommt je zu Fuß hierher), den Charly zunächst für einen Briefboten oder Austräger hält, bis er erkennt, daß es sich um Herrn Matussek handelt, der, als er noch zehn Meter entfernt ist, ruft: Ich hab das Geld!

Charly geht mit ihm in den Showroom, ruft Eva zu, sie solle die Rechnung heraussuchen, nimmt die unbenutzten, steifen Scheine entgegen und zählt sie demonstrativ nach.

So, jetzt können Sie Ihren Wagen holen. Wir haben sogar Öl nachgefüllt.

Ach, Herr Renn, da wäre noch was...

Ja?

Ich weiß nicht, ob Sies gesehen haben, während Sie ihn hier hatten? Aber er ist zur Inspektion fällig. Könnte ich ihn wohl Montag oder Dienstag vorbeibringen?

Charly weiß nicht, was er sagen soll.

Herr Matussek lächelt. Ich meine, wegen dieser kleinen Geschichte sind wir uns doch nicht gram, oder? Ich meine, das muß man doch auch mal vergessen können. Bis nächste Woche ist da doch schon Schnee drüber gewachsen.

Charly räuspert sich. Reden Sie mit dem Kundendienstmeister, wann was frei ist. Er steht draußen. Kommen Sie, ich muß auch wieder raus. Aber machen Sies uns das nächste Mal etwas einfacher.

Na, jedenfalls werde ich bis an mein Lebensende, jedesmal wenn ich mein Auto auf der Hebebühne sehe, an Ihren Gag denken, sagt Matussek mit dem Stolz eines Mannes, für den das Anekdotische an seinen Niederlagen einen höheren Sieg darstellt.

Dann muß Charly ihm die Hand geben.

Der Rest des Arbeitstages zerfällt in grob ausgesägte Puzzleteile, die nicht sauber zueinanderpassen wollen. Stückwerk, Flickwerk mit Pausen der Leere und Langeweile (und auch Erschöpfung) dazwischen, in die ein graues und zähflüssiges Ungenügen und Unbefriedigtsein zu sickern beginnt. So ist es fast jeden Tag, denkt Charly selbstmitleidig: am Morgen die Angst und am Abend der Überdruß, über dessen eigentlichen Grund er sich gar nicht klar ist und auch jetzt wieder nicht klarwerden kann, weil ein Mann auf den Hof gefahren kommt, dessen Unfallwagen sie haben begutachten und zu einem Totalschaden erklären lassen und der von den zweitausend Mark Restwert aus der Vollkasko, zu denen er noch weitere zweitausend legen wollte, einen Gebrauchten haben möchte. Er hat ein Commodore Coupé von 1978 gefahren, dessen gesamter Vorderwagen durch einen seitlichen Aufprall verschoben wurde, und Charly hofft, ihm einen der Rekords, die auf der Wiese stehen und wegmüssen, verkaufen zu können.

Was wir sehen, wenn wir etwas sehen, hängt weniger davon ab, was da tatsächlich ist, sondern mehr davon, was wir zu sehen erwarten. Die Sinnesorgane scheinen im Alltag auf Sparflamme zu funktionieren, das heißt, sie senden einen vagen Eindruck, den das Gehirn mit einer ganzen Palette eingespeicherter möglicher, erhoffter oder befürchteter Erscheinungen abgleicht, von denen es dem Bewußtsein dann die wahrscheinlichste Hypothese vorlegt. Wie man herausgefunden hat, reicht es aus, die Anfangs- und Endbuchstaben eines Worts in der korrekten Stellung zu positionieren, damit dieses Wort, auch wenn die Buchstaben dazwischen vertauscht werden, aus dem Kontext errraten und erschlossen wird und gelesen werden kann. Auf vergleichbare Weise scheinen auch Augen und Gehör häufig nur Eckdaten zu liefern, die aber im allgemeinen für unsere Orientierung ausreichen. Das kann natürlich manchmal zu peinlichen oder zu grotesken Verwechslungen führen, deren typischstes Beispiel der nächtliche Gang über den Friedhof ist, bei dem Phantasie und Urängste die Interpretation der Sinneseindrücke übernehmen und aus einem Baum eine wandelnde Leiche mit ausgestreckten Armen machen, aus dem Rascheln einer Amsel im Herbstlaub die schlurfenden Schritte einer Totenarmee. Und da Charly um diese Uhrzeit und überhaupt an seiner Arbeitsstätte nichts und niemanden weniger erwartet als seine Frau, hält er die weibliche Gestalt, die über den Hof kommt, während er mit seinem Kunden in die offene Motorhaube eines Ascona Diesel blickt, obwohl er sie durchaus wahrnimmt, und zwar mit sexuellem Interesse (blond, lange Beine, der Gang), und sieht, daß es sich um eine junge Frau in Stiefeletten, einer Lycrastrumpfhose, einem Minirock, einem Lederspencer und einer violetten, schräg sitzenden Baskenmütze handelt, für eine der Prostituierten aus dem Puff weiter oben an der Ausfallstraße, die hier, weil es die nächste Werkstatt ist, Stammkundinnen sind, und die ihr Auto abholen kommt, gibt ihr, obwohl er es noch gar nicht sehen kann, auch das entsprechende geschminkte Gesicht und erkennt sie erst dann als Christine, als sie den Arm hebt und ihm zuwinkt.

Er winkt zurück und vollführt lächelnd eine kleine Pantomime, um ihr zu bedeuten, daß er sich nicht sogleich freimachen kann. Sie nickt und geht zum Eingang des Showrooms, aus dem gerade Recep tritt, der stehenbleibt, sie grüßt und kurz mit ihr zu plaudern scheint.

Charly fühlt sich, um es mit einem altertümlichen, aber bildkräftigen Wort zu sagen, als könne er zerspringen vor Glück und vor allem vor Dankbarkeit.

Von weitem und während er dem Noch-nicht-Kunden geduldig das Auto zeigt, betrachtet er Christine zunächst, als blättere er ein Fotoalbum durch, in einem abstrakten Genießen der ästhetisch so überaus gelungenen Form, die sie bildet. Das heißt, eigentlich betrachtet er gar nicht sie, sondern sieht, ohne sie zu beobachten, dank ihrer Anwesenheit Bilder von ihr. Aber gerade weil er sie nur mit halber Konzentration und aus den Augenwinkeln wahrnimmt, ändert sich das schnell, und aus seiner Christine, die er einem Dritten gegenüber, der sie nicht kennt, mit den Attributen blond, schlank, sexy charakterisieren würde, wird eine unbekannte und darum faszinierende Frau. Faszinierend gerade aufgrund der Unmöglichkeit, sie sofort zu begrüßen, zu umarmen, zu hören, gerade weil er sie nur aus einigem Abstand wahrnehmen und nicht mit ihr kommunizieren kann.

Man glaubt ja häufig, die Menschen, die man kennt, seien im Grunde wie Theatercharaktere oder Marionetten, die nur uns gegenüber zum Leben erwachen und den Rest der Zeit, wenn sie nicht sichtbar sind, nicht mit uns sprechen und vor unseren Augen denken und handeln, sozusagen stillgelegt sind und in einer Kiste auf den nächsten Auftritt warten. Daß in der gesamten Zwischenzeit ein dir unbekanntes Leben stattfindet, in dem der andere die Hauptrolle spielt, ist eine immer wieder überraschende, faszinierende und beunruhigende Erkenntnis. Der Wunsch mancher Männer, der auch Charly zuweilen nicht fremd ist, der Geliebten einen Privatdetektiv hinterherzuschicken, resultiert daher nicht unbedingt aus Angst vor einer vermeintlichen Untreue, sondern aus dem Faszinosum der autonomen Person, die aus sich heraus, auch wenn jede Verbindung zu der Kraftquelle, die du unbewußt darzustellen glaubst, abgeschnitten ist, zu leben, zu agieren, zu sprechen vermag.

Jetzt bist du selbst dieser Privatdetektiv, der die fremde Frau mit Blicken mustert, die nicht von Gewohnheit und Erfahrung stumpf sind, und siehst scharf und wie mit dem Cutter aus dem Hintergrund geschnitten und wieder auf ihn geklebt diese Gesten: das Blättern in Katalogen, das Aufstehen und Schlendern, wie sie die Beine setzt, den schweifenden, weder neugierigen noch gelangweilten Blick, die Bewegung, mit der sie sich das Haar aus der Stirn streicht. Du siehst, mit einem Wort, eine vollkommen rätselhafte, attraktive, junge Frau, die sich zu bewegen versteht im Leben, deren Kopfhaltung und Auftreten deutlich machen, daß sie sich zurechtfindet – daß sie auch ohne dich leben könnte.

Umso größer denn auch das Gefühl der Dankbarkeit, dieses überbordende Glücksgefühl, das du mit jeder Minute, in der du, festgehalten jetzt vom Ausfüllen des Kaufvertrags, noch nicht mit ihr sprechen kannst, durch eine größere Geste und Gegengabe ausdrücken möchtest. Ich gebe dir alles, du kannst alles haben, ich erfülle dir jeden Wunsch, nichts ist zu groß, als daß es meiner Freude über diese Überraschung nicht angemessen wäre.

Und ganz folgerichtig ist die spontane Idee für ein Geschenk, ihr mit dem ersten Satz das zu sagen, worauf sie seit einem Jahr hofft und was sie sich durch diesen Überraschungsbesuch verdient hat: Ich werde hier kündigen und den Job an den Nagel hängen.

Aber dann, während über den Vertragsformalitäten noch ein paar weitere Minuten vergehen, in denen Charly immer wieder zu Christine hinüberblickt und sie mit strahlenden Augen und offenbar bestens gelaunt zurücklächelt, gewöhnt er sich gewissermaßen ein wenig an sein Glücksgefühl und seine Dankbarkeit und beginnt zu zweifeln, ob ihn sein Enthusiasmus nicht fehlleitet, wenn er ein so weitreichendes Versprechen gibt, über dessen Konsequenzen man sich zunächst nicht genügend Gedanken macht.

Es wäre ein wenig so, als würde er ihr versprechen, mit dem Rauchen (ein weiteres Laster, wie das Autohaus) aufzuhören: Das sind Dinge, die man für sich entscheiden muß. Sie jemandem zu versprechen wäre ein Versuch, sich selbst zu übertölpeln, indem man die Verantwortung in die Hände des anderen legt, um ihm dann hinterher die Schuld für den unvermeidlichen Rückzieher zuzuweisen.

Gewiß, Christine wartet auf eine Entscheidung, du hast sie ihr versprochen, aber gerade das Geschenk ihres unverhofften Auftauchens verfälscht die Situation. Wäre sie nicht gekommen, hättest du womöglich mit größerer Gewißheit einen Entschluß fassen und ihn ihr beim Nachhausekommen mitteilen können. So wie die Dinge stehen, wüßtest du nicht, sagtest du jetzt etwas, aus welchem Antrieb heraus und mit welcher inneren Überzeugung du es sagst.

Und ein zweiter Gedanke geht ihm durch den Kopf, der um das Wort unökonomisch kreist, das dir aber so pietätlos und schnöde erscheint, daß du es durch ein anderes, liebevolleres, ehrlicheres zu ersetzen versuchst. Es wäre sozusagen unökonomisch, auf den Glanz ihrer ohnehin guten Laune, auf diesen Liebesbeweis etwas noch Größeres, Leuchtenderes setzen zu wollen, denn die vereinte Leuchtkraft ist eben nicht doppelt so hell wie jede einzelne. Vielleicht wäre es schlicht vernünftiger, sich eine Eröffnung wie die, etwas Ambitionierteres tun zu wollen, als eine Opel-Vertretung zu leiten, für einen Moment und eine Situation aufzubewahren, in der ein wirklich beeindruckender Schachzug notwendig, lebensnotwendig sein könnte. Aber unökonomisch ist ein zu häßliches Wort, denkt Charly, ich will es lieber nicht gedacht haben.

Als der Kunde dann nach langem Händeschütteln und einem letzte Bangigkeit ironisierenden Kommentar (Ich hoffe nur, wir werden uns so schnell nicht wiedersehen) verschwunden ist, können Charly und Christine sich endlich umarmen. Doch werden sie immer wieder unterbrochen, weil Charly noch etwas für den morgigen Tag entscheiden muß, weil Eva noch Schecks zum Unterschreiben bringt (Oh, guten Abend, Frau Renn! – Hallo, Eva), weil ein Mitarbeiter nach dem andern den Kopf zur Tür hereinstreckt und sich verabschiedet. Seit Christine im Raum ist, hört Charly sich beim Reden zu, er schauspielert Chefsprache, zum Glück geht es um nichts Wichtiges mehr. Es dauert dann doch noch eine Dreiviertelstunde, bis alles erledigt ist und Charly die Tagesbeleuchtung aus- und Nachtbeleuchtung und Alarmanlage einschaltet. Mit dem großen, klirrenden Schlüsselbund geht er rund um das Gebäude, um alles abzuschließen, was so unglamourös ist (Bilder von Bürohochhäusern, denkt er, Portiers in Livree, Chipkarten, auf- und abgleitende Fahrstühle, zweistöckige Empfangsbereiche aus Marmor), daß er sich wieder einmal vor Christine schämt.

Aber dann freut er sich auf die gemeinsame Fahrt zurück in die Stadt und den bevorstehenden Abend. Christine hat gleich nach der Begrüßung losgesprudelt, sie habe ihm eine Überraschung mitzuteilen (Eine gute? – Natürlich eine gute!), und er dürfe sich den Rahmen wünschen, in dem sie ihm ihre Eröffnung machen werde.

Jetzt sitzt er am Steuer (Christine neben ihm hat die Sonnenblende heruntergeklappt und zieht sich, konzentriert und mit zusammengekniffenen Augen den Make-up-Spiegel fixierend, die Lippen dunkelrot nach) und sucht in seinem inneren TUI-Katalog nach Idealbildern für heute abend, dabei ärgerlich die Horrorvision verscheuchend, sie wäre ebenso überraschend eine Stunde später gekommen, er wäre bereits alleine gewesen und hätte nach einem frustrierenden Arbeitstag mit heruntergezogenen Hosen an seinem Schreibtisch gesessen, vor sich den von der Wand genommenen, mit der linken Hand festgehaltenen Pirelli-kalender.

Vielleicht lassen sich menschliche Charaktere danach unterscheiden, wie sie mit Freude umgehen. Manche Leute begreifen das unerwartete Glück (und um wirkliche Freude hervorzurufen, muß es immer unerwartet sein) in der Art von Spielern als Beginn einer Strähne, als ein Augenzwinkern des Schicksals, jetzt weiter auf das Unbekannte und Abenteuerliche zu setzen, in der natürlich von keinerlei Statistik gestützten Hoffnung, wo für eine Freude Platz sei, werden sich auch noch weitere unerwartete Glücksmomente herbeibeschwören lassen.

Andere, und zu ihnen gehört auch Charly, könnte man die Glücksverwalter nennen. Sie sehen den Besitz ihrer Freude eher durch jede weitere Bewegung gefährdet und werden sich der Abgründe, die jenseits des Glücks zu allen Seiten gähnen, gerade in jenem besonderen Moment erst richtig bewußt, so daß ihre Reaktion eher lautet: Jetzt bloß keine weitere Provokation des Schicksals, das, verlangt man zuviel von ihm, alles gleich wieder nihilieren wird.

In dem simplen konkreten Fall, in dem es darum geht zu entscheiden, was sie heute abend tun und wohin sie ausgehen wollen, zeigt sich Charlys Wesen in seiner Abneigung dagegen, abendliches Neuland zu betreten. Glücklich wie er ist, scheint ihm die Gefahr umso größer, ausgerechnet jetzt in ein schlechtes Restaurant, eine Kneipe mit Steilshooper Schlägern oder einen Club mit Tänzern zu geraten, die ihm seine Frau abspenstig machen werden.

Nein, seine Vorstellungen gehen eher dahin, keine neue Glückserfahrung zu machen, sondern eine alte zu wiederholen. Er wünscht sich, einen glücklichen Moment aus ihrer Vergangenheit, eine besonnte Erinnerung nachzustellen, um sie dank seiner Kenntnis noch einmal und zwangsläufig entspannter als bei der Premiere erleben zu können. Die Wiederholung ist für Charly, gerade weil das ganze Leben aus Generalproben besteht und viel zu selten aus glanzvoll erfolgreichen Jubiläumsvorstellungen, das Inbild von Glück.

Die Bilderfolge, die sich beim Blättern im inneren Album als die erwünschte herauskristallisiert, stammt, wie könnte es anders sein, aus der Frühzeit ihrer Liebe. Charly vermag kein genaues Datum zu erinnern, aber er sieht sie beide Hand in Hand über die Landungsbrücken schlendern, treppauf, treppab auf betonierten Promenaden und leicht schwankenden Pontons, unter sich das Glucksen des schwarzen Wassers, dazu die Gerüche aus den Imbißbuden, das Geschrei der Möwen und der wie die Greifer vor den Animierbars oben auf St. Pauli in blaue Kapitänsmäntel gekleideten Ausrufer der verschiedenen Hafenrundfahrten. Im Hintergrund das Geratter der Hochbahn, vor euch das Panorama aus Speicherstadtgiebeln, HHLA-Schuppen, Kränen, rostfleckigen Schiffsbäuchen.

Hand in Hand die Landungsbrücken entlang, in der sich über die Stadt senkenden Dunkelheit die Davidstreppe hinauf nach St. Pauli und ein einfaches Essen beim Griechen in der Davidstraße oder beim Chinesen am Spielbudenplatz. Vor allem aber dieser Spaziergang, bei dem, durchsichtig wie Astralleiber und dennoch präsent, leicht versetzt im Raum und in der Zeit, das Paar von damals mitlaufen wird und anhand der veränderten Kleider und Gesichter ein Glückskontinuum aus der Zeit gebrochen werden kann.

Christine ist einverstanden. Ja klar, machen wir, sagt sie. Und dann: Du, aber ich halt es bis zu den Landungsbrücken nicht mehr aus. Also weißt du was?

Sie strahlt einen solchen Enthusiasmus ab, daß Charly gar nichts tun muß, außer kurz den Blick von der Straße zu nehmen und sie mit fragend angehobenen Brauen anzusehen.

Also zunächst mal: Ich habe einen Job!

Das heißt, denkt Charly auf der Stelle, daß ich ihr heute abend keine Entscheidung mitteilen muß. Und seine ganze ungeheure Erleichterung bündelt sich in dem Wort: Genial!

Ja, bestätigt sie, und die Strahlung, die von ihr ausgeht, bildet um diesen Zeit- und Raumpfeil ihrer abendlichen Fahrt aus den Brachen der Vorstadt zurück ins Herz Hamburgs eine Art von glitzernder Fassung, dank der man die Atmosphäre dieses Moments später intakt und vollständig aus der Dunkelheit des Gedächtnisses wird heben können.

Ja, eine Assistentenstelle bei einer Modefotografin, bei der ich letztes Jahr schon einmal kurz hospitiert habe. Heute mittag hab ich am Schwarzen Brett den Aushang gesehen, zwei Stunden später war ich bei ihr, sie hat sich erinnert und sofort zugesagt.

Großartig, sagt Charly. Also hat ihr imponiert, was du damals gemacht hast?

Ja, das wohl auch. Und dann natürlich das Book. Aber vor allem haben wir lange miteinander gesprochen.

Da Charly, dem der enthusiastische Ton dieses Satzes etwas mißfällt, so tut, als müsse er sich aufs Fahren konzentrieren und nichts antwortet, spricht Christine weiter.

Ich glaube, ich weiß jetzt endlich, was ich mit dem Fotografieren eigentlich will. Das heißt, ich glaube, ich weiß oder ich ahne, warum ich überhaupt das Fotografieren als Kunst ausüben will und was ich damit erreichen möchte.

Als Kunst?

Ja nun, sicher will ich auch mein Geld verdienen damit, und deshalb habe ich ja auch den Job bei der Modefotografin angenommen. Aber das ist doch keine Leidenschaft. Natürlich will ich im Endeffekt Kunst machen!

Christine sagt diesen Satz so, wie man ausrufen würde: »Ich will auf Abenteuer ausziehen!« oder »Ich will die Welt umsegeln!«, in einer jugendlichen Begeisterung glänzender Augen und träumerischen Blicks, die Charly deutlich wahrnimmt. Zwar kommen diese Worte aus einer für den Lebensmoment, in dem Christine sich befindet, typischen Verwechslung von Subjekt und Objekt, das heißt aus dem Glauben, die Kunst sei ein Mittel, das eigene Leben zu erfüllen, zu verstehen, zu verbessern, zu erhöhen, ihm Sinn zu geben, der noch nichts von der Erkenntnis ahnt, daß die Kunst eine Sache außerhalb des Menschen ist, die nicht danach trachtet, ihm bei seiner Selbstverwirklichung zu helfen, sondern die ihrerseits verwirklicht werden will und dazu aller möglichen Anstrengungen, aber eben keinesfalls eines erfüllten oder exemplarischen Lebens bedarf; zwar beruhen Christines Worte also auf einer Verwechslung, aber das ändert nichts daran, daß sie ernst meint, was sie sagt, daß sie eine Spur aufgenommen hat.

Weißt du, was mir plötzlich klargeworden ist? Daß die Fotografie eingebettet sein muß in einen historischen, sozialen Kontext. Daß die Zusammenhänge, in denen sie steht, eminent politisch sind. Und ich weiß gar nichts! fügt sie hinzu, ich werde lesen müssen, lesen müssen bis an mein Lebensende! (Aber es klingt nicht ängstlich, sondern so, als hätte sie den Schatz Ali Babas gefunden, den es nun abzutransportieren gilt.)

Politisch? fragt Charly. Helmut Newton politisch?

Anders als du denkst, ja. Welches Medium hatte denn deiner Meinung nach die Rolle der Fotografie inne, bevor sie existierte?

Na, die Malerei.

Sollte man meinen. Aber wenn man genau überlegt, war es eher die Erinnerung, das Gedächtnis. Was heute Fotos leisten, das hat man früher mit Nachdenken gelöst.

Ich versteh nicht recht...

Doch, ein Foto ist keine Wiedergabe, Imitation oder Interpretation seines Subjekts, sondern tatsächlich eine Spur davon, nicht ein Abbild, sondern etwas anderes, eher so etwas wie ein Fußabdruck oder eine Totenmaske. Zwar ist die visuelle Perzeption der Menschen ungleich komplexer und selektiver als die Aufnahmetechnik auf Film, trotzdem haben Kameralinse und menschliches Auge die Gemeinsamkeit, Bilder zu registrieren, und zwar in ungeheurer Geschwindigkeit und in Jetztzeit. Was die Kamera aber kann und das menschliche Auge nicht, ist den Augenblick zu fixieren. Sie holt den Moment aus dem Fluß heraus und bewahrt ihn.

Während drumherum alles weitergeht, so weit, so gut.

Ja, sie bewahrt ihn unverändert. Und bevor es die Kamera gab, vermochte nur das Gedächtnis etwas Ähnliches.

Das Gedächtnis, meinst du, ist also so eine Art Film, sagt Charly.

Nein, das ist banal. Das Gedächtnis ist viel komplexer. Denn was das Foto nämlich nicht kann, ist Sinn zu bewahren. Es zeigt nur Erscheinungen – die uns ja ernst und glaubwürdig genug vorkommen –, die von ihrer Bedeutung abgeschnitten sind.

Während Charly, die Straße im Blick, die Hände am Steuer, ihr zuhört, ohne sie ansehen oder berühren zu können, hat er den Eindruck, durch sie hindurch eine Fremde sprechen zu hören. Was sie da sagt, ist ganz offenbar die Frucht aus Gesprächen und Diskussionen mit Unbekannten, die aus ihr heraus zu reden scheinen. Nicht, daß sie den Eindruck eines simplen, schlichten Sprachrohrs machte, aber daß ein eigenes, so noch nicht bekanntes, intellektuelles und analytisches Interesse in ihr aufflammt, muß damit zu tun haben, daß ein Dritter das Feuer gelegt hat. Man merkt das weniger am Thema, das schließlich Christines ureigenstes ist, als an bestimmten Wörtern und Wendungen wie »visuelle Perzeption«, die sie sonst nicht benutzt.

Einen Augenblick lang hat Charly nicht zugehört. Jetzt hört er Christine sagen: Die Kamera enthebt uns der Last der Erinnerung. Sie überwacht uns wie Gott, und sie überwacht die Welt für uns. Und die kapitalistische Gesellschaft braucht eine Kultur, die auf Bildern basiert, die aus ihrer Kontinuität gerissen sind. Der eingefangene Augenblick muß aber, um als Foto nicht beliebig mißbrauchbar zu sein, in einer Kontinuität stehen.

Und das heißt? Was für Fotos willst du denn dann machen?

Das weiß ich auch noch nicht. Aber es geht weniger darum, der Welt zu zeigen, was es alles gibt, als darum, zum Identitätsbewahrer derjenigen oder dessen zu werden, was du fotografierst.

Eine Weile schweigen sie. Charly spürt, daß er diesem inneren Glühen seiner Frau eher skeptisch und ablehnend gegenübersteht. Warum? Vielleicht deshalb, weil keine Eifersucht auf einen Menschen so groß sein kann wie die auf eine geistige Leidenschaft, die im Geliebten entbrannt ist. So wie Christine sich anhört, hat sich ihr eine Welt aufgetan, die uns schon früher beim Anblick der Brillenschlangen mit den Geigenkästen suspekt war: eine Welt, in der Lernen und Nachdenken keine Kompensationen für Schwächlinge und Stubenhocker wären, sondern ein strenges und exklusives Glück. Es ist – vielleicht – die Entdeckung einer Passion für etwas, das außerhalb von einem selbst liegt. Möglich, sogar wahrscheinlich, daß es bei einer moseshaften Vision vom gelobten Land bleiben wird und der Weg recht bald in die Wüste des Alltags und der Selbstverstricktheiten zurückführt. Da ist es normal, skeptisch zu sein, umso mehr, als der unwahrscheinliche Fall, soeben wirklich der Initialzündung eines lebensverändernden und lebensbestimmenden Prozesses hin zur Kunst und/oder zum Denken beizuwohnen, an diesem Oktoberabend zwischen der Irrenanstalt und dem Flughafen, ein feierlicherer Moment wäre als eine Geburt.

Bei dieser Vorstellung fühlt Charly sich ausgeschlossen und neidisch, halb fürchtet er, daß es tatsächlich so sein könnte, daß die Autonomie, die das mit sich brächte, automatisch auch zu einer Entfernung von ihm führen würde. Deshalb will er es lieber nicht ernstnehmen müssen.

Keine Helmut Newton-Fotos also, sagt er. Schade eigentlich.

Aber Charly, sagt Christine lachend und mitleidig zugleich. Die bleiben dir doch!

Dieses Lachen erinnert Charly daran, daß er trotz oder sogar wegen dieses leichten Unwohlseins glücklich ist wie selten. Es ist ein überschaubarer lokaler Schmerz wie ein verrenkter Fuß oder ein ziehender Zahn, nicht diese dumpfe Schmerzensangst von heute morgen, eher ein Strahlen, das wie eine Art Mandorla den dadurch desto deutlicher wahrgenommenen Glücksmoment ein-faßt.

Und plötzlich hat Charly, Christines Worten lauschend, eine kurze Vision, wie man sie ähnlich manchmal bei der konzentrierten Betrachtung der Gemälde alter Meister empfinden kann, zum Beispiel Jan van Eycks, wo einem die Kombination aus in höchste, kaum glaubliche Kunstfertigkeit getriebenem Handwerk realistisch exakter Nachbildung und einer den Glauben an die im Schöpfer vereinigte Verbindung von Zeit und Ewigkeit symbolisierenden Künstlichkeit die Existenz einer völlig anderen Möglichkeit eröffnet, seine Zeitlichkeit zu leben, die Existenz einer taghellen Mystik. Es ist die Vision von einer Gemeinschaft vollkommen neuer und fremd anmutender Art mit Christine, einer Gemeinschaft, in der zwei Menschen, von sich selbst absehend, in einem freien Miteinander ihr jeweiliges geistiges und humanes Abenteuer leben, sich über die vor ihnen liegenden Schwierigkeiten und den bereits zurückgelegten Weg austauschen, wo über Besitz, auch den voneinander, kein Wort zu verlieren wäre und wo auch er mit ihr ganz anders über seine Gedanken, Geheimnisse, seine Arbeit sprechen könnte.

Eine solche Vision (gleich wieder erloschen, als hätte jemand das offene Buch zugeschlagen) macht melancholisch, denn sie suggeriert einem nicht nur, daß jene andere Existenz möglich wäre, sondern zugleich, daß sie einem nicht mehr offensteht. Sie wäre immer nur eine Alternative gewesen, die man früher hätte wählen müssen, für die jetzt bereits zuviel vorgefallen und für die es nun zu spät ist. Sie ist immer die Utopie, die nicht in deiner Zukunft liegt, nur in deiner Vergangenheit.

Groß ist die Ungeduld der Menschen mit dem Teig des eigenen Lebens, der nicht gehen und keine Form annehmen will. Dramaturgie, die zu einem Ergebnis führt, gibt es nur – was sie so verführerisch macht – in der Kunst oder, wie Charly sogleich anfügen würde, im Sport.

Die Ungeduld, heißt es bei Kafka, ist die menschliche Hauptsünde: Wegen der Ungeduld sind sie vertrieben worden, wegen der Ungeduld kehren sie nicht zurück.

Februar 87

Manchmal, wenn es dir bewußt wird, ist es peinlich oder sogar unangenehm, wie ein Tic oder eine allergische Reaktion oder eine chronische, immer wieder aufflammende Krankheit: dieses automatische, kaum betritt eine Frau dein Sichtfeld, Taxieren und Katalogisieren: fickbar/nicht fickbar. Übrigens weit davon entfernt, erregend zu sein oder auch nur Konzentration zu verlangen. Es ist eine Beiläufigkeit im Vorübergehen, ähnlich vielleicht der fixen Idee und Angewohnheit eines Buchhalters, alle Zahlen und Ziffern, die er unterwegs in Schaufenstern, auf Plakaten und Schildern sieht, zwanghaft addieren zu müssen.

Die Silhouette zunächst, von weitem/nahem, von hinten/vorne, im Entgegenkommen/Entfernen: Bei einem Ausschlag von höchstens plus/minus dreißig Prozent zu den (theoretischen, gespeicherten) Idealproportionen springt der Computer an. Durch die Humboldtstraße zu gehen, banal, wie sie ist, mit ihren halbhohen Fünfziger-Jahre-Häusern, im Rücken die schwarzweiß-quergestreiften Mundsburgtürme, hat jedesmal wieder etwas von den Schritten eines Naturforschers, der sein Schiff verlassen hat und auf den Strand zuwatet, hinter dem der undurchdringliche Urwald wie eine grüne Mauer aufragt. Die Kleidung, was immer die Frauen selbst denken, ist völlig nebensächlich, zumindest auf der Straße. Frage der Tagesform: fransige Jeans und Adidas manchmal genauso inspirierend wie enge Röcke und hochhackige Pumps. Nuttig, schrill, verwahrlost wird aussortiert. Der Gang wichtig, nichtmal so sehr, ob sie mit dem Arsch wackelt. Kontroll-Stichproben, die die Augen – tak tak tak – binnen einer

Zehntelsekunde oben, unten, mittig nehmen und weiterleiten: Dicke Fesseln, fette Ärsche, Bäuche, kurze Hälse fallen raus. Wer war eigentlich Humboldt? Gab es nicht sogar zwei davon? Brüder?

Verkehrstechnisch liegt Merets Wohnung ungünstig. Vom Mühlenkamp genauso weit wie von der Mundsburg. Seltsames Viertel. Nicht mehr Barmbek, noch nicht Winterhude. Aber wahrscheinlich ganz praktisch, um zum Arbeiten in die City Nord zu kommen.

Vor dir eine Frau im Mantel, die du gleich überholen wirst. Hoch, schmal: ja. Beine: ok. Dann im Vorübergehen das Gesicht. Da entscheidet es sich dann doch meistens. Hier: mhm. Bei Akne, Alter, Doppelkinn: abgehakt. Blick auf die Hände wichtig. Passen sie um deinen Schwanz? Nicht mit Ringen an jedem (Wurst)finger. Von der Kälte gerötete schlanke dagegen, auch schwarze Lederhandschuhe. Aber dann doch das Gesicht. (Denn das Leben, die Lebendigkeit: der Trumpf, der alle ästhetischen Konzeptionen, Vorlieben und Vorurteile zu stechen vermag, sitzt hier: in den Augen, dem Mund, dem Zusammenspiel aller Komponenten, in einem einzigen Blick womöglich.) Und das Haar.

Wenn ja, immer ein paar Schritte lang, im Entfernen, der Film: irgendeine Örtlichkeit, du ziehst sie aus, sie zieht dich aus, der Weihnachtsgeschenkmoment, wenn sie ihre Möse, die man natürlich immer (recht vage) dazuphantasieren muß, dann die Penetration oder Fellatio, und dann löst sich alles wieder auf wie eine Fata Morgana, sobald irgendein anderer Außenreiz kommt. Panda-Plakat: das italienische Auto, das mehr Konservierungsmittel enthält als eine deutsche Currywurst. Ich rauche gern. Voller Geschmack in einer Leichten. Bis dann die nächste Frau oder Gruppe von Frauen ins Sichtfeld gerät. Manchmal wirklich zuviel. Kann es aber irgendwie nicht anhalten. Läuft von ganz alleine ab. Manchmal auch wie nicht eingeschaltet. Aber es hat nichts mit Konzentration auf anderes zu tun. Wenn es eingeschaltet ist, läuft es immer nebenher mit, und selbst wenn du über anstrengenden Fragen brütest oder dich unterhältst, kann ein Teil von dir zugleich ja/nein denken.

Warum von allen Menschen ausgerechnet Meret nicht studiert hat, ist ein Rätsel. Freitagnachmittag, und den ganzen Winterhuder Weg entlang, über Mundsburg, Lerchenfeld, Wartenau staut sich der Feierabendverkehr. Wahrscheinlich bis zum Horner Kreisel. Hier dagegen nichts los. Gut, daß ich das Auto hab stehen lassen. 132 ist ganz vorne, wo die Humboldt in die Barmbeker einmündet. Manchmal auch einfach im Vorübergehen oder Hinterhergehen das Ja/Nein, ohne daß es zu irgendwelchen Phantasien kommt. Die ja. Die nein. Die halbe Menschheit so katalogisiert. Auf zwanzig Minuten Fußweg zehn Frauen gevögelt und zwanzig aussortiert. Eine Krankheit. Er steckt sich noch eine Zigarette an.

Meret mag es nicht, wenn bei ihr geraucht wird. Sie verbietet es nicht geradezu, aber sie räumt nach jeder Zigarette den Aschenbecher weg, leert die Kippe ins Klo, spült nach, wischt ihn mit einem feuchten Tuch aus und reißt die Fenster auf, egal, wie kalt es ist. Macht jedes Gespräch kaputt. War damals schon genauso, als wir Mathe geübt haben im Abijahr. Analytische Geometrie, Integralrechnung. Und Kaffee und Stückchen, und dann zog sie die rotschwarzen Vorhänge mit den psychedelischen Spiralen zu, weil das Küchenfenster des Nachbarhauses nur ein paar Meter entfernt war. Aber warum jemand mit Abischnitt von 1,6 nicht studiert, ist und bleibt ein Rätsel. Seltsam auch, daß sie hiergeblieben ist. Leute, von denen man gemeint hat, die Karriere müßte sie rund um den Globus treiben, sind hier hängengeblieben.

Ein schöner Tag, einer dieser trügerischen Frühlingstage mit Wind und hohem, aufgerissenem Himmel, aber kannst einem alten Hamburger nichts erzählen, es ist noch nicht soweit. Genau die Zeit, wo man eigentlich runterfahren müßte zum Skifahren, aber das wird dieses Jahr nichts.

So, da sind wir. Er drückt auf den Klingelknopf. Das krächzende Hallen der Gegensprechanlage. Merets verzerrte Stimme: Komm rein, die Tür steht offen, ich hab die Hände im Abwasch. Sie wohnt im Hochparterre. Schon das Treppenhaus ist erfüllt vom Duft nach frischgebackenem Kuchen, der durch den Spalt unter Merets Wohnungstür hervorzieht wie der Nebel, aus dem in Tausendundeiner Nacht die Flaschengeister wachsen. Hier wächst ein lockender, heimeliger Finger der Gemütlichkeit. Er putzt sich rasch und mit einem Blick auf das schwarz in die Borsten des Schuhabstreifers eingefärbte *Home sweet home* die Sohlen und drückt, tief inhalierend, die schlecht überlackierte weiße Tür an dem Kränzchen auf, das über der Klinke hängt als Willkommensgruß. An der halboffenen Küchentür vorbei sieht er den gedeckten Kaffeetisch, hört Merets im Spülwasser planschende Hände und das leise Klirren des zum Tropfen abgestellten Geschirrs.

Was ist es? ruft er, den langen Korridor entlanggehend.

Apfelstreusel! ruft sie zurück.

Ich liebe dich! ruft er inbrünstig und hört sie lachen.

Der Ikea-Tisch aus hellem, poliertem Holz ist mit zwei grünen, fransenbehängten Sets gedeckt, darauf Teller und Tassen mit grünrosa Blumendekor. Dazwischen das Stövchen und die braune Teekanne. Beim Töpfer auf dem Markt gekauft. Der Kuchen mit den sandfarbenen Streuselwärzchen wie die Oberfläche eines appetitlichen Mondes. Das Wort lecker, das er sonst nie benutzt, fällt ihm ein. Wie früher an Sonntagnachmittagen, nur daß die in Wirklichkeit so gemütlich nie waren. Christine würde nie im Leben so einen Kaffeetisch decken. Temperamentsache. Ob man am Geschirr, das sie benutzen, und den Haushaltssachen die Frauen unterscheiden kann? Jedenfalls genau das, was du jetzt brauchst. Aber jeden Tag? Hätte das Gefühl, ich lebte in einer WG mit meiner Mutter.

Erst jetzt fällt sein Blick vom Tisch auf Meret, und er sagt: Holla!

Ohne sich umzudrehen, entgegnet sie: Was ist? Starrst du meinen Hintern an?

Kann man so sagen!

Wüßte nicht, was ich sonst anstarren sollte. Weiß, massig, fest, gespalten springt er einem, da Meret über die Spüle gebeugt dasteht, direkt in die Augen. Kein Höschen. Unverschämt kurzer, roter Ledermini, so kurz gibts die nur im Sexshop. Schwarzer Hüftgürtel. Strapse, schwarze Lurexstrümpfe, schwarze Sandalen, mindestens sechs Zentimeter hohe Plateauabsätze. Jesus Maria. Und obenrum so ein rosa Flausch, Angorapullover, auch zu kurz, nabelfrei. Jesus Maria!

Was ist echt? Als könnte nicht beides zugleich echt sein, der Streuselkuchen und der nackte Hintern. Dabei weißt du es doch aus Erfahrung. Vielleicht beginnen die Menschen uns genau dann zu beschäftigen und zu faszinieren, wenn wir sie, anstatt in der Einheit, die sie dem flüchtigen Blick darstellen, zum ersten Mal als eine Hochzeit der offenbaren Widersprüche erkennen. Vielleicht aber auch öffnet uns erst der Blick der Zuneigung die Augen dafür, daß mehr an ihnen ist als die einheitliche Fassade, die die noch nicht interessierte Wahrnehmung bemerkt. Wenn die Frage also nicht lautet, was ist echt, dann doch immer wieder: Was ist echter?

Die Wahrheit des Kuchens liegt im Essen. Dennoch ist etwas dran an der Frage, da gerade die offensichtliche Wirklichkeit jedes der beiden widersprüchlichen Aspekte den anderen unglaubwürdig zu machen versucht, zu einer Inszenierung, einem Kunstprodukt, sodaß jede Begegnung mit Meret vom ersten Moment an und in allen ihren Facetten ein Spiel ist.

Du, entschuldige, jetzt stellt sie den letzten Topf in die Abtropfschale, dreht sich um, streift die rosa Gummihandschuhe ab, aber wir haben weniger Zeit heute als geplant, weil Hübi mich um acht abholen kommt. Auf den gemütlichen Plausch beim Tee wollte ich aber auch nicht verzichten, und deshalb habe ich mich eben vorher schon zurechtgemacht, damit uns das nachher keine Zeit kostet. Setz dich, machs dir bequem.

Er starrt ihren rosigen Angorapullover an, während sie sich eine Creme, die neben dem Spüli auf dem Aluminium steht, in die Hände reibt. Warum trägt sie keinen schwarzen BH oder Bustier?

Meret bemerkt den Blick und schaut an sich herunter.

Zum Essen find ich das geschmacklos, wenn der halbnackte Busen über dem Teller hängt, sagt sie. Und, wie gehts? Abgespannt?

Charly nickt. Sein Seufzen hört sich eher wie ein Schnurren an.

Willst du Kandis oder normalen Zucker? fragt Meret.

Charly läßt zwei der dunklen, bernsteinschimmernden Steinchen in seine Teetasse fallen, rührt um, lächelt Meret an. Visuelle Umstellung, wenn man Christine im Kopf hat. Wie groß Meret ist, einsachtzig, alles an ihr ist groß, aber gerade noch fest. In fünf Jahren, wenn aus der Bauchrundung eine Schwarte geworden ist, die Schwerkraft die Titten endgültig aus der Verankerung gerissen haben wird und überall die Zellulitis wuchert, komm ich hier auch nicht mehr her. Ihre Lider hängen ein wenig. Aber ihre Augen sind von einer unglaublichen Wachheit und Lebendigkeit. Keine verführerischen Augen, auch keine Kuhaugen. Nichts an ihr ist naiv. Die Küchen-Kindheitsidylle ist gewollt, vorbereitet, hergestellt im Bewußtsein, daß man dergleichen nicht mehr wie früher geschenkt bekommt.

Auch die sexuelle Ausschweifung ist in der Form, in der Meret sie plant, zelebriert und trotz allem kontrolliert und kanalisiert, der Versuch, ein Idyll herzustellen, einen Glücksmoment diesseits der Naivität. Die Augen sind die einer um ihr Glück kämpfenden Frau. Vielleicht verrannt, aber erwachsen, klug, phantasievoll, verzweifelt, unzufrieden und dann doch auch wieder naiv in ihrem ungebrochenen Willen, in ihrer Hoffnung, sich einrichten zu können im Leben nach ihren Vorstellungen. Die stumpfen braunen Locken kräuseln sich.

Warst du beim Friseur? fragt er.

Sie nickt, den Mund voller Kuchen. Kleine Krümel bleiben an den Winkeln hängen. Schmale Lippen. Kein klassischer Blasemund. Irgendwann Hängebacken. Und kleine, nicht ganz weiße Mäusezähne, sieht aus, als hätte sie mindestens fünfzig davon im Mund.

Es hat einen Haufen Geld gekostet. Hübi mag Löckchen. Wie findest du sie?

Steht dir. Der Kuchen ist ein Traum. Kein Blasemund. Wie der Schein trügen kann. Wenn sie sich vorbeugt, um die Teekanne am Bastgriff hochzuheben, knistern die Strümpfe.

Findest du das nicht auch widerlich, fragt Meret, was sie aus dem Sterben von diesem armen Hänschen Rosenthal gemacht haben?

Du meinst der von Dalli-Dalli? Wieso, ist der tot?

Die Bild-Zeitung war doch voll davon, die ganze Woche: »Bitte keine Operationen mehr!«

Krebs, oder was?

Meret nickt.

Ich lese nur den Sportteil in der Bild, sagt Charly.

Ich meine, dein Sterben muß dir selbst gehören. Auch wenn du ein berühmter Mensch bist. Ich meine, wer will das denn alles wissen, diese grusligen Details?

Na, du doch offenbar, zum Beispiel, denkt Charly und sagt: War der nicht sogar Jude?

Meret nickt mit vollem Mund. Mhm, und ist während des Krieges versteckt worden von Deutschen, in Berlin, in irgendwelchen Schrebergärten, glaube ich.

Das erste Mal, daß ich höre, daß Schrebergärten zu was nütze sind.

Weißt du, ich kann mir nicht helfen, aber ich habe die ganze Zeit darüber nachdenken müssen: Ein jüdisches Kind, provisorisch in irgendwelchen Schrebergärten irgendwelcher Fremden versteckt, das, wenn es vielleicht auch noch zu naiv war, um wirklich Todesangst zu leiden, doch täglich, stündlich in Furcht und Unsicherheit existiert haben muß. Und daß so jemand sich dann danach nicht abwendet, sondern als Deutscher unter diesen Deutschen bleiben will und offenbar doch auch irgendwie ein sonniges Gemüt hat und damit den wirklichen Lebenswunsch, Menschen zu unterhalten, das heißt, sie ein paar Minuten lang, übers Radio, im Fernsehen ihre Sorgen vergessen zu lassen, und ausgerechnet diese Deutschen, die seine Familie umgebracht haben … Sie hat sich verheddert und sieht dich an.

Der Kuchen schmeckt wunderbar, ein Fest für die Geschmacksknospen, die ihre Eindrücke sofort dahin weiterleiten, wo die Erinnerung an den krossen ersten Bißwiderstand eines Streusels, gefolgt von der leicht gezuckerten Mürbe unter der Backkruste, gefolgt von der etwas kühleren, elastischen Saftigkeit der gebakkenen Frucht zusammengeht mit der Erinnerung an Küchenbankunterhaltungen und Diskussionen bei Mamas schlesischen Eltern. Drei Generationen, Tanten und Onkel in Eutin auf dem grauen oder sepiafarbenen, brüchigen Pergament der ganz frühen, ganz ungebrochenen, ganz glücklichen Gedächtnistiefe. Die Formel »Leib und Seele zusammenhalten« taucht auf, und du glaubst dich zu erinnern, daß an jenen Nachmittagen mit Kuchen und Gespräch das allgemeine Parlando den Unterschied zwischen Banalitäten und tiefen Wahrheiten seltsam verwischte und dir, scheint es von heute aus gesehen, die ersten Eindrücke vom Dazugehören vermittelt hat, vom Leben in der Gesellschaft.

Was ich sagen wollte: Jetzt, mit diesen entsetzlichen Krankenhausbildern und Geschichten in der Bild und seinem »Laßt mich sterben«, kann ich mir nicht helfen, das alles irgendwie zusammenzuführen. Ein spätes »Wir haben dich doch noch gekriegt« höre ich da heraus und ein fürchterliches Scheitern, eine fürchterliche Enttäuschung, nein, eine Täuschung dieses Mannes, eine Undankbarkeit zumindest ... wobei ich gar nicht weiß, ob ich die Bild-Zeitung anklage oder die Deutschen oder nur die Natur ...

Ich glaube, du schießt übers Ziel hinaus, ich meine, deine Überlegungen sagen mehr über dich als über ihn. Vielleicht ist das ja das Besondere an dem Mann gewesen, daß er sich diese Gedanken nie gemacht hat.

Während du versuchst, auf ihr Thema und ihren Ton einzugehen, kommt dir zu Bewußtsein, daß du hier Tee trinkst und Kuchen ißt mit einer Frau, die Strapse trägt und kein Höschen und einen Lederminirock und die heute wer weiß was Neues für dich in petto haben wird. Eiskalte Hände.

Was wollt ihr denn heute abend machen? fragt er.

Er führt mich ins Theater aus.

Ah ja? Was für ein Stück?

Der fröhliche Weinberg. Von Zuckmayer. Hier um die Ecke, im Ernst Deutsch.

Hört sich gut an. Warum zieht ihr eigentlich nicht zusammen?

Kommt alles noch früh genug, sagt Meret. Irgendwie habe ichs nicht so eilig. Guck dich um, ich fühle mich wohl hier, so wies ist. Hab mir alles so eingerichtet, wie ichs gerne mag, alles von meinem eigenen Geld. Ich meine, du mußt es doch am besten wissen, was man alles aufgibt, wenn man zusammenzieht und sogar heiratet.

Ich war nie ein Champion im Alleineleben, sagt Charly. Aber ich glaube, so kannst du die Rechnung nicht aufmachen. Wenn du mit jemandem leben willst, stellt die Frage sich gar nicht, was man alles aufgibt.

Mhm, macht Meret, vielleicht bin ich einfach noch nicht soweit.

Sag mal, hältst du mich für obszön, wenn ich mir noch ein drittes Stück genehmige?

Sie zwinkert: Das mußt du wissen. (Er erinnert sich, wie in einem Aufblitzen, wie sie damals die Vorhänge zuzog. Geschäftsmäßig. Sobald wir mit dem Mathestoff durchwaren.)

Er grinst. Seis drum. Es ist zu verführerisch. (Und genau das, denkt er, ist die Wahrheit: Seis drum. Komisch, wie geil und wie leidenschaftslos man zur gleichen Zeit sein kann.)

Wenigstens schmeckts dir. Hübi zum Beispiel kann ich mit Streuselkuchen nicht verführen. Willst du auch noch Tee? Charly nickt.

Was macht er eigentlich jetzt? Muß doch mit seinem BWL-Studium auch längst fertig sein.

Du, das kann ich dir sagen, was der macht, antwortet Meret mit Absicht an der Frage vorbei. Montag abend drischt er mit seinen Kumpels Skat, Dienstag ist Dallas-Tag, da ist er nicht ansprechbar, Mittwoch geht er auf irgendsoein Fortbildungsseminar, nee warte, das ist Donnerstag, Mitwoch, was macht er mittwochs gleich nochmal?

Tennis spielen?

Nee, das macht er am Samstagmorgen. Am Samstagmorgen! Nein genau, Mittwoch, wie kann ich das vergessen! Du lieber Himmel! Mittwoch ist Elterntag!

Elterntag!

Elterntag. Mittwochabend, wenn er aus seinem Laden kommt, zieht er sich ein frisches Hemd an, kauft vier Nelken und fährt seine Mutter besuchen. Irgendwie finde ich das ja auch wieder ganz süß. Macht mir eben nur ein schlechtes Gewissen. Bleiben nur der Freitag, also heute, und der Sonntag. Bloß, daß ich mich sonntags auf nichts anderes konzentrieren kann, als auf die Sorten und Devisen, die mich ab Montagfrüh wieder erwarten.

Was ich fragen wollte, war eigentlich eher, was für einen Job er hat, sagt Charly.

Immobilienmakler, er arbeitet bei Century. Will sich aber irgendwann selbständig machen. Dazu braucht er allerdings eine anständige Grundlage mit Hausverwaltungen. Wenn er soweit ist, kann er mich meinetwegen auch heiraten, dann verdient er nämlich genug.

Also doch!

Naja, ich liebe ihn ja schließlich auch, mit all seinen Macken.

Das Wort Liebe unterbricht die Unterhaltung einen Moment lang, und sie sehen einander an, als ständen sie an einem Wegscheid und müßten sich auf eine Richtung einigen.

Ein wenig gleicht ihr in diesem Moment zwei gläubigen Katholiken, die sich verabredet haben, eine Todsünde zu begehen, und von denen einer unbedacht das Wort Gott in den Mund genommen hat, wo es doch für den Augenblick notwendig ist, diesen ganzen Komplex in die Parenthesen der Nichtexistenz oder des Vergessens zu setzen, um zur Tat schreiten zu können.

Das geht natürlich, aber es geht nicht so einfach, wie Unterscheidungen von der Art »Hier die Gefühle und die Seele, und da die Bedürfnisse des Körpers und das Vergnügen« es uns weismachen wollen. Es bleibt, zumindest bei sensibleren Naturen, das Gefühl eines Verrats, übrigens weniger am betrogenen Geliebten als an sich selbst, an einem Ideal. Ideale sind natürlich immer gedankliche Konstrukte, und vielleicht ist die Liebe tatsächlich ein ähnliches Konzept wie Gott. Sie existiert nicht, nicht in der Form eines Organs oder einer nachweisbaren, von Hormonen zu aktivierenden Stelle des Gehirns. Aber es scheint, als habe sie sich genau wie die Idee eines Gottes aus einem – nur den Menschen gegebenen – Urbedürfnis heraus entwickelt und als lebten wir so, als ob sie existierte, oder könnten zumindest immer wieder so leben als ob.

Die Biologie hat sowohl für die Sexualität als auch für die zur Brutpflege notwendige temporäre Paarbindung die hormonellen und neuronalen Voraussetzungen entdeckt. Vor der Liebe versagt sie, denn die Liebe ist ein Quantensprung. Aus den Menschheitsfragen nach dem Woher und dem Wohin, nach Leben und Tod, Leiden und Freude, Ich und Welt hat sich unter Zugabe von etwas Undefinierbarem, Zusätzlichem das Bedürfnis nach Gott entwickelt und ihm derart Realität gegeben – oder andersherum gesehen: Auf diesem Wege wurde ihnen, den Menschen, der Gott sichtbar. Ganz ähnlich erwächst aus den biologisch-emotionellen Vorgängen bei der Leidenschaft, der Intimität und der Bindung mit etwas Zusätzlichem, das niemand benennen kann, das Konzept der Liebe, das auf ein Bedürfnis antwortet, welches erst mit der Entdeckung dieses Worts zu sich selbst erwacht ist.

Wäre das alles so, bliebe aber immer noch zu fragen, wo dieses Bedürfnis sitzt, in mir oder im geliebten Menschen. Ist es also quasi permanent abrufbar und daher nicht exklusiv, eine unserer Fähigkeiten, oder ist es eher eine Reaktion auf den andern, eine Art seelischer Allergie, die erst abklingt, wenn man lange genug nicht mehr in Kontakt mit dem Allergen gekommen ist?

Muß also zwischen Meret und Charly in diesem Moment nur die Existenz von Hübi und Christine in Parenthese gesetzt werden oder die der Liebe überhaupt? Oder ist es vielmehr so, daß gerade die Tatsache, daß sie lieben, wenn auch nicht einander, ihnen für das, was sie vorhaben, stärkere Inspiration liefert, daß sie gewissermaßen davon profitieren, so wie beispielsweise ein äußerst dankbarer Mensch im Überschwang seiner Dankbarkeit nicht nur dem etwas Gutes tun will, dem er verpflichtet ist, sondern auch allen anderen Menschen, die er in diesem Augenblick wahrnimmt?

Komische Sache, die Liebe, sagt Charly nach einer Weile.

Meret schiebt ihren Stuhl vom Tisch weg, lehnt sich, die Hände im Nacken verschränkt, zurück und schaut mit zusammengekniffenen Augen, als müsse sie einen Punkt in weiter Ferne fixieren, an Charlys Kopf vorbei. Ein Bein legt sie auf den Tisch, der lange, dicke, schwarze Absatz ragt neben dem Stövchen in einem 30-Grad-Winkel in die Luft. Die Lurexstrümpfe knistern auf dem Holz. Wenn du dich jetzt unter den Tisch bücken würdest, müßtest du ihre geöffnete Scham sehen können.

Ja, sagt Meret.

Kann ich eine Verdauungszigarette rauchen? fragt Charly.

Machst du dir das Fenster auf? Ich hole einen Aschenbecher. Sie zieht das Bein vom Tisch, steht auf, dreht sich um, öffnet einen der weißlackierten Hängeschränke und zieht einen bauchigen grünen Glasaschenbecher heraus.

Charly hat das Küchenfenster geöffnet, das auf den Innenhof geht und unter dem die Mülleimer stehen. Er setzt sich auf die Fensterbank, raucht und blickt hinaus.

Und bei euch? fragt Meret.

Du – wunderbar, sagt Charly, auf die Rückwand des Hinterhofs blickend, und schürzt die Lippen um die Zigarette, dann, von der eigenen Schauspielerei mitgerissen, schnippt er die halbgerauchte Kippe zwischen die Mülleimer, bevor er an den Aschenbecher denkt. Er dreht sich zu ihr um und lächelt unkonzentriert. Alles wunderbar.

Das immer dienstfertige Hirn antwortet sogleich mit einer Auswahl an Illustrationen und einer warmen Ausschüttung von Oxytocinen: Morgens, wenn sie aus der Dusche kommt mit frisch gewaschenem Haar, naß und dunkel und dicht wie ein Otternfell. Wie sie im weißen Hemd am Frühstückstisch sitzt, auf der Kante, auf dem Sprung, an einem Toast knabbernd. Oder wenn sie, den Helm auf dem Kopf, auf ihrer Vespa davonbraust, die Kameratasche um die Schulter. Oder abends, ihr Kopf auf meinem Schoß, alles ruhig nach der Arbeit, sie liest irgendein Buch und ich die Zeitung. Oder mit Ines, wenn die beiden den Tisch decken und kichern wie die Backfische und man als Mann automatisch versucht, würdig zu sein, weil man denkt, sie machen sich über einen lustig. Oder einmal St. Peter, wie wir da abends gesessen haben und in den Sonnenuntergang blickten, und dann in der Pension die Matjes, oder wars ein Strammer Max, selten mit solchem Appetit und solcher Freude gegessen, die gebrutzelten Zwiebeln, hm! Wie sie bei Hagenbeck mit ihren beiden kleinen Cousinen, die geborene Mama, das kommt auch irgendwann, wird noch ein Problem bei den Hüften, Kaiserschnitt. Ja, es ist wunderbar.

Aber was machst du dann hier?

Er blickt auf. Hat er das jetzt gedacht oder womöglich laut gesagt? Oder war es gar sie? Aber Meret schaut dich nur an, erwartungsvoll, aber geduldig, nicht so, als rechne sie mit Geständnissen oder Eröffnungen.

Ja, was machst du dann hier. Wenn ich das wüßte. Es hat eben was, einen eigenen Reiz, der mit allem anderen und der Liebe nichts zu tun hat, aber auch da ist. Bloß wenn du ihr jetzt sagst, ja, es ist wunderbar, dann wird sie dich genau das fragen: Was machst du dann hier? Und dann fangen die Gespräche an, auf die ich keine Lust habe. Also muß er so tun, als meine er es nicht ganz ernst mit seinem »Ja, wunderbar«, als sei eben doch nicht alles so wunderbar, als seien genügend gute Gründe vorhanden, regelmäßig Meret besuchen zu kommen.

Christine macht jetzt Assistenz bei Modeaufnahmen für Otto, sagt er schließlich. Ich habe sie eine Woche lang kaum gesehen.

Für den Katalog?

Charly nickt, schließt das Fenster und setzt sich wieder an den Tisch. Der Tee ist kalt und schmeckt bitter.

Ja. Kindermoden und Kinderschuhe. Ist ein gewaltiger Auftrag. Wenn sie bei Otto einen Fuß in die Tür bekommt. Ist natürlich nicht das, wovon sie träumt...

Wer macht schon, wovon er träumt? sagt Meret.

Hübi ja vielleicht.

Meret seufzt. Ja, das kann sogar sein. Hübi. Aber ich will dir mal sagen, es ist eine Erholung, jemanden zu haben, der sich nicht immer beschwert, sondern zufrieden ist mit dem, was er hat.

Wer beschwert sich denn?

Du, ich, alle beschweren sich. Ist ja auch richtig so. Aber sich nicht zu beschweren heißt ja trotzdem nicht, daß er keinen Ehrgeiz hätte. Der will schon hoch hinaus. Weißt du, ein eigenes Maklergeschäft mit Hausverwaltungen, da verdienst du dir einen goldenen Arsch. Wie geht es denn übrigens mit deinem Vater zusammen?

Charly bläst die Backen auf und überlegt kurz, ob er Geschichten erzählen soll, entscheidet sich dann für die Wahrheit. Tut gut, es rauszulassen. Sogleich aber merkt er an seiner Mimik, daß es mittlerweile auch ein Spiel ist, das er aus einem Grund, den er erst noch herausfinden muß, offenbar nicht ungerne spielt.

Beschissen.

So schlimm? Du warst doch ganz enthusiastisch am Anfang.

Ja, ja. Und jedem Anfang wohnt ein Zauber inne, daran kann ich mich auch noch erinnern.

Vielleicht, denkt er, weil es eine Art running gag geworden ist, das Autohaus als Sündenbock, auf den du alle möglichen Frustrationen abladen kannst, eine Ausflucht für ganz anderes.

Weil man blind ist, sagt er, und die Risiken nicht sehen will, obwohl ich ja nun nicht sagen kann, niemand hätte mich gewarnt. Die Beziehung zu Christine wäre sogar fast daran zerbrochen …

»Mit deinem Vater? Ein Autohaus? Wo bleiben da deine Träume, dein Ehrgeiz? Du verkaufst dich zu billig! Und dein Diplom?«

Mache ich schon. Habe ich auch gemacht, aber auf einer Arschbacke, und genau so siehts auch aus. »Bist du wieder vierzehn, daß du dir wie früher mit deiner Zündapp, oder wie die Dinger hießen, schwarze Finger holen willst, indem du dich unter Autos legst und irgendwelche Auspuffanlangen anschraubst?«

Was für ein Bild, fragt er sich, hat Christine eigentlich von mir gehabt, daß sie so dagegen opponiert hat? Von mir und natürlich von sich selbst an meiner Seite, von unserem, ihrem Leben und Image? Am Geld kann es nicht liegen. Es muß am erhofften Zusammenpassen der inneren Wunschbilder hängen. Sich selbst sieht sie vermutlich als eine Mischung aus Annie Leibovitz und Robert Capa, dazu paßt dann nur so eine Michael Douglas-Gestalt aus Wallstreet. Blöd, aber nicht zu unterschätzen, die Wichtigkeit von solchen Bildern, denen man sein Leben hinterhelebt und fast alles oder sogar alles zu opfern bereit ist.

Willst du das wirklich hören? fragt er in etwas wehleidigem Ton.

Sonst würde ich ja nicht fragen. Aber wenn du nicht willst. Ich meine, wir sind ja nicht nur zum Vögeln hier, dachte ich...

Er sieht sie, aufgescheucht von ihrem Ton, überrascht an und lächelt ihr dann begütigend zu. Jetzt kein falsches Wort. Thommy hat es auch immer »die Tankstelle« genannt. Er räuspert sich. Jetzt eine Zigarette. Seis drum.

Es sind eigentlich zwei Probleme, sagt er im Aufstehen, zieht, ohne Meret zu fragen, das Fenster auf, setzt sich auf die Fensterbank, legt den grünen Aschenbecher in den Schoß. Zwei Probleme. Mit meinem Vater zusammenzuarbeiten ist eines davon. Anzünden, Inhalieren, dem Rauch nachsehen. Kein Kommentar von Meret. Da habe ich mir Illusionen gemacht, und mein Hauptfehler war vermutlich, zu glauben, den Vater-Sohn-Konflikt, der ganz banal und natürlich ist, wenn auch in unserem Fall etwas komplexer, auf diese Weise produktiv lösen zu können...

Das heißt? sagt Meret, sei es, um Interesse zu bekunden, sei es, weil sie nichts verstanden hat.

Das heißt, daß ich geglaubt habe, ihn mit dieser Geschichte zu Respekt vor mir bringen zu können, und er sie benutzt, um mich weiter zu erziehen, nein, das stimmt gar nicht, es ist perverser: um mir zu beweisen, daß er besser Bescheid weiß als ich, verstehst du, daß er alles besser kann und weiß, was ganz objektiv weit davon ist, der Fall zu sein ... aber ein unausstehlicher Besserwisser ist er ja immer schon gewesen...

Aber das wußtest du doch vorher...

Ja, und was ich mir vorzuwerfen habe, ist auch gerade, in die ganze Sache nur eingestiegen zu sein, um ihm irgendwann endlich den Kotau abzuzwingen, das Eingeständnis, daß, was weiß ich ... daß ich erwachsen bin, autonom, unabhängig, daß...

Daß du besser bist als er, schlägt Meret vor.

Charly schüttelt hektisch den Kopf. Nein, eher daß ich jemand anders bin, nicht sein verlängerter Arm, ein eigenständiger Mensch.

Seltsame Idee, mit ihm zusammen eine Firma aufzumachen, um ihm das Eingeständnis abzupressen, daß du ein eigenständiger Mensch bist.

Ich bezahle gerade für diese Dummheit, sagt Charly. Aber nur um der Genauigkeit willen: Nicht wir haben zusammen eine Firma aufgemacht. Er hat sie aufgemacht, und ich bin lediglich sein Geschäftsführer.

Ich weiß nicht. Gewiß gibts da diese ganzen Egoprobleme. Aber dagegen steht doch das Vertrauen. Ich meine das Urvertrauen. Dein Vater wird dich nicht bescheißen, du wirst ihn nicht bescheißen, darauf kann man sich doch blind verlassen. Das ist doch schon sehr viel. Darauf läßt sich doch etwas aufbauen ... Sie zögert, versucht seinen Gesichtsausdruck zu interpretieren, schließt dann an: Ich meine, die gesamte Mafia funktioniert doch so, und das ist immerhin eine Erfolgsgeschichte.

Sie freut sich, daß er lacht.

Ja, sagt er dann, diese Küchenpsychologieprobleme sind auch gar nicht das Entscheidende. Das Entscheidende ist, daß nicht wir die Mafia sind, sondern das Autobusiness. Das ist eine Welt für sich, abgeschlossen, abgeschottet, mit ihren eigenen Gesetzen. Und von denen, das merken wir jetzt, haben wir beide keine Ahnung gehabt. Wir haben den Stallgeruch nicht, genau diese Schmiere unter den Fingernägeln, die fehlt uns, und das macht alles mühseliger. Mein Vater ... naja, laß gut sein. Unser Chefverkäufer, der uns für intellektuelle Idioten aus der Stadt hielt, hat uns um Zigtausende geprellt letztes Jahr, und der neue ist zwar ehrlicher, aber auch unfähiger. Und das ist nur die interne Seite des Problems. Die Schraubstockpolitik der Werke, aber ich erspar dir die Details. Der Unterschied ist nur, ich sehe das Problem, denn ich lebe tagtäglich damit, mein Vater will es nicht sehen. Verstehst du, da ist mir klargeworden, es ist seine fixe Idee, nicht meine. Ich weiß nicht, wem er was beweisen will, aber jedenfalls – jedenfalls *it's not my game*. Ich will arbeiten und Geld verdienen, aber keine prinzipiellen Händel austragen und nicht der Welt klarmachen, daß sie unrecht hat und ich recht.

Eine vernünftige Einstellung, sagt Meret.

Der Punkt ist nur, ich muß den Laden auf Vordermann bringen, bevor ich es mir leisten kann, den Kram hinzuschmeißen. Immerhin scheint der Alte bereits die Lust an der Sache zu verlieren...

Meret seufzt. Ich finde es schön, daß wir so offen über alles sprechen, daß wir nicht nur und ausschließlich –

Aber ein bißchen dürfen wir doch, sagt Charly.

Er hat die Zigarette diesmal im Aschenbecher ausgedrückt und ist aufgestanden. Meret sitzt zwar noch, aber er will sich jetzt nicht mehr hinsetzen, sonst kommen wir vom Quatschen und Teetrinken nicht mehr los. Er beugt sich über den Tisch, stützt sich mit den Ellbogen darauf und sieht sie geradeheraus an. Der Balanceakt zwischen dem offiziellen und dem inoffiziellen Teil des Treffens. Bloß welcher ist welcher?

Du, aber eines wollte ich vorher noch mit dir besprechen, sagt Meret.

Da sein Gesicht direkt vor ihrem ist, kann er sehen, daß der Blick, mit dem sie seinen erwidert, noch nicht umgeschaltet ist. Zwecklos also zu insistieren. Er macht eine einwilligende Geste.

Meinst du nicht, wir sollten besser mit Gummi arbeiten, ich mein wegen Aids und so, sagt sie, und daß sie diesen Satz in einem Ausatmen, ohne Punkt und Komma spricht, und auf den Tisch starrend, macht deutlich, wie schwer es ihr fällt, darüber zu reden.

Charly setzt sich doch wieder hin, stützt den Kopf auf den Arm und sieht sie an. Nach einer Weile sagt er: Na gut, reden wir drüber.

Sie wartet einen Augenblick: Und, was meinst du? Meinst du nicht, daß es besser wäre, sicherer?

Wieso? Glaubst du, ich hätte Aids?

Blödsinn, natürlich nicht.

Gut, sagt Charly, als habe sie eine Rechenaufgabe korrekt gelöst. Sein Ton macht sie rebellisch.

Aber wissen kann ichs natürlich nicht!

Natürlich nicht. Und du? fragt Charly.

Gott sei Dank, nein, ich habe vor drei Monaten einen Test gemacht.

Und Hübi?

Hübi auch nicht. Wir haben den Test ja zusammen gemacht. Ich hatte es ihm vorgeschlagen. Wir hatten beide Schiß, obwohl es ja objektiv gar keinen Grund dafür gab. Es ist schon entsetzlich, wenn man sich das vorstellt. Weißt du, daß wir im Grunde eine glückliche Generation sind? Wir konnten wenigstens unsere ganze anfängliche Sexualität ohne Angst und Risiko ausleben.

Ohne Angst vielleicht, aber nicht ohne Risiko. Schließlich gab es dieses Aids ja schon, auch wenn keiner davon wußte. Die ganzen Schwuchteln, die jetzt reihenweise abkratzen, das ist unsere Generation zum guten Teil.

Naja, siehst du, sagt Meret ein wenig zusammenhanglos.

Christine ist übrigens auch seronegativ, bei der haben sie irgendwann eine Blutabnahme gemacht, routinemäßig, um die Blutgruppe festzustellen, und als sie ins Labor geht, die Ergebnisse abholen, sagen sie ihr: Übrigens Glückwunsch, Sie haben weder Hepatitis noch Aids. Die haben sie ohne ihr Wissen getestet, so gehts nämlich auch. Mit einem Wort, wir sind alle gesund und munter, also bleibt die Frage, ob wir uns den Spaß verderben wollen, indem wir mitten im Getümmel anfangen, mir diese grausigen Gummis überzuziehen.

Naja, sagt Meret, man kann das ja auch einbinden. Ich wüßte da schon so zwei, drei Dinge, damit dir der Moment nicht über die Maßen unangenehm wird.

Das will ich ja gar nicht abstreiten, sagt Charly, dem dieses Gespräch über Voraussetzungen und Bedingungen des Sex zunehmend gegen den Strich geht, aber ich bin beschnitten. Wenn ich einen Präser am Schwanz habe, dann ist das, als hättest du mir Fausthandschuhe angezogen, dann kannst du machen, was du willst, da spüre ich nichts mehr.

Alles, was ich will? fragt Meret grinsend und zwinkert.

Alles, was du willst, antwortet Charly mit einem leicht pikierten Ernst. Und komm, du kannst mir nicht erzählen, daß du auf Latexgeschmack stehst.

Es gibt auch Gummis mit Himbeergeschmack!

Und mit Vanille! Dann laß uns doch gleich in die Eisdiele gehn!

Das ist jetzt wieder typisch Mann. Ich sage ja gar nicht, daß ich Lust darauf habe, ich will ja nur, daß wir Für und Wider abwägen. Übrigens gibt es ja nicht nur Aids, ich könnte ja auch schwanger werden.

Nur daß du, seit ich dich kenne, die Pille nimmst.

Ich könnte sie ja auch endlich mal absetzen wollen, gesund ist das schließlich alles nicht.

Ja, könntest du, sagt Charly und denkt: anerkennen, daß du in der schwächeren Position bist. Nicht auf stur schalten. Nicht den Fick riskieren, um in einer brotlosen Diskussion recht zu behalten. Ja, du hast recht, sagt er und setzt ein Lächeln auf als Waffenstillstandsangebot, das angenommen wird.

Ich will ja nur folgendes von dir wissen, sagt Meret. Wenn ich dich vor die Wahl stellen würde, Gummi oder gar nichts, was würdest du dann sagen? Ich stelle dich ja nicht vor die Wahl, aber ich will eine ehrliche Antwort.

Na gut, sagt Charly, lieber Sex mit Fäustlingen, als Abstinenz.

Meret nickt und seufzt, zufrieden mit seiner Antwort.

Aber hör zu, sagt sie dann. Eines müssen wir uns versprechen: Wenn wir aus irgendeinem Grund mal mit einem Dritten ins Bett gehen sollten, ich meine außer Christine und Hübi, dann laß uns so vernünftig sein, wir müssen uns da ja keine Geständnisse machen, verstehst du, aber dann laß uns so vernünftig sein und lieber Gummis nehmen.

Plötzlich versteht Charly, daß sie die ganze Zeit von sich redet, nicht von ihm.

Wenns von deiner Seite aus jetzt schon soweit ist, ich meine, wenn es das ist, was du sagen willst, dann zieh ich jetzt eben eins von den Dingern an. Eigentlich will er sagen: Dann lassen wirs besser bleiben.

Nein, um Himmels willen. Überhaupt nicht. Ich sage nur: wenn.

Charly nickt. Sie merkt, daß er abgekühlt ist.

Weißt du, was richtig pervers war, sagt sie in vertraulichem Ton, zugleich amüsiert und als ob sie sich gruselt, als wolle sie einer Freundin ein Teenagergeheimnis preisgeben. In diesen fürchterlichen zwei Wochen, völlig grundlos fürchterlich, aber man kann ja noch so viel räsonieren, also in diesen zwei Wochen Wartezeit zwischen Test und Ergebnis, wenn du dir dann plötzlich auch alle möglichen Horrorszenarien ausmalst, was man einander auf die Gefahr hin, den andern tödlich zu beleidigen, auch nie sagen kann, jedenfalls haben wir da trotzdem ein einziges Mal miteinander geschlafen. Ich weiß schon, das hat den Test natürlich in gewisser Hinsicht hinfällig gemacht, bevor wir noch die Ergebnisse hatten. Aber gut. Jedenfalls ging es von mir aus.

Im Sprechen steht sie auf, nimmt die beiden Teller, stellt sie übereinander, die Gabeln auf den oberen, trägt sie zur Spüle, legt sie hinein, kommt zurück, nimmt die Tassen, trägt sie zur Spüle, kippt den Rest Tee weg, stellt das Stövchen aufs Buffet, zieht Alufolie von der Rolle an der Innenseite einer der Schranktüren und deckt den Kuchen damit ab. Ihre Absätze klacken auf dem Parkett, als tanze sie unbeholfen Flamenco. Die Strümpfe knistern. Als sie in die Hocke geht vor der Schranktür, befürchtet Charly, daß die Strapse reißen.

Ich habe Hübi richtiggehend verführt, er wußte gar nicht, wie ihm geschah oder was los war mit mir. Aber was mit mir los war, das war, daß ich ihn plötzlich irgendwie als einen fremden Mann sah, einen Unbekannten, potentiell tödlich, jemand, in dessen Schwanz womöglich mein Tod steckt. Ein fremder Körper, und mit seinem Spieß kann er mich umbringen, vergiften, was weiß ich. Ich muß dir verrückt vorkommen (das alles in halb beiläufigem Ton, wie zu sich selbst sprechend, immer aber auch wieder dich dabei musternd, zugleich dich verführend und sich selbst aufreizend mit Worten, die aus einer Erinnerung, wahr oder falsch, etwas ganz anderes machen, die Hände dabei, wenn sie nichts tragen, fahrige Kreisbewegungen vor der Stirn ausführend, die Augen klein unter den Schlupflidern und aus den Winkeln blitzend).

Charly schüttelt den Kopf, fährt sich mit der Zunge über die Lippen. Trockene Lippen, trockener Mund. Wie sie das kann, solch eine Atmosphäre abnormaler Lust schaffen. Der Tod und das Mädchen, irgendwie läuft es bei ihr immer auf eine Form von Perversion hinaus, und so wird Charly sie auch immer Dritten gegenüber beschreiben, mit einem gewissen Besitzerstolz: Meret ist im Grunde eine Perverse.

Sie schüttelt auch den Kopf, die stumpfen braunen Locken tanzen. Jedenfalls hat mich der Gedanke plötzlich wahnsinnig erregt, oder besser die Phantasie – war ja alles nur in meinem Kopf –, diesen vielleicht tödlichen Schwanz in den Mund zu nehmen, verstehst du, so eine Art russisches Roulett, mein Leben als Einsatz auf den Tisch zu legen, und als er dann kam und ich alles runtergetrunken und geschluckt und geleckt habe, da hatte ich einen Orgasmus wie noch selten in meinem Leben, alles wegen dieser Vorstellung und all den Bildern von Krankheit und tödlicher Leidenschaft und Kopflosigkeit und Risiko, so eine Lust auf Dekadenz, sowas Schwüles und Modriges und...

Komm jetzt, sagt Charly. Du bist fertig mit Abräumen.

Er selbst setzt sich in Richtung Schlafzimmer in Bewegung. Während dieser paar Meter muß der Austritt aus dieser Welt, der wohlbekannten, heimeligen, gemütlichen Wohnküchenwelt der alten Schulkameradin und Vertrauten, und der Eintritt in die andere Welt bewerkstelligt werden, die der Fremdheit, Geilheit, Schamlosigkeit. Das ist nicht einfach, trotz der verbalen Hilfe, die sie ihm soeben hat zukommen lassen, und am besten versucht man es nicht mit einer bewußten Willensanstrengung und mit Nachdenken, der krasse Sprung überfordert das Gehirn, sondern mit einem Vergessen und Sichvergessen, einer Art bewußten Entspannung, wie wenn man versucht, in den Schlaf zu gleiten; in der Evokation von Bildern, aus der Erinnerung geschöpften, weitergesponnenen Bildern des Bevorstehenden, Ungewissen und zugleich verläßlich Lust Versprechenden.

Denn das eine, das Spontane, das gibt es nicht bei ihnen, daß die Tür aufgeht und sie sofort übereinander herfallen, daß man magnetisch angezogen wird und dem anderen unter die Haut dringen will, weil er eben der ist, der er ist, daß schon an der Tür ein heißkaltes Prickeln dich überläuft in Erwartung, das Gesicht, den Körper des anderen zu sehen, daß gewisse Linien und Bögen seiner Züge, seines Leibs dir das Herz brechen, daß du willenlos und instinktgebunden wie ein Tier auf seinen Geruch, seine Gerüche reagierst (der einzige Geruch hier, der mich schwach werden läßt, ist der nach frischgebackenem Streuselkuchen), daß man einander wie von innen nach außen gekehrt in die Arme fällt, das funktioniert hier nicht, das, was man wohl Liebe nennen könnte.

Nein, zwischen ihnen beiden braucht es den Stimulus und die bewußte Entscheidung. Ein Hebel muß umgelegt werden zunächst, damit dann jeder von ihnen des anderen Lustgenerator werden kann. Man könnte im übertragenen Sinne sagen: Wir fikken immer mit offenen Augen. Wir tun es, weil wir es beide wollen, nicht weil wir nicht anders können (obwohl ...). Sie bleiben noch im Augenblick des körperlichen Verschmelzens zwei autonome Seelen, eine jede in ihrem verschlossenen Gehäuse, und doch ist es nichts Kaltes und Gefühlloses und kein Aufrechnen »Was geb ich dir – was gibst du mir«, als wäre er mit einer Prostituierten zusammen, nein, da ist schon ein gewaltiger Unterschied an Vertrauen, ja vor allem Vertrauen, und nicht nur auf die Diskretion des anderen. Das Vertrauen, das man zu alten Freunden hat, in deren Obhut und alles verstehendem Blick, der die immer peinlichen, immer unvergeßlichen, immer entschuldbaren Jahre und Vergehen der gemeinsamen Jugend umfaßt, man sich gehenlassen und eben auch fallenlassen kann.

Aber ganz so ist es auch wieder nicht mit dem Umschalten von Kaffeeklatsch auf Hardcore, von Vertrautheit auf Fremdheit. Denn auch jetzt während dieser paar Schritte, ihren Blick im Rücken, während dieser Umwandlung, diesem notwendigen Maskenanlegen bleiben sie doch immer auch Meret und Charly und wissen es von sich wie vom anderen. Auch wenn er jetzt den Tunnelblick bekommt, so ist an den Rändern immer noch sichtbar: Meret, die den Kuchen schneidet, Meret, die den Tee aufgießt, Meret im Englischunterricht und der großen Pause, Merets Mutter und ihre Schwester, und das hat etwas Beruhigendes: Existentiell erschreckend und gefahrvoll und vor allem gemein und abgrundtief widerwärtig und unwiderruflich kann es nicht werden.

Dennoch weiß er, daß sie in diesem Augenblick beide das Tarngewand anlegen, unter dem hervor die Stimmen sich verfremden und nur noch von fern, wenn man sich konzentriert, vertraut klingen, unter dem man andere Wörter sagt, stammelt, stottert, befiehlt, bittet, unter dem man leitet, verbessert, fordert, dirigiert, ohne zu erröten. Das Tarngewand, in dessen bergendem Schutz man, ähnlich wie die Maskenfreiheit im Karneval funktioniert, sich Dinge gestattet und herausnimmt, mit sich geschehen läßt und zufügt, die sonst tabu wären, denn man weiß, sie bleiben nicht an der eigenen Haut haften, hinterlassen keine Spuren im eigenen Fleisch, sie werden zusammen mit dem Tarngewand abgestreift, und nur wirre Bilder der Erinnerung, irrlichternd wie ferne Blitze, werden später eine Ahnung heraufbringen, daß da mehr war als Phantasie und Traum, eine Grenzüberschreitung, die aus den Grenzgängern im Niemandsland des Traumbilds körperlose Komplizen macht im Geheimarchiv des wirklich gelebten Lebens. Doch ist auch dies eine Illusion, wenn auch eine im Moment notwendige und hilfreiche. Alles, was sie tun werden, wird gespeichert, erlerntes Wissen, das im unpassendsten Moment der Zukunft herbeigerufen werden wird, als Kenntnis, als Kniff, als Vorlage und Beispiel, glorifiziert als Triumph, verklärt als Jugendkraft, bohrend als schlechtes Gewissen, peinlich und großartig, ein weiterer der schwarzen Flecke auf dem ehemals glänzenden Spiegel der Gedächtnisfestplatte.

Die Stirnseite des Schlafzimmers wird zur Gänze von einem weißen Einbauschrank eingenommen. Schubladen, Kommodentüren, verspiegelte Schranktüren. Genau gegenüber, links von der Tür, das Bett, eine goldfarbene, gesteppte Tagesdecke darüber. Bettpfosten aus Messing oder Imitat. Französisches Ikea-Bett. Auf dem Nachttisch zwei Taschenbücher: Heinrich Albertz »Warum ich Pazifist wurde«, James Michener »Die Kinder von Torremolinos«. Ein gerahmtes Foto eines großen blonden Burschen im T-Shirt, mit hervorspringendem Adamsapfel. Hübi wahrscheinlich. (Daß er zuschauen wird, stört dich nicht, woraus du schließt, im Grunde überzeugt zu sein, daß er dir nicht das Wasser reichen kann.) Über dem Bett der Druck eines auf dem Kopf tanzenden

Schtetl von Chagall. Links ein alter Waschtisch mit Marmorauflage und kleinem, drehbarem Schminkspiegel. Rechts das Fenster mit den Gardinen davor, Messinghaken in der Wand, wo die Kordeln eingehängt werden. Warm, sauber, aufgeräumt, neutral riechend. Derselbe weißlackierte Parkettboden wie in der übrigen Wohnung. Ein schmaler Flokatiläufer vor dem Bett. Heizungsrohre, die in der Zimmerecke nach oben führen, dann ein Stück die Wand entlang, dann verschwinden. Ihre Mutter, hat sie erzählt: Kind, mußt du denn in so eine alte Baracke ziehen, nicht mal die Rohre sind unter Putz. Sind doch viel zu hoch die Zimmer, kriegt man doch gar nicht geheizt.

Zieh dich aus. Eine harte, fast männliche Stimme in seinem Rücken, vor der er im ersten Moment zusammenzuckt, bevor er dank ihrer den Schritt in das erregende Paralleluniversum der Maskerade tut. Dreh dich nicht um!

Zugleich mit der Stimme hört er seltsame Geräusche, als lasse jemand Kieselsteine in einen Eimer fallen. Was tu ich eigentlich hier? Was tu ich eigentlich hier? Die Frage tönt in Endlosschleife durch seinen Kopf: Wastuicheinglichhier?, bis sie jeden Sinn verloren hat. Unter Beobachtung: wie jemand, der gefilmt oder fotografiert wird von einer Überwachungskamera und sich dessen bewußt ist. Er zieht den Pullover mit dem V-Ausschnitt aus, löst die Krawatte, knöpft dann sein Hemd auf, auch die engen Manschettenknöpfe, sonst bleibt es am Arm hängen, was spastisch aussieht, wenn du es dir dann hektisch runterreißt. Auf den Boden fallen lassen, aufhängen wäre jetzt pedantisch. Sehr *self-conscious* das Ganze. Macht mich aber an. Auch die Schuhe aufzuschnüren wäre pedantisch. Aus dem ersten schlüpft er mit Hilfe der Spitze des anderen, aus dem zweiten mit Hilfe der bestrumpften Zehen. Gürtel, Reißverschluß, die Hose fällt, zum Glück ist hier gut geheizt, mit Christine würden wir jetzt bibbern und unter die Daunendecke springen und uns aneinanderkuscheln, verliebt, und den Duft oder Mief des andern inhalieren, den wir lieben, weil wir uns lieben. »Sich liebhalten.« Dreiviertel-Erektion immerhin. Du würdest jeden Betrag wetten, daß ihre Augen das jetzt eben prüfend messen.

Leg dich aufs Bett. Schließ die Augen. Kontrollierte, emotionslose Männerstimme. Wie macht sie das? Sie kniet sich über ihn, packt seine Handgelenke, sie hat eiskalte Finger, feucht und eiskalt, sie führt sie nach oben an das Ikea-Messinggitter, und aha, jetzt fesselt sie sie mit Lederriemen. Aua, sehr kräftig, besser daran denken, daß ihre nackte Möse jetzt direkt über mir schwebt, was hat sie vor?

Mach die Augen auf! Befehlston. Hat den Angorapullover ausgezogen. Ihr Gesicht über dir. Verschlossen, konzentriert, geschäftsmäßig. Ist da ein freundschaftliches Zwinkern, Glitzern zu sehen, zu erahnen, den Bruchteil einer Sekunde lang? Der Eifer in ihren Zügen, die Beflissenheit unter der Maske der kalten Sexgöttin, aber auch das Irrlichtern der selbstkonstruierten Erregung, die rötlichen Flecken auf den Jochbeinen, auch eine Spur von Scheu, von Zögern vielleicht, von Sich-selbst-einen-Ruck-Geben, was sie sehr menschlich macht ... Sich sagen, daß es sie jetzt zu Anfang genausoviel kostet wie mich, daß sie auch Lampenfieber hat, sich erst umstellen muß. Den neuen Ton erst festigen, mit seinem Klang kommen die Stimmung und der Rest.

Was hat sie nun wieder vor, die erstaunliche, die einfallsreiche Meret? Irgendwie ist das Ganze auch gemütlich. Noch! Gleich wird etwas geschehen, das ihn endgültig und fast vollständig hinüberreißen wird. Es sind diese Fesseln, die ihn auf Gemütlichkeit bringen. Man sitzt wie gefesselt vor dem Fernseher. Aber das hier ist echt. Merets Gesicht. Die stumpfen braunen Dauerwellenlöckchen, die recht kleinen braunen Augen mit den Schlupflidern, die schmale Nase, der schmallippige Mund, der wohlproportionierte, aber im Ganzen etwas zu große Körper. Sie auf wieviel, vierundneunzig Prozent? schrumpfen. Aber dann wäre der Kopf entschieden zu klein. Sie sieht ihn ausdruckslos an, irgendwie abwesend oder auch konzentriert, wendet sich ab, beugt den Oberkörper vom Bett, Geräusche, undefinierbar, dann kommt sie wieder ins Blickfeld, die Backen ein wenig aufgeblasen. Jetzt gleitet sie, rittlings über ihm kniend, langsam nach unten, und er sieht ihr nach und bekommt sich dabei selbst ins Blickfeld. Der schiefe Turm von Pisa ragt aus der Poebene. Warten auf den Augenblick, wenn die Körper die Regie übernehmen und das Denken und Kommentieren und Sich-Erinnern und Vergleichen und Nicht-bei-der-Sache-Sein gestoppt wird. Gleich ist es soweit. Schon senkt sich ihr Gesicht so tief über ihn, daß seine Eichel vom Atem aus ihrer Nase wie von einer warmen Sommerbrise umweht wird. Dann wird er auch das Lächerliche und Blöde an diesen Fesseln vergessen oder, besser gesagt, erotisch darauf reagieren. Gleich hoffentlich wird er auf alles nur noch erotisch reagieren. Gleich, sobald sie diese Eichel zwischen die Lippen nimmt – *deep throat*, das kann sonst niemand, den ich kenne – und fast schlucken und bearbeiten wird. Allein die Worte, die Vorstellung davon, der Blick auf dieses weiße, teigige Gesicht oberhalb seines Glieds, reichen schon beinahe aus. Gleich wird sukzessive diese wunderbare Schamlosigkeit von ihr und auch von ihm Besitz ergreifen, diese Allerotisierung, wo nichts mehr peinlich ist, was einer von uns beiden tut oder sagt oder stammelt, wo nichts a priori verboten ist oder tabu, kein Griff und kein Übergriff, kein Versuch, keine Grenzüberschreitung, kein Körperteil und keine Körperöffnung, denn man kann sich verständigen: Nein, das tut weh, hier bitte nicht, oh ja, da mußt du mehr, länger, später, warte ich zeigs dir, am liebsten ist mir ... ja, man kann sich verständigen, unter Fachleuten sozusagen, die gemeinsam etwas konstruieren, eine funktionstüchtige, ständig optimierte Maschine der Lust, man ist vertraut miteinander, der riesige Problemraum des Privaten dahinter bleibt ausgespart und damit auch alle Empfindlichkeiten, Eitelkeiten (immer aber ist da auch: die Zuneigung, das Vertrauen, die Kameradschaft aus den alten Schülertagen).

Und zugleich herrscht hier eine Form von körperlicher Disziplin, die erstaunlicherweise zusammengeht mit der Schamlosigkeit und der Erotisierung all dessen, was man im Normalzustand geschmacklos fände, wie diesen Nuttenmini oder diese Überdecke oder die Schabrackenvorhänge oder den Spiegel gegenüber dem Bett, in dem er seine Fußsohlen und Zehen sieht. Es ist ein Auf-sich-Achten und Eine-gute-Figur-Abgeben; wenn er furzen muß bei Meret, dann geht er unter einem Vorwand in ein anderes Zimmer, und da er weiß, daß er sich hier ausziehen muß, hat er sich vorher die Füße gewaschen und die Nägel geschnitten. Und sie genauso: die Pickel ausgedrückt und ein parfümiertes Sitzbad genommen, eine Frage des Respekts und der Rücksichtnahme.

Und das ist das Komische, daß Respekt und Rücksicht gegenüber Christine, die er liebt, wie er Meret nie lieben könnte, sich auf ganz andere Bereiche erstrecken. Wenn Christine ihre Tage hat oder erkältet ist, dann würde ich sie doch nie und nimmer bedrängen, mit mir zu vögeln, wogegen ihn eine verschnupfte Meret nicht stören und er ihr den Satz, man sollte doch vielleicht den *jour fixe* mit Canasta verbringen, denn sie blute, als höchst deplazierte Zimperlichkeit ankreiden würde. Irgendeine Bemerkung Christines, irgendeine einmal, hat schon ausgereicht, ihm klarzumachen und ihn akzeptieren zu lassen, daß ihr Hinterteil Tabuzone ist, und er respektiert sie viel zu sehr, um ihr jemals gegen ihren Willen etwas aufzuzwingen, was sie nun einmal nicht mag. Andererseits, wenn man zusammenlebt, geht man eben nicht mehr jedesmal aus dem Zimmer, wenn man furzen muß, auch wenn es stinkt. Du lieber Himmel! Hast du Bohnen gegessen? ruft man und reißt das Fenster auf, oder manchmal rülpst er eben aus Versehen, und sie sagt beiläufig »Schwein« und ißt oder liest weiter. Wenn man zusammenlebt, hat jeder dem anderen schon mal die Kotze vom Mund gewischt mit dem Waschlappen über dem nach Pisse stinkenden Klobecken, über dessen Reinigungsdienst Uneinigkeit besteht, und jeder hat schon die Toilette aufsuchen müssen, wenn der andere zuvor Dünnschiß hatte oder nur einfach vergessen hat wegzuspülen. Und sie sind beide schon zu Bett gegangen, wenn der andere krank lag und ein Schwall ziemlich ekligen Muffgeruchs entwich, sobald man die Decke aufschlug, um sich hinzulegen.

Respekt und Rücksichtnahme. Zwei ganz unterschiedliche Felder für dieselben Begriffe. Die eine Form von Rücksicht nimmt zu, je länger man mit jemandem zusammenlebt und je mehr man ihn liebt, die andere nimmt ab, womöglich sogar proportional dazu, vielleicht, weil die Sicherheit der Liebe zum Sich-Gehen-Lassen verleitet, und man glaubt, sich gehenzulassen sei genau die Schwäche, die man wie ein intimes Geschenk nur dem zeigt und offenbart, dessen man sich sicher ist. Und umgekehrt vielleicht ebenso, daß man das, was das Ekligste ist am anderen (seine Fußnägel im Waschbecken), für sein Intimstes hält, dessen privilegierter Besitzer, Zeuge und Hüter man ist, also auch für ein Geschenk, und ihn gerade dafür noch inniger zu lieben vermeint; was nicht daran hindert, daß dieses Wissen, sobald man auf den Gedanken an Sex umschaltet oder Lust hat, sich als zerstörerischer Virus in das empfindliche Bilderproduktionsprogramm einspeist, das so sehr aus glatten Oberflächen und der Illusion einer gewissen Unbekanntheit und Fremdartigkeit lebt, und daß es für den Sex besser ist, man kennt die Kotze und die Eiterpickel und den Mundgeruch des Partners nicht so gut!

Hoppla, was macht sie jetzt? Was machst du denn da? Noch so ein Lederband. Warum antwortet sie nicht? Immer noch die aufgeblasenen Backen. Sie schnürt es fest um die Wurzel seines Glieds und den Hodenlappen herum, eine Art Cockring, dann sieht er, wie sie mit ein wenig zusammengekniffenen Augen, konzentriert eine Schleife bindet, süß irgendwie, als binde sie einem Kind die Schuhe zu.

Ein schlüpfriger Finger gleitet in seinen Hintern, er spürt den Nagel am Schließmuskel, drückt ein wenig, wie zum Kakken, der kundige Finger gleitet tiefer, bis zum Ansatz. Das erste Mal, als sie das tat, war er ein wenig schockiert, dann merkte er schnell, wie erfahren Meret auch auf diesem Gebiet war. Es handelte sich nicht um eine aus der Ekstase geborene Grenzüberschreitung, eine von der eigenen Unerhörtheit gebremste und zum Zittern gebrachte verrückte Geste, aus der sich nichts weiter entwickelt und die sich in ihrer Kühnheit selbst genug ist. Der Fachbegriff dafür lautet Prostatamassage, und auch wenn sie ihn regelmäßig anspornt, dagegen zu arbeiten, dauert es nie länger als zwanzig Sekunden, bis er kommt. Sie muß dazu nicht einmal seinen Schwanz berühren, den sie jetzt aber, er sieht es mit leicht angehobenem Kopf bei angespannten Halsmuskeln, zwischen den Korallen ihrer Lippen und das Riff ihrer Zähne hineintauchen –

Er kann das Bild nicht zu Ende denken: Eine Stichflamme, das Gefühl einer Stichflamme, entzündet und verbrennt sein Glied. Das Wort Schmerz, aber innerhalb des Wortes ist da gar kein Schmerz, völlig verrückt, dabei das Erlebnis zu verbrennen, ein Prickeln, ein Ziehen, ein Erstarren, ein Schwellen, Tausende von Nadelstichen, die ganz deutlich zu spüren sind, jeder einzelne, zugleich aber wie unter Narkose, das, was die Nerven in ihrer Verwirrung als Schmerzenssignal senden, ist gar kein Schmerz, sondern sind Lichtblitze, jetzt vor seinen Augen, zugleich das ungeheuer Erregende, nie Gefühlte, Unbekannte, ein Beamen, das ihn auflöst, seinen Schwanz nur, ein Hautbeben setzt ein an den Schulterblättern und läuft nach unten, man müßte es sehen können, wellenförmige Zuckungen die Epidermis entlang, und jetzt, wie eine brennende Lunte aus festem Material, eine Art rotglühender, vom rotierenden Mittelfinger Merets tief in seinem Becken entzündeter Draht, den entlang die Flamme sich voranfrißt, einen Bogen nach unten und dann nach oben beschreibend, durch sein Skrotum, in seinen Schwanz, in die brennende, von den Nadelstichen perforierte Eichel, in der die Sprengladung sitzt – jetzt Explosion, zweite Explosion, eine Sekunde Stille und Schwärze. Dann wird sein Blick klar, entdeckt das strahlende Gesicht Merets, die auf seinen Oberschenkeln sitzt, mit unsichtbarer linker Hand das jetzt unangenehm schmerzende Lederband von seinem Geschlecht löst, mit der anderen ein Glas vom Nachttisch greift und vier rundgelutschte, verschlierte Eiswürfel hineinspuckt.

Na? fragt sie grinsend und stolz, als habe sie ihm einen gelungenen Streich gespielt oder ein Zauberkunststück vorgeführt. Fast kindliche Freude in ihrem Gesicht, überwältigendes Gefühl von Nähe und Übereinstimmung. Und, nicht auf seine Antwort wartend und sofort wieder ernster, sich zusammennehmend, Rapport erstattend: Entschuldige, ich habe gedacht, es zerreißt ihn gleich, diese Schnürung muß ich, glaube ich, noch dosieren.

Was war das jetzt? ist alles, was Charly herausbringt, die Tölpelhaftigkeit seines Tons ist ihm aber bewußt, und er räuspert sich. Trockener Mund.

Eiswürfel, sagt Meret.

Blasen mit Eiswürfeln? Jetzt stellt er sich absichtlich verblüffter, als er tatsächlich ist, um den Augenblick auszukosten und zu verlängern, in dem er voller Stolz und Begeisterung das Gefühl hat, die am Leben gebliebene Versuchsperson eines bahnbrechenden Experiments zu sein. Dahinter, flacher, auch ein gewisser Vorwurf, daß er gar nicht gefragt wurde, ob er es mitmachen wollte.

Ja, und wie fühlt es sich an? War quasi eine Premiere.

Wahnsinn – dann der Anflug schlechten Gewissens, der zumindest ausgesprochen sein will, um sich wieder verflüchtigen zu können. Es ist Wahnsinn, nur vielleicht ein bißchen einseitig … Ich meine, was hast du davon? Ist es für dich denn auch …? Es ist das Gefühl, so über die Maßen auf seine Kosten gekommen zu sein, das nach etwas Gleichgewicht verlangt, um ausgekostet werden zu dürfen.

Meret liegt jetzt wohlig da, die Arme im Nacken gekreuzt. Als gehe sie die geglückte Versuchsanordnung im Geiste noch einmal durch, um nach Punkten zu suchen, an denen sie sie noch optimieren könne. Mach dir darüber keine Sorgen, sagt sie abgeklärt und vergnügt. Mehreres hab ich davon. Erstens komm ich beim Zusehen auf meine Kosten. Wie du dich da ringelst und windest und aufbäumst und daß du dich so gehenläßt, das erregt mich. Zweitens der Anblick dieses fast explodierenden Schwanzes, das hat etwas Brutales, Gewalttätiges, diese zornige Farbe, dieses Lila, diese knotigen Adern, wie Muskelstränge fast, wie, was weiß ich, der Arm eines schwarzen Leistungssportlers, nee, das ist ein blöder Vergleich, den würde ich ja nicht in den Mund nehmen. Und …

Und?

Und im übrigen, aber das ist jetzt nicht auf dich persönlich gemünzt, sondern auf deine Gattung: Im übrigen habe ich mir jetzt Zeit für mich verschafft. Du wirst eine ganze Weile brauchen, bevor du wieder an dein Vergnügen denken kannst (er muß an den Vorfrühling denken draußen, die Gerüche, die Freude auf das Jahr: mein Vergnügen, ein wenig Geduld nur), und währenddessen kannst du dich voller Altruismus um meines kümmern.

Sein Schwanz ist noch immer aufgerichtet, und er könnte nicht sagen, ob er sich glühend heiß oder eiskalt anfühlt, jedenfalls will die Muskelanspannung nicht weichen. Fühlt sich an, als könne er zersplittern wie eine Kristallskulptur.

Meret greift sich in die Scham und schließt ihre feuchte Handfläche zärtlich um Schaft und Eichel und streichelt den glitschigen Turm, als wolle sie ihn einseifen. Ach übrigens: Wenn du allein leben würdest, dann könntest du dich da unten kahlrasieren, was es mir erlauben würde, deine Eier zu lutschen, ohne den ganzen Mund voller Haare zu haben.

Ja, das ist nun schwer machbar, antwortet Charly etwas ärgerlich.

Komm, sagt sie sanft, jetzt feßle du mich und versohl mir den Arsch, aber nicht so zimperlich.

Sie streckt sich auf dem Bett aus, auf dem Bauch liegend, den Kopf seitlich gewendet, wie für eine Massage, die Arme zur Seite gebreitet, die Hände zu Fäusten geformt, locker jedoch, nicht geballt, so wie schlafende Kinder sie oft halten. Er setzt sich rittlings über sie und streift den kurzen Lederrock ein Stück nach oben. Aus einer Laune heraus nimmt er sein immer noch festes Glied in die rechte Hand und schlägt damit auf Merets Hinterbacken, was ein leise klatschendes Geräusch verursacht, aber natürlich nicht das ist, was sie erwartet. Es ist tatsächlich nur Spielerei, Träumerei, mangelnde Konzentration, Abschweifung. Sie bewegt die Hüften ungeduldig hin und her und hebt die Arme an.

Die Fesselungsgeschichte, man mag darüber denken, wie man will, funktioniert trotz allem in erotischer Hinsicht erstaunlich gut. Seltsame Psychen haben wir. Plötzlich kommt es über ihn, eine seltsame Anwandlung in der Art von »Wenn du es willst, kannst du es haben«, der er unbedenklich nachgibt, halb aus seiner Entscheidungsautonomie als momentaner Spielleiter heraus, halb aus irgendeinem merkwürdigen Revanchegelüst, und er zieht die Lederbänder so eng um ihre Handgelenke, daß sie »Aua!« ruft, wodurch er sich nicht beirren läßt. Wirklichen Protest würde sie schon zu artikulieren wissen. Wie sie ihrem Hübi die rötlichen Schnürmale erklären wird, die womöglich eine Weile bleiben, weiß ich allerdings nicht, ist mir auch gleichgültig. Sie hat einen breiten Rücken, sie ist nicht dick, sie ist einfach groß. Das Hinterteil hat festes Fleisch, von einer leichten Gänsehaut überzogen, weiße Haut, die in der Ritze zwischen den Bakken bräunlich-rosig wird und in Richtung der Scham hinunter von einer dünnen Haarhecke bewachsen ist, die die beiden hügeligen Schneefelder wie ein Bruch voneinander trennt. Christines Po daneben, und Meret würde nicht mehr sexy wirken, nur einfach ausladend. Er löst den Hüftgürtel, sie hilft mit, indem sie das Becken hebt. Die Strümpfe liegen eng an, es bräuchte die Strapse gar nicht. Am Ansatz formt das Schenkelfett einen leichten Wulst.

Was man in der präpotenten und dabei so ahnungslosen Pubertät sich hat an Blödsinn erzählen können, und dabei immer mit diesen vulgären Wörtern, mit denen wir uns vom Leibe zu halten versuchten, was wir nicht kapierten: Es gibt Arschfreier und Tittenfreier, ich bin eindeutig ein Arschfreier. Plötzlich erinnert er sich an die Mode von damals, vulgärsexuelle Ausdrücke in ausländisch klingende Namen zu verballhornen, und wir haben uns totgelacht dabei. Er weiß nur mehr einen, der mit zusammengezogenen Kehlkopfmuskeln ausgesprochen werden mußte und mit viel Spucke im Mund, um den holländischen Tonfall zu imitieren: Vik van Achtern. Du mußt immer noch grinsen. Vik van Achtern. Jesus Maria, was für Blödmänner wir waren.

Er könnte mit Meret auch einfach mal ein Bier trinken gehen abends oder auch hinterher zum Entspannen und Quatschen, sie kommen an diesen Nachmittagen ja doch nie richtig zum Reden, im Goldbeker oder bei Niewöhner oder im Poppenspeeler, da bin ich schon ewig nicht mehr gewesen.

Manchmal erstaunt es dich selbst und erfüllt dich mit einem gewissen Stolz, wie man doch weitergekommen ist in diesen sexuellen Dingen, sicherer und erfahrener geworden ist, und wie das, was man an träumerischer Naivität verloren hat, mehr als aufgewogen wird durch die erlernten Fähigkeiten, Lust geben und empfangen zu können. Vor Jahren, lange vor Christine, gab es mal ein Mädchen, keine Ahnung mehr, wie sie hieß, Gaby oder Claudia, gar nicht sonderlich attraktiv. Das Ganze ging nur darum, krieg ich sie dazu oder nicht, es war alles ziemlich unsicher und einfallslos, und dann plötzlich war da ihr Finger dazwischen, und ich: Was ist das jetzt? Schien klar, daß ich ihr nicht genüge, genaugenommen ist es mir ziemlich lange nachgegangen. Keine Rede davon damals, daß man darüber hätte sprechen können, geglaubt damals, jedes Wort wäre zuviel beim Vögeln, das Mädchen offenbar auch. Wahrscheinlich wars ihr selbst peinlich.

Er klatscht mit der flachen Hand auf Merets Po. Fest ist er. Da schwabbelt nichts. Ein sattes Geräusch. Nur eine Art Nachvibrieren.

Kräftiger, du Scheißkerl, sagt Meret. Und rede mit mir!

Ja, konzentrieren, damit du auch Spaß dabei hast. Andernfalls wirst du nicht fähig sein, ihr auch nur die Hälfte von dem zurückzuzahlen, was sie gerade in dich investiert hat. Aber eine gewisse Hemmung. Soll ja schließlich ein Spiel bleiben. Rantasten, Austarieren. Er klatscht ein wenig fester, zweimal, einmal auf die linke, einmal auf die rechte Gesäßhälfte. Bongovirtuose. Ein Knurren von Meret. Leichteste Hautrötung, sofort wieder verblassend. Gut für die Durchblutung. Reden soll er. Erinnerung ans Pitschen als Kinder, ein peitschenartiger Hieb mit den Fingern auf des anderen Hintern im Vorübergehen. Ist aber schwierig in der Horizontalen. Er versucht es. Sie zuckt zusammen. Aua!

Halts Maul, Schlampe. Hört sich ein wenig falsch an, fast schüchtern, hoffentlich versteht sie es richtig. Ein knurrendes Aufstöhnen als einwilligende, mehr fordernde Antwort. Problem ist, wenn du so weitermachen willst, daß du dich ans Vokabular irgendwelcher Pornofilme erinnern mußt. Gab es in den paar, die ich gesehen habe, überhaupt Dialoge? Was für Alternativen? Pezzi, der Punk aus Rosenheim, damals auf dem Kurztrip nach München im Anschluß ans Abi. Ich mach dich kirre. I moch di kürre! Versuchen. Ich mach dich kirre, du Schlampe! Hoppla, der Schlag war zu kräftig, ihr Arsch zuckt hoch wie nach einem Stromstoß. Gibs mir du Sau! Gefällt ihr aber offenbar. Ein Schlag rechts, einer links, jetzt hast du die richtige Dosierung gefunden, wenn du ihr knurrendes Grunzen richtig interpretierst, aber abgrundtief peinlich ist es natürlich trotzdem. Jetzt den Rhythmus brechen, sie reckt den Hintern bereits den Schlägen entgegen, einmal schwächer, einmal kräftiger, und zwischenhinein beugst du dich hinab und leckst den Ansatz des Tals zwischen den beiden Hügeln entlang. Nur so, zur Beruhigung. Die Haut dort ein wenig körniger, rauher als auf den weißen Hemisphären. Der Hintern hebt sich dir entgegen, klatsch, eins drauf, freu dich nicht zu früh, Schlampe. Fast unmöglich, während dieses Bongospiels nicht abzuschweifen. Merets Grunzen gleichmäßig, einlullend. Weiße, weiche Haut. Christine. Soll ich vielleicht zu Christine sagen: Du könntest mir mal einen blasen, während du Eiswürfel im Mund hast? Unmöglich. Ganz davon abgesehen, daß sie mich fragen würde, woher ich auf solche Ideen komme, ganz davon abgesehen, daß sie natürlich nie auf so eine Idee käme, es braucht nämlich eine gewisse Kreativität in diesen Dingen und auch Recherchearbeit und Vorbereitung, von nichts kommt nichts, ganz davon abgesehen, würde sie auch nie, nachdem sie alles runtergeschluckt und sich die Lippen geleckt hat, sagen: Johnny, da hast du mir aber voll eingeschenkt. Was ja auch in jeder anderen Situation und mit jeder anderen Frau der Gipfel der Peinlichkeit wäre. Ich würde sie ja für besoffen halten, wenn Christine mich bei der Liebe je Johnny nennen würde. Johnny, wenn du Geburtstag hast, bin ich bei dir zu Gast, die ganze Nahacht, so ungefähr muß das gemeint gewesen sein. Andersherum allerdings: Wolltest du wirklich mit einer Frau dein Leben verbringen und Kinder großziehen, die solche Tricks draufhat? Es ist schon alles ziemlich gut eingerichtet, so wie es ist. Und wann, wenn nicht jetzt, soll ich denn solche Sachen erleben? Mit Fünfzig doch nicht mehr. Gott bewahre, dann hab ich den Streß hoffentlich glücklich hinter mir. Und nebenbei hat es eben auch einen, wie soll man es nennen, einen Aspekt mentaler Hygiene: nichts, was ich mir versagt hätte und eines Tages stillschweigend Christine vorwerfen müßte und dann bei einer Fremden suchen.

Er sieht an sich hinab. Seine Erektion ist vollständig verschwunden, sein Glied so geschrumpft, als wolle es sich im Schamhaar verstecken und unsichtbar machen. Die Vorstellung davon, daß Christine von seinem Treiben hier etwas erfahren, hören, sehen könne, hat ihn vollkommen ernüchtert, und, seien wir ehrlich: Diese inszenierte, stilisierte Versohlung Merets ist keine Tätigkeit, die dich erregen könnte, trotz all ihrer Geräusche und Bewegungen. Christine ist jetzt in seinem Bewußtsein eingenistet, offenbar aber nicht nur als Lusttöter, sondern auch als Angebot irgendeiner Art. Und ich muß und will Meret jetzt Lust bereiten, sie sehnt sich, giert danach, auf ihre Weise eben, das bin ich ihr schuldig, das hat sie verdient, das kriegt sie. Ein plötzlich auftauchendes Bild von Christines Hintern (aber du denkst nicht Hintern, du denkst: Christines Arsch) an der Stelle von Merets Doppelmond, auf das du sofort mit einer beginnenden Erektion reagierst, bringt dich auf Gedanken: Du schlägst jetzt nicht auf den an dergleichen gewöhnten und es fordernden Rubenshintern Merets ein (es reicht, die Augen so weit zuzukneifen, daß du, während die Realität ringsum klar und sichtbar bleibt, auf die Mitte deines Gesichtsfelds jenen Ausschnitt des anderen Körpers projizierst wie eine Doppelbelichtung), sondern auf die sich wehrenden, zuckenden, empörten, sich rötenden, sich aus Angst vor scheußlichster Vergewaltigung zusammenpressenden knabenhaften, schmalen Hemisphären deiner Frau. Meret liefert ahnungslos die notwendige, die jetzt ungleich erregendere Geräuschkulisse (auch die Ohren müssen halbtaub gestellt werden, um ihr Stöhnen in das weiblichere, mädchenhaftere, schrillere einer virtuellen Christine überführen zu können), und so funktioniert das Ganze jetzt auch wie es soll. Natürlich kommt noch eines hinzu: Die Vorstellung von Christine läßt sich nicht von den Gefühlen für sie trennen, und daher läuft im Hintergrund des doppelten Bildes noch ein dritter Film ab. Liebe machen mit Christine. Ein Potpourri aus den ganz frühen Malen, von denen du dich an das zarte, zehrende, bauchwehartige, äthergefüllt leichte Glück erinnerst und aus denen du anhand einzelner Erinnerungsbilder (ein Sessel, ein Gesichtsausdruck, ein Bewegungsablauf) eine idealtypische Liebesszene rekonstruieren kannst. Ihr Gesicht direkt unter meinem, wir halten einander mit den Augen fest. Ihr Mund steht ein wenig offen. Eine Strähne ist ihr in den Mundwinkel geraten, etwas dunkler. Meine rechte Hand unter ihrem Nacken spürt die Stoppeln des rasierten Haaransatzes, die beiden Sehnenstränge, die den Kopf halten. Ihr Gesichtsausdruck: Ist sie konzentriert, hat sie Schmerzen, tastet sie sich wie eine Blinde den Korridor der Lust entlang? Meine Hände jetzt links und rechts von ihr auf das weiße Kopfkissen gestützt. Ihre Haut goldbraun, ihr Haar blond, die Spitzen dunkler, wo sie feucht sind. Jetzt öffnet ihr Mund sich, als wolle sie einem von tief unten kommenden Laut Raum geben. Wir halten uns umklammert wie bei einem Wiedersehen nach langen Jahren. Bleib immer so bei mir. Laß mich nie wieder los. Laß uns eins bleiben. Ich liebe dich, o ich liebe dich! Ich liebe dich.

In Wirklichkeit bist du hier. Bei Meret. Über Meret. Christine hat ihre Schuldigkeit getan, löst sich auf, verschwindet. Verwirrt, zunehmend erregt von Bildern und Tönen, gleich, ob sie aus der von der Gegenwart unterstützten Erinnerung kommen oder aus jener selbst. Ein Frauenkörper von hinten auf allen vieren, dessen Bewegungen nicht mehr zielgerichtet, willensbestimmt sind, sondern ein Synapsenchaos, eine hilflose, genießerisch hilflose Reaktion auf Außenreize, und die erzeuge ich. Dieses Zucken, Wackeln, Sich-Winden, Erbeben des großen obszönen Leibs, unvorhersehbar jeweils wieder, das Spastische, Gemarterte, zugleich diese hündische Gier, dieses Ich-will-mehr, dieses läufige Entgegenstrecken der Geschlechtsteile ist ansteckend wie ein Veitstanz. Die Phantasie der Ruchlosigkeit gegenüber seiner Frau, die Vorstellung davon, sie zu entsetzen, sich ihr plötzlich als völlig Fremder zu offenbaren, hat sein Rollenbild gefestigt. Irgendwann, wenn alles gutgeht, kommt der *point of no return*, an dem der Gedanke an das peinliche Gefühl, das du hinterher haben wirst und wegen dem man (Mann) nicht alle Hemmungen fallenläßt, im Sprung genommen oder wie von einer Flutwelle hinweggespült werden wird. Kontrollierte Lustzufuhr, jeweils einer am Schaltbrett der Stimulation, der die Regler aufdreht, das kann erregend sein, aber all deine Hoffnung geht doch auf das beginnende Brausen in den Ohren, wenn die Außengeräusche nur mehr Hall sind und diese ziehende Schwäche im Rückenmark beginnt. Übrigens unterscheidet ihr euch hier vielleicht grundlegend, und Meret hat es tatsächlich nicht darauf, sondern auf das andere abgesehen. Nun, wir werden sehen.

Sie hat sich hingekniet, zerrt an ihren Fesseln, streckt mir den Arsch entgegen, du, zwischen ihren Schienbeinen hockend, starrst auf diesen übergroßen augenlosen Kopf, der mit seinem Gewackel, den ungelenken Bewegungen seiner vertikalen Hasenscharte dir verzweifelt etwas mitteilen zu wollen scheint. Verstört von dem Bild, räusperst du dich und fragst kurz: Alles o.k.?

Sie mit gepreßter Stimme, ein wenig atemlos: Sicher ist alles o.k. Los, spiel weiter.

Das Wort entzückt ihn: Ermächtigung und zugleich tiefe Beruhigung. Und als wärst du wieder zehn und herausgefordert, dein Bestes zu geben, um allen dich umstehenden Kindern ein spannendes Szenario zu erfinden, die Motivation, in deiner Rolle so sehr aufzugehen, daß selbst sie alles glauben wird, diese unvergleichliche Motivationstrainerin!

Sie drückt das Kreuz durch, die Schenkel sind schräg abgestützt, es riecht jetzt auch alles intensiver, Urwaldhumus nach dem Regen, es riecht und dampft aus den Hautfalten, aus den Löchern, aus der Behaarung, sie öffnet sich wie eine Sumpforchidee, deren Blütenblätter signalrot leuchten. Auf dem weißen Laken ein dunkler Feuchtigkeitsfleck, glasige Schlieren schlängeln sich durch die struppigen Kronblätter, ziehen sich wie Klebstoff in die Länge und fallen dann tröpfchenweise ab. Wenn ich jetzt da hineingreife, ist meine Hand pitschnaß, wirklich pitschnaß, und wie stark das riecht (keineswegs, denkt er in einem Seitenstrang seines Bewußtseinsstroms, keineswegs nur angenehm, o nein, aber sinnlich und schamlos), sie stinkt wie eine läufige Hündin, formuliert er im Kopf, kann man das sagen oder ist es zu starker Tobak? Sie schüttelt wild die Kräusellocken, wie ein aufgeregtes Pferd, du schlägst jetzt bedenkenlos sehr kräftig (viel kräftiger als vorhin, als du dich fragtest, ob es nicht zu heftig wäre), sie schreit auf, ein richtiger Schmerzensschrei, oder ist es pure Theatralik. Du stinkst wie eine läufige Hündin! (Mein Gott!) Sie schreit noch lauter, heiser jetzt, ist das Schmerz über die Wollust hinaus, ernüchtert oder noch Teil davon? Aber sie reckt mir diesen Arsch entgegen, als wolle sie ihn mir überstülpen. O du Schwein, krächzt sie, du Hurenbock, gibs mir. Aha! Also doch. Ich reiß dir den Arsch auf, du Schlampe. Mit gefletschten Zähnen hervorgepreßt, was sie nicht sehen kann. Und tatsächlich ist es das, was du willst, merkst jetzt, daß dir deine schwachsinnigen Pornosätze nicht mehr lächerlich vorkommen, darauf also läuft es hinaus. *Method actor.* Seine Erektion ist wieder fest und verläßlich (ein wenig schmerzend, eine Art Muskelkater), er greift mit beiden Händen an die Hüften wie an zwei Henkel, er hebt sich, ihren Körper streifend, aus der Hocke, er fixiert dieses Knötchen, dem der jetzt ungeheuer intensive Geruch nach Schweiß und Kot zu entsteigen scheint, das aber von der Natur nicht dazu vorgesehen ist, etwas einzuführen (im Gegenteil!), so daß der Gedanke, sie dort zu penetrieren etwas ähnlich Rauschhaft-Verbotenes hat wie sich über das in unseren Genen festgeschriebene Inzestverbot hinwegzusetzen. Allerdings sind die Größenverhältnisse zu unterschiedlich, hier muß nun doch Vernunft walten, die immerhin auch in diesem Zustand noch verfügbar ist, praktische Vernunft. Ich werde dort ohne Lubrifikation nicht eindringen können, könnte sie mir beschaffen, indem ich Meret zunächst auf klassische Weise penetriere, aber ich bin in einem anderen Film. Ja, tatsächlich, es hat sich zu einem Film entwickelt, dessen Drehbuch du immer einige Sekunden in die Zukunft hinein schreibst und dem du jetzt auch folgen mußt, weniger ein gehorsamer Schauspieler als das Opfer eines Traums oder Alps, das um nichts in der Welt fähig wäre, aus der vorgegebenen Logik auszubrechen. Was tun? Es hilft nichts, er muß sich besorgen, was er braucht.

Bleib so, sagt er ruhig. Ich muß was holen. Trockene Kehle.

Was willst du holen? Sie räuspert sich. Muß ihre Stimme wieder normalisieren hierfür. Weg von dem männlichen Befehlston, weg von der Theatralik der opernhaften Schmerzensschreie, weg vom Königin-der-Nacht-Pathos. Jetzt ganz brüchig, mädchenhaft, fast erstaunt klingend, er kann ihr Gesicht ja nicht sehen, nur sich vorstellen, zu welchem Ausdruck es sich jetzt gerade ordnen muß.

Es ist wieder eine kurze Parenthese im Normalton, sozusagen spielt der Dialog sich bei angehaltenem Atem im Zwischenraum zweier Augenblicke ihres brünftigen, stinkenden Dominations- und Unterwerfungsspiels mit seinem Pornografievokabular ab. Faszinierend und erstaunlich und beruhigend, daß so etwas möglich ist.

Butter, sagt er.

Sie muß auflachen. Mein Schwanz rutscht über ihren wackelnden Hintern. He, Marlon Brando, wir sind hier nicht im Letzten Tango von Paris. Außerdem hab ich die Butter für die Streusel aufgebraucht. Links neben dir auf dem Nachttisch. Die Geltube.

Er sieht sie: O.k. Sein Ton verlegen, ertappt, begossener Pudel, jetzt könnte der Spannungsbogen reißen und alles der Lächerlichkeit anheimfallen, aber da sie beide sehen, wie er, Männchen machend, sich über ihren Rücken beugend, die Geltube greift und sie hören kann, wie er den Deckel abschraubt, wie die Tube mit einem Furzgeräusch auf seinen Druck reagiert (bereits angebrochen, konstatiert er, und bekommt zunächst ein wenig Angst vor ihr, dann Lust, sie zu bestrafen) und wie er sich mit dem durchsichtigen, kalten Gel das Glied einreibt (leicht schmatzende Laute), sind sie trotz der Unterbrechung, des Filmrisses und des kurzen Hellwerdens des Saals rasch wieder in Dunkelheit und ihren knatternden Projektionen.

Ein erster, sehr zaghafter Stoß, gummiartiges Zurückprallen. Sie stöhnt ermunternd auf. Seltsam und beeindruckend, denkst du, wie sie offenbar exakter als du selbst gespürt hat, daß in deinem Kopf ein Film läuft und sogar welcher, wenngleich diese Entdeckung oder Offenbarung (denn es war dir ja selbst nicht klar) auch wieder etwas Peinliches hat. Beim zweiten Mal hält er sein Glied wie einen Gartenschlauch fest, um genau zu zielen, und stößt nicht, sondern drückt. Der Gummiring gibt nach, weitet sich, und verschlingt dann seine Eichel. Vor allem aber, daß sie es akzeptiert und normal findet, ich meine, wenn sie es hinnimmt, daß ich Brando spiele, muß sie doch vielleicht auch denken, daß ich Maria Schneider vögeln will und nicht sie. Macht ihr aber nichts. Souverän. Sehr souverän. Er schiebt vorsichtig sein Becken vor, von seiner Gleitschicht umhüllt, gräbt der Schwanz sich wie ein Bohrmeißel in weicher Tonerde vorwärts bis zum Anschlag. Und Humor hat sie auch noch – in dieser Situation. Womöglich sind sie ja wie ein Paar im Flugzeug, sitzen nebeneinander, jeder mit Kopfhörern bestückt, Ellbogen an Ellbogen, und beide schauen einen anderen der Filme an, die auf den verschiedenen Bildschirmen angeboten werden – bloß welcher ist es bei ihr? 120 Tage von Sodom?

Bevor er noch die geringste Empfindung hat, geschweige denn benennen könnte, wird all sein Denken von dem gequälten, ununterbrochenen, wehklagenden Schrei blockiert, der seine Penetration begleitet: AHAHAAHAAHAA! Zunächst ist er versucht, wie ein Kind, das einen neugierigen Finger durchs Gitter eines Vogelbauers gesteckt hat und ihn angesichts des panischen Geschreis und Geflatters hastig wieder zurückzieht, sich mit einem Ruck aus ihr zu entfernen. Das tut er aber nicht, sondern bleibt regungslos in ihr – das Bild, das er vor Augen hat, ist das eines aufgespießten Schmetterlings, bei dem man die Nadel unnötigerweise so lange festhält, bis alle reflexhaften Flügelschläge und Antennenbewegungen aufgehört haben –, womit er, das ist ihm klar, von seiner Seite her womöglich ihren unausgeprochenen Konsens aufkündigt. Sehr laut, erschreckend laut der Schrei (gleich werden die Nachbarn an die Decke klopfen oder die Bullen alarmieren) und irgendwie bestürzend in seiner Fremdartigkeit, die es unmöglich macht, ihn genau einzuordnen: ein Schmerzensschrei? Unwillkürlich sieht er nach unten, einen Moment lang in Angst, Blut zu sehen. Ein Klagelaut wie der eines verendenden Tiers? Oder Ausdruck peinvollster Lust? Jedenfalls müßte sie schon deutlicher werden: Charly hör sofort damit auf, spinnst du denn, sowas haben wir nicht abgemacht. Nur sagt sie das eben keineswegs. Ein stimmhaftes Ausatmen vielleicht, Bauchatmung wie beim Sport, ein Leerpressen des Zwerchfells?

Er zieht das Becken zurück und stößt wieder vor: Ahaahaa! Ihr Kopf ist zwischen den Schultern verschwunden, offenbar läßt sie ihn hängen, und diese Geste und der Gedanke dabei: Sie läßt den Kopf hängen, sie hat sich in ihr Schicksal ergeben, läßt sie dich plötzlich von außen sehen, ohne dich, in der Bewegung eingefroren: Von der Seite betrachtet, formt ihr Oberkörper eine sich absenkende Brücke, deren Pfeiler Schenkel und Oberarme sind. Kniend, auf den Schienbeinen liegend und auf die Unterarme gestützt, hängt der Kopf am Nacken wie eine überreife Frucht, die fast den Boden berührt, ist der Hintern der höchste Punkt des Leibes, des Lebewesens, das offenbar all seine Kraft und seinen Selbstbehauptungswillen drangegeben hat und sich nicht einmal mehr um sein Schicksal schert. Sie kniet da, Meret, genau in der Position einer berühmten Skulptur Wilhelm Lehmbrucks mit dem zweideutigen Titel »Der Gestürzte«.

Unwahrscheinlich, wenn auch nicht unmöglich, daß Charly Künstler und Werk beim Namen kennt, bestimmt aber erinnert er sich, daß diese Haltung existiert, daß sie zwar auf der einen Seite eine Momentaufnahme des gegenwärtigen Vorgangs ist, auf der anderen aber bereits vorgeprägt und verewigt und beispielhaft.

Der Kunstexperte würde sich schütteln vor Abscheu, aber beispielsweise ein Homosexueller und in diesem Fall Charly, der Meret in einer klassischen homosexuellen Position penetriert, erkennt auf der Stelle, daß dieser Mensch zugleich auch der Archetyp des dominierten, hilflosen, genußvoll erniedrigten, gepfählten, willen- und machtlos empfangenden passiven Partners ist. Die erotische Komponente ist aber nur eine Seite des Bildes, die andere ist die Kunstwerdung der mythisch-archaischen Figur, dieses erlegten und erledigten Menschen, seine Schwäche und erschöpfte Selbstaufgabe. Jemand, der nicht nur hingefallen ist, sondern gestürzt wurde. Von einem Mächtigeren.

Und daher steigert dieses »Sie läßt den Kopf hängen« seine Lust ungemein, so sehr, daß er keine weiteren Kinobilder braucht, sondern mit dieser Erkenntnis seiner Geilheit als einer Geilheit auf Macht und Dominanz und Vernichtung im Augenblick angekommen ist. Macht macht mich also scharf, denkt er, eine Folterknechtsgeilheit habe ich also, denkt er, eine Faschistengeilheit, denkt er.

Alles ist in perspektivischer Verkürzung hinter diesem weißen Arschmond verschwunden, den sie dir wie ein verrücktes Opfertier immer noch entgegenstreckt. Beim dritten Mal variiert sie: NEEIIIN! Aber da sie keine Anstalten macht, sich zu befreien, schlägst du dieses Nein ihrer persönlichen momentanen Phantasie zu. (Ob man sie nachher fragen kann, was in ihrem Kino abgelaufen ist? Oder ist das zu intim?) Beim vierten Mal wieder anders: Das Ahaahaa rundet und schließt sich am Ende zu einem jammernden Ahauuuu! In seinen Oberschenkeln leichtes Muskelzittern. Das Schlafzimmer in körnigem Dämmer, die Ohren rauschen. Er sieht und hört kaum mehr etwas Präzises. Sie sagt gar nichts mehr, du auch nicht. Was sollst du auch sagen. Jetzt stößt er wirklich, stößt kräftiger, wie um sie zu einem Satz, einem Ausbruch, einem Gebettel zu provozieren. Aaah-ah-uuh, fleht sie, hat sich aber gelockert und entspannt, kein Widerstand mehr, eine glatte Bahn wie der Einschußkanal einer Pistolenkugel. Dann, sich räuspernd: Komm, mach mir die Hände los, gut jetzt, ich will dein Gesicht sehen, ich will…

Sie kann nicht weiter, denn schon im Begriff, sich eilfertig und dozil (und irgendwie auch erleichtert) vorzubeugen, um die Handfesseln zu lösen, wird er sich zugleich bewußt, daß jetzt das Ende gekommen ist, das er, und sei es nur für sich selbst, irgendwie zu einer Apotheose, einem Durchbruch, einem Fanal gestalten muß. Und so packt er sie an den Hüften über den Beckenknochen und – was soll er auch sonst tun, was sollte ihm auch sonst groß einfallen (O heilige Phantasielosigkeit des ewigen Rammlers!) – stößt zu, als wolle er den Kloben, nachdem er den Keil hineingetrieben hat, nun mit einem Beilschlag spalten, und noch bevor sie ihren hellen, gellenden, in Gekrächze zerbrechenden Schrei beendet hat, sind die Knoten schon gelöst, und er ist zurückgeschnellt, sitzt jetzt auf seinen Unterschenkeln, und wartet darauf, ihren Gesichtsausdruck zu sehen, wie ein Kind, das sich ängstigt, ausgeschimpft zu werden, weil es die Mutter einmal zu viel provoziert und enttäuscht hat, während sie sich herumwälzt, tastend und schwerfällig wie ein niedergeschlagener Boxer, der sich auf dem Ringboden krümmt. Er sieht ihre tränennassen Augen, dann deinen Schwanz, glänzend von einem schmierigen Film aus Gel und Scheiße und an und unter der Eichel rosa verfärbt von verschliertem, verschmiertem Blut, aber bevor ich noch beginnen kann, mich zu schämen oder zu ängstigen, leckt sie sich über die Lippen, um ihren trockenen Mund zu befeuchten, ihr Gesicht seltsam eingeschrumpelt, verzerrt, faltig, streckt ihm die Arme entgegen, hebt, mittlerweile auf dem Rücken liegend, ihr Becken an und flüstert: Jetzt aber lieb. Komm. Aber jetzt zärtlich. Ich kann nicht mehr.

Statt Scham durchströmt ihn ein Triumphgefühl: der Sieger, vor dem der unterlegene Gegner nach blutiger, verlustreicher, erschöpfender Schlacht endlich den Kotau macht. Ja, du hast mich vernichtet und in den Staub getreten. Um Gnade winselnd, die du natürlich gewähren wirst, bist du doch zugleich von ungeheurer Dankbarkeit erfüllt für ihr Geschenk, ihr Opfer, ihr Mitspiel. Gut, daß sie nicht sieht, was ich ihr da jetzt reinstecke, pfui Deibel, was für eine schleimige Sauerei. Zugleich aber geschieht das jetzt plötzlich mit einer Behutsamkeit, ein in zärtlichster Zuneigung bewerkstelligtes Hineingleiten, -hauchen, als wolltest du über eine Wiese voller Altweibersommer, ohne einen einzigen Faden zu zerreißen. Zart, ja liebevoll, Schonung jetzt, und sie sieht ihn an, ihre Arme umfassen müde und schwer seine Schultern, sieht ihn aus diesen immer noch tränenfeuchten Augen an, in die jetzt von hinten langsam wieder Leben kommt, während du dich in ihr fühlst wie in einem zu großen, auf deinem Körper herumrutschenden Anzug. Aber schon hat sie ihr Muskelspiel wieder unter Kontrolle, und jetzt, als sie zum ersten Mal wieder an dir zu ziehen scheint, spürst du voller Glück und Erleichterung, daß du doch noch einmal wirst kommen können, daß die schmerzhafte, wunde Erektion sich nicht einfach nach einer bitteren Weile verlieren wird und du unbefriedigt wie nach einem vertrödelten Sonntagnachmittag nach Hause mußt (und so gar keine Rolle spielt es, daß du bereits einmal gekommen bist, das zählt nicht mehr, als wäre es nie geschehen). Sie läßt, während sie jetzt selbst wieder in einem gemächlichen, entspannten Ländlerrhythmus die Bewegungen dirigiert, einen knatternden Furz fahren, kein Wunder bei all der Luft, die ich in sie hineingepumpt habe, verzieht ihren Mund zu einem entschuldigenden Lächeln, ihre Augen lösen sich von dir, werden leer, der Blick vage, der Mund schließt sich nach dem Lächeln nicht mehr, sie will es jetzt, will ihr eigenes Nirvana, steuert ruhig und zielsicher darauf zu, mußt dich nur mitnehmen lassen, dich auf nichts anderes konzentrieren als auf ihr erstaunliches Muskelspiel, und als ich in diesem Gefühl von Rückenmarksverflüssigung die ersten Vorzeichen des Höhepunkts spüre und eben beschließe, nicht auf sie zu warten, wenn es soweit ist, und mich nur um mich selbst zu kümmern, beginnt sie wieder Laute von sich zu geben: Hijaah, hi-jaah, o jaah, o JAAH, erhöht das Tempo und drückt bei jeder Vorwärtsbewegung fühlbar ihre Klitoris gegen den Schaft meines Schwanzes. Bin jetzt nicht mehr in dieser trüben Zwischenwelt wie vorhin, Wände, Einrichtung, das Bett, Meret, der Lichteinfall, alles ist jetzt ganz scharf und eindeutig, bin jetzt ein bewußt und wach vögelnder Mann, kurz vor dem Höhepunkt, zufrieden mit mir und der Situation, und nur ganz am Rand deines Bewußtseins schimmert die bevorstehende Melancholie des Hinterher und ihr Gefolge von zuviel Nähe, zuviel Nachspiel, zuviel Zweisamkeit. All das liegt aber weit genug in der Zukunft, um jetzt nicht zu stören, und ist ohnehin eine bekannte Größe, unvermeidlich, unumgänglich, mit der man zu rechnen und zu leben hat.

Jetzt beginnt sie zu erbeben, von kurzen Krämpfen durchlaufen zu werden. Sie schließt die Augen, ihre Stirn ist gerunzelt, als denke sie nach oder stelle sich eine knifflige Frage. Er sieht vor seinem inneren Auge ihre geschwollene Klitoris an seinem Glied entlangfahren wie eine kleine Zunge, spürt dann am Unregelmäßigwerden und der abrupten Heftigkeit ihrer Muskelkontraktionen, daß ihr Orgasmus beginnt, sie schreit, die Luft ausstoßend: O JAAH, o JAAH, o DUUU, o JAAH, zuletzt atemlos verklingend. Ein seliges, entspanntes, erleichtertes, fast madonnenhaft entrücktes, in die Ferne gerichtetes Lächeln hebt ihre Mundwinkel und ritzt Krähenfüße um ihre müde leuchtenden Augen, und die zweite oder dritte der Anspannungen um sein Geschlecht ist auch für ihn der Auslöser. Oberarm- und Oberschenkelmuskulatur spannen sich an, er hört auf, sich zu bewegen, preßt das Becken steif nach vorn und verfolgt genießerisch die an jedem Punkt seines Unterleibs vom Rückenmark bis in die Eichel von am Wegrand salutierenden Nervenknötchen gemeldete Triumphfahrt seines Orgasmus mit, bis der Schwerpunkt, das Zentrum seines ganzen Ichs, plötzlich in seinem Skrotum zu liegen scheint, an das seine restliche Existenz wie baumelnde Extremitäten angehängt ist, und er sich in sie ergießt, um dann, mit einem Mal völlig kraftlos, in ihre geöffneten Arme, auf ihre Brust zu sinken, sein Mund landet im breiten Tal zwischen ihren Brüsten, durch das ein salzig schmeckender Schweißbach fließt, den seine Lippen trockenlegen. Hat er auch geschrien? Nein, ich glaube, ich habe nur gestöhnt, lang anhaltend und wie das letzte, halb schmerzliche, halb erleichterte Stöhnen nach dem Ziehen eines lockeren Milchzahns.

O ja, o ja, o ja, flüstert Meret, bei jedem O ein- und bei jedem Ja ausatmend, und hält ihn fest umarmt. Was hast du nur mit mir gemacht? Genau diese zärtliche Umarmung, in der er ihr ganzes Bedürfnis spürt, nach all dem Sex aus seiner Haut, seiner Stimme, seinem Wesen auch die Liebe zu ziehen, die sie jetzt benötigt, um mit ihrem Gefühlshaushalt ins reine zu kommen, ist der Auslöser für die Stimmung, vor der er sich selbst ebenso wie sie gerne verschonen würde und gegen die doch kein Kraut gewachsen ist. Sobald man nur die Furcht vor ihr, die Möglichkeit ihres Kommens evoziert, ist sie schon da, diese berühmte nachkoitale Melancholie, das Bedürfnis, alleine zu sein, nicht mehr in das Gesicht blicken zu müssen, das man soeben völlig verzerrt gesehen hat, sich zu waschen, saubere Kleider anzuhaben, frische Luft zu atmen, nicht reden zu müssen, an anderes denken zu können, den Ort und den Geruch und die Bilder der im nachhinein immer eigenartig peinlichen schamlosen Raserei hinter sich zu lassen. (Welche Frau auf Erden würde es verstehen, wenn du sagst, am allerliebsten hättest du es in diesen Momenten, daß sie verschwindet und du dich umdrehen und in »Auto, Motor und Sport« blättern könntest, nein, nicht weil es um Autos geht, nur um deine Augen, dein Gehirn mit neutralen Bildern zu speisen, eine Art Antidot oder Pille danach oder geistige Spülung.) Immer ist das so, wenn man die Person nicht liebt, mit der man schläft, und manchmal ist es nicht anders, wenn man sie liebt. Und immer kommt dann auch die Frage: Und warum tust du es dann? Aber sie kommt eben immer nur hinterher, mit all ihrem saturnischen Gewicht, denn vorher, kurz vorher, wenn man, wissend, daß man sie wird gewärtigen müssen, sich noch anders entscheiden könnte, da hat sie gar kein Gewicht, da verdrängt man sie so mühelos und listig wie der Kettenraucher die Angst vor dem Krebs.

Jetzt aber, als er halb schon in seiner Stimmung oder im Glauben, sie lasse sich nicht vermeiden, gefangen und versteift ist, rettet Meret ihn unerwartet daraus, indem sie sich aufrichtet, ihn liebevoll und fast etwas mitleidig anschaut und sagt: Du armer Schatz, ich weiß, daß du dir jetzt mehr als alles andere eine Zigarette wünschst, ich bring sie dir, ich kann nämlich auch über meinen Schatten springen, wenn es notwendig ist.

Sie steht auf, nackt, feucht schimmernd steht sie da: eine Göttin. Die großen schweren Brüste fest, rosig im Abendlicht, das jetzt, wo sie mit einem Ruck die Vorhänge aufzieht, hereinströmt, dann öffnet sie das Fenster ein Stück, du siehst nur das Muskelspiel unter der Haut ihrer Schultern und ihres Rückens beim Dehnen und Strecken – wer jetzt im Innenhof stünde, bekäme ein wunderbares Bild zu sehen – und geht auf bloßen Sohlen, die auf dem Parkett kaum ein Geräusch machen (offenbar hat sie keine Plattfüße, weiterer Pluspunkt), in die Küche. Spätestens als er das Feuerzeug klicken hört, wird Charly von einem Wohlgefühl sondergleichen erfüllt. Er schiebt sich ein Kissen in den Rücken, zieht, um seinen Schwanz nicht sehen zu müssen, die Decke bis zum Nabel hoch, verschränkt die Arme hinter dem Kopf, lehnt sich an die Wand und blickt ins Leere. Der Duft weht ihr ins Zimmer voraus, und Charly empfindet eine Dankbarkeit für Meret, die, weil sie oft genug an ihrem Anfang steht, sich von Liebe kaum mehr unterscheidet. Dann ist Meret in der Tür, lehnt sich an den Rahmen, hat die Zigarette tatsächlich selbst im Mund, schräg und frech und sündig und sexy, wenn ich noch könnte, bekäme ich jetzt wieder eine Erektion, stattdessen empfindet er ein im nachhinein rechtfertigendes Gefühl: Ich hab es mit einer Frau gemacht, die ungeheuer erotisch ist. Sie nimmt die Zigarette aus dem Mund, hustet, wedelt den Rauch vor ihrem Gesicht weg, sagt Puh, steckt sie ihm in den Mund, legt den Aschenbecher in Höhe seines Geschlechts auf die Decke und schlüpft dann auch darunter, lehnt sich gegen ihn, und er zieht einen Arm hinter dem Kopf vor und legt ihn um ihre Schulter.

Laß uns noch ein bißchen kuscheln, ja? Einfach so.

Statt einer Antwort drückt er ihr einen kindlichen Kuß auf die Wange, zieht dann genüßlich an der Zigarette und schielt dem Rauch nach. Man sollte nur noch solche Zigaretten rauchen. Das sind die einzigen, die sich wirklich lohnen.

Nach der Liebe?

Ja, nach der Liebe und nach dem Frühstück ... und vielleicht noch mit einem Espresso.

Das macht drei pro Tag. Wieviel rauchst du jetzt?

Drei pro Tag, ruft er vergnügt, und nicht jeden Tag! Eine Schachtel, fügt er im Bewußtsein hinzu, daß die nicht immer reicht. Dann fällt es ihm plötzlich ein: Danke dir, sagt er und hält erklärend die halbgerauchte Zigarette hoch.

Sie legt den Kopf an seine Schulter und schließt die Augen. Er hält sie ein wenig fester, um etwas Bergendes, Schützendes zu demonstrieren. Sie schweigen beide, was ihm erst auffällt, als er die Zigarette bis zum Filter geraucht hat und das Gefühl bekommt, etwas sagen zu müssen. Es fällt ihm aber nichts belanglos-freundlich Liebevolles ein.

Immerhin wäre da eine Frage, die ihm die ganze Zeit im Kopf herumspukt. Die geht aber vielleicht zu weit, und er schämt sich beim Gedanken, sie auszusprechen. Da er nun aber an sie denkt, da sie immer mehr Raum einnimmt und größere Wichtigkeit und Dringlichkeit vorgibt, als ihr vermutlich zukommt, und vielleicht ermutigt durch die Zigarette, murmelt er: Sag mal. Was ich dich fragen wollte, ohne jetzt irgendwie ...

Ja?

Es hat doch wehgetan, oder?

Von hinten meinst du?

Mhm ...

Ja, sicher ...

Ah, hm, aber warum, ich meine, du hast nichts gesagt, also ...

Nein, keine Angst, ich hätte mich schon gemeldet ...

War das jetzt auch wieder Altruismus? Ich meine, wenn es dir keinen Spaß ...

Ich hab nicht gesagt, daß es mir nicht auch Spaß ...

Ja, aber, ich versteh nicht ...

Weißt du, was schön ist, daß du beim Liebemachen hellhöriger und feinfühliger bist als beim Denken. Überleg doch mal, diese Eiswürfelgeschichte, war das nun nur angenehm im herkömmlichen Sinne? Schmerz interessiert mich, verstehst du. Der Film, der dabei abgeht, interessiert mich. Wie lange es lustvoll ist, Schmerz zugefügt zu bekommen, und wie lange es noch berauschend ist, wann es nur noch schmerzhaft ist und nicht mehr lustvoll, und ab welchem Punkt du eigentlich lieber hättest, daß es aufhört, und ob du das dann noch entscheiden kannst oder nicht und was, wenn nicht. Schmerz, erniedrigt zu werden, lauter solche Sachen ...

Darüber denkst du nach?

Nachdenken ist nicht das richtige Wort. Ich mache gerne neue Erfahrungen ...

Aber sag mal ... ich bin vermutlich nicht gerade eine Quelle neuer Ideen, weiß ja nicht, wie das mit Hübi läuft ...

Sie sieht dich vollkommen neutral an, höflich ist sie, das muß der Neid ihr lassen. Worauf willst du hinaus?

Ich meine, wenn du immer weiter, ich meine, dann brauchst du irgendwann einfach neue Inspirationsquellen, immer wieder neue ... Partner ...

Tja, das ist ein Problem, und eines, von dem ich nicht weiß, wie ichs lösen soll ... Du hast schon recht, bloß eben: Wie verträgt sich das mit Liebe und Bindung? Man bräuchte jemand extrem Toleranten ... aber ich fürchte, solche Eskapaden sind auf Dauer Gift für die offenste Partnerschaft. (Und ist da jetzt das feinste, unscheinbarste Glitzern von Ironie zu sehen in ihren Augen?) Ja, du hast schon recht, es ist ein Problem, vielleicht habe ichs deshalb ja auch nicht eilig mit dem Zusammenleben.

Bloß auf lange Sicht ...

Auf lange Sicht ist es ein Problem, vor allem wenn man eben auch von Familie träumt ...

Tust du das denn?

Ja, was glaubst denn du?

Weißt du, was ich nie verstanden habe? fragt er.

Hm? antwortet sie schläfrig.

Warum du eigentlich nie studiert hast. Dir hätten doch alle Türen offengestanden.

Das kann ich dir sagen. Weil ich von zu Hause wegwollte. Sofort und um jeden Preis auf eigenen Füßen stehen.

Er versucht, sich zu erinnern. Die dicke, etwas ältliche, mütterliche Hausfrau, die immer die Hände in einem Kuchenteig oder im Spülwasser hatte. Der Geruch in der zu selten gelüfteten Einbauküche. Diese linkische Ungeschicklichkeit und geistig langsame, freundliche Einfalt im Umgang mit jungen Leuten, wie viele Eltern sie an den Tag gelegt haben damals, die einerseits ostentativ Kontakt suchten, andererseits den Eindruck erweckten, in einer ihnen unbekannten Fremdsprache radebrechen zu müssen, die sie aber mangels Selbstbewußtsein als Lingua franca einer Zeit zu akzeptieren schienen, die ihnen davongelaufen war. Leute, die über ihr soziales Herkommen, über ihren geistigen Horizont hinaus wohlhabend geworden waren in den Siebzigern. Ein Durchschnittsheim, eher sorgenfreier als andere, hätte er gedacht.

Er unterdrückt den Wunsch nach einer zweiten Zigarette. Nicht zuviel verlangen, sie ist wirklich über sich hinausgewachsen.

Weißt du, sagt Meret, sich an ihn schmiegend, aber zur Decke hin sprechend, was meine Mutter sich immer verzweifelt gewünscht hat, was aber gleichzeitig völlig an der Realität vorbeirauschte, das war eine glückliche und heile Familie. Die Realität bestand vielmehr aus exzessiven Streitereien, Handgreiflichkeiten, subtilen Grausamkeiten, die wir Kinder zwar einerseits ungefiltert mitbekamen...

Charly hört nicht mehr recht zu. Die Zigaretteneuphorie war von kurzer Dauer. Sie liegt mir zu dicht auf der Pelle, zu warm, zu klebrig. Er denkt über den Nachhauseweg nach. Zu Fuß ist es fast zu weit. Müßte die Gertigstraße hoch, dann querfeldein, bei Bobby Reich um die Alster rum und dann? Durch Harvestehude und den Innocentiapark bis zur Hoheluftbrücke und am Isebekkanal entlang. Könnte ich eigentlich machen. Vierzig Minuten Fußweg. Christine kommt ohnehin spät. Zu Hause ein schönes Bad, Musik anmachen und dann in Ruhe fernsehen. Warum nicht?

...denn ich mußte natürlich schon früh meiner Mutter als Zuhörerin und Ratgeberin dienen. Aber kaum sagtest du dann etwas von dir aus, hieß es: Wovon redest du? Das ist nicht so. Für Kinder ist es schlimm zu erleben, wie die Eltern einander quälen.

Er fragt sich jetzt wieder, was er hier macht. Sich eine ebenso triste wie alltägliche Familiengeschichte schildern zu lassen, die ihn letztendlich nichts angeht und ihn nicht interessiert, macht seine Melancholie und das dringende Bedürfnis loszukommen noch größer. Außerdem hat er ein schlechtes Gewissen, weil er, statt Merets Klagen anzuhören, besser daran täte, denen seiner Frau, die ihn wirklich berühren, ein offenes Ohr zu schenken und sie zu umarmen und zu trösten. Bloß hat Christine nicht solche Probleme, über die sie zu allem Überfluß auch noch nach dem Vögeln reden müßte. Ja, ein Spaziergang, ein Bad und dann aufs Sofa. Dabei habe ich sie nur gefragt, warum sie nicht studiert hat.

Hab ich dir erzählt, daß sie Krebs festgestellt haben bei ihr? Ich weiß noch nicht, wie weit er ist, aber da kommt noch einiges auf uns zu (Nicht auf mich!), denn auch wenn du arbeitest und deine eigene Wohnung hast, du entkommst dem ja doch nie, du müßtest schon nach Australien auswandern, ohne deine Adresse zu verraten.

So komm, noch eine kurze Anstrengung. Nimm sie in den Arm, drücke sie, und dann muß ich irgendwie sichtbar, aber nicht insistierend auf die Uhr blicken oder was weiß ich. Irgendwas zu essen sollte ich auch noch auftreiben. Bloß liegt von hier bis nach Hause, glaub ich, kein einziger Supermarkt an der Strecke. Morgen muß ich an die Kalkulation für die neuen Kadett-Cabrios ran. Hole ich mir einen Hamburger an der U-Bahn Hoheluft, es sei denn, ich komme vorher an irgendeinem kleinen Laden vorbei.

... genau darum. Oder? Findest du nicht auch? Sie sieht dich ernst und mit hochgezogenen Brauen an.

Er nickt bedächtig. (Scheiße, nichts mitbekommen.) Schon, sagt er, schon ...

Schon? Ja oder nein?

Doch, natürlich, ja ...

Meret schüttelt den Kopf. Ihr seid doch alle gleich. Er hat keine Ahnung, wovon sie spricht. Jetzt! Er wirft einen entschuldigenden Blick auf die Uhr. Sorry, ich war eben ein wenig weggetreten. Er drückt sie. Vermutlich ist mir das von vorhin noch nicht ganz aus dem Kopf gegangen.

Sie lächelt.

Weißt du, daß ich losmuß? fragt er zögerlich.

Sie nickt. Willst du noch schnell duschen? Er schüttelt den Kopf. Denkt an das heiße Schaumbad zu Hause. Jetzt will er nur noch hier rauskommen.

Meret zieht sich einen langen, selbstgestrickt aussehenden Pullover über, der bis auf die Oberschenkel reicht. Er steht auf, reckt sich, Schamhaar juckt, alles da unten ist noch verklebt, will nicht daran denken, womit. Er sucht seine Kleider zusammen und zieht sich gemächlich an. Meret sieht ihm zu. Sie schweigen beide. Dann treten sie hinaus in den Korridor.

Sag mal, und deine Mutter ...

Ja?

Das wird schon klappen ... Ich drück dir die Daumen.

Meret nickt. Vergiß deine Zigaretten nicht, sagt sie.

O ja! Er holt sie vom Küchentisch.

Geht ihr ins Kino am Wochenende?

Ich glaub schon, sagt Charly. Ich möchte »Mosquito Coast« sehen. Mal schaun, ob Harrison Ford noch was anderes spielen kann als Indy. Und ihr?

Ich würde gern in »Hannah und ihre Schwestern« gehn. Weiß aber nicht, ob ich Hübi da reinkriege. Sonst gehe ich mit irgendeiner Freundin.

Charly nickt.

Wenn ich eine auftreiben kann, schließt Meret an.

Sie umarmen sich, einander schon sehr fremd, sehr weit schon auseinander. Meret drückt Charly noch einmal an sich. Sie lacht kurz auf, es ist nur ein Ton, ein Ha, fast zynisch oder wegwerfend. Ich mag dich. Es war schön, dich hierzuhaben ... Kurze Pause. Es ist immer schön mit dir.

Ich mag dich auch, antwortet Charly, und als er spürt, daß das nicht reicht, lacht er ebenso kurz und seltsam auf wie Meret und sagt: Wir sind schon zwei komische alte Schulfreunde.

Sie umarmen sich noch eine Sekunde lang, lösen sich voneinander, er sieht nicht zurück, als die Wohnungstür sich schließt. Draußen auf der Humboldt, sobald er aus dem Blickfeld ihrer Vorderfenster ist, zündet er sich eine Zigarette an und nach ein paar Schritten, vorne an der Ecke Schumann bleibt er stehen, holt sein Portemonnaie aus der Tasche, zieht den Ehering raus und steckt ihn sich wieder an den Finger. Schüttelt den Kopf: bescheuert. Meret fällt es nicht auf, daß er keinen Ehering trägt. Oder sie sagt nichts.

Der weite Weg zurück nach Eimsbüttel liegt vor ihm wie die Freiheit für jemanden, der soeben aus dem Knast entlassen wurde oder aus der Tür des Zahnarztes tritt.

Es ist unglaublich, wie gut der Körper sich nach dem Vögeln fühlt. Kälte ist fast angenehm, ein feiner frostiger Widerstand in der Luft, den du durchpflügst wie ein Eisbrecher papierdünne Schollen, dein Schritt ausgreifend, elastisch, du siehst schärfer und hörst feiner. Es scheint jedenfalls so. Dieselaroma, Geruch nach feuchtem Papier, Wasser- und Schlickduft von der Alster herüber, eine Spur von Brathähnchen und Curry. Auch ein Gang durch die Zeit, durch die Hamburger Jahre seit der ersten Wohnung dort drüben hinter Kampnagel. Der kalte staubige Abendwind weht die Barmbeker hinunter. Über den Osterbekkanal, schwarz mit schimmernden Ölringen. Wenn der Kohlenmann kam mit der falschrum aufgesetzten Schirmmütze und der schwarzfleckigen Lederschürze und die Eierkohlen in die Schütte kippte. Arbeitermustersiedlung der Zwanziger, Licht und Luft für den Proleten und seine Familie. Als müßtest du, das erste Mal alleine lebend, auch wieder auf einer niedrigeren Zivilisationsstufe anfangen. Obwohl die Wärme aus den beiden Kachelöfen viel angenehmer war als alle Zentralheizung. Pioniergefühle. Der Schatten, kürzer und dicker werdend, sich zusammenklumpend, sobald du dich einer der Straßenlaternen näherst, dann wieder länger und spilleriger, aber auch blasser wie ein Astralleib und sich auflösend.

Wie sie da mit den aufgeblasenen Backen über mir und dann diese Nadelstiche. Manchmal kaum auszuhalten in diesem ersten Winter, der Blick auf die gelb erleuchteten Fenster in den naßschwarzen Backsteinwänden, hinter denen die Schatten von Liebenden, die sich gefunden. Rüber in die liebe alte Gertigstraße, die Baracken und Werkhöfe, Reifen- und Felgenverkauf, Nutzfahrzeug-, Pritschen- und Palettenverleih, weiter hinten die schönen alten Häuser.

Jesus Maria, hoffentlich kann man sowas wieder vergessen, diese ganze schleimige Vermischung und den Gestank. Ich meine, es hat ja gestunken ... Mit dem Alten über Frau Schmidt sprechen, wie wir das am besten und saubersten lösen können. Die Sauf- und Quatschabende mit Thommy bei Niewöhner hier. Unschuldige Heldentage der frühen Jugend. Die Blonde, die da entgegenkommt, geht garantiert ins Theater rüber. Blonder Hamburger Pferdeschwanz, da werde ich immer schwach, vor allem wenn schon ein bißchen älter, diese Kombination von mädchenhafter Eile beim Zusammenstecken der Haare und geduldiger kosmetischer Behandlung des Gesichts vor dem Ausgehen, weil sie keine Zwanzig mehr ist. Sieben von zehn. Bißchen breites Fahrgestell, aber der Gedanke an einen ausladenden weißen Arsch und das Gewicht, das du spürst, wenn du sie um die Hüften ... Schwarze Jacke mit Fellkragen, der den schönen langen Hals rahmt, o ja, jetzt im Vorbeigehn: Lippen, Augen. Sie hat dich auch angesehen. Geht doch noch. Schade, bei dem Licht nicht zu sehen, ob grau, grün oder blau. Grau wäre nicht schlecht, aber hast du die Oberlippe gesehn: geschwungen wie die Silhouette einer Möwe hoch über dem Meer im Gegenlicht. Und Grübchen, geil, weil sie immer zu schmunzeln scheinen, wenn sie dich ansehen, heißt, sie können flirten und tun es gerne. Nicht so leicht zu knacken. Komm hör auf, hör endlich auf ... Im Poelchaukamp jetzt, in ein paar Minuten an der Alster. Da vor dem Friseur ein E-Type Coupé. Er bleibt stehen. Doch das schönste Auto aller Zeiten, nach wie vor. Diese unglaublich lange, phallische Haube, so daß er mittendrin immer wie eingeknickt wirkt. Ein Traum von Perfektion. Die Linienführung, die Details, die Türgriffe, wie von einem Goldschmied gedengelt. Das ist kein Handwerk mehr, das ist Kunst, da ist der göttliche Funke drin, der manchmal zündet, wenn Liebe und Könnerschaft zusammentreffen. Zum Glück der klassische Reihensechszylinder, nicht der V-12, der die Haube so unästhetisch ausbeult. Einziger Schönheitsfehler: Mitternachtsblau ist er, ist sie, müßtest du eigentlich sagen, von Rechts wegen hätten sie die nur in British Racing Green lackieren dürfen. Runterbeugen, ein Blick durch die spiegelnde Scheibe (dieser schmale, verchromte Türrahmen, nicht breiter als eine Messerschneide, prost Mahlzeit beim Überschlag), dieses unvergleichlich flache Handschuhfach, passen wirklich nur lederne Damenhandschuhe rein, die behandschuhten Finger um deinen Schwanz, blonde Beifahrerin mit Sonnenbrille und Kopftuch, Picknickkorb hinten drin, Golfschläger, nicht so ein Schweinkram wie Merets »Schmerz, das beschäftigt mich«, brrr, halb Wissenschaftlerin halb Neurotikerin, und dabei dann doch immer wieder dieser Drang nach Zärtlichkeit und Liebe, als wärs ihr selbst unheimlich. Keine Mutter, nie und nimmer, die verchromten Kippschalter, Holz, echtes Holz, Leder, ein Clubzimmer, genau so: Bauen Sie uns einen Sportwagen, in dem man sich fühlt wie im Blades.

Wundervolles altes Blaupunktradio, schimmernd wie eine Wurlitzer, Perlmutt. Ach ja! Früher haben die Männer ihre Pferde so geliebt, mit dieser ganz reinen, bewundernden, alles von vornherein bereits verziehen habenden Liebe. Und wem gehört dieses Juwel? Entweder dem Coiffeur selbst oder irgendeinem Atze, der sich im Poelchaukamp für vierzig Mark Dauerwellen legen läßt, was für eine Verschwendung, obwohl es natürlich oft gerade diese Typen sind, der Schrecken aller Frauen und Mitmenschen, die für ihr Auto alles opfern, was sie an Zeit und Liebe und Feinfühligkeit dann doch irgendwo in sich haben. Man muß jemand sein, der Autos kauft, und zwar solche, und nicht das Arschloch, das versuchen muß, sie zu verscheuern. Ich meine, wer bin ich denn! Wie spät ist es? Kaum acht. Segeln lernen will Meret. Warum nicht? Ines und Jobst kreuzen auch durch die Schären auf dem Boot ihrer Eltern, irgendwann wahrscheinlich mit einem eigenen. Kohle haben, Kohle machen. Und nun wird also ihre Mutter demnächst sterben. Jaja, so gehts. Er mag nicht bildlich an ihren Sex zurückdenken, jetzt auf dem Nachhauseweg ist ihm die Erinnerung peinlich, und er schüttelt sich lachend in der kalten Luft, irgendwie aber ist er auch stolz und zufrieden, als hätte ich etwas sauber abgearbeitet und könnte es mir gutschreiben auf der Habenseite. Aber wie es genau war, daran will er nicht denken. Im Endeffekt ist es immer ein bißchen pervers und widerlich, aber eben auch großartig. Vielleicht ist es auch gar keine Scham, sondern eher die Erschütterung, die immer geschieht, wenn man einem Menschen wirklich nahe ist (ganz gleich, welcher Antrieb dich zu ihm gebracht hat oder was man sich über seine Gefühle zu ihm einbildet) und gegen die sich zu wehren ein Instinkt uns anzuhalten scheint. Warum? Vielleicht ist diese Erschütterung, die atemberaubende, sich in die Poren der unbewußten Erinnerung prägende Nähe zu diesem ungeheuer komplexen, ungeheuer vielschichtigen, lebendigen, widersprüchlichen, so leicht verletz- und zerstörbaren System (Haut, Fleisch, Blutgefäße, Nervenknoten, all die Ziselierungen wie vorhin der Schwung der Lippen, Gott ein Rokoko-Künstler, lebendige bewegliche Augen, Stimme, Atemhauch etc.) eines anderen Menschen, dem nie gerecht werden zu können, du im Innersten wohl spürst, dieser verrückte und im Grunde unerklärliche Drang, einander zu berühren und zu erkennen auf und unter der Oberfläche, vielleicht ist diese Erschütterung eine Art von Versprechen oder eine Mahnung zu etwas, das im Widerspruch zu unseren genetischen Programmierungen steht, die es auf Selbsterhaltung und Perpetuierung der Gattung abgesehen haben und sonst nichts. Vielleicht will man das (hinterher) instinktiv nicht (mehr wahrhaben), weil es einen auf den Gedanken bringen könnte, man selbst sei nicht so wichtig oder der andere Mensch sei behütenswerter als man selbst. Oder es sei diese Nähe eben nicht eine Zweckerfüllung, sondern ein Sinnbild für etwas ganz anderes, weiß der Himmel was.

Wenn es in dieser Stadt einen Ort gäbe, an dem ein junger, ehrgeiziger Mann wie du sich hinstellen könnte, um sie herauszufordern, er wäre hier: Und jetzt zu uns zweien. Anleger Bobby Reich am oberen Ende der Alster, je nach Ausrichtung der Bug oder das Heck des Hamburger Stadtschiffes, eher das Heck, der Ort der Pinne oder des Steuerrads. Von hier überblickt man das schlagende Herz der City, ahnt das Riff der Kirchen und den Hafen dahinter, hier könnte ein junger Mann, enthusiasmiert, in seinem Selbstwertgefühl aufgepumpt von sexuellem Erfolg, sich seines Charmes bewußt, mit genügend Wissen und Kenntnissen ausgestattet, um zu reüssieren, aber nicht mit so vielen, daß das Häutchen Naivität, das es für den Willen dazu braucht, schon ganz durchgescheuert wäre, hier könnte er zum Angriff blasen auf die Schaltstellen der Macht, auf die Häuser der Reichen, der Schönen, der Glücklichen. Könnte, hätte, würde. Aber die Stadt ist nicht so. Hier sind nur die Zuhälter naiv genug, sich für ihre Könige zu halten. Es gibt Städte, die es gerne haben, sich erobern zu lassen, sei es, daß sie sich wie Königinnen lustvoll und selbstironisch von Zeit zu Zeit einen jungen Liebhaber gönnen, sei es, daß sie wie Mädchen aus der Unterschicht vom gemeinsamen Aufstieg, von einem Pakt auf Zeit träumen. Hamburg, kälter, steriler, ernster, hanseatischer eben, setzt auf gewachsene Ordnungen, Hamburg ist zu republikanisch für dergleichen, nie hat hier ein König residiert und nie einer versucht, ihn vom Thron zu stürzen. Und jetzt zu uns zweien, das funktioniert hier nicht: Man wird gebeten, seine Papiere vorzulegen. Hier geboren oder nur zugewandert? Aus einer der Familien oder anonym? Bei wem liegt Ihr Depot? Bei der Haspa? Sie haben gar keins?

Die Stadt ist nicht so, und du bist im Grunde auch nicht so: vielleicht zu sehr Produkt deiner Umwelt, vielleicht zu sehr auf Understatement und mündelsichere Anlagen gepolt, aber vielleicht eben auch bereits gescheitert. Verheiratet bist du und nicht, wie du es vielleicht einmal erträumt hast, mit einer arroganten, pferdeschwänzig-blonden Rechtsreferendarin aus einer der ersten Familien, und auch deine Arbeit – obwohl du ja (o wie sehr!) einmal zu den schönsten Hoffnungen berechtigt hast –, ein Autohaus, naja, es ist nicht der Königsweg, das ist das mindeste, was man sagen kann. Was dir bleibt, jetzt hier bei Bobby Reich vorübergehend, das ist solide Entwicklung, sicherer Aufstieg in kleinen Schritten, aber keine Größe, kein Ruhm. Und ehrlich gesagt: Es ist dir ganz recht so, du wolltest es gar nicht anders haben, stimmts? Es nimmt einem eine Last von den Schultern und setzt Kräfte für den Alltag frei, wenn man aufgegeben hat, das ganz Große stemmen zu wollen oder zu müssen (auch wenn man darüber diskutieren könnte, ob solche mangelnde Ausnutzung des eigenen Traumpotentials einen nicht eher schwächer und zager, schlapper, fauler, selbstgefälliger werden läßt mit der Zeit). In Hamburg ist die Frage nach dem Geld immer vor der Frage nach dem Sex da. Die alte Geschichte vom Igel und dem Hasen.

Die ganze Strecke von hier bis zur Hoheluftbrücke ist Niemandsland, in diesem Viertel hat sich nichts abgespielt, was für sein Leben wichtig gewesen wäre, in seiner Seele Spuren hinterlassen hätte. Yvonne am Innocentiapark zählt nicht. Diese Wohngegend hat der Alte seinerzeit drangegeben, um seine Freiheit zu erlangen. Jaja, kluge Leute. Einmal schon die Stellenangebote in der FAZ, aber wenn du dann liest, Pharmaunternehmen im Rhein-Main-Gebiet sucht stellvertretenden kaufmännischen Leiter, und dir vorstellst, mit Christine nach Mannheim oder Ludwigshafen ziehen zu müssen, nein danke. Sie behauptet manchmal, sich vorstellen zu können, auch anderswo zu leben, aber was soll das heißen, sie spielt mit dem Gedanken, weil sie es sich eben nicht vorstellen kann, ist doch immer hiergewesen, hat doch wirklich Wurzeln hier und nicht viermal gekappte und mühselig wieder angewachsene. Wie still es hier ist in diesem Viertel, das der Krieg fast vollständig verschont hat. Oberstraße. Und da vorne links sind hinter Bäumen und dunklen Fassaden schon die Grindelhochhäuser zu sehen. Kleine Stadt im Grunde. Dahinter die Uni. Seit dem Diplom bist du kein einziges Mal mehr auf dem Campus gewesen, schlechtes Gewissen. Der Gedanke, all diese Studenten im Von-Melle-Park rumlümmeln zu sehen, während du, ein Gescheiterter, Verkaufter im Geschäftsanzug an ihnen vorübergehst und versuchst, auf sie herabzublicken, weil sie immer noch ahnungslos und den Tag verbummelnd in ihrem Elfenbeinturm hocken, wo doch in Wirklichkeit sie, die sich noch nicht festgelegt und verkleinert haben, die noch immer leben und lernen, dich im berechtigten Hochmut der geistigen Existenz gegenüber dem banalen Geldverdiener abschätzig mustern: ein Spießer. Das ist alles zu schnell gegangen am Ende, nicht bis zur Neige ausgekostet, da hast du dich um etwas gebracht. Schnapsidee Geschäftsführer Autohaus, immerhin das Geld, immerhin die Unabhängigkeit, wüßte gar nicht mehr, wie mit tausend oder fünfzehnhundert über die Runden kommen. Kein einziger offener Laden am Weg, ich hab Hunger, Bärenhunger nach der Vögelei, ist das McDonald's-Schild, das den pawlowschen Reflex hervorruft.

Er stellt sich in die Schlange. Aber der Gestank und der Blick auf die Fingernägel der Pakistanis und der Mädels aus Steilshoop, die die Dinger anfassen, vertreibt dich wieder. Schwacher Magen heute abend. Jobsts Entdeckung seinerzeit, daß sie bei McDonald's die Eiswürfel auf die Cola tun, um den Becher bis zur Markierung zu füllen. Man braucht aber gar keine Eiswürfel, da die Plörre ohnehin eisgekühlt ist. Verlangt man ohne Eis, hat er herausgefunden, bekommt man gut anderthalb Zentimeter mehr Cola. Schien eine derartig kluge Beobachtung damals, daß du das ohne nachzudenken bis heute beibehalten hast: kein Eis. Ohnehin macht der erste Hamburger immer Appetit auf einen zweiten, und nach dem zweiten wird dir schlecht. Liebe diesen Weg am Kaiser-Friedrich-Ufer entlang. Aber noch keine Spur von Frühling hier. Der Geruch, der vom Kanal hochsteigt, eisig und winterlich, und zwischen den Bäumen und Büschen am Ufer unheimlicher nebliger Dunst.

Über die Brücke und links in die Bismarckstraße. Im Holzwurm scheint einiges los zu sein, aber was du jetzt willst, sind ein Bad und deine eigene Musik. Aus dem Entlüftungsgitter des Chinesen unten im Haus riecht es eher nach Verdauung als nach Essen.

Der Schreck kommt aus der rechten Hand mit der Erkenntnis, daß eine Vierteldrehung des Schlüssels genügt. Die Wohnungstür ist nicht abgeschlossen. Die aus dem Handgelenk aufsteigende Ahnung will sich selbst noch nicht wahrhaben, und in der Viertelsekunde, die er braucht, um die Tür aufzuziehen, fragt er sich fast hoffnungsvoll, ob es nicht doch ein Einbruch sein könnte, aber dann ist sie offen, und vor ihm im Flur steht Christine, zwei gefüllte Weißweingläser in der Hand und strahlt dich an und ruft: Überra-haschung!

Laufe ich rot an? Du darfst jetzt nicht rot werden! Ihr blondes Haar fast weiß im Halogenlicht der Flurbeleuchtung, sie hat es sich bequem gemacht, Sweatshirt, Jeans, weiße Tennissocken, unmöglich, in ihre hellblau leuchtenden, blitzenden, funkelnden Augen zu sehen, unmöglich zu Boden zu blicken, der ganze Raum ist erfüllt davon, es riecht förmlich danach, was sie will, warum sie so gut gelaunt ist, was sie sich da als Abendüberraschung ausgedacht hat, oder ist es der verdammte Sperma- und Mösengeruch auf deiner eigenen Haut, den du da riechst (vielleicht bildest du ihn dir ja nur ein, Erinnyen des sexuellen Betrugs, die dich verfolgen), o Gott, jetzt keine Panik. All das innerhalb einer Sekunde, mein Unterleib verkrampft sich, als hätte ich in die Hose geschissen und wolle es verbergen, und instinktiv setzt er einen Gesichtsausdruck auf, in dem die Freude, sie zu sehen, von Müdigkeit und Abgekämpftheit nach einem unangenehmen Arbeitstag gedämpft wird, ein Ausdruck, der Abstand schaffen will, ohne abweisend wirken zu sollen, Bewegungsfreiheit, auch geistige, und verhindern, daß sie mir gleich um den Hals fällt, mich auszieht, um dann, o Gott, an meinem ungewaschenen Schwanz den Mösen-, Blut- und Scheißegestank einer anderen zu riechen. O Gott! Aber mit »O Gott« ist es nicht getan, die Katastrophe muß irgendwie abgewendet werden. Und neben alledem die wirklich grenzenlose sexuelle Erschlaffung, der Horror bei dem Gedanken, dich jetzt nochmal seelisch und körperlich zum Vögeln zu rüsten. Und brennend das schlechte Gewissen: Hier jetzt hättest du und könntest du ganz legal und in Liebe und ohne schlechten Beigeschmack, und hast dich darum gebracht und könntest nicht einmal sagen, warum eigentlich ...

Sie reicht ihm das Glas. Er nimmt es, hält es vor Brust und Hals, stößt dann mit ihr an, nimmt einen tiefen Schluck, als handle es sich um kaltes Bier, dehnt dann den freien Arm und die freie Schulter und gibt einen tiefen Seufzer von sich (zu theatralisch?).

Hattest du einen harten Tag, Schatz?

Während des fatalistischen Nickens überlegt er sich, wie er an ihr vorbei aus dem Flur kommen kann. Die Tür zum Wohnzimmer steht offen. Reden wir nicht davon, sagt er im Vorwärtsgehen, das Glas als Brustwehr zwischen sich und sie haltend. Er sieht den alten orangenen Sitzsack (nur für eine Person) und läßt sich hineinfallen, das Glas am ausgestreckten Arm haltend. Er legt den Kopf in den Nacken.

Und, bekomm ich keinen Kuß? Wunderst du dich nicht, warum ich schon da bin?

Riechen auch meine Lippen? Stinkt alles an mir nach Frau? Kann sies riechen, kann sies spüren, kann sies ahnen? Kann ich sie bitten, mir den Nacken zu massieren? Sind womöglich irgendwo Druckstellen, Kratzer oder gar Knutschflecke? Warum hab ich, warum nur? Mit spitzen harten Lippen, ohne den Mund zu öffnen, den Atem anhaltend, erwidert er ihren Kuß. Hält dabei das halbleere Glas so, daß sie nicht auf seinen Schoß sinken kann. Ich hasse mich. Sie ist so schön. So gutgelaunt. So strahlend. Welche Taktik jetzt? Gleich ein Bad nehmen ist womöglich verdächtig. Am besten, da sie vor Neuigkeiten überzusprudeln scheint, sie zum Reden bringen. (Und wie sehr du dich haßt für dieses Kalkül. Und wie genau du ahnst, daß du das nicht wirst vergessen können. Selbst wenn sie nie etwas erfährt, wenn alles klappt. Du, du selbst wirst es nicht vergessen können.)

Er sagt: Bevor ich dir von meinem Scheißtag erzähle, erzähl mir lieber erstmal von deinem guten.

Richtig gemacht: Sie läßt sich aufs Sofa fallen, verschränkt die Arme hinter dem Kopf, streckt die Beine aus und legt die Füße auf seine Knie. Mechanisch beginnt er sie zu streicheln und zu massieren, durch den dicken Frotteestoff ist ihre Wärme zu spüren, du fühlst, wie sie die Zehen bewegt. Und daran, wie sie sie bewegt und spreizt, erkennst du ihre Lust und mußt sie ausschlagen...

...wir sind so schnell fertig geworden, es lief wie am Schnürchen, die Models waren unheimlich gut drauf...

Wie weiter jetzt? Sie erzählt von ihrem Tag und den Models und dem An- und Ausziehen und den Stylistinnen und dem Kamerageschleppe und dem Catering, und was du da machst, ist nicht vernünftig, das erregt sie noch mehr...

(Und wie pervers: Irgendwie verachtest du sie auch dafür, daß sie nichts merkt, so von sich selbst erfüllt ist, daß sie deiner vermutlich erbärmlichen Schauspielerei nicht auf die Schliche kommt. Wahrscheinlich könnte man sich viel mehr rausnehmen, ohne daß die andern es merken. Bräuchte nur die Nerven dafür. Müßte eine tief und wahrhaft liebende Frau nicht sofort, mit einem Blick, alles sehen? Einer dieser verfluchten Wahrheitsgiftzwerge flüstert: Recht hast du gehabt, es wäre doch nicht so ekstatisch und hemmungslos gewesen, mit Christine zu vögeln, hast ja doch zuviele Skrupel, um sie einfach so ranzunehmen wie eine Gummipuppe.)

Müdigkeit vorschützen oder Migräne wie die Frauen in den Klischeewitzen? Nein, das ist unglaubwürdig, kannst du nicht machen, und er ist auch keineswegs müde, ist hellwach, konzentriert wie ein Schachspieler, der die nächsten Züge vorausberechnen und abschätzen muß. Irgendwie das Ganze auch eine Herausforderung an deine Intelligenz, dein Geschick. Früher, vor ein paar Jahren noch, wäre sein einziger Ausweg aus einer solchen Lage gewesen, einen Streit vom Zaun zu brechen, das geht leicht und erreicht seinen Zweck immer, ist aber natürlich völlig unangemessen. Flammenwerfer, wo es eine gezielte Injektion auch tut. Und hinterher verbrannte Erde und Bitterkeit, es bleibt eben doch immer etwas zurück, und sei es noch so unscheinbar, ein Staubkörnchen im empfindlichen Uhrwerk der Liebe. Anfangs sieht man nichts, irgendwann summiert es sich. Und die Wahrheiten, die einem bei Streits einfallen! Diese falschen Wahrheiten oder unwichtigen Wahrheiten, die dir plötzlich aufgehen, die du schon immer einmal (so scheint es dir, ist aber nicht so, weil es in Wirklichkeit exaltierte, grotesk verzerrte Ausgeburten deiner momentanen Erregung sind) sagen wolltest, die plötzlich groß und sperrig zwischen euch stehen und ausgesprochen werden wollen, und sei es nur, um Punkte zu machen in der Auseinandersetzung oder einem Satz des andern etwas zu entgegnen, damit keine Pause entsteht. Auch ein Streit ist eine Konversation mit ihren Regeln, und perfiderweise findet man dann auch immer den treffendsten, den verletzendsten Ausdruck dafür. Unausgesprochen, in Latenz, hätte solche scheinbare Erkenntnis niemanden gestört, wäre ihre Wahrheit bald wieder in sich zusammengefallen, und man hätte ein Leben lang mit der belanglosen Erinnerung an sie weiterleben können. Aber wehe, sie wird einmal laut.

Nein, heute kann er stattdessen ihren unerfüllbaren Wunsch nach Sex zu einem erfüllbaren nach Zuneigung und Zärtlichkeit umbiegen, interpretieren und hinreden. Nicht Vögelei, sondern Liebe. Machen wir uns keine Illusionen, ein bißchen Enttäuschung wird dennoch bleiben, aber das ist vertretbar. Wärme, Liebe, Gekuschel und Verständnis, wirkliches Interesse für dich als Mensch und dein Leben, das ergibt für den Moment einen ordentlichen Ersatz und ist langfristig ohnehin die bessere Investition. Die Fickerei, gleich wie aufregend, ist in ihren Einzelheiten schnell vergessen und geschieht zu oft, als daß man sich an anderes als Allgemeines erinnern könnte, aber die Momente, in denen man sich liebend und geliebt weiß, deren Wärme bleibt im Gedächtnis.

Und weißt du, was das beste ist? ruft Christine aus der Küche und kommt mit der Weinflasche zurück. Sie gießt sich im Gehen nach, dann ihm. Das beste ist, daß ich im Herbst mit nach Mallorca darf, zum Shooting für die Frühjahrskollektion. Eine Woche lang! Was sagst du dazu? Großartig, nicht?

Großartig, sagt Charly.

Da genau wäre er, der Aufhänger für einen Streit, auf den du dich vor wenigen Jahren noch gestürzt hättest. Und selbst jetzt mußt du dich zurückhalten: Wie jetzt? Sie liebt dich, will mit dir vögeln und ist nur deshalb so aufgekratzt, weil sie dich hier sitzenlassen und eine Woche nach Mallorca entschwinden kann!? Und wenn ich nun zufällig vorgehabt hätte, selbst im Herbst mit ihr zu verreisen? Brauchen könnte ich es immerhin. Aber daran denkt sie nicht. Ich hätte ja auch, um sie zu überraschen, schon etwas gebucht haben können. Auf den Gedanken kommt sie gar nicht. Dann storniere doch! Ja großartig, für fünfzig Prozent des Preises, weil du vollkommen egoistisch überhaupt nicht daran denkst, daß ... Hat sie nicht auch bei der Hochzeit darauf bestanden, ihren Mädchennamen zu behalten? Als ob sie es sich schuldig wäre, die ach so großartige Fotografinnenkarriere unter diesem Namen zu machen und nicht als Christine Renn.

Weißt du, es ist eine echte Auszeichnung. Und eine Chance, plappert sie. Ja, eine Auszeichnung für dich, eine Chance für dich. Und was ist mit uns? Von Rechts wegen müßte jeder unserer Gedanken mit »wir« anfangen, mit »uns«. Sie sieht ihn an, steht vor ihm, in der Hüfte ein wenig eingeknickt, den linken Zeigefinger in der Gürtelschlaufe.

Gerade noch rechtzeitig wird dir klar, daß du vor dich hinträumst, und zugleich fällt dir die Lösung ein: Gratuliere! Was hältst du davon, wenn ich dich zur Feier des Tages zum Chinesen einlade? Ich hab, nebenbei gesagt, auch einen Bärenhunger ...

Jetzt entscheidet es sich.

Sie zwinkert dir ein wenig ironisch zu: Ich wollte dir ja eigentlich was ganz anderes vorschlagen ... Aber wenn du mich natürlich über die Gefühle kriegen willst ... Außer dem ekligen Fingerfood, an dem man sich hungrig ißt, hab ich den ganzen Tag nichts in den Magen bekommen.

Er springt auf. O.k., dann hüpf ich unter die Dusche, um mich frischzumachen und zieh mir was anderes an. In fünf Minuten bin ich fertig.

Eile demonstrierend, läuft er an ihr vorbei, verschwindet im Badezimmer, reißt sich die Kleider herunter, steckt das Knäuel tief in den Wäschepuff, tritt in die Duschkabine und stellt sich sofort unter den Wasserstrahl, ohne zu warten, bis er warm wird (auch eine kleine Selbstbestrafung).

Christine kommt herein, zieht die Tür zur Duschkabine einen Spaltbreit auf und sagt lächelnd: Charly, weißt du, daß du alt wirst?

Er streckt den Kopf unter dem Duschstrahl hervor: Wieso?

Ich hab dir eben ein unzüchtiges Angebot gemacht, und du hast es nicht mal bemerkt.

Er versucht, ein Schafsgesicht zu machen, in dem möglichst viel Erstaunen (Wie kann es sein, daß ich das nicht gemerkt habe?) und Enttäuschung (Hätte ich es geahnt, ich wäre nie auf den Gedanken gekommen, ausgerechnet essen zu gehen!) sichtbar werden.

Dann hab ich was bei dir gut, sagt er und verschwindet wieder unter dem Duschstrahl.

Ich hab was gut, und dann, wenn ich will, sagt sie im Hinausgehen, ohne daß er es hören soll.

Beim fast leeren Chinesen sitzen sie an einem Zweiertisch. Sie trinkt grünen Tee, neben seinem Teller steht ein an einen Eierbecher erinnerndes Täßchen mit lauwarmem Reiswein. Er hat Huhn mit Ananas bestellt, sie Schweinefleisch süßsauer, und wie es beim Chinesen die Regel ist, nimmt jeder auch eine Portion vom Gericht des anderen. Der niedrige Raum wird von gelblichem, indirektem Licht mehr verdüstert als erhellt, was das Essen eigenartig verfärbt. Aus einem Lautsprecher hinter einem Bambus-Paravent dudelt die übliche verpopte Pekingoper-Muzak. Ab und zu zeigen sich dienernd und lächelnd die verschiedenen kellnernden Großfamilienmitglieder. An einem Tisch sitzt eine ältere schwarzbebrillte Frau – vielleicht die Chefin – mit einem Taschen-rechner vor einem Papierstapel. Die Konversation ist zäh, für ein feierliches Mahl ist der Chinese im Erdgeschoß einfach kein angemessener Ort. Vielleicht ist es auch die Glutamatsoße, die uns beide so schwerfällig macht.

Wo wollen wir eigentlich hin diesen Sommer? fragt Charly.

Christine kratzt sich den Kopf. Hm ... Wieder nach Sylt? Mit Ines und Jobst?

Die gehn segeln.

Könnten wir doch mit, oder?

Ja. Oder wieder eine Motorradtour?

Ja, oder sowas. Worauf ich ja wirklich Lust hätte, das wäre irgendwohin zu fahren, wo man nie hinkommt. Was weiß ich ... nach Patagonien zum Beispiel ...

Was willst du um Himmels willen in Patagonien? Das ist doch der Arsch der Welt.

Findet Chatwin zum Beispiel gar nicht.

Vierundzwanzig Stunden im Flieger hocken, das sind doch keine Ferien.

Oder nach Anatolien. Mit dem Rucksack durch Anatolien wandern, so etwas. Mal was anderes eben.

Fahren wir nach Berlin, und du wanderst mit dem Rucksack durch Kreuzberg. Kommt aufs gleiche raus und ist billiger.

Christine schiebt mit der Gabel die Fleischstückchen auf ihrem Teller auseinander und wieder zusammen und starrt auf die dick-flüssige, durchsichtige, an Wundsekret oder Sperma erinnernde Soße. Fahren wir halt wieder nach Sylt. Dieses Autohaus saugt dir irgendwie die Phantasie aus den Knochen, die Spontanei-tät ...

Ja, natürlich wieder das ewige Autohaus. Immer drauf. Wenn ich noch studieren würde stattdessen, bräuchten wir uns gar keine Gedanken um irgendwelche Urlaubsreisen zu machen, weil wir sie uns gar nicht leisten könnten.

Würde man eben einfach mit Interrail losfahren wie früher.

Ja klar, früher war alles besser, und das Autohaus ist an allem schuld.

Sie schweigen einen Moment lang, sinnen träge darüber nach, ob sie jetzt streiten sollen, fühlen sich beide zu müde dafür.

Jedenfalls ist es toll, daß es vorangeht bei dir, sagt Charly einlenkend, und hat das Gefühl, ein großes Opfer zu bringen und mehrere destruktive Lügen durch diese konstruktive auszugleichen.

Weswegen hattest du denn nun einen Scheißtag? fragt Christine konziliant zurück.

Charly erzählt den üblichen Text und sagt dann: Langer Rede kurzer Sinn, wenn ich das Ganze saniert und stabilisiert und auf Kurs gebracht habe, denn das bin ich mir schuldig, dann fange ich an, die Stellenangebote zu studieren.

Das ist der erste vernünftige Satz, den ich seit Monaten von dir höre.

Ah ja?

Christine grinst, um ihre Worte im nachhinein zum Scherz umzubiegen.

Nur wäre es dazu besser, ich hätte das Examen mit einer Eins, statt mit einer schlechten Drei bestanden.

Wenn du dir was vornimmst, dann schaffst du es auch, sagt sie mit diesem völlig selbstverständlichen Vertrauen in seine Fähigkeiten, das immer wieder Bestätigung und Forderung zugleich ist. Komm, laß uns zahlen, ich bin hundemüde.

Charly nickt, trinkt seinen abgekühlten Reiswein aus, dreht sich um, wartet, bis eines der Mädchen auftaucht, und winkt ihm zu.

Als sie im Bett liegen, zieht Christine die Beine an, kuschelt sich an seine Seite, schließt die Augen und bittet: Liest du mir noch was vor?

Letztes Opfer für heute abend. Aus deinem Chatwin?

Sie knurrt, schmiegt sich noch enger an ihn, er greift mit dem freien Arm über sie hinweg und fischt das Buch vom Nachttisch. Eine Seite ist mit einer U-Bahn-Fahrkarte markiert. Er schlägt auf und beginnt zu lesen: »Ein Mann namens Florentino Solis bot sich an, mit mir in die Berge zu reiten. Sein Gesicht war hellrot verbrannt, und als er seinen Hut abnahm, sah ich die scharfe Trennungslinie zwischen der roten und der weißen Haut. Er war ein Wanderer, hatte weder Frau noch Haus und besaß nichts außer zwei schönen *criollo*-Ponies, zwei Sätteln und einem Hund.« Er hört ihren gleichmäßigen Atem und fragt: Schläfst du?

Ein Knurren.

Er schlägt das Buch zu und sieht sie an: die blonde Haarsträhne, die Stirn. Schön, ahnungslos, halbglücklich, enttäuscht, hoffnungsvoll. Er sagt: Ich lieb dich.

Aus dem Kissen dringt ein gemurmeltes »Idiauch«.

November 88

Das Gerücht, der Erste Bürgermeister könnte noch kommen, läßt keinen der Anwesenden, zu dem es gelangt, unbeeindruckt. Wer weiß, wer es zuerst aufgebracht hat, im Flüster- oder im Brustton der Überzeugung, Herrschaftswissen verkündend und damit die Insel seines Ichs, den Boden, der in diesen weitläufigen Zimmerfluchten am Innocentiapark von ihm verteidigt wird, ein wenig vergrößernd. Übrigens von allen, die die Nachricht weitergeben, als ein Wort ausgesprochen: der »Erstebürgermeister«. Man würde sich lächerlich machen, als Provinzler dastehen, spräche man vom Bürgermeister. Das verbietet sich angesichts des Formats des Gemeinwesens ebenso wie angesichts des eigenen Status als Bürger der Freien und Hansestadt und des Landes Hamburg. Auch bedarf es keiner Präzisierung, wer gemeint ist. Nämlich keineswegs der amtierende, der »Nachfolger«, dessen Persönlichkeit nicht in Frage steht, der aber gerade dadurch, daß er amtiert, daß er arbeitet – und zwar, gewählt von den Bürgern dieser Stadt, für sie arbeitet und gewissermaßen ihr Angestellter ist –, in den Niederungen des Alltags verschwindet und nicht in der Lage wäre, durch sein vermutetes, erhofftes Erscheinen die Attitüde der Gäste zu verändern. Nein, der Erstebürgermeister, der sich diesem Jubiläumsfest vielleicht noch zugesellen wird, läßt deshalb aufmerken, weil er nicht als Funktionsträger erscheint, sondern als Symbol, das er aber erst mit seinem Ausscheiden aus dem Amt hat werden können, was im nachhinein, sind die Umstände erst einmal vergessen, und das geschieht schnell, zu einer Art Verklärung geführt hat, die nicht etwa nur diesem einen Individuum gilt, sondern in vergleichbaren Fällen schon öfter stattgefunden hat: die Verklärung eines Lokalpolitikers zu einer Art Fürst honoris causa, zum Symbol höherer Legitimität, die in augenscheinlichem Kontrast zum republikanischen Selbstverständnis der Patrizier steht und doch gerade hier intensiver geschieht als in Städten, wo das historische Selbstbewußtsein der Bürgerschaft schwächer entwickelt ist. In diesem besonderen Fall kommen noch die Familiengeschichte und gewisse, zu seiner aktiven Zeit durchaus nicht unumstrittene Aspekte seiner Amtsführung hinzu, und alles das macht, daß die Aussicht auf sein Erscheinen dieses festliche Zusammentreffen in einen anderen Kontext hebt, die private Betriebsfeier durch solch offiziöse Legitimation zu hamburgischer res publica wird und jedermann auf die Eventualität, sich als Teil eines geschlossenen und ausgesuchten Kreises Initiierter fühlen zu dürfen, mit einem Ausschlag des Selbstwertgefühls reagiert, je nachdem, ob er den Phantomgast nur aus dem Fernsehen kennt, ihm schon einmal begegnet ist oder womöglich in ständigem Austausch mit ihm steht. Und damit einher gehen die Sorge, sich auf der Höhe der Gelegenheit zu zeigen, sowie das Gefühl – desto größer, je geringer der Bekanntschaftsgrad –, daß gewisse andere Gäste dieses Privileg im Grunde nicht verdient hätten, sodaß eine zunächst unsichtbare, aber unter der Oberfläche sich rasant organisierende Hierarchisierung der Anwesenden einsetzt.

Auch Charly kann sich nicht dagegen wehren, gegen seinen Willen, gegen sein besseres Wissen einer Art innerer Bilanzprüfung unterzogen zu werden: Bin ich jemand, sind wir (mit Christine) jemand, der, käme er jetzt herein – nein, nicht von ihm angesprochen, anerkannt wird, sondern im Rahmen der Verhältnismäßigkeit (Alter, Startposition etc.) in seinem eigenen Recht bestehen könnte? Muß ich, wenn wir alle an ihm vorüberdefilieren und unsere Namen nennen, die Augen senken, wenn ich Charly Renn sage? Es ist nur eine Art Wetterleuchten innerer Unruhe, wie man es von Zeit zu Zeit erlebt, zu schwach, um zu praktischen Konsequenzen zu führen. Aber ein einprägsamer Moment des Erschreckens bleibt es doch. Sein inneres

Auge wirft bei der Vorstellung, mit welchen wichtigen, sichtbaren Menschen er (bzw. er und Christine) in diesem entscheidenden Moment zusammenstehen, zusammen gesehen werden könnte, wessen Blicke zwischen ihm und dem *Besucher* Brükken schlagen würden, bei der Frage, ob seine Präsenz ein *ihm* bemerkbares Leuchten verursachen würde, so panische Blicke um sich wie ein Eingekesselter, der nach einem Fluchtweg Ausschau hält. Er hat nicht genug erreicht, sich nicht genug angestrengt, ist nicht weit genug, hoch genug gekommen, nicht auf die Lebenshöhe des schmucken Bildes, das er, auch an einem solchen Abend, mit Christine zusammen darstellt. *Ich muß mein Leben ändern.* Es spricht entschieden für Charly, daß solche Augenblicke ihn zu prinzipiellen Gedanken inspirieren. Andere Menschen fragen sich in derartigen Situationen nicht, ob sie es wert sind, in einem Raum mit einem Größeren zu stehen, sondern wie sie, ganz gleich mit welchem Recht, möglichst nahe an ihn herankommen können.

Ein auffälliger Mann, den Charly vom Sehen kennt, hat bereits, schneller denkend als andere, das Grüppchen verlassen, in dem er stand, einen Teller mit Essensresten in der Hand, und sich in einer Art unauffälligem Krebsgang, der das Ziel, auf das er zusteuert, nicht sogleich erkennen lassen soll, auf Yvonne zubewegt, die trotz der Anwesenheit von Onkel Franz als eigentliche Gastgeberin angesehen wird.

Liebe gnädige Frau, sagt er mit etwas krähender, aber geschult weittragender Stimme, mir scheint, Adorno hat einmal geschrieben: Kleine Leute haben wenig Freunde. Wenn das stimmt – und eigentlich kommt es in den *Minima Moralia* selten vor, daß etwas nicht stimmt –, sind Sie wahrhaft eine Grande Dame unserer Vaterstadt!

Dabei durchmißt sein ausgestreckter Arm in einer römischen Rhetorengeste den Raum, wobei der Ärmel des grauen Anzugs zurückrutscht und ein erschreckend dürres Handgelenk sehen läßt, das von einer Manschette umschlossen wird, deren Saum ein wenig abgestoßen und faserig ist und die verblaßte bräunliche Flecken aufweist, eigentlich eher Aureolen. Charly überläuft eine Gänsehaut bei dem Gedanken, als alter Mann allein leben zu müssen und nicht zu bemerken, wie man unreinlich wird.

Yvonne, in einem bodenlangen roten Samtkleid, das graue Haar mit einem glitzernden Barett aus (echten? vermutlich dann doch nicht) Brillanten und Onyxen im Nacken verknotet, streckt, den Kopf zurückschiebend, sodaß ihr Hals dicker erscheint, als er ist, und als müsse sie ohne Lesebrille einen kleingedruckten Text entziffern, beide Hände aus, umfaßt die langgliedrigen Finger des Mannes mit ihren vergleichsweise kurzen, beringten und sagt zum hundertsten Mal heute abend mit mechanischer Inbrunst: Herr Professor, wie *schön* – welche Ehre, daß Sie auch zu unserem kleinen Jubiläum gefunden haben, ich habe mir so gewünscht, ein bißchen Glanz – und dank Ihnen…

Einen Moment lang stehen sie da, einander an den Händen fassend wie nach einem Walzer, und der Professor wartet darauf, daß sie ihren Satz abschließt, um loslassen zu können, aber es kommt nichts mehr, denn Yvonne vermag um diese Uhrzeit nur mehr die Abbreviaturen einer Begrüßung von sich zu geben.

Der Schwung seiner Bewegungen, das siehst du von hier aus, läßt Schuppenflöckchen aus seinem mit Pomade – nicht mit Gel – zurückgestrichenen, gelbgrauen Haar schneien, das noch sehr voll ist. Der Typ muß auch schon – auf die Siebzig zugehen? Erika, wie alt ist der Senftenberg?

Charlys Schwester, die sich mit ihrer Mutter unterhält, nickt unkonzentriert. Sie stehen *en famille* herum, Papa, Mama, Erika und Kumpf, er und Christine, an zwei von den Stehtischen, wo sie ihr Abendessen verzehrt haben. Der Alte, der gewartet hat, daß Yvonne und sein Bruder ihn begrüßen kommen, hat vorhin über den Brillenrand geblickt, als Christine fragte, wer um alles in der Welt all diese Leute wären, sie hätte an eine Feier unter Geschäftsfreunden geglaubt, und genüßlich geantwortet: alles zweitklassige Mitglieder ehemals erstklassiger Hamburger Familien.

Und der dort, der aussehe wie ein Lord? hat Christine gefragt. Oh, das ist ein Immobilienbesitzer, sagte der Alte und antwortete dann auf Christines fragenden Blick: Ja, er besitzt seit Jahrzehnten Immobilien am Albers-Platz, auf der Reeperbahn und in St. Georg, und seit er auch welche am Raboisen und in der Poststraße hat, wird er zu solchen Abenden hier eingeladen.

Die Frau da drüben kenne ich aus der Bunten beim Frisör, fährt Christine fort, sichtlich entzückt, im Alten einen verläßlichen Cicerone gefunden zu haben. Das ist doch sogar eine Gräfin! Angeheiratete Gräfin, verbessert der Alte, und inzwischen auch längst wieder geschieden. Hamburgs Charity-Königin. Ich habe vor ein paar Jahren nähere Bekanntschaft mit ihr gemacht, als sie die Äthiopien-Gala der Hungerhilfe veranstaltet hat und ich so leichtsinnig war, einen Burgunder für tausend Mark zu ersteigern. Wieso, war es kein echter Burgunder? Doch, aber ich habe dann ein bißchen nachgeforscht und erfahren, daß von meinen tausend genau hundertfünfzig Mark auf das Äthiopienkonto geflossen sind und der Rest für die Finanzierung des Empfangs und für die Spesen der Veranstalterin draufgegangen ist. Seither habe ich jedesmal, wenn ich ein Foto von ihr sehe, den Eindruck, sie trägt ein aus Kinderhaut maßgeschneidertes Kleid...

Erika hat seinerzeit ein paar Seminare bei Senftenberg mitgemacht, seines Renommees wegen eher als aufgrund einer Affinität zu ihren Studien, er ist Ordinarius für Klassische Philologie. Aber da er einer der raren Stars der Uni ist, sitzt er nicht im Philosophenturm, sondern hat sein Institut in einer Gründerzeitvilla am Ende des Hermann-Behn-Wegs mit Blick auf das HSV-Trainingsgelände und das Tennisstadion, allerdings nur im Winter, wenn die Bäume kahl sind. Er ist nämlich auch Sport- und besonders Fußballfan.

Und dieser Senftenberg, wer ist das? fragt Christine jetzt Charly und deutet mit dem Kinn hinüber.

Ich erinnere mich noch an einen langen Artikel in der Zeit damals zur WM 78 in Argentinien, sagt Charly, zur gesamten Familie gewandt. Da hat er über linken und rechten Fußball schwadroniert, wobei er dem linken, wenn ich mich recht entsinne, Offensivgeist, Angriffslust, Kurzpaßspiel, Forechecking usw. zuschrieb, während der rechte Foulspiel, Zerstörungsfußball, Defensive bedeutete und mangelnde Ballbehandlung. Jedenfalls hat er sich am Ende nicht entblödet, eine Voraussage fürs Finale abzugeben, muß also zu Beginn der zweiten Finalrunde erschienen sein, und zwar daß der linke Fußball Menottis und Kempes' gegen den rechten von Schön und Berti Vogts triumphieren würde, und zwar 4:1. Tja, mein Alter, damals hast du noch nichts von Hans Krankl gewußt. Aber wenn die Deutschen rechten Fußball gespielt haben, was für einen spielten dann die Ösis? Und was für einen die Junta?

Der halbgeöffnete Mund und die weit aufgerissenen Augen Senftenbergs dort drüben wirken überrascht, sind aber eher eine Aufforderung als eine Reaktion und beziehen sich auf seine Präsenz und die Sätze, mit denen er sein Gegenüber soeben glaubt beschenkt zu haben. Jetzt dreht er das Ohr zu Yvonne, kann also auch sein, daß er einfach schwerhörig ist. Schwerhörigen steht ja oft der Mund offen. Aus diesem Winkel wirkt sein Gesicht, das eben noch in rascher Überlegung nach einer ausgefallenen und immer etwas zu langen brillanten Formulierung zu suchen schien, eher begriffsstutzig, fast beschränkt. Das Gesicht eines Spitzenpolitikers, den man mit einem Portemonnaie und einem Einkaufswagen in einen Supermarkt gestellt hat und der feststellt, daß er in dieser vollkommen fremden Welt ohne die Hilfe seiner Referenten nicht zurechtkommt. Aber das dauert nur einen Augenblick. Schließlich ist Senftenberg hier ja auf seinem ureigenen Parkett, wo ihm nichts geschehen kann, er sich aber einiges herausnehmen darf. So wie vorhin, als das Buffet eröffnet wurde und sich nach dem üblichen Zögern dann ganz plötzlich eine Schlange von fünfzig Leuten vor den Aluminiumgarschalen und den Männern mit Kochmützen gebildet hatte. Senftenberg hakt Erika unter, die er immer noch mit Fräulein Renn anspricht, obwohl sie mittlerweile drei Kinder hat, sieht sie mit diesen strahlend überraschten Augen an und sagt dann mit einem Blick auf die Schlange: Jetzt werden wir uns mit brechtischer List (er sagt: mit brrrechtischerr Lissst) an diesen Herrschaften vorbeimogeln (vorr-bei). Wenn einer Sie anspricht, Fräulein Renn, und er legt den Zeigefinger (er hat schlaffe Hände voller Alterspigmente, auf denen keine Sehne und keine Ader zu sehen ist, und etwas zu lange Nägel) auf die o-förmige Öffnung des Mundes: Sklavensprache! Wir zwei verstehen uns! Und tatsächlich hatte Erika dann bereits auf einem schwarzledernen Sofa sitzend gegessen, als sie alle noch anstanden.

Dieser Fußball-Unsinn ist nicht der einzige Zeitungsartikel von ihm, an den ich mich erinnere. Er hat auch einmal, wann mag das gewesen sein, 80 oder 81, einen Kübel Hohn über Walesa ausgegossen, irgendwas von randalierenden Katholiken, die am liebsten von der Schwarzen Madonna von Tschenstochau regiert würden, und sich gefragt, wozu denn zweihundert Jahre Aufklärung gedient hätten, um dann mit einem dieser typischen Appelle zu schließen, der Westen solle sich hüten, mittels der reaktionären Kräfte des Vatikans die Volksdemokratien im Osten zu destabilisieren, denn das könne nur zu Krieg, schlimmstenfalls zum Atomkrieg und bla bla bla und stattdessen friedliche Koexistenz, Politik der Annäherung, parlamentarischer Austausch, bla, vertrauensbildende Maßnahmen, bla bla.

Ja, unser Erster Bürgermeister, sagt der Professor zu Yvonne jetzt, da sich noch zwei, drei weitere Gäste aus ihren Gruppen gelöst haben und zu ihnen getreten sind. Ein großer Mann, ein großer Mann! Und er dreht sich nickend und strahlend zu den anderen Herren, dann wieder zu Yvonne. Sie werden es gewiß nicht kennen, denn es ist an unbedeutendem Orte erschienen, aber ich habe seinerzeit eine kleine Hommage an ihn verfaßt in Form eines Gedichtes. (Er sagt nicht Gedichts, sondern Gedichtess, mit Betonung auf der letzten Silbe, und es klingt, als würde er sagen: Sie haben mir wehe getan, anstatt wehgetan.) Er wendet ihr das Ohr zu, bis sie fragt: Können Sie es denn – ich weiß ja nicht, wie lang es ist – ein Stückchen auswendig – hersagen, ich nehme an, die Herren hier – genau wie ich –

O Schande über mein Gedächtnis, jubelt Senftenberg, *er selbst* könnte es vermutlich viel besser, wäre er nicht zu bescheiden für dergleichen, aber ich weiß, daß er sehr angerührt gewesen ist, natürlich ist es kein Meisterwerk, vom lyrischen Standpunkt her betrachtet, warten Sie: Tatatatam, ja! Gegen den Wind jubelt die Lerche. Gegen den Wind jagt der Falke. Gegen den Wind steigen die Drachen – Was kann man aus Gegenwind alles machen.

Erwartungsvoll strahlend sieht er Yvonne an – die beiden Männer tun hilfeheischend das gleiche –, leckt sich ein wenig über die trockenen Lippen, bewegt die Kiefer, wie jemand, der einen Schluck Wein kaut anläßlich einer Verkostung. Entzückend! ruft Yvonne und verwünscht die Sektflöte in ihrer Hand, die sie an jeglicher demonstrativ anerkennenden Geste hindert. Ganz entzückend! Und sie nickt den beiden Männern zu, von denen der eine einige Male in die vor dem Bauch gefalteten Hände klatscht wie bei einem sozialistischen Parteitag.

Du siehst ihr Gesicht, das sich zu teilen oder zu desintegrieren scheint, was daher rührt, daß ihre Augen, ihre Brauen, ihr Mund in verschiedene Richtungen streben, besser gesagt: unterschiedliche Befehle erhalten. Zum einen muß sie dem Professor Dank und Begeisterung für dieses Gedicht ausdrücken, das jedoch wenig hergibt, woran man die schickliche Emphase festmachen könnte. Zugleich aber will sie ihn weiterreichen, in andere Hände übergeben, weil das Gedichtchen eine Art Höhepunkt eines der kurzen Zusammentreffen war, aus denen all diese Empfänge sich zusammensetzen, und sie nun nicht weiß, wie sie von hier aus mit ihm weitermachen soll, ohne daß es abwärts geht.

Überdies hofft sie natürlich auch, von dem momentanen Prestige (Senftenberg–Ersterbürgermeister–Gedicht) profitieren zu können, hofft, daß andere es gehört haben und sich um sie sammeln, was ihr dann die Möglichkeit böte, weiterzugleiten, sich sozusagen durchzureichen und anderswo wieder einen kurzen Smalltalk zu einer Pointe oder sonst einer Klimax zu treiben. Yvonne arbeitet.

Es ist ohnehin, betrachtest du es genauer (betrachtest du dich genauer, denn du schwimmst darin mit, immerhin den Rettungsring Christine am Arm, der es gestattet, von Zeit zu Zeit stehenzubleiben, gewissermaßen auf der Stelle zu paddeln), es ist eine seltsame Choreografie, eine Art gravitätische (aber je genauer man hinsieht, desto mehr entdeckt man die mühsam gebändigte Unruhe) Reise nach Jerusalem, ein ständiges Sich-Verschieben und Neu-Zusammensetzen der Grüppchen, und da du nichts anderes zu tun hast, fragst du dich, was diese Bewegung für einen Impuls und Antrieb hat.

Immerhin: Es gibt welche, die sich nicht rühren und um die stets eine Traube von anderen Gästen hängt, manche nur kurz, bevor sie ihren ruhelosen Gang wieder aufnehmen. Manchmal sprechen diese Inseln im Strom auch nur mit einer einzigen Person, sind ins Gespräch mit ihr vertieft, was sofort wieder anziehend auf Dritte wirkt. Wie hinter dir der Typ, der sich seit einiger Zeit mit Erika unterhält, es dringen, da du nicht konzentriert zuhörst, nur einzelne Sätze an dein Ohr: Ich halte es für falsch, sich immer gleich zu Wort zu melden, sobald ein Thema hochkocht ... Die Entscheidung war nicht PR-technisch getimt ... Damit können Sie vielleicht kurzfristig punkten ... Nein, man muß das differenziert betrachten ...

Vielleicht ist es einfach Angst, ganz alleine dazustehen. Einer, der hier alleine herumsteht, ist einer, den niemand kennt. Das ist ein gesellschaftliches Urteil. Deshalb die Bewegungsströme rund um die Gruppen und möglichst hinein in eine Unterhaltung. Es gibt ja auch nichts hier, wofür ein einzelner Mensch sich sonst interessieren könnte. Fünfzig Jahre Juwelier Renn, die Begrüßungsworte Yvonnes vorhin, die kurze Ansprache von Onkel Franz, das Buffet, und jetzt? Was jetzt?

Spähend (um zu vertuschen, daß sie ins Nichts starren) mit hungrigen Augen, halb ausgeführten, dann wieder abgebrochenen Gesten und Schritten, die verraten, daß sie nicht wissen, ob sie nach rechts oder links sollen, sogleich aber auch wieder gelangweilt, sobald sie in eine der banalen Unterhaltungen eingebrochen sind, sich ihr mit Blicken und eingestreuten Bemerkungen aufgepfropft haben, rasch darauf ungeduldig weiter, denn ebenso stark wie der Antrieb, nicht alleine und isoliert ertappt zu werden, ist die Hoffnung auf etwas die Mühe Rechtfertigendes, etwas, das dem Abend und dem Besuch hier Sinn verliehe, ein gehaltvolles Gespräch, eine türenöffnende, wegweisende Begegnung, einen Flirt zur Selbstbestätigung und mit Abschleppchancen, aber jedesmal wieder nach wenigen Sekunden oder Minuten der Überdruß und die Erkenntnis: hier nicht – und die wachsende Ungeduld.

Du hast dich vorhin nach der Ankunft auch so ruhelos durch die für das Fest geöffneten Zimmerfluchten treiben lassen (gibs zu, in der absurden Hoffnung auf einen Zuruf: Ach, Herr Renn, Sie hier, kommen Sie doch einmal zu uns ...), die du doch immerhin von privateren Anlässen kennst. Wer hat sich dieses Haus, in dem heute noch zwei weitere Parteien wohnen, eigentlich bauen lassen? Unvorstellbar die Familie, die ein derartiges Gemäuer allein für sich und ihre Bediensteten in Anspruch nahm ... Fabrikanten, Reeder, Großhändler, Bankiers?

Worunter Yvonne offenbar leidet, ist, daß sie nicht alleine, auch nicht mit Franz und Reiner, das Gravitationszentrum ihres eigenen Empfangs zu bilden vermag. Man kann das lernen, es gibt Bücher über Empfangskultur und wie man die Gäste zusammenbringt, ihnen Themen zuspielt und offeriert, was die Augen und was die Hände tun müssen, man kann alles lernen und kaufen, auch ein Gutteil der Dinge, die einem nicht im Blut liegen; und Yvonne geht ja auch zu den Männern, zu den Frauen und macht die Honneurs.

Vielleicht liegt es an den Gästen selbst, die alle nicht den Eindruck vermitteln, hier des Anlasses oder der Gastgeber wegen zu sein, sondern eher, sich auf Kommandomission in eigener Sache zu befinden, bang umherspähend, ob sie als Identitäten wahrgenommen werden, mit ostentativem Desinteresse an allen und an allem kundtuend, daß sie selbst wichtiger wären, zugleich auch auf kindliche Art außerstande, diese Identität und Wichtigkeit zu rechtfertigen, sodaß ihre furchtsame Arroganz sogleich in eine fast schon weinerliche Dankbarkeit und Anhänglichkeit umschlägt, wenn sich irgendein Selbstbewußter erbarmt und sie in seinen Kreis aufnimmt.

Seltsam, daß Yvonne, die in dein Blickfeld getreten ist, ganz genauso wie du vorhin vor dem allerdings wirklich bewundernswerten Biedermeiersekretär innehält – schließlich gehört er ihr – und ihn ebenso mustert wie du oder jeder andere, der daran vorübergeht. Du verstehst diese Geste als ein selbstzufriedenes, kurzes Innewerden ihres Wohlstandes, das dir unsympathisch ist, wie dir die ganze Frau unsympathisch ist. Aber die Geste geht dir nach und wiederholt sich vor deinem inneren Auge immer noch einmal. Es steckt etwas dahinter, das dir nicht klar ist, aber je erfolgloser du darüber grübelst, desto weniger kannst du die Abneigung gegen Yvonne aufrechterhalten und desto mehr spürst du irgendeine Form von Verwandtschaft, denn auch du hast dich mit Blicken an diesem Möbel festgehalten oder sogar aufgerichtet.

Daß Yvonne Trost bei einem Möbelstück zu suchen scheint, schlägt eine Bresche von menschlicher Schwäche in den Panzer deiner Antipathie und enthebt dich zu deiner Erleichterung der bösen Mühe, sie hassen zu müssen. Das verleitet einen jedoch wiederum leicht zu der Überreaktion, dieses überraschende Quantum Menschlichkeit nun im selben übertriebenen Maße für den wahren Charakter des anderen zu halten, in dem man zuvor seine Kälte oder Boshaftigkeit dafür hielt.

Man könnte die Geste allerdings auch ganz anders deuten als du. Dieser Biedermeierschreibschrank, mehr als mannshoch, aus karelischer Birke, mit einem bombierten Aufsatz und ebonisierten Säulen, eine norddeutsche Arbeit vom Beginn des 19. Jahrhunderts, massiv und zierlich zugleich, gediegen, aber auch voll künstlerischer Finesse, mit ausgewogenen Proportionen und von einer dezenten Schönheit, die nie begehrt, der Funktion den Rang abzulaufen, schimmernd und glänzend unter den Deckenstrahlern, lebendig, fast wie atmend, dieser Schreibschrank ist ein Fremdkörper in dem hohen und weiten Raum, der an normalen Tagen eher wie ein Wohnzimmer eingerichtet ist, nicht wie ein Empfangssaal. Er ist, zwischen den silbrigen Fernseh- und Hi-Fi-Bausteinen von B&O, dem De Sede-Sofa und den Flötotto-Regalen, zwischen den Horst Janssen- und Meckseper-Grafiken, den namenlosen Anrichten und Schränken aus Schleiflack im Mondrianstil, zusammen mit einem Kristallüster die einzige Antiquität. Franz hat das Möbel irgendwann schätzen lassen. Es ist über dreißigtausend Mark wert, und es fällt aus zweierlei Gründen auf: Erstens, weil es tatsächlich wie eine Antiquität behandelt wird, ein reines Schaustück, seines ehemaligen Sinns, seiner Funktion beraubt, fehlt nur die rote Absperrkordel. Niemand arbeitet an dem Sekretär, niemand käme auf den Gedanken, ihn ganz selbstverständlich zu nutzen, dafür ist er zu »wertvoll«. Zweitens, weil er im Gegensatz zu all den anderen, moderneren Einrichtungsgegenständen, die zu einer Epoche gehören, in der umgezogen wird, die daher transportabel sind und sich auf ihren Eigentümer einstellen wie ein treuer Hund, in all seinem spezifischen Gewicht nicht zu den Bewohnern des Hauses gehört, sondern zum Haus selbst. Nicht daß dieser Schreibschrank zur Einrichtung oder zu den Bewohnern nicht paßte, sie sind es, die nicht zu ihm passen. Nicht er ist zu schwer, sie sind zu leicht für ihn.

Man könnte sich vorstellen, daß einst die Söhne der Barbaren, die die Macht im römischen Imperium übernommen hatten, mit ebensolchen Augen auf den Plastiken und Reliefs verweilten, die ihre Väter in Besitz genommen und – nachdem sie mit dem Furor des Siegers und der Ungeduld des Ortsfremden alles kaputtgeschlagen – verschont hatten, ohne sie eines Blickes zu würdigen.

Ein, zwei Generationen später sind diese Nachkommen die neuen Herrn und beginnen – fremdelnd, aber mit erwachenden Sinnen –, sich auf die übriggebliebenen Dinge zu besinnen, sie zu benutzen und vielleicht sogar zu ehren. Dabei geht es mitunter etwas seltsam zu, weil der neue Herr von der Kultur seiner Vorgänger nichts weiß, und er trinkt aus dem Bidet oder benutzt das Götterbild als Kleiderständer. Aber da niemand von den Alten mehr da ist, um über ihn zu lächeln (oder es nicht wagt), gehen solche Fehlgriffe irgendwann in die Usancen über.

Dennoch verfällt die alte Kultur, sind die römischen Badehäuser und die Geheimnisse der Statik und Architektur und Bildhauerkunst ausgestorben, weil die Usurpatoren zwar irgendwann Gefallen fanden an den Überresten der großen Zeit, sich selbst aber dagegen und darin provisorisch vorkamen: Besitzer, die nur Statthalter sind für etwas, das nicht wiederkommt, und die erst dann ihr inneres Gleichgewicht zurückerlangen, wenn sie die ihnen gemäßen Formen gefunden haben, wieviel primitiver die auch sein mögen.

Jeder Neuanfang, das ist ihr Trost, setzt tiefer an als das, was vordem war und in all seiner Größe an der eigenen Müdigkeit und Dekadenz zugrunde gegangen ist. Mag man auch weniger Kultur haben als die Vorgänger, man besitzt doch, was ihnen fehlte: Dynamik und die Legitimation des jungen Revolutionärs.

Aber lange Zeit später, wenn der Usurpator die Häuser der früheren Herren nicht mehr zerstört, sondern ökonomischer in ihnen lebt und hölzerne Zwischendecken einzieht, wenn er mit mehr oder weniger Fingerspitzengefühl einige der Sitten und Gebräuche der alten Besitzer übernommen hat und sein eigener Verfeinerungsprozeß schon im Gange ist, dann wird er plötzlich innehalten vor einem Objekt, das er aus einem geplünderten Haus in seines hat schaffen lassen, seiner Schönheit wegen. Und er wird stolz sein wollen auf sein Eigentum, aber der Gegenstand wird ihm diesen Stolz nicht erlauben, wird sich sozusagen nicht herablassen, seinen Blick zu erwidern. Und mit einer gewissen Scheu wird der neue Herr sich abwenden und sich damit begnügen müssen, daß zwar die Form ihm gehört, nicht aber die Seele. Er wird gewissermaßen auf den Zehenspitzen der Pietät durch sein eigenes Haus laufen müssen.

Ob es nun die unklaren solidarischen Gefühle sind, die der Anblick Yvonnes vor dem Sekretär in ihm erweckt, oder ob ihn die Unruhe von vorhin treibt, die ihn preßt, etwas an seiner Situation zu verändern, jedenfalls folgt Charly dem vagen Impuls und geht zu Yvonne hinüber. Sie kommen auf mühelose Art miteinander ins Gespräch, und ihr Austausch ist von einer gegenseitigen Schonung und Freundlichkeit, die vielleicht tatsächlich an dem schimmernden Möbel liegt, in dessen Schatten sie stattfindet. Auch Besucher von Museen, in denen große Kunst zu sehen ist, verhalten sich ja meistens nicht nur exemplarisch dezent und unaggressiv, sondern sind oft auch in einer Stimmung scheuer und heiterer Konzentration, da sie angesichts des Ernstes und auch des Trostes, der von den Kunstwerken abstrahlt, einmal von sich selbst und ihrer vermeintlichen Wichtigkeit absehen können.

Yvonne fragt nach, wie es denn gehe, privat und beruflich, Charly antwortet auf letzteres mit augenzwinkernder Selbstironie, Yvonne faßt ein wenig nach, Charly umreißt seine Vorstellungen, Yvonne, neugierig gemacht, wird konkreter und will wissen, ob er denn tatsächlich etwas anderes suche, Charly rudert zurück, sagt etwas wie: Es müßte dann aber schon ... Yvonne erwidert: Du, da kommt mir ein Gedanke, und schlägt vor, ihn einem Bekannten vorzustellen, dem Seniorchef eines alteingesessenen, weltweit tätigen Handelshauses, von dem sie wisse, er suche nach einem kaufmännischen Leiter, es kann ja nichts schaden.

Erst sehr viel später fragt Charly sich, ob Yvonne tatsächlich, wovon er in diesem Moment ganz automatisch ausgegangen ist, nicht nur das Bestmögliche, sondern das Beste für ihn gewollt und gesucht hat, oder ob sie doch so perfide ist, wie er immer geglaubt hat, und ihm gar nicht helfen, sondern ihn bloßstellen wollte.

Das Grüppchen jedenfalls, zu dem Yvonne Charly jetzt führt, ist im Gespräch, so daß sie sich zunächst schweigend dazugesellen und warten müssen. Das kann allerdings dauern, da der jüngste der drei Männer, sobald er die beiden aus den Augenwinkeln sieht, durch ständiges Reden und Fragen und indem er eine Vierteldrehung vollführt, so daß er jetzt mit dem Rücken direkt vor Charly steht und seine beiden Gesprächspartner sozusagen abschirmt, eine Gesprächspause verhindern will, in der sich, so befürchtet er wohl, die Aufmerksamkeit, die er erkämpft hat, endgültig von ihm abwenden würde. Die drei rauchen Zigarren und scheren sich nicht weiter darum, daß der Qualm zwei Frauen belästigt, die am selben Stehtisch immer noch am Essen sind.

Offenbar geht es um die Kampagne gegen Jenninger, dem seine Rede zum Neunten November zum Verhängnis zu werden scheint. Der kleinste der drei Zigarrenraucher, ein Mann, dessen Vollbart ihn älter erscheinen läßt, als er sein kann, sagt gar nichts und wirkt, als müsse er sich mühsam beherrschen. Der Jüngste hat irgend etwas an den Fingern abgezählt und schließt: Die

Reihe derer, die vom Tugendterror der Blockwarte unserer linken Rechtgläubigkeit niedergemacht werden, verlängert sich.

Der Seniorchef erwidert nickend: Man hat vergessen, daß die einzige Opposition, die Hitler gefährlich werden konnte, von rechts kam. Von ihr aus gesehen stand Hitler links. Das sollte zu denken geben.

Der andere, beflissen zeigend, daß es ihm tatsächlich zu denken gibt: Ja, Hitler ist keineswegs so leicht als extrem rechts im politischen Spektrum einzuordnen, wie es viele Leute zu tun gewohnt sind.

Der Seniorchef: Vermutlich würden die politischen Positionen von Männern wie von Hassell, Goerdeler oder Stauffenberg heute nicht nur als rechts, sondern als rechtsextrem bezeichnet werden. Hitler vertrat hingegen zahlreiche Positionen, die allgemein als links gelten, und das tat auch Joseph Goebbels.

Er blickt auf, der Beflissene horcht, wie es weitergeht, um erneut einen Satz wiederholen und als eigene Beteiligung an der Diskussion einschmuggeln zu können. Der Bärtige schweigt wie ein frisch konvertierter Christ unter provokanten Heiden, der sich mit allen Kräften zusammennimmt, um die erhaltene Ohrfeige nicht zu vergelten.

Im allgemeinen Bewußtsein unserer Republik, fährt der Alte fort, gilt der Nationalsozialismus jedoch nach wie vor als rechtsextreme Erscheinung, nur ist dieses allgemeine Bewußtsein von der Definitionsmacht der Linken bestimmt, die ein politisches Interesse daran hat, daß der Begriff »rechts« untrennbar mit den nationalsozialistischen Verbrechen verbunden bleibt.

Und das ist auch genau der Grund, wirft der Jüngere ein, warum viele Linke abstreiten, daß Stalin links gewesen sei!

Eben. Schließlich, sagen sie, habe der Stalinismus im Widerspruch zu den originären humanistischen Werten der Aufklärung und des Marxismus gestanden.

Ha! macht der Beflissene.

Der Seniorchef hebt den Arm leicht an: Der Schluß ist, daß Bewegungen, die unmenschlich und unmoralisch sind, nicht links sein können, Bewegungen, die sich selbst als links bezeichnen, jedoch automatisch historisch auf der richtigen Linie liegen.

Und das bedeutet, sagt der andere, der, um sich ein wenig zu emanzipieren, das Thema zu seiner konkreten tagespolitischen Erkenntnis führen und damit beenden will: Keine Chance für Jenninger in diesem Land!

Ja, sagt der Seniorchef, und hat dann doch das letzte Wort, keine Tugend, die nicht im Terror ihren Lohn fände.

Yvonne wechselt französische Küßchen mit dem Seniorchef, nickt dem Beflissenen zu und sagt respektvoll zum Bärtigen: Herr Doktor, welche Ehre, Sie hier zu haben, Sie geizen viel zu sehr mit sich. Andeutung eines Lächelns unter dem Vollbart.

Ich habe es leider kaum mitbekommen, Sie sprachen über Deutschland, scheint mir?

Der Seniorchef verzieht die Mundwinkel zu einem ironischen Lächeln: über die Liebe zu Deutschland gewissermaßen.

Yvonne spürt die Spannungen zwischen den dreien und will intervenieren, aber der einzige Satz, der ihr einfällt und der sich an den Bärtigen richtet – vielleicht, denkt Charly, müßte man wissen, wer er ist, um zu verstehen, ob ihre Worte sinnvoll oder sinnlos sind – lautet: Und Sie, Herr Doktor, Sie lieben Deutschland doch auch?

Er verneigt sich ein wenig (man könnte auch sagen: Er verwindet sich ein wenig) und antwortet: Halten Sie mich für nekrophil, gnädige Frau? Dann verabschiedet er sich mit einem dreifachen, ruckartigen Nicken aus der Runde und wandert davon.

Yvonne stellt Charly vor und verwickelt dann, wofür er ihr unendlich dankbar ist, den jüngeren Mann in ein Gespräch, so daß Charly, der Christine mit den Augen zu sich zieht, einige Worte mit dem Seniorchef wechseln kann, in denen er, wie er findet, seine Studien- und Berufserfahrungen (ohne das Autohaus zu nennen) ziemlich brillant auf den Punkt bringt. Der Alte scheint jedenfalls die Ohren zu spitzen, und als dann Christine da ist, beginnt er mit Kennermiene gleich mit ihr zu flirten. Er bemerkt ihre von einem Shooting auf den Balearen aufgefrischte Sommerbräune, sie kommen auf Urlaube zu sprechen, er zwinkert ihr zu und sagt: Unsere Interrailkarte, junge Dame, war die Wehrmacht. (Der Unterschied ist nur, aber die Geistesgegenwart, das zu sagen, hast du nicht, daß Christine mit Interrail ein bißchen weiter gekommen ist ...)

Leider Gottes gibt der junge Beflissene nicht nach, erinnert den Alten jetzt daran, daß er ihm doch noch seine Frau vorstellen wollte (da hinten steht sie, Herr Konsul), und der Seniorchef, geschmeichelt und enerviert zugleich von dem zweiseitigen Buhlen um seine Aufmerksamkeit, unterbricht Charly und sagt: hochinteressant, hochinteressant. Lassen Sie uns doch nachher weitersprechen, wenns hier ein wenig ruhiger ist. Ich habe das Gefühl, daß wir uns sehr konstruktiv unterhalten können. Und am besten machen wir dann gleich einen Termin aus.

Er küßt Christine galant die Hand, läßt sich von dem anderen fortziehen, und während du ihm halb zuversichtlich, halb frustriert nachstarrst, geraten dir wieder Erika und ihr Gesprächspartner ins Blickfeld.

Er ist ein hochgewachsener blonder Mann von vielleicht Anfang Vierzig. Sein dünnes weizenblondes Haar ist offenbar mit dem Messer geschnitten, es fällt, über dem rechten Auge gescheitelt, in hellen Glätten auf dunklerem Untergrund, den Schläfenansatz überdeckend, bis genau auf den Rand der Ohren, die nicht freigeschoren sind, sondern auf denen einzelne Haarspitzen, sich leicht biegend, einen Fransenbesatz bilden. Er trägt eine kleine, zweifarbige, ovale Brille und entblößt beim Reden dichtgereihte und ebenmäßige, ins Gelbliche spielende Zähne.

So wie man früher von Abiturienten sagte, sie seien aus ihrem Konfirmandenanzug herausgewachsen, so ist das Gesicht dieses Mannes aus seiner Jugend herausgewachsen, trägt sie aber immer noch, auch wenn sie ihm sozusagen nur mehr bis an die Knöchel reicht. Etwas an dem Mann beeindruckt dich bis zur Scheu, aber was? Die beiden sind so aufeinander konzentriert, daß du ihn ganz schamlos mustern kannst, während du mit einem Ohr zuhörst.

Dieses Wissen, Frau Kumpf, nutzen wir für unseren Issues-Management-Prozeß, mit dem wir Chancen und Risikothemen aufspüren. Natürlich sondieren wir auch das Umfeld: Wie ist die Reputation des Unternehmens, welche Themen sind auf der Agenda.

Es ist sein Hemd! Genauer: der Hemdkragen. Noch genauer: die Art, wie der Kragen, blaßblau und bei genauerem Hinsehen feinst gemasert mit hellblauen und weißen Fäden, den Hals umschließt und wie der Krawattenknoten, so prall und dennoch so perfekt symmetrisch gebunden, ein reines Sechseck bildend, die Öffnung tatsächlich zu verschließen scheint, so daß alle Linien, der Halbkreis des (glattrasierten, hühnerhäutigen) Halses, die beiden Dreiecke des Hemdkragens und der Krawattenknoten, wie mit einer feinen Bleistiftmine, ja mit dem Cutter gezogen scheinen. Kein Freiraum, keine Luft, nichts Hängendes, Schlabbriges, Wackelndes, Verschwommenes. Hemd und Anzug wirken nicht angezogen, sondern aufgezeichnet, eingeritzt, was dem Mann allerdings auch etwas Zweidimensionales verleiht und ihn wie ein lebensgroßes, ausgestanztes Verkaufsdisplay wirken läßt. Dazu das breite, kräftige, aus dem Ärmel mit den Manschettenknöpfen ragende Handgelenk, das von dem stählern schimmernden Gliederarmband der Uhr umschlossen wird wie von einer Handschelle. Die Uhr ist groß, paßt aber zu dem kräftigen Handgelenk, es ist keine Armbanduhr, sondern was die Werbung einen Chronometer nennt.

Damit verdient meine Abteilung übrigens operativ gutes Geld. Und kurze Zeit später, mittlerweile fängst du an, diese Wörter wahrzunehmen: Ich muß keinen PR-value berechnen, um mich zu legitimieren. Das nächste Mal horchst du auf bei: Der Vorteil ist, daß ich damit zugleich das Commitment des Vorstands für das konkrete Projekt habe. Und dann, nach einer weiteren Frage Erikas: Das hängt vom Operating profit ab. Das gilt für alle, die auf diesem Hierarchielevel angesiedelt sind, also eine Ebene unterhalb des Vorstands.

Sich selbst gegenüber hat man schwerlich Vorurteile, denn man kennt sich in seinen Komplexitäten und Widersprüchen und wäre gänzlich unfähig, ein einheitliches Bild von sich zu zeichnen. Vor allem hat man erlebt, wie man sich im Lauf der Zeit wandelt. Begegnet man dagegen einem Unbekannten oder hört ihm zu wie jetzt, nimmt man nur wenige Koordinaten wahr: Aussehen, Gestik, Sprache. Unser Bewußtsein jedoch hat das unwiderstehliche Bedürfnis zu synthetisieren und zieht daher zwischen den raren Anhaltspunkten Verbindungslinien, um ein Vor-Urteil fällen zu können. Aus so wenigen zu einem Bild zusammengesetzten Informationen kann aber, so falsch er letztendlich sein mag, nur ein klarer Eindruck entstehen, eine simple und beeindruckende geometrische Figur, an der gemessen man sich selbst immer hoffnungslos zerrissen, inkonsequent und widersprüchlich vorkommt. Eine solche Einheit, denkst du, wie dieser blonde Mann, werde ich nie sein können.

Mehr noch als das perfekte Aussehen, das die dahinterstekkende tägliche Disziplin immerhin noch erahnen läßt, ist es sein Jargon, der Minderwertigkeitskomplexe verursacht. Die Beherrschung eines Berufs- oder Gesellschaftsjargons schließt Außenstehende immer aus. Aber was wir der Struktur des Menschen zurechnen, was uns eine Initiiertheit höchsten Grades zum Ausdruck zu bringen scheint, ist in Wirklichkeit meist nur ein dünner Film, der über ihm liegt, ein Gewand, das er sich aus praktischer Notwendigkeit und Insiderehrgeiz überstreift, eine Art Blaumann seiner Kaste, etwas, das nicht tiefer geht als eine Tätowierung, allerdings auch ebenso schwer wieder aus der Haut zu kriegen ist. Unser Selbstbewußtsein, schockiert von der imposanten Einheit des anderen, in dem Charly zwangsweise eine ideale Zukunftsoption erkennen muß sowie deren Uneinlösbarkeit, sucht nach Breschen in der Perfektion der Erscheinung, die nur dadurch gefunden werden können, daß man das wenige, was man sieht, unter umgekehrten Vorzeichen und also negativ interpretiert. Zum Beispiel das Palimpsest der Jugend, das unter den Zügen des verantwortungsvollen Managers liegt. Er hat das kräftige Kinn des Entscheiders und auch schon die schmalen, fast nach innen gestülpten oder gesogenen Lippen des geübten Lügners, dessen Klugheit und funktionelles Wissen sich weit über seine menschliche Reife ausgebildet haben. Aber halb verwest darunter ist noch etwas von der ahnungs-, phantasie- und mutlosen Ungeistigkeit eines Achtzehnjährigen zu lesen, der sich zu früh von den Utopien seines Alters losgesagt hat.

Gerade bist du dabei (um ihn dir vom Leib zu halten) ähnlich zu reagieren wie die Studenten seinerzeit, die in solchen Männern die »Charaktermasken des Kapitals« sahen, da entdeckt Erika dich, winkt dich herbei und stellt dich als ihren Bruder vor.

Angesichts dieser überraschenden Familienvergrößerung kommen die beiden plötzlich auf Kinder zu sprechen, und er zeigt sich so entzückt von dem Zufall, genau wie Erika drei von ihnen zu haben, daß er sogar seine Brieftasche hervorholt und ihr die Paßbilder zeigt. Nur seinen Jargon legt er nicht ab dabei. (Ich investiere einfach nicht genügend Zeit in ihre Erziehung.) Du siehst, während sein Blick auf den Fotos seiner drei Söhne verweilt, die Charaktermaske im Licht sentimentaler Liebe schmelzen wie eine Kerze. Das Kinderthema scheint Schleusen geöffnet zu haben. Jetzt gesteht er, Mitglied der freiwilligen Feuerwehr seiner Gemeinde zu sein und was? Vorsitzender des örtlichen Jack-Russell-Züchtervereins. Was sie damals an der Uni für »das Kapital« hielten, einen faschistischen Geheimbund von gefühllosen, zielstrebigen Robotern mit dem Ziel, die Welt zu unterjochen, kann es gar nicht geben, und sei es nur, weil die Welt, die die Menschen wirklich berührt, hinter den eigenen vier Wänden oder spätestens an der Stadtgrenze endet.

Schlagartig verlierst du das Interesse an ihm, und offenbar ist auch zwischen Erika und ihm jetzt alles gesagt, denn mit einem Nicken verabschiedet er sich jetzt und verschwindet in der Menge.

Sicher, antwortet Erika ihrem Bruder, der seine These von den Studenten vorgetragen hat, die bei Abenden wie diesem Verschwörungen des Großkapitals vermuteten. Heimliche faschistische Freimaurertreffen, die gibt es nicht, aber es existiert, glaube ich, doch so etwas wie eine Loge, ich hab da eine Theorie. Ich nenne das »die Herren der Kontingenz«.

Und was meinst du damit?

Schau, es gibt etwas, worunter wir alle leiden. Es macht uns alle gleich und garantiert deswegen wahrscheinlich sogar den

Frieden innerhalb der Bevölkerung. Das ist unsere Abhängigkeit von Kontingenzen, unser Unterworfensein unter sie. Unser halbes Leben verbringen wir damit, gegen sie anzukämpfen und uns über sie zu ärgern.

Beispiele, sagt Charly streng, um nicht merken zu lassen, wie sehr ihn das Wort »Kontingenzen« beeindruckt.

Ganz allgemein gesagt: Warten müssen, zahlen müssen, unsichtbar sein. Verstehst du, ich rede von Kleinigkeiten. Parklücken suchen, im Supermarkt in der Kassenschlange stehen. Zwei Stunden beim Zahnarzt hocken, zwei Wochen auf einen Frauenarzttermin warten. Im Stau stehen. Privatschulen schmieren, damit dein Kind einen Platz bekommt. Oder auch solche Sachen wie eine Meinung haben und kein Schwein interessiert sich dafür, und du schreibst Leserbriefe an die FAZ, die nie gedruckt werden.

Christine, die dazugekommen ist, sieht Charly an. Der sieht fragend Erika an.

Der Punkt ist, es gibt Menschen, für die diese Kontingenzen nicht mehr existieren, die sie beherrschen. Das hat mit Geld zu tun, aber nicht nur, auch etwas mit Öffentlichkeit. Ein gutes Beispiel: Wir haben jetzt Karten bestellt für Bayreuth. Sie haben uns geschrieben, in fünf Jahren ist was frei. Einem Herren der Kontingenz werden die Karten jedes Jahr auf Knien angedient.

Bloß, wer will schon nach Bayreuth?

Sei doch mal flexibel. Meinetwegen wär es für dich ein Sitzplatz beim Bundesligaendspiel.

Charly verzieht das Gesicht: Erika, es gibt keine Bundesligaendspiele.

Es geht bei den kleinen Dingen los. Wenn du keine Parklücke mehr suchen mußt, weil man dir einen Platz reserviert oder das Auto wegfährt oder du einen Chauffeur hast. Wenn du zu spät und ohne Anmeldung ins Theater kommst, aber man für dich trotzdem noch eine Loge findet. Wenn du dich in keine Schlange mehr einreihen mußt, sondern, sobald du auftauchst, umstandslos vorgelassen wirst. Wenn du kein Geld mit dir rumtragen mußt, weil man dir alles umsonst gibt oder für dich bezahlt wird oder weil jemand hinter dir herläuft, der dein Portemonnaie verwaltet. Kurz gesagt: Wenn man dir von sich aus anbietet, worauf du sonst, wenn überhaupt, ewig warten müßtest. Oder ganz extrem: Wenn du privat und direkt und sobald du möchtest von A nach B kommen kannst, ohne Zollkontrolle, ohne Warten am Gepäckband. Wenn du nie mehr öffentliche Verkehrsmittel benutzen mußt, wenn du nicht mehr einkaufen gehen mußt –

Eigentlich eine entsetzliche Vorstellung, sagt Christine.

Ja, aber zunächst einmal wirst du ein Freiheits- und Hochgefühl erleben, das unvergleichlich sein muß, auch weil jeder auf deine Meinung Wert legt und sie hören will. Bloß, so wie wir gebaut sind, schlägt die Dankbarkeit schnell in unerträglichen Größenwahn um. Und zwar dann, wenn dir die Privilegien, und das passiert zwangsläufig, anfangen wie Selbstverständlichkeiten vorzukommen, mehr noch: wenn du überzeugt bist, sie seien eine Selbstverständlichkeit für einen wie dich, und anfängst, in den anderen Versager zu sehen. Dann bist du rettungslos in einem exklusiven Club angekommen, dem der Privatpatienten des Lebens, wo Gedächtnisverlust herrscht und wo man nur noch den Kopf schüttelt über die Langsamkeit und Unzufriedenheit und Unbeweglichkeit von unsereinem. Die Loge des Großkapitals, die übereingekommen wäre, den Planeten unter sich aufzuteilen, die gibt es nicht. Aber die Loge der Herren der Kontingenz, die in einer anderen Welt leben als wir und dabei für die unsere verantwortlich sind, die gibt es.

Christine sieht Erika an, und Charly mustert sie beide: ein Mädchen und eine Frau. Und vielleicht weil sie seine Schwester ist, hat er das Gefühl, das eben Gehörte eigentlich auch selbst gedacht haben zu können, ja eigentlich wirklich längst gedacht zu haben. In Erikas Ausformulierung ist es dir bewußt geworden.

Es gibt natürlich einen großen Unterschied innerhalb der Herren der Kontingenz, fährt sie fort. Da sind einmal die, die ihr selbstverdientes Geld dahin gebracht hat, und dann die, bei denen es – nun ja – unser Geld ist. Es sind ja nicht etwa nur reiche Unternehmer, sondern im Gegenteil mehr und mehr Politiker und Funktionäre, die dazugehören.

Das sind die schlimmsten, sagt Charly, die Parvenüs der Kontingenz.

Kommt, wir sehen mal nach, ob hier irgendwelche Herren der Kontingenz rumstehen, sagt Christine.

Und wir verteilen Punkte von eins bis zehn, sagt Charly.

Kumpf kommt auf sie zu mit diesem leicht o-beinigen Gang. Fußballerbeine.

Vier! ruft Christine. Drei, höchstens, sagt Charly. Ich geb ihm fünf, sagt Erika lächelnd.

Was erzählt ihrn fürn Scheiß? sagt Kumpf. Gibts hier eigentlich auch irgendwo n Bier? Ich kann diese lauwarme Plörre nicht mehr sehen.

Kumpf kommt mir zum ersten Mal sympathisch vor. Warum? Vielleicht, weil er keine Krawatte trägt. Stattdessen ganz entspannt Miami-Vice-mäßig die Hemdkragenflügel über die Revers und dazu Jeans. Er kann sichs leisten, allen den Fuckfinger zu zeigen. Hat Geld gescheffelt in den letzten Jahren, und dennoch käme selbst von den KPD-Studenten keiner auf die Idee, in ihm die Charaktermaske des Kapitalismus zu sehen. Sich vorstellen, wie einer von denen ihm erklärt, daß der Faschismus in Deutschland nach wie vor herrsche. Er würde die Unterlippe aus dem knochigen Langschädel hängen lassen und in seinem Missingsch antworten: Jou, so muß das denn wohl sein, nä? oder Tscha, so is das denn wohl. Er sammelt hier auch keine Leute um sich, was ihm nichts ausmacht.

Er legt Charly den Arm um die Schulter und zieht ihn mit sich. Jetzt greift er sich in den Schritt. Na, auch durchgefressen und durchgelangweilt? Hör zu: Ein Deutscher, ein Ami, ein Pole und ein Jude stehen nebeneinander im Scheißhaus und pissen ...

Seine Vulgarität und sein vergnügter Stolz darauf, daß ihm jede Etikette und schöngeistige Bildung abgehen (was er im Grunde auch für die Conditio sine qua non hält, um im Beruf erfolgreich zu sein), die Charly immer auf die Nerven gegangen sind und angesichts derer er sich immer gefragt hat, was um Himmels willen Erika in ihm sehen und an ihm finden mag, heute abend empfindet er sie aus irgendeinem Grund als erfrischend und gesund, als normales Benehmen.

Nachdem sie über seinen Witz gelacht haben, sagt Kumpf: Du sitzt ja auf dem trockenen, warte, so kann man so einen Abend nicht durchhalten.

Er dreht sich um und schnippt (und dieses selbstverständliche, herablassende Schnippen verrät viel darüber, wie sehr er schon daran gewöhnt ist, daß seine Wünsche zu denen gehören, die erfüllt werden müssen) nach einem der Mädchen vom Cateringservice, die sich mit Tabletts voll gefüllter Gläser durch die Menge schieben. Ein markantes Pärchen geht durch ihr Blickfeld.

Sag mal, der bärtige Pygmäe dort drüben mit der blonden Walküre, kenn ich den nicht von irgendwoher? fragt Charly.

Sollte ich meinen. Aus dem Fernsehen. Der immer die Politiker kirre macht. Dudu, den Zeugezwerg, nennt Eri ihn. Ich weiß nicht, woher sie das hat, aber es paßt wie die Faust aufs Auge.

Der von »Die reine Wahrheit«?

Jaja, genau der, der Erfinder des Journalisten-Rollgriffs.

Charly lacht, um Kumpf anzuspornen.

Ja, du weißt doch. Er stellt sein Glas ab, klappt sein Zigarettenetui auf, wie um Charly eine anzubieten und vollführt dann mit der freien Hand eine klaubende Geste. Vor dem bist du nur als Nichtraucher sicher, und selbst dann besteht das Risiko, daß er dir einen Prozeß an den Hals hängt wegen unterlassener Hilfeleistung.

Charly fühlt sich wohl. Es tut gut dabeizusein, wenn über jemanden hergezogen wird. Der Zeugezwerg, wie Kumpf ihn genannt hat, ist längst wieder verschwunden, aber das macht nichts. Der Schwager zieht am Hosenboden seiner offenbar im Schritt kneifenden Jeans, trinkt das Glas Weißwein mit einem Schluck leer und sagt: Der benutzt seine Familiengeschichte als Brustwehr und als Tugendausweis. Deswegen kann er den Leuten ja auch so an den Karren fahren und sie als Heuchler, Gauner und Lügner brandmarken, ohne daß einer von denen sich traut, die Gegenrechnung aufzumachen. Aber wenn du dich so sehr als Rächer der Enterbten stilisierst, dann sollte dein eigenes Haus nicht unbedingt aus Muranoglas bestehn. Weißt du, ein Kumpel von mir verwaltet eine Immobilie in der Langen Reihe, mit der er viel Kummer hat, weil unten ein Knabenpuff drin ist, den er nicht rauskriegt. Und Dudu, der ja nun wegen der anonymen Drohungen gegen ihn unter Polizeischutz steht, kehrt da einmal pro Woche ein, und währenddessen parkt der Wagen vom Personenschutz brav im Halteverbot und achtet darauf, daß nicht irgendein Fanatiker reinstürzt und ihn unter den Jungs rauszieht.

Und was sagen die blonden Großwüchsigen dazu?

Die sind nicht dabei, wenn keine Kamera auf ihn gerichtet ist.

Da ists ja vielleicht mit dem Zeugen doch nicht so weit her.

Und dreimal darfst du raten, wer seine schützende Hand über das Bordell hält. Nee, mein Lieber, es gibt Seilschaften hier in der Stadt, da möchte man lieber nichts von wissen.

Die Sympathie, die Charly plötzlich für seinen Schwager empfindet, das Wohlgefühl in seiner Gegenwart, ist vielleicht ein ähnliches Phänomen wie das, was dich auf einer unerquicklichen Reise im Ausland in einem plötzlich entdeckten Landsmann, den man zu Hause keines Blickes würdigen würde, einen Rettungsanker sehen läßt. Als ein Stück Heimat in der Fremde wird er zu einem Bestandteil der eigenen, in der momentanen Situation als golden empfundenen Erinnerung; ihm scheint es ähnlich zu ergehen, und zu zweit baut man aus gemeinsamen Erfahrungen, Sitten und Vorurteilen ein Zelt wärmender Gewohnheit gegen die Einsamkeit der Fremde. Und so speist sich jetzt auch Charlys Sympathie aus genau den Eigenschaften Kumpfs, die ihm bisher widerwärtig waren, aber heute abend angesichts des Unwohlseins, das ihm die übrigen Anwesenden einflößen, von erfrischender Normalität zu sein scheinen, dieser Natürlichkeit, die er bis zur Vulgarität verkörpert und ohne das geringste schlechte Gewissen auslebt. Er wirkt inmitten all dieser Leute, die glauben, daß ihre Position oder ihr Erfolg einen *cordon sanitaire* der Ehrerbietung um sie schaffen müßten, den sie, wird er versehentlich und unachtsam überschritten, verteidigen wie ein Urlauber seine

Sandburg, wie einer der modernen amerikanischen Tycoone, die auch nach der ersten Milliarde und dem Aufbau eines multinationalen Unternehmens die Holzfällerhemden und Jeans aus ihrer Garagenzeit tragen, kalten Kaffee aus Pappbechern trinken und anbieten, von Formen nichts halten, ja sie gar nicht kennen, sondern gleich *Hi Charly, nice to meet you* in medias res gehen. Leute wie jener Generaldirektor eines Sportbekleidungsherstellers, der, statt im dunklen Zweireiher, im Trainingsanzug vor die Kameras trat, als erster Werbeträger seiner eigenen Marke.

Wären Charlys Abneigung gegen die Gäste (die vielleicht nur jugendliche Angst davor ist, sein eigenes Schicksal ein paar Jahre in die Zukunft projiziert und fixiert vor sich zu sehen) und sein Drang, jetzt sofort eine für alle Zukunft gültige Gegenposition zu ihnen finden zu müssen, nicht so zehrend, er wäre in diesem Reigen der Kategorisierung und Bewertung, der ein wenig an Michelangelos Jüngstes Gericht erinnert – allerdings Momente vor der bildnerischen Fixierung, wenn die Gruppen von zu Richtenden und zu Rettenden noch wie auf dem Laufsteg vor dem Weltenschöpfer paradieren und möglichst weit nach oben zu kommen trachten, möglichst weit weg vom klaffenden Höllenschlund –, nie in die Verlegenheit gekommen, in seinem Schwager plötzlich eine Art von Offenbarung zu sehen, nämlich den einzigen freien und unabhängigen Menschen weit und breit. Und indem er bereitwillig den ganzen Kumpf genau in diese Richtung interpretiert, imitiert Charly, ohne es sich bewußtzumachen, den Einreihungswillen der übrigen Gäste, nur mit umgekehrtem Vorzeichen. Immerhin hat dieser Schritt ihm erlaubt, endlich stehenzubleiben und zu schauen und zu richten, aus Kumpfs Blickwinkel heraus oder vielmehr dem eines verkumpften Charly. Womöglich ist es ja der Beginn einer schönen Freundschaft.

Mittlerweile hat das Gerücht vom bevorstehenden Eintreffen des Ersten Bürgermeisters die Runde gemacht und eine schwer zu definierende Unruhe und Bewegung in die Anwesenden gebracht, die sich sichtbar zunächst darin äußert, daß sie sich in zwei Gruppen spalten und sammeln, eine um Yvonne, die andere erstaunlicherweise um Karl Renn.

Man muß stehen wie Charly jetzt neben seinem Schwager, um in all dem Hin und Her und Durcheinander von Gästen und Serviermädchen die Tendenz solcher Bewegungen wahrnehmen zu können. Es ist ja nicht so, daß ihr Strom sich teilte wie das Rote Meer und sie wie auf Kommando in unterschiedliche Richtungen auseinander- und aufeinander zuliefen. Aber Zwiegespräche, die sowohl die Gastgeberin als auch Charlys Vater führen, scheinen mehr Leute als zuvor und über eine längere Zeitdauer als Komparsen anzuziehen und auch die Umstehenden zu eigenen Diskussionen zu inspirieren, so daß das Durchkommen in der Mitte sowohl für die Angestellten des Cateringservices als auch für die übrigen Gäste leichter wird.

Kann man sagen, daß ein Ruck durch die Menschen geht? Daß ein Abwesender, eigentlich nur ein Name, die Aura eines Namens, eine Art Straffung und Sammlung, eine Form von Konzentration bewirkt, ein virtuelles, beflissenes Sich-auf-die-Zehenspitzen-Stellen und Räuspern oder auch, je nachdem, ein trotziges Sich-ins-Becken-sacken-Lassen, Sich-breitbeinig-Aufstellen, Die-Arme-vor-der-Brust-Falten?

So stark ist die Präsenz des Abwesenden, des Ex-Bürgermeisters, des Von, des weltmännischen Großbürgers mit der untadeligen Herkunft aus künstlerischer und antifaschistischer Familie, der Sozialdemokrat ist, daß Charly fast sicher ist, zwei Sätze, die er hört, müssten sich auf ihn beziehen. Die Stimme seines Vaters, deutlich vernehmbar, auch wenn sie nur einem einzelnen Gegenüber gilt: Seine Gegenwart verursacht Minderwertigkeitskomplexe bei kleinen Leuten. Eine andere, leisere aus dem Kreis um Yvonne, nur zu hören, weil sie ins Loch einer Gesprächspause fällt: Mir ist alles an ihm immer etwas zu nasal gewesen.

Und immer wieder hebt Yvonne den Kopf und sieht herüber, ein wenig wie jemand, der auf dem Flughafen oder Bahnhof die Uhr sucht, um seine Abreise nicht zu verpassen und sich nicht wirklich auf den Gesprächspartner konzentrieren kann. Dabei strafft sich ihre Kinnpartie, und ihre Lippen werden schmal, als vergleiche sie die Anzahl derer, die um Karl Renn herumstehen mit der ihrer Gruppe, als fürchte sie eifersüchtig, der Erstebürgermeister werde, wenn er kommt, zu ihm gehen und nicht zu ihr. Denn seltsamerweise scheinen sich beide Gruppen auf ihn zu berufen, beide ihn für sich zu reklamieren.

Die übrigens fast ausschließlich aus Männern bestehen, zuzüglich einiger jüngerer Frauen, die, soweit man es beurteilen kann, in beruflicher Abhängigkeit zu ihnen stehen (Ausnahme Erika: der maoistische Fisch im Wasser). Eine zum Beispiel im schwarzen Hosenanzug, die wegen ihres lauten und vulgären Benehmens auffällt, mit dem sie sich der männlichen Mehrheit, mit der sie zurechtkommen muß, anzugleichen versucht. Wie kommts eigentlich, daß wir unser Bier noch nicht gekriegt haben? kräht dieses Opfer des Gruppendrucks und der den Bürozwängen geschuldeten Neutrumisierung. Sie fühlt sich angehalten, lauter nach dem Bier zu rufen als die Männer und es dann natürlich aus der Flasche zu trinken. Wäre sie alleine hier oder mit einer Freundin, ginge das alles viel leiser und diskreter vor sich.

Die Damen aber haben sich entfernt, seit die Gespräche begonnen haben, politisch zu werden. Deine erste Reaktion ist abfällig (aber du hast heute abend zu viele abfällige Reaktionen, als daß du ihnen trauen dürftest): Gattinnen, Zeit-Leserinnen, denen die Politik ein zu garstiges Spiel ist, über das sie im übrigen auch nichts als Platitüden abzusondern hätten zu Physis, Kleidung, Telegenität und vermeintlicher Ehrlichkeit der wiederum überwiegend männlichen Politiker. So flüchten sie sich eben in ihre ureigene Gattinnendomäne: das Theater. Flimms Nibelungen im Thalia, Zadeks Lulu im Schauspielhaus mit den »gräßlichen« Bühnenbildern von Grützke.

Aber die Absetzbewegung geht zu schnell und entschlossen vonstatten, um nicht eine Form von demonstrativem Überdruß zu bekunden, der aus der Erfahrung kommt. Nun sind die Gruppen der Männer und ihrer Frauen geschieden wie zwei Chöre im antiken Schauspiel, wobei noch nicht recht entschieden scheint, ob es sich um eine Tragödie oder eine Komödie handelt, ob die Frauen die Männer aufgegeben haben oder sich versammelt, um einen Plan zu ihrer Errettung auszuhecken.

Tatsache ist, daß all die Frauen, die schon miterlebt haben, wie Gespräche über Politik die Männer verändern, die sich beim Reden zuhören, sich in Szene setzen, zu Suaden neigen, die Lautstärke erhöhen, die Höflichkeit vergessen, den anderen (und vor allem den Frauen) über den Mund fahren, »um den Faden nicht zu verlieren«, prinzipiell werden, apodiktisch, pedantisch und vergessen, daß solch ein Abend nicht dazu dient, seine Meinungen wie eine Burg um sich zu errichten und kochendes Pech aus den Schießscharten zu gießen, sondern ein Bewegungsspiel ist, ein Schmetterlingstanz von Konversationsblüte zu Konversationsblüte – Tatsache ist also, daß all diese Frauen, sofern sie lange genug mit ihren Männern zusammen sind, um nicht mehr vor deutlicher Brüskierung zurückzuscheuen und davor, ihnen ihre Meinung mit den Füßen kundzutun, sich der Rolle der stumm nickenden Zuhörerin (»nichtwahr, Gabilein, habe ich doch immer schon gesagt, habe ichs nicht immer schon gesagt?«) verweigern und sich in einer Art forcierter Arbeitsteilung – denn unter den heterosexuellen Herren ist keiner, der sich seiner herzlichen Verachtung des Kulturell-Künstlerischen schämen würde – beim Gespräch übers Theater wiederfinden, das den unschätzbaren Vorteil hat, sowohl ein eigenes spezifisches Wertgewicht zu haben als auch den menschlichen Faktor nicht zu leugnen, so daß man, droht das Gespräch über Zadeks Regie zu prinzipiell zu werden, eben auf Grützkes unappetitlichen Malstil oder auf die Besucher, ihre Toilette, ihre Gespräche, ihre An- oder Abwesenheit bei der Premiere ausweichen kann, ohne das Gefühl haben zu müssen, in Täler der Banalität abzugleiten, da die Kunst, im Gegensatz zur Politik, die sich selbst genug ist, immer auch den Zuschauer braucht und man oft genug nicht entscheiden kann, ob das, was sich diesseits der Bühne abspielt, das Satyrspiel zur oben dargebotenen Tragödie ist oder umgekehrt.

Man kann ihnen schwerlich widersprechen, flüstert Erika, wenn sie glauben, daß in Siegfrieds Tod und Kriemhilds Rache mehr über deutsche Politik zu erfahren ist als in all den erbitterten Herrenrunden zu den Tagesereignissen.

Die Menschheit läßt sich auf vielfältige Weise in zwei Teile teilen, bemerkt der Bärtige von vorhin, der in der Nähe steht und zugehört hat. Eine der Entzweiungen: Es gibt Leute, die Probleme und andere, die Konversation haben. Ein wichtiges Element der Selbstschonung ist, die Problemträger unter sich zu lassen.

Ein Mann, der sich Charly als Beirat des Museums für Kunst und Gewerbe vorstellt und aus der Gruppe um Yvonne herausgerutscht ist, spricht nun, um nicht auch noch aus dem dortigen Gesprächsthema vertrieben zu werden, Erika an: Erinnern Sie sich eigentlich noch, Frau Kumpf, wer das war, der letztes Jahr zum Ersten Bürgermeister geflogen ist und die Hafenstraßengeschichte umgedreht hat?

Erika lächelt und deutet, groß wie sie ist, über die Köpfe der Umstehenden hin auf den Alten: Allerdings, das war mein Vater.

Und der hat seine Ohren immer oberhalb des Getümmels, der schräggeneigte Kopf richtet sich auf und unterbricht damit automatisch die Verbindung zu seinem momentanen Gesprächspartner, ein Lächeln und anderthalb Schritte genügen, und ein neuer Nukleus bildet sich, ähnlich wie bei der Zellteilung.

Ich konnte mich nicht erinnern, daß Sie – es stand ja groß in der Zeitung – und es war ja auch ein Quantensprung in der festgefahrenen Entwicklung, beginnt der Museumsbeirat das Gespräch. Ich wußte auch noch, daß es ein Mann aus dem Bürgertum –

– sagen wir aus der Zivilgesellschaft, unterbricht der Alte ihn launig.

– Ja, aber was da eigentlich genau geschehen ist – das, was nicht in den Zeitungen stand, ich meine die Insider-Version der Ereignisse …

Er braucht nicht weiter zu insistieren, der Alte benötigt keine zwei Stichworte für die gern erzählte Geschichte von seinem Eintritt in die Geschichte.

Nun, das Hauptproblem bestand darin, daß der Erste Bürgermeister in Urlaub war und von einem seiner Senatoren vertreten wurde, der binnen 48 Stunden räumen wollte.

Schon gekonnt, seine Betonung von »Erster Bürgermeister« und »einer seiner Senatoren«. Augenbrauen und Mundwinkel, mehr braucht es nicht. Wenn ich ihm so zuhöre, und ich kenne die Story ja weiß Gott, immer wieder im Zwiespalt zwischen der Position des Zuschauers, der die Tricks des Zauberkünstlers bewundert und glauben will, und der des Enthüllungsjournalisten, der die Mache bloßstellen möchte. Der Zwiespalt, ob man hämisch darüber grinsen soll, daß es so weit nicht her ist mit der Insider-Version, oder ob man es bedauern und sie dennoch glauben soll.

Der Museumstyp ist schon am Haken, nichts fasziniert die Menschen mehr als der direkte Kontakt zum angeblich großen Getriebe via eines seiner Teilnehmer. Was ist das? Die tiefinnere Überzeugung, daß in dem Teil des Lebens, über den die Medien berichten, wo überprivate Veränderungen geschehen und gemacht werden, eine andere Luft wehe, ein reicherer Sauerstoffgehalt vorhanden sei, eine dichtere Zusammenballung der Moleküle, daß dort intensiveres Erleben, unvergeßlichere Augenblicke, eine Steigerung der Existenz, daß dort, nur dort, Lebenssinn verborgen sei und daß man die Mitwirkenden sehen, berühren müsse, so wie manche Menschen Buckligen den Rücken anfassen, weil es Glück bringt, oder so wie Thomas in die Wundlöcher Jesu greifen mußte, um glauben zu können?

Ich war ja dort gewesen. Dieses Haus war ja festungsartig ausgebaut. Die Haustür hatten sie verstärkt, die Treppenstufen waren nur lose eingelegt und konnten sofort entfernt werden. In jedem Stockwerk standen Hieb- und Stoßwaffen bereit.

Hieb- und Stoßwaffen?! echot der Museumsmensch, als lasse er sich mit leichtem Grauen die Exponate einer Ausstellung über eine südseeische Kannibalenkultur erklären, wogegen du bei diesem Wort aus anderen Gründen zusammenzuckst: Kein Mensch, denkst du, sagt »Hieb- und Stoßwaffen«. Man sagt Baseballschläger oder Knüppel. Der Alte hört sich nicht an, als erzähle er etwas, das er erlebt hat, sondern als lese er einen Zeitungsartikel vor oder ein Gerichtsprotokoll. Es ist nicht einmal so, daß er, weil er die Geschichte so oft zum besten gegeben hat, sich nun selbst zitiert oder eins der Interviews von damals. Was er zitiert, ist das ungeschriebene Geschichtsbuch, in das er Einlaß gefunden hat, ist der ihm gewidmete Enzyklopädieartikel, den er in den nächtlichen Stunden redigiert hat, in denen man von der eigenen Größe wachträumt (ich weiß, wovon ich rede), seine Erinnerungen komprimierend und zu historisch objektivem Schriftsatzdeutsch bändigend.

Das Dach war mit Stacheldrahtverhauen bewehrt. Ich sprach mit den Bewohnern. Aus jedem Satz, den sie mir entgegenschleuderten, war das tiefe Mißtrauen gegen die Staatsgewalt herauszuhören. Eine Räumung kam für keinen von ihnen in Frage. Einer sagte wörtlich: Wenn der Bullenstaat die militärische Lösung haben will, kann er sie kriegen. Ich entsinne mich, darauf geantwortet zu haben, daß mich das doch sehr an Hagen von Tronje erinnere ...

Hagen von Tronje, ganz genau, in der Tat, sagt der Museumsmensch, und dann: du lieber Gott ...

Jedenfalls war ich auf dem Nachhauseweg überzeugt, daß die angestrebte gewaltsame Räumung einen Bürgerkrieg für die Stadt bedeuten würde.

Einen Bürgerkrieg, wiederholt der Museumsmann mit leuchtenden Augen. Mein Gott, ich sehe sie noch vor mir, die demolierte Haspa-Filiale, und dann all die Demos mit den Steinewerfern. Ein Inferno wäre das geworden.

Dreitausend Bereitschaftspolizisten waren zusammengezogen worden, sagt der Alte. Ich war sicher, daß es in den Häusern auch Schußwaffen gab. Das war die Sachlage.

Und kein Generalstabschef, denkt Charly, hätte den Satz »Das war die Sachlage« mit einer überzeugenderen Mischung aus Fatalismus und Zuversicht aussprechen können.

Ja, das war die Sachlage: Der Erste Bürgermeister in Urlaub, sein Stellvertreter konnte handeln, das formale Recht war auf seiner Seite. Wir wußten, daß man den Ersten Bürgermeister argumentativ überzeugen konnte, nur wie kam man an ihn heran? Nun, einige Telefonate halfen, wie, das muß mein Geheimnis bleiben, um herauszubekommen, daß er auf Sylt im Hause seines Schwagers Urlaub machte. Am Abend erschienen in meinem Büro fünf Herren vom Unterstützerkreis für die Hafenstraße und baten um Hilfestellung des Lessinghauses, um die angedrohte Räumung zu verhindern, unter anderem war auch der Propst der Evangelischen Kirche dabei. Denken Sie sich: Die Kirche auf seiten der Besetzer!

Der Museumsmann nickt erschüttert, einige weitere Zuhörer haben sich um Karl Renn geschart, so daß Charly nach außen geschoben wird, wo Christine steht und zuhört. Ihr Arm verhindert, daß er den Kreis verläßt.

Kontrollblicke von Yvonne.

Man legte eine Resolution vor. Nach langen Diskussionen war ich schließlich bereit, sie persönlich mitzutragen. Ich habe mir eingeredet, ich könne nur meine Person einbringen und man würde mein Amt nicht zur Kenntnis nehmen, denn daß ich die Mehrheit für ein solches Engagement im Lessinghaus nicht bekommen würde, war mir schon klar. Die verzopften Leute dort hatten zuviel Angst um ihre vermeintliche gesellschaftliche Stellung. Aber das war mir in dem Moment ziemlich egal. Wenn ich eine Entscheidung einmal getroffen habe, ziehe ich sie durch.

Und Entscheidungen mußten ja einmal getroffen werden, wirft einer der Umstehenden ein. Die Situation hing ja schon viel zu lange in der Schwebe.

Der Alte mustert ihn mit einem Blick, der sich jede Einmischung verbittet, und fährt fort: Als es dann später zur Krisensitzung in meinem Büro kam, sagte der Zweite Vorsitzende angesichts der Vorwürfe der örtlichen Presse, die auf uns niederprasselten – ich erinnere mich noch genau, genauer vermutlich als er –, den denkwürdigen Satz: Wir werden Sie nicht im Regen stehenlassen. Nun ja, als Banker kannte er meine finanzielle Ausstattung, da seine Bank mein Depot hielt. Er wußte daher, daß die übliche Abstrafung, also eine Kündigung, mich höchstens hätte lächeln lassen.

Und genauso lächelt er jetzt: wie ein höfliches Krokodil.

An diesem Tag im Unterstützerkreis jedenfalls baten wir die Presse, die auf eine Berichterstattung lauerte, kurz darauf ins Lessinghaus in den Konferenzsaal. Als es daranging, die beschlossene Resolution publik zu machen, schoben die Mitstreiter mir den vorformulierten Text zu – und ich verlas ihn. Ich war mit einem Mal mittendrin. Hinterher beratschlagten wir, was zu tun sei. Einer der Herren schlug vor, eine spektakuläre Aktion zu starten und mit einem Hubschrauber nach Sylt zu fliegen. Gesagt, getan. Wir buchten einen, fuhren nach Fuhlsbüttel und sahen uns mit einer Forderung nach Vorkasse konfrontiert. Aus dem Topf des Lessinghauses konnte ich das Geld nicht nehmen, soviel war klar, also zog ich mein persönliches Scheckheft und streckte den Betrag vor. Mehr als zweitausend Mark!

Er kombiniert den trotz des hörbaren Ausrufezeichens beiläufigen Ton, in dem er die Summe ausspricht, mit einem Blick in die Runde, der besagen soll: Wem sonst hier wären die Belange der Vaterstadt zweitausend Mark aus der Privatschatulle wert gewesen?

Und der Pfiff des Museumsmanns, ein beeindruckter *wolf whistle*, gilt denn auch offenbar dem Wagemut des Spielers: Zweitausend auf Sieg für die alte Stute Hammonia? Kühn.

Wir flogen zu dritt, mit einem Fotografen. Als wir landeten, stand die Presse bereits am Gate. Wir gingen zum Taxistand und fragten den ersten Wagen, ob er wisse, wo der Erste Bürgermeister wohne. Steigen Sie ein, sagt er und fährt los, die Meute hinter uns her. Als der Taxifahrer mir bedeutet, wir seien kurz vor dem Ziel, lasse ich ihn an einer Telefonzelle halten und rufe die Nummer an, die ich bei mir hatte. Am Telefon war seine Frau, die zumindest meinen Namen kannte. Ich brachte meinen Wunsch vor, ihren Mann zu sprechen, dann hörte ich folgenden Dialog: Du, Herr Renn ist am Apparat. Er: Herr Renn aus Hamburg? Ja, aber er ist auf Sylt. Er: Wieso das? Dann hatte ich ihn an der Strippe und erklärte ihm die Situation und meinen Wunsch, uns die Journaille – das ist übrigens ein Lieblingsausdruck von ihm: die Schurnallje – vom Leib zu halten. Und er: Warten Sie an der Telefonzelle, ich hole Sie dort ab. Nach zehn Minuten kommt er tatsächlich auf dem Fahrrad an, sommerlich gekleidet, und sagt den Journalisten: Ich gehe jetzt mit der Delegation in mein Haus.

Wenn uns jemand folgt, gibt es kein Gespräch. O Wunder, man ließ uns ziehen, nicht ohne uns beide fotografiert zu haben. Und genau dieses Foto war es dann, das Sie sicherlich alle kennen, weil es am nächsten Tag als Aufmacher das Abendblatt zierte.

Er blickt um sich, und niemand würde zugeben, und sei es nur aus Gründen des Stils, daß er diesen Abendblatt-Titel nicht kennt. (Wirkt jetzt, als führte er seine Gesten und Bewegungen exklusiv für Yvonne aus, die von Zeit zu Zeit mißmutig-beiläufig herüberblickt auf die angewachsene Runde. An deinem Heldengedicht hakt etwas, aber das ist ein anderes Thema. Es hört sich an, als habe der Erste Bürgermeister in diesem Sylturlaub aus deinem Mund zum ersten Mal vernommen, daß es eine Hafenstraße gibt. Was, so fragt sich der interessierte Mensch, hat dieser außergewöhnliche Politiker die letzten zwei Jahre getrieben in seiner Stadt?)

Wortführer in unserem Gespräch war Herr Gruber, der eine subtile Kenntnis des Themas besitzt und für einen vorgeblich radikalen Grünen sehr moderate Umgangsformen an den Tag legte. Wir schildern dem Bürgermeister also die Lage, er hört sich alles sehr ruhig an, stellt Verständnisfragen – er kann ja sehr gut fragen –, und am Ende gingen wir mit seiner Zusage, daß er sich in den Fall einschalten würde. Mehr war nicht zu erreichen. Als wir wieder in Fuhlsbüttel landeten, war erneut die Presse anwesend. Auf die Frage, was wir denn zustandebekommen hätten, antwortete ich: Wir sehen doch alle sehr entspannt aus, oder? (Jetzt bastelt er sich einhändig eine Zigarette.) Nun, am nächsten Morgen hatte der Erste Bürgermeister die Räumung gestoppt, das Kleinbürgertum quer durch die Parteien raste, und der Rest ist sozusagen Geschichte.

Und in die kurze Pause des Schweigens hinein, die hier, wo er nicht gut möglich ist, für den Beifall steht, schließt er an: Wissen Sie, es gibt einen bestimmten Typus französischer Geister, der in Deutschland nie tiefere Resonanz gefunden hat, unsystematisch und weltmännisch, doch nie flach, souverän und skeptisch, doch nie haltlos. Vielleicht wird es solche Resonanz ja doch einmal für *ihn* geben und dank *seiner*.

Ich hab gesehn, daß es drüben noch Mousse au Chocolat gibt, sagt Erika. Kommt, es besteht ja kein Grund, etwas übrigzulassen. Charly und Christine gehen durch die offene Schiebetür hinüber in den anderen Raum, wo die Reste des Buffets stehen, nehmen sich einen Teller Mousse und setzen sich auf Couch und Sessel. Hier ist es ruhiger, und man kann sich ungestört unterhalten.

Ich kenne die Geschichte auswendig, sagt Erika zu Christine.

Aber beeindruckend ist es doch. Ein Vater, der Stadtgeschichte mitgeschrieben hat.

Der Alte ist im Grunde seiner Seele ein Untertan, sagt Charly. Ich weiß noch, daß er gegen den Plan protestiert hat, Stufen zum Rathauseingang zu bauen: Ein Hamburger Bürger geht keine Treppen hinauf zu seinem Bürgermeister. Aber als ich als Student mal irgendwann im Lessinghaus ausgeholfen habe, Stühle aufstellen für irgendein Konzert oder so, kommt er plötzlich ganz panisch angerannt und sagt: Der Erste Bürgermeister kommt gleich! Ja und? sage ich. Ja, aber ich kann dich ihm doch nicht in diesem Aufzug vorstellen! Was hat er denn, mein Aufzug? Soll ich hier vielleicht im Smoking Stühle aufstellen? Und er: Du mußt zumindest eine Krawatte tragen. Mein Sohn muß anständig aussehen, wenn der Bürgermeister kommt. Und dann hat er mir tatsächlich zwanzig Mark zugesteckt und mich losgeschickt, mir eine Krawatte zu kaufen.

Und? fragt Christine. Bist du ihm dann vorgestellt worden, mit Krawatte?

Charly zuckt die Achseln. Keine Ahnung mehr. Das einzige, woran ich mich erinnere, ist diese Krawattenpanik.

Aber schöne Wörter hat er gebraucht, sagt Erika. Die Leutchen haben richtig darauf gespeichelt wie die Pawlowschen Hunde. »Sylt«, »Hubschrauber« und vor allem »Schurnallje«.

Christine lacht. Ich war ja damals mit eurem Vater dort, sagt sie zu Erika, wegen meiner Schwester. Meine Eltern hatten mich drum gebeten, aber es war von vornherein ein hoffnungsloses Unterfangen, sie da rausholen zu wollen. Ich glaube, sie haust immer noch in dem Loch.

Weißt dus denn nicht?

Ich hab ein bißchen den Kontakt zu ihr verloren in der letzten Zeit, das heißt, ich habs ein bißchen aufgegeben. Weißt du, irgendwann ...

Und wie war es da drin? fragt Erika.

Ich weiß nicht recht, wie ichs beschreiben soll. Euer Vater hats ja vorhin geschildert. Das Komische ist, es erinnerte mich an Fotoaustellungen von Slums und Elendsquartieren oder von Bunkern und Kriegsschauplätzen. Das Kaputte und notdürftig Geflickte, als hätte eine Granate eingeschlagen, und natürlich vor allem der Dreck. Und dazwischen blühen dann so komische kleinbürgerliche Idyllen, so ein Primitiv-Biedermeier nach der Katastrophe, bloß fragst du dich eben die ganze Zeit: Was soll es? Wir sind hier nun mal nicht in den Favelas von Rio oder in Stalingrad oder in irgendwelchen unterirdischen Vietcong-Behausungen, verstehst du, das wirkte alles, als hätten sie den Dreck absichtlich reingeschüttet, um damit ihren Abscheu vor allem –

Bürgerlichen, sagt Charly.

Ja, wahrscheinlich. Dein Vater war ja auf die Bitte eines Politikers wegen dessen Tochter gekommen, die da mit ihrem Freund hauste inmitten von RAF-Zeichen.

RAF-Zeichen? fragt Erika.

Ja, sicher, MP und Stern, die beiden haben, glaube ich, auch so kleine Sachen gemacht, hat mir Annemarie erzählt, irgendwelche harmlosen Kuriersachen, bloße Beschäftigungstherapie vermutlich. Jedenfalls war das Mädchen irgendwann in Frankfurt mal in die Hände der Bullen geraten und hat Stein und Bein geschworen, sie sei gefoltert und vergewaltigt worden.

Wunschdenken.

Charly, bitte, sagt Erika. Und, hast du das geglaubt?

Ich meine, Vergewaltigung kann man ja nachprüfen, unterbricht Charly, kein Wort glaube ich von dem Schwindel.

Jedenfalls, ihr könnt euch vorstellen, wie die draufwaren. Sie mußten erstmal die Treppenstufen wieder einlegen, damit wir da hoch in den dritten Stock kamen, wo Annemarie ja auch wohnte. Wir haben dann, ich meine Annemarie und ich, oben auf dem

Dach zwischen den Stacheldrahtrollen gekifft, es war schon ein bißchen surrealistisch, und gegenüber eine Kamera, die uns die ganze Zeit gefilmt hat. Vielleicht war auch gar kein Film drin, die haben angeblich 24 Stunden am Tag gefilmt.

Apropos, sagt Erika. Hast du Fotos davon gemacht?

Von wegen. Bei der Paranoia, die da herrschte. Ich mußte meine Kamera am Eingang abgeben, und ein Typ hat den Film rausgezogen. Zum Glück wars ein neuer, auf dem noch nichts drauf war. Jedenfalls war es eine komische Mischung, die harten Typen von überallher, also die Rollkommandos für die Randale, bloß hatte ich das Gefühl, das war organisiert, die sind da nicht zufällig nach und nach reingeschneit, Punks, Exknakkis, alle möglichen Asozialen, auch aus Berlin, und dann eben, als sei es das Schickste vom Schicken, dort zu wohnen, der *dernier cri*, die ganzen Bonzenkinder. Annemarie hat gesagt, du könntest, wenn du die alle zusammensperrst und Lösegeld einforderst, locker einen zweistelligen Millionenbetrag zusammenkriegen.

Charly und Erika lachen.

Aber die Klassengesellschaft, die hat auch da drin funktioniert. Du konntest schon an den Wörtern erkennen, die in den Diskussionen benutzt wurden, wer aus Harvestehude und von der Uni kam und wer aus Veddel oder Steilshoop. Und da hat sich auch nichts vermischt, das dürft ihr mir glauben. Mir wäre dieser Verfolgungswahn, dieses gegenseitige Mißtrauen und ständige Taxieren schnell auf die Nerven gegangen, aber Annemarie kann sich ja ganz gut unsichtbar machen.

Das Hotel Lux von St. Pauli, sagt Erika lächelnd, und keiner weiß, worauf sie anspielt.

Aber es hatte eben etwas von einer Inszenierung, ich meine, man kann ja Häuser besetzen gegen die Spekulanten und dem Staat mißtrauen und anders und alternativ leben wollen, bloß sehe ich nicht recht, warum das in diesem Siff, in dieser selbstgezimmerten Häßlichkeit und dieser Überwachungs- und Denunziationslust passieren muß.

Und deine Schwester? fragt Erika.

Naja, wir saßen da – euer Vater war schon längst wieder weg – bis spät abends zusammen und haben gequatscht, und irgendwann sagt Annemarie, so, ich muß jetzt ins Bett, ich muß morgen früh raus, weil ich auf dem Markt in Blankenese stehe. Hat da Blumen verkauft. Und die andern glotzen sie an, verächtlich und von oben herab, so nach dem Motto: »Du dumme inkonsequente Pute verkaufst dich ans System.« Aber die kriegten auch jeden Monat ihren Wechsel von Papa und Mama, verlorene Kinder hin oder her, und fuhren immer mal wieder heim, sich waschen, frische Klamotten und Geld holen und den Weinkeller der Alten plündern. Die hatten natürlich gut reden von wegen: »keine Arbeit für das Schweinesystem«. Naja.

Ich hätte die Abrißbirne sprechen lassen und das Ding weggehauen. Ich meine, der Senat hätte doch per Gesetz darauf bestehen können, hinterher Sozialwohnungen dort hinzubauen, anstatt teure Eigentumswohnungen, um das Kiezgefüge nicht durcheinanderzubringen. Aber diese Typen, die verarschen ja auch alle ehrlichen und echten Alternativen, die ein anderes Leben führen wollen, ohne die Gesetze zu brechen und von meinen Steuergeldern zu leben. Nee, ich hätte ihnen zehn Minuten gegeben und dann *bong bong*, und wer noch dringewesen wäre, mein Gott, um den wäre es, unter uns gesagt, auch nicht schade gewesen.

Schön für meine Schwester, was du da sagst.

Charly zuckt die Achseln. Ist aber doch so.

Dann zieht die Menschentraube, die sich um seinen Vater gebildet hat, auch ihn wieder an. Er kommt gerade recht, um ein Streitgespräch mitzuverfolgen, das zwischen zwei der dort Herumstehenden entbrennt.

Der Grund für die Gewalt, sagt Senftenberg zu dem Mann, der ihm gegenübersteht, ein wenig breitbeinig, wie um auf einem rollenden Schiff festen Stand zu finden, eine Hand in der Hosentasche, sodaß der Jackettärmel zurückgerutscht ist und man die perlmuttfarbenen, stahl- oder weißgoldgerahmten Manschettenknöpfe sehen kann, ihr Grund, das ist, mit Ludwig Börne zu sprechen, die »giftige Geldwirtschaft«, immer noch und immer wieder. Und sieht ihn aus diesen strahlenden, überraschten, blauen Augen an, als habe er ihm ein besonders schönes Geschenk gemacht und warte nun auf eine adäquate Gegengabe.

Nein, es gibt überhaupt keinen Grund für diese Gewalt, weil diese Gewalt selbst der lustvoll angestrebte Zweck ist, sagt der andere, der aussieht wie der Opernsänger Peter Hofmann als Wagners Siegfried. Ein Tarzan aus dem deutschen Wald, dem kein Lindenblatt zwischen die Schultern gefallen ist, sodaß er, Mitte Vierzig und mit einer Fettschicht des Wohllebens über den Zehnkämpfermuskeln, unbesiegbar, aber so dumm wie je, die Launen und Wünsche seiner Kriemhild mit der Streitaxt durchsetzend, ein Schreckensregiment zwischen Worms und Xanten führt.

Nun ist dieser Mann keineswegs dumm. Nur ist sein Werdegang für einen erfolgreichen Journalisten unserer Tage so atypisch verlaufen, nämlich über eine Selbstverpflichtung als Zeitsoldat bei den Kampfschwimmern (Hauptmann d. R.), eine Studienzeit bei der schlagenden Verbindung Teutonia (Zweites juristisches Staatsexamen und MA der Philosophie), daß er heute als Fernsehredakteur unter berechtigtem oder unberechtigtem Verfolgungswahn vor seinen gänzlich anders sozialisierten Kollegen leidet, der ihn, seinem Temperament gemäß, eher angriffslustig stimmt als weltflüchtig. Allerdings ist es eine Angriffslust aus dem Gefühl einer ständigen Defensive heraus, eine, die überzeugt ist, immer nur zu reagieren, weil sie die Angriffe immer schon antizipiert, auch da, wo sie gar nicht stattfinden.

Noch mehr als ihre Opfer, sagt er, verachten diese Gewalttäter jene Polizisten, die zu schlapp sind, ihrem Treiben Widerstand zu leisten. Das einzige, was sie beeindruckt, ist die Gewalt, die ihnen entgegengesetzt wird. Und deshalb wirkt auf sie ein Staat, der zurückweicht und »Verständnis« zeigt, nur umso verächtlicher. Sie verstehen nur eine Sprache, und das ist die der Abschreckung und der Einschüchterung. Im Umgang mit ihnen, lieber Herr Professor, ist man besser beraten, wenn man auf Hobbes statt auf Habermas hört. (Hops? fragt Kumpf leise. Hops, der Frosch aus Lurchi?) Wahrscheinlich werden wir wieder lernen müssen, was frühere Jahrhunderte selbstverständlich wußten: daß Zivilisatio-

nen nichts anderes sind als Zivilisierungen der latenten Gewalt-
bereitschaft.

Aber Bester, sagt Senftenberg, wir sind doch keine statische
Stammesgesellschaft, in der sich die Regeln seit Jahrhunderten
nicht geändert hätten. Auch im Verfassungsstaat, auch im demo-
kratisch gewählten Rechtsstaat entstehen Zustände, denen mit
der strikten Einhaltung der Regeln nicht beizukommen ist. Und
Regelverletzungen sind Demonstrationen im Wortsinn. Demonstrieren heißt Sichtbarmachen. Demonstrationen wollen den Tep-
pich wegziehen von Vorgängen und Zuständen, die unter denselben gekehrt worden sind. Sie sind der Spiegelgestus der Macht.
Die Körpersprache der Gesellschaft. Von der geballten Faust hinter dem Rücken des Tyrannen (und wie putzig es aussieht, als
der schmächtige Mann jetzt die kleine Faust ballt und sie seinem
massigeren Kontrahenten unter die Nase hält. Riech mal da dran,
haben wir früher gesagt, riecht nach Tod) bis zum ohnmächtigen
Steinwurf gegen das gepanzerte Fahrzeug. Demonstrationen sind
älter als der Rechtsstaat, älter als die Demokratie. Rechtsstaat ist
ohne Demonstrationen denkbar, Demokratie nicht.

Die Gewalt ist nicht Ersatz für irgend etwas, entgegnet Siegfried, sondern umgekehrt: Die Zivilisation, wenn sie denn
gelingt, vermag die Gewalt zu ersetzen, die stets im seelischen
und gesellschaftlichen Untergrund lauert. Zivilisationen sind
Versuche, das Böse zu domestizieren, und Freud hat immer
davor gewarnt, die Verläßlichkeit der Sicherungen zu überschät-
zen. Hat er über den Ersten Weltkrieg nicht geschrieben: »In
Wirklichkeit sind die Menschen nicht so tief gesunken, wie wir
fürchten, weil sie gar nicht so hoch gestiegen waren, wie wir
von ihnen glaubten«? Wir müssen mit der Wiederkehr des Bösen
rechnen, und das umso mehr, als die imaginäre Welt der Medien
uns bereits alltäglich in ein Universum vollkommener Enthem-
mung versetzt. Eröffnet eine Gesellschaft Chancen für die Frei-
setzung der »bösen Gelüste«, so wird man erleben, daß die
Menschen Taten begehen von Grausamkeit, Tücke, Verrat und
Roheit, deren Möglichkeit man mit ihrem kulturellen Niveau
für unvereinbar gehalten hätte.

Die Diskussion zwischen den beiden Männern ist zugleich auch die ewige Auseinandersetzung zwischen dem Wissenschaftler, der überzeugt ist, die geistige Erkenntnis, und dem studierten Journalisten, der weiß, die Kenntnis der Realität auf seiner Seite zu haben. Der eine hält den anderen immer auch für einen nicht zitierfähigen Dilettanten, der andere den ersten für einen weltfremden Elfenbeintürmer.

Ach schauen Sie, sagt Senftenberg so melancholisch, als hätte er die gesamte Epoche selbst miterlebt: Die Hamburger blicken auf diesen Haufen mit dem gleichen angstbestimmten Zorn, mit dem vor 120 Jahren die Bürgerlichen hinter ihren Gardinen auf die Aufmärsche der Sozialdemokraten geblickt haben, denen sie Dutzende von Bismarck-Gesetzen an den Hals wünschten. Die Urenkel jener Demonstranten von damals saßen dann selbst hinter den Gardinen, als die Leute von der APO Ende der Sechziger durch die Städte rannten und HoHoHo skandierten. Fremde Laute, fremde Leute? Es waren ihre eigenen Kinder. So geht es immer weiter. Aus Demonstrationen werden Institutionen, aus Demonstranten Repräsentanten. Hat nicht unser Justizminister vor einigen Jahren angesichts von zivilem Ungehorsam gemeint, über einen Verfall unseres Rechtsbewußtseins spekulieren zu müssen?

Meinen Sie nicht, Sie beschönigen ein wenig, wenn Sie die Umtriebe der Hafenstraße als zivilen Ungehorsam verniedlichen?

Ich weiß nur, daß solche Ministerschelte immer dann ausbleibt, wenn staatliche Stellen selbst kriminelle Handlungen begehen, wenn Mitarbeiter von Polizei und Verfassungsschutz rechtswidrig den *agent provocateur* spielen. Aber die entlegitimieren auch den Rechtsstaat. Sie kennen doch meine Leidenschaft für den Fußball, aber die massenhafte Unbotmäßigkeit von Fußballfans, die latente Gewalt, die von ihnen ausgeht, wird mit freundlichem Achselzucken geduldet. Hier hat sich eine sinnvolle Toleranz gegenüber Jugendlichen eingebürgert, wohl die einzige Grundlage, auf der ein Dialog mit diesen Gruppen möglich ist.

Bloß wollen Fußballfans keinen anderen Staat, Herr Professor!

Regelverletzungen sind nichts Sowjetisches, Bester, sondern sie entstammen der amerikanischen Demokratietradition von Martin Luther King. Demonstrationen wollen aufmerksam machen auf Unrecht, und wenn nur noch die Regelverletzung aufmerken läßt, dann ändern sich eben die Demonstrationsformen. Unsere deutsche Geschichte hat bis heute einen vordemokratischen Staatsbegriff bewahrt: die gehorsamen Untertanen und die vom Staat gewährten Rechte. Die historische Bedeutung der Lösung, die der Erste Bürgermeister für die Hafenstraße gefunden hat, liegt eben gerade in seiner bewußten Absage an den hobbesschen Staatsbegriff, den Staat, der von den Bürgern Gehorsam verlangt und ihren Mitwirkungs- und Geltungsanspruch auf den seltenen Fall des Wahltags beschränken möchte. Aber der Rechtsstaat ist nie fertig und in sich abgeschlossen. Er muß aus sich heraus Zustimmung sichern, aber gleichzeitig auch das zur Gestaltung notwendige Minimum an Mißtrauen und Abweichung. Polizisten können fehlende Solidarität und Bürgerverantwortlichkeit nicht ersetzen. Wir werden mit einem Quantum an Ungehorsam leben müssen.

Leben müssen vielleicht, aber nicht, ohne uns dagegen zu wehren. Es ist ja bekannt, daß in den letzten zwei Jahrzehnten der Schutz der Gesellschaft vor dem Verbrechen – ja, Verbrechen! – in der Strafrechtspolitik zurückgetreten ist. Das entspricht dem Zeitgeist, der sich einer Freiheit ohne Grenzen verschrieben hat, Bindungen zerstört und schwächt, bis sie ihre verhaltensbestimmende Kraft verloren haben. Man wünscht ein gegen jedermann und in jede Richtung tolerantes, repressionsfreies Klima bis hin zu der Vorstellung, in der freiheitlichen Demokratie könne jeder machen, was er wolle, und Gesetze brauchten nur befolgt zu werden, wenn man sie persönlich für richtig hält. Die Lehre vom zivilen Ungehorsam rechtfertigt Rechtsverletzungen insbesondere bei Gewissensbedenken, die oft nichts weiter sind als kollektive Neurosen. Die freiheitschützende Bedeutung des staatlichen Gewaltmonopols lockt dagegen keinen Hund mehr hinter dem Ofen hervor. Ich sage Ihnen, Herr Professor, Sie sind in Gefahr, einem verkürzten Rechtsstaatsbegriff das Wort zu reden, der das elementare Bedürfnis nach Gerechtigkeit ignoriert, das im Volk lebendig ist. Bei der Bekämpfung von Kriminalität müssen wir nicht mehr zunächst an den Täterschutz denken, sondern an die soziale Verteidigung. Und es wird Zeit zu sagen, daß auch in der Auseinandersetzung mit politisch motivierter Kriminalität das Recht nicht zur Disposition steht, sondern durchgesetzt werden muß. Oder möchten Sie, lieber Herr Professor, eine Volksfront errichten?

Senftenberg strahlt ihn an und wirft die Ärmchen in die Luft: Besser an der Front des Volks als im Arsch der Reaktion!

Du stößt Christine an. Kurzes Kopfnicken Siegfrieds in das verhaltene Gepruste hinein, dann dreht er sich weg und fällt in ein Loch oder muß vielmehr drei Meter der Leere überwinden, bis er wieder in einem Grüppchen Halt findet, und der freie Raum, der sich als Zeichen seiner Punktniederlage gegen den beliebten Professor kurz aufgetan hat, schließt sich wieder.

Olé, denkst du, und applaudierst im Geiste Senftenberg, aber nur, weil er diese Auseinandersetzung für sich entschieden hat mit seiner Schlußpirouette und weil du es dem anderen vorwirfst, von dem alten Schaumschläger vorgeführt worden zu sein.

Du kannst nicht anders, als Verbindungen zwischen den Menschen und ihrer Argumentation herzustellen. Als Siegfried von der »lustvoll« angestrebten Gewalt redete, schien da nicht auch etwas in ihm lustvoll zu reagieren auf die Aussicht auf Kampf und soziale Götterdämmerung? Hört man nicht aus dem insistierenden Ton, mit dem er den Teufel an die Wand malt, eine gewisse Vorfreude heraus, ihm einmal mit dem Blankschwert gegenüberzustehen? Ist das, wovor er kenntnisreich warnt, nicht ein klein wenig auch das, was er im Grunde erleben will? Und kann man von jemandem, der beschwörend vor einer Gefahr warnt, sie insgeheim aber herbeiwünscht, weil er sie sich nicht wirklich denken kann, sagen, er denke verantwortlich?

Und Senftenberg? Erwachsen denn sein Beschwichtigen, sein Allverstehen, seine Toleranz nicht aus der Einsicht in die eigene Schwäche und Gebrechlichkeit, die dem Gegner ohnehin nichts entgegenzusetzen hätte und sich daher in präventivem Appeasement übt, in der Hoffnung, so dem für unvermeidlich Angesehenen ein wenig persönliche Schonung abschwatzen zu können?

In diesem Moment sieht Charly aus den Augenwinkeln, daß der Seniorchef herüberkommt. Das ist die Gelegenheit, ihn abzupassen, bevor er vor dem Alten steht. Der muß ja nicht hören, wie wir uns über einen möglichen Job unterhalten.

Aber Charly reagiert zu spät, oder vielleicht zögert er auch angesichts der Zielstrebigkeit, mit der der Mann, ohne nach links und rechts zu blicken, auf Karl Renn zuhält.

Sie jedenfalls, Herr Renn, sagt er, und der Ton läßt aufhorchen, weil es ein Ton ist, den man Papa gegenüber sonst nicht hört. Die Abneigung darin ist nicht das Entscheidende, auch nicht die Mißbilligung, sondern das Fehlen von Respekt, rhetorischer Vorsicht, Befangenheit, und der Anblick bestätigt den Ton: Der Grauhaarige ist so groß wie der Alte, so daß dieser nicht den Kopf zu ihm hinabneigen kann, und nicht nur so groß, sondern auch sonst auf Augenhöhe oder darüber. Es ist ein wenig so, als hätte man als Zivilist einer Militärparade zugesehen und den schmucken, ordenbehängten Offizier, der die Kommandos gibt, ganz natürlicherweise für einen General gehalten, doch nun kommt plötzlich ein anderer, der ihm befiehlt strammzustehen. Man verspürt Enttäuschung und fühlt sich betrogen. Das macht einem im nachhinein die ganze Inszenierung madig. Und obwohl im Grunde ja die natürliche Ordnung gewahrt blieb, hat man ein schockierendes Gefühl von Putsch und Staatsstreich.

Sie haben, das wollte ich Ihnen, da die Gelegenheit sich ja sonst kaum findet, denn doch einmal gesagt haben, mit Ihrem mißverstandenen Idealismus dem Wirtschaftsstandort Hamburg erheblich geschadet!

Er wartet eine Sekunde, zwischen zwei Schritten, ohne eigentlich stehenzubleiben, und als der Alte zu einer Antwort anhebt, zwei Worte, jedes mit einem Ausrufezeichen, Ich! habe!, da fährt er ihm über den Mund: Ich könnte das mit Zahlen belegen!, setzt den nur in der Bewegung eingefrorenen Weg mit dem nächsten Schritt fort und steht plötzlich vor Charly.

Zunächst huscht ein Lächeln des Wiedererkennens über sein Gesicht, das aber sofort wieder verschwindet, denn jetzt weiten sich seine Augen ganz kurz, sein Kopf zuckt, als wolle er noch einmal auf Karl Renn zurückblicken, während er dich mustert, und da wird dir klar, daß der Seniorchef dich vorhin, als Yvonne dich ihm vorstellte, mißverständlicherweise für den Sohn von Franz gehalten haben muß. Erst jetzt begreift er die wahren Verwandtschaftsverhältnisse und versteht, daß du der Sohn dieses Renn bist.

Sein Blick geht durch dich hindurch, als seist du aus Glas oder gar nicht vorhanden, und würdest du nicht instinktiv einen Schritt beiseite treten, hätte er dich tatsächlich angerempelt. Er beschreibt eine leichte Kurve durch den Raum, bis er vor Yvonne steht, zu weit weg jetzt, als daß er noch genau zu hören wäre, aber als er ihr die Hand hinstreckt und einen Diener andeutet, wird das seltsamerweise von allen Anwesenden wahrgenommen, so sehr hat sein Weg zu ihr eine Schneise geschlagen, durch die alle unsteten Blicke angezogen und auf ihn fokussiert werden, so deutlich ist seine Geste jetzt die einer Verabschiedung, und wenn du einen Panoramablick hättest, dann sähest du bestimmt zwanzig oder fünfundzwanzig synchron auf ihre Armbanduhr sich senkende Blicke, aber du löst dich unwillkürlich von Christine und Erika und machst ein paar Schritte auf Yvonne zu, vielleicht nur um mitzukriegen, ob er, ob sie beide jetzt noch über Papa weiterreden, und hörst dann: Liebe, gnädige Frau, ich muß mich nun wirklich verabschieden. Ich hätte noch einiges mit dem Ersten Bürgermeister zu besprechen gehabt, aber er kommt ja nun offenbar doch nicht mehr, und ich habe mein Zeitbudget bereits sträflich überschritten, aber es war ja auch ein reizender Abend…

Also nichts mehr über den Alten.

Es gibt Menschen, deren Kommen und Gehen auf einem Empfang oder einer Party niemandem auffällt, und andere, deren Kommen wie das Anheben eines Dirigentenstabs ist (Aha, jetzt geht es los!) und deren Gehen auf mysteriöse Weise ein Signal für den allgemeinen Aufbruch ist. Nichts haßt ein Gastgeber mehr als den Moment, in dem ein solcher sich von ihm verabschieden kommt. Es ist, als risse der mutwillig den Schlußstein aus einem gerade eben mühevoll errichteten Gewölbe, das nun unweigerlich in sich zusammenfällt, und er wird automatisch versuchen (und genau das tut auch Yvonne jetzt, indem sie plötzlich fast flüstert und mit angedeuteten beschwichtigenden Handbewegungen den Mann dazu bringen zu wollen scheint, seine Abschiedsgesten diskreter zu gestalten), diesen Abschied, wenn nicht geheimzuhalten, dann doch so unauffällig wie möglich über die Bühne zu bekommen, wogegen diese Art Gäste aus irgendeinem Grund ihre Abschiedsworte eher lauter sprechen, als sie sonst reden, ihre Gesten eher theatralischer setzen, jedenfalls dafür sorgen, bemerkt zu werden, dann aber gehen, ohne sich umzudrehen, da sie sicher sein können, einen Großteil der übrigen Geladenen hinter sich herzuziehen und wenn schon nicht den Abend beendet, ihn doch in seinen geplanten und existierenden Dimensionen zerstört zu haben.

Sei es die ostentative Verabschiedung dieses Mannes an sich, sei es, daß der eine oder andere Gast mitgehört hat, der Erste Bürgermeister werde nicht mehr kommen, und diese Meinung oder Einschätzung als beglaubigtes Wissen anerkennt, jedenfalls leeren die Räume sich in den darauffolgenden Minuten sichtlich, ein Gast oder Paar oder Grüppchen nach dem andern strebt zu Yvonne und Franz, so daß sich ganz kurz sogar eine kleine Schlange vor ihnen bildet. Ohne nachzudenken, ohne bewußt gesteuerte Entscheidungen findet sich im Gegenzug die Familie Renn samt Anhang auf einer Sitzgruppe wieder, sehr auffällig jetzt als Einheit, wo sonst nur mehr ein Dutzend Gäste sich etwas verloren auf die plötzlich immens wirkenden Zimmerfluchten verteilt.

Franz und Reiner, die Hände in den Taschen, schlendern herbei, und dann kommt Yvonne in schnurgerader Linie von der Tür, wo sie jemanden verabschiedet hat, stellt sich vor den Sessel von Karl Renn und sagt (ein wenig außer Atem): Wenn es dir nur darum geht, mit deinen politischen Idiotien unsere Jubiläumsfeier zu sprengen, hätte ich gerne auf deine Gesellschaft verzichtet!

Ich wußte gar nicht, sagt der Alte lächelnd und sich in seinem Sessel rekelnd, wie um deutlich zu machen, daß er sich hier sehr wohlfühlt trotz Yvonnes Attacke, die ihn keineswegs so erregt, daß er aufspringen müßte, ich wußte gar nicht, daß deine Interessengebiete neben Majoliken und Gesellschaftsklatsch jetzt auch die Politik umfassen. Aber man lernt ja nie aus. Nur müßtest du ein bißchen deutlicher erklären, was du unter »politischen Idiotien« verstehst. Womöglich ja, daß ich mich als Citoyen, der ich bin, um die Belange meiner Vaterstadt kümmere.

Franz, der nicht wie seine Stiefmutter und ihr Sohn stehengeblieben ist, sondern sich auf die Lehne von Kumpfs Sessel gehockt hat, sagt: Kannst dus nicht ein bißchen kleiner geben, Karl? Citoyen und Vaterstadt, und er betont beide Wörter übertrieben, aber das ist nicht so sehr ein Angriff wie Yvonnes Ouvertüre, scheint mir, mehr ein Aufruf zum allgemeinen Runterfahren der Emotionen, vielleicht sogar ein halbes Vermittlungsangebot. Auch daß er sitzt. Franz will offenbar keineswegs unbedingt Krieg. Jetzt kommts ein bißchen drauf an, auch wenn dus im Grunde schon ahnst –

Ich weiß, Bruderherz, daß das Worte und Themen sind, die für jemanden pathetisch klingen müssen, für den der Staat lediglich dazu da ist, die Steuern unten zu halten, damit euereins mehr Geld verdienen kann.

– sag ichs doch: volle Breitseite. Er kann gar nicht anders, oder zumindest will er nicht anders. Auch wenn ihm klar sein muß, daß die Front gegen ihn keineswegs einheitlich ist, schmiedet er sie natürlich durch sowas zusammen, womöglich gegen ihren Willen. Was ist das? Verachtung, die er ihnen deutlich machen will nach dem Motto: Komm, du Schwächling, erklär dich ruhig offen gegen mich, auf einen mehr oder weniger von euch kommt es nicht an? Der Drang, eine Übermacht gegen sich zu haben, und müßte er sie selbst zusammenstellen, um sich hinterher als einsame, unschuldig verfolgte Justitia stilisieren zu können? Simple Gewohnheit, seit er halb und halb mit ihnen gebrochen hat, sie alle in einen Topf zu werfen? Will er Franz jedesmal wieder dafür abstrafen, daß er sich nicht auch von Yvonne losgesagt hat? Aber er stichelt und höhnt nun mal einfach gern. Braucht es vielleicht für sein Selbstwertgefühl, gibt ja so Leute, die andere verachten müssen, um sich selbst schätzen zu können, kommunizierende Röhren. Neid vielleicht auch dabei, enttäuschte Liebe, bla.

Ich spreche natürlich von deiner seltsamen Freundschaft (Yvonne, immer noch stehend, breitbeinig, Arme vor der Brust gefaltet, das Wort angeekelt dehnend) zu diesen Chaoten, die mit ihren Anschlägen die Menschen aus der Stadt vertrieben haben, die ja immerhin als freie Bürger auch potentielle Kunden sind. Ich habe sehr wohl gelesen, worum das Ganze geht.

In der Bildzeitung, hm? Oder im Abendblatt?

Du solltest das Wort Abendblatt nicht in den Mund nehmen, ohne daß dir die Schamröte ins Gesicht steigt. Ich habe ja nichts dagegen, daß die ein Haus bekommen, aber muß es denn in dieser bevorzugten Lage sein? Man könnte doch auch was in, was weiß ich? ... in Ottensen finden!

Oder irgendwo draußen, sagt Franz, irgendwo abseits, wo sie keinen Schaden anrichten und nicht das Stadtbild verschandeln.

In Neuengamme zum Beispiel, hm?

Charly muß grinsen. Sie haben keine Chance gegen ihn.

Werd nicht geschmacklos, Karl, sagt sein Bruder.

(Franz immer noch an der Grenze zum Einlenken. Aber Yvonne! Die will offenbar die Konfrontation, sonst würde sie nicht immer noch so dastehen, ihren Sohn neben sich, der mehrmals tief Luft holt, als wolle er auch etwas sagen, und dann doch wieder zusammenschnurrt wie ein Ballon. Jetzt hast du dich ganz tief in die Polster der Couch zurückgelehnt. Instinktive Zuschauergeste: Ich spiele nicht mit. Christine rechts neben mir hält den Atem an. Erika links: vorgebeugt, stirnrunzelnd. Mama und Papa allein auf dem zweiten Sofa. Mama sieht zu Boden. Um ihretwillen könntest du aufhören, und wir könnten gehen.)

Ich werde nicht geschmacklos. Ich bin nur als mündiger Bürger, dem diese Stadt am Herzen liegt – Sehr wohl! Am Herzen! (Yvonne hat ein grunzendes Geräusch von sich gegeben) –, der Meinung, daß nicht alles ewig so bleiben kann, wie es einmal war. Die Frage ist doch, wie die Veränderungen aussehen sollen, die wir bekommen. Wollt ihr denn, daß die halbe Hamburger

Alt- und Innenstadt mit ihren gewachsenen Strukturen abgerissen wird für irgendwelche gesichtslosen und überteuerten Bürokomplexe?

Wir möchten allerdings gerne, daß dieser stinkende Pfuhl und Unruheherd saniert wird. Wir haben offenbar eine unterschiedliche Vorstellung von den Veränderungen, die Hamburg not tun, sagt Yvonne.

Wir brauchen Veränderungen, damit wir die Fähigkeit zur gewaltlosen Bewältigung der Konflikte bewahren. (Und jetzt ist eine gewisse Dringlichkeit in seiner Stimme, wie bei einem Politiker, der Wähler überzeugen will. Gar keine Polemik, sondern Überzeugung, wenn auch vielleicht keine zutiefst eigene.) Wer aber treibt die Anpassung der Gesellschaft voran? Es sind nicht Recht und Rechtsordnung, denn die sind starr. Sie tendieren zur Festigkeit des Status quo, nicht zu seiner Veränderung.

Ja, Gott sei Dank! (Franz) Weißt du überhaupt, was du da redest? Wir haben es hier nicht mit braven Alternativen zu tun, das hast du doch selbst gesehen, sondern mit gewaltbereiten Kriminellen!

Mit Anarchisten (Yvonne), die sich darüber totlachen, wenn die, die sie weghaben wollen, ihnen auch noch die Steigbügel halten.

Als die erste Haspa-Filiale brannte, sagt der Alte zu seinem Bruder gewandt, da war klar, es wird noch mehr brennen, wenn wir nicht deeskalieren. Was wollt ihr denn, den Bürgerkrieg? Die Frage ist doch: Wer schafft das neue Fundament, auf dem eine gewaltlose Bewältigung von Konflikten möglich bleibt? Doch immer nur die, die wir als Außenseiter verstehen, die Nonkonformisten, die widersprechenden Minderheiten. Diejenigen also, die widerstehen.

Und plötzlich geht dir auf, daß dein Vater von sich redet. Der heimliche Traum aller Arrivierten und des Arriviertseins Überdrüssigen seines Alters, selbst Außenseiter und Nonkonformist zu sein oder gewesen zu sein.

Wenn ein erfolgreicher Mann die Höhe erreicht hat, sein eigenes Treiben in einen gesamtgesellschaftlichen oder gar humanen

Kontext einordnen zu können oder zu müssen, dann ergreift ihn fast automatisch ein Zweifel an der Legitimität seiner Stellung als privilegierter Bürger. Aber da man im Leben nicht rückwärtsgehen kann, vermag er darauf nicht anders zu reagieren als mit den Mitteln, die ihn zu dem gemacht haben, was er ist, und die ihm, mag ihm auch das Resultat, zu dem sie ihn geführt haben, jetzt zweifelhaft erscheinen, immer noch als die richtigen vorkommen, andernfalls er sich selbst ad absurdum führen würde. So wird mancher Millionär zum Mäzen, und der Alte, scheint dir, würde am liebsten den paradoxen Versuch unternehmen, die chaotischen und erfolglosen Nonkonformisten zu coachen, um ihre vermeintlichen Ziele mit seinen Mitteln durchsetzen zu helfen. Nicht so sehr, um die Nonkonformisten erfolgreich zu machen, vielmehr sollen sie ihm ähnlicher werden, und er dadurch ihnen, um sich als einer der ihren anerkennen und solcherart sein schlechtes Gewissen beruhigen zu können.

Da bietet er ihnen die offene Flanke, da könnten sie reinschlagen. Weiß er das nicht? Will er es womöglich? Verachtet er sie so, daß er sich absichtlich Blößen gibt in der Gewißheit, sie bemerken es nicht? Kämpft er wie im Film mit einer auf den Rücken gebundenen Hand? Ist die einkalkulierte Möglichkeit der Niederlage das Sühneangebot für sein unglückliches Bewußtsein, das Eintrittsgeld in den Nonkonformismus? Bloß paßt dazu nicht dein Stolz auf Helikopter und Titelseite neben dem Bürgermeister und auf die vermeintlichen Wellen der kleinbürgerlichen Reaktion darauf, die, unter uns, so groß nicht waren. Zeitung von gestern, nichts ist älter. Der Drang, vorzukommen im Spiel der Mächtigen, mitzumischen, Erwähnung zu finden, ist mindestens ebenso stark wie das andere.

Diejenigen, die widerstehen! Du redest wie ein Bolschewik! (Yvonne, fast fliegt ihr die Spucke aus dem Mund vor lauter Ekel vor dem Wort) Diejenigen, die widerstehen, das sind die, die nicht zulassen, daß eine Handvoll Hausbesetzer unsere demokratische Grundordnung aushöhlt und der Lächerlichkeit preisgibt!

Von kleinbürgerlichem Gesindel, dem es um nichts geht als den Ruch (und wie der Alte »Ruch« sagt: als würde es hier nach faulen Eiern stinken. Mit geblähten Nasenflügeln) der Wohlanständigkeit und das ungestörte Geldverdienen, ist aber eben der dynamische Erhalt unserer Demokratie nicht zu erwarten. Dazu sind gerade diejenigen unentbehrlich, die das geltende Recht in Frage stellen, und nicht bigotte Kapitalisten.

Sie stellen das geltende Recht nicht in Frage (Franz), sie brechen es, diese Chaoten, die sollten zwangsumgesiedelt werden. Die wollen unsere Ordnung umstürzen und bekommen auch noch genau von denjenigen Hilfe, auf die sie spucken! Eure Blindheit, Karl, ist zum Haareausraufen!

Sie bekommen von mir keine Hilfe, ich habe lediglich Verständnis für ihre Position, wie für die Position von jedermann, der den Staat als ein Gebilde begreift, an dem man verändernd mitwirken kann.

Genau das haben *wir* getan! (Yvonne, schrill) *Wir* haben ihn verändert, indem wir ihn aufgebaut haben, nicht zerstört. Und das lassen wir uns nicht kaputtmachen. Wir schämen uns nicht, daß wirs mit Arbeit zu etwas gebracht haben. Wenn du den Sozialismus willst, dann gib deinen Besitz weg, aber nicht unseren.

Genau! sagt Reiner, es ist der erste Laut, der aus dem pumpenden Körper dringt. Alle sind verblüfft und auch ein wenig verdrossen, wie wenn ein Anruf in eine wichtige Konferenz platzt und alle aus dem Konzept bringt oder das Dienstmädchen in eine hochnotpeinliche Familienaussprache stolpert und nach den Wünschen fürs Dessert fragt. Niemand sieht ihn an, er ist die komische (und normalerweise stumme) Nebenfigur, die es in diesen Filmen immer gibt.

Ich will überhaupt niemandes Besitz wegnehmen, sofern er nicht, wie der der Spekulanten, unrechtmäßig angeeignet ist, aber sieh das doch mal von der Warte der Besetzer aus, Reiner. (Er sagt tatsächlich »Reiner«, er hat sich ihm tatsächlich zugewandt, als wären die beiden anderen noch hoffnungslosere Fälle. Das ist perfide, oder ich kenn mich nicht mehr!) Die sagen: »Die weißen Kragen bedienen sich, also bedienen wir uns auch.« Und ganz so unrecht haben sie damit ja nicht. (Jetzt zwinkert er ihm auch noch zu. Muß doch merken, daß er verarscht wird, der Arme.)

Die wollen da billig wohnen und verhindern, daß ein Stadtteil umgekrempelt wird. Das alte St. Pauli bewahren. Das heißt im Grunde, die Stadt vor einem weiteren Fehler behüten, wie sie in der Vergangenheit so oft begangen wurden.

Ja, aber, beginnt Reiner und verstummt wieder.

Plötzlich Bewegung im linken Augenwinkel. Kumpf lehnt sich vor und räuspert sich, um zu reden. Erika scheint aus Träumen zu erwachen und konzentriert sich. Ihr Mund, ohnehin nicht mit vollen Lippen gesegnet, wird zum Strich. Dich stört, daß Kumpf aus seiner Zuschauerrolle ausbricht, er hat so schön relaxed und unbeteiligt dagesessen, genau wie du, und wenn er sich jetzt einmischt, ist es, als breche er eine unausgesprochene Vereinbarung und ziehe dir deine Rechtfertigung zu schweigen unter den Füßen weg.

Gib mir mal deine Wagenschlüssel, Karl (komisch, ihn den Alten beim Vornamen anreden zu hören), ich will den Benz.

Der Alte starrt ihn verständnislos an. Erikas Hand liegt auf Kumpfs Oberschenkel.

Gefällt mir einfach, der Wagen. Will ich auch haben. Warum solltest denn nur du ihn fahren?

Immer noch Unverständnis.

Na, genauso funktioniert das doch in der Hafenstraße: Was deins ist, ist auch meins, aber du darfst ruhig weiter dafür blechen, weil dus ohnehin so gewohnt bist. Also, das ist jetzt mein Auto. Her mit dem Schlüssel!

Erikas Hand drückt jetzt zu.

Zum ersten Mal ist der Alte aus dem Konzept gebracht. Ein Flankenangriff, mit dem er nicht gerechnet hat, schlimmer noch: eine Meuterei in der eigenen Reserve.

Du meinst, weil sie nicht für Strom und Wasser bezahlen müssen? Das ist doch wohl ein wenig schlicht –

Mein Reden! Sehr schlicht gedacht, aber scheint ja zu funktionieren. Und wenns dem Steuerzahler nichts ausmacht, diese Herrschaften freizuhalten …

Yvonne lacht: Dein eigener Schwiegersohn sieht die Welt ohne deine Scheuklappen!

Und zugleich, ganz leise, du bist wahrscheinlich der einzige, der es hört, zischt Erika, die sich vorgebeugt hat, als suche sie Krümel auf dem niedrigen Tisch: Michael, noch ein Wort, und wir sind geschiedene Leute. Tonlos, aber er sieht ihre Augen. Er zuckt die Achseln, läßt sich gegen die Lehne zurückfallen und widmet sich seinem Zigarillo.

Seien wir doch mal ehrlich, sagt der Alte. Euch geht es nicht um die Hafenstraße, sondern um eure Kundschaft. Und alles, von dem ihr glaubt, es koste euch Kunden, ist des Teufels, ob es nun die Ladenschlußgesetze sind oder ich oder die Hafenstraße oder die Verkehrsberuhigung.

Du bist ein Nestbeschmutzer, nichts weiter.

Ich kann gar kein Nest beschmutzen, das vor Dreck nur so starrt. Was wir versucht haben, war gerade eben die Situation zu entkrampfen und zu verhindern, daß Hamburg schlechte Schlagzeilen bekommt, und zwar international.

Vielleicht ist unser Name nicht gut genug für dich, entgegnet Yvonne, aber wir haben ihn zu einem guten Namen gemacht, wir, hörst du! Und ich werde es nicht zulassen, daß du ihn in den Dreck ziehst.

Wie vulgär so ein Mund aussieht, den Haß und Wut und Verächtlichkeit verzerren ...

Wenn ich dich von »*unserem* Namen« reden höre, sagt der Alte, wird mir ganz anders. Aber gut, du hast deinem Geist und deinem Körper einiges zugemutet, um ihn zu kriegen ... Bloß, wenn hier jemand etwas für den Namen Renn getan hat, das länger im Gedächtnis bleiben wird als eure geschönten Bilanzen, dann war ich das. Ihr müßt bitte sehr einmal aufhören, die Politik aus der Perspektive des Ladenschwengels zu beurteilen!

Ladenschwengel! (Yvonnes Stimme kurz vorm Überkippen) Dein eigener Vater! Was tust du dem Namen und Andenken deines toten Vaters an, was bist du für ein Mensch, daß du ihn noch übers Grab hinaus bespuckst?

Ja, weiß Gott, daß ich für seine menschlichen Qualitäten nicht die Hand ins Feuer lege!

Du spinnst ganz einfach, Karl. (Franz) Du wirst größenwahnsinnig. Du warst schon immer ein Besserwisser und Rumkommandierer, und jetzt reichts dir offenbar nicht mehr, deine Familie zu terrorisieren, jetzt hältst du dich schon für fähig, in die Politik einzugreifen.

Sag mal, willst du nicht dazwischengehn? (Christine flüsternd, ihre Hand auf meinem Unterarm)

Ich werd mich hüten, viel zu interessant.

Willst du deinem eigenen Vater nicht mal beispringen?

Der kommt ganz gut alleine zurecht.

Dann sag irgendwas, um das Ganze zu beenden. Deine Mutter sitzt da wie ein Häufchen Elend. Es wird widerlich, weißt du!

Den Teufel werd ich tun.

Charly, manchmal kann ich dich wirklich nicht verstehn. Was versprichst du dir davon? Manchmal bist du mir sowas von fremd...

Gott bewahre uns vor solchen schwadronierenden Amateuren wie dir, du bist ganz einfach übergeschnappt, sagt Franz zu seinem Bruder.

Dann frag doch mal den Ersten Bürgermeister, wie er das Engagement solch eines schwadronierenden Amateurs würdigt. Das heißt, ihr könntet ihn fragen, wenn er nichts Besseres zu tun hätte, als zur Betriebsfeier jeder Hamburger Budike zu rennen.

Man versucht nicht, höher zu scheißen als der Arsch reicht!

Alle merken auf: Dieser irgendwie herzhafte, irgendwie erleichterte Fall Yvonnes in die Vulgarität ist ein Signal. Ab einem bestimmten Punkt, vielleicht merkwürdigerweise, wenn man vom Allgemeinen zum Konkreten übergeht, von der Höflichkeit zur Ehrlichkeit, vom Drumherumreden zur Wahrheit, scheint man automatisch von beherrschter Wortwahl in Kloakensprache zu geraten, als könne nur sie adäquate Ausdrucksform der wahrhaften Gefühle und Überzeugungen sein.

Es ist, wie wenn ein Boxer endlich den richtigen Stand gefunden, seinen Schwerpunkt ins Becken verlagert hat, der zuvor in den fuchtelnden Fäusten zu sitzen schien.

Wir haben also ganz offenbar eine Grenze überschritten, auch der Selbstkontrolle, und nun geht es rapide hinab in die Sedimente der eigenen Triebe, in die Anal-, Oral- und Genitalphasen der Selbst- und Welterkenntnis, deren Bilder jetzt zum Endkampf mobilisiert werden müssen. Es ist gar nicht sehr anders, als wenn aus einer verbalen plötzlich eine physische Auseinandersetzung wird. Der zivilisiertere Kontrahent ist vom ersten Fausthieb so überrascht und erschüttert, daß er nur mit Lähmung und Erschrecken reagiert. Karl Renn antwortet denn auch nicht sofort, und Yvonne selbst springt in die Bresche der Stille, die ihr Satz hervorgerufen hat.

Wie, glaubst du, haben wir dagestanden? Ein schwarzes Schaf, das den Familiennamen madig macht, ein exhibitionistischer Bettnässer! Daran hast du keine Sekunde gedacht, wie uns die Leute ansehen, die ins Geschäft kommen! Und das sind ja nicht irgendwelche Leute! Aber das ist dir schon immer am Arsch vorbeigegangen! Du bist ein eiskalter Egoist, Karl. Aber dabei nichtmal ein kluger, sondern ein erbärmlicher, ein scheißdummer!

Ich gestehe, euer Ton und eure Wortwahl werden mir schwer erträglich.

Ein gottserbärmlicher! Deine Frustration darüber, daß Vater zu Yvonne gestanden hat und nicht zu dir, daß er zu seinem Geschäft, seinem Lebenswerk gestanden hat, die hat deinen Geltungsdrang ins Unermeßliche wachsen lassen. Und jetzt reckst und streckst du dich schon seit Jahren, ein simpler, mittlerer Manager, der sich im Abendstudium ein wenig Kultur angeeignet hat, und willst dich in die gute Hamburger Gesellschaft hochhieven. Bloß will die dich nicht mit diesem Kloakenmief von der Hafenstraße, der dir in den Poren steckt. Und da es dir nicht gelingt, haßt du sie und schlägst dich auf die Seite ihrer Feinde. Du bist –

Ein Auswurf!

Eure Analyse entspricht wirklich eurem Niveau! Ihr glaubt tatsächlich, ihr wärt die gute Hamburger Gesellschaft? Aber ihr täuscht euch. Ihr seid deren Lieferanten. Ihr seid diejenigen, die über die Dienstbotentreppe eingelassen werden.

Wenn du wüßtest, was wir uns haben anhören müssen über diesen Herrn Renn. Ach, Ihr Bruder ist das? Und dieses Lächeln dann, diese Grimassen oder schlimmer noch, diese Verachtung! Ja, sie verachten dich, Karl, und soll ich dir mal ein paar Namen nennen, da schlackern dir aber die Ohren! Weißt du, was dein Problem ist, es sei denn, du bist ein simpler Herr Biedermann, der die Brandstifter in sein Haus läßt? Dein Problem ist dein Selbsthaß. Aber wir wissen ja, woher der rührt.

Ach ja, und woher rührt der? (Bebende Stimme, das macht den ironischen Ton kaputt, der nun schon zur Hälfte ein bestürzter ist. Wenn Christine nicht geht, dann vielleicht ja gar nicht meinetwegen, sondern seinetwegen …)

Lassen wir das mal besser auf sich beruhen …

Aber überhaupt nicht! Wenn wir schon offen miteinander reden, dann nur heraus mit der Sprache!

Yvonne, ganz breitbeinig, ganz Matrone, ruhiger jetzt als vorhin, sagt weniger schrill, eher kehlig: Wider den Stachel zu lökken mag ja angehen, wenn man zwanzig ist. Aber dem eigenen Vater die Schuld geben, wenn man eine Mesalliance –

Wie bitte?!

Ich sage ja, vertiefen wir das nicht, sagt Franz.

Ha, eine Mesalliance! Hörst du das, Bettina? Sein »Ha« klingt schrill, aber das Wort ist so absurd, daß er den Kopf trotz allem lachend – allerdings ist es kein fröhliches Lachen, sondern eines, das aus Komik und Verblüffung und Ekel zugleich steigt, schon eher eine nervöse Explosion des extrem angespannten Zwerchfells – zu seiner Frau dreht, aber dann macht er eine Bewegung, als sei er gegen eine unsichtbare Wand geprallt, denn ihr Gesicht – und jetzt siehst du es auch, sehen es alle, Erika, Christine, Kumpf, und das muß es für sie noch schlimmer machen, nein, sie weint nicht, aber sie ist totenbleich, leere Augen, sitzt da, als sei sie gerade erwürgt worden, wie eine Leiche, die der Mörder zurück in die Kissen gelegt hätte, wäre nicht die pochende Ader am Hals –, und dein Vater braucht einige Sekunden, bis dieser Anblick zu ihm durchdringt, bis er darauf reagiert, redet aber währenddessen weiter, so daß die erste Hälfte seiner Antwort noch von vor diesem Anblick stammt: Eine Mesalliance (und er hat sich auch bereits wieder Yvonne zugewandt) heißt doch wohl eine Heirat unter dem Niveau des Hauses. So würdet ihr euch gerne sehen, aber – und jetzt in etwa ist der schockierende Anblick seiner Frau langsam bei ihm angelangt, die beginnende Erkenntnis, was dieser Abend, diese Menschen, er selbst ihr angetan haben müssen, so daß er im Weiterreden in steigender Erregung härtere Worte benutzt, als er sie zu Anfang des Satzes wohl vorgesehen hatte – , aber was ich sehe, sind ein Ladenschwengel, eine Erbschleicherin und ein *half-wit*, und die erzählen (immer lauter) *mir* etwas von *Mesalliance*!

Aber während jetzt die Antwort zischt, ist die Erkenntnis ganz bei ihm angekommen, und er starrt wieder auf deine Mutter, auf seine Frau, ihr seid jetzt alle wie benommen, und du kannst sehen, wie etwas schlaff wird in ihm, erkennst es an der plötzlich hängenden Kinnpartie. Erst jetzt, erst angesichts der Reaktion Mamas nimmt er den Haß wahr, der sich hier angestaut hat und jetzt spritzt und fließt wie der Eiter aus einem Furunkel, und das scheint ihn nicht etwa nur aus dem Konzept zu bringen, sondern zu entwaffnen und zugleich auf gewisse Weise erwachen zu lassen.

Vielleicht ist es aber auch ein Erschrecken ähnlich dem, das einen manchmal aus dem Traum reißt, etwas Entscheidendes vergessen zu haben, zum Beispiel sein Kind im brennenden Haus, und jetzt ist es zu spät, der Schreck der plötzlich präsenten Erkenntnis, daß er ja nicht alleine ist, daß zu seinem Leben und Handeln immer wie ein siamesischer Zwilling auch seine Frau gehört, und wie oft hat er das vergessen und sie einfach mitgezerrt, und jetzt wieder!

Wieder hat er sich hinreißen lassen und ist vorgeprescht und hat nicht an sie gedacht, die an ihm hängt und mitgeschleift worden ist, und diesmal hat sies nicht überlebt, und wie ein Atompilz steigen die Schuldgefühle in ihm auf. Und mit diesen Schuldgefühlen beginnt er womöglich zu glauben, daß der Haß, der ihm entgegenschlägt, auch wenn er erst im Gesicht seiner Frau lesen muß, um ihn zu begreifen, ein Haß, der nicht seinen Meinungen gilt, das würde ihn nicht berühren, sondern seine Existenz in Frage stellt, daß dieser Haß vielleicht gerechtfertigt sein könnte, nur ein wenig, aber das reicht, um all sein Aggressionspotential und seine Verteidigungsfähigkeit in sich zusammenbrechen zu lassen.

Möglich aber auch, daß er ihren Haß gar nicht braucht, nicht zum Gewinnen und nicht zum Verlieren. Vielleicht genügt ihm die Erkenntnis, daß er schuldig geworden ist, schuldlos schuldig an denen, für die er zu kämpfen glaubt. Und deshalb wählt er den Selbstmord als Sühne und stürzt sich von den Zinnen seiner Burg in die hochgereckten Bajonette der Belagerer, die gar nicht wissen, wie ihnen geschieht und wie sie zu soviel Glück kommen.

Jedenfalls hat er aufgehört zu kämpfen und ist jetzt wehrlos wie ein Kind.

Wenn dich auf deine alten Tage wieder der Hafer sticht und du dich für die halbnackten Kommunistenschlampen in dieser Kommune interessierst, es ist ja nicht das erste Mal, daß du deiner Frau sowas antust (Yvonne spielt ihre Trumpfkarte aus), warum kannst dus dann nicht diskret machen, DISKRET, Karl, warum mußt dus mit Hubschrauber auf der Titelseite des Abendblatts machen? Warum mußt du dann so tun, als hätte es was mit Politik zu schaffen?

Ich verbiete euch –

Du verbietest uns?! Warum bist du überhaupt hier? Warum schnüffelst du hier rum, in diesem Haus, das du großmäulig verlassen hast, um nichts zu werden, NICHTS, hä? Du schnüffelst hier herum wie ein alter Landstreicher auf dem Hof, auf dem er früher einmal gearbeitet hat, bevor er übermütig wurde und auf die Straße gesetzt worden ist!

Du siehst ihn an, während von beiden Seiten jetzt die Enterhaken der Perfidie auf das sturmreif geschossene Wrack geworfen werden und bekommst, sein »Ich bitte euch«, »Genug jetzt«, »Schluß« hörend, ein flaues Gefühl im Magen. Du erkennst seine Stimme nicht wieder, und diese fremde Stimme aus dem vertrauten Gesicht ist schockierend. Ein Moment, in dem sich das Gewebe der Welt Knoten für Knoten auflöst und ansatzweise den Blick auf ein graues Nichts freigibt.

In deiner unsäglichen Selbstüberschätzung, in deiner Blindheit dafür, wie du dich mit deinem Recken und Strecken und deinen kümmerlichen Erfolgen lächerlich machst und unmöglich und einen guten Hamburger Namen in den Dreck ziehst, kommst du hierher und versuchst, unser Fest zu sprengen ...

Es fällt ihnen auch nichts Neues mehr ein. Nachdem sie mit den Möbeln und Bildern und Vasen geworfen haben, sammeln sie jetzt die Scherben vom Boden auf und werfen mit denen nochmal ...

Jetzt zieht sich sein Unterkiefer krampfartig zurück (ganz dicht sitzt er neben Mama), als müsse er etwas zu Großes und Kantiges runterschlucken. Und plötzlich siehst du die Tränen. Die Augen werden unscharf, weil sich an ihren Rändern Tränen sammeln und jetzt über die hellen Tränensäcke, über die Grube oberhalb der Jochbeine rinnen.

Tu was! zischt Christine und kneift dich in den Arm, und ja, warum tue ich nichts? In mir nur der seltsame Wunsch, ihn zu ohrfeigen, links rechts. Hör auf damit! Reiß dich zusammen! Biete ihnen nicht dieses Schauspiel!

Ja, warum kommst du denn nicht gleich mit deiner kleinen Hafenstraßen-Nutte und zeigst dich offen, wie du nun einmal bist und immer gewesen bist?

Du kannst, verdammt noch mal, nicht so tun, als ginge dich das alles nichts an! flüstert Christine.

Charly nickt ihr apathisch zu und denkt: Doch, genau das kann ich.

Er fühlt sich wie ein Orest, der die Orestie auf Video sieht. Gebannt und hilflos. Jetzt hebt und senkt sich der Oberkörper des Alten ruckartig wie bei einem Schluckauf. Vielleicht ist es ja ein Schluckauf. Wie faltig der Hals ist. Ein alter Mann, denkst du plötzlich. Aber deinen Vater als alten Mann zu sehen, macht dich selbst älter und einsamer und verdüstert deine eigene Vergangenheit. Was du also angesichts deines weinenden Vaters empfindest, ist Trauer um die eigene Jugend, ist Selbstmitleid. Aber vielleicht ist das ja unsere einzige Möglichkeit, etwas von den Schmerzen der anderen nachzuempfinden: daß wir sie von ihnen, wo sie uns kaltlassen, lösen, damit wir, über uns weinend, überhaupt eine Gefühlsregung haben.

Du hast keine Ahnung, sagt er leise zu Christine. Es ist herzzerreißend, denkt er. Herzzerreißend grauenhaft und schön.

Jemand steht auf: Erika. Kumpf folgt ihr nach einem Seitenblick. Wir gehen, sagt sie ins Leere, tritt dann zu Papa und hilft ihm aus dem Sofa, ein Blick zu Kumpf, der zieht Mama aus ihrer Totenstarre, sofort ist auch Christine bei ihr, Mama lehnt den Kopf an ihre Schulter.

Es ist dieses Bild, Christine wortlos weg von dir, und Mama, die sich an ihre Schulter lehnt, das dir die Tränen hochtreibt. Kannst sie gerade noch zurückhalten.

Plötzlich scheinen auch Yvonne und Franz aus ihrer Trance aufzuschrecken. Sie wischt sich über den Mund und sagt mit heiserer Stimme: Ich gehe mich um die anderen Gäste kümmern, *wenn überhaupt noch welche da sind.*

Aber man hört jetzt aus einem anderen Zimmer die helle, begeisterte, überraschte Stimme Senftenbergs, der sich mit jemandem unterhält. Franz steht unschlüssig da, sagt dann tschüs und kramt in beiden Jackentaschen erfolglos nach Zigaretten. Vielleicht hat er Angst, sonst jemandem die Hand geben zu müssen. Du weißt nicht recht warum, du bietest ihm eine an und reichst ihm Feuer. Er sieht nicht hoch, fixiert die glühende Zigarettenspitze, murmelt danke, Charly. Auf halbem Weg nach draußen kommt uns Reiner entgegen, der die Mäntel geholt hat. Überall auf den Stehtischen liegen Servietten, Essensreste und vollgepfropfte Aschenbecher aus rotem Plastik mit dem Werbeaufdruck irgendeiner Firma. Er hilft Mama in den Mantel und sagt, halb zu ihr, halb zu Papa: Ich wußte ja nicht, daß diese Hafenstraße euch so nahegeht...

Papa wendet sich an Erika: Ich wäre damals auch dort reingegangen. Wir wären damals auch dort hingegangen, wenn es sowas schon gegeben hätte ... Sie stützt seinen Arm beim Gehen.

Wovon spricht er? flüstert Christine, als befinde er sich schon halb im Delirium und rede irre.

Irgendeine beschissene Pension oder Einzimmerwohnung oder

Untermiete, wo sie unterkriechen mußten, nachdem er mit seinem Vater gebrochen hatte und Mama schwanger war. Muß ziemlich traumatisch und erniedrigend gewesen sein...

Du hättest – fängt Christine wieder an, aber in dem Moment geht ihr an dem Sekretär vorbei. Dicht davor steht Senftenberg und fährt mit der Hand voller Alterspigmente die Konturen des Möbels nach. Er blickt rasch auf, als fühle er sich ertappt: Ah, die Familie Renn. Er küßt Mama die Hand (wobei etwas in seinem Rücken knackt oder knarrt), sagt: Fräulein Renn, geben Sie mir bald einmal wieder die Ehre, er nickt Kumpf zu, verbeugt sich leicht vor Christine und wendet sich dann an dich: Ach junger Mann, schade, daß ich Sie nicht noch einmal habe sprechen können. Ihre Schwester hat mir erzählt, daß auch Sie für Fußball – ich nehme an, Sie fiebern auch mit dem HSV mit?

Sorry, sagst du matt lächelnd wie ein Konvaleszent, der sich wieder erste Scherze erlauben darf, aber ich bin Bayern-Fan. Schon immer gewesen.

Im Gehen neigt Senftenberg Papa den Kopf zu und sagt: Herr Renn, meine Hochachtung. Und seine veilchenblauen Augen strahlen weniger erstaunt als sonst.

Du hörst dich deinen Vater ansprechen, vielleicht nur, um ihn abzulenken und uns allen wieder etwas frische Atemluft zu verschaffen: Schönes Möbelstück, hm?

Er wirft einen Blick über die Schulter. Ja, den kannte ich schon, als ich klein war. Der stand immer hier. Den muß Vater zusammen mit dem Laden und dem Haus von den Vorbesitzern übernommen haben.

Draußen nieselt es. Die Autos stehen in unterschiedliche Richtungen geparkt. Man verabschiedet sich kurz, dann streben die drei Paare auseinander.

September 89

Oberflächliche Menschen nennt man so, weil sie mehr Oberfläche als andere zur Aufnahme von verschiedenen Reizen besitzen. Die Aufnahmeintensität der einzelnen Rezeptoren ist dagegen abgestumpft, es sind reine Noppen, von denen lediglich ein matt aufglühender oder flackernder Schwachstromimpuls an die katalogisierende Behörde im Innern geleitet wird, die alles mit einem Achselzucken in einer einzigen großen Kartei archiviert.

Ähnliches gilt für oberflächliche Situationen. Das Grundgesetz einer solchen – wie dieser Kreuz- und Querunterhaltung heute abend – ist ihr Horror vacui, ihre Angst vor der Stille. Die läßt sie alles verdauen, unterschiedliche, gegensätzliche, einander ausschließende politische Positionen, Sticheleien unter Paaren ebenso wie deren unterschwellig-feine Selbststilisierung zum Exemplarischen, den Parallelschwung von Krankheitsberichten und Konsumerlebnissen, den politikerhaften Pakt von Einsicht und Pointe, den Schulterschluß von Anmut und Häme, die Nähe eines existentiellen Geständnisses und eines naßforschen Allgemeinplatzes, die permanenten, wenn auch zivilisiert gepolsterten Hackordnungskämpfe. Nur eines verträgt sie nicht: die unverbrämte Verweigerung und sei es nur im atmosphärischen Bereich.

Und deshalb merken alle auf, als Christine die flache Hand auf ihr Glas legt und sagt: für mich nicht mehr. Nur noch Wasser. Ich muß noch fahren.

Charly mißversteht ihren Satz zunächst und erwidert, die fast leere Flasche noch immer schräg über ihrem Glas haltend: Wie, du mußt noch fahren? Ich habe doch gesagt, ich fahre.

Dann aber wittert er eine Chance, sich für das nicht gewährte Interesse an dem, worüber zu sprechen und wofür konzentrierte und mitfühlende Zuhörer zu finden, ihm heute abend wichtig gewesen wäre, schadlos zu halten – denn es ist ein weiteres Gesetz, das sich aus solchen Abenden herausdestillieren ließe, daß man als Ausgleich für die ideelle Frustration, die man ertragen mußte, eine materielle Kompensation haben will und erwartet – und Christine auf ihr offensichtlich versehentlich ausgesprochenes Angebot festzunageln, und fügt hinzu: Aber wenn du unbedingt fahren willst, bestelle ich mir eben noch eine Flasche von diesem Vinho Verde. Ich hab Durst.

Auch die anderen zwingt die Unterhaltungsgravitation, den momentanen Sprachfaden noch weiterzuspinnen, bevor sie die Unterbrechung wahrnehmen, und Ines sagt zu Charly: Es heißt nicht Stockfisch, sondern *Baccalau*. Und gegen den Durst solltest du besser Wasser trinken.

Und Jobst: Schmeckt da unten aber trotzdem anders. Wußtet ihr übrigens, daß es in *Vamos a la playa* angeblich auch um den Atomkrieg geht?

Nun ist der Faden endgültig gerissen, und Christine profitiert von dem unerwarteten Gesundheitshinweis, um ihren Satz so beiläufig wie möglich anzubringen: Apropos *Vamos a la playa*, ich will nichts mehr trinken, weil ich noch eine Runde tanzen fahre, ins Stairways oder ins Cave, mit Barbara. Hatte ich dir aber auch schon gesagt, Charly. Wenn du mitkommen willst –

Die Gefahr ist nicht groß. Hättest du doch wohl auch nicht angeboten, wenn du Angst haben würdest, ich könnte ja sagen. Das ist offenbar in einem so aggressiven Ton herausgekommen, daß Ines mit ihren unvergleichlichen Antennen für Atmosphärisches und ihrem unerträglichen Drang, alles schlichten und harmonisieren zu müssen, erstaunt und besorgt von einem von ihnen zum andern blickt.

Falls du keine Lust hast zu tanzen, sagt Jobst, bringen wir dich natürlich nach Hause.

Ines legt die Hand auf sein Handgelenk.

Im übrigen hast du mir gar nichts davon gesagt. So verkalkt

bin ich noch nicht, daß ich mich daran nicht erinnern würde, sagt Charly.

Du lieber Gott (Christines Augäpfel drehen sich nach oben, bewegen sich dann aber rasch nach links und rechts, um sich der Stimmung – für oder gegen sie – zu versichern, dann werden die Augen schmal), ich wußte nicht, daß es ein Kapitalverbrechen ist, wenn man einmal im Monat nach der Arbeit ein bißchen tanzen will.

Charly öffnet den Mund. Das ist jetzt der Augenblick, wo er den Streit eskalieren lassen könnte. Ein wenig traurig nimmt er wahr, daß er wie ein Schachspieler die gesamte Situation und die Zugmöglichkeiten aller Beteiligten überblickt, weil keinerlei Zuneigung seinen Blick trübt. Solche Momente sind gefährlich, da er in ihnen Dinge sagen könnte, schlichte, kalte Augenblickswahrheiten, die ähnlich wie Katzenkrallen die Haut nur wenig ritzen, aber darunter im Fleisch langwierige Entzündungen hervorrufen. Und selten, nein nie, steht der Anlaß für das Ergebnis.

Schwarz ist also am Zug. Da du schlechtgelaunt von der Arbeit gekommen bist und dieser Abend deine Stimmung nicht wirklich verbessert hat, nimmst du Christine ihre Absicht übel, dir ihre tröstende Präsenz zu versagen, die du gerade heute dringender bräuchtest als sonst, auch wenn du, ginge sie mit dir nach Hause, gar nichts Besonderes mehr tun wolltest, außer die Ruhe zu genießen, die in der Anwesenheit eines vertrauten Körpers liegt. Nein, das ist es noch nicht ganz genau: Erst die Aussicht, sie könne fortgehen, macht dir diese schlechte Laune, weil sie dir die Ruhe vorenthält, die in der Gewohnheit der abendlichen Routine liegt, und es dir so vorkommt, als schenke sie etwas weg, was nicht ihr, sondern dein Besitz ist, nämlich das Recht auf diese Gewohnheit.

Aus irgendeinem Grund hat Christine sich irgendwann mit dieser Barbara zum Tanzen verabredet, wollte mir nichts sagen, um keine Diskussionen und keinen Streit zu provozieren, um ihren Frieden zu haben, und erklärt jetzt, im Schutze der anderen, ihr Fait accompli in der Gewißheit, daß die Gegenwart der Freunde meine Reaktion mäßigen wird. Soviel Berechnung in der

Liebe! Nur hat es mit Liebe nichts zu tun, sondern mit der Koalitionspolitik der Ehe.

Weiß spekuliert also darauf, daß ein Ehestreit vor einem anderen Paar dir zu peinlich wäre. Die Entblößung, die Scham, das Kopfabwenden, das Wegsehen. Man instrumentalisiert, vergewaltigt die anderen, die nicht mehr wissen, ob ihre Einigkeit nicht deplaziert wirkt, und unerlaubte Einblicke bekommen, die sie immer nur falsch gewichten können. Sie werden gezwungen, Position zu beziehen, meistens die Geschlechter solidarisch, wenn über Kreuz, ist das schon ein halber Partnertausch.

Ines wird aufstacheln und abwiegeln zugleich, denn sie ist immer interessiert an Konflikten bei anderen, sie nährt sich davon und gibt die gewonnene Energie wieder ab in Form von Mediation: Ratschläge, Zuneigung, Präsenz. Sie hat ein wenig von jenen schizophrenen Feuerwehrleuten, die die Brände selbst legen, um den Menschen endlich helfen zu können.

Jetzt dauert es ihr zu lange, und sie sagt: Ich war schon Ewigkeiten nicht mehr tanzen. Taugt das Stairway eigentlich noch was? Ich meine natürlich nicht heute abend, fügt sie gleich abwiegelnd hinzu. Als niemand weiterspricht, fährt sie fort: Hm, Jobst, wollen wir nicht auch mal wieder tanzen gehen, ich fühl mich dabei ja am wohlsten, wenn ich ein Gegenüber habe, das mich in- und auswendig kennt. Und da noch immer kein anderer etwas sagt, führt sie den Monolog mit ihrem Mann an die Adresse des anderen Paars fort: Weißt du noch Jobst, *unsere* Diskothek im Sommer an der Algarve? Völlig abseits des Touristenstroms. Wir waren die einzigen Ausländer, glaube ich. Und der Fischhändler am Hafen, den wir entdeckt hatten, und unser Käsehändler. Es waren schon Traumferien.

Die immer gedämpfte, ein wenig tastende Sprache von Ines verleitet dazu, in den regelmäßig wiederkehrenden Ausdrücken wie unser dies und unser das eine Art trauten Diminutiv zu sehen, ein Abwiegeln und Absehen von sich. Aber darunter schwingt stets auch das Gegenteil mit: eine bewußt ausgrenzende Exklusivität, ein beiläufiges Aufrechnen, Vergleichen und Rangfolgen-Herstellen, das immer zu ihren Gunsten ausgeht. Zwar war das ihr erster Urlaub in Portugal, aber sogleich fabuliert sie Rituale und Traditionen zusammen, deren Zweck es ist, ihren Lebensweg mit Jobst als einen vom Glück begünstigten Harmonieparcours erscheinen zu lassen, wobei unterschwellig völlig klar wird, daß das ihnen lächelnde Glück ein wohlverdientes ist. Auch aus dramatischen Momenten gehen sie immer gestärkt hervor, gestärkt voneinander und von ihrer beständig ins rechte Licht gerückten Fähigkeit, die momentane Lebenshärte im Kontext ihrer unverbrüchlichen Tradition der Solidarität einzuordnen und zu historisieren. (Weißt du noch, unsere harten Zeiten.)

Diese Selbstinszenierung macht vor keinem Lebensbereich halt: Gibt es bei Charly und Christine einen besonders guten Wein zu trinken, wird man von Ines als einzigen Kommentar hören: Wir haben jetzt bei unserem Weinimporteur etwas ganz Besonderes entdeckt. Und Jobst wird, um es noch deutlicher zu machen, sagen: Ja, so einen Wein habt ihr überhaupt noch nie getrunken. Und wenn man die beiden am Montag fragt, was sie am Wochenende getan haben, wird Ines mit einer vor exklusivem Stolz und fast schon Herablassung bebenden Beiläufigkeit sagen: Oh, wir waren bei *Freunden* eingeladen. Ich glaube, ihr kennt sie auch. Und wenn sie dann die Namen nennt, stellt sich heraus, daß es sich um Leute handelt, bei denen Charly oder Christine sie eingeführt haben. Und nur manchmal, wenn Ines mit einer in dem jeweiligen Moment schockierenden Schroffheit Jobst über den Mund fährt, tut sich ein Spalt in dieser harmonischen Oberfläche auf, der tief blicken läßt, und Charly hat den Eindruck, ein Trainer verliere die Geduld mit einem minderbegabten Fußballer, mit dem er mehrere standardisierte Spielzüge immer wieder eingeübt hat, und der hat sie noch immer nicht verinnerlicht.

Jedenfalls nimmt Charly es seiner Frau besonders übel, gerade vor diesem Paar eine Unstimmigkeit in ihrer Harmonie nicht nur zuzugeben, sondern sogar zu benutzen – und vor allem, ihn mit einem Vorhaben bloßzustellen, von dem er offenbar nichts wußte und ahnte. Nie käme das bei Ines und Jobst vor, daß der eine erst in Gegenwart eines anderen Paars von den unmittelbaren Plänen des anderen erfährt. Im übrigen glaubst du Ines kein Wort davon, daß sie tanzen gehen wolle. Sie sitzt lieber zu Hause im kleinen Kreis und führt intime Gespräche. Die Hohepriesterin der Seelenzergliederung, eine eigentümliche Mischung aus Psychoanalytikerin und Puffmutter. Beides olympiareif, will sagen im reinsten Amateurstatus.

Jobst hat diesen stockenden Austausch von Sätzen und im Unausgesprochenen verborgenen Informationen verfolgt und versucht, sich einen Reim darauf zu machen. So wie mancher Kurzsichtige angesichts einer Aufschrift, die er nicht erkennen kann, sein Zögern als Skepsis gegenüber dem Inhalt dieser Aufschrift zu tarnen versucht, nimmt Jobst angesichts von Dingen, die er nicht versteht, einen mißtrauisch-listigen, fast verschlagenen Ausdruck an, als wolle er sagen: »Ich lasse mir nichts erzählen« oder »Ich habe den Trick durchschaut«.

Jetzt erklärt er, dickfellig wie immer: Wenn Christine tanzen will, warum nicht, dann hat jeder seine Ruhe.

Wie die kleistsche Umrundung der Erkenntnis, an deren Ende die wiedergewonnene Unbefangenheit stehen soll, gibt es eine jobstsche Umrundung der Dummheit, an deren Ende sie von Weisheit nicht mehr zu unterscheiden ist. Glücklich, wer wie ich Jobsts Freund ist. Er wird selten überrascht, aber nie enttäuscht werden.

Die anderen warten auf deine Reaktion. Das ganze Nachdenken kühlt den Groll ab, eigentlich suchst du nur noch nach einer verbalen Retourkutsche, die dich Jobst und Ines gegenüber unbeschadet aus der erniedrigenden Lage hervorgehen läßt.

Was stört dich eigentlich wirklich, abgesehen vom Kalkül Christines? Der Verdacht, daß man in eine Diskothek geht, weil man sich unwohl fühlt in seiner Haut und sie abstreifen will. Und Christines Haut, das bin ich. Ihr hattet schon einmal einen Streit darüber, in dem du behauptet hast, ein Mann gehe nur in die Diskothek, um Frauen aufzureißen, und Frauen provozierten das auch durch ihre Aufmachung und ihre Bewegungen, worauf sie entgegnete: Meinetwegen provoziere ich sie. Aber ist das ein Grund, über mich herzufallen? Wo sind wir denn? Ich kann doch nein sagen.

Bloß glaube ich ihnen tief innen nie, daß sie wirklich nein sagen würden. Besser: daß sie es noch könnten. Es ist ein tiefsitzender Horror, ja im Grunde sogar ein Ekel vor dem Verlust von Selbstkontrolle, vor der kollektiven Trance, vor dem freiwilligen Rückfall ins Vorzivilisatorische, wo der schöne Körper über den schönen Geist triumphiert und ihn ad absurdum führt. Es ist, als übergebe der Senat die Schlüssel der Stadt dem Pöbel, der sogleich seine Saturnalien veranstaltet, und womöglich stellt sich dabei heraus, daß der Hanswurst die Amtsgeschäfte besser versieht als der Bürgermeister oder zumindest die Menschen glücklicher macht.

Wenn du meinst, daß du das tun mußt, sagt er schließlich. Aber erwarte nicht, daß ich dir morgen das Frühstück ans Bett bringe. Das soll humorig klingen, aber es kommt in einem solch gequälten Ton heraus, daß Charly ohne innezuhalten die Taktik wechselt, und, um die Larmoyanz zu rechtfertigen, hinzufügt: Ich werd mich ausschlafen. Ich habs nötig.

Dies als Köder für mitfühlende Fragen von Ines. Die wirft immerhin einen vielsagenden Blick auf Christine.

Christine mustert dich zweifelnd: Obs das schon war? Keine Angst, sagt sie.

Wollt ihr am Wochenende auf unser Boot kommen? fragt Jobst im Versuch, den Waffenstillstand zu ratifizieren. Er hat einen herrlichen alten 15er Jollenkreuzer aus Holz, der im Peutehafen liegt.

Ines sieht ihn verblüfft an, dann sagt sie anerkennend: gute Idee.

Warum nicht, sagt Charly, denkt aber: Viermal die Woche ist definitiv zuviel.

Das Überraschendste ist Christines Reaktion: Au ja! Das machen wir! Jobst, das ist eine Klasseidee! Das wird genauso schön wie unser Wochenende damals im Alten Land.

Wie kommt sie jetzt darauf? Das ist Jahre her. Und es war schön. Einer dieser Momente, die man aus unerfindlichen Gründen nie vergißt, obwohl nicht viel Aufregendes passiert ist. Altweibersommer, eine kalte Apfelschorle im Garten einer Dorfwirtschaft unter den Apfelbäumen. Spazierengehen Hand in Hand den Deich entlang, unten im Kanal die Boote. Vielleicht daher die Verbindung? Schöne alte Holzboote. Die trauten Häuschen und das Phantasieren darüber, wie es wäre, selbst in einem von ihnen zu leben. Der Abend auf der Terrasse von Ines' Bekannten, die Namen längst vergessen, ein kinderloses, älteres Paar, Halb- oder Viertelkünstler, wenn du dich recht erinnerst, er zumindest, sie war, glaube ich, Lehrerin (oder in der Erwachsenenbildung?). Der Wollpullovertyp. Standen da nicht irgendwelche Eisenskulpturen im Garten rum? Und dann die Nacht in der Kajüte ihres engen, auf der Este dümpelnden Bootes. Unbequem im Grunde, aber hochromantisch. Und vielleicht gerade deshalb (wegen der romantischen Rückenschmerzen) unvergeßlich.

Ja! Das machen wir! ruft sie und trinkt aus. So entschieden, daß die anderen es ihr gleichtun und dem Kellner zuwinken, um die Rechnung zu bekommen.

Dann stehen sie unschlüssig vor dem Backsteinturm und wissen nicht recht, wer sich wie von wem verabschieden soll. Charly findet, daß ein wenig Eifersucht und Kontrolle das mindeste ist, was er sich schuldig ist, und sieht ostentativ zu, wie Christine in den Golf steigt und abfährt. Wenn sie direkt in Richtung Stairway fahren will, dann müßte sie jetzt drehen, hoch bis zum Rödingsmarkt fahren, auf die Ost-West-Straße einbiegen und von dort direkt zum Pferdemarkt. Stattdessen fährt sie geradeaus los in Richtung Landungsbrücken. Vielleicht – Frau am Steuer – ist es ihr zu kompliziert zu wenden, oder – Frau am Steuer – sie fährt erst los und überlegt dann, wohin sie will, oder sie bildet sich ein, sie käme durch das St. Pauli-Geschlängel schneller durch, oder sie hat gar nicht vor, direkt zum Stairway zu fahren. Dann bemerkst du, daß Jobst und Ines an der offenen Wagentür stehen und auf dich warten. Ines setzt sich nach hinten und sagt keinen Ton während der gesamten Fahrt. Jobst hat das Fenster heruntergekurbelt und den Ellbogen rausgeschoben. Es ist eine milde Nacht. Eigentlich, denkt Charly, könnten sie, um ihn nach Hause zu bringen, denselben Weg nehmen und dabei Christine entweder noch einholen oder im Vorbeifahren sehen, wo sie geparkt hat. Aber Jobst dazu aufzufordern ist unter seiner Würde. Immerhin dreht er und nimmt die Route, die auch Christine hätte nehmen müssen. Bis jetzt alles perfekt. Aber dann biegt er unversehens am Millerntor nach rechts und fährt am Heiliggeistfeld entlang Richtung Karoviertel und Fernsehturm. Charly könnte ihn erwürgen. Da niemand spricht, dreht Jobst das Radio an. Mitternacht. Nachrichten. Das Übliche: Die DDR beschwert sich über organisierten Menschenhandel. Eine Bürgerbewegung *Demokratie Jetzt* ist gegründet worden. In der Kunsthalle läuft eine Ausstellung *Europa 1789: Aufklärung – Verklärung – Verfall*. Da habt ihr den Weg vorgezeichnet. Werd ich mir eben einen runterholen. Wenn die dumme Fotze nicht da ist.

Die Gulaschkommunisten heizen der Zone ja ganz schön ein! Von wegen sozialistisches Brudervolk, bemerkt Jobst.

Ist doch bekannt, daß die Polen und Tschechen und Ungarn die DDR genausowenig leiden können wie die Dänen oder Holländer unsereins. Wenn sie ihnen an den Karren fahren können, tun sies. Und jetzt mit Gorbatschow können sies endlich.

Ja, wenn uns das einer mitten in der Nachrüstung gesagt hätte, daß einmal so ein Gorbatschow kommen würde.

Ohne Nachrüstung wär der vielleicht gar nicht gekommen.

Und dieses Arschloch von Kohl hat ihn mit Goebbels verglichen.

Woher hätte er auch wissen sollen, daß ders ernst meint mit dem Frieden.

Irgendwie ist es ja auch eine Bankrotterklärung, daß trotz aller Ideologien und Systemkämpfe dann doch wieder ein einzelner Mensch und seine freie Entscheidung genügen.

Ja, andernfalls gehts aus wie auf dem Tien-An-Men-Platz. Könnt ihr euch noch an diesen kleinen Chinesen erinnern? Einmal links, einmal rechts. Mir gings wie Christine: Ich glaub ich hab selten jemanden so bewundert. Ich hab mich auch gefragt, ob ich zu sowas den Mut hätte.

Genausowenig wie sie, sagt Charly.

Du auch nicht.

Ist auch keine Frage von Mut, sondern eine von Verzweiflung. Wenn das Leben so beschissen ist, daß der Tod dich nicht mehr schreckt, dann machst du solche Sachen.

Womit wir wieder bei der DDR wären.

Wieso? Solchen Mut haben die nicht bei ihren kleinen Demos.

Immerhin demonstrieren sie.

Haben wir auch schon.

Die Frage ist doch, was aus der DDR wird, wenn ihr jetzt wirklich die Leute weglaufen.

Geschieht denen recht. Also ich kann sie einfach ums Verrecken nicht leiden. Renate Stecher, Sparwasser, die Schwimmerinnen da 76 in Montreal, wißt ihr noch? *Die sollen nicht singen, sondern schwimmen.*

Na guck mal, und Biermann. Da wars doch schon klar, als sie den rausgeschmissen haben.

O Gott, weißt du noch, auf Kampnagel: Woooolf, sag was zu den Gewerkschaften, sag was zu den Gewerkschaften, dabei wollte die arme Sau an dem Abend eigentlich Liebeslieder singen.

Ja, aber was passiert da, wenns jetzt so weitergeht?

Gorbatschow, so nett er ist, kann immer noch die Armee schikken. Macht er wahrscheinlich auch.

Oder sie machen es wie Jaruselzki in Polen. Kriegsrecht, wenn es zu dicke kommt. Die lassen sich doch nicht die Butter vom Brot nehmen.

Jaruselzki ist ein Patriot. Das mit dem Kriegsrecht war doch Augenwischerei für die Russen.

Die Zone ist trotzdem das letzte Land, wo sie Reformen machen werden. Die sind doch stalinistischer als Stalin. Es bleiben halt Deutsche, die ewigen Musterschüler.

Von mir aus sollen die Russkis sie ruhig alle wegkartätschen. Holen wir bei der nächsten Olympiade auch wieder mehr Medaillen.

Bloß kriegen wir hier dann ganz genauso den Krieg, vor dem wir uns vor zehn Jahren so gefürchtet haben, und wir werden doch noch eingezogen.

Ich hab Christa Wolf gelesen, sagt Ines. Das sind nicht meine Feinde.

Ich wäre ja gerne zur Marine gegangen, unterbricht Jobst sie mit träumerisch sehnsuchtsvoller Stimme.

Stimmt schon, die Uniform hätte dir gestanden.

Ihr denkt da an Kapitänsuniformen, sagt Charly. Aber Jobst wäre höchstens Heizer oder Smut geworden.

Die haben auch Ausgehuniformen, sagt Jobst beleidigt.

Und dein Scheuermann, für den du dem Arzt damals teures Geld gezahlt hast? sagt Ines.

Wie, teures Geld? Ich hab einen Scheuermann.

Kennen wir eigentlich einen einzigen Menschen, der dieses Land hier allen Ernstes mit der Waffe in der Hand verteidigen würde? fragt Charly.

Sie setzen ihn an der Ecke Osterstraße/Eppendorfer Weg ab. Ines wechselt nach vorn.

Natürlich kommt es vor, daß sie allein einschlafen, aber heute ist Charly nicht darauf vorbereitet. Er schaltet die Nachttischlampe ein, die Deckenlampe aus, schließt die Augen und überlegt, als blättere er das Fernsehprogramm durch, welchen Masturbationsfilm er ablaufen lassen will. Nicht daran denken, daß er es zur Strafe für Christine tut, sonst kann er sich nicht konzentrieren. Lieber etwas Extremes. Eine Art Meta-Meret. Ohne Merets Gesicht und Körper. Etwas, das noch weit darüber hinausgeht. Fräulein Behrens mit den hochhackigen Pumps, die Nachfolgerin von Frau Schmidt? Warum nicht. Kommt drauf an. Was machen wir mit ihr? Im Büro nach der Arbeitszeit. Keiner mehr da. Sage ihr, daß ich sie entlassen muß. Sie schwitzt. Dunkle Ränder auf ihrem Kleid (blau) unter den Achseln. Sie sieht mich mit aufgerissenen ängstlichen Augen an. Es sei denn ... Ich tu alles, um den Job zu behalten. Hm, er versucht sich ihr Gesicht vorzustellen, das nicht eindeutig werden will, aber es geht auch ohne Gesicht, vielleicht idealisiert er stattdessen den Körper ein wenig. Im übrigen kann er ihr ja anziehen, was er will. Auch das bleibt sich letztlich gleich. Entscheidend die Pumps, die langen roten Nägel, die Schweißflecke. Was soll sie tun? Sich ausziehen? Sich fesseln lassen? Aber wo im Büro gibt es etwas, womit man jemanden fesseln kann? Verdammte Sucht nach Kohärenz in den Details! Dein Gürtel? Dann rutscht die Hose. Komm, befrei dich. Er ringt sich dazu durch, die Kabel der Schreibtischlampen abzureißen. (Was ist das denn? wird Eva am nächsten Tag fragen. Da kommen scha man 250 Mark Reparaturkosten auf Sie zu, wird der Elektriker sagen.) Zieh dich aus, aber langsam, und wenn du nicht schluckst, bist du den Job los. Unglaubwürdig und peinlich, aber was solls. Diese roten Fingernägel müssen irgendwo zum Einsatz kommen. Dann darf ich ihr aber nicht die Hände fesseln. Die Füße auch nicht, mit zusammengebundenen Beinen wird nicht viel passieren. Er ist nicht in Form. Keine Phantasie. Überspringst du eben die Präliminarien. Wer schert sich um Logik beim Wichsen? Vorsichtshalber reißt er sich einige Blätter Klopapier ab.

Er öffnet die Augen. Das Schlafzimmer. Die Ikea-Schrankwand. Am Türknopf ein Drahtbügel mit einem Kostüm Christines. Zwischen Schrank und Heizkörper das Schuhregal. Mindestens zwanzig Paare. Er will die Augen wieder schließen. Da kommt ihm eine neue Idee. Er zieht sich den Schlafanzug aus. Steht auf. Sein Blick fällt auf die blaue Glaskugel. Er holt Streichhölzer aus dem Nachttisch. Zündet das am Grunde der Kugel liegende Teelicht an, löscht die Nachttischlampe. Kniet vor den Schuhen nieder. Tennisschuhe, weiß mit drei roten Streifen, von einem Puderhauch roter Asche bedeckt. Drei Paar Pumps, sukzessive immer spitzer und mit immer dünneren und höheren Absätzen, schwarz in Krokoimitat, grünes Wildleder und rosa. Bis auf die letzten, die zu scharf und unbequem waren, alle ein wenig ausgetreten. Sandalen, fersen- oder zehenfrei, ein Paar davon mit Goldlamériemchen. Clogs. Stiefeletten, alle schwarz, alle mit Pfennigabsätzen, alle zum Schnüren, ziemlicher Retrolook. Zwei Paar ausgefranste Espadrilles, orange und grün. Mit den Grünen ist sie einmal in den Regen gekommen, die Sohlen seither völlig steif und brüchig. Neben dem Regal die hohen Lackstiefel, dahinter die grobstolligen Wanderschuhe. Und noch mehrere Paare klassischer brauner Slipper. Dann ein Paar, das er gut kennt, Christines

Lieblingsschuhe. Zumindest lange Zeit gewesen. Eine Art Docksides. Weiße, sehr aus- und breitgetretene Halbschuhe. Die Öffnung viel zu weit. Das Leder spröde und brüchig am Spann und an den Rändern. Die Innensohle ockerbraun und speckig glänzend. Ihre liebsten Sommerschuhe. Immer rein, raus, ohne jemals mit den Händen nachzuhelfen. Vorne ist das Leder abgeschabt, an den Fersen zeigen ein paar kleine Risse die Ungeduld, mit der sie an- und ausgezogen wurden. Er hebt den Schuh hoch und hält ihn an die Nase. Ledergeruch? Oder doch noch mehr? Seine Erregung ist lächerlich groß. Kopfschüttelnd zieht er den weichen Schuh über sein Glied. Muß mich beherrschen. Der Gedanke, ihn hinterher nicht sauberzumachen und sie schlüpft dann hinein, macht dich wahnsinnig. Er hält den Schuh an der genoppten Gummisohle und schiebt ihn langsam vor und zurück.

Den üblichen in die Entspannung flimmernden Gedankenmüll – sich wiederholende Liedzeilen aus Margarinereklamen, die Mahngebühr zur Wasserrechnung, die nicht gegossenen Blumen, die Gesichter und den Aktenordnergeruch im Büro, den löchrigen Auspuff, die geifernden Leserbriefe im Abendblatt – kann er beiseitekämpfen. In welchem Gefühl schläft er ein nach dem kurzen, aber sorgfältigen Fleckentfernen? Verjüngt in gewisser Hinsicht – eine Illusion infolge des eben ausgeführten teenagerhaften (wenn auch lebenslang praktizierten) Aktes und des leeren Bettes, das in der zugehörigen Epoche Möglichkeit und Verheißung signalisierte. Aber noch bevor der Schlaf kommt, platzt die Jugendseifenblase, und das breite, halbleere Bett bedeutet Unordnung, Abwesenheit, Unruhe. Welche Sicherheit und Geborgenheit es doch gewährt, den anderen samt seiner Körperwärme, seinen Ausdünstungen, seinem Hin- und Hergewälze dazuhaben, präsent, als lebendigen Schutzschild gegen den eisigen Anhauch der Einsamkeitsleere. Das fällt einem erst an solchen Abenden auf und macht ärgerlich aus mehreren Gründen. Auch fällt ihm wieder ein, daß sie sich halb gestritten haben und sein Mißbrauch ihres ausgetretenen Schuhs die Rache seines kleines Mannes war für ihre Tanzeskapade. Aber jetzt nicht weiter grübeln, müde ist er und will in den Schlaf gleiten können, woran ihn die Leere an seiner Seite hindert. Er schwitzt, er wälzt sich herum. Das Kissen ist zu hart, zu weich, zu flach. Er legt ein Bein über die Decke, um die Luftzufuhr zu regulieren. Er versucht, in den Schlaf zu tauchen wie in ein türkises, von Najadengeplansche sprudelndes Meer. Er versucht, beim Eintauchen den Groll abzustreifen wie ein hinderliches Kleidungsstück. Irgendwann schreckt er hoch, halbwach. Wo ist er? Wie alt? In welcher Zeit? Nein: Welche Uhrzeit ist es? Sie ist noch nicht da. Kalt, glatt, leer die Stelle neben ihm. Dann hört er den Wecker ticken. Er will nicht wissen, wie spät es ist, aus Angst, es könne schon zwei oder drei oder vier sein, und er müßte wütender werden als seine Müdigkeit es ihm erlauben will. Jetzt ist es das hohle und zugleich verkrampfte, wie gelähmte Gefühl im Magen, das ihn am Einschlafen hindert. Furcht läßt den Phantasiegenerator anspringen. Nichts ändert sich daran in all den Jahren: an der Angst des mitten in der Nacht allein erwachenden Kindes. Was tut sie solange? Oder ist ihr etwas passiert? Zu müde, zu schläfrig, um den Gedanken weiterzuspinnen. Auch ist die Kinderhoffnung stark: Augen zumachen, weiterschlafen, beim Aufwachen, wenn Tag ist und die liebe Sonne scheint, ist aller Nachtspuk vorüber und alles wieder gut. Aber morgen werde ich ihr einheizen. Er schläft schlecht, unruhig, im Traum wacht er auf und tastet neben sich, und sie ist da, und er sinkt wütend-erleichtert in einen tieferen Schlafkreis, kurz darauf ist sie bei neuerlichem Tasten nicht da, und vor Schreck erwacht er und tastet wirklich, und sie ist nicht da, niemand atmet da außer ihm, und er muß sich Gewalt antun, um herauszufinden, ob dies jetzt wiederum ein Traum ist oder der wirkliche Wachzustand. Nein, er ist wach, und sie ist nicht da, noch einmal versucht er, sich in den Schlaf hineinzuzwingen. Es ist, als versuche er, eine aufgeblasene Luftmatratze unter Wasser zu drücken. Hinter den Vorhängen hat er blasses graues Licht gesehen, es muß schon gegen Morgen gehen. Sein Herz schlägt so heftig, daß die Bettdecke zu vibrieren scheint. Du bist wütend auf dich, der nicht einmal eine Nacht alleine schlafen kann ohne die dumme Fotze, die dir die Decke wegzieht, glücklich müßtest du sein. Hinterher weiß er nicht mehr, ob er noch einmal eingeschlafen ist und seine Wut geträumt hat oder die ganze Zeit im Halbschlaf wetterte und grübelte und schwitzte.

Es ist immer noch grau draußen, aber jetzt ist er wach, denn die diffuse Kindernachtangst ist fort, er weiß jetzt, wer und wo er ist, sieht mit einem Blick, daß die Uhr auf Viertel vor sieben steht und daß er alleine ist im Schlafzimmer und in der Wohnung.

Er setzt sich auf, er traut sich noch nicht, in erleichterten und befreienden Zorn auszubrechen, zu behend malt seine Phantasie ihm die mögliche Katastrophe aus (und er muß sich zusammennehmen, nicht die Eventualität einer Katastrophe der eines One-Night-Stands seiner Frau vorzuziehen). Dritte Möglichkeit und wahrscheinlichste, denkt er, die Mord- und Todesbilder, die nach oben wollen, noch etwas zurückhaltend: Sie haben bis vier oder fünf getanzt und dann hellwach jenseits aller Müdigkeit noch bei dieser Barbara weitergequatscht bis zum Einschlafen. Ein Abend, eine Nacht, um Dampf abzulassen, das gönne ich mir auch (aber nie in Diskotheken), das muß jedem zugestanden werden, also auch Christine. Siehst du, im Tageslicht (und er zieht die Vorhänge auf) zerfallen alle Gespenster zu nichts.

Natürlich wird er sie anblöken, kann er schon fast heiter denken. Erleichtert, zutiefst erleichtert. Jetzt dürfen auch die unwahrscheinlich gewordenen Horrorbilder ans Licht: die Decke der Diskothek eingestürzt, ein Brand, Massenpanik, Tod durch Ersticken im Rauch oder wegen der übereinandertrampelnden Leiber, ein irrer, um sich schießender Mörder, ein Autounfall, besoffen, sie auf dem Beifahrersitz mit zerschnittenem Gesicht und eingedrücktem Brustkorb, ein Typ, der sie draußen entführt, in einer Tiefgarage vergewaltigt, umbringt oder gefangenhält ... Was gibt es noch? Immerhin könnte sie sich melden. Nein, nicht um Viertel vor sieben. Es ist wunderbar draußen, schon hell, aber noch liegt ein Film über der Stadt, eine klare, durchsichtige Folie. Darauf ein paar laut zwitschernde Amseln, ein paar heimelig vorüberbrummende Autos, ein einsamer Jogger. Stumme Bruderschaft der Frühaufsteher, die ihr Geheimnis teilen, indem sie es durchqueren, die noch taufeuchte, noch jungfräuliche Stadt vor dem großen Dröhnen, wenn die Maschine angelassen wird. Eine kostbare Stunde, da er erst um neun im Autohaus sein muß, und wie so oft nimmt er sich vor, von nun an wieder früher aufzustehen, um an diesem stillen, geordneten Ritual teilzuhaben, dessen Adepten es gelingt, dem Leben täglich eine Extraportion Zeit abzuluchsen. Nur ein Kaffee und eine Zigarette und dann hinaus. Jetzt ist es schön, alleine zu sein in der Wohnung, es ist still, er hat Vorsprung vor dem Tag, der ihn erst nachher einholen wird, ich kann mir wie früher Brötchen holen gehen in der Bäckerei an der Ecke Osterstraße und die Bild, um dann bei einem streßfreien, ausgiebigen Schiß den Sportteil zu studieren. Eigentlich könnte sie öfter wegbleiben.

Er nutzt die Spannkraft des ausgeschlafenen Frühaufstehers, um zu duschen, sich zu rasieren, ein weißes Hemd und eine Krawatte anzulegen und frische Socken. Er holt Brötchen und inhaliert auf der Straße den Zigarettenrauch tief. Er frühstückt. Er sitzt auf dem Klo, als das Telefon klingelt. Viertel nach acht. Christine. Natürlich wenn ich scheiße. Typisch. Na, da kannst du warten. Du brauchst nicht zu drücken, du fühlst dich erleichtert wie ein kalbender Eisberg, während du spürst, wie mehrere sanft gleitende Würste, weich, aber nicht zu weich, sich aus dir lösen und mit leichtem Platschen auf den Präsentierteller fallen, während du den wunderbar surrealistischen Bundesligaklatsch und die Kommentare genießt. Mußt dus eben gleich nochmal versuchen. Ich werd hier jetzt nicht rausstürzen, um ans Telefon zu gehen. Es klingelt unaufhörlich, hört erst auf, als er schon Wasser zieht. Kriegsts wohl selber mit der Angst zu tun, hm?

Jetzt aber doch wieder Unruhe. Warum hat sie derart insistiert? Wenn sie es denn überhaupt war. Er steht noch unschlüssig neben dem Telefon im Flur, da klingelt es erneut. So plötzlich und unerwartet, daß er erschrickt. Herz hämmert. Er wartet zwei Klingeltöne ab, um sich zu beruhigen, und hebt ab.

Ein tonloses Hallo. Christine.

Alle guten Vorsätze dahin, so heftig ist die Erleichterung, ihre Stimme zu hören. Er wartet nicht ab: Ja sag mal spinnst du eigentlich die ganze Nacht wegzubleiben du blöde Kuh ohne was zu sagen daß ich mir Sorgen machen könnte kommt dir wohl nicht in den Sinn ich glaub ich spinne!

Er holt Luft und überlegt zugleich, wie er jetzt in einen versöhnlicheren Ton umschwenken kann. In die hallende Stille hinein Christines Stimme, immer noch so tonlos, als stünde sie in einem Raum, der alle Nebengeräusche schluckt: Charly, ich komme nicht nach Hause.

Mitgerissen vom eigenen Elan, ihr Satz ist währenddessen noch nicht bei ihm angekommen, er reagiert sozusagen nur auf die einzelnen Wörter und setzt ihre Bedeutung gemäß seinen Erwartungen fehlerhaft zusammen: Das denke ich mir daß du jetzt nicht mehr nach Hause kommst ich muß jetzt auch los arbeiten wir sprechen heute abend noch ein Wörtchen...

Er bricht ab, mittlerweile hat sich ihr Satz zusammengefügt in seinem Bewußtsein, und er horcht ihm nach. Mit einer Stimme, die mühevoll klingt, als bereite das Sprechen ihr Schmerzen, sagt sie in die Stille hinein: Charly, ich komme gar nicht mehr nach Hause.

Es überläuft ihn plötzlich eine Gänsehaut, die noch nicht aus Erkenntnis kommt, aus dem Verstehen ihres Satzes, sondern reiner Schreck ist, ein Tremor, dem man auf jeder Altersstufe so ahnungs- und hilflos gegenübersteht wie ein Kind – auch ungläubig –, wenn einer sich nähert und sagt: Deine Mutter ist tot, oder der Arzt dir die Hand auf den Arm legt: Es ist Krebs.

In seinen Ohren braust es, und er hört seine Stimme leicht zeitversetzt wie eine falschlaufende Tonspur: Was sagst du da?

Ich sage es nur deswegen am Telefon entschuldige ich weiß wie gemein und idiotisch das ist damit du dir keine Sorgen machst – sie unterbricht sich, weil ihr die schwarze ironische Diskrepanz zwischen dem Grund und dem Anlaß ihres Anrufs offenbar selbst bewußt wird – ich meine es ist mir nichts passiert du mußt keine Angst haben es geht mir gut (wieder stockt sie, verbessert sich aber nicht, vielleicht weil sie gerade in diesem Moment bemerkt, daß es sich tatsächlich so verhält) – aber mit unserer Ehe das konnte und das kann so nicht weitergehen deswegen will ich mich habe ich mich von dir getrennt –

Sie bricht mitten im Satz ab, es muß auch über ihre Kräfte gehen. Das Todesurteil auszusprechen soll ja schwieriger sein, als es zu empfangen.

Es passieren seltsame Kopplungen in solchen Momenten. Vielleicht ist das einzige, woran er im Gefühl des beginnenden Falls Halt findet, eine beruhigende, vernünftige Frauenstimme, vielleicht eine unterbewußte Erinnerung an seine Kindheit, seine Mutter, jedenfalls ist er für einen Moment bereit, ihr zu glauben, sich ihr anzuvertrauen: Mit unserer Ehe, das konnte und das kann nicht so weitergehen, er nickt ins Telefon hinein, wie vernünftig und abgeklärt, wie erwachsen und vertrauenswürdig Christine geworden ist, er bewundert sie und gibt ihr recht und will es alles gern in ihre Hände legen. Sie wird es schon richtig machen. Was sie da sagt, wird als Information von den Synapsenwächtern des inneren Briefkastens nicht angenommen – Empfänger unbekannt. Aber der Briefträger ist hartnäckig: Sie sagt dir gerade, daß sie sich von dir trennen will! Sie sagt dir gerade, daß eure Ehe zu Ende ist! Sie sagt dir gerade, daß sie dich nicht mehr liebt!

Du liebst mich doch, antwortet er der Stimme des Briefträgers in den Hörer hinein.

Charly, bitte nicht solche Sachen am Telefon. Wir werden das alles zu geeigneter Zeit besprechen. Ich –

Du hast einen andern? fragt eine ungläubige, hilflose Männerstimme, die aus einem Film entlehnt ist, der jetzt in alten, schwarzweißen, geflickten Bruchstücken vor ihm abläuft und den er nachspricht. Ohne das Skript wäre er verloren – zerfallen in verschieden schnell reagierende, verstehende Teile, wie er momentan ist.

Offenbar kennt Christine den Film auch, zumindest einen ähnlichen: Sie lacht das falsche, ernüchterte Lachen einer toughen, desillusionierten, im Grunde aber romantischen Businessfrau. Charly, ich muß jetzt Schluß machen. Wir telefonieren, um auszumachen, wann und wo wir uns treffen und alles besprechen. Es tut mir leid. Ich hab dich ja trotzdem lieb. Ich …

Dann ein Klacken und die Verbindung ist unterbrochen.

Der Satz »Ich hab dich ja trotzdem lieb« ist so grotesk, daß er Charly ernüchtert und in eine Art Gleichgewicht bringt. Ernstnehmen kann er nicht, was sie gesagt hat, nämlich daß es etwas anderes sein könnte als eine Krise. Eine Entscheidung, etwas Endgültiges, das dringt nicht bis zu ihm durch, im Grunde deswegen, weil er ihr etwas derart Großes, Monströses, Weitreichendes nicht wirklich zutraut. Er versucht zu ordnen, seine Verwirrung strömt für den Augenblick durch die geöffnete Schleuse Erleichterung aus: Sie ist nicht tot, sie hat keinen Unfall gehabt, sie hat mit mir geredet, sie ist auf der Welt, in dieser Stadt, sie hat – sehr wahr übrigens – einige wunde Punkte angesprochen in ihrer Ehe und Beziehung. Eine Krise, es wird darüber zu reden und zu streiten sein, die Liebe wird, wie alle Lieben, ein bißchen weiter erodieren in einer solchen Aussprache, nun gut. Alles andere bleibt nebelhaft außen vor, ist für später, wenn überhaupt. Vielleicht hat er sich auch verhört, und dann weißt du doch: Worte! Worte sind nichts Ernstes, nichts Festes, nichts Unumkehrbares. Es ist auch höchste Zeit. Er muß zur Arbeit, und er kann jetzt auch zur Arbeit, denn im Grunde ist er erleichtert. Sie hat einen Abszeß aufgebrochen. Den Abszeß eines latenten Unwohlseins in ihrem Leben, eine Form von Langeweile und Arriviertheit und Vorhersehbarkeit und Perspektivlosigkeit. Ja, sie waren faul und träge geworden im Umgang miteinander.

In dieser Stimmung fährt er zur Arbeit und fühlt sich dabei mehr und mehr wie ein Neurotiker, der plötzlich nicht mehr sicher ist, ob er das Gas abgedreht und die Wohnungstür geschlossen hat, bevor er ging. Hat er nicht irgend etwas von dem vergessen, was da vorgefallen ist? Was genau war eigentlich wirklich geschehen? Was war gesagt worden? Sie hatte doch explizit gesagt, sie wolle sich von ihm trennen? Oder nicht? Und was war danach gesprochen worden, daß er das Gefühl haben konnte, sie hätte es nicht ernstgemeint? Immerhin war sie die ganze Nacht fortgeblieben. Dahinter steckte doch ein anderer Mann! Nicht einmal danach hatte er gefragt! Warum war er eben noch so sicher, daß alles wieder ins Lot käme? War derartiges doch überhaupt noch nie passiert!

Erst als er vor seinem Schreibtisch sitzt, den Posteingangskorb, den Locher, die Stempel, das Schälchen mit Büroklammern vor sich sieht wie fremdartige Präparate im Labor eines Biologen, in das man ihn in Unkenntnis seiner Ahnungslosigkeit gesteckt hat, fließt der Schock, den er vorhin gar nicht wahrgenommen hat, wie ein schleichendes, lähmendes Gift in jedes seiner Glieder, läßt seine Beine taub werden, lähmt seine Arme, die wie Gummischläuche auf der Tischplatte liegen, verursacht Schluckbeschwerden und stimuliert sein Herz zu unregelmäßigen harten Stößen, sodaß er einen panischen, hypochondrischen Moment lang fürchtet, mit Dreißig seinen ersten Herzinfarkt zu erleben. Rettung, Klarheit kann nur von ihr kommen, von ihrer Stimme. Er muß mit ihr sprechen, jetzt, sofort, um sich zu vergewissern, daß er tatsächlich gehört, was er gehört, daß sie tatsächlich gesagt, was sie gesagt hat. Er hält minutenlang den stummen Telefonhörer ans Ohr, bevor er sich erinnert, wen er anrufen wollte, den Menschen, dessen Name rot unterstrichen auf dem Tischkalender steht, oder Christine. Wie ein Verkaterter, der in einem fremden Bett erwacht, versucht er verzweifelt, den vergangenen Abend und das morgendliche Gespräch zu rekonstruieren, immer noch im Glauben, es gäbe da einen Fehler zu finden, einen Irrtum, irgend etwas, das er übersehen hat und das die ganze Situation erklären würde. Der Erinnerungssand rinnt durch das Stundenglas, unmöglich, ihn zu klumpen und in Form zu bringen.

Er zieht sein privates Adreßbuch aus der Jackentasche und schlägt die Nummer des Fotostudios nach. Er ist sich plötzlich nicht mehr sicher, sie auswendig zu wissen.

Er wählt. Es klingelt. Dabei war gestern abend alles normal. Sie haben sich umgezogen. Es klingelt. Sie haben über den Tag geplaudert. Christine hatte Musik aufgelegt und stand vor dem Spiegel. Es klingelt. Sie schminkte sich. Dann fragte sie: Wie seh ich aus? Es klingelt. Wunderbar, hat er gesagt, und sie küßten sich. Sie hat sein Gesicht in beide Hände (klingelt) genommen und ihn geküßt. Und vielleicht auch gesagt (Klingeln): Ich liebe dich. Und wenn nicht, hat sie es ihn fühlen lassen. Es klingelt wieder.

Ja, du blöde Fotze, wo steckst du denn?! Versteckt sich vor mir, oder was? Er läßt es noch einmal klingeln und legt auf. Da war noch nichts Seltsames zu merken. Und auch in der Kneipe hat sie sich nicht unnatürlich verhalten. Hat ihn auch nicht merkwürdig angesehen. Nichts, nur daß sie noch tanzen wollte. Auch das ist nichts Sonderbares. Sie hat nie wirklich damit aufgehört, während für ihn mit der Heirat die Diskobesuche überflüssig geworden waren wie die Weiterexistenz marodierender Freikorps nach Kriegsende und Waffenstillstand. Bei Charly ist zwar die Welle des Schocks, nicht aber die Realisierung angekommen, stattdessen versucht er sich die ganze Zeit erleichtert darüber zu fühlen, daß Christine mit ihren Worten ihrer beider schwelende Unzufriedenheit zur Sprache gebracht und ihn damit befreit hat. Er kippt von der Angst in den Zorn und wieder zurück.

Er versucht es bei ihrer Schwester, vielleicht ist die am Morgen ja zu Hause. Niemand hebt ab. Er wird zorniger, er spürt, daß ihm das Kraft gibt. Ihre Eltern? Es ist wohl das Erniedrigendste, was einem Mann geschehen kann, die Leute, denen er die Tochter entrissen hat, zu fragen, ob sie nicht wissen, wo sie sich befindet. Aber vielleicht sitzt sie ja gerade deshalb bei ihnen und fühlt sich sicher. Er könnte seine Schwiegereltern anrufen und einladen, und wenn Christine dort wäre, würden sie es schon sagen. Es sei denn, sie hätte sie gebeten, es nicht zu tun. Die Solidarität dieser Leute kennt nämlich keinerlei Anstand. Den ungeliebten Schwiegersohn abblitzen lassen und währenddessen der Tochter zuzwinkern. Dennoch, es führt kein Weg daran vorbei, er muß ihre Stimme hören, sich mit ihr treffen. Er ruft an. Christines Mutter meldet sich. Charly begrüßt sie und improvisiert, denn einladen will ich diese Schweine, die sich hinter meinem Rücken über mich lustig machen, nun wirklich nicht auch noch. Er sagt, er habe einen wichtigen Anruf für Christine erhalten, und da sie ihm gesagt habe, sie wolle bei ihren Eltern vorbeischauen ... ob sie noch oder schon da sei? Bei uns vorbeischauen? Heute? Während der Arbeitszeit? Da weiß ich nichts von. Das hätte sie mir doch aber auch gesagt, Charly, sie kommt doch nie hier vorbei, ohne Bescheid zu sagen. Das kann ich mir gar (goor) nich vorstellen. Nein du, hier ist sie nicht. Ist es denn so dringend? Hast du sie denn nicht auf der (auffe Or-) Arbeit erreicht?

Charly macht es kurz, wiegelt ab, bedankt sich, legt auf. Der Hörer ist so naß, daß er ihm aus der Hand rutscht und auf die Gabel fällt. Was genau hat sie gesagt heute morgen? Erinnere dich. Davon hängt alles ab. Stattdessen ruft er noch einmal im Studio an. Wieder meldet sich niemand. Ha, du feige Sau, mich von irgendwoher anrufen, anstatt von Angesicht zu Angesicht mit mir zu reden. Aber das traut sie sich nicht, weil sie ganz genau weiß, daß sie den kürzeren ziehen würde. Soll sie bleiben, wo der Pfeffer wächst, mit irgendeiner mediokren Null, die keine Ansprüche an sie stellt, weder menschlich noch geistig, noch im Bett, und der sie gewachsen ist im Gegensatz zu mir. Wohl bekomms, dein Durchschnittsleben! Wenn du dir nicht aufhelfen lassen willst, dann versack doch in deinem Mittelmaß.

Die Wut, in die er sich in genau dieser Absicht hineinredet, hilft ihm, anderthalb Stunden lang arbeiten zu können, unterbrochen immer wieder von ergebnislosen Anrufen im Studio oder bei ihrer Schwester. Nach dem Mittagessen jedoch gelingt es ihm kaum mehr, ins Büro zurückzukehren. Er ist ein Mann, der sinnlos Arbeit tut, aus Pflichtgefühl, während sein Haus abbrennt. Er sieht Bilder vor sich von verletzten Tieren, die sich in ihrer Agonie im Kreise drehen, in sich selbst spiralen, sich die Eingeweide herausreißen, die sich verstümmeln im Versuch, die Quelle der unerträglichen Schmerzen aus ihrem Leib zu entfernen. Noch sehe ich diese Schmerzen, fühle sie aber nicht. Er muß sich bewegen, glaubt er, dann: sich setzen, um sich konzentrieren, um nachdenken zu können, um der anbrandenden Angst und Panik ein Bollwerk entgegenzustemmen. Wenn sie jetzt im Studio ist, wenn ich anrufe, dann bleibe ich hier. Aber niemand hebt ab. Er haßt sie für diese Martern, umso mehr, als sie wahrscheinlich gar nichts von ihnen ahnt. Wahrscheinlich geht sie irgendwo vergnügt durch den Tag, keinen Gedanken an ihn und seinen Zustand verschwendend. Er muß weg, von hier aus kann er nichts machen. Er sagt Eva Bescheid. Du lieber Gott, Herr Renn, was haben Sie denn, ist Ihnen nicht gut? Soweit ist es also schon, daß man es mir ansieht! Er schüttelt den Kopf. Alles bestens.

Er parkt den Volvo-Kombi, erleichtert, daß nichts passiert ist, vor dem Haus und geht direkt zur U-Bahn-Station Schlump. Zweimal war es ganz knapp, weil du abwesend warst, geträumt hast. In diesem Zustand nicht den neuen Wagen riskieren. Er fährt bis Barmbek. Im Rübenkamp ist das Fotostudio. Der Waggon ist voll, er steht, überläßt sich halb absichtlich und selbstmitleidig dem Geschaukel, bis er sich den Kopf an der Haltestange stößt, was ihn aggressiv macht. Auf dem Trottoir rempelt er eine fette Türkin an, die den Gehweg versperrt, Einkaufstüten in beiden Händen. Er klingelt an der Haustür. Keine Reaktion. Er bleibt fünf Minuten vor der Tür stehen, klingelt noch einmal. Nichts. Jemand kommt aus dem Haus, er geht durch die offene Tür und klingelt im Hochparterre an der Studiotür. Nichts. Er fährt zurück.

Er hat Angst, eine kühle, fremde Wohnung zu betreten, sobald er aufgeschlossen haben wird, alles kommt ihm traumverzerrt vor, aber dann ist es doch die seine, die ihre, mit allen vertrauten Gerüchen, Formen und Dingen an ihrem Platz. Er wird, sobald er noch einmal angerufen hat, ihr Zimmer nach Indizien durchsuchen.

Ohne daß er wüßte, wonach er eigentlich sucht, hat seine Schnüffelei einen doppelten Reiz. Einmal ist es eine Art symbolischer Beschmutzung, Vergewaltigung Christines, eine ohnmächtige, aber befriedigende Rache, ihren Wäscheschrank nach hypothetischen Liebesbriefen zu durchwühlen, an deren Existenz er im übrigen keineswegs glaubt, was aber kompensiert wird durch die Tatsache, bis zu den Ellbogen in Baumwolle und Seide und Satin zu stecken. Die ganze Schublade riecht nach Christine, und er weiß nicht recht, ob diese gefangenen und befreiten Düfte ihre Abwesenheit verschlimmern oder erträglicher machen. Zum anderen ist es eine Form der Vergegenwärtigung, durch die Wohnung zu streifen, durch ihr Zimmer, und die Schubladen, Regale, Bücher, Ordner und Kommoden zu inspizieren. Näher kann er ihr nicht sein, ohne sie zu berühren und zu hören (und manchmal stört die Anwesenheit ja auch bei der Kontemplation), als mit diesem suchenden – aber da er nichts Bestimmtes sucht –, vagen Blick, der nicht nur den jetzigen Moment umfaßt, sondern, wie über ein Ausgrabungsfeld streichend, ihre ganze siebenjährige Geschichte Sediment für Sediment erfassen kann.

Er geht die letzten gemeinsamen Momente in dieser Wohnung ab: Hier hat sie gestanden, um Schuhe auszuwählen, hier in diesem Spiegel hat sie sich nach dem Schminken betrachtet. Unwillkürlich sieht er hinein, um zu überprüfen, ob der Spiegel nicht etwas von ihrem Bild, eine spektrale Silhouette vielleicht, bewahrt hat. Neben dem Spiegel steht die Anlage, die er mit in die Ehe gebracht hat, der Thorens-Plattenspieler, CD-Player und Verstärker von Technics, das Toshiba-Cassettendeck, mattschwarze Kästen und andere in gebürstetem Aluminium übereinandergestapelt. Und auf dem Plattenspieler eine Platte, und jetzt erinnert er sich auch, daß sie beim Ankleiden Musik aufgelegt hatte, irgendeine ihrer Platten, er hatte nicht weiter hingehört. Was war es? Joni Mitchell. *Wild Things Run Fast.* Sein Herz schlägt schneller, er sucht nach der Plattenhülle. Was dich schon immer aufgeregt hat an Christine, wenn auch nicht mehr so sehr, seit es CDs gibt, das ist, daß sie keine Ordnung in ihren Platten hält, schmeißt die Cover irgendwohin, dann stapeln sich zwei, drei von den weißen, knisternden Innenhüllen übereinander, sodaß man nicht mehr weiß, welche zu welcher LP gehört. (Aber das ist doch völlig egal, hörst du sie sagen, die sehen doch eh alle gleich aus.) Mit einem Mal hat er das Gefühl, sie habe ein Tagebuch offen im Zimmer liegenlassen.

Er wird jetzt diese Platte auflegen, er ist begierig darauf, hat zugleich aber auch Angst davor. Was immer es für eine Musik ist, sie hat bereits ihre Unschuld verloren. Er wird sie sich anhören, wie ein Polizist am Tatort Spuren sichert. Selbst wenn es der reine Zufall gewesen sein sollte, daß sie gestern abend diese Platte aufgelegt hat, jetzt ist es keiner mehr. Die Musik wird wie ein Vermächtnis sein.

Er weiß, es gibt autonome Musik und Musik, die nur in Beziehung zum Leben der Menschen weiterlebt. Als du einmal im

Michel zu Ostern die Matthäuspassion gehört hast, haben dich, wie man sagt, »heilige Schauer« überlaufen. Ohne daß du dich versahst, hat die Tiefe der Trauer beim »Wir setzen uns mit Tränen nieder« dich wie die Hand Gottes gepackt und auf die Knie gezwungen. Es war eine Musik, die kraft schierer Kunst aus sich selbst heraus ihre Emotionen, Bilder und Bildteppiche in dich übergehen ließ, als würden sie dir injiziert, als wären Elektroden an deinen Kopf, an dein Herz gelegt, ganz gleich, mit welchen Dispositionen man in den Konzertsaal gekommen war. Eine Musik, die es nicht interessierte, wer man war, die sich nicht für deine Welt interessierte, sondern dich in ihre eigene, höhere zwang. Ein kantscher kategorischer Imperativ, in Töne gesetzt, dem nichts zu entgegnen war. Hinterher wußtest du, was Trauer ist. Nur seltsamerweise war es nicht deine. Es war etwas Allgemeingültiges, etwas Überwältigendes. Nie würdest du in Zweifel ziehen, daß der Kraft, die da auf dich eingewirkt hat, nichts an die Seite zu stellen ist, und das Erlebnis der Passion bleibt an keinen bestimmten Moment deines Lebens gekoppelt, schon gar nicht an den Tag, als du ihr zum ersten Mal gelauscht hast. Es ist eben autonome Musik, die immer wieder, ganz gleich, wo und wann sie dich trifft, erneut ihre Macht entfalten und über dich kommen wird, durch dich strömen, über dich hinwegrollen und dich zurücklassen wird mit vagen Visionen, Gedanken, Schaudern und Vorsätzen. Nur deine eigenen Erinnerungen sind aus anderer Musik gemacht, einer Musik, die aus sich selbst heraus so mächtig und kunstvoll nicht ist, sondern dich braucht, deine Stimmung und dein Leben im Koordinatenkreuz eines bestimmten Tages oder Jahres. Solche Musik ist es, die Erinnerungen bewahrt und, was Charly vielleicht weniger bewußt ist, in einem mysteriösen Prozeß gegenseitiger Beeinflussung auch schafft.

Viele Songs, die sein Leben seit der Pubertät begleiten, auch manches Stück Jazz, das später dazugekommen ist, sind Zeitskulpturen eines besonderen Moments. Wobei nicht immer klar ist, ob die Erinnerung an den Moment die Musik zu höherer Bedeutung hebt und konserviert, so banal sie in sich selbst auch sein mag, oder ob nicht vielmehr die Emotionen, die das Wiederhören der Musik erzeugt oder wachruft, die entsprechende Lebenserinnerung überhaupt erst grundieren, einfärben, bewahren, vielleicht neu schaffen, vielleicht auch langsam verklären und verfälschen. Jedes Wiederhören eines solchen Liedes entfaltet vor dem inneren Auge das Diorama eines bestimmten Abends, Sommers, Jahrs, ruft die Gestalt eines Mädchens herauf oder eines Freundes und versetzt dich via Spannungsänderung im Sonnengeflecht in eine Sepiaform der damals empfundenen Stimmung (aufgrund des nicht mitgelieferten Stresses der Unsicherheit darüber, was im nächsten Moment, am nächsten Tag, im nächsten Jahr sein wird).

Aber auch wenn jede konkrete bildliche Erinnerung verblaßt ist, wirkt die musikalische Stimmung als Leitmotiv oder Soundtrack des Zeitausschnittes, den sie und der sie geprägt hat. Ich entsinne mich an kein einziges Bild aus dem Sommer 72, aber es war der Sommer von *Crocodile Rock*: eine flotte Wehmut, die deinem erwachenden pubertären Affen nicht Zucker gab, sondern Sacharin, deren Rhythmus aber der Puls einer bangen und noch gänzlich ahnungslosen Verheißung war und deren Vergegenwärtigung dir heute das Gefühl einer etwas klebrigen Nostalgie aus zweiter Hand verschafft und nie ohne ein Arom von Peinlichkeit zu haben ist.

Charly hat einige solche Songs, die Zeitskulpturen besonderer Momente sind. Allen voran natürlich *You're a Lady*, dessen erste schüchterne, bebende, sozusagen auf den Knien des Herzens gespielte Akkorde wie Lichtflecke in den Aquariumsdämmer von Ines' Mädchenzimmer tröpfeln und ihre intime, fast platonische Pubertätsfreundschaft aufschimmern lassen, die immer irgendein Geheimnis zu bergen schien, ohne daß jemals klarwurde, welches, und dessen über sich selbst erstauntes und erschrockenes, asthmatisch gebrochenes Selbstermächtigungsbrausen samt der Madonnenanbetung durch Blasorchester und Engelschöre dann die Grundstimmung jener ganzen Zeit von diesem Raum in die Welt strömen läßt: Wir sind klein und ohnmächtig, aber die Liebe und die Jugend verleihen uns Flügel, und einmal, bald schon, wird uns nichts mehr unmöglich sein...

Oder *Learning the Blues* von Ella und Louis, das seinerzeit zur Therapie einer unglücklichen (vom heutigen Standpunkt aus betrachtet peinlich lächerlichen) Liebe diente, tagtäglich gehört damals als ABC-Schütze weltschmerzgetränkter Selbstironie – und bezeichnenderweise nun seit Jahren nicht mehr. Denn so funktionieren diese Lieder ja auch: als Zwischenlager für kontaminierten Emotionsmüll. Sobald man sie wiederhört, entfalten sie wie ein ätherisches Öl den ganzen Duft oder Gestank der damaligen Gemütslage, so daß man vor Scham über sein früheres Ich noch heute feuchte Hände bekommt. Solange er *Learning the Blues* nicht anhört, bleibt jene Episode versunken in der Bilge des Gedächtnisses.

Verzwickter, aber auch poetischer waren die mit Leonard Cohens *Suzanne* verbundenen Gefühle. Das Lied ließ ihn sich seinerzeit in ein Mädchen verlieben, das er nie zu Gesicht bekommen hatte. Es begann im Zimmer seines Freundes Johann (im Dach mit dem eisernen Bettgestell und den Büchern von Moitessier, B. Traven und Jack London), der hoffnungslos in eine gewisse Susanne aus Poppenbüttel verliebt war, die ihn nur als guten Freund schätzte und um ihren Liebsten trauerte, einen langhaarigen Blonden, der achtzehnjährig bei einem Motorradunfall ums Leben gekommen war, eine Art Alster-James-Dean. Wer mochte diese unerreichbare Susanne sein, auch Fotos von ihr gab es nicht? Eben jene Hippieheilige, die *takes you down to the river* – wobei er seltsamerweise immer die Treppe von der Bernhard-Nocht-Straße hinunter zum Fischmarkt vor sich gesehen hat – und die er sich nicht anders als in Lumpen und Federn aus Heilsarmeebeständen gekleidet vorstellte. Mehr brauchte es eigentlich nicht. Eine jener für die Siebzehn-, Achtzehnjährigen so beängstigenden, weil freien Frauen, die man immer zu zähmen träumte wie ein Wildpferd, zu erlösen wie eine Undine (gegen ihren Willen). All ihr Zauber lag in Cohens Sprechgesang, aber vielleicht hätte das nicht genügt, sie zu einer so langlebigen, gesichtslosen Wichsvorlage zu machen, hätte sich im Klang des Songs in Johanns Dachzimmer nicht auch dieser selbst sukzessive in eine Art jüngeren Bruder des Sängers verwandelt, einen

Marlboro rauchenden Orpheus, der im Hades der eigenen Sentimentalität klampfte, daß es zum Steinerweichen war. Charly war neidisch auf diesen Schmerz, so wie man immer neidisch auf die starken Gefühle anderer ist, ganz gleich, ob es sich um glückliche oder unglückliche handelt. Erst die Verbindung der mythischen Susanne mit dem um sie trauernden und dadurch wissender werdenden Johann verlieh dieser erzählten und gesungenen Liebe Kraft und Glaubwürdigkeit und machte, daß Charly als eine Art emotionaler Trittbrettfahrer sich ebenfalls in das bleiche Bild oder besser in den Klangkörper der angeblich wie Lauren Bacall Blondgelockten verliebte. Dabei hätte es bleiben können.

Leider hab ich sie ein paar Jahre später unter sehr un-leonard-cohenhaften Umständen, mittlerweile ging sie mit Johann, doch noch kennengelernt. Eine völlig unglamouröse Poppenbüttler Bürgerstochter, die sich im Garten ihrer Eltern ein Meerschwein hielt, etwas zu pummelig für meinen Geschmack (das Mädchen, nicht das Tier), mit einer näselnden und schleppenden Hamburger Aussprache, die nur dann poetisch heiser wurde, wenn sie, was häufig vorkam, zuviel Bier trank. Es ist ja ein fataler Drang, seine Träume unbedingt verwirklichen zu wollen, und so hast du dann auch einmal, als sie sich bot, weil die beiden gestritten hatten, die Gelegenheit genutzt und mit ihr geschlafen. Es war, er erinnert sich überhaupt nicht mehr daran, glaub ich, ganz gut. Das Lied hast du nie wieder gehört seither. Schutzmaßnahme. Denn ebenso wie das Wiederhören eines allzu banalen Lieds eine Erinnerung demolieren kann, beschädigt in diesem Fall die Erinnerung an Erlebtes das Lied, den einzigen Ort, an dem die Reinheit des damaligen Traums unbeschadet weiterschlummern kann, umgeben von einer dicken Dreckkruste aus Realität, mit der du die Teppiche im Wohnzimmer nicht versauen willst, indem du *Suzanne* noch einmal auflegst.

Das jetzt ist anders. Angstlust.

Er kann sich zwar erinnern, daß diese Joni Mitchell-LP schon öfter abgespielt wurde, aber es hat sich nichts festgesetzt. Der Name evoziert nichts Gemeinsames aus ihrem Leben. Aber du legst die Platte auf, wie du dich über ein geöffnet liegengebliebenes Tagebuch oder einen Abschiedsbrief beugen würdest. Er wird in einer dir fremden Sprache von fremden Erfahrungen, Gedanken, Gefühlen berichten. Die erdabgewandte Seite des Mondes. Du wirst auf jede Note, auf jedes Wort eifersüchtig sein wie auf unbekannte Männer, die alle ihre Liebhaber oder Mitwisser sein könnten.

Er glaubt, in den Liedern, die er gleich hören wird, nach ihr zu suchen, in Wirklichkeit will und wird er sich in ihnen spiegeln. Er weiß: Was immer er hört, wird für den Rest seines Lebens die Zeitskulptur dieses Augenblicks bilden, in dem ihm bewußt wurde, daß er verlassen worden ist. Darauf genau wird er in den Songs achten: auf Melodiebögen, auf Akkorde, auf Riffs, auf Textfetzen, die seiner momentanen Empfindung, der Angst vor einer sich unter seinen Füßen öffnenden, klaffenden Freiheit der Einsamkeit entsprechen. Es handelt sich aber um eine gegenseitige Beeinflussung, denn dieses Einsamkeitsgefühl, das momentan noch zu vage ist, um tatsächlich empfunden zu werden, braucht auch die Musik, um zu sich selbst zu finden. Je nachdem, was sie ihm anbietet, wird dieses Gefühl dann erst Form und Gestalt gewinnen und ihm als emotionale Leitlinie, als Grundtonart seiner Situation und Mittel zum Selbstverständnis dienen können.

Was wird er erfahren über Christine? Eine Landkarte ihrer Fremdheit, des unerforschten Bereichs in ihr, der Gebiete, die ihm unbekannt geblieben sind? Was mag in ihr vorgegangen sein, daß und wenn sie dieser Musik lauschte? Was mag sie dazu getrieben haben, gerade diese Platte aufzulegen gestern abend? Warum, um welche Stimmungen, Bilder, Erinnerungen zu evozieren, hat sie es getan?

Die Nadel senkt sich. Im Anfangsknistern, während der Insektenkopf mit dem Diamantstachel wackelt wie eine Straßenbahn auf einer Weiche, sieht er den Titel des ersten Songs und erschrickt: *Unchained Melody* – Gesprengte Ketten.

Ein irgendwie bedrohliches Dröhnen (Baß-Rückkopplung). Ein melancholisches Klavier-Intro. Das Schlagzeug setzt mit zwei Schlägen ein. Ein sehr klares, eingängiges Baßriff aus fünf Tönen, ansteigend, abfallend. Beide Vorspiele, das des Pianos, das der

Baßgitarre, stürzen von der Abrißkante, zu der hinauf eine sehnsüchtige Hoffnung gestiegen ist, in die Erkenntnis der Vergeblichkeit. Dann die Stimme, ansatzlos, kristallklar, hoch oben wie eine Selbstmörderin auf der Dachkante im 30. Stock (oder eine schwindelfreie Abenteurerin): *Caught in the middle...*

In unglaublicher Deutlichkeit, begabt mit neuen Facettensinnen, hört er jede Einzelheit, nicht nur einen Soundbrei. *We're middle class, we're middle aged ...* Endlich, jetzt bereits, redet die abwesende Christine ihn an. Stimmt schon. Hast ja recht. Gewillt, der Stimme alles zu glauben. *We were WILD in the old days ...* Wie schmerzlich dieses *wild* klingt, ja, ein nostalgischer Schmerzensschrei: Hoch, gequält, gedehnt. Du siehst euch durch die Kneipen ziehen, verliebt, zukunftssicher, Erregung in jeder Pore, Hand in Hand, am Anfang, *in the old days.* Dann folgt etwas Unverständliches. *Now your kids are coming up ...* Ja, wir haben keine Kinder, das stimmt. Dann wäre alles anders gekommen. *My child's a stranger. I bore her, but I could not raise her ...* Diese Zeile paßt zwar eigentlich nicht ins Zwiegespräch der getrennten Liebenden, das sich in Charlys Willen und Vorstellung entsponnen hat, aber in solchen Fällen interpretiert der innere Computer es sich so, wie er es braucht: Das Ich des Lieds ist jetzt Charly, und die Worte »Ich gebar sie, konnte sie aber nicht großziehen« wandeln sich blitzschnell zu einer metaphorischen Aussage über seine Unfähigkeit, Christine zu einem dauerhaft liebenden und treuen Wesen zu erziehen.

Die in Musik gebundenen Emotionen, die beim Hören frei werden, konditionieren die eigenen Gefühle, in die sie eindringen wie Viren. Wie autonom sind denn unsere Gefühle? Reagiert der Mensch kreativ und direkt auf eine Situation oder vielmehr anhand von Erfahrungswerten und Normen? Sucht sich das Hirn nicht sozusagen von der Festplatte eine passende Emotion aus? Und wenn die in der Musik angelegte, angebotene Kombination aus Dur- und Mollakkorden, aus Rhythmik und Text stark genug ist, dann greift das Hirn zu und übernimmt die Emotion der Musik als Vorlage für die eigene, mag sie auch ein wenig abweichen von dem, was ganz konkret und ganz individuell angebracht wäre. Und so ist es in diesem Moment nebensächlich, daß es in diesem Joni Mitchell-Song etwa auch um Kinder gehen könnte oder wer hier zu wem spricht, Charly zu Christine oder umgekehrt.

Jetzt ein Schock: *Nothing lasts for long!* Der Refrain. Sein Magen krampft sich zusammen, als handle es sich um ein ärztliches Urteil. *Nothing lasts for long. Nothing lasts for long.* Die Melodie akzeptiert die Fakten resigniert. Die Diagnose ist heraus, das Urteil gesprochen. Der Refrain geht noch weiter: *Down at the Chinese café ...* dann unverständlich. Café Nostalgie, zwei einsame Menschen in der Großstadt, ein Hopper-Bild. Und jetzt, sehnsuchtsvoll und verzweifelnd: *Oh my love, my darling.* Christines Stimme, bittend: *One more time.* Es besteht also doch noch Hoffnung. O bitte! Ganz allein die Baßlinie, ein dreimal wiederholtes Memento. Den nächsten Vers versteht er nicht, es ist auch nicht mehr so wichtig, er hat genügend Informationen, über denen er brüten kann, bis das nächste *Nothing lasts for long!* wie eine Messerklinge durch seine Eingeweide fahren wird.

Plötzlich wieder ein Schock: Christine klagt ihn direkt an. *Short sighted businessmen and nothing lasts for long.* Da hat er es schwarz auf weiß! *Nothing lasts for long. Nothing lasts for long.* Während es drunten im chinesischen Café weitergeht, kommen ihm die Tränen. Umso stärker, als das nächste Wort alle Schleusen für die hemmungslos andrängende Sentimentalität öffnet: *Christmas is sparkling* (Weihnachten ohne Christine, undenkbar, lieber Selbstmord!) *the kids are nearly grown and gone.* Hier muß wieder metaphorisch gearbeitet oder eine virtuelle Zukunft herbeigedacht werden. *Grown so fast ...* Ach ja, es ist alles so schnell ... gestern noch, und jetzt ... *Nothing lasts for long.* Immer wieder. Er wird süchtig danach. Den ganzen Tag nur noch diese Zeile hören. *Oh my love, my darling, I've hungered for your touch.* Jetzt ist es also wieder er, der spricht. Und als er sich diese Wahrheit aussprechen hört, die er der abwesenden Christine nicht sagen kann, ist es soweit: Verzweiflung, Selbstmitleid, heulendes Elend – gekrümmt liegt er auf dem Teppichboden vor der Anlage und schluchzt –, es ist ein intensives Glück der

Verzweiflung in diesem Augenblick, da ihn der Song sowohl zerschmettert als auch aufbaut, indem er dem entsetzlichen Moment der Erkenntnis bleibende Form gibt und ihn davon abhält, darüber nachzudenken, wie es nun weitergehen soll. *Time goes by so slowly and time can do so much...* (Eben!) *Are you still mine? I need your love...*

Erstaunlich genug für einen embryonal verkrümmt vor der Stereoanlage liegenden weinenden Wurm springt er blitzschnell auf, als das Lied zu Ende ist, und hebt die Nadel hoch. Jetzt nichts anderes! Darauf keine anderen Emotionen, keine anderen Eindrücke mehr!

Er setzt sich auf, wischt sich die Augen ab. *Nothing lasts for long.* Er hat das Gefühl, mehr zu wissen über Christine und ihr Innenleben als jemals in sieben Jahren. Er hat ihr Urteil akzeptiert. Aber er ist leer und kraftlos. Dieser Zustand hält etwa eine Stunde vor, dann beginnen Panik und Nervosität und Unglauben sich wieder zu regen.

Es kann eigentlich nicht sein. Er macht sich etwas vor. Sie macht sich etwas vor. Sie macht ihm etwas vor. Es müßte schließlich irgend etwas Sichtbares geben, das sich geändert hat. Plötzlich fällt ihm ein, was die Leute in Filmen in solchen Situationen tun: Sie trinken. Zugleich stolz darauf, daß ihm das gar nicht in den Sinn gekommen ist. Zeigt, daß er im Grunde nicht an eine Katastrophe glaubt und noch ganz er selbst ist: ruhig und überlegt. Aber dann gießt er sich aus einem der kleinen Fläschchen, die Christine bei einem italienischen Großhändler gefunden hat, ihr Lieblingsgetränk ein: *Camparisoda.* Natürlich viel zu schwach, um die Nerven abzustumpfen. Wie leer diese Wohnung ohne sie ist. Wenn er jetzt nicht sofort etwas erfährt, eine Stimme hört, dann schnappt er über. Und zwar bevor es draußen Nacht wird. In der Dunkelheit alleine, das wird er nicht aushalten. Es ist eine objektive Gefahr, vor der er sich in Sicherheit bringen muß.

Als er sich neben das Telefon setzt und sein Adreßbuch aufblättern will, schlägt er sich gegen den Kopf: Aber natürlich, Ines! Daß ich daran nicht gleich gedacht habe! Zeigt doch, unter welchem Schock ich stehe. Ines müßte zu Hause sein. Sie muß zu Hause sein! Es tutet (feuchte Handflächen). Es klickt (Herz-rasen). Dann die Stimme, neutral, ein wenig mißtrauisch und abwehrend: Ines Krosigk.

Hallo Ines, weißt du, was mir passiert ist? (Er kann nicht anders, als diesen forschen, nonchalanten Flirtton anzuschlagen.) Christine ist weg!

Ines sagt gar nichts, was er für ein Schweigen der Verblüffung hält. Schließlich vorsichtig: Wie weg?

Sie hat mir gesagt (und während er sich sprechen hört, fällt die Forschheit in sich zusammen), sie will mich verlassen, sie will ... mich verlassen (jetzt laufen die Tränen, er reißt sich zusammen, hält den Hörer ein wenig vom Kopf weg, zieht die Nase hoch und sagt laut, aber mit einem leisen Nachzittern in der Stimme): Die spinnt! Ich weiß nicht, was sie hat, und ich kann sie nicht erreichen.

Sie hat gesagt, sie will dich verlassen ... (Ist das eine Frage? Charly glaubt es.)

Genau, sie ist verrückt geworden, ich weiß nicht, was in sie gefahren ist, bei dir ist sie nicht zufällig...

Nein! Nein, was glaubst du denn, dann hätte ich doch ... und sie hat dir gesagt, sie wolle dich verlassen.

Ja, aber nur am Telefon. Ich meine, Telefon gilt ja eigentlich nicht, also weiß ich nicht...

Ines antwortet zunächst nicht, was ihn irritiert. Er erwartet Fragen, Entsetzen, Verblüffung, Mitgefühl.

Ich meine, die blöde Kuh knallt mir das am Telefon vor den Latz und ist danach nicht zu erreichen. Ich werd ihr was erzäh-len ... (Charly merkt, wie gut ihm das Reden, Wüten und Schwa-dronieren tut: Es nimmt dem, was er im Innersten schon fast als unabänderlich, als Gottesurteil hingenommen hatte, mit jedem Wort mehr von seiner Realität, verkleinert es zu einer jener dra-matischen, aber unwichtigen Beziehungskrisen der Cliquen-zeit.) Ich meine, was soll das denn. Gestern abend sitzen wir alle zusammen und amüsieren uns und machen Pläne fürs Wochen-ende, da hätte sie doch was sagen können, wenn sie ein Problem hat. Ich sollte sie mal lieber richtig durchf–

Ines läßt ihn das Wort nicht beenden: Ich glaube, du solltest die Sache ernst nehmen.

Ernst. In diesem übertrieben seriösen, dabei betont ruhigen Ton, pfarrerinnenhaft, lehrerinnenhaft, den er nicht ausstehen kann, weil ich meine: Ines! O.k. Du darfst alles, aber nicht *mir* in einem solchen Ton kommen! Wollen wir doch mal die Kirche im Dorf lassen! Dann erst fällt ihm auf, *was* sie gesagt hat. Was meinst du damit?

Ich glaube, sagt Ines mit gekünstelter Beiläufigkeit, daß es *ihr* ernst ist.

Es ist der Ton, dieser Eindruck, eine Mutter wolle beim Rätsel-spiel ihr begriffsstutziges Kind mit langsam und bedeutungsvoll ausformulierten Sätzen auf die Lösung bringen, was ihn plötzlich verstehen und zugleich in Zorn ausbrechen läßt. (Er fällt leicht, der Zornesausbruch, denn jede herausgepolterte Gefühlsäuße-rung hilft, den Dingen ihre Realität zu nehmen.)

Du wußtest das?! Du hast Bescheid gewußt! Ihr steckt beide unter einer Decke, ihr blöden Fotzen!

Mütterlich souverän übergeht Ines die Beleidigung. Erzähl kei-nen Unsinn, Charly. Niemand steckt unter einer Decke. Ich weiß nur, daß es ihr ernst sein muß, weil wir darüber geredet haben, daß sie unglücklich war. Daß sie nun wegläuft, davon hat sie mir natürlich nichts gesagt.

Also steckt sie bei dir!

Charly ...

Oder du weißt, mit welchem Kerl sie was hat!

Ein Moment Schweigen. Dann: Charly. Anstatt so rumzu-wüten, überleg doch lieber mal, was zwischen euch nicht mehr gestimmt hat ...

Wieso hat! brüllt er.

Ihr müßt miteinander reden. Aber ehrlich. Christine –

Was ist mit Christine?! Es ist wundervoll – wie das *Nothing lasts for long* – ihren Namen auszusprechen. Es bringt sie fast leibhaftig ins Zimmer. Wie soll ich mit ihr reden, wenn sie ver-schwunden ist? Und worüber, um Himmels willen?

Ich weiß nur soviel, daß Christine ... Charly, ich weiß nicht, was ich sagen soll ... ich hab das Gefühl, ich sitze zwischen den Stühlen ... Du bist mein Freund, aber Christine ist auch meine Freundin...

Gestärkt durch die häufige Nennung ihres Namens, findet Charly die Kraft, seine Wut mit Hilfe von Unflätigkeiten gegen Ines herauszulassen. Herrgott, hör auf mit dem Scheiß und spucks aus, was du weißt...

Ines, immer noch mütterlich und freundinnenhaft, mit stokkender Stimme, als müsse sie (sie!) gegen Tränen ankämpfen: Christine fühlt sich ... ich weiß nicht ... dir ... *entfremdet* ... in der letzten Zeit...

Entfremdet, so ein Scheißdreck! poltert Charly.

Verdammt, Charly, du weißt doch selbst, was du –

WAS, was ich!? Was erzählt ihr euch denn da für einen Scheißdreck über mich, wenn ihr zusammenhockt?

Ach Charly (jetzt zerknirscht), daß du ihr nicht treu bist, das weißt du doch selbst am besten.

Du ja wohl auch! schreit er ins Telefon.

Ach ich, darum gehts doch gar nicht, auch nicht unbedingt um das Treusein, was weiß ich denn, ihr habt so gegensätzliche Interessen, weißt du, Charly, ich will auch nicht zwischen euch zermahlen werden...

Aber hinter meinem Rücken mich schlechtmachen, das zermahlt dich nicht!

Charly! Wenn du das von mir glaubst!

Ach, Scheiße. Er winkt ab, als könne sie es sehen, es mißfällt ihm, daß sie von sich redet, statt von ihm und Christine. Sag mir lieber, mit welchem Stecher sie davongelaufen ist. Hoffentlich niemand, den ich kenne...

Charly, ich –

Komm, hör auf. Wenn ihr uns einen reinwürgen wollt, laßt ihr euch vom nächstbesten Typ ficken, der parat steht. Irgend so ein Diskoheini oder ein Unterwäschemodel für den Otto-Katalog.

Wenn das alles wäre, das kann doch immer passieren, Charly, sagt Ines mit einer neuen, irgendwie selbstbewußten Stimme.

Charly, du mußt das ernster nehmen, wenn du noch eine Chance haben willst, eure Ehe zu retten.

Ihr Ton gefällt ihm nicht. Sag du ihr lieber mal, sie soll sich beeilen, hierher zurückzukommen, wenn sie ihre Ehe retten will.

Was hat sie denn am Telefon gesagt?

Gar nichts. Den üblichen Schmus. Du mußt das doch am besten wissen. Jedesmal, wenn du dich von irgendwem ficken läßt, mußt du doch auch hinterher etwas parat haben, was du Jobst vorwerfen kannst, damit das schlechte Gewissen nicht überhandnimmt. Hast du sie überredet, auch mal die Beine breitzumachen fürn bißchen Abwechslung? Hast ihr gesagt: Die Männer tun immer so überlegen, also laß dir mal die Grütze von nem andern reinjagen, hinterher nimmst du deinen eigenen nicht mehr so ernst.

Charly, ich glaube, wir sollten jetzt nicht weiterreden, sonst sagen wir beide Dinge, die wir hinterher bereuen. Ich bin deine Freundin und immer für dich da, egal, wie diese Sache ausgeht, vergiß das nicht, und wenn du wieder normal bist und willst dich ausquatschen, dann melde dich wieder. Aber frag mich nicht, wo Christine jetzt ist. Ich weiß es auch nicht.

Das könnte ein guter Abgang sein, ein brillanter. Beruhigung, Selbstrücknahme, Versicherung und Rückzug, bis sie gebraucht wird oder das Gefühl hat, helfen zu müssen oder zu können. Aber das gelingt ihr nicht. Leider, leider.

Ines ist nicht in der Lage – oder nicht willens –, eine weitere Information für sich zu behalten, die Charly vermutlich früh genug erfahren würde, aber die sie eben auch kennt. Vielleicht hat er sie doch zu sehr beleidigt, sodaß sie jetzt ihre Macht zeigt. Vielleicht liegt es einfach in Ines' Natur, mit dem Stock im Ameisenhaufen zu stochern oder Steine gegen Wespennester zu werfen, um zu *sehen*, welche Konstellationen sich ergeben, die sie sich nicht *vorstellen* kann, bevor sie eintreten, und deren Augenzeuge sie sein möchte, um dann wiederum die beteiligten und verletzten Parteien beraten und pflegen zu können. Womöglich ist es aber auch nur ihre Eitelkeit, die es nicht zuläßt, daß sie in einer Geschichte nicht vorkommt, und sei es nur als eine allerdings allwissende Nebenfigur, die man nicht gut ignorieren kann.

Jedenfalls, sie läßt es nicht beim Gesagten bewenden, sie bringt es nicht übers Herz einzuhängen, bevor sie nicht auch noch dies gesagt hat: Und schmink dir diese Phantasien mit irgendwelchen Liebhabern ab, Charly. Christine hat euch Männer viel zu sehr über. Wenn sie überhaupt mit jemandem zusammen ist, dann mit einer Frau.

Was? fragt Charly, dem es bei diesen Worten heiß und kalt zugleich wird.

Ja, ich glaube, sie ist bei Barbara, ihrer Chefin.

Bei ihr? fragt Charly tastend, bebend.

Ja, ich glaube, sie ist mit ihr zusammen.

*

Das menschliche Gehirn, denkt Charly, während er, lange nachdem er aufgelegt hat, noch immer unbeweglich auf dem Stuhl beim Telefon sitzt, ist eine bewundernswerte Maschine. Was nicht zu fassen ist, Gedanken, die einen wahnsinnig machen und sofort in den Selbstmord treiben würden, werden nicht zugelassen. Es muß irgendwelche Blocker geben oder Ventile, Umleitungsmechanismen, Ablenkungsmanöver, Kompensationsmotoren, die anspringen und – da irgend etwas gedacht werden *muß* – eine Nebensächlichkeit, einen Teilaspekt in den Vordergrund rücken, etwas, das die Sicherungen nicht überfordert, nicht durchbrennen läßt. Wenn dieser Schutzmechanismus einmal aussetzt, denkt er und fühlt einen Druck im Magen, als beuge er sich über einen Abgrund, dann stürzt man unweigerlich in das, was die Wissenschaft den Wahnsinn nennt.

Stattdessen sieht Charly folgendes vor dem inneren Auge: die mühsam erinnerte Gestalt dieser Barbara, die er nicht oft genug gesehen hat, um ein klares Bild von ihr zu haben. An den Rändern verwischt es oder verändert sich immer wieder wie ein polizeiliches Phantombild, das der Augenzeuge zusammenkombiniert. Kurzes schwarzes Haar, auch in zwei dicken Büscheln unter den Achseln, da sie ein ärmelloses T-Shirt trägt. Um die Vierzig, Schatten unter den Augen, Krähenfüße, schmale Lippen. Ringe am Zeigefinger und Silberarmbänder, es klingelt, wenn sie gestikuliert. Schwarzer Schimmer auf den Unterarmen, starke Behaarung, womöglich auch auf den Schienbeinen, trägt aber immer Jeans und Stiefel. Ein Knabenarsch, überhaupt ziemlich dünn, aber sehnig, trainiert, er sieht, wenn sie den Arm anwinkelt, die kleine Bizepskugel sich formen, selten bei einer Frau. Vermutlich ziemlich kräftig, der Typ, der dich niederringen könnte. Naja, vielleicht auch nicht. Geruch nach schwarzem Tabak. Unter dem T-Shirt kein BH, kleine, leicht hängende, schlauchartige Titten. Was noch? Ein blauer, gesteppter, ärmelloser Fotografenanorak über dem T-Shirt, mit tausend Taschen und Schlaufen für Objektive, Filme und Krempel. Ob sie Christine die Möse leckt oder umgekehrt? Wer ist der Mann, wenn sies treiben? Spätestens bei dem Bild des sich einen Gummischwanz umschnallenden und Christine fickenden sehnigen Weibs, hast du einen so schmerzhaften Ständer, daß du den Reißverschluß öffnest und dein Glied in die Hand nimmst, so wie man einen Talisman in der Hosentasche berühren würde, eine Hasenpfote. Christine nackt auf allen vieren, den Kopf in dem schwarzen Gestrüpp vergraben, die andere auf dem Rücken wie ein umgefallener Käfer, die Beine mit der schwarzen Schienbeinbehaarung in die Luft gereckt, Springerstiefel an den Füßen, sonst auch nackt. Christines Finger mit den abgekauten Nägeln, die die braunen Brustwarzen kneten und kneten, bis sich die schwarzen Härchen um die Höfe aufrichten. Sie küssen sich, Christines Mund naß vom salzigen, fischigen Schoß der anderen, die einen Zeigefinger mit kurzgeschnittenem Nagel in Christines Arschloch steckt und damit wackelt ... Du stehst im schattigen Bereich des nicht näher definierten und ausgeschmückten Zimmers und schaust auf das Bett oder Sofa, von dem das Stöhnen kommt. Du bist Christine dankbar, daß sie dich einweiht in diesen Bereich ihres Lebens, der dir fremd ist, daß du zuschauen darfst voll verblüffter Bewunderung, voll fremder Lust auf deine fremde Frau, die jetzt die Initiative ergreift, rittlings auf der Älteren, eigentlich Kräftigeren sitzt, du siehst ihren Rücken, während sie ringen, die durchgedrückte Wirbelsäule, die Schulterblätter wie Flügelstümpfe, die Sehnen am Hals, die alle gegen die Haut drängen. Die andere wimmert, während Christine sie dominiert, glitschende, schmatzende Laute, wenn ihre nassen Schöße übereinanderrutschen, langsam gewinnt die Alte wieder die Oberhand, dreht Christine um, drückt sie auf das Laken (ja, es ist ein Bett, von einem Sofa wären sie jetzt nämlich runtergefallen), hat ihr den Arm im Polizeigriff auf den Rükken gedreht, sie sprechen beide nicht, atmen nur laut, die Alte hat wieder den Gummischwanz umgeschnallt und drückt damit federnd gegen Christines Hintereingang, die bewegt sich hin und her, jammert, stöhnt, dann läßt sie es zu, daß die Alte mit je zwei Fingern sie weitet – nie, nie! hast du mich sowas machen lassen! Aber jetzt kannst du nicht länger zusehen, jetzt muß ich da hin, du löst dich aus dem Schatten, du bist nackt, du näherst dich dem lesbischen Paar, aber es ist nicht der Arsch deiner Frau, zu dem es dich zieht, du kniest dich hinter die andere, die Alte, und dann – sie läßt es geschehen – und dann ist es geschehen, und der Spuk ist beendet.

Hinterher bleibt, ein wenig so, als komme er eben aus dem Kino hinaus in die Nachtluft, ernüchtert und erfüllt von den Bildern, der Eindruck, Christine sei es gelungen, ganz ohne ihn ein spannendes, ruchloses, abenteuerliches, orgasmuserfülltes Leben zu führen, während er vor der Zeit alt, lahm, verknöchert ist, ideenlos, mutlos und nicht so sehr ein verlassener Ehemann als vielmehr ein gottserbärmlich langweiliger Durchschnittsmensch, der das Leben zögernd und neidisch durchs Schlüsselloch beobachtet. Und das mit Dreißig. Eine bittere Bilanz. Dem ersten Impuls, auszugehen in die Stadtnacht, antwortet sofort ein anderer, und er tritt ins Wohnzimmer und schlägt das Tagesprogramm in der Hörzu auf.

Seit wann ist das so: Daß der Gedanke, abends auszugehen, außer zum Essen oder ins Kino, ihn ankommt wie früher Mamas Bitte, an einem regnerischen Novembernachmittag allein einkaufen zu gehen? Drinnen ist es warm, sicher, trocken, draußen Dunkelheit, Ungewißheit. Vielleicht ist diese nicht zu deinem Alter passende Trägheit Christine auf die Nerven gegangen. Auf SAT.1 kommt Sissi, wiedermal, der erste Teil, den liebt er, mit dem herrlichen Josef Meinrad in der Rolle des Trottels. Wenn sie mit ihrem Pápili spricht und er daraus Papìli macht, den serbischen Revolutionär. Du hast diesen Film, bei allem Kitsch, immer gern gesehen, gerade an regnerischen Herbstabenden. Zwar regnet es heute keineswegs und ist auch nicht kalt …

Im Ersten kommt eine Dokumentation über Quantenphysik. An normalen Tagen hättest du das nicht einmal wahrgenommen. Aber er weiß aus Erfahrung – denn er hat in dieser Stimmung die lehrreichsten und interessantesten Fernseherfahrungen gemacht –, daß, wenn er alleine ist, sich einsam und verlassen glaubt, an der Grenze zu melancholischer Sentimentalität steht, irgend etwas in ihm wacher, aufnahmebereiter, lernfähiger ist als sonst.

Es ist, als tue sich in solchen Momenten wie eine zusätzliche Dimension, wie ein Paralleluniversum, der Spalt zu einem alternativen Leben auf, das er, wären die Dinge anders gekommen, auch hätte leben können. Ein einsameres, asketisches, aber intelligenteres, konzentrierteres Leben ohne die unglaubliche Zeitverschwendung, die er mit Nebensächlichkeiten und Beziehungen betrieben hat. Ja, dieses »Universum in der Nußschale«, das wäre etwas für heute abend. Etwas wissen … Etwas verstehen. Andererseits ist da der Druck dessen, was sein Gehirn überschwemmen will, aber bisher von langsam aufweichenden Dämmen noch zurückgehalten wird. Doch nicht mehr lange. Nicht, wenn er den ganzen Abend alleine in der Wohnung sitzt, untätig vor dem laufenden Fernseher. Er stellt sich ans Fenster, überläßt seine Augen den weißen und roten Lichtspuren. Und trinken Fahrt und Nacht … Irgendein Gedicht aus Schulzeiten.

Von hier in die Schäferstraße würde ich es schaffen. Nicht anrufen. Ein Gottesurteil. Wenn Kai da ist, gehen wir einen trinken. Wenn nicht, hole ich mir ein Stück Pizza und sehe mir die Dokumentation an, die ohnehin erst um zehn beginnt. Er erblickt seinen Kopf und Oberkörper im Fenster. Er entschließt sich, etwas anderes anzuziehen. Stoffhose, Hemd, Jackett, was Flotteres. Will heute abend nicht in einer Bierkneipe wie der Glocke versacken, sondern irgendwo sitzen, wo es heller, heutiger, moderner ist. Er zieht die spitz zulaufenden schwarzen Wildlederschuhe mit den Kreppsohlen an, fühlt an den Seiten, ob er Brieftasche,

Portemonnaie und Schlüssel einstecken hat, dann schlägt er die Tür hinter sich zu und kommt sich vor, als hätte er soeben für eine Survivaltour im Amazonas unterschrieben. *Short sighted businessmen and nothing lasts for long...*

Den Eppendorfer Weg runter, über die Osterstraße hinweg, am schwach erleuchteten Sweet Virginia vorbei (wie oft hast du hier gefrühstückt als studentischer Zeitmillionär, bis in den Nachmittag hinein), dann den Weidenstieg entlang zur Christuskirche fühlt er sich wie ein Exilierter, der nach Jahren wieder mit unsicherem Schritt die fremdgewordene alte Heimat betritt. Was ist denn bloß geschehen? Es war doch alles mal deins! Dein Revier, mit verbundenen Augen hättest du die Wege gefunden, mit dem Rad, später mit dem Auto von der Jarrestadt rüberkommend, das Bermuda-Dreieck, es ist doch alles erst sechs, sieben Jahre her! Wie frei, wie hungrig, wie lustvoll du hier durchgeschnürt bist, immer unglücklich-hoffnungsvoll verliebt, immer auf der Suche nach einer Eroberung, einem Flirt, ohne dir um den nächsten Tag, das nächste Jahr Sorgen zu machen, ohne dich vorher groß mit jemandem verabreden zu müssen. Die ersten wilden Wochen mit Christine, die zeitweise kellnerte im Vienna und alle kannte. Der Anblick der Silhouette eines Paars in einem der honiggelb schimmernden Altbaufenster macht dich fertig. Laufe hier rum wie mein eigenes Phantom, dachte doch, ich hätte es glücklich hinter mir, diese fürchterliche Unruhe, dieses allabendliche Rausmüssen und sehnsüchtig in den Kneipen Hocken – dachte doch, diese grausam zehrende, ewig ungeduldige, ewig hoffende Jugend hätte ich endlich überwunden –, anstatt zu Hause zu sitzen mit Frau und Kindern und anständig zu arbeiten und in Ruhe einen Tatort anzusehen. Was will ich denn hier?

Er fühlt sich wie ein eingerosteter, fett gewordener alter Champion, der gezwungen ist, wieder die Sportschuhe anzuziehen, die jahrelang im Schrank gelegen haben, und der Geruch, der aus ihnen aufsteigt, der alte Fußschweiß, die Erinnerung an Umkleideräume, an das Stechen in der Brust, an die brennenden Lungen, macht ihn schon mutlos, bevor er den ersten Schritt getan hat. Er ist jemand, der im Remake des eigenen Lebens seine Rolle spielen soll und kein Talent hat zur Schauspielerei. Steif, gezwungen, angeekelt von all den peinlich-süßen Erinnerungen.

Kai ist zu Hause. (Hier hat er früher mit zwei anderen gewohnt, beide lange weg, jetzt ist Jasmin halb bei ihm eingezogen. Aber heute abend nicht da.) Charly weiß nicht, ob er sich darüber freuen soll. Auf ein, zwei Biere? Klar. Ihm noch nichts sagen wegen Christine. Bloß kein Therapieabend. Ins Schachcafé? Nee, ich dachte eher an etwas weniger Vermufftes. Gehen wir doch mal wieder ins Vienna.

O seichte Vorhölle, letzte Einkehr vorm Besteigen der Nachtfähre. Kaffeeduftender Wartesaal der Indifferenten, die wie vom Sturmwind hereingeweht, umhergewirbelt, wieder hinausgefegt werden. Charly steuert ein freies Tischchen im hinteren Teil des Cafés an, von wo man freien Blick nach draußen, zur Tür und zu den Toiletten hat, und setzt sich rasch auf das etwas instabile falsche Thonetstühlchen. Kai stöhnt, während er sich vorsichtig niederläßt und seine Jacke über die Lehne hängt.

Hast du eigentlich schon was gegessen, ich hab nämlich Hunger, sagt er.

Gnotschi aus Schioggia.

Wie, nix della Casa?

Ist doch kein Spacko hier.

Ich werd hier aber heute abend nicht alt werden, ich hab soo einen Kopf von der Arbeit, sagt Kai.

Wie läuft es denn in der Eilenau? fragt Charly.

Willst du mich eigentlich auch ansehen, wenn du mit mir redest? sagt Kai, oder ist es da draußen auf der Straße interessanter?

Was? fragt Charly.

Über mangelnde Arbeit können wir uns jedenfalls nicht beklagen, sagt Kai. Wenn es so weiterläuft, hab ich in drei, vier Jahren genügend Kundenstamm, um mich selbständig zu machen.

Um dich von deiner Familie zu trennen, reicht die Kohle also schon, bloß noch nicht, um ne neue zu gründen.

Reden wir nicht über ungeblasene Eier. Laß mich erstmal die erste gründen.

Immer noch Tennisarm? Oder ist da jetzt Jasmin vor?

Diese Mädels muß man immer noch hierher tragen, bevor sie einen mal bemerken, sagt Kai. Das ist es, was ich an diesen Läden nicht leiden kann, daß sich die Serviererinnen alle für wichtiger halten als die Kundschaft.

Na, gib sie noch ne Schangse. Wenn du kurz davor stündest, eine große Karriere als Schauspielerin, Model oder was weiß ich zu machen...

Oder als Fotografin, sagt er.

Wie kommst du auf Fotografin? sagt Charly.

Wenn ich ein Bier will, sagt Kai, will ich ein gut gezapftes Bier. Ich mein, das kann man doch lernen!

Die Serviererin kommt aufreizend langsam zu ihrem Tisch geschlendert: schwarzes Haar, kurz hinten, vorn lang, gebändigt von einem gepunkteten Band, bleich natürlich, aber mit roten Stoßstangenlippen, die Haut ein wenig unrein, ein Lycra-Top wie zum Balletttraining, ein kurzes Schottenkaroröckchen, schwarze Lycra-Strumpfhose und Stiefeletten. Sie legt den Kopf schräg und schaut sie fragend an.

Ein Veltins vom Faß, sagt Kai aggressiv, wenns geht mit einer Blume!

Mit einer Blume, wiederholt das Mädchen teilnahmslos und ohne daß klar würde, ob sie nicht versteht, was er meint, oder sich in dieser typischen Vienna-Art zukünftiger Schauspielerinnen gegenüber Spießern aus dem Vorort über ihn lustig machen will. Dann die Augen zu Charly, der sie anlächelt, hübsch ist sie ja.

Eine Melange.

Und die Karte, sagt Kai, ich hab Hunger.

Warum nicht die? Schließlich ganz egal, versuchen muß mans.

Hab ich dich nicht in dem neuen Bohm-Film gesehen? fragt er.

Kaltstart. Sie mustert ihn im Gehen mit einer derart verächtlichen Miene, daß er geneigt ist, Kai in allem recht zu geben.

Was denn fürn Film? fragt der begriffsstutzig.

Triefende Mösen.

Ach so, ich dachte schon, du meinst das ernst. Siehst du die da drüben? fragt er.

Wo? fragt Charly.

Da, die Schwarzhaarige mit dem scharfen Top, das den Bauchnabel sehen läßt.

Leider schwitzt sie unter den Achseln den Rest Enthaarungscreme aus und schmiert ihn in das Top rein.

Du bist sowas von unromantisch.

Na, den kleinen Stecher, der dabeisitzt, wirds nicht stören. Hauptsache, sie nimmt hinterher seinen Schwanz in die Hand und holt ihm mit diesen silberblaulackierten Nägeln ordentlich einen runter.

Jedenfalls sieht die aus wie Biggi Rahner, bloß in dunkel.

Blödsinn, Biggi Rahner sah völlig anders aus.

Du hast kein Personengedächtnis. Du starrst immer zu tief.

Starre immer auf Kimme und Korn.

Oder da drüben die, die sich eben hingesetzt hat. Ein herrenloser Wagen, was für ein Stück Glück für einen Wagendieb.

Aber was ist das denn bitteschön für ein Symbol, der gekreuzigte Jesus? hören sie die Frau, kaum daß sie sich gesetzt hat, zu ihrer Bekannten sagen. Stell dir vor, sie hätten ihn stattdessen gehängt, was hätten sie dann denn in ihre Kirchen gestellt?

Sie sind alle so blöd, sagt Charly. Und ich bin ihr Chef.

Einen Mann mit einem Strick um den Hals, dem die Augen hervorquellen und die Zunge aus dem Mund hängt? ereifert sich die Frau und fügt dann mit plötzlich ganz sanfter Stimme hinzu: Hier siehst du, diesen Lichtstein hab ich von ihm geschenkt bekommen...

Was sagt der Grieche? fragt Kai. Was sagt der Römer?

Sie sind Ihnen eine Nasenlänge voraus.

Wenn sie jetzt reinkommt: Hallo, du auch hier? Warum nicht, du bist nicht die einzige, die sich amüsieren darf. Nein, so geht es auf keinen Fall. Und wenn sie nicht kommt? Ins Jupp? Es fallen ihm nur die alten Kneipen ein. Siehst dich schon im Jupp am Tresen, die drei Stufen runter, aber wie Kai davon überzeugen, daß er mitkommt? Ihn abfüllen? Im Jupp haben früher öfter mal abschleppbereite Mädchen gesessen. Aber meistens nicht. Bier und Kaffee kommen. Beide bestellen einen überbackenen Toast und Charly dazu einen Grünen Veltliner und ein zweites Bier für Kai.

Was ist mit dir los? Spendierhosen an?

Du mußt mal auf Touren kommen.

Nee, nach dem Bier hau ich mich in die Falle.

Hör auf, es ist nicht mal neun. Wir sind doch keine alten Männer.

Was meinst du, was der HSV morgen reißt?

Nicht viel. Deren Zeit ist definitiv vorbei.

Charly, was machst *du* denn hier? Ich geh aus, siehst du doch. Und das ist also die Frau, wegen der du mich verlassen willst, das meinst du ja wohl selbst nicht ernst, ich mein, schau mal genau hin, hoho, und deswegen mache ich mir hier Sorgen, liegt sie oben oder du? Nein, so bestimmt auch nicht.

Ich komme übrigens nächste Woche später zum Skat, sagt Kai. *Too much work.*

Ich auch, sagt Charly. Muß Jobst eben solange Patiencen legen.

Wie läuft es denn bei euch jetzt mit Volvo statt Opel? Wie hast du die eigentlich rausgekegelt?

Ich hatte dermaßen die Nase voll von Opel. Sie geben Verkaufsziele vor, die man nicht schaffen kann. Und wenn man sie nicht schafft, kommt am 31. Dezember ein Laster und bringt fünfzehn zusätzliche Autos und stellt sie auf dem Hof ab. Im Prinzip wäre es ganz einfach gewesen: Opel hat ein außerordentliches Kündigungsrecht, wenn du einen weiteren Hersteller dazunimmst. Ich hab mir das im Detail durchgelesen, und es war eine goldene Brücke. Bloß...

Bloß was?

Ich schraube also das Volvo-Schild aufs Autohaus, um Opel loszuwerden. Zum 31. Oktober hätte nichts mehr in dem Laden an die erinnert. Dummerweise muß mein Vater genau in diesem Moment und ohne mich zu konsultieren in seiner grandiosen Selbstüberschätzung von sich aus kündigen. Ich habs gestern erfahren, kannst dir vorstellen, was für einen Arbeitstag ich hatte.

Warum macht er denn sowas, um Himmels willen?

Weil er den Vertrag nicht genau gelesen hat und Ärger mit Opel hat. Er schreibt seit Jahren Briefe an den Vorstand. Aber diese Kündigung hat zur Folge, daß Opel nichts zurücknehmen muß, und ich sitze jetzt auf einem Lager im Wert von 80 000 Mark, mit dem ich nichts mehr anfangen kann. Weißt du, Tankverschlußdeckel vom Kadett II und solche Sachen. Und das kann ich jetzt abschreiben. Großartig.

Na dann Prost. Jetzt kannst du wieder ein Jahr dranhängen, um das auszubügeln.

Genau das hat Christine auch gesagt.

Die Gäste, die eintreten, haben alle diesen scannenden Blick, fächerförmig, ein kurzes Zögern: Ist jemand Wichtiges da, ist jemand da, den ich kenne, wird mein Eintreten bemerkt? Aber meistens gehen nur wenige Köpfe hoch und gleich wieder runter. Nur nichts anmerken lassen! Ein verbissener, schweigsamer Kampf um die An- und Aberkennung der jeweiligen Individualität, den es nicht gegeben hat, als wir jünger waren. Die Anonymität damals machte letztlich viel selbstbewußter, da man in der Gewißheit lebte, Teil des städtischen Epos zu sein, auch wenn man die Augen schließen mußte, um den Mythos über die schäbige Realität blenden zu können.

Aber was bedeutet es, wenn niemand mehr seine Anonymität erträgt? An einem solchen Abend, in einem solchen Moment, scheinen alle Fragen eine exemplarische Bedeutung zu bekommen.

Charly in seiner Benommenheit zwischen Verdrängung der Tatsachen und dem Bedürfnis, irgendwie gegen sie anzukämpfen, hat das Gefühl, die Hälfte dessen, was seit einem Tag geschieht, werde auf der Stelle spurlos aus seinem Gedächtnis gelöscht, während anderes so scharf umrissen und deutlich vor ihm steht, daß er nicht an ein Vorüberrauschen von Zufälligkeiten glaubt, sondern den Eindruck hat, ihm sei ein neues Organ gewachsen, das die Welt in Axiomen und Gesetzen wahrzunehmen vermag, die sich unwiderruflich und gekoppelt an diesen Tag des Zusammensturzes in sein Gedächtnis einbrennen und seinen Verstand ungemein erweitern werden.

Aber daß der Unglückliche den klareren Blick hätte, ist überhaupt nicht bewiesen. Er glaubt nur, da er sich aus dem Weltgetriebe geworfen fühlt, es objektiver wahrnehmen zu können, erblickt aber in Wirklichkeit nur das intensiver, was er ohnehin sehen kann, weil sehnsüchtiger, wieder hineinzukommen. In solchen Fällen nehmen die Dinge eine erhabene und kalte Schönheit an, während die Menschen verächtlich wirken wie hier im Vienna.

Es tut gut, Kai nichts zu sagen, solange du es durchhältst, das verstärkt das Gefühl, endlich ein Schicksal zu haben. Immer Leute beneidet, die ein Schicksal haben. Ich stattdessen ein Arrangement. Das Allerschlimmste die Furcht, die Gewißheit, daß du, falls dieses Leben wirklich zusammenbricht, den anderen gegenüber so weit ins Hintertreffen gerätst, daß es nie wieder aufzuholen ist.

Hast du eigentlich vor, Jasmin zu heiraten?

Wenn er heiratet, wird es nicht so eine Staatsaktion werden, daß man es sich hinterher nicht mehr leisten kann auseinanderzugehen, ohne für alle Welt zum Gespött zu werden.

Ich weiß es nicht. Ich war noch nie verheiratet. Du bist der Ehemann. Lohnt es sich?

Wenn du weißt, was du willst, und das Gefühl hast, es mit der Frau verwirklichen zu können ...

Wenn man Kinder haben will, sicherlich. Wie sieht das eigentlich bei euch aus?

Weißt du, was ich will, ist im Grunde ein bürgerliches Leben, wie ich es aus meiner Kindheit kenne, wie meine Eltern es führen. Ein Leben, das sich von ihrem weniger in den Prinzipien als in den persönlichen Ausprägungen unterscheidet. Einen Job, der Geld bringt, ohne mich aufzufressen und der Familie zu entfremden. Eine Ehe, in der man sich blind aufeinander verlassen kann und den Kindern ein Vorbild ist. Und natürlich Kinder. Ein Haus und einen Garten für sie, Zeit für Hobbys und für Freunde, ein bißchen Luft zum Durchatmen, eine ... ja: eine

Heimat. Kein Durch-die-Weltgeschichte-Ziehen, kein krankhafter Ehrgeiz, auch und vor allem nicht, was die Kinder betrifft, die sollen wissen, wo sie hingehören und daß man zu ihnen steht und nicht von ihnen erwartet, daß sie Genies sind oder sonst irgendwelche außergewöhnlichen Aliens. Ist das zuviel verlangt? Ist das spießig?

Gar nicht. Sag mal, liest du da draußen einen Text ab, oder laufen da irgendwelche Frauen vorbei?

Und wenn es sich dann ergibt, denkt Charly, kann man auch mal tanzen gehen. Wenn es sich ergibt! So stelle ich mir das vor, Christine. So habe ich mir das vorgestellt, und du kennst mich: So werde ich es auch hinkriegen! Ganz genau so! Du kannst dich also entscheiden. Bist du diejenige, die dieses Leben mit mir führen will? Oder bist du es nicht? Dann kannst du gehen. Aber sie hat sich ja schon entschieden! Sie ist nicht diese Frau. Sie hat es doch heute morgen gesagt. Sie ist es nicht!

Willst du hier noch was trinken? (Kritischer Moment!) Sonst laß uns doch noch mal eben ins Jupp rübergehen. Da waren wir schon Ewigkeiten nicht mehr, und ich hab Lust auf einen Cocktail nach all der Brühe hier.

Ins Jupp? Kai kämpft mit sich.

Na komm, du wohnst um die Ecke und nutzt es nicht aus.

Ich studier nicht mehr. Ich kanns mir nicht leisten, abends zu sumpfen.

Komm, es ist Wochenende. Und erklär mir mal, was das jetzt mit Jasmin werden soll.

Das Jupp, in das Charly Kai sozusagen hinübergeredet hat – ein Plädoyer für Jasmin, das keine Unterbrechung oder Verabschiedung erlaubt hat, zum Glück sind es ja nur wenige Meter –, ist, nachdem Angst und Anspannung (sitzt sie hier? mit dieser Frau?) der Enttäuschung gewichen sind – nur fünf Leute, alles Männer, alle unbekannt –, was es immer war und sein wird: die etwas zu kleine, etwas zu stillose, etwas zu glänzende und saubere Kopie – ja wessen eigentlich? Nicht einer New Yorker oder Mailänder Cocktailbar, sondern der Studiokulisse einer solchen Bar in einer TV-Sitcom für den Vorabend.

Sie sitzen auf Barhockern, Charly etwas verdreht, um die Tür im Auge zu haben. Angstkloß im Magen. Sie studieren die Karte.

Orgasm, so ein Witz: Cointreau und Baileys! Der Typ hat noch nie einen erlebt.

Was hältst du von einem *Million Dollar*?

Was ist da drin?

Gin, Vermouth, Ananas, Eiweiß, Angostura.

Eiweiß, pfui Deibel, muß aussehen wie reingewichst.

Könntest du mal nachfühlen, was du den Frauen immer zumutest.

Charly bestellt einen *Tom Collins*. Mißtraust im Grunde den bunten Mischungen. Kai einen *Margarita*. Gutes Zeichen. Weg vom Bier. Kai verträgt nicht sonderlich viel. Wirst du ihn eine Weile bei der Stange halten können. Dich einfach vollaufen lassen. Wenn sie dann reinkommt, fällst du vom Hocker, machst die Augen zu und bist tot, und dann muß sie dich heimbringen.

Trotzdem sah die vorhin aus wie Biggi Rahner, sagt Kai.

Was hast du bloß mit Biggi Rahner? Hast du die denn nicht gevögelt damals?

Schön wärs, da war doch kein Rankommen.

Wie bitte? Die war doch sowas von scharf. Ich hab sie auch flachgelegt.

Nein!

Aber natürlich.

Nein, das kann nicht sein.

Aber sicher. Jeder aus dem Seminar. Ich meine, hast du die Nullen gesehen, mit denen sie immer Dallas geguckt hat. Wie sollte sie denn da nicht?

Nee, ich hab mich irgendwie nie getraut.

Jesus Maria, Kai. Niemand hat mir ihr gevögelt.

Ja was denn jetzt.

Jeder sagts, weil jeder gern hätte. Also sags doch einfach auch. Dann kann man zu einem anderen Thema übergehen.

Also hast du nicht?

Blödsinn. Die hatte einen Freund in Hannover, einen Profimusiker, dem hat sie die Treue gehalten, ungeachtet aller Maulhurerei. Glaub doch nicht, daß dagegen einer von uns kleinen Studenten angekommen wäre.

Beruhigt mich jetzt ja doch irgendwie. Jedenfalls war sie die einzige Frau, die ich je kannte, mit der du dich über Fußball unterhalten konntest, ohne unter dein Niveau gehen zu müssen, fachlich mein ich.

Ist doch auch was. Trinken wir auf Biggi Rahner. Eine *Crazy Bride*?

Oder einen *Drei Schwestern*?

Oder einen *Verlorenen Sohn*?

Der hier ist gut: *Bitchy Witchkiss.*

Ich nehm nochmal dasselbe.

Auf meine Rechnung, sagt Kai. Die Tür geht auf. Ein Pärchen. Kurz darauf nochmal. Zwei Frauen. Schrecksekunde. Obwohl sie völlig anders aussehen. Aber zwei Frauen ist haarscharf. Sind das Lesben? Ich werd mich hier nicht zusaufen. Wir werden ins Stairway müssen. Werden müssen! Es könnte komisch sein, wäre es nicht so – aber wie kriege ich Kai in eine Diskothek rein? Hinterher dann noch eine Kneipe. Nach Mitternacht. Wo könnte sie um die Uhrzeit sein? Oder jetzt? Wer sagt, daß sie nicht im Tropical Brazil sitzt statt hier. Oder jetzt gerade erst ins Vienna reinkommt. Müßten zu zehnt sein. Jeder an einem strategischen Punkt. Mit Walkie-Talkies. Und dann? Noch so lange bis morgen. Und gar nicht gesagt, daß sie sich dann meldet. So erniedrigend.

Hast du eigentlich ein Portfolio? fragt Kai. Aktien?

Short sighted businessmen and nothing lasts for long, denkt Charly und antwortet daher so, wie er glaubt, daß Christine antworten würde: Ich weiß nicht, hat irgendwie einen Hautgout, irgendwas Unmoralisches, Kurzsichtiges.

Kurzsichtig?

Es ist der Inbegriff von Geldverdienen, das nichts mehr mit Leistung und Arbeit zu tun hat, ein derart zynisches Monopoly angesichts dessen, was uns wirklich umtreiben sollte, Krankheit, Trennung, Einsamkeit, Sterben …

Kai wirft einen Blick auf sein Glas, dann auf mich, entschließt sich dann offenbar, etwas anderes zu sagen, als er eigentlich vorhatte: Na, ich seh das anders. Ein bißchen zusätzliches Geld zu verdienen, bezahlt immerhin die Behandlung der Krankheiten, die Alimente und macht die Einsamkeit erträglicher.

Trotzdem dankbar für den Themenwechsel. Warum fragst du?

Ich habe mich ein wenig damit beschäftigt herauszufinden, ob sich Roulettesysteme auf Börsenspekulationen übertragen lassen.

Und?

Also, die Vorteile sind, daß es kein Tischlimit gibt, daß Progressionen, die nur durch die eigene Kapitaldecke begrenzt sind, unendlich hochgefahren werden können, daß die einzelnen Coups, also Börsentage, sich nicht zu hundert Prozent zufällig verhalten, daß es klar ausmachbare Trends gibt, die du durch Charttechnik aufspüren kannst. Außerdem ist die Entwicklung der Börsentage nicht voneinander unabhängig, es gibt keinen Bankvorteil, du kannst dein Fachwissen einbringen und mit Stoploss und Stopbuy arbeiten.

Und die Nachteile?

Kapitalkosten in Höhe der Börsenspesen, Mindestcoupgrößen, damit dir die Gebühren nicht den Gewinn auffressen, die Tatsache, daß du Steuern auf die Gewinne zahlen mußt und den Markt beobachten. Alles in allem also deutlich bessere Voraussetzungen.

Hm. Charttechnik ist immer nur die eine Seite der Medaille. Kann ausreichen, muß aber nicht. Du darfst die fundamentale Seite auch nicht außer acht lassen. Wenn die Bundesbank die Zinsen anhebt und Inflation und Arbeitslosenzahlen steigen, würde ich nicht unbedingt auf steigende Kurse setzen.

Das Verrückte ist, ich habs mal ausgerechnet, daß sich auf lange Sicht, also über 52 Monate, Gewinn- und Verlusttage die Waage halten. Man glaubt ja immer, es gäbe deutlich weniger Verlusttage, aber die Verluste pro Tag seien prozentual höher. Ist aber statistisch gesehen gar nicht so.

Die Frage ist, von wem kriegst du deine Infos. Die Bank verkauft dir nur, was sie selbst loswerden will.

Unser Chef ist Golfkumpel vom Haspa-Vorstand, der sich um sein privates Portfolio kümmert. Daher läßt die Bank uns beispielsweise an vielversprechende Neuemissionen rankommen, bevor sie überzeichnet werden. Da hast du bis zu fünfzig Prozent Gewinn vor dem ersten Börsentag.

Und, wieviel hast du rausbekommen?

Nicht viel. Virtuell fünftausend bis jetzt.

Haben oder nicht haben.

Sag ich ja. Was den Tod betrifft, reicht es schon für einen echten Eichensarg.

Sie lachen. Jetzt müßte sie reinkommen. Na, dir scheints ja nicht viel auszumachen, daß ich dich heute morgen verlassen habe. Doch sicher, aber das ist ja nun nicht alles im Leben. Soll ich mir deswegen die Kugel geben? Zum Glück läuft hier keine Musik, die irgendwelche Assoziationen weckt. Nur Jazz. Aber kein *Learning the Blues*.

Was hältst du davon, noch tanzen zu gehen?

Kais runde Augen, wenn etwas ihn wirklich verblüfft. Kai ist der straighteste Mensch, den ich jemals gekannt habe. Was im Grunde angenehm ist. Aber einen komischen Nebeneffekt hat. Ist man mit ihm zusammen, sieht er dich beim geringsten überraschenden Vorschlag auf eine Weise an, die dich an deinem gesunden Menschenverstand zweifeln läßt. Du hast Kai noch nie in einer Extremsituation erlebt, nichts, was ihm derart an die Nieren gegangen wäre, daß er eines der Prinzipien hätte in Frage stellen müssen, die für ihn die Welt im Zaum halten. Wie würde sich Kai in tiefster Verzweiflung verhalten? Komm, genauso wie wir alle.

Tanzen? fragt er jetzt.

Ja, ich hab Lust. Wann warst du das letzte Mal in einer Diskothek?

In Pinneberg, als ich achtzehn war oder so.

Genau das meine ich. Wir haben uns, sei es durch Gewöhnung, sei es durch Rücksichtnahme, sei es meinetwegen auch durch Disziplin meilenweit von den Zeiten entfernt, in denen wir noch spontan der Lust unseres Körpers nachgegeben haben, sich einfach zu bewegen, sich einfach einem Rhythmus zu überlassen.

Was du nicht sagst.

Ja, und dazu kommen noch die festen Beziehungen und Ehen. Vorbei die Zeit, in der du eine spontane Entscheidung treffen konntest. Wenn du verheiratet bist, dann bist du zwei, nicht mehr einer. Das ist wie ein Parlament mit Stimmenpatt. Einer allein kann überhaupt nichts mehr tun ohne schlechtes Gewissen.

Ich sehe, ehrlich gesagt, überhaupt nicht, warum das so sein müßte, sagt Kai stur. Und ich weise dich darauf hin, daß du hier gerade ganz alleine mit mir sitzt, ganz spontan, ohne Christine.

Offenbar ist dein Blick so flehend, daß Kai einlenkt.

Du kannst ja tanzen. Ich setze mich hin und trinke ein allerletztes Bier und sehe mir deine Verrenkungen an. Reden kann man in diesen Läden ohnehin nicht.

Ihn umarmen, küssen! In diesem Augenblick hat er Christine ganz vergessen über dem Erfolg, seinen Freund zum Weitermachen überredet zu haben. Vielleicht verselbständigt sich der Abend ja doch noch. Vielleicht ist es deine vermutlich nicht zu übersehende Hektik, dein inkongruentes Gerede, was Kai das Gefühl gibt, dich jetzt nicht alleinlassen zu sollen. Vielleicht ist er aber auch nur ganz froh, sich nach einer langen Arbeitswoche die scharfen Ecken und Kanten aus der Wahrnehmung zu trinken.

Die Vereinsstraße ist menschenleer, nur ein paar Autos auf Parkplatzsuche fahren im Schrittempo am Jupp vorbei. Auf der Margaretenstraße, bis zur S-Bahn-Brücke am Anfang des Schulterblatts und bis zum ehemaligen Bunker begegnen sie kaum Leuten. Zwei Paar lautloser Sohlen, zwei noch junge Männer, hungrig auf die Stadtnacht, fast wie früher. Vor dem Eingang zum Stairways, unter der geschwungenen blauen Leuchtschrift, eine kleine Menschentraube.

Da haben wir ja nochmal Glück gehabt, sagt Kai, als er das heruntergelassene Rollgitter sieht.

Als hätte sich alles gegen deine Pläne verschworen. Und nun muß noch weitergezogen werden, eine Qual. Wohin? Wo mag sie jetzt sein und tanzen?

Aber so verabschieden wir uns nicht, sagt Charly vorsichtshalber herausfordernd.

Sieh dir an, wo du uns reinschleppen wolltest, sagt Kai und deutet mit dem Kinn auf die Jugendlichen: angehende Friseusen aus Henstedt-Ulzburg und Polizisten im mittleren Dienst.

Wer aus Pinneberg kommt, sollte nicht über Henstedt-Ulzburg spotten. Gehn wir halt in den Peerstall, sagt Charly. Jetzt auf halber Strecke umzukehren, hat auch keinen Sinn.

Etwas an dem Grüppchen fröstelnd von einem Fuß auf den anderen tretender, für die Abenteuerfahrt durchs Wochenendtor in die dunkel lockende Großstadt herausgeputzter, aufgetakelter, ängstlich-erwartungsfroher Jugendlicher rührt Charly an. Wie sie im Kreis stehen, als wärmten sie sich an einem unsichtbaren Feuer. Scherenschnitte von Erkern und Bäumen umschließen das weite Panorama des Pferdemarkts.

Da drüben in der Notte hab ich das Endspiel Liverpool–Roma gesehen, sagt er zu Kai. Hinten saß ein Amipärchen, er mit einem Kiefer, als hätte er 52 Zähne, in kurzen Hosen, Nikes und Tennissocken, mit hängender Kinnlade, ein *moron* aus dem Mittelwesten, und sie eine Barbie mit Orangenhaut unter den Hot Pants. Und die Italiener die ganze Zeit: *Testa di cazzo! Ma che cazzo fa, sto stronzo! Cazzo!* Jedes zweite Wort, und am Tresen ein alternativer Schwabe mit Sauerkrauthaaren: Heiligs Blechle, die fallet au mär na, als se laufet…

Die Schwaben sind die Härtesten, bestätigt Kai. In Le Mans gabs in der Porschebox mal einen heftigen Brand und als der Reporter den Rennleiter fragte, ob die Mechaniker schwer verletzt seien, weißt du, was der geantwortet hat: Emmerhin so, daß se jetzt net weiterarbeite könnet.

Vom Imbiß an der Ecke Schulterblatt ziehen die Düfte herüber, ab und zu eine Schwade süßlichen Gestanks darin, die vom Schlachthof rüberkommt, Pärchen, schnürende Männerrudel, die Silhouette des Bunkers vom Heiliggeistfeld, das Karoviertel, St. Pauli-Nord zu erahnen, ein Freitag abend: Glück – und dann erst, genau in dem Moment, als er das Glück verspürt und zugleich sich wundert, warum er sich darüber wundert, fällt ihm ein, daß sein Leben ja zerstört ist. Er hatte es tatsächlich einen Moment lang vergessen – nein, nicht vergessen: Es war einen Moment lang weg, das Unglück, und jetzt scheint es einen Moment lang so, als könne er sich entscheiden, zerstört zu sein oder eben nicht.

Einen wahnwitzigen Moment lang – währenddessen drängt das unglückliche Bewußtsein als einzig angemessene Wahrnehmungsform der Welt danach, wieder in seine Rechte gesetzt zu werden – sagt er sich, daß innerhalb seines Lebens, seiner Haut, seines Körpers nichts sich verändert hat: Er kann sehen, gehen, reden, angesichts des Bauchs einer Siebzehnjährigen eine Erektion bekommen – er ist intakt! – sagt er sich, daß es offensichtlich eine Willensentscheidung ist, unglücklich zu sein oder nicht, keine Fatalität – natürlich! komm ja gleich! ruft er im Geiste seinem Unglück zu, es ist undenkbar, es abzulegen, gewiß, er muß ja unglücklich sein, bin es ja auch gleich wieder –, aber dennoch: Gerade jetzt ist er sich ganz sicher, daß er sich auch anders entscheiden könnte, mit einer kleinen Anstrengung über den Widerstand hinweg, dann ist der Moment der Hellsichtigkeit zu Ende (wenn es einer war), die Blende schließt sich, Kälte und Verzweiflung strömen zurück in das Vakuum, und in gewisser Hinsicht fühlt Charly sich sogar erleichtert, daß es so ist. Denn der Moment eben hat ihm angst gemacht: Wenn einem die Frau wegläuft und das Leben am Arsch ist und man dann sekundenlang glaubt, es sei möglich, das einfach so, achselzuckend, hinzunehmen, dann ist man wahrscheinlich nicht an einer Erkenntnis vorbeigeschrammt, sondern an einer totalen Implosion des Denkvermögens. Warte mal kurz, ich schau eben in die Notte rein.

Wozu das jetzt? fragt Kai. Wir haben doch schon gegessen.

Da sitzen öfter mal (Was jetzt sagen? Freunde? Witzige Leute? Erst die Tür öffnen, ein Blick genügt ja. Natürlich nicht.) witzige Spackos, da ist manchmal richtig gute Stimmung, aber heute nicht. Gehen wir halt in den Peerstall. Wie lange warst du da nicht drin?

Weiß gar nicht, ob ich da überhaupt je drin war.

Gerunzelte Stirn. Er findet, daß du dich komisch benimmst, aber Kai ist kein psychologischer Tiefenbohrer oder vielleicht auch einfach nur diskret. Mit Ines könntest du solche Spielchen nicht machen. Ablenken.

Manchmal denke ich, seltsam, daß einem diese ganzen Umtriebe drüben nicht nähergehen.

Der Kratzer an deinem Knie, antwortet Kai, schmerzt dich eben mehr als der Autounfall an der nächsten Kreuzung. Wir sind so gebaut.

Der Kratzer an meinem Knie, denkt Charly.

Muß man sich schämen dafür? fragt er.

Beim Grünen Jäger runter, Wohlwillstraße, Brigittenstraße, das gutbürgerliche, kleinbürgerliche St. Pauli-Nord.

Kai wartet lange mit einer Antwort. Schwere Frage, sagt er schließlich. Es scheint, wenn du dir die Geschichte ansiehst, daß man sich sehr schnell an Ausnahmezustände gewöhnt und daran, in ihnen zurechtzukommen, und ebenso schnell wieder an ruhige Zeiten. Großes Mysterium, wer sich dann bewährt und warum. Unmöglich, das statistisch vorherzusagen. Aber ich schenk dir spannende Länder und Situationen.

Sie gehen eine Weile schweigend weiter. Dann sagt Kai: Von sich absehen. Aber wer kann das?

Ja, wer kann das, echot Charly.

Den Peerstall zu betreten hat denselben Effekt wie vor Jahren: Explosion und Zersplitterung der Wahrnehmung. Erinnerungsflashes, die dem Kaleidoskop noch eine zusätzliche Dimension verleihen. Das trübe Meer des Unbekannten und altvertraute Wahrnehmungsanker: die dicke Katharina hinter der Theke. Nie rausbekommen, ob wirklich umgewandelt oder nur verkleidet. Links am ersten Tisch neben der Tür die Wahrsagerin. Die Fauna der Gäste wie in jenem Schmugglerlokal in Star Wars, in dem Han Solo sich einen Raumkreuzer leiht oder was immer es war. Gesichter aus mindestens drei Galaxien. Aber nicht sie.

Hier könnte man sich wohlfühlen. Damals, als ihr den Peerstall entdeckt habt, hast du dich hier wohlgefühlt. Zumindest beim zweiten oder dritten Besuch. Die Erregung, in einen fremden Laden zu kommen, darf man mit Wohlgefühl nicht verwechseln. Das Neue ist immer anstrengend und allein überhaupt nicht zu meistern, jedenfalls nicht für dich. Genuß ist immer erst in der Wiederholung von etwas möglich, das heißt, du kennst Genuß nur in Form von Sicherheit. Nicht bei Frauen, da ist es genau andersherum. Im Grunde könntest du Christine nichts beweisen, wenn sie jetzt hereinkäme. Außer deine Nostalgie. Und natürlich ihre eigene, in dem Fall. Nur glaubt man dem Stärkeren, dem, der die Initiative hat, keine Schwächen und Sentimentalitäten, man interpretiert das, was man bei sich selbst so auslegen würde, bei ihm als Teil seiner Strategie oder seiner Persönlichkeit. Jedenfalls, wollte ich ihr meine Stärke und Unabhängigkeit beweisen, müßte ich irgendwohin gehen, wo ich noch nie war. Nur erstarrt man vor Angst und Einsamkeit in einem fremden Lokal, in dem man niemanden kennt, man müßte sich hineinfallen lassen und Begegnungen erzwingen, und dazu braucht es eine Form von Vulgarität, die ich nicht habe, nämlich die, zu glauben, es sei jedem X-Beliebigen recht, meine Bekanntschaft zu machen. Außerdem wäre dann die Chance, sie zu treffen, gleich null.

Und doch scheint Charly mit jeder neuen alten Kneipentür, die er öffnet, die Wahrscheinlichkeit zu steigen, doch noch das befürchtet-ersehnte Wunder zu erleben, als sei es ein statistisches Gesetz, daß die Begegnung, sucht er nur lange genug, stattfinden muß. Er hat im übrigen nicht die geringste Ahnung, was er tun sollte, träfe er seine Frau tatsächlich, weiß nicht, was noch alles geschehen soll in dieser Nacht, weiß auch nicht, wie er aus einer Begegnung mit ihr hervorgehen will und würde, aber eines scheint klar: daß dieser Trip eine Apotheose, ein Ende braucht, entweder ein gutes, nämlich Treffen, Versöhnung, gemeinsame Heimkehr, oder ein phantastisches, nämlich Kennenlernen einer fremden Frau, Verlieben, Fick und damit Ausgleich, oder eben den Fall hinab in den Limbus der Bewußtseinsauslöschung, des Endes, des Todes.

Wobei Tod im übertragenen Sinn gemeint ist, da Charly sehr wohl spürt, daß alle vitalen Antriebe in ihm einen aktiv betriebenen Selbstmord gar nicht zulassen würden. Dennoch wird die Membran dünner, die ihn vom vollständigen Erfassen seiner Lebenskatastrophe trennt. Vor dem Ende der Nacht wird sie durchgescheuert sein, und du wirst dich nicht mehr vor der Erkenntnis schützen können. Tod also vielleicht nicht, aber Auslöschung, und der einzige Weg, den unsereins dahin kennt, ist sich zu betrinken. Daran arbeitet er.

Findet sie dich als Alkoholwrack, wird sie, ganz gleich wie angeekelt sie sein mag, nicht achtlos an dir vorübergehen können, sondern dich nach Hause bringen, und hast du sie einmal wieder dort, wird alles andere sich ergeben. Andererseits ist da auch noch Kai, der verhindern wird, daß du zu weit gehst, wenn du ihn nicht vorher überbeanspruchst. Ihm alles erzählen – aber nein. Das einzige, was er Kai gegenüber tun kann, ist ihm zu vermitteln, daß eine Art Krankheit ihn erfaßt hat, die macht, daß er sich besäuft und erniedrigt. Genuß und auch Rechtfertigung, etwas Niedriges (wie in Christines Schränken zu wühlen) und Erniedrigendes zu tun, liegt in dem durch solche Taten bezeugten Eingeständnis, unter einer Krankheit zu leiden, die man, auf die Gefahr hin, sie zu verschlimmern, nicht brüskieren darf. Der Gedanke, man sei ihr gegenüber so hilflos, sie habe derart von einem Besitz ergriffen, daß man ihr in jeder Hinsicht nachgeben und zu Willen sein muß, hat etwas Überwältigendes.

Jetzt erklärt Katharina mit ihrer (oder seiner) schönen, wienerisch gefärbten Baßstimme – eine Art Grinzinger Steroid-Ella Fitzgerald (*Learning the Blues!*) –, daß die abendliche Lesung beginne, ein Romanauszug von Fritz von Herzmanovsky-Orlando.

Gibts den wirklich? fragt Kai leise. Oder ist das alles Show?

Keine Ahnung, sagt Charly, der die Tür im Auge hat und jedesmal zusammenzuckt, wenn sie sich öffnet. Diese Oma-Klamotten sind schon unglaublich: ein hellblaues Kleid mit weißen Spitzenaufsätzen, Krampfadern unter den Stützstrümpfen, die blondgewellte Perücke, die Rouge-Bäckchen über dem dunklen Bartschimmer, die männliche Kinnlade und der vorstehende Unterkiefer, sodaß die Unterlippe wie eine halboffene Schublade unter dem Erker der großporigen Trinkernase klafft.

Die Handleserin, an die Charly sich von früher erinnert und die ihm gegenübersitzt, hebt den Kopf, scheint ihn direkt anzusehen und ruft: Christine!

Kathartischer Schock! Seine Augen weiten sich (schließlich ist sie Wahrsagerin, was weiß sie von mir, von ihr?). Der wunderbare Irrtum dauert drei Sekunden, in denen er sieht, daß Kai die Lippen bewegt, ihn aber nicht hören kann, bis neben ihm eine dunkelhaarige junge Frau auftaucht (immerhin kurzhaarig) und sich der Wahrsagerin gegenübersetzt, so daß er nur ihren Nakken und ihren Rücken sehen kann. Dennoch hat er das Gefühl, alles, was an diesem Nebentisch geschieht, betreffe ihn, sei für sein Ohr gedacht, müsse irgendeine Bedeutung für ihn haben. Er konzentriert sich, um der Konversation der beiden Frauen zu lauschen. Momentan geht es um irgendwelche Einkäufe und Abrechnungen, immerhin sagt die Handleserin mehrmals Christine, das reicht schon, um Charly auf seine Kosten kommen und ihn die Unterhaltung so gespannt verfolgen zu lassen, als erfahre er tatsächlich Neues und Unbekanntes über seine Christine. Daß es sich um eine fremde, dunkelhaarige Frau handelt, stört die Fiktion nicht weiter, hat sich doch auch Christine heute als eine völlig fremde Frau erwiesen; jede, die irgendeinen Schlüsselreiz auslöst, kann jetzt in ihre Rolle schlüpfen. Hier ist es der Name, aber sie könnte auch Gertrud heißen, wenn sie kurzes blondes Haar hätte, oder gänzlich anders aussehen und heißen, würde sie ihre Zigaretten stopfen oder wäre als Fotografin zu erkennen oder als lesbisch.

Kai hat sich unterhalten wollen, über irgendeines der von Charly gestreiften Themen, doch ist heute abend mit ihm überhaupt kein Gespräch möglich, so unkonzentriert ist er. Obwohl oder vielleicht gerade weil dies nach all dem Herumgerenne die erste Kneipe ist, in der Kai sich wohlfühlt, beginnt er genug zu haben und nach Hause zu wollen.

Unsere Freunde haben im allgemeinen ein sehr feines und genaues Gespür dafür, wann ein Freundschaftsdienst in eine Zumutung umzuschlagen pflegt. Dies passiert in genau dem Moment, in dem man das Gefühl bekommt, dem anderen einen Freundschaftsdienst zu erweisen, mit anderen Worten: mehr für ihn zu tun als er für einen. Normalerweise sind in einem Gespräch, ganz gleich, worum es sich dreht, die Zeichen der Verständigung, des Bewußtseins der anderen Präsenz, gleich gewichtet, aus einem Gefühl für Gerechtigkeit heraus, das unterbewußt dafür sorgt, daß jedes Thema, jede Selbstreferenz austariert wird. In manchen Fällen, wie jetzt bei Charly, ist dieses Gefühl außer Kraft gesetzt, sodaß Kai den ganzen Abend über schon den Eindruck hat, er, seine Person, Wünsche und Ansichten kämen zu kurz, würden nicht gewürdigt. Überschreitet dieses Ungleichgewicht eine bestimmte Grenze, dann fällt dem anderen auf, daß er seinem Gegenüber sehr viel mehr gibt als er erhält, daß er ihm, sofern die beiden Freunde sind, einen Dienst erweist, und diese Tatsache schlägt, sobald das Bewußtsein sie registriert, dort als eine Zumutung zu Buche.

An diesem Punkt ist Kai angelangt und wartet daher auf einen Anlaß, der es ihm gestatten wird, den schiefen Abend zu beenden. Für einen Streit oder Vorwurf gibt es keinen Grund – umso größer ja das Gefühl der Zumutung –, aber er wird sich nicht mehr breitschlagen lassen. Sobald die Gelegenheit sich bietet, wird er – dies die einzige Strafe und zugleich die Wiederherstellung des Gleichgewichts – nach Hause gehen.

Sie bietet sich nach der Lesung Katharinas, als Charly plötzlich jemandem zuwinkt. Er hat zwei Frauen entdeckt, die er kennt, die eben zur Tür hereingekommen sind und jetzt innehalten, um die Lage zu orten und zu entscheiden, ob sie wirklich eintreten wollen oder nicht. Zwei Gespenster aus der Vergangenheit, aber immerhin. Beide im Mottendiva-Retrolook, lange schwarze, taillierte Mäntel mit hochgeschlagenem Kragen. Die schmalen Augen und die unbeweglichen Kieferpartien von attraktiven Frauen, die auf ein Signal des Erkanntwerdens warten. Charly ist sein Winken peinlich, umso mehr, als nicht sofort darauf reagiert wird. Kitty heißt die Blonde, ein Stammgast im Vienna zu der Zeit, als Christine dort kellnerte, wollte Sängerin werden, eine Hamburger Kiez-Nina-Hagen, von der man dann doch nie etwas gehört hat. Unglaublich ungebildet, worüber sie selbst am lautesten lachte. Kleine schmale Nase, darunter, fast anstoßend, die riesige aufgewölbte Oberlippe, sodaß man zunächst an eine operierte Hasenscharte denkt. Blasemund, fast schon beängstigend. Abgestoßener Nagellack damals. Die andere eigentlich viel interessanter, bloß an den Namen kann ich mich nicht erinnern. Kathrin, Katja, irgendwas mit K, braune Locken, ein wenig »flambierte Frau«, aber aus Fulda stammend, wenn du dich recht erinnerst. Damals Schauspielschülerin, offenbar auch nie was draus geworden.

Jetzt nehmen sie ihn endlich wahr. Zumindest Kitty erkennt ihn auch wieder, hält aber das automatische Wiedererkennungslächeln zurück, während die andere ihn mustert und offenbar nachdenkt, und dann verharren sie noch einen Augenblick auf der Schwelle, schauen sich noch ein wenig weiter und länger um, nachdem ihr Blick sich an die Distanzen und Lichtverhältnisse der Kneipe gewöhnt hat, ob es nicht lohnendere Ziele gibt, bessere Bekannte, nützlichere Abendgenossen – es ist immer noch dieser Blick der jungen Möchtegern-Künstlerin auf der Suche nach einem Mäzen, einem Impresario, einem Entdecker, einem wohlbestallten Liebhaber und Förderer, wenigstens nach einem Mülleimer für ihre belanglosen Lebensgeschichten, und erst als sie sich gewiß sind, daß die einzige Alternative zu diesem vagen Gesicht aus früheren Zeiten ein für zwei Schönheiten unrühmlicher Rückzug oder ein stilles, unbeachtetes Sich-Setzen an einen leeren Tisch ist, gibt Kitty ihr Lächeln frei – auch die andere zieht ihre Gesichtsmuskeln auseinander – und ruft mit einer Stimme, deren schrill die Geräuschkulisse der Kneipe zersägendes Timbre und deren Lautstärke nicht Charly gelten, sondern dem ganzen Raum: Hallo! und kommt herbei.

Das Zweitbeste: mit den beiden die damalige Zeit evozieren und eine Phantompräsenz Christines schaffen. Das Beste: eine abschleppen und ficken, könnte gerade noch gehen. Zwei Gläser mehr, und ich krieg keinen mehr hoch. Kai ist demonstrativ nicht aufgestanden, streckt die Hand zwar vor, aber macht ein Gesicht wie mit zwölf, wenn die Mädchen einen auf dem Bolzplatz störten.

Charly, stimmts? Ewigkeiten nicht gesehen, sagt Kitty und sieht an ihm vorbei, immer noch einmal ungläubig den Raum durchsuchend.

Was macht die Musik? fragt Charly. Und zu der anderen gewandt, um sie dafür zu bestrafen, daß sie sich nicht an ihn erinnert: Und du warst Statistin damals. Das kommt ihm mindestens so unverschämt vor, als würde er sagen: Und du hast Zellulitis auf den Schenkeln (was sie vermutlich auch hat, da sie etwas vollschlank ist. Trotzdem: Wenn eine ficken, dann die).

Kitty stellt sie Kai vor: Das ist Kirsten.

Sie sagt zu Charly: Entschuldige, aber ich hab so ein schlechtes Personengedächtnis. Wann war das?

Charly zuckt die Achseln, obwohl er sich genau erinnert, und schlägt 1983 vor.

Kirsten winkt ab, als wolle er Fotoalben zeigen. Und was machst du jetzt? Damals hast du doch studiert, oder?

Short sighted businessmen.

Geschäftsführer, sagt Charly und spürt Kais Blick auf der Schläfe, der darauf wartet, daß er das Wort Autohaus hinzufügt, und zu genau versteht, warum er das nicht tut.

Hast du damals nicht in der Admi gewohnt, neben dem Hafenarbeitsamt?

Lange her, sagt Kitty und blickt sich um.

Und woher kennen wir uns? fragt Kirsten.

Jetzt übertreibt sies. Meine damalige Freundin hat im Vienna gejobbt.

Genau, sagt Kitty, wie hieß sie noch? Christiane?

Christine, verbessert Charly.

An die mußt du dich doch noch erinnern, sagt Kitty zu ihrer Freundin. So ne kühle Blonde. Und als die den Mund verzieht: So ne Knabenhafte.

Kai spielt mit seinem Bierdeckel. Jetzt ist sie präsent, so kann es weitergehen, nicht die Flamme verlöschen lassen.

Da ham so viele BWL-Typen um uns rumgehangen damals, sagt Kirsten, die alle Sehnsucht nach was Prickelnderem hatten.

Charly mustert sie.

Kai blickt von seinem Bierdeckel auf. Alle, die ich kenne, habens seither auch zu was Prickelnderem gebracht. Und du? Pantomime mit Therapieworkshops?

Dieser Kai: Noch mehr Verächtlichkeit kann man in ein paar harmlose Worte wohl nicht legen. Kirsten tut, als habe sie nicht gehört, starrt auf die Karte und bestellt sich einen Gin-Tonic.

Kitty sagt: Ich auch. Und was ist aus euch beiden geworden?

Kai sieht mich an, weil ich zögere: Wir sind verheiratet. Kitty seufzt. Und du?

Viele Sessions, sagt sie. Viel Studiomusik.

Ich kann es hören, wie Kai grinst, das leise Schmatzen, als sich sein Mund verzieht. Was er denkt: zwei Versagerinnen. Aber für Charly sind sie gerade richtig, um seine Phantasien über Christines neues Leben weiterzuspinnen.

Wohnt ihr zusammen? fragt er. Mit der dunklen Christine am Nebentisch bei der Wahrsagerin und diesen beiden, die die richtige kannten und vielleicht Lesbierinnen geworden sind, hätte er genügend Traummaterial beisammen.

Pff, macht Kirsten, die aufzutauen scheint, ich gehe früh schlafen, und für Kitty fängt der Tag erst um elf Uhr abends an.

Ich komme sozusagen vom Frühstück, fügt die an. Nee, ich wohne in einer WG mit zwei Musikern, da hat man einen ähnlichen Rhythmus, und Kirsten in einer Wohnung, die ihr Freund ihr eingerichtet hat, bis seine Scheidung durch ist. Er ist Schauspieler und Regisseur.

Und Drehbuchautor, sagt Kirsten.

Prickelnd, kann Kai sich nicht verkneifen zu kommentieren.

Du wirst wählen müssen. Wenn er so weitermacht, sind die Frauen in fünf Minuten wieder weg.

Aber das finde ich ja witzig, daß ihr euch an Christine erinnert. Wie war sie damals eigentlich so? Zu Vienna-Zeiten?

Kitty mustert ihn. Wo ist sie überhaupt? Hast du Ausgang oder habt ihr Streß, und du gehst auf den Zwutsch und hältst es dann nicht aus, ohne die ganze Zeit von ihr zu quatschen? (Kai horcht auf.)

Kaum zu glauben. Die Fotze ist dumm wie Scheiße, aber in solchen Dingen haben Frauen irgendeinen sechsten Sinn. Noch zwei Minuten, und sie hat alles rausgekriegt. Womöglich hat sie sie ja sogar schon gesehen mit dieser Frau.

Nein, sie ist Fotografin jetzt. Viel unterwegs.

Ich werd mich hüten, dir was von damals zu erzählen. Du bist der Typ, der noch zehn Jahre später eifersüchtig wird.

Die dunkle Christine am Nebentisch steht auf und entfernt sich. Die Wahrsagerin raschelt mit einem Zehnmarkschein: Wär will seine Zukunft aus därr Hand gelesen bäkommen? krächzt sie.

So eine richtige Zigeunerhexe, denkt Charly und hört sich dann rufen: Ich! Den Frauen gefällt das, sie stehen auf und kommen mit, Kai rafft sich hoch, dies ist die letzte Anstrengung, die er heute abend für Charly auf sich nimmt. Handlesen! Er beginnt, unruhig zu werden, er sucht nach einem Absprung. Hab das nie machen wollen, aus Angst vor den Blicken und Gesten, irgendein alter Film, wenn die Zigeunerin plötzlich hochschreckt mit geweiteten Augen und du: Was ist? Was haben Sie gesehen? Und sie: Nichts, nichts, aber bekreuzigt sich heimlich.

Heute abend ist es ihm egal, daß sie seinen Tod sehen könnte, die Verzweiflung und der Alkohol machen diese Aussicht weniger beängstigend oder vielleicht auch ihn weniger abergläubisch. Sie riecht penetrant nach Maiglöckchen und Knoblauch, hat keine langen Spinnenfinger, sondern kurzgliedrige Hausfrauenhände. Ihr Blick ist geübt eindringlich. Zunächst das Geschäftliche. Dann streckt er die rechte Hand vor, sie wischt sie beiseite, ergreift mit männlicher Härte seine Linke. Von dem Gefühl seiner schlaffen, willenlosen Hand im Griff dieser harten Frauenhand, während sich der Zeigefingernagel (rot mit Schmutzrand) der anderen in das weiche Fleisch drückt, bekommt er eine Erektion. Wärst du blind, denkt er, würdest du jede ficken, die dich berührt, aber es ist einfach angenehm, wie beim Friseur.

Und was sieht man, fragt Kai, außer daß er nie mit den Händen gearbeitet hat?

Still, sagt die Wahrsagerin würdig, ohne ihn anzublicken. Dann hebt sie den Kopf, läßt aber Charlys Hand nicht los. Du bist ... ein Glückskind ... (senkt den Kopf, wie um weiterzulesen) du stehst unter einä gutä Stern ... (hebt den Kopf) Glückliche Kindheit hast du gehabt ... Aber (Theaterpause) dein Vatär ... (Nichts kommt. Braucht sie Hilfe?) Problemä, bringt sie tastend hervor (na gut) ... du hast ... einä Bruder? Eine Schwester ... Ein Schwester, genau ... Du hast einä Frau. Ja. Blond (Herzschlag) ... Du liebst sie (O Gott) ... du hast ... (kurzer Blick, dann verbessert sie sich) du willst ... Kindär ... Er nickt. Sie läßt seine Hand kurz sinken, ohne sie freizugeben, und dann, als müsse sie ihn vom Gegenteil dessen überzeugen, was er behauptet hätte: Du wirst Kinder haben! Aber (O Gott) ... Hier ist eine Unterbrächung. Wolken. Dunkle Wolken ... Die Frau hält den Atem an. Kai zieht geräuschvoll die Nase hoch. Schwierige Zeitän liegen vor dir. Sie mustert ihn prüfend, ob er sie wohl überstehen wird. Du gehst, wie sagt man, ziemlich gerupft daraus hervor. Wann? Wann wird das sein? Blick auf die Hand wie auf eine Armbanduhr. Schwär zu sagen, hm ... Komm in zehn Jahren wieder zu mir, dann alles gut, alles vorüber und vergessen ... Er will die Hand wegziehen, sie hält sie fest, reißt die Augen auf. Oder komm in zwanzig oder fünfzig Jahren wiedär. Du wirst sehr alt werden ... und reich! Sie läßt die Hand fallen, als habe sie sich an ihr verbrannt. Erleichterung. Darauf kannst du einen ausgeben.

Puh, sagt Kirsten, als sie wieder drüben sitzen. Ich hab immer Schiß bei sowas.

Charly spürt, daß dies der Moment ist, die Fronten zu wechseln: hinüber zu den beiden kalten, desinteressierten Frauen, denen er gleichgültig ist und die nur deshalb ein wenig Zeit mit ihm verbringen, weil sie momentan keine Alternative haben, und von denen auch er nichts erwartet, als daß sie den Abend verlängern helfen und ihn ein Stück auf den Abgrund zu begleiten, in dem es enden muß, entfremdet wie Charly sich selbst mit einem Mal ist, seit die polnische Pythia ihm schwierige Zeiten und »Problemä« vorhergesagt oder besser angesehen hat. Das Ganze hat etwas von einer Zangengeburt, und ich will nicht raus aus meiner warmen Höhle – aber die Selbstexilierung, auf die der Tag hinauszulaufen scheint, besitzt ihren eigenen kalten Reiz: das Abenteuer als Selbstbestrafung oder die Selbstbestrafung als Abenteuer.

Als er vorschlägt, noch tanzen zu gehen, das Front (ausgerechnet) vorschlägt (noch immer nicht ohne den Hintergedanken,

Christine über den Weg zu laufen), vorschlägt, sich das Taxigeld fifty-fifty zu teilen, sehen die beiden Frauen einander an; schamlos, wie sie in seiner Gegenwart abwägen, ob es sich lohnt, und stimmen dann zu, wogegen Kai gar nichts sagt. Aber als sie nach dem Bezahlen aufstehen, wendet er sich an Charly: Nichts für ungut, aber ich geh nach Hause. Jetzt noch Schwulendisko, das ist mir zuviel. Und als Charly widerspruchslos nickt, fügt er hinzu: Machs halblang.

Das, denkt Charly, muß sich aufs Trinken beziehen, denn er schwankt merklich, als er sich vom Tisch erhebt.

Im Taxi sitzen die Frauen hinten und reden leise, er vorn beim Fahrer. Budapester Straße bis zum Iduna-Hochhaus, dann die nächtlich abweisende, verkehrsrauschende Ost-West-Straße, Niemandsland, Niemandsarchitektur, Steinmeer, darin die umtosten Leuchttürme der Kirchen. Da oben der Großneumarkt, Ines-Territorium, die U3 rattert über den Rödingsmarkt hinweg zum Hafen, links die Brandstwiete, da haben wir Kevin Coyne gesehen und einmal einen alten Weißhaarigen am Klavier, der erstaunlich gut rockte, und dann stellte sich raus, es war Tony Sheridan, und er hat Christine einen ausgegeben, und ich hab mich gefühlt, als stünde ich Lennon persönlich gegenüber ... Durch diese Gegend hier fährt man normalerweise immer nur durch, das macht Charly nervös, von dort ist kein Nachhausekommen mehr zu Fuß, er will nicht, daß Christine dort ist, zu weit ab, zu fremd, das wäre, als erfahre er, sie sei heute morgen nach Australien ausgewandert. Der Dieselmercedes nagelt die Nordkanalbrücke hoch, jedesmal wie eine Rampe zur Auffahrt auf eine Fähre, dann durch die schwarze Schlucht der Nordkanalstraße bis zum Ende. Sie zahlen, steigen aus, vor der Fassade dunkle Silhouetten, Männer in schwarzem Leder. Augen. Kitty und Kirsten treten von einem Fuß auf den andern, während sie darauf warten, daß die schwarze Klappe in der schwarzen Stahltür sich zur Seite schiebt, fröstelnd, erhitzt, von einer etwas zu ostentativen Selbstverständlichkeit, was die Blicke betrifft, die sie um sich werfen oder durch sich hindurchgehen lassen. Nie verstanden, warum bestimmte Frauen so gern in Schwulendiskos gehen und warum ein bestimmter Frauentyp dort so gerne gesehen ist. Stünden sie daneben, wenn es nach dem Tanzen, nach dem Balzen zur Sache geht, sie würden schreiend davonlaufen angesichts des Rüdenhaften, Stinkenden, Brutalen, Behaarten, das er mit anonymem Sex in Verbindung bringt. Die Tür öffnet sich nur für sie drei und schließt sich hinter ihnen wieder wie eine Safetür.

Ein dampfiger Drachenpfuhl, eine Waberlohe, durchzuckt von Flammen und Elmsfeuern, so daß Charly erblindet und erstarrt und taub wird in dem brachialen Lärm, der wie eine Horde Dämonen nicht nur auf seine Trommelfelle und seine Schädeldecke einschlägt, sondern ihm stählerne Reifen um die Brust schlägt, so daß er keine Luft mehr bekommt. Hitze wie im türkischen Bad, sofort ist seine Stirn schweißnaß, und das Hemd klebt am Rücken. Monstren, Riesen, Gnome, Ungeheuer leuchten in grellweißen Lichtexplosionen auf und sind sogleich wieder verschwunden. Das Gehämmer der Bässe will ihm das Herz aus der Brust nehmen wie der Holländermichel im Märchen. Der Geruch sträubt ihm die Haare in der Nase, die sich vor Angst und Ekel zu versteifen scheinen wie bei Frost. Oberkörper im Netzunterhemd, immer wieder ein Männergesicht, das aussieht wie von Franz von Stuck gemalt, eine sündige Schönheit lüsterner Augen, schwarzer Lippen und Brustwarzen. Schweißtröpfchen spritzen von den Körpern der dicht an dicht Tanzenden weg wie winzige Silbernägel. Ein Gewoge auf- und abschwingender Massen. Charly steht am Rande des Getriebes wie eine Salzsäule, taub, stumm, starr, und mit jeder Sekunde, die er die ungeheure Fremdheit, die er empfindet, stärker wahrnimmt, steigert sich eine bleierne Traurigkeit, die Trauer eines Exilierten, der alles verloren hat, woran sein Herz hing, seine Heimat, seine Freunde, seine Familie, und der in einem fremden Land steht und dessen Bewohnern zusieht, die er nie wird verstehen, deren Gegenwart er nie wird einholen können.

Er wünscht sich einen Grundriß dieses Ladens, es gibt keine Sicht, er hat keinen Überblick, überall nur rauchende Dunkelheit, was liegt dort hinten in der Schwärze, gibt es Stufen? Kann man hinabfallen? Kann man sich verirren? Fluchten, Fluchten, Säle und immer weitere dunkel verhüllte Säle.

Der Lärmnebel lichtet sich plötzlich, und über dem Maschinenbeat wird eine Stimme hörbar, die du kennst. Die androgyne Maschinenstimme von Grace Jones. Sommer 83, die erste gemeinsame Reise, Elba. Bar dello Sport, der Fußballflipper: *Tira! Goaaal! Sei un campione!* Und aus der Musicbox den ganzen Tag *La vie en rose* von Grace Jones. Und Christine, die sich in Camparisoda verliebt, weil sie so gerne an den Resopaltischen mit der Zinkumrandung saß, draußen auf der Terrasse unter der glyzinienüberhangenen Pergola im Vespageknatter, in einem weiten hellblau-weiß gemusterten Glockenrock, die nackten Beine braungebrannt, golden schimmernder Flaum auf den Schienbeinen, die Füße in den offenen Sandalen klopften den Takt mit.

Aber dies hier ist ein anderes Lied: *I love men. I love men. I love men.* Das scheint die Tänzer zum Irrsinn zu treiben, eine Zombiearmee, eine Totenarmee, von elektrischen Schlägen durchzuckt, die wieder Leben annimmt, sich in Bewegung setzt, sich zusammenballt, auseinanderstrebt, die Arme hochwirft, daß die morschen Grabtücher zerreißen, aggressive Lichtkanonen schießen ihre Salven in den Haufen, sodaß du Bruchteile von Sekunden lang wie im Aufzucken eines Blitzes die ekstatisch leeren Blicke aus den erschöpften oder ausgemergelten oder angespannten Gesichtern wahrnimmst und die hoch und runter schießenden Köpfe wie Kolben eines Motors. Aber es ist kein Motor, es ist eher eine riesige Molluske, dieser Tanzkörper, angestrahlt von einer Unterwasserkamera, der in der Dunkelheit der Tiefsee zu entkommen trachtet, nein, ein riesiges, blutiges, pulsierendes Herz, herausgeschnitten aus dem Körper eines Titanen, das auf dem dreckigen schwarzen Boden ruckt und zuckt und nicht aufhören will zu schlagen...

Charly steht da, die Arme vor der Brust verschränkt, macht sich zur Festung. Er hat als ein glückliches Erbe aus seinem Elternhaus die mit einem gesunden Selbstbewußtsein einhergehende Fähigkeit erhalten, an allen Orten und mit allen Arten von Menschen sich verständigen zu können. Ein klarer Blick, der das Gegenüber ansieht, ein geschmeidiges Assimilationsorgan, das Stimmungen, Regeln, Klassenverhältnisse wahrnimmt und sich darauf einstellt, eine Gefälligkeit aus Selbstsicherheit, mit der er in den Elternhäusern seiner Freunde ebenso problemlos Aufnahme gefunden hat, wie sie ihm ein Gespräch mit einem Bankier oder einem Handwerker erleichtert. Aber diese Fähigkeit hat ihre Grenzen, die mit denen eines zivilisierten, rational gesteuerten Taglebens zusammenfallen. Gibt es keine Helligkeit mehr, gibt es kein klares Gegenüber, ist der Ort von atavistischer Gesetzlosigkeit, regieren ausschließlich Körperphysik und -chemie, dann wird er hilflos. Hier ist er ein Analphabet und ebenso mißtrauisch und in die Defensive gedrängt wie ein solcher im gebildeten Gespräch, der auch sofort fürchtet, alles, was er nicht versteht, sei gegen ihn gerichtet, und sich in sich selbst einigelt. Das Leder, aber auch das blondierte, am Ansatz wieder schwarz auswachsende Haar, die kajalumrandeten Augen, die großen roten Metzgerhände mit schwarzlackierten Nägeln, alles kommt ihm aggressiv vor, obwohl niemand sich ihm nähert oder ihn belästigt. Die beiden Frauen bereits irgendwo mitten dazwischen. Sie haben es nicht einmal für nötig befunden, sich zu verabschieden. Himmel, wieviel Schwule es gibt. Und auch wieder beeindruckend, mit welchem Selbstbewußtsein sie sich in Szene setzen. Vielleicht wie Vietnamveteranen, Kriegsheimkehrer, *Deer Hunter*, die dem Tod ins Auge geblickt haben? Oder vielmehr wie Rekruten, die darauf warten, jeden Tag nach dorthin verschifft zu werden und sich Mut antrinken? Blicke treffen ihn wie die von Freimaurern, die sich miteinander ins Benehmen zu setzen suchen. Andere abschätzig, manch einer unverhohlen lüstern. Du schlägst die Augen nieder wie ein junges Mädchen. Langsam nimmt der Eindruck Gestalt an, er sei derjenige, mit dem etwas nicht stimmt. Durst, aber Angst, Aids zu bekommen oder Hepatitis, wenn du hier drin aus einem Glas trinkst, dessen Rand in der Dunkelheit nicht deutlich zu sehen ist. Unsinn, aber deine Lippen weigern sich, einen Glasrand zu umfassen, so wie in Freibadklos deine Füße, mit der ganzen Sohle den nassen Boden zu berühren. Dosenbier! Die Lösung. Er kauft eins und verspricht sich, daß er danach hinausdarf.

Plötzlich entdeckt er an der Bar jemanden, den er kennt. Senftenberg. Charly versucht, sich rückwärts in den Schatten zu entziehen. Es wäre zu peinlich. Als er sich gerade fragt, ob es ihm peinlich wäre, an diesem Ort von dem Professor ertappt zu werden, oder ob er ihm die Peinlichkeit ersparen will, ihn hier entdeckt zu haben, hat der ihn gesehen.

Seine Augen, die katzenhaft halbgeschlossen, mit einem Ausdruck behaglicher Sinnlichkeit über das im Auge des Lärmsturms idyllische Bild tanzender, muskulöser, schwitzender, schöner, junger Menschen schweiften, öffnen sich wie im Zeitraffer aus ihrem knospenhaften Zustand zu voller Blüte, der Schließmuskel des Mundes weitet sich in der lautlosen Pantomime eines erstaunten Ausrufs zu einem O, und dann kannst du lippenlesend erkennen, denn du stehst in dem Lärm zu weit von ihm, als daß du es hören könntest, wie er Herr Renn sagt, und es bleibt dir nichts anderes übrig, als auf ihn zuzugehen.

Willkommen in Prinz Prosperos Reich, hört er dann, als er seine Hand widerstrebend in die ausgestreckte, schlaffe des Professors schiebt und gleich wieder zurückzieht. Er hält das Wort für einen Insiderbegriff für Schwulenbar, aber den ersten Impuls unterdrückend, zu deiner Verteidigung und Rechtfertigung zu erklären, daß du mit zwei Frauen hier seist und nur, um zu tanzen, entschließt du dich, das Mißverständnis oder die Provokation nicht aufzuklären. Der Oberkörper des Alten, der sich mit einer Hand am Tresen festhält, schwankt leicht hin und her wie die Krone einer Pappel im Wind. Er ist mindestens so betrunken wie ich.

Prinz Prospero? fragst du. Ist das hier so eine Art Themenparty?

Nein. Poe. Die Maske des roten Todes. Große Literatur zeichnet sich dadurch aus, daß sie immer von neuem aktuell wird.

Ach, Sie meinen wegen … Verstehe.

Nennen Sie das Kind ruhig beim Namen, lieber Freund. Es macht uns immerhin wieder zu den Außenseitern, die wir nie hätten aufhören dürfen zu sein. Sie kennen Mayers Studie?

Charly schüttelt den Kopf.

Ein Schicksal statt eines Arrangements. Wie geht es Ihrem Vater? Und Ihrer Schwester?

Danke der Nachfrage, schreit Charly durch den Lärm.

Und sie hat wirklich die Karriere drangegeben für ihre Mutterrolle? Das imponiert mir.

Ja? Die Kinder dankens ihr jedenfalls.

Sie glauben mir nicht? Die Frauen haben uns eines voraus. Sie geben die Unsterblichkeit weiter. Ich weiß, wovon ich rede, ich war zehn Jahre lang verheiratet und habe zwei wundervolle Töchter.

Aus dem Gedränge der Tanzenden löst sich eine hochgewachsene Gestalt und kommt auf sie zu. Ein junger Schwarzer im grauen ärmellosen T-Shirt, das dunkle Flecken unter den Achselsäumen hat. Hals, Schultern, die muskulösen Arme sind schweißnaß, der Körper glänzt wie eingeöltes Holz. Der Blick, über den unwillkürlich zwei Schritte zurückweichenden Charly streichend wie ein Finger, der über eine Tischplatte fährt, um zu prüfen, ob sie staubig ist, bleibt an seinem Gesicht hängen wie an einer Kerbe. Er streckt den Arm aus und nimmt das gefüllte Glas entgegen, das Senftenberg ihm hinhält.

Nur zur Erfrischung, Lieber, sagt der väterlich, und während der Schwarze ein kurzes *Thanks* von sich gibt, wendet Senftenberg sich erklärend an Charly und sagt zwinkernd: Der Flüssigkeitsverlust ist enorm. Darf ich Ihnen auch etwas bestellen, Herr Renn?

Danke, ich war gerade auf dem Weg nach draußen.

Zu spät. Hic Rhodos. Entspannen Sie sich, amüsieren Sie sich. Lesen Sie nach, er war ein tapferer Mann, Prinz Prospero, er hat auch im Angesicht des Schnitters nicht die Contenance verloren.

Das ist wohl Temperamentssache.

Senftenberg, der schon immer die Fähigkeit besessen hat, die Leute zu verblüffen, faßt mit seiner knochenlosen Hand den Schwarzen am Unterarm, eine Geste des Festhaltens, die aufgrund des frappierenden Kontrastes zwischen dem dünnen, weißen Handgelenk des Professors, das aus der Manschette ragt, und dem sehnigen, starken Arm des jungen Mannes etwas anrührend Symbolisches hat, läßt dann los, hebt die Hand langsam und berührt kurz und flüchtig seine Wange – es ist fast, als wolle er ihn mit mütterlicher Fürsorge wegschieben, wieder zum Spielen schicken, denn noch während seine Handfläche vogelleicht das Gesicht streift, wendet sein Kopf sich Charly zu, und er sagt: Die unsägliche Vertrautheit, die darin liegt, einen Menschen vom gleichen Geschlecht zu liebkosen oder von ihm liebkost zu werden. Auch wenn er Ihnen wildfremd ist.

Ich bin betrunken. Ich muß raus hier, sagt Charly panisch.

Richten Sie Ihrer Schwester Grüße aus von mir, erwidert Senftenberg und hebt zum Abschied Charly diese Handfläche entgegen, als sei etwas auf ihr zu lesen.

Wäre Christine hier, er hätte sie verloren. In dieser Unterwelt kann er nicht singen. Die Christine, die er sucht, kann er sich hier nicht vorstellen, aber wir können uns die Menschen, mit denen wir leben, nie anders vorstellen als so, wie sie im Leben mit uns sind. Dabei können sich die Interessen und das Verhalten von jedem von uns ganz kurzfristig ganz radikal ändern, und zwar abhängig davon, wem wir unser Herz geschenkt haben. Für jemanden, der sich frisch verliebt hat und mit einem anderen Menschen eine neue Schnittmenge der jeweiligen Weltanschauungen und Lebensformen entdeckt, handelt es sich nur um folgerichtige und natürliche Schritte in eine bisher nicht begangene, aber ganz eindeutig offenstehende Richtung. Diese Veränderungen sind gar nicht spürbar für ihn, für den jedoch, der zurückbleibt, sind sie so unverständlich, als wäre der ganze Mensch ausgewechselt worden. Und in gewisser Hinsicht ist er das ja auch: Dinge, an die man nie gedacht hat, werden, von dem neuen geliebten Menschen vorgelebt, mit einem Mal denkbar. Wir entwickeln uns nie alleine, aus schierer Überlegung und Deduktion heraus, sondern immer nur in der gegenseitigen Mimikry mit einer neuen Bezugsperson. Die im Front für Charly undenkbare Christine ist es nur, weil *seine* Christine nie mit ihm dort war, weil ein solcher Ausflug nicht zu ihrer gemeinsamen Weltschnittmenge gehört hätte. So hat Charly an diesem Abend die fremdgewordene Christine auch ausschließlich auf den Pfaden der ihm vertrauten gesucht, ein unlogisches Unterfangen, wie er aus eigener Erfahrung wissen könnte: Hätte Brigitte, seine damalige Freundin, den ihr vertrauten Charly in den Tagen ihrer Trennung gesucht, dann gewiß nicht auf der Friedensdemo in Bonn, zu der *ihr* Charly auch nie gegangen wäre, sondern eben nur jener andere, der sich soeben in Christine verliebt hatte und daher ihre Welt zu seiner zu machen begann, samt ihrer linken Romantik, ihrer Furcht vor dem Krieg, ihrem jugendlichen Glauben, man müsse »etwas tun« und ihrer begeisterten Werbung dafür, es »den Mächtigen in Bonn« zu zeigen – alles Dinge, die für Charly plötzlich liebenswert und fast auch wichtig geworden waren, von einem Tag auf den andern. Ein simples Voranschreiten für ihn, für Brigitte mußte es eine vollkommen unverständliche, ja unvorstellbare Wandlung gewesen sein.

In solch einer neuen Konstellation werden unsere Gewohnheiten über den Haufen geworfen, es wird Staub aufgewirbelt im Leben, aber irgendwann setzt sich der Staub auch wieder, und was von diesem neuen, ungewohnten, vom anderen übernommenen Verhalten nicht dem eigenen unveränderlichen Wesen entspricht oder in es einzudringen vermag, geht rasch wieder vorüber. Ein Jahr nach der Trennung hätte Brigitte fast wieder den alten Charly erleben können. Denn hatte er in der Anfangsphase seiner neuen Beziehung, in die auch die Friedensdemo fiel, eine halbe Bundesligasaison verpaßt, da er mit Christine zusammen nicht mehr der sein konnte und wollte, der die Samstagabende vor der Sportschau verbringt, so kehrte er wie nach langer Ausfahrt in den Heimathafen zurück zu dieser Gewohnheit, sobald im Verhältnis zu Christine eine gewisse Regelmäßigkeit eingezogen war, sukzessive und sozusagen didaktisch in homöopathischen Dosen, um Christine langsam mit diesem Grundbedürfnis seiner Existenz bekanntzumachen, es ihr nahezubringen, schließlich aus Gleichgültigkeit, genauso wie der Liebhaber ab einem gewissen Punkt, an dem er das Gefühl hat, genügend Balzarbeit geleistet zu haben, aufhört ins Nebenzimmer zu gehen, wenn er furzen muß. Das erste Mal, wenn seine Geliebte ihm dann empört und mit kopfschüttelndem Grinsen zuruft: Du Schwein, aber weiter nichts passiert, weiß er: Sie sind ein Paar, das aus dem Gröbsten der Phase gegenseitiger Beeindruckung glücklich heraus ist.

Draußen geht er ein paar Schritte, um nicht von den Gestalten vor der Tür angesprochen zu werden, der Kopf dröhnt von dem Lärm der Musik, und er merkt, daß er sich nicht mehr geradehalten kann. Immerhin ernüchtert die kühle Nachtluft ihn ein wenig. Wohin jetzt? Wo könnte sie sein? Er spürt, daß es ihm zuviel wird, sie suchen zu müssen. Der weiterhin nach normalen Gesetzen funktionierende Teil von ihm möchte nach Hause, der andere macht jetzt eine Ehrensache daraus, die Nacht bis zum bitteren Ende weiter zu durchqueren. Vorn das dunkle Eisentrassengewirr des Berliner Tors, dahinter ein Riesenschatten, das Polizeihochhaus. Da muß es Taxis geben. Er überquert, als die Ampel grün ist (er traut seiner Wahrnehmung nicht mehr recht), die Spaldingstraße, sitzt irgendwann in einem Taxi, weiß, bis er den Mund öffnet, noch nicht, was er sagen wird, sagt dann: Pöseldorf, Milchstraße. Also die Bhaggidisko. Im Grunde ist es wunderbar, in einer klaren Nacht mit dem Taxi durch die eigene Stadt gefahren zu werden. *New York state of mind* – es gibt einem ein Gefühl von Luxus, wie wenn man am Vormittag des Heiligen Abends Briefe an Freunde schreibt.

Die Bhagvan-Diskothek, hell, weiß, sauber, amerikanisch, eine Art moderne Poliklinik aseptischen Amüsements, Produkt einer kapitalistischen Sekte, die das Tanzen aus dem Geist des Worshippens als postmoderne Dienstleistung erfindet, das war so etwas wie die Einführung des Fließbandes in die Manufakturen der Zerstreuungsindustrie gewesen.

Dies ist die einzige Diskothek, die Charly je ohne Widerwillen und Abscheu betreten hat, und fast folgerichtig ist in diesem bis ins hinterste Eckchen taghell ausgeleuchteten Raum auch keine Christine mit ihrer alten Beschälerin zu sehen, war nicht da und wird nicht kommen. Aber der Saal ist voll von ihr, von ihr und von dir, er konserviert diese besondere Stimmung von 83 oder 84, als alles anfing, Menschen wie uns rechtzugeben.

Es ist schwer, aus dem Leben heraus die Zeichen für historische Paradigmenwechsel zu erkennen. Meist verwechselt man die der eigenen Existenz mit ihnen, aber damals warst du von einem Tag auf den andern in weißem Hemd und Krawatte kein Freak mehr. *The pursuit of happiness* wurde legalisiert. David Bowie sang *Lets Dance* und das war, als habe der alte Adorno plötzlich mitten auf einer Gedenkveranstaltung den moralischen Kragenknopf geöffnet: eine offizielle Erlaubnis zum Hedonismus. Die Sauberkeit und Helligkeit hier waren wie der Ausgang des schlammigen und kotigen dunklen Tunnels der Pubertät und der Jugend. Die schönen oder zumindest gepflegten jungen Menschen selbstgewisse Monaden, die in dieser strahlend ausgeleuchteten Tanz-Mall das neuerworbene Recht feierten, sich nicht mehr mit den anderen zu Vielzellern vereinigen zu müssen.

Daß Christine hier nicht ist und nicht sein kann, macht dir weniger aus als anderswo, denn ausgerüstet mit dem aus Joni Mitchells Lied erworbenen holografischen Wissen über ihre neue Identität, das im Laufe des Abends noch um all die seltsamen Doppelungs- und Spiegelungsphänome bereichert wurde, spürst du, wie du zu ihr wirst, als jetzt ein altes Lied gespielt wird, eines von damals, das die Verbindung zwischen deinen Reminiszenzen und dem gegenwärtigen Moment herstellt. Und als du jetzt auf der Tanzfläche stehst und dich im Hin und Her der anderen nach innen oder auf die Spiegel Starrenden mitbewegst, bist du nicht mehr Charly, sondern sie. Du machst ihre Kopf- und Armbewegungen, du summst mit ihrer Stimme, du siehst dich zugleich von innen und von außen als tanzende Christine.

Es ist weniger eine *unio mystica* als ein Identitätswechsel, so wie ein junger Schauspieler, ein ehrgeiziger Statist, der den Text der bewunderten Diva und all ihre Bewegungen und Gesten auswendig kennt, in dem traumverlorenen Moment, in dem sie zur Panik aller Beteiligten bei ihrem Stichwort nicht auf der Bühne erscheint, einspringt und sie ersetzt, zu ihr wird und zugleich er selbst bleibt, eine Verdoppelung, erlebt in dem manisch-depressiven Rauschzustand, einerseits zu wissen, daß man alleine genug ist, und zugleich zu spüren, daß man den Abwesenden nie wird ungeschehen machen können.

Hinterher fühlt er sich erleichtert wie jemand, der Ewigkeiten oben auf dem Sprungturm gezögert hat, dem es schon kalt geworden ist und der, von seinen Überlegungen abgetrieben, den Schritt, der den Tag rettet, ganz unvermutet und unbewußt getan hat und nun desto stolzer auf sich ist, als er sich nicht überzeugt, sondern überlistet hat.

Er stelzt von der Tanzfläche, kauft eine Flasche Rotwein und verläßt mit ihr die Diskothek. Jetzt ist es genug, die Waage des Abends beginnt sich gerade zur positiven Seite zu neigen, und er fühlt sich, als habe er ein Stück unangenehme Arbeit, das er den ganzen Tag vor sich hergeschoben und erst am Abend widerwillig in Angriff genommen hat, mit erstaunlich leichter Hand bewältigt und dürfe sich nun, obgleich es noch nicht ganz an der Zeit ist, guten Gewissens in den Feierabend verabschieden. Die Alternative, im Bewußtsein, daß es gerade so gut läuft, auch noch die Arbeit des folgenden Tages anzugehen, wird schnell verworfen mit einem tiefsitzenden Horror bei dem Gedanken, mehr von sich zu verlangen, als das Glück des Augenblicks gewährt. Und ähnlich wie in jener Szene bei Asterix, in der einer der schwächlichen Bewohner des gallischen Dorfes, der im Glauben, vom Zaubertrank seines Druiden gekostet zu haben, seine Kräfte ausprobieren will und, beginnend bei einem riesigen Felsblock, vergebens immer kleinere Steine zu stemmen versucht, bei jedem einsichtig zugebend, sich vielleicht doch verschätzt zu haben, um schließlich mühelos einen Kiesel am ausgestreckten Arm hochzuhalten und triumphierend auszurufen: Ich bin Herkules!, hat Charly das Gefühl, eine nennenswerte Leistung vollbracht zu haben, indem er den Abend irgendwie überstanden hat, einem Ziel nähergekommen zu sein und sich den Heimweg, die Rückkehr nach Hause, redlich verdient zu haben und mehr als die Rückkehr, nämlich irgendeinen Lohn, der ihn zu Hause erwarten müßte, ganz so, als gebe ihm der Canossagang dieser Nacht zumindest das moralische Recht auf die Wiederkehr seiner Frau.

Die Busse fahren wieder, und er steigt in einen ein, der den Mittelweg hinab Richtung Innenstadt fährt, ohne darauf zu achten, welche Fahrtroute und Endhaltestelle er hat. Betrunken, müde, ein leichtes Sodbrennen im Magen, mit der Rotweinflasche in der Hand, die er direkt an den Hals setzt, wobei durch das Geruckel des Busses einige Spritzer aufs Hemd gehen, versetzen ihn, ganz anders als bei der Taxifahrt vorhin, die Leere des großen Fahrzeugs – er ist der einzige Fahrgast –, das Gebrumm der Heizung, die die Dieselabgase in den Innenraum zu pumpen scheint, die beschlagenen Scheiben, durch die man nur Schlieren der beginnenden Dämmerung sieht, wieder zurück in seine Stimmung heulenden Elends vom Beginn des Abends – Einsamkeit, Leere, Angst vor dem bevorstehenden Tag, an dem er der Erkenntnis seines zerstörten Lebens nicht mehr wird davonlaufen können, tiefe Erschöpfung, die ihm alles gleichgültig werden läßt.

Als sich am Dammtor mit einem Zischen die Tür öffnet und drei Gestalten den Bus besteigen, reagiert sein Bewußtsein dennoch sofort: Gefahr für Leib und Leben. Die Stimmen, die kehligen, grölenden, aggressiven Stimmen junger Männer, dumm, ungebildet und vom Leben betrogen, die ein Opfer suchen, und ein einzelner, feingebauter Mann von offenbar besserer Rasse und höherer sozialer Stellung in einem leeren Bus um halb fünf Uhr morgens ist ein Opfer. Charly sieht zunächst nur das vielarmige, grobianische, Urlaute ausstoßende Wesen, das breitbeinig auf ihn zugetappt kommt mit Hähä und Hoho. Adrenalinstöße, Fluchtimpuls, Panik, die Kindheitsangst vor den Hauptschulproleten auf dem Heimweg und die Jugendangst in der abendlichen U-Bahn vor den Steilshooper oder Kirchdorfer Rockern. Kein Entkommen – ein Hilfeschrei formt sich in deiner Brust, und dann ganz plötzlich weicht die Panik einer tiefen Gleichgültigkeit, ja sogar einem überpersönlichen Einverständnis, einem Sünderbewußtsein von gerechter Strafe, einem Selbstekel, der anerkennt, daß ihm nur recht geschähe, vermöbelt zu werden, einer ganz ruhigen, gelassenen Solidarität mit diesen drei beängstigenden Gestalten: unglückliche Männer, wie alle. Jetzt sieht er ihre Gesichter. Einer hat eine vernarbte Stirn, als wären ihm schon mehrere Bierflaschen auf dem Schädel zertrümmert worden, der zweite eine Vokuhila-Frisur im Manni-Kaltz-Stil und alle riesige,

schrundige, rote Arbeiterhände mit dreckigen Nägeln. Gleichmütig blickt Charly ihnen entgegen, und als einer ihn anspricht,
denn sie können ja nicht stumm losschlagen, es braucht ein Wort-
geplänkel, es braucht irgendeine selbstgeschaffene Provokation:
Na, was haben wir denn hier? Und: So ein sauberer, geschniegel-
ter junger Mann, der andere, *ist* Charly, ohne sich verstellen zu
müssen, der Mithamburger, der Leidensgenosse unter den Ver-
lierern der Hafenstadt, und grüßt sie mit Mojn, mojn, und die
Frage, ob ihn gleich eine Faust oder Stiefelspitze treffen wird, ist
ihm so lästig, als wecke ihn jemand aus dem Tiefschlaf und for-
dere ihn auf, eine Gleichung mit zwei Unbekannten zu lösen.

Oh, was haben wir denn da? Was zu trinken? So allein trinken ist aber nicht schön! Darfst du denn schon allein Alkohol
trinken? Rhetorisch, stellt Charly fest, im Innern der Luftglocke,
in der er unbeteiligt sitzt und in der er die drei brutalen Typen
leicht verwischt und gedämpft hört und sieht, die sich vor ihm
und neben ihm niedergelassen haben, rhetorisch sind sie wirklich harmlos. Jetzt gar keine Angst mehr, als könne er durch die
ungelenk und hilflos provozierenden Worte direkt bis zu den im
Grunde arglosen, dummen Herzen dieser armen Tröpfe sehen.
Aber auch bei den armen Tröpfen stockt etwas in ihrem Elan.
Sie sehen ihn aus der Nähe an, sehen einander an, und Charly,
während er einen Zug aus der Weinflasche nimmt und sie dann
an seinen Nachbarn weiterreicht, der unwillkürlich davon trinkt,
sieht sich aus ihrer Perspektive: die blutunterlaufenen Augen, die
vertrockneten Rotweinkrümel im Mundwinkel, die Flecken auf
dem Hemd, das wirre Haar, die bleiche Haut, der unstete Blick.
Etwas in ihm schämt sich vor diesem Bild, als sei, was sich gerade
entwickelt – daß er nämlich ihr Mitleid erregt –, noch peinlicher
und unangenehmer, als zusammengeschlagen zu werden. Dennoch hat eine Instanz in ihm bereits entschieden, die Rolle der
Schnapsleiche ihnen gegenüber durchzuhalten, mehr als es vielleicht der Wahrheit entspricht, denn natürlich hat ihn der anfängliche Angstschub ernüchtert.

Er sieht aus, als hätte er Kummer, der Junge. Der ist völlig im
Arsch, meinst du wohl! So, trink mal nochn Schluck.

Einer setzt ihm die Flasche an den Hals. Eklig, sie nicht abwischen zu können. Zu steil. Natürlich geht einiges daneben. Gelächter, aber nicht hämisch.

Jetzt wieder der andere. Ich will auch, unser Kumpel hier ist doch sowieso schon abgefüllt.

Was ist dir denn passiert, daß du hier hickehackevoll im Bus sitzt um fünf Uhr morgens?

Mit der tiefen Befriedigung absoluter Selbsterniedrigung sagt Charly: Meine Frau ist abgehauen.

Gott, wenns weiter nichts ist, Frauen gibts genug. Fickt sie einen andern? Scheiße sowas. Hat sie dich sitzenlassen, jaja, die Weiber. Prost, auf die Scheißweiber!

Sie reden noch ein Weilchen weiter über die Frauen, dann sieht einer in die Dämmerung hinaus und tippt mit dem Zeigefinger gegen die Fensterscheibe. Sie stehen auf. Einer klopft Charly auf die Schulter. Kopf hoch, fick sie von uns. Genau, schieb ihr n Gruß mit rein.

Der Bus hält am Muckplatz vor der Musikhalle. Die Flasche ist leer. Wo die wohl hinwollen um die Uhrzeit? Er hört noch, wie einer im Aussteigen sagt: Völlig fertig, der Knabe! Aber so fertig ist Charly nicht. Wach jetzt. Die frühmorgendliche Innenstadt. Erster Autoverkehr. Blaugraues Licht. *Il est cinq heures, je n'ai pas sommeil.* Hochgefühl, die drei Rocker überlistet zu haben, vielleicht gar nicht mal, vielleicht von ihnen akzeptiert worden zu sein. Normale Leute. Normale Welt. Hunger jetzt. Einen Bärenhunger. Der nächste Halt ist U-Messehallen, Holstenglacis. Er wirft die Flasche in einen leeren Abfalleimer und erschrickt über den Lärm des Aufpralls in der Morgenstille. Um die Ecke das Untersuchungsgefängnis. Da hätten die aussteigen müssen. Freigänger. Wie die immer die Taschentücher flattern lassen und den Arm zwischen den Gittern rausstrecken mit Fuckfinger, wenn unten eine Frau vorbeigeht. Zum Schlachthof! Ins Freimuth! Jahre nicht mehr dort gewesen. Früher mit Johann, nach den Nächten auf St. Pauli. Unkontaminierter Boden. Erinnerungen lernen ja nicht mit, sie bleiben in ihrem historischen Augenblick eingekapselt wie Insekten in Bernstein. Und das Karoviertelgedächtnis enthält keine Christine, also auch keinen Schmerz. Kann man da was von kriegen, aus derselben Flasche trinken mit so einem ekligen Grindmaul? Jesus Maria, was hast du für Glück gehabt! Er kichert vor sich hin, während er die ausgestorbene Marktstraße entlanggeht. Richtig Hunger jetzt nach dieser Nacht. Auf dem Brachgrundstück Ecke Glashüttenstraße mit dem runtergetretenen Zaun bellt ein junger Schäferhund, dessen Herrchen von draußen zusieht, eine Katze an, die sich unter einem Gebüsch verschanzt hat und jetzt die Pfote vorschießt. Der Hund jault auf und läuft mit eingezogenem Schwanz zurück, du siehst die Blutstropfen auf der schwarzen Nase sogar von hier. Ein halbes Jahr später, und die Kleine hätte keine Chance mehr. Der Anblick wär schlimmer. Süßer Kadavergeruch vom Schlachthof. Hinter den dicken Mauern ab und zu Schweinegequäke. Stadtgerüche von damals: der Schweinegestank hier und der Maischegestank von Holsten in der Holstenstraße oder von Astra in der Bernhard-Nocht-Straße. Die Tür zum Freimuth an der Ecke Lagerstraße steht offen, und es riecht nach abgestandenem Bier, Pisse, ungewaschenen Kleidern, Rauch und geschmorten Zwiebeln. Letzte Nachtschwärmer, Arbeiter aus dem Schlachthof, Fahrer aus den umliegenden Fuhrunternehmen. Charly setzt sich auf eine Bank, bestellt bei der dicken Kellnerin, die sich gleich mit stumpfem Bleistift und Notizblock vor ihm aufgebaut hat, ein Bier, ein Schweineschnitzel, paniert, mit Bratkartoffeln. Duft nach Filterlosen, Reval, Juno und Selbstgedrehten. Drum. Christines rote Fingerspitzen mit den Tabakkrümeln darauf beim Stopfen. Stopfst du mir auch eine? Schön zuzusehen. Das Bier erstklassig gezapft, schade, daß Kai nicht mehr. Eine Blume, so fest, daß man drauf spazieren kann. Hah, Durst und kaltes Bier! Jesus, was so ein Magen alles verträgt! Durchs Fenster kann man das Sixt-Plakat mit dem Porsche sehn »Neid und Mißgunst für 99 Mark«. Daneben Pernod: »Heute schon gelebt?« Kannst du einen drauf lassen! Das Schnitzel groß wie eine Arbeiterhand. Darunter das schlierige Bratfett. Die Kartoffeln innen buttergelb, mit einem krossen braunen Rand. Die Zwiebeln duften. Ringeln sich goldschimmernd über den halben Teller. Der obligatorische Bund Petersilie auf der

Zitronenscheibe. Eine Gabel Fleisch, umhüllt von der hauchdünn-knusprigen Panade, einmal durchs Fett gewischt, und eine Gabel Kartoffeln und Zwiebeln. Dann kauen. Genau richtige Mischung aus weich und kroß. Nicht zu heiß, aber schön warm. Und dann ein Schluck kaltes Bier. Das Glas beschlagen. Proust! sagt ein Tischnachbar, n Appetit! Mahlzeit, erwidert Charly. Aus dem Radio oder von der Cassette tönt *Chef, ich brauch mehr Geld.* Montag wieder arbeiten, gut, daß erstmal Wochenende. Charly wundert sich über seinen Appetit und seine momentane aufge-räumte Stimmung. Sollte es das etwa schon gewesen sein?

Offenbar ist der Mensch eine Art Wohn- oder besser Haus-gemeinschaft. Mag der Chef sich auch schmollend oder gar ver-zweifelt in die Dachstube zurückgezogen haben, heißt das eben nicht, daß alles stillsteht. Die Kontorräume und die Küche funk-tionieren reibungslos und brummen vor Arbeit. Das heißt, der »Chef«, das »Ich«, ist gar nicht der Chef, sondern nur einer der Bewohner dieses Organismus, der Pressesprecher, meinetwegen auch der Hausseismograph, fürs Empfinden zuständig, aber kei-neswegs der uneingeschränkte Meister der anderen, die offenbar sehr gut wissen, wann sie ihn wie ernst zu nehmen haben, wann es sich um seelische Launen handelt und wann wirklich um eine Krankheit zum Tode.

Der Weg gegen den Strom der morgendlichen Passanten führt wieder durch vertraute Meerengen. Über der Schanzenstraße und der Weidenallee, über der Christuskirche Möwen und Landge-ruch. Jenseits der Fruchtallee schimmert in der Morgenröte die Küste Ithakas. Nach zwanzig Jahren in der Fremde jetzt Lust aufs Bett. Bettschwere.

Er schläft ein mit einer ungeheuren Erleichterung, hinabzu-tauchen, hinabzusinken, tief unter den aufgewühlten Spiegel des wachen Lebens, wo er sich langsam von einem festen Kör-per in das sich endlos ausdehnende Element selbst verwandelt, und seine Beine und Füße, seine weit über das kühle Laken aus-greifenden Arme stellen beglückt fest, daß sie auf kein Hinder-nis treffen, daß kein Fremdkörper ihrem sinnlichen Zerfließen im Weg steht.

In den knapp vierundzwanzig Stunden seit dem Schock sind die Tatsachen offenbar noch nicht ins Grundwasser des Unterbewußtseins gesickert, wo die Träume gemacht werden, denn die sind in diesem Schlaf, soweit er sich später daran erinnert, von höchst angenehmer, aus einem Gefühl wohliger Geräumigkeit kommender, passiv genießerischer Erotik, was vielleicht an dem ungewohnten Raum liegt, den das allein benutzte Bett seinen sich in den Traumphasen streckenden Gliedern bietet. Jedenfalls kommt keine Christine in ihnen vor, keine Angst, keine Sorge, das Alleinsein in ihnen ist ein freudig abenteuerndes von lascivem Umarmt- und Umbeintwerden durch gesichtslose, glatte Mädchen, unterbrochen von taugenichtshaftem sommerlichen Schlummer unter Obstbäumen. Erst beim Auftauchen, als sich der Kopf noch im Halbschlaf über den Spiegel des Bewußtseins zu heben beginnt, ist da eine in der ersten Sekunde noch nicht verstandene graue und formlose Last zu spüren, die der erwachende Geist sofort erschrocken eine Depression nennt, noch immer ohne, traumwebbedeckt wie er ist, einen Grund für sie zu wissen, den dann die ausgreifenden Fingerspitzen, die auf keinen Körper treffen, ein wenig vor dem langsam anspringenden Gedächtnis finden.

Er hat solche Träume im Traum schon gehabt: Zu träumen, man sei als Mörder überführt, um sich dann im panischen Hochschrecken (aber noch immer träumend) zu erinnern, man sei tatsächlich einer. Einen Augenblick lang weigert sich das Bewußtsein, aus dem Traum in den Alptraum zu erwachen, wo die Verzweiflung der einzig atembare Äther ist.

Du bist wirklich verlassen.

Sofort schwinden alle Kräfte, und die Schweißdrüsen werden angeregt: als sei es ein plötzlicher, unerwarteter Schreck.

*

Daß die Seele kein Organ wie die anderen und physisch nicht zu greifen ist, das beweist die unterschiedliche, ja gegensätzliche Reaktion auf seelische und körperliche Wunden. Bei letzteren reagiert der gesamte Mensch unisono: vernünftig, demütig, geduldig, zuversichtlich. Er läßt sie behandeln, er berührt sie nicht, er wartet auf und befördert ihre Heilung und Vernarbung und tut nichts, was diesen Prozeß hemmen und gefährden könnte. Vor allem weiß er, daß mit der Zeit Heilung erfolgt, und glaubt seinem Wissen. Ganz anders bei seelischen Wunden: Da ist er sich dieses Wissens nicht sicher, und vor allem glaubt er ihm nicht. Denn der Mensch ist seinen Schmerzen gegenüber ein ungläubiger Thomas. Er muß sie sehen und lokalisieren können, um sie zu glauben und zu akzeptieren. Das Perfide an der seelischen Wunde ist, daß sie nicht existiert und dennoch wirkt. Sie beeinträchtigt – zunächst und direkt – weder die geistige noch die körperliche Integrität des Menschen, noch seine Weltwahrnehmung. Und gerade dies: Daß sich eigentlich an dir selbst nichts verändert hat und alles ebensogut weitergehen könnte wie zuvor und zugleich ein ohrenbetäubend kreischendes Bewußtsein darüber besteht, daß nichts mehr ist wie zuvor und nichts mehr so weitergehen kann, darüber ist kein Hinwegkommen. Weil die seelische Wunde unsichtbar ist, eine Leere und Abwesenheit im Zentrum des Schmerzes, weil daher keine natürliche innere Anerkenntnis der Krankheit oder Verletzung erfolgen kann, vermag es auch keine vernünftige Behandlung zu geben. Man wartet nicht auf Heilung, sondern sucht immer wieder nach der »Stelle«, man wirft Blicke einer perversen Faszination auf das unsichtbare Phänomen, schlägt um sich wie ein geblendeter Polyphem, man erlaubt ihr gar nicht, sich zu schließen, sondern reißt, im ewig andauernden Unglauben, daß uns dies geschehen sein könne, jedes Wundhäutchen sofort wieder auf, um durch den erneuten frischen Schmerz die Gewißheit zu bekommen, sich nicht getäuscht zu haben, keiner Illusion aufgesessen, tatsächlich selbst der Betroffene zu sein. Man umkreist immer wieder den Moment, in dem man die Wunde empfangen hat, um sie immer wieder zu empfangen, man beginnt, sich für einen seelischen Bluter zu halten und wird derart zu einem. Anstatt die Wunde zu behandeln, gießt man die Säure müßiger Überlegungen zu ihrer Notwendigkeit und Unabwendbarkeit hinein, man experimentiert mit selbstzerstörerischer Wut und zugleich mit dem kalten Interesse eines Lagerarztes an ihr herum, und nur geistige Erschöpfung und Ermüdung können einen – wenn auch nicht immer – mit der Zeit davor bewahren, an ihr zugrunde zu gehen.

Die Zeit aber verwandelt sich dem, der eine seelische Wunde empfangen hat, sie verliert ihre gewohnte Dreiteilung in Zukunft, Gegenwart und Vergangenheit. Die Gegenwart als der jeweils zu gestaltende Moment und als einziges Tempus tatsächlicher Wahrnehmung verschwindet, denn da sie, mangels eines sichtbaren Ortes der Wunde, der Raum ihrer permanenten Vergegenwärtigung ist, da die Gegenwart nichts mehr ist als der beständig den Eiter der Bewußtmachung absondernde Entzündungsherd, drängt das Bewußtsein sie über beide Zeitränder hinaus, nach vorn in eine rastlos herbeigewünschte, Klärung und Veränderung des Zustands bringen sollende Zukunft, nach hinten in eine lethargisch brütende, die sich aufeinanderschichtenden Reproduktionen der immergleichen Frage freudlos kategorisierende, analysierende, systematisierende Vergangenheit. Die Zeit eines seelisch Verwundeten kennt nur noch diese beiden Tempi, über das Jetzt weiß er nichts, kein Herzschlag des lebendigen Universums vermag ihn zu rühren. Ganz und gar auf sich selbst zusammengeschrumpft, schichtet er Erwartetes, Erhofftes, Befürchtetes nur um und auf zu einem Ballast tatsächlicher Erinnerungen, die das Gedächtnis mit einem Netz von ungelebten, bereits toten Virtualitäten verknüpft. Weshalb auch über die Gegenwart, den Zeitfluß dieser Tage im Leben von Charly nichts gesagt werden kann, weil er zwar existierte, aber nicht wahrgenommen wurde.

Wo aber überhaupt keine Gegenwart existiert, wird plötzlich alles zu Gegenwart, zu einem lastenden, erstickenden Nunc stans, wie die Luft in einem heißen, feuchten Badezimmer ohne Entlüftung. Und in dieser stehenden Luft einer wie ein einziger aufgeblähter Tag oder Alptraum erlebten Periode lichtet sich der Nebel plötzlich einmal hier und einmal da über verschiedenen Momenten, in denen der Erinnernde später staunend den unter aller Depressionslast kämpfenden Körper wahrnimmt, der sich durchgeschlagen hat, gearbeitet und entschieden, gegessen, geredet, telefoniert, der ausgegangen ist, alle möglichen Hebel in

Bewegung gesetzt hat, mühsam durch die Gegenströmung gewatet ist – alles das, während das unter Seelenmigräne leidende Bewußtsein, Stirn und Augen mit feuchten Tüchern bedeckt, leidend und reglos zu Bette lag.

Noch im Bett liegend, im Versuch, Ordnung in die Unrast zu bringen (Was tun, mit wem zunächst telefonieren, heute ist Samstag, keine Arbeit, wo anfangen? Und womit?), in die Anfälle von Auflehnung hinein (gestern abend hab ich mich auch alleine amüsiert, ich laß mir das nicht bieten, ich werde sie zur Rede stellen), sich aus Gegenphantasien befreiend (ich flirte/ficke/lebe mit X, Y oder Z und gebe *ihr* den Laufpaß), halb schon wieder versinkend im Treibsand der Depression (Es kann nicht sein, es kann nicht sein, was ist eigentlich passiert?), gilt seine brennendste Sorge nach wie vor diesem lähmenden Schmerz im Zentrum und, läßt er sich schon nicht lokalisieren und berühren, seiner Definition: *Was* eigentlich ist es, woran ich so leide?

Die erste, ganz instinktive Antwort entpuppt sich bei genauerem Nachdenken als Illusion: ihre Abwesenheit. Daß er sie nicht sieht, nicht hört in der Wohnung, daß sie nichts erzählt, nicht telefoniert, sich nicht umzieht oder Unordnung oder Ordnung macht, nicht neben ihm im Bett liegt. Aber das verursacht offengestanden nicht den Schmerz. Objektiv gesprochen, hätte es sogar Vorteile, wärest du in der psychischen Verfassung, sie auszunutzen. Auch reagiert der Körper nicht panisch auf ihre physische Abwesenheit, die er bereits öfter erlebt hat und die für ihn noch nichts entscheidend Neues hat. Du könntest endlos frühstücken, Krümel auf dem Tisch lassen, überall masturbieren, laut Musik hören, kommen und gehen, wie du willst, ohne Rechenschaft ablegen zu müssen, du könntest nach Pforzheim fahren und mit Meret vögeln, wenn ihr Mann auf Dienstreise ist, ins Kino gehen, in Ruhe die Bundesliga genießen, alte Platten ordnen. Im Bett ist soviel Raum, wie du eigentlich brauchst, um gut schlafen zu können, diagonal, auf dem Bauch, die Beine gespreizt, die Ellbogen ausgefahren und die Hände unter dem Kopfkissen. Auch lieben, das heißt mit warmen Gefühlen, mit Zuneigung an sie denken, Zukunftsbilder malen, ihren Körper hier und da aufbauen, sie sprechen lassen, auch lieben also geht, wie du weißt, einfacher, wenn sie nicht da ist und durch ihre Präsenz der gefühlsreinen Kontemplation hinderlich. Auch wenn du für all dies – Profitieren und Lieben – viel zu aufgewühlt und zugleich zu geschwächt und abgelenkt bist, wird doch deutlich, daß die Tatsache ihrer Abwesenheit nicht die Quelle des in Wellen kommenden Schmerzes ist.

Was dann? Die Enttäuschung, der Betrug, der Schock über dieses Verbrechen gegen die Menschlichkeit, daß deine Frau dich hintergangen hat? Aber auch darüber läßt sich nachsinnen und sogar sehr ruhig und objektiv nachdenken, ohne daß du deswegen aufschreien müßtest vor Qual – die allerdings parallel dazu, aus anderen Quellen gespeist, weiter in dir wütet. Nein, seltsamerweise kannst du darüber sogar am allerruhigsten reflektieren: wie über eine mathematische Aufgabe, der auch immer das Beruhigende anhaftet, fürs Leben nicht wirklich ernstgenommen werden zu müssen. Betrug und Täuschung sind Konzepte, Konstrukte, in die Tat umgesetzte Worte – mehr oder minder elegant umgesetzt. Und mit solchen Gedanken- und Wortkonstruktionen hat bisher noch niemand den Bereich in dir getroffen, in dem das Leid produziert wird, was im übrigen umgekehrt ebenso gilt: Nie hast du wirklich geglaubt, daß du mit Worten und Gedanken jemanden ins Mark treffen könntest, und wer sich allenfalls dennoch getroffen gab, der kann kein sehr klardenkender Mensch gewesen sein. Und seien wir ehrlich: Du hast sie auch schon »betrogen« und konntest das mit dir abmachen, ohne daß es am Essentiellen, an der Liebe, etwas geändert hätte.

Mit Zwanzig hat dich das noch abgründig treffen können: Sie hat dich betrogen. Aber heute ist es nur mehr die ein wenig befremdliche Erinnerung an etwas, das einem einmal unverständlicherweise angst machte, ohne daß man sich noch erklären könnte warum, so wie man sich erinnert, als Kind Angst gehabt zu haben, von Dummköpfen verspottet oder gehänselt zu werden. Die »menschliche Enttäuschung« ist eine kognitive Kategorie, etwas worüber du abgekoppelt von deinem Gefühls- und Seelenleben nachdenken kannst, wenn auch momentan wenig Kraft dazu vorhanden ist. Nein, du warst schon näher dran.

Was ist es, das dich einerseits befähigt, klare Überlegungen anzustellen und die Dinge um dich herum durchaus scharf und deutlich wahrzunehmen, die gewohnten in deinem Gesichtskreis, die unbekannten, von denen nur die Samstagmorgengeräusche gedämpft in die einsame Wohnung dringen, das dich aber zugleich so freudlos macht, als sei das Organ defekt, das deiner Weltwahrnehmung überhaupt erst Farbe und Relief verleiht, das dich befähigt, Interesse und Neugierde zu empfinden für die Dinge um dich herum, das sie gewissermaßen überhaupt erst erschafft?

Das leere Bett. Vorhin hast du festgestellt, daß ihre Abwesenheit es nicht ist, was den Schmerz verursacht, weil das Gefühl, allein zu erwachen, eines ist, das du kennst, da es ab und zu vorkommt. Was aber, wenn es so weitergeht? Wenn sie nie mehr neben dir aufwacht? Nie mehr mit dir frühstückt? Du nie mehr ihre Stimme hörst? Da kommen wir der Sache näher. Da treffen wir auf den Nerv. Der Schweiß bricht dir aus bei diesem Gedanken. Daß diese Wohnung, von dir allein bewohnt, nicht mehr dein Zuhause sein könnte. Daß du, abends nach Hause kommend, in der bodenlosen Stille versinken würdest. Der Gedanke, ihre Söckchen und Jeans nicht mehr auf einem Haufen neben dem Bett zu sehen, ist schlichtweg unerträglich.

Es ist dies die Angst, daß deine Gewohnheiten zusammenstürzen könnten. Und die Gewohnheit ist eine mächtige Kraft. Man könnte soweit gehen zu sagen, daß bei Paaren die Liebe und die Gewohnheit in eins fallen, insofern als das, was wir Gewohnheit nennen, nämlich die unreflektierte Überzeugung, daß alles was ist auch so sein müsse, nicht anders sein könne und dürfe, und daß eine Änderung des Zustands eigentlich unmöglich und unvorstellbar ist, auch recht gut eine Definition der dauerhaften Liebe abgeben könnte.

Im Grunde glaubt man, ohne die Gewohnheiten gar nicht zurechtkommen, gar nicht leben zu können. In Wirklichkeit aber ist die Gewohnheit eine Illusion, wenn auch eine hartnäckige, oder besser gesagt: eine Droge, allerdings eine sehr starke, extrem süchtig machende, am ehesten zu vergleichen dem Nikotin. Längst haben Experten herausgefunden, daß das Nikotin den Körper rasch verläßt und die physischen Entzugserscheinungen fast gleich null sind. Der Irrtum jedes Rauchers ist die Verwechslung von Ursache und Folge. Er glaubt, das Leeregefühl, das die Folge des Nikotinmangels im Blut ist, werde von der Zigarette beseitigt, wo doch in Wirklichkeit jede neue Zigarette es wieder erzeugt. Die Sucht hangelt sich also von Zigarette zu Zigarette und ist nicht der erratische Block, vor dem derjenige, der sich von ihr befreien will, zurückschreckt und rasch zur nächsten Kippe greift, sondern etwas, das nur durch das eigene regelmäßige Anfachen am Brennen gehalten wird. Ganz ähnlich verhält es sich mit der Gewohnheit. Mit ihr brechen zu müssen macht uns angst, in ganz banalen Fällen wie vor einer Reise oder wenn unsere Frau auf die Idee kommt, die Möbel umzustellen, kann man es schon feststellen – wieviel mehr erst angesichts solch umwälzender Brüche wie dem Ende einer Ehe.

In Wirklichkeit könnte und kann man sehr schnell mit Gewohnheiten brechen, die eben keineswegs so festgefügte Gebilde sind, wie man glaubt, sondern sich, wie das Zigarettenrauchen und die Nikotinsucht, aus regelmäßig und immer erneut wiederholten Handlungen zusammensetzen, die nur deshalb den Anschein von etwas Festem, Unumstößlichem bekommen, weil sie eine geschlossene Kette bilden.

Jede Urlaubsreise könnte dir beweisen, wie schnell sich, wenn man diese Kette unterbricht, Gewohnheiten einreißen und durch andere ersetzen lassen. Kaum seid ihr in eurem Hotel in der Toskana oder auf Mallorca und der erste Schock darüber, daß das Fenster sich plötzlich links vom Bett befindet, daß es kein Frühstücksei gibt, daß Christine nach dem Erwachen, wenn du dich eigentlich noch zu vage und unausgerotzt und -geschissen fühlst, Liebe machen will, ist vorüber, da findet man sich problemlos in diese neuen Verhältnisse, so leicht, daß du es nach zwei Wochen bereits bedauerst, zum Frühstück nicht nach unten in einen Speisesaal gehen zu können, daß du zwei Tage lang den Lichtschalter links von der Tür statt rechts von ihr ertasten willst und dich fragst, ob die Decke immer so niedrig war, dabei hing sie nur in diesem Palazzo aus dem achtzehnten Jahrhundert zwei Meter höher.

Charly kann also gar nicht an der Zerstörung seiner Gewohnheiten leiden, denn die verschwinden, einmal unterbrochen, so rasch, daß bereits am Sonntagabend, also keine 72 Stunden nach ihrem letzten Treffen, Christine, als er die Wohnung betritt und sie kurz darauf miteinander schlafen, wie eine Fremde auf ihn wirkt, die sich die Haut der Ehefrau übergestreift hat, aber fremde Bewegungen, nie gesehene Gesten in ihr vollführt.

Drei Tage nur, und schon wirkt sie wie ein Fremdkörper in der Wohnung, bewegt sich wie ein Besucher. Die Selbstverständlichkeit, mit der die Gewohnheit Mensch und Dekor harmonisiert, ist dahin, und auch wie ihre Stimme klingt und ihr Gesicht aussieht: ganz neu, ganz fremd, nur Details wie die kurzen Nägel – wenn du auf nichts anderes blickst als auf ihre Finger – haben die altvertraute Ruhe. Und wie förmlich und hölzern, mit wieviel Behutsamkeit, Scham und Scheu ihr euch dann berührt und umarmt; gewiß, da ist noch etwas, aber zugleich ist es, als seien vierzig Jahre verstrichen seit eurem letzten Treffen, und keine der üblichen Gewohnheiten, wenn ihr sonst miteinander geschlafen habt, wird eingehalten. Du benimmst dich wie ein Anfänger, wie ein Zwanzigjähriger, wie jemand, der eine Figur aus feinstem Muranoglas zu transportieren hätte, und sie wie eine Mutter, die ihren ängstlichen Sohn, der eigentlich für dergleichen schon zu alt ist, in ihrem Bett, in ihren Armen einschlafen läßt. Sie wirkt abwesend, als müsse sie sich ständig eines Gesprächs erinnern, das sie zuvor mit einem Erwachsenen geführt hat, und ihr Schrei, ein männlicher, willensstarker Schrei, hat irgend etwas Autonomes. Nicht, daß er dir gar nicht gelten würde, aber er wirkt wie anderswo gelernt, wie die Angewohnheit, nach Tisch zu rülpsen, die ein heimgekehrter Kolonialoffizier nach dreißig Jahren bei den Beduinen nicht mehr ablegen kann.

Ihr bewegt euch durch die Wohnung wie durch eine Ausstellung, für die ihr eine Einladung bekommen habt, ohne an dem Thema interessiert zu sein – mit höflicher, ein wenig unkonzentrierter Aufmerksamkeit die Exponate betrachtend: westliche Wohnkultur gegen Ende des zwanzigsten Jahrhunderts, alles Dinge, die man kennt, und man fragt sich, ob es nicht nur die sterile Präsentation in Vitrinen ist, die hier aus Haushalt Kunstgegenstände macht. Währenddessen Konversation im Diplomatenton: Eine Reihe von Sujets muß ausgespart bleiben, um dem anderen nicht zu nahe zu treten. Es herrscht kein Frieden, nur Waffenstillstand, Empfindlichkeiten sind zu respektieren. Die Liebe, die innendrin schreiend an ihren Gitterstäben rüttelt, ist schalldicht verschlossen, ein Hund, der einmal gebissen hat, dem man nicht mehr traut und der wahrscheinlich erschossen werden muß.

Nein, die Depression, die Krankheit, eine Art seelischer Virusgrippe mit Fieber und großer Schlaffheit, rührt nicht von der Zerstörung der Gewohnheit her, auch wenn diese ein großer Schmerz ist, jedoch eher einer wie das brutale Abreißen eines Pflasters. Schon gestern und auch wieder heute morgen im Bett fließt der größte Teil deiner geistigen Energie in eine unaufhörlich wiederholte und variierte Bildproduktion, eine Mischung aus innerer Diashow und Cinemascopefilm zum Thema Christine und Charly, wo reale Erinnerungsbilder und virtuelle Zusammenstellungen und Projektionen bunt durcheinandergehen. Dieses Kaleidoskop verengt sich in immer kürzeren Abständen zu immer panischeren Bildfolgen, die von einem unausgesprochenen inneren Hilfe- und Ordnungsruf in der Art von »Also wie war das jetzt nochmal?« kontrolliert und kategorisiert werden sollen – vergeblich. Sehr oft beginnt das »Wie war das jetzt nochmal?« erst vorgestern abend bei ihrem letzten Essen, dann wieder viel früher bei ihrer ersten Begegnung im Elternhaus von Ines. Aber jedesmal wenn er, was sonst mühelos ging, in die Zukunft schwenken will, um die Erinnerungs- mit kinoartigen Phantasiebildern fortzuführen, geschieht eine Art Kurzschluß des Projektors. Bilderstau. Es geht nicht weiter.

Und plötzlich bist du im weißglühenden Zentrum des Schmerzes, der eigentlich kein Schmerz ist, sondern der Sturz ins Bodenlose einer Nichtexistenz, ein Anprall von tiefster Scham, Hoffnungslosigkeit, ein Zerbrechen und Zerscherben von allem Sinn, den du je in deiner Existenz gesehen hast – und am allerschlimmsten: die Nihilierung, die endgültige Streichung, Ausradierung, Schredderung deines gesamten Lebens. Auch der rasche Versuch deines Hirns, diesem Horror gegenzusteuern, indem es dir zuversichtliche Zukunftsbilder von Charly solo, Charly ohne die Existenz Christines liefern will, hilft überhaupt nichts. Von hinten her, von der Vergangenheit, der Geburt her, wird alles rasend schnell aufgefressen und in den Orkus gespült. Da diese Geschichte jetzt enden, zerbrechen soll, gibt es keine Zukunftsbilder mehr, denn die Maschine, die sie produzieren soll und sich aus der Vergangenheit speist, hat sich erledigt – Zenons Zeitpfeil ist einfach abgebrochen, und deshalb stirbt, vermodert, rostet auch der bisherige Vektor, der nun nirgendwo mehr hinzeigt. Dreißig Jahre Leben und das Ergebnis: null.

Es ist ein metaphysischer Schrecken. Er rührt daher, daß Charly wie vermutlich viele Menschen ein strikt teleologisches Konzept und Bild von seinem Leben hat, womöglich auch haben muß, um überhaupt leben zu können, das heißt die Vorstellung einer zielgerichteten, sich entwickelnden Einheit, die »am Schluß« nicht nur eine runde Summe ergibt, sondern vor allem auch von einer durch Notwendigkeit geprägten Harmonie ist.

Der Mensch als Künstler und Bildner des eigenen Lebens hat einen konservativen Geschmack. Fragmentarisches, tote Enden und Brüche verursachen ihm Horror, wobei ihm immer die Selbstillusionierung zu Hilfe kommt, die ihn vom jeweiligen Ende her in allem eine Logik sehen läßt: Es hat ja gar nicht anders kommen können, als es gekommen ist. Oder: Es ist ganz gut so, daß alles so gekommen ist, wie es gekommen ist. Denn er ist vollständig unfähig, sich etwas anderes als das, was ist, wirklich in allen Konsequenzen auszumalen, und sieht daher die tatsächlichen Fakten im Grunde auch immer als den einzig möglichen Weg – ganz gleich welche Volten sie in der Praxis geschlagen haben mögen.

Da aber diese Selbstillusionierung immer nur bis zu dem Punkt reicht, an dem man sich gerade befindet, und die Unfähigkeit, darüber hinaus zu denken, eher noch größer ist als die, das tatsächlich Geschehene anders einzuordnen denn als das einzig mögliche, da das Darüberhinausdenken nie anders geht denn als ein Vorwärtsprojizieren des Status quo, deshalb bricht mit dem Status quo auch die gesamte teleologisch verstandene Zukunft zusammen und mit ihr dieses Leben, das nun nie mehr – da der bis zum jetzigen Punkt als logisch und notwendig empfundene Weg nicht mehr weitergeht – zu der runden Gestalt und zu der Erfüllung führen zu können scheint, um deretwillen man lebt.

Man könnte es besser wissen, aber die Erkenntnis, daß es, bevor man stirbt, immer weitergeht, und daß das Leben, hat es sich erstmal in einem neuen Zustand eingerichtet, auch diesen rasch wieder als den notwendigen und einzig denkbaren akzeptieren wird, ist von der Art, die, während man leidet, unmöglich vom Bewußtsein assimiliert werden kann – ebensowenig wie alle Physik der letzten vierhundert Jahre unsere Sprache von den Begriffen Sonnenauf- und Sonnenuntergang hat abweichen lassen und unser Unterbewußtsein davon überzeugen konnte, daß nicht wir fest dastehen und alles andere sich um uns dreht – und die hinterher, wenn man nicht mehr leidet, keine Erkenntnis mehr ist, sondern eine achselzuckend hingenommene Banalität.

Bleibt, daß zumindest der erste Zusammenbruch der teleologischen Hoffnung in unserem Leben, sei er von Krankheit, Krieg, Todesfall oder einfach Trennung hervorgerufen und gleich wie illusionär das Ganze sein mag, ein Trauma bedeutet, nicht nur im psychologischen, sondern auch ganz direkt im körperlich-medizinischen Sinn. Und daß auch, wenn und falls es überwunden, besser gesagt: von der Zeit ausgetrocknet wird, etwas sich geändert hat – die Dinge sind und werden nicht mehr ganz so wie vordem. Ein Gran Naivität und Enthusiasmus kommt uns abhanden, der Glaube an einen Sinn wird etwas schwächer, das Vertrauen in die Verläßlichkeit der Welt (und in die eigene) wird nicht mehr ganz so blind sein – schon allein deswegen, damit man nicht noch einmal so erschüttert werden kann – und im besten Fall einer gewissen humorvollen Abgeklärtheit, im schlechteren einem periodisch auftretenden Zynismus und im schlimmsten einer chronischen Paranoia Platz machen. Der Desillusionierungs- und Erosionsprozeß, der das ganze Leben ist, hat einen Schub bekommen. Oder einfacher gesagt: Man ist erwachsener, reifer geworden.

Noch aber ist die teleologische Depression auf ihrem Höhepunkt, jetzt am Samstag und in den folgenden Tagen. Was kannst du machen? Staubsaugen, Saubermachen, Einkaufen, der Kühlschrank ist leer. Wozu? Weil du trotz allem nicht im Dreck ersticken kannst und etwas essen mußt. Wozu? Also wie war das jetzt nochmal? Und schon wieder läuft die Mühle los, und er sitzt mit kalten Händen im Sessel, raucht, zu antriebslos, um etwas zu tun. Orientierung, Überblick. Ich kann mich nicht mit Krempel abgeben, solange ich im luftleeren Raum hänge und nicht weiß, was los ist und wie es weitergeht. Fernseher an. Fernseher aus. Nicht am Vormittag. Blick auf die Straße, auch nicht lange auszuhalten. Augen abwenden voller Scham und Müdigkeit, als finde draußen ein Massaker statt. Dabei nur Passanten, Autofahrer, Leute, für die das Leben weitergeht. Vielleicht haben wenigstens ein paar von ihnen Krebs und wissen, was es heißt zu leiden. Die absolute Gleichgültigkeit des Kosmos gegenüber deiner Misere ist schon eine Unverschämtheit. Siehst du, wenigstens darüber kannst du lächeln. Trockene Lippen, die aufspringen, wenn du den Mund verziehst. Wie spät? Halb eins. Warten, daß alles sich als Irrtum herausstellt. Wie ein Krebskranker vor jeder neuen Untersuchung darauf wartet, daß die Geschwulst, so spurlos, wie sie gekommen, auch wieder verschwunden ist. Warten also wider besseres Wissen. Der Drang zu telefonieren, aber die Angst vor Geständnissen. Vor der Peinlichkeit des Eingeständnisses. Umso mehr, als keineswegs schon klar ist, ob. Er ruft bei ihrer Schwester an, die nicht weiß, wo Christine ist, noch was sie tut oder denkt, und die nicht sonderlich interessiert ist zu erfahren, warum er das wissen will. Charly weiß nicht, was ihn stärker empört und reizt: der Mangel an Interesse für ihn oder für die eigene Schwester. Er ruft bei Kellinghusens an. Die ersten fünf oder sechs Tuts hört er bewußt und wartet geduldig. Irgendwann schweifen die Gedanken ab, und er vergißt, daß er den Hörer noch immer gegen das Ohr hält. Irgendwann wird das Tuten wieder hörbar, dann schaltet es auf Besetztzeichen um. Wo war ich? Das laß ich doch nicht mit mir machen! Ich laß mich doch von einer Frau nicht zu so einem Wrack machen, das nicht aus dem Sessel kommt und langsam den Verstand verliert! Er ruft zu Hause an. Seine Mutter ist dran, aber da sie sich immer wieder unterbricht, um der Putzfrau etwas zuzurufen, kommt nichts zustande außer einem Austausch von Banalitäten. Er erfährt, daß sie heute abend in die Oper gehen. Er sagt, daß er im Abendblatt von der Aussstellung gelesen hat, die gestern losging, Europa 1789, die Papa wahrscheinlich interessiert. Ja, ich richte ihm Grüße aus. Danach muß er auflegen, unverrichteter Dinge.

Im Laufe des Nachmittags steigert sich das Gefühl, platzen zu müssen, zu ertrinken, wenn sie nicht anruft, wenn er sich niemandem mitteilen kann. Irgendwann war er bei Aldi. Orangensaft, Sherry, Wein, Ravioli. Soweit ist es schon, daß ich Ravioli fresse wie in der schlimmsten Studentenzeit. Und Lebkuchen, die von Aldi sind die besten. Vor der Tagesschau löffelt er, um sich zu erniedrigen, die kalten Ravioli aus der Dose. Trinkt Sherry dazu, ißt danach die Lebkuchen auf. Mein Magen ist immerhin gesund. In den Nachrichten: Gründung des Neuen Forums in der Zone, MBB und Daimler gehen zusammen. Keine Lust auf Fernsehen. Keine Lust auf nichts. Wie eine Nußschale auf dem Meer im Orkan. Nirgendwo ein Ufer. Wenn es so weitergeht, könnte ich tatsächlich überschnappen, im medizinischen Sinn. Angst davor. Aber zu lethargisch, etwas Vernünftiges zu tun. Ich werd sie fertigmachen, wenn sie sich meldet. Das ist weder zu vergeben noch zu vergessen. Das bekommst du hundert- und tausendfach zurück. Eigentlich kann es ja gar nicht sein. Eigentlich ist sie ja nicht fähig, dir sowas anzutun, oder sie hätte sich sieben Jahre lang vor dir verstellt. Aber wo ist das Mißverständnis?

Jetzt ruft er doch zu Hause an. Mittlerweile Sonntagmorgen. Ich komm raus, heute, seid ihr da? Keine Widerstandskraft mehr. Lieber verzeihen und als Gehörnter leben, aber mit ihr. Immer noch besser. Muß ja nicht immer drüber reden. Nein, ich allein. Was? Nein. Erzähl ich dir nachher, Mama. Nein, mir geht es *nicht* gut. Nachher. Ja, zum Mittagessen. Ja, ich *hab* Hunger. Bis gleich. Oder doch lieber zu Kai? Oder Ines? Oder Erika? Furchtbar erniedrigend, zu den Eltern zu schleichen in so einer Situation. Vielleicht sag ich auch gar nichts.

Aber dann ist er da. Sein Vater nicht zu Hause. Das Geständnis wie das Aufplatzen einer Eiterbeule. Auf dem beigen Cordsamtsofa, das Ausblick auf Kamin und Fernseher gewährt. Coco, der alte Zwergpudel, springt dir auf den Schoß und läßt sich kraulen. Tut ihm gut, tut mir gut. Stumme Zuneigung, die keine Fragen stellt. Mama versteht nicht, daß es so endgültig sein soll. Steht da, fragt immer wieder nach wie eine Schwerhörige. Ich verstehs doch auch nicht! Sie setzt sich auf die Armlehne, blickt fragend auf dich herunter. Es ist noch nicht bei ihr angekommen. Aber gestritten habt ihr euch doch öfter. Das kommt doch vor. Schau uns an. Es sind doch noch nicht mal drei Tage. Jetzt muß ich ihr gegenüber das verteidigen, woran ich selbst nicht glaube. Zu glauben mir verboten habe. Denn was ich ihr hier sage, ist doch wohl meine Überzeugung, die sozusagen die selbstaufgestellten Barrieren umfährt, um endlich ans Ziel eines zuhörenden Gegenübers zu gelangen. In solchen Fällen ist das letzte Wort nie gesprochen. Sagt sie mit verschränkten Armen. Jetzt redet sie von sich. Schon verrückt, wie schnell man immer wieder von sich reden muß. Kopf heben, sie ansehen. Sie könnte, jetzt am Sonntag um elf, die englische Königin und den Bundespräsidenten zum Tee empfangen, ohne sich umziehen zu müssen, wenn die in diesem Moment klingeln würden. Welch eine Disziplin! Und wozu das alles? Wo doch nur ich komme. Der marineblaue Spencer über dem weißen Kaschmirpullover. Marineblauer Rock. Strumpfhosen. Pumps. Nagellack. Dezentes Rouge und Puder. Frisch getöntes, geföntes Haar. Es ist alles am Arsch. Sie hat einen andern. Nie und nimmer, daß es eine Frau zu sein scheint. Und zwar um *sie* zu schonen, das könnte sie nicht verstehen und würde falsche Schlüsse daraus ziehen, Christine schlechter sehen, als sie ist. Was machts schließlich für einen Unterschied. Wir haben noch Zeit, bis Papa nach Hause kommt zum Mittagessen. Soll ich dir einen Kaffee aufsetzen? Er nickt, der Hund im Schoß spitzt die Ohren. Sie erhebt sich noch nicht von ihrer Sessellehne. Mustert ihn. Versteinert langsam. Ich hatte dran gedacht, auch Erika und Michael ... Aber vielleicht ... Zu schwach zu antworten. Das muß sie spüren. Ist vielleicht nicht der Moment, hm? Du lächelst ihr dankbar zu. Jetzt arbeitet es hinter ihrer Stirn. Wenn es tatsächlich vorbei ist ... Sie sagt: Du lieber Gott, dann geht es ja alles von vorn los ... steht auf und geht in die Küche. Coco stößt sich ab und läuft hinterher. Das Schmerzbewußtsein, das in sie zu sickern beginnt, ist genau das gleiche wie bei dir. Das zerbrochene Leben. Das »alles umsonst«. Das »nie wieder so«. Das zerrt an ihren eigenen Narben. Immerhin hat sie zwei Kinder. Dazu hat man zwei Kinder. Wenn das eine stirbt, scheitert, sich unmöglich macht, bleibt immer noch eins, einen vor dem Wahnsinn zu schützen.

Sie rührt in ihrem Kaffee, den Blick auf den Löffel gerichtet. Und Christine ...

Alle deine Muskeln angespannt. Wenn sie jetzt etwas gegen sie sagt – etwas in der Art von »Ich hatte schon immer so ein seltsames Gefühl« oder »Ich habe ihr ja nie richtig getraut« –, dann schlage ich ihr ins Gesicht, und dann muß ich gehen.

Sie blickt auf: Sie ist doch auch *unsere* Tochter ... Jetzt könnten Tränen fließen, käme nicht der Nachsatz: Warum hat sie denn nicht einmal *hier* angerufen, bevor sie solche Entschlüsse faßt? Wir hätten doch reden können. Immer alles auf sich beziehen. Sie hat schließlich ihre eigenen Eltern, die ihr vermutlich doch noch etwas näherstehen als ihr. Und mit denen hat sie auch nicht gesprochen. Mama, man spricht über sowas nicht mit seinen Eltern und schon gar nicht mit seinen Schwiegereltern. Ich weiß. Stille eigentlich am besten. Sie dauert eine Weile. Aus der Küche das Geschlabber von Coco am Wassernapf. Ein Blick auf dich, wie ihn ein Liebhaber der Antike beim ersten Anflug auf das heutige Athen aus dem Fenster des Flugzeugs werfen könnte. Enttäuschung wäre das falsche Wort. Irgendein Schmerz. Die Wehmut eines Enteigneten vielleicht.

Dann öffnet sie den Mund: Sag mal, du hast Schuppen. Ja, ich weiß, ich habe das falsche Shampoo genommen. Sie ist herangetreten, fährt mit der Hand, dann mit den Fingernägeln durch dein Haar. Es juckt. Winzige trockene Flöckchen rieseln auf den

schwarzen Pullover. Um Gottes willen! Das ist ja alles völlig ver-
schuppt. Er sagt nichts. Weißt du, das kann auch der Streß sein.
Ja? Ja natürlich, der Körper reagiert doch auf sowas. Und du
hast schon immer eine sensible Haut gehabt. Ja? Jetzt habe ich
alles hochgekratzt. So kannst du nicht bleiben. Du mußt dir die
Haare waschen. Ich habe ein besonders gutes Schuppen-Shampoo
hier. Avocado. Aus dem Kräuterladen. Aber ich hab jetzt absolut
keine Lust, unter die Dusche zu gehen. Mußt du ja nicht. Kannst
dir doch eben über dem Waschbecken die Haare waschen. Nee,
dabei mach ich mich immer naß. Soll ich sie dir eben waschen?
Meinetwegen. Dann komm.

Er steht gebeugt über dem Waschbecken, stützt sich mit gefalteten Armen auf dem weißglänzenden Rand ab, ein Handtuch
um Hals und Schultern. Er hat die Augen geschlossen. Die Finger und der Atem seiner Mutter. Ich shampooniere zweimal, das
ist ja fürchterlich. Ja. Ist das Wasser zu heiß? Nein, ist o.k. So.
Idealerweise sollten wir es jetzt nochmal mit Haarwasser massieren. Ich hab hier eine Kur gegen Schuppen. In Ordnung. Setz
dich auf den Hocker. Sie steht hinter ihm und massiert ihm das
Haarwasser in die Kopfhaut. Eine prickelnde Kälte, die er sich
wie eine silbrige Aura von Rauhreif um seinen Schädel vorstellt.
Die altvertrauten Finger. Ihr regelmäßiger Atem, manchmal tief,
wie an der Grenze zum Seufzen. Die Wärme des Badezimmers.
Christines Finger nie mehr so in deinem Nacken. Gleichviel:
liebende Finger, wem sie auch gehören. Schließlich hast du die
Augen geschlossen. Landschaften träger, gedankenloser, glücklicher Sinnlichkeit tun sich vor dir auf. Wenn sie bloß nicht so
schnell aufhört. Wenn sie bloß nicht meint, reden zu müssen,
weil sie denkt, ich würde die Stille nicht ertragen, oder weil sie
selbst sie nicht erträgt. Er merkt, wie die Angst, sie könne gleich
wieder aufhören oder zu sprechen beginnen, verhindert, daß er
es genießen kann. Jede Sekunde kann das So! kommen (mit kurzem o) oder der tastende Beginn irgendeines Gesprächs. Mama.
Ja? Das tut sehr gut. Mach es bitte ganz lange. Er hört an der
durch die Nase ausgestoßenen Luft ihr Lächeln. Mama? Ja? Sag
einfach gar nichts währenddessen, in Ordnung? Laß uns einfach

still sein. Ein bejahender Druck ihres Handballens. Irgendwann will ich auch so sein zu meinen Kindern oder eine Frau haben, die so ist, wenn sie abgestürzt sind. Die kreisenden Handballen und Fingerkuppen auf den Schläfen, der Stirn, auf dem Hinterkopf, im Nacken. Wohltuende Müdigkeit. Oase einer Gegenwart, die so lange dauern wird, wie du ihre Hände spürst, und erst, wenn sie sie forthebt, zur Fata Morgana zerplatzen wird. Aber noch nicht. Noch nicht. Noch lange nicht.

Es gibt Roastbeef, perfekt à point, rot im Kern, rosig drumherum und grau nur am Rand, die Remoulade zwar aus der Plastikflasche von Kraft, dazu aber ein St. Emilion, von dem ich nicht weiß, ob er mir gilt oder Sonntagmittagsstandard ist.

Hast dus also endlich geschafft, sie zu vergraulen? Er hat die Gabel niedergelegt nach zwei Bissen und sieht Charly mit leicht schräg gehaltenem Kopf an. Die beiden Längsfalten von den Nasenflügeln zum Kinn liegen schwarz im Schatten.

Karl!

Ich glaub, du spinnst! Ich komm doch nicht hierher, um mich auch noch dumm anmachen zu lassen! Charly wirft die Gabel auf den Teller, daß es klirrt, ein wenig zu theatralisch, um seine Eltern damit überzeugen zu können – oder auch nur sich selbst.

Eine Ehe pflegt man! Aber ihr behandelt die Menschen genauso wie die Sachen. Wegwerfgesellschaft! Schau dir eure Klamotten an. Oder eure Wohnung. Oder euer Auto. Ein Auto pflegt man auch, wenn man will, daß es lange hält. Aber nein, dann kaufen wir uns eben ein neues. Und genauso die Frau. Interessierst dich nicht für sie, vernachlässigst sie und wunderst dich dann, wenn sie abhaut.

Charly holt gerade Luft, da sagt seine Mutter mit einer nie gehörten, eisigen Stimme, sich mit der Serviette die Mundwinkel abtupfend, so angeekelt, als habe sie Hundedreck daran: Und wenn die ganze *Scheißkarre* rostig ist, für wen polierst du sie dann noch, bitteschön?

Sofort verändert sich Papas Stimme weg von diesem sarkastischen, hin zu einem allerdings kaum besser klingenden Ton zwischen Geduld, Leutseligkeit, Schonung, Vertrautheit und Verächtlichkeit: Es ist ein großer Unterschied, ob die rostige Karre rostig aussieht oder glänzt.

Einer nach dem andern nehmen sie ihr Besteck wieder zur Hand und essen weiter.

Entschuldige, wenn ich mich in Dinge mische, die mich nichts angehen.

Und die du nicht beurteilen kannst.

Die ich jedenfalls nicht beurteilen sollte.

Ein löblicher Vorsatz. Ich werde dich bei Gelegenheit an ihn erinnern.

Was soll das heißen?

Schon gut.

Jeder Blick, den wir auf einen anderen Menschen werfen, gibt irgendwann angesichts des Unüberschaubaren, des Überkomplexen, der Undurchdringlichkeit der fremden Haut seine Bemühungen auf, wendet sich nach innen und wandelt sich unfehlbar zu einer Meditation über das eigene Selbst, das sich in den fremden Augen spiegelt. Der Moment ist erkennbar, wenn man genau hinsieht.

Sein Blick, sein ganzes Gesicht, immer wieder dir zugewandt, während ihr schweigsam zu Ende eßt, ist plötzlich jung, oder besser gesagt: Es wirkt, als habe er sich momenteweise verjüngt, es liegt irgend etwas Argloses, ja Hilfloses in ihm, die Augen sind dunkel, Iris und Pupille ununterscheidbar und die Kinnpartie schlaffer als sonst, weniger herrisch, weniger entschieden. Es ist, als denke er darüber nach, warum es nicht mehr möglich ist, liebevoll zueinander zu sein, nämlich weil du dreißig bist und nicht mehr zehn und er fünfundfünfzig und nicht mehr fünfunddreißig, und in der wehmütigen Erinnerung an dich wird auch sein Gesicht jünger, verwandelt es sich zurück. Ein feines, kaum merkliches Zucken oder Beben der Nasenflügel deutet auf seine Unsicherheit hin, ob das, was er gerade fühlt und nachempfindet, dein Schmerz, deine Angst, deine Gebrochenheit, Mitleid braucht oder ob es nicht als eine Zumutung empfunden werden könnte, Mitleid mit seinem Sohn zu haben. Er beißt ein wenig die Zähne zusammen, und sein Blick geht in die Ferne, als spähe er über eine Zinne hinaus: Ob Mitleid oder nicht, ob nur Zuneigung, ob Trauer – es gibt keine richtige, keine adäquate Form, seine Gefühle auszudrücken. Und genau an dieser unüberwindlichen Barriere ändert sich die Blickrichtung nach innen: Jetzt sind seine Blicke keine Fragen an den Sohn mehr, sondern an sich selbst, ein Einschätzen, ein Abschätzen. Wie tauglich ist er? Wie stark oder schwach ist er? Die Nase scheint schmaler zu werden, die Augen hellen sich auf, die Haut um den Unterkiefer wird straffer. Kein Vater kann von sich absehen, wenn er seinen Sohn beurteilt. Soviel Gutes er ihm auch wünscht, kann er ihm wünschen, seinen Vater hinter sich zu lassen? Sowenig er um seiner selbst willen hofft, der Sohn möge tiefer fallen, als er je gefallen ist, sowenig mag er akzeptieren, daß er weit über ihn hinausgelangt. Jetzt wägst du ab – ich sehe und spüre es, du bist wieder bei dir und fragst dich, ob Mitleid mit mir haben zu müssen nicht zwangsweise heißt, daß ich ein Schwächling bin, und wenn ich einer bin, daß du dann soviel Vorsprung auf mich hast, daß dir auch meine künftigen Erfolge erträglich sein werden. Jetzt kommt Bewegung in sein Gesicht. Er verzieht es zu einer fatalistischen Grimasse, die aussagen soll: *Shit happens*, und hebt dir prostend das Glas entgegen, aber eigentlich drückt diese Grimasse die Erleichterung darüber aus, zu einer Position gefunden zu haben, nämlich der, dir überlegen zu sein und dich bei aller väterlichen Liebe nicht für voll nehmen zu müssen.

Genau das aber ruft bei Charly eine ganz unerwartete Reaktion hervor: Diese Niederlage, zu der er es nie hat kommen lassen, die hast du ihm voraus.

Und auch Charly hebt das Glas, und beide, mit dem anderen versöhnt, weil sich ihm überlegen wähnend, prosten sich zu.

Entschuldige, sagt Papa jetzt herzlich und offen, aber ich kann mir beim besten Willen nicht vorstellen, für welchen Kerl Christine einen Mann wie dich verlassen will.

Und Charly, überwältigt von diesem Satz, antwortet, was er ja gar nicht gestehen wollte: für keinen Mann, für eine Frau.

Die Stille ist so extrem, als habe Mamas offener Mund alle Geräusche verschluckt, aber dann sagt der Alte, dich ein weiteres und letztes Mal überraschend: Was für eine Verschwendung!

Und ich könnte wetten, daß er dabei dasselbe Bild vor Augen hat wie ich: Christines Körper, der einer alten perversen Vettel zugute kommt anstatt – Ja natürlich! –, anstatt daß er darüber phantasieren darf, aufgrund althergebrachten, für einen Moment wieder gestatteten Vätervorrechts selbst noch einmal das unvergleichliche Quieken und Stöhnen *jugendlicher* Lust zu provozieren und zu hören. Um diese Phantasie, um diese Eifersucht habe ich ihn gebracht.

Auf dem klassischen Spazierweg mit Coco durch den Wald gibt es eine kleine Gabelung des Pfads, auf dessen Spur eine junge Fichte emporwächst, sodaß Armeen von Fußgängern links und rechts davon je eine Umgehung festgetrampelt haben, die nach fünf Metern wieder in die ursprüngliche Spur münden. Der rechte Umweg führt über eine leichte Bodenerhebung, die in etwa zwei Treppenstufen entspricht, und an ihr scheitert Charly, als sei er Sisyphos, den lange nach dem Glücksgefühl nun auch die Kräfte verlassen haben. Die Mühe, ja die Qual, die es ihm bereitet, zwei Schritte lang die Füße heben zu müssen, die Lebensmüdigkeit bei dem Gedanken, dies auch nur ein einziges weiteres Mal bewerkstelligen zu müssen, erschreckt ihn wie jene ominösen Armschmerzen, die einen Infarkt ankündigen. Er hat den Eindruck, der gegenarbeitende Geist verschleiße den Körper, ein mutwilliger Versuch der Selbstzerstörung, dem man aus lauter Schwäche und Erschöpfung nicht Einhalt gebieten kann. Einige Minuten später kommt er an einem alten Paar vorüber, ebenfalls Hundehalter, und in der Sekunde, in der die beiden Hunde sich beschnuppern, hört er den Satz: Zum ersten Advent besuchen wir die Kinder in Eutin, Schatz. Plötzlich kommen ihm die Tränen.

Beim Abendessen klingelt das Telefon. Keiner der beiden Männer macht Anstalten aufzustehen. Also Mama. Ja? Ach du bist das! Charly weiß sofort Bescheid, denn die Stimme seiner Mutter kann nicht verhehlen, daß »sie ist auch unsere Tochter« im Streit liegt mit »für keinen Mann, für eine Frau«. Das Gefühl, wenn es beim Achterbahnfahren über die Kippe geht. Ja, er ist da. Ja, ich gebe ihn dir.

Ach da bist du!

Und wo bist du?

In der Wohnung. Kannst du vorbeikommen, damit wir reden können?

Der Aufbruch überhastet, als habest du die Gestellungspapiere bekommen, du ißt nicht einmal zu Ende. Im Flur stehen sie Spalier. Fehlt noch, daß sie dir Proviantkörbe und schützende Medaillons mitgeben. Wird schon alles gut werden. Mamas Kuß. Ich habe eiskalte Hände. Völlig unvorbereitet. Was soll ich bloß tun und sagen, wenn ich ihr gegenüberstehe?

Du schläfst zuversichtlich ein an diesem Abend, obwohl sie gegangen ist, obwohl sie gesagt hat *Charly es geht nicht mehr Ich will nicht mehr Wir müssen uns trennen.* Aber viel stärker als die Worte ihr Geruch auf dem Laken, dein Geruch auf dem Laken. Daher gute Vorsätze. Wir werden das schon irgendwie wieder hinbiegen. Obwohl du, anstatt sie zu bereden, sie überzeugen zu wollen, sie festgehalten und gestreichelt und geküßt hast und ihr beide geweint habt. Aber jetzt, wo sie da war, wo wieder eine frische Präsenz von ihr in der Wohnung lebt, bist du zuversichtlich. Bang, aber zuversichtlich.

Die Träume sehen es anders. Noch so eine Nacht halte ich nicht durch. Wieder und wieder steht sie an der Wohnungstür: freundlich, zärtlich, vertraut, geduldig ihm erklärend, daß sie jetzt fortgehe sich amüsieren, sich mit ihrem Liebhaber treffen, aber daß sie zurückkommen werde und daß dies von nun an ihr neuer Lebensstil sei. Und er: überrascht, überrollt von den Ereignissen, im Hintertreffen. Darf er es dann auch? Sie hat es ihm nicht verboten. Aber mit wem denn? Er kennt doch niemanden. So schnell kann man doch keine Frau aufreißen. Und ihm graut vor der Stadtnacht. Und als sie endlich wieder da ist, augenzwinkernd: Natürlich habe ich keinen Liebhaber! Es war nur ein böser Traum. Wirklich nicht? Nein, wirklich nicht. Aber wo warst du dann die ganze Nacht? Das verrate ich dir nicht, und frag nicht nach, ich brauche auch meine Freiräume. Na gut, ich glaube dir. Charly, du bist naiv, natürlich habe ich einen Liebhaber! Das nächste Mal verfolgst du sie, verlierst sie aus den Augen, bist allein in der Dunkelheit, siehst die andern sich amüsieren, schleichst nach Hause. Nein, ich war mit einer Freundin aus, es ist alles in Ordnung. Charly, ich gehe mich regelmäßig einmal die Woche mit meinem Liebhaber treffen. Wir tanzen, dann vögeln wir. Warum? Weil er mich zum Lachen bringt, darum. Sag, daß es nicht stimmt! Tut mir leid, Charly, so ist es, aber wir können ja weiterhin zusammen wohnen und gute Freunde bleiben, vielleicht stelle ich ihn dir einmal vor. Aber du machst das nicht wirklich, du sagst das, um mich zu quälen, ich flehe dich an, sag mir die Wahrheit. Und sie lacht: Natürlich habe ich keinen! Geht aber am nächsten Abend doch wieder heimlich zur Tür hinaus. Stark geschminkt. In einem weißen, schulterfreien Kleid. Ich bin auf einen Ball eingeladen. Von wem denn? Warum weiß ich nichts davon? Wann hast du das denn verabredet? Ach Charly, vor Jahren schon. Wir kennen uns schon seit Jahren. Wenn sie heute abend wieder fort ist, geh ich auch aus. Ich habe solche Angst davor. Ich habe so wenig Lust darauf. Willst du nicht aufhören damit, und alles ist wieder wie früher? Ich kann nicht, Charly, ich brauche das, mein Körper verlangt danach, ich brauche andere Männer, aber nur von Zeit zu Zeit, versprochen. Ich geh jetzt wieder. Natürlich nicht, du träumst. Doch, schon seit Monaten. Nein, ich schwöre. Ja, regelmäßig, aber wir können ja …

*

Nach ihrem Anruf fragt er sich den ganzen Tag: Kann man auf eine Ungeheuerlichkeit, mit der man unversehens konfrontiert wird, auch anders als unwillkürlich reagieren? Kann man, wenn die Reflexion nach einigen Sekunden oder Zehntelsekunden die Stimme eingeholt hat, auch noch gegensteuern und abbiegen? Aber vielleicht ist ja die Frage falsch gestellt, insofern, als du nach ihrem Satz oder vielleicht schon als du hörtest, daß sie am Telefon ist, dich darauf festgelegt hast, es handle sich um eine Ungeheuerlichkeit – worüber ja immerhin noch zu diskutieren wäre –, und dann freilich nicht anders konntest. War deine Reaktion, einmal abgesehen vom direkten Erleichterungsgewinn, wirklich der Ausdruck dessen, was du denkst und willst? Eigentlich doch wohl eher das Gegenteil. Aber vielleicht ist es auch so, daß in deinem Innern eine Opposition, eine Guerilla, die besser weiß als du, was das Volk will, in diesem Moment die Macht ergriffen und ihre Meinung herausgeschrien hat.

Eins nach dem andern. Montagmorgen, kurz vor acht. Du schläfst nicht mehr, kämpfst dich aber immer noch aus deinen Träumen frei und deinem hilflosen Haß auf Christine, die dich in ihnen an der Nase herumführte, die doch, auch wenn sie wieder fort ist, heute nacht hier war, wenn auch anders als im vorigen Leben. Es klingelt. Du gehst ans Telefon. Ihre Stimme. Eine kleine Stimme, wie von jemandem, der verkatert anruft, um sich dafür zu entschuldigen, daß er sich am Vorabend im Suff danebenbenommen hat. Wen du aber unwillkürlich hörst, das ist die Christine aus deinem Traum, auch wenn sie Sätze sagt, die nur die echte sagen kann. Den Wortlaut weißt du nicht mehr, aber folgendes kam darin vor: *Wie gehts dir Ich hab nicht schlafen können Ich habe ein schlechtes Gewissen Du warst so verletzlich gestern abend So zerbrechlich hast du gewirkt DU HAST MIR SO LEIDGETAN Ich hab mich gefragt was ich dir da angetan habe.*

Weiter ist sie, glaube ich, nicht gekommen, weiter hast du jedenfalls nichts gehört. Da hast du schon gebrüllt, aus diesem wie ein Tsunami über dich brandenden Gefühl abgrundtiefer Erniedrigung heraus, irgendwas mit »Fotze«. Du hast wohl den Verstand verloren, du blöde Fotze. Oder: Scheißfotze. Jedenfalls mehrmals Fotze. Zunächst nur darauf konzentriert, was für schlimme, verletzende Schimpfworte es noch geben könnte, ohne pathetisch zu werden: Hure, Schlampe klingt wie aus Büchern. Du dummes Dreckstück, hast du vielleicht noch gebrüllt oder: Du beschränkte Fotze, aber beleidigend Abfälligeres ist dir in dieser Sekunde nicht eingefallen. Du hast innerlich und wahrscheinlich auch tatsächlich nach Luft geschnappt. Der Tsunami dieser Erniedrigung, der das gesamte Wasser deines Bewußtseins ansaugt, um sich damit noch höher aufzutürmen – diese Frau sagt dir auch noch: Du hast mir so leidgetan. Andererseits weiß ich gar nicht mehr, ob das erste »Fotze« nicht schon vorher kam, ganz einfach, weil ich zum ersten Mal seit drei Tagen endlich wieder Oberwasser, endlich wieder die Initiative hatte. Endlich meldet sie sich mal bei mir, und auch noch in versöhnlichem Ton. Und da hat etwas in mir, ein atavistischer Selbstverteidigungstrieb womöglich, sofort auf Sturmangriff entschieden, auf Stalinorgel und Phosphorbombe, um den Feind, der dich schon fast erledigt hatte, in diesem schwachen Moment auszulöschen. Mag sein. Andererseits muß dir in diesem Augenblick auch bereits klargewesen sein, wenn du schon von schwachem Moment sprichst, daß man das Ganze auch als Angebot zum Wiederanknüpfen hätte verstehen können, in welchem Fall du alles gründlich verdorben hättest, ganz so, als ob etwas in dir die Alternativen abgewogen und blitzschnell entschieden hätte: Was ich wirklich will, ist Revanche und verbrannte Erde und den erhöhten dramatischen Seinszustand der letzten 72 Stunden, mehr jedenfalls als Versöhnung und flaue Rückkehr und alles in Butter.

Wenn das denn überhaupt ihre Absicht war. Denn was hätte es bedeutet (und offenbar hat das dein brüllender Flammenwerfer vor dir erkannt): eine zweite Erniedrigung auf die erste getürmt. Zunächst läßt sie dich sitzen wie ein Stück Dreck und in Ungewißheit dich aufzehren, dann kommt sie wieder und sagt: Du hast mir so leidgetan. Was wäre das, gesetzt, du akzeptiertest ihn, für ein Neubeginn? Einer unter komplett verkehrten Voraussetzungen, bei dem sie nämlich die Bedingungen diktiert und das Machtverhältnis beherrscht. Du hast mir so leidgetan! Du mußtest schon alles aufbieten in Gedanken, was du ihr je an Betrug und Lüge, Desinteresse und Verachtung, Geringschätzung, Überdruß und Gereiztheit angetan oder zugedacht hast mitsamt jedem ihr vorenthaltenen und in die Luft oder andere Leiber gespritzten Milligramm Sperma, um von einer derartigen Erniedrigung nicht endgültig den Fangschuß zu empfangen.

Immer vorausgesetzt, es war eine Erniedrigung. Du bist fast sicher, warst es im Grunde auch schon vor dem ersten Antwortgebrüll, daß es keine bewußte war. Wie denn auch? Wer wäre denn so perfide und riefe dich nach solch einem seltsamen Abend der Halb- oder Viertelversöhnung an, um dich kalt berechnend hinzurichten? Nicht Christine. Die meinte das ganz ernst und hatte sich vermutlich auf dem Nachhauseweg zum ersten Mal Gedanken über deine Seite der Geschichte gemacht. Und daß ich ihr leidgetan habe, erklärt sich ganz folgerichtig daraus, daß ich mir in ihren Armen leidgetan habe und mich auch gar nicht sehr bemühte, den verletzten, verlorenen, hilflosen Mann zu verbergen. Sie hat mich nicht erniedrigt, höchstens mich daran erinnert, daß ich mich selbst erniedrigt habe. Wer sich selbst erniedrigt, soll erhöht werden, hieß es nicht so? Wunderbar: Das erste Mal, daß sie mich menschlich und sensibel findet, habe ich den Eindruck, mich so sehr zu erniedrigen, daß jeder Augen- und Ohrenzeuge dieses Offenbarungseids mit dem Leben bezahlen müßte.

Während du all dies dachtest und die Sturmgeschütze der Unflat Breschen in die Mauern schossen, lief bereits alles von ganz alleine. Nach den Mörsern kommen die Scharfschützen mit gezielten Attacken auf alles Leben in den sturmreifen Mauern (weiß gar nicht, wie lange sie das mitangehört und wann sie aufgelegt hat).

Inspiriert von den Alpträumen, dem Vorwurf, daß sie dich erniedrigen, dem Verdacht, daß sie dich kleinkriegen wolle, dem Spott über das, was du an ihrem Tun als Versuch der »Selbstbefreiung«, »Selbstverwirklichung« verdächtigst, auf der Suche nach Schwachstellen, wenden deine Invektiven sich (wie du dir eingestehen mußt) mit einer Niedertracht, die dir einen Redakteursposten beim Stürmer eingetragen hätte, gegen ihren Verstand. Peinlich, es nochmal aufzuzählen: niedrige Stirn, Familiengene, Unbildung, Rumgeknipse etc. Nicht Zurücknehmbares, nicht Wiedergutzumachendes, nicht zu Vergessendes, bis es dir ein triumphierend-erschrockenes Grauen vor dem eigenen Willen zur Nacht einflößt.

Aber gut, es hat ja ohnehin alles keinen Sinn mehr. Wie sagte Papa gestern abend: Die Liebe ist so empfindlich wie ein kompliziertes Uhrwerk. Das winzigste Sandkorn darin, und früher oder später ist alles irreparabel kaputt. Bleiben zwei Möglichkeiten, wenn du es aus ihrer Perspektive betrachtest: Entweder sie war ehrlich und der Ausdruck des Erschreckens über deinen Zustand ernstgemeint. Dann wäre die Lage hoffnungslos, denn Mitleid heißt, daß da keine Liebe mehr ist. Selbstlos sorgen kann man sich nur um jemanden, dessen Zustand nicht in kommunizierenden Röhren mit deinem eigenen sich verändert. Ist sie aber intelligenter, kälter, als ich glaube, dann mag es Taktik gewesen sein, ein Versuch zu testen, ob die Strafe dich zu einem braven, fügsamen Mann gemacht hat, der in Zukunft bei jeder Drohung einknicken wird. Vielleicht ist da ja auch bei ihr ein Vernichtungswunsch. Ich kann diesen Typen um den Verstand bringen und ihn dann auch noch zu Reaktionen provozieren, die ihm den Schwarzen Peter zuschieben. Sollte ich mich so in ihr getäuscht haben?

Natürlich hast du alles auf der Stelle bereut. *Short sighted businessmen and nothing lasts for long.* Deine Jeans und Söckchen und deine unvergleichliche, unersetzliche Umarmung und deine Stimme und dein Gesicht und all unsere Bilder und Erinnerungen: Es kann, es darf nicht umsonst gewesen, nicht zu Ende sein. Plötzlich bist du wie aus einem bösen Traum erwacht, hast dir an den Kopf gegriffen, was habe ich getan, und waren es dreißig, waren es zwanzig Minuten später, hast du zurückgerufen bei ihren Eltern, wo sie den Tag verbringen wollte (am peinlichsten der Moment, als deine Schwiegermutter abhebt und ihr Ja, bidde? in den Hörer spricht: Hat sie etwas mitbekommen von deinen Ausfällen?). Tatsächlich kommt Christine nochmal ans Telefon, beherrscht, tonlos, abweisend, kurz angebunden trotz all deiner Entschuldigungen, deinem Flehen, deinen Bitten, deinen Tränen.

Die Fotze, jetzt wirst du dir sagen müssen: Ich hab alles kaputtgemacht, nichtmal das läßt sie dir, daß es ihre Schuld ist.

Jetzt sind ohnehin alle Schleusen geöffnet, und er beichtet es jedermann. Suhlt sich darin. Was nur möglich ist, nachdem er durch seinen Ausbruch am Telefon wieder ein wenig Initiative und Selbstachtung (sic!) zurückgewonnen hat. Abends Kumpf im Poppenspeeler. Eigentlich wolltest du mit Erika, aber er meinte offenbar, er könne dich besser trösten, unter Männern, und du bist nicht in der Lage, mit jemandem zu rechten, läßt dich einfach mitziehen, wenn jemand an dir zieht.

Du hättest erstmal gar nichts sagen sollen, beginnt er, und vor allem nicht den Eindruck erwecken, daß du sie vermißt. Und wenn sie sich dann wieder meldet, ihr irgendwelche Storys darüber erzählen, was du währenddessen gemacht hast und was natürlich tausendmal interessanter und anspruchsvoller war als ihre Disko. Was weiß ich, du warst im Museum oder im klassischen Konzert mit den Alten, aber selbstsicher. Ich meine, du bist du, geh davon aus, was immer du tust, ist per se interessanter als was sie tut. Weißt du, wenn die Liebe reicht, ist es ohnehin gut, und wenn nicht, kannst du sowieso nichts machen. Liebe ist zu zwei Dritteln Arbeit, was weiß ich denn, ob Erika donnerstags zum Aerobic geht oder zu nem Macker, wichtig ist doch nur, von sich überzeugt zu sein. Du mußt immer erstmal davon ausgehen, daß du klüger bist als die Frau und härter im Nehmen. Diesmal hast du es verbaselt, aber man kriegt immer eine zweite Chance, und wenn sie – und mag sie auch behaupten, es geschähe aus Mitleid – dann nackt dasteht und drauf wartet, daß es losgeht, dann mußt du sie mit Liebesentzug bestrafen. Mach sie zunächst richtig geil, und dann sagst du, daß es nicht ginge, weil da soviel Unausgesprochenes zwischen euch ist, und dann mußt du sie ganz kühl, eine Zigarette in der Hand, mit einem Vorwurf nach dem andern die ganze Nacht durch am Schlafen hindern. Sie physisch fertigmachen. Da erfährst du alles, genauer und ausführlicher als jeder Beichtvater. Im übrigen beziehen sich meine Erfahrungen hier, nur damit du nichts in den falschen Hals bekommst, auf die Zeit vor Erika. Klar? Zum Schluß schenkst du ihr dann noch n guten Fick, und dann wird geschlafen. Und weißt du, wenn sie dann sagt: Es geht nicht mehr mit uns, und diese Frau hin und her, und mit ihr könne sie sich so toll amüsieren und fände so viel Verständnis und Sensibilität bei ihr, dann mußt du nicht hochgehen, sondern antworten: Wunderbar, das freut mich, du kannst dich ja auch nicht immer nur mit mir unterhalten. Dann wird sie denken: He, Moment mal, aber mit ihm unterhalte ich mich doch am liebsten. Langer Rede kurzer Sinn: Und wenn du dabei draufgehst, du mußt den Eindruck vermitteln, daß du alleine großartig, ja besser zurechtkommst. Wenn eine Frau etwas verachtet, dann Typen, die offensichtlich ohne sie nicht können.

Natürlich hat er viel gelacht und viel getrunken, aber bereits auf dem Heimweg verändert sich seine Stimmung zu Bitterkeit, noch während auf seinem Gesicht bei der Erinnerung an Kumpfs heitere Ruchlosigkeit ein Grinsen steht wie ein Lichtfleck auf der Fassade eines hohen Hauses, nachdem die Sonne bereits am Horizont versunken ist. Nichts von dem, was Kumpf gesagt hat, ist hilfreich, denn er hat nur von sich selbst geredet, so wie die meisten Leute den Problemen der anderen, mit denen sie konfrontiert werden, keinen Lösungsansatz gegenüberstellen, sondern die Tatsache ihres Lebens als Gegenbeweis: So geht es auch. Außerdem kam alles, was er sagte, aus dem Horizont von jemandem, der das Verhältnis zwischen Mann und Frau als pure Konkurrenz ansieht, bei der es nur ums Gewinnen oder Verlieren geht. Jedes seiner Worte hat den Ernst meiner Liebe zu Christine verspottet und den Ernst ihres Endes.

Dennoch hängt er marionettengleich an den Fäden dessen, was andere ihm sagen, als sei ihm jede Orientierung und Urteilssicherheit abhanden gekommen. Obwohl er nichts glaubt von Kumpfs Worten, saugt er zwischen dem Gesagten und dem Ungesagten die Hoffnungstropfen heraus. Die Stunden vergehen zwischen visionärem Hochgefühl, selbstquälerischen Minuten beim Anhören ihrer Musik, dem Betrachten ihres Kleiderschranks, nackter Angst am Morgen vor der Fahrt zur Arbeit, wenn er plötzlich Bilder sieht von der unsäglichen Schönheit gemeinsamer Momente und überzeugt ist, daß sein Leben Vergleichbares nie mehr kennen wird, Momenten puren Elends, wenn ihn die Panik auf die Toilette treibt und sein zuckender Darm sich entleert, als würde alles, seine Organe, seine Lebenskraft, verflüssigt und stinkend aus ihm ausfließen, Spionagefahrten voller Herzklopfen und Übelkeit, wenn er, hinter der Bildzeitung verborgen, im Auto vor dem Fotostudio wartet, Canossagängen zu seiner Schwiegermutter, mit der er Kaffee trinkt und an deren Küchentisch er weinend von Christine schwärmt, Angst vorm Ausbruch des Wahnsinns, wenn er vor dem Telefon sitzt und per Konzentration und geistiger Kraft ein Klingeln, ihr Klingeln, erzwingen will, Borderlineerfahrungen, wenn er eine Für-und-Wider-Tabelle anfertigt, deren Ergebnis anzeigen soll, es sei besser, alleine zu leben, oder eine Freund-Feind-Tabelle, bei der lediglich Kai aus der Reihe schert: Es ist wahr, Kai behandelt dich anders, nämlich im Gegensatz zu den Paaren, die einen Kranken in dir sehen, als einen Rekonvaleszenten, ein verirrtes Schaf auf dem Rückweg zur Herde.

Wiederum Hoffnung, wenn Mama anruft und, wenn auch mit banalsten Mitteln, Zuversicht zu geben versucht. Gute Vorsätze: Ich werde mich ändern und bessern. Dann wieder die Träume: Ich gehe heute nacht aus, Charly. Dann wieder die herzzerreißenden Bilder: Wie schön war dieses Leben, wie glücklich waren wir. Dann wieder wie ein Junkie auf der Suche nach dem nächsten Schuß durch die Stadt, in der Hoffnung, sie zu finden. Dann wieder die Anrufe.

Am Dienstag abend kommt Ines mit einem Korb, in dem eine Flasche Wein liegt, ihn besuchen wie Rotkäppchen die kranke Großmutter. Jobst kommt nachher auch noch, sagt sie. (Der Jäger, der mir den Bauch aufschneiden wird?) Ines durchschreitet die Wohnung wie ein Stabsarzt das Lazarett, in dem er sämtliche Anamnesen kennt. Und so wie der Stabsarzt, der zwar nicht Herr über Leben und Tod ist, aber Herr über die Informationen darüber, mit denen er spielen und arbeiten kann, der dem einen Verletzten damit Hoffnung macht, daß es seinem Kameraden noch schlechter geht, auch Zuneigung faßt zu solchen, die ihn nicht mit ihrem Sterben beleidigen, sondern mit ihrem Überleben bestätigen, tritt Ines an sein Lager, mißt seinen Puls, scherzt mit ihm, vergleicht seinen Zustand mit dem von Christine und entscheidet offenbar, daß er ihrer Aufmunterung wie auch ihrer Mahnung und Strafe bedarf. Zwar kleidet sie die Informationen aus dem feindlichen Lager in abfällige Worte, aber wenn es ihn aufbaut, daß seine Rivalin »klimakteriumsrot« gefärbtes Haar hat und eine Frisur, die aussieht, »als sei sie rückwärts durch die Hecke gekrochen«, so ist die Hauptinformation doch die, daß Christine und sie eine gemeinsame Wohnung suchen.

Wir halten zu dir, sagt Ines, und: Laß dich nicht unterkriegen. Und sie zählt ihm auf, was er alles geleistet hat im Leben und daß er darauf stolz sein könne (daß ich sie am Hochzeitstag ficke, zählt sie allerdings nicht auf, vielleicht auch, weil Jobst mittlerweile da ist). Charly wird dennoch den Verdacht nicht los, daß sie sich Christine gegenüber ganz ähnlich verhalten mag und daß es noch keineswegs ausgemacht ist, auf wessen Seite (bei Jobst ist es einfacher) sie sich letztlich stellen wird. Wahre Freundschaft und ein voyeuristischer, auch manipulativer Trieb lassen sich bei ihr nur schwer auseinanderhalten, und die Wahrheit ist wahrscheinlich, daß man beides nicht trennen kann und das eine nicht ohne das andere vorkommt.

Auch üben zerbrechende Ehen und Beziehungen einen bizarren Reiz auf funktionierende Paare aus. Nicht, daß man viel aus ihrem Fall lernen könnte, aber sie verschaffen einem zum einen die Genugtuung, es länger ausgehalten zu haben (oder weniger Fehler gemacht zu haben) – so als ginge von der gleichbleibenden Menge an Beziehungsenergie der verpuffende Anteil jeder gescheiterten auf die noch überlebenden über –, und bieten zum andern den Kitzel der Katastrophe, der man gerne, wohlig schaudernd, daß es einen selbst nicht getroffen hat, aus der Nähe zuschaut, immer auch ein wenig neidisch auf die starken Emotionen, die die Implosion einer Beziehung freisetzt (wie sonst nur der Beginn einer Liebe) und die man im ruhigen Fahrwasser einer intakten (im Grunde erleichtert) lange hinter sich hat (oder weit vor sich).

Charly trinkt so viel, daß Jobst ihn übers Klo halten muß und Ines ihn zu Bett begleitet, ihn zudeckt und ihm das Licht löscht. Für das ungeheuer behutsame Schließen seiner Zimmertür liebt er sie wieder.

Ebenso sanft, aber dennoch äußerst nachdrücklich, meldet sich eine Stimme – oder ein Gefühl, dem du erst, seinen chemischen Code übersetzend, eine innere Stimme verleihst: Dann sagt es so etwas wie »Genug jetzt« oder »Eine Grenze ist erreicht« und macht sich als eine mahnende, warnende Ermattung nach zu vielen Gefühlsexzessen vernehmbar. Diese beständige seelische Hyperventilation muß ein Ende nehmen.

Verrückt, daß dein Körper offenbar der Meinung ist, du machtest das alles mutwillig und könntest die Dinge ebensogut entspannter sehen, und vielleicht steckt in dieser Unverschämtheit, dieser Schnödigkeit dir gegenüber sogar ein Körnchen Wahrheit, denn ähnlich wie das Fieber des Sich-Verliebens ein umfassendes ist, an dem Geist und Körper – und zwar alle Teile – partizipieren wie an einem großen Fest, zu dem jeder sich herausputzt, sich von seiner besten Seite zeigen und Spitzenleistungen produzieren will, ist auch dieser Seelenschmerz, diese psychische Wunde und Depression und alles aus ihr rührende Verhalten eine Spartakiade, der sich bislang kein Teil deines Ichs verweigert hat. Die inneren Organe ziehen mit und veranstalten schmerzhaft übertriebene Pantomimen ihrer regulären Funktionen. Der gesamte Sekretionsapparat übererfüllt die Pläne. Dein bewußtes Denken hat sozusagen eine stille Reserve für die übrigen Vorgänge angezapft, weil der größte Teil des Computers sich ausschließlich und in zahllosen Variationen nicht etwa mit der Überwindung, sondern mit der Katalogisierung deiner Misere beschäftigt. Selbst das Unterbewußte, die Träume, ein gewissermaßen nur assoziiertes Mitglied deines Ichs, spielt begeistert und unermüdlich mit dem gegebenen Thema, von der Atmung brauchen wir gar nicht zu reden und dementsprechend auch nicht vom Kreislauf. Es ist, als verlange der Organismus einschließlich der Psyche, wie ein Auto, das normalerweise und zum Spritsparen niedertourig in Richtgeschwindigkeit gefahren wird, ab und zu ein Hochdrehen, eine Vollgasperiode, ein den Roten-Bereich-Ausloten, wobei es ihm ganz gleich zu sein scheint, ob die Vorzeichen positive oder negative sind, und fast ebenso schnuppe, ob der Motor irgendwann platzt.

Und nun die Warnung, oder um im Bild zu bleiben: der Drehzahlbegrenzer. Es ist wahr, ich kann nicht mehr. Und in diesem matten Dämmer vor dem Einschlafen scheint es auch möglich – nicht etwa zu dir zu kommen, aber doch auf niedrigerem Spannungsniveau weiterzuleiden.

Was vielleicht ein Grund dafür ist, daß Charly am nächsten Morgen um zehn verkatert und mit dem schon vertrauten Gefühl erwachend, von einer grauen unübersteigbaren Wand umschlossen zu sein, zwar im Autohaus anruft und sich entschuldigen läßt, dann aber bei Jobst auf den Anrufbeantworter spricht, daß es beim üblichen Termin um acht Uhr zum Skatspielen bleibe, turnusgemäß bei ihnen.

Der Brief, den er dann in seinen Schneider Joyce tippt, ist er nun ein weiterer Exzeß des in Richtung Selbstzerstörung und verbrannte Erde sich entwickelnden Selbstmitleids oder vielmehr eine Konsequenz aus dem mahnenden Gefühl, das ihn zur Rückkehr in gemäßigtere psychische Breiten auffordert, wo man wieder Gedanken hat, Schlüsse zieht, Entscheidungen fällt und ausführt? Ist er eine erste Objektivierung der Tatsachen, dann aber würde es sich um ein Schuldeingeständnis handeln oder vielleicht auch um einen luziden Moment der Selbstreinigung, Selbstbefreiung. So als hätte die deutsche Heeresleitung sich im Laufe des Ersten Weltkriegs dazu entschieden, Elsaß-Lothringen an Frankreich zurückzugeben, ohne dies jedoch mit einem Friedensangebot zu verbinden, um den berechtigten oder unberechtigten Anschein zu erwecken, die Entscheidung sei frei gefallen und nicht an eine Überzeugung von Sieg und Niederlage gekoppelt. Ein zumindest in der Historie meines Wissens nie dagewesener Akt von objektiver Vernunft mitten im Verhaftetsein und Verhaftetbleibenwollen an subjektive Gründe.

Sehr geehrter Herr Renn, lieber Papa,
hiermit kündige ich fristgemäß zum 31.12. meinen Posten als Geschäftsführer.

Er unterschreibt, kuvertiert, frankiert, aber bringt den Brief, vielleicht weil er sich noch nicht darüber im klaren ist, aus welchen Beweggründen er ihn geschrieben hat, nicht zum Briefkasten, sondern läßt ihn auf dem Schuhschrank liegen, trägt ihn abends auf dem Weg zu Jobst ins Auto, vergißt ihn dort auf dem Armaturenbrett.

Als Charly sieht, daß Ines ausgehfertig ist, fragt er spontan: Willst du denn nicht hierbleiben? und erntet dafür befremdete

Blicke von Jobst und Kai und einen erstaunt-ironischen von der Angesprochenen selbst.

Es ist ein ungeschriebenes Gesetz, daß die Frauen während der Skatabende »frei haben«. Nicht nur, daß eine Männerrunde, die Skat spielt – ähnlich wie Männer, die Sportübertragungen ansehen –, wenig Wert darauf legt, in ihren ritualisierten Redensarten und ihrem entfesselten Männerbenehmen von Frauen überhaupt, den eigenen insbesondere, belauscht und beobachtet zu werden, die Frauen selbst, vielleicht um sich die Reste ihrer Illusionen zu bewahren, verschwinden gerne und lassen es sich nicht zweimal gesagt sein. Aber in der gegenwärtigen Situation hat diese Praxis für Charly etwas von bitterer Ironie – jeder Skattag, an dem er Christine nicht weggeschickt hätte, wäre ein zusätzlicher Tag gemeinsamen Lebens gewesen. Selbst im Nebenzimmer, selbst unhörbar, unsichtbar ist die Präsenz der geliebten Frau, das weiß ich jetzt, etwas anderes als ihre Abwesenheit. Und Ines – als intime Freundin wie auch als Frau, denn nichts kommt einer bestimmten Frau näher als eine andere – wäre doch immerhin ein Ersatz, ein Trost, würde dir die Illusion gestatten, weiterhin in der warmen Welt zu wohnen, die man sich mit dem Weiblichen teilt, anstatt in der kalten, kargen, in der einsame, lächerliche Männer mit atavistischen Praktiken die Zeit und anderes totschlagen. Der Unterschied ist schon spürbar, wenn sie bei Kai spielen, der allein lebt. Sturmfreie Bude gut und schön, aber danach ist es jedesmal eine odysseische Heimkehrfreude gewesen, die Gerüche und die Atmosphäre des Nests wiederzufinden.

Die beiden Freunde kommentieren seinen deplazierten Satz nicht, überhaupt behandeln sie ihn nicht so sehr wie einen Kranken, wie einen Witwer vielleicht, jemand, der einen Verlust, einen Todesfall erlitten hat, jedenfalls mit existentiellem Grauen konfrontiert wurde und noch nicht wieder ganz in dieser Welt zurück und heimisch ist, wobei nicht klar wird, ob der Abstand, den sie halten, aus Pietätsgründen rührt und seiner Schonung dient oder aus einem gewissen Fremdeln und eher ein Zusammenrücken gegen ihn darstellt. Auch ihre laufenden Kommentare zum Spiel klingen gedämpfter, und seine Fehler – Konzentrationsschwächen – werden, was sonst nie geschehen könnte, vorerst kommentar- und kritiklos hingenommen.

Charlys vager Blick schweift über die Einrichtung. Diese hellen Wohnungen, die sie alle haben, auf Preßspan- und Schleiflackbasis, versuchen nicht mehr so sehr, die Vergänglichkeit zu verdrängen, im Gegenteil: Sie scheinen sie akzeptiert zu haben, ihr in die Hände zu spielen. Schneller auf- und abgebaut, leichter, auch wertloser, im Verlust rasch zu verschmerzen, einfacher auseinanderzunehmen, zu verstauen, zu verschicken. Nicht solche Barrikaden gegen den Zeitwind. Vielleicht hätte manche bürgerliche jüdische Familie mit einer solchen improvisierten Ikea-Einrichtung rascher und leichter den Entschluß zur Emigration gefaßt nach 33 als mit ihren Eichensalons und Mahagonischlafzimmern, die ihnen Verwurzelung und Beständigkeit vorgaukelten. Vielleicht wäre es nicht so einfach für Paare, sich zu trennen heutzutage, wenn ihre Wohnungen sie Achtung vor der Würde der Dauer lehren könnten. Wenn schon nicht ich, vielleicht hätten doch schwere Gardinen und Volants in unserem Schlafzimmer, ein Sekretär meiner oder ihrer Großmutter, alte Perserteppiche und Kronleuchter, schweinsledergebundene Gesamtausgaben von Hölderlin und Schiller Christine stärker an das Heim und damit an die Ehe gebunden...

Herz ist gefragt! Träumst du? (Jobsts Stimme)

In diesem Moment klingelt das Telefon in der Küche. Sie schrecken alle ein wenig auf, Jobst macht keine Anstalten aufzustehen, Ines ist ja noch da, und schon hört man ihr Ja? Ach du!, da verändert sich Jobsts Blick plötzlich. Von dem nachdenklichen, rechnenden, abwägenden des Skatspielers hat er sich in einer Sekunde zum verschlagenen, undurchsichtigen, verhehlenden eines Pokerspielers gewandelt. Und da weiß Charly, wer am Telefon ist.

Er braucht gar nicht mehr zu hören, wie sie sagt (obwohl auch das ja im Grunde nichts beweist): Ja ... ja ... nein, der ist um acht aus dem Haus ... ja, bring du Brötchen mit. In Ordnung. Bis dann.

Die letzten Tage haben nämlich nicht nur eine Abstumpfung bewirkt und ein autistisches Grübeln und Bildermachen und Wiederkäuen von Gesehenem und Ungesehenem, sondern auch eine erhöhte Sensibilität für bestimmte Kleinigkeiten, die du in manchen Augenblicken – als gehe in einem verschlossenen Raum plötzlich ein Fenster auf und gleich wieder zu – mit nie gekannter Genauigkeit und merkwürdigster emotionaler Eindringlichkeit siehst und wahrnimmst. Der hellrote, dreidimensionale Tropfen Nasenblut auf dem Tempotaschentuch heute morgen und wie er im Eindringen flach wurde und in feinsten Verästelungen die mikroskopischen Rinnen des Zellstoffs entlangglitt, bis der Anblick an Satellitenaufnahmen des Amazonas erinnerte. Die Spitze des Nagelreinigers unter dem Weißen des Nagels wie ein Insekt hinter einer Milchglasscheibe. Die verwelkenden Blumen in der Vase mit dem gelblichen, trüb gewordenen Wasser, deren Blütenblätter die gleiche Konsistenz hatten wie die Haut dünner, alter, braungebrannter Frauen unterhalb der Schultern und an den Oberarmen. Die Staubgefäße ragten hoch wie die Beine toter, auf dem Rücken liegender Stubenfliegen. Bilder wie Epiphanien, wie Offenbarungen, beim ersten Nachdenken über ihren Sinn fallen sie in sich zusammen wie modrige Pilze.

Aber diese Fähigkeit zu momenteweise gesteigerter Empfindung geht zusammen mit einer weiteren, nämlich der, zu spüren, wenn die Rede von dir ist, von deinen Problemen. Sie gleicht einem zusätzlichen Sinn, ähnelt vielleicht dem Instinkt, der Tiere vor bevorstehenden Katastrophen warnt und der, atrophiert und verschüttet bei den Menschen, nur manchmal noch in verzweifelten Lagen als ein Echo der Urzeit sich meldet, in der es noch täglich um Leben und Tod ging und nicht mehr nur um Fragen des Überbaus.

Ebenso sicher wie du weißt, daß Ines soeben mit Christine telefoniert und sie für morgen zum Frühstück geladen hat, weißt du auch, daß sie genau deswegen jetzt nicht mehr ins Wohnzimmer kommen wird, um sich zu verabschieden, sondern sich direkt durch den Flur aus der Wohnungstür stehlen wird. Keine Zeit zu verlieren also.

Wortlos und im Schutz seines Krankenstatus wirft er die Karten hin, steht auf und geht zur Tür hinaus. Ines bereits in der Jacke, den Schlüsselbund in der Hand.

Ines, du schuldest mir was. Sie sieht dich fragend an. Ich mache dir keine Vorwürfe, daß du dich, ohne daß ich davon weiß, mit meiner Frau – meiner Freundin, unterbricht sie ihn, streitet es also nicht ab – zum Frühstück triffst, nachdem du mir gestern unverbrüchliche Freundschaft bekundet hast, aber – aber was? – du gibst mir eine halbe Stunde ab. Ich bin morgen um acht hier, ich krieg sie ja sonst nicht zu fassen, und – Charly, ich weiß nicht, ob das vernünftig ist – nicht dein Bier. Das geht nur uns zwei was an. Du verziehst dich ins Wohnzimmer und gibst uns eine halbe Stunde, um uns auszusprechen. Ich mache keinen Skandal, und nach einer halben Stunde bin ich weg. Einverstanden? Im übrigen ganz gleich. Ich komme. Und ruf sie jetzt nicht an, um sie vorzuwarnen. Das bist du unserer Freundschaft wirklich schuldig.

Willst du quatschen oder skaten? ruft Jobsts Stimme aus dem Nebenzimmer.

Bitte, sagt Charly.

In Ordnung. Obwohl ich nicht glaube … Aber gut. Viel Glück. Sie küßt dich und geht.

*

Die schlimmsten Alpträume sind oft nicht die, in denen man verfolgt, zu Tode erschrocken, als schuldig sich erkennend mit vollem Traumbewußtsein gefangen ist in einem verzerrten, verbogenen, umgefärbten, überbelichteten Universum und aus denen man im Moment des Showdowns, des fallenden Richterbeils, der zupackenden Teufelskralle, des über dir zuschlagenden Sargdeckkels schweißgebadet aufschreckt, sondern die, in welchen man in jedem Moment weiß, daß man träumt und sich dennoch nicht aus dem Traum befreien kann, aus seiner Handlung nicht und nicht aus seiner unentrinnbaren Logik. Sie gleichen eher Wahnvorstellungen, schizophrenen Schüben, und das wahrhaft Beängstigende an ihnen ist, daß sie das scheinbar feste Gewebe der Realität aufscheuern und fadenscheinig machen. Wenn man weiß, daß man innerhalb der richtigen in einer falschen gleichzeitigen Dimension stecken kann, ohne sich einem Außenstehenden bemerkbar machen zu können, ohne die Katastrophe, auf die man zusteuert, anhalten zu können, hat man auch nach dem Erwachen einen Bruchteil seines Vertrauens in die Undurchlässigkeit *dieser* Welt verloren.

Auch im Wachzustand existiert diese plötzliche, traumartige Gefangenschaft im Fluß und Strom einer fatalen Logik, und wie im Traum sieht man voraus, was geschehen wird, ohne Einhalt gebieten, auch ohne abspringen zu können, obwohl du ganz eindeutig hier in dieser wohlbekannten Welt bist, wo alles auch ganz anders kommen könnte, wo du neben dir Menschen berühren kannst, die nicht wie du unter demselben schrecklichen Bann leben.

Sie wird also in der Küche von Ines und Jobst geschehen, diese Begegnung, morgen früh, in dieser Küche, in der ihr so oft gesessen und gelacht habt, sie wird in einem voraussehbaren Austausch von Worten, Gesten, Argumenten bestehen, die wie ein fremder Text aus euch tönen werden, und von hinter der Scheibe eurer Augen werdet ihr gegen das Panzerglas hämmern, weinend, werdet euch die Knöchel blutig hämmern, hier sind wir doch, Charly und Christine, hier, die wir uns lieben und das alles gar nicht sagen und uns auch gar nicht trennen wollen, aber davor werden eure Münder diesen letzten Austausch abspielen, eure Körper starr und reglos einander gegenübersitzen wie steinerne Götzenbilder, die Berührung eurer kalten Finger wird schon etwas Fremdes sein, ein Echo langvergangener Tage, ihr werdet das Siegel nicht brechen, dem Ablauf des Rituals nicht Einhalt gebieten können, nicht aufstehen und Ines aus dem Nebenzimmer holen, nicht Hand in Hand in diesen Septembermorgen hinausgehen, es wird beginnen mit deiner Empörung, Christine, von meiner Anwesenheit hier überrumpelt und erpreßt zu werden, es wird weitergehen mit einer müden, lahmen Aufrechnung gegenseitiger Vorwürfe und Rechtfertigungen, kein Wort wird in das andere passen, ihr werdet immer schwermütiger werden, aber die einmal eingeschlagene Richtung und Logik, die der Trennung, die erfüllt werden muß wie eine Weissagung, wie ein Orakel, wird euch wie in dem Traum, aus dem man nicht ausbrechen kann, obwohl kein sichtbarer Stacheldraht durch die Luft gespannt ist, weitertreiben, immer weiter voneinander fort, so daß das Gespräch irgendwann, als müßtet ihr euch die Sätze über weite Distanzen gegen den Wind zurufen, seinen Zusammenhang verloren haben wird, und müde, zerschlagen, tieftraurig, entsetzt, verständnislos werdet ihr euch irgendwann die Hand schütteln – so also geht es zu Ende, was so voller Liebe und Hoffnung und Zuversicht begonnen hat, und erst draußen auf der Straße wird die Traumblase irgendwann platzen und die Naht zwischen den Dimensionen sich schließen, als würde ein Reißverschluß zugezogen.

Was dann ist, weißt du nicht oder willst es dir nicht vorstellen, aber bis dahin wird es laufen wie in diesen Alpträumen, in denen dir, der den Strick schon um den Hals hat, plötzlich voller Erleichterung einfällt, ja nur zu träumen, was du dem Scharfrichter auch zurufst, aber der grinst nur und öffnet die Klappe und du fällst und bekommst keine Luft mehr.

Im hallenden Gewölbe des Wachtraums feilst du immer wieder an diesen ersten Sätzen, der Eröffnung, mit der das grausame Spiel beginnen wird. Christine wird sagen, daß sie sofort wieder geht, daß es unfair sei. Und ich, womit werde ich anfangen? Christine, hör zu. Christine, ich will dich nicht bedrängen. Christine, bitte laß uns diese Chance, uns auszusprechen. Und sie wird etwas sagen wie: Es ist alles entschieden. Das mußt du verstehen. Ich kann nicht mehr, ich will nicht mehr. Wir brauchen Abstand. Ich möchte dich nicht mehr sehen. Aber ich, was sage ich? Ich werde etwas sagen wie: Laß uns diesen Alptraum vergessen und von vorn anfangen. Ich liebe dich doch noch. Du kannst doch nicht einfach so aufgehört haben, mich zu lieben, wie man einen Schalter umknipst. Ich möchte mit dir ein Haus bauen/alt werden/Kinder kriegen. Und sie wird etwas sagen wie: Ich will leben/mich finden/mich verwirklichen. Ich ersticke/ich komme nicht vorwärts. Du achtest mich nicht/nimmst mich nicht ernst/interessierst dich nicht für mich. Und ich werde etwas sagen wie: Laß uns alles in Ruhe bereden. Laß uns meinetwegen eine Auszeit nehmen. Sag mir nur, daß du noch etwas für mich empfindest. Und sie wird etwas sagen wie: Natürlich empfinde ich noch etwas für dich, Charly, aber nicht mehr die Liebe und das Vertrauen, aus denen man die Zukunft baut. Und ich werde etwas sagen wie: Laß mich dir beweisen, daß ich mich ändern kann/geändert habe. Und sie wird sagen. Und ich werde sagen. Die halbe Nacht durch, unterbrochen von kurzen Schlaf- und Traumphasen, in denen das Gegrübel diabolisch verzerrt weitergeht: Und sie wird etwas sagen wie: Ich brauche das, ich traue mich Sachen mit ihm, die ich mit dir nie getan hätte, ich bin völlig schamlos und stolz darauf. Und du: Ich habe Ines gevögelt an unserem Hochzeitstag. Und sie: O Gott, alles hätte wieder gut werden können, wenn du das nicht getan hättest. Ich: Habe ich doch auch nicht, das war doch im Traum. Sie: Kein Traum, ich habe es doch gerochen, und Ines hat es mir erzählt. Ich: Doch, es ist ein Traum! Warte, gleich bin ich wach!

Das Schlimmste ist, daß du im Grunde nicht daran glaubst, es gebe irgendeine Hoffnung für euch zwei, du hast es gar nicht ernsthaft versucht, etwas zu kitten oder sie zu überreden und zu überzeugen, und du wirst es auch nicht tun, weil du sie nämlich ernstnimmst und das, was ein außenstehender Beobachter womöglich als eine Laune, jedenfalls nicht als unumstößliche Entscheidung ansähe, unwillkürlich (und daher auch der Schockzustand) als ein Urteil, ein Gottesurteil, eine amtliche Festsetzung aus höherer Vernunft akzeptiert hast.

Bittet einen ein Fremder, ein Fenster zu schließen, weil er die Zugluft nicht erträgt, kommt man dieser Aufforderung sofort nach, wogegen wir dem Menschen, den wir lieben und mit dem wir leben auf die gleiche Bitte leichthin antworten: Rutsch mir den Buckel runter, ich will jetzt nicht aufstehen. Oder: Mir ist aber sonst zu heiß. Sagt uns der Fremde dagegen: Ich bin so depressiv, ich werde mich umbringen, so antworten wir: hm oder wie schlimm, wenden uns ab und denken: Tu, was du nicht lassen kannst. Sagt die oder der Geliebte jedoch einen solchen Satz, überläuft es uns kalt, und wir sind sofort bereit, Himmel und Hölle in Bewegung zu setzen, um zu helfen. Das kommt daher,

daß wir spüren, wann der Mensch, den wir kennen, es ernst-
meint. Und sagt er zu uns: Ich verlasse dich, dann mag uns der
Schock fast um den Verstand bringen, aber wir wissen, daß der
Satz wahr ist – wissen es vielleicht mit größerer Sicherheit als
der, der ihn ausspricht. Und es ist gerade unsere Liebe, die gegen
ihre eigenen Interessen arbeitet, indem sie, sich selbst die Treue
haltend, die Überzeugung des Geliebten sogar gegen dessen Willen ernstnimmt, statt zu versuchen, seinen Satz als Irrtum und
Unwahrheit zu entlarven. Immer vorausgesetzt, die Perpetuierung
ihrer selbst gehört zu den tatsächlichen Interessen der Liebe.

Du erwachst zerschlagen, verschwitzt, mit schlechtem Geschmack im Mund, aber hellwach, gefaßt, die Angst brodelt
nicht mehr in dir, sie hat sich zu einem festen Klumpen kristalli-
siert. Du duschst, wäschst dir die Haare, rasierst dich, ziehst frische, saubere Kleidung an, ein weißes Hemd. Das erinnert dich
an die Szene am frühen Morgen des Exekutionstages in diesem
Film mit Delon, zu Unrecht zum Tode verurteilt, wie er ein strahlend weißes, sauber gestärktes, gebügeltes Hemd bekommt zu
seiner Ermordung, wie er auf der Pritsche sitzt in dem düsteren
Warteraum, nur das Oberhemd strahlt hell wie ein Engel, wie
man ihm die Hände auf den Rücken fesselt, ihn an einer letzten Zigarette ziehen läßt, wie man ihm dann den Kragen des frischen Hemdes, das er soeben erst angezogen hat, mit der Schere
abschneidet. (Wozu eigentlich? Damit keine Stoffetzen in die
Wunde des Halsstumpfs kommen und dem Körper der kopflosen
Leiche auch noch eine Sepsis verpassen?) Wie er durch den dunklen Gang geleitet, geführt, geschleppt wird, an dessen Ende sich
eine Öffnung auf den hochummauerten Innenhof des Gefäng-
nisses auftut, wo gleich einer vertikal aufstrebenden gotischen
Kathedrale das Schafott emporragt, dessen dreieckige Schneide
im Licht glänzt wie das zähnebleckende Lächeln Gottes.

Und genauso wie der Weg durch diesen düsteren Gang, auf
dem man nur das Geräusch der eigenen Schritte, des eigenen
Atems, das Rauschen des eigenen Blutes hört, verläuft die Auto-
fahrt zu Ines, die er nicht und kein Zeichen vom Himmel aufhält,
unterbricht, verlangsamt, ungeschehen macht. Er ist früh aufge-

standen, er kennt die Strecke auswendig, die dennoch fremd und unbekannt wirkt, desgleichen die vertraute Wohnung, desgleichen Ines' Stimme.

Es läuft dann alles fast genauso ab wie vorausgesehen, vorausgelebt, kein Handschlag zum Schluß, sondern eine Umarmung, Wange an Wange. Beim Hinausgehen eine seltsame Leichtigkeit, ähnlich der, mit der man die Zahnarztpraxis verläßt und im Treppenhaus den Geruch nach Desinfektionsmitteln riecht, der absurderweise in diesem Moment der Geruch der Freiheit ist. Die Narkose wirkt noch nach, aber es gab keinen Schmerz, und die Angst vor Schmerzen, die sich nicht ausleben konnte, entweicht zischend aus dem Bewußtsein in einem Schwall freudloser Erleichterung.

Der Schwung dieser Erleichterung erneuert und verlängert sich, sobald er im Auto sitzt und losfährt. Die Bebelallee hinunter zum Fährhaus und dort, weil die Ampel gerade grün ist, nach links zum Winterhuder Marktplatz und dort, weil die Ampel gerade grün ist, die Barmbeker hinunter. Das ist nicht dein Nachhauseweg. Aber du hast jetzt auch kein Zuhause mehr. Es ist ein warmer, sonniger Septembermittag. Es hat doch, trotz allem, fast bis zwölf gedauert, beinahe drei Stunden. Er läßt die Seitenscheibe hinabgleiten, legt den Ellbogen auf den Rahmen, zieht die Sonnenbrille aus der Mittelkonsole und setzt sie auf. An der Mundsburg ist grüne Welle Richtung Berliner Tor. Er fährt einfach. Nur nicht anhalten. Keine Ahnung, ob es nur ein Umweg wird oder eine Runde oder ein Ausflug. Eine innere Zentripetalkraft will ihn hinter dem Berliner Tor nach Westen in die Spaldingstraße zwingen, aber die Geradeausampel ist grün, und er fährt stattdessen den häßlichen Heidekampsweg durch Hammerbrook Richtung Süden. Blaue Autobahn-Hinweisschilder. Will ich auf die Autobahn? Tatsache ist, daß ich gar nichts will außer fahren. In Veddel ist die Anschlußstelle. Tatsächlich raufgefahren. Tempo einhundert. Wie ein unartiges Kind, das nach einer verbotenen Tat nicht anders kann, als noch eine weitere zu begehen, beschleunigt er auf hundertvierzig hoch. Lichthupe. Wie sie wegspritzen! Also eine Runde um die Stadt? Ein Tankstop auf der riesigen

Anlage Kirchdorf-Süd im Schatten der Ghettoblocks bringt keine Erklärung, es sei denn, es erklärt etwas, daß du volltankst und beim Losfahren einen gelben Briefkasten siehst, der dich an den Brief auf dem Armaturenbrett erinnert, und du steigst noch einmal aus und wirfst ihn ein. Aber über die Fahrtrichtung sagt das gar nichts. Daß du am Horster Dreieck nach Westen fährst, sagt auch noch nichts, kann die gleiche Zentripetalkraft sein wie vorhin, die dich um die Stadt herum und dann wieder hinein zieht. Daß du auf der Flucht bist, erkennst du erst an, als du beim Buchholzer Dreieck weiter geradeaus fährst, Richtung Bremen, oder weil plötzlich eine Wolke vor der Sonne steht und das kurzfristige Abkühlen und Farbloswerden von allem eine Ernüchterung ist.

Fort. Weg von hier. Kein anderer Gedanke. Konzentriert, entspannt mit hundertvierzig, hundertfünfzig auf der linken Spur, der kleine Finger der linken Hand an der Lichthupe, das linke Bein rechtwinklig, sodaß der Ellbogen auf dem Schenkel ruht. NDR 2-Gedudel. Für die eintönige Landschaft, die von der Straße aus zu sehen ist, entschädigt der norddeutsche Himmel, so weit, so immens. Was wieder die Frage aufwirft, was er hier tut. Die Dialektik der Flucht. Jedes Fort-von-hier ist zugleich auch ein Anderswohin. Jede Flucht ist, da der Zeitpfeil nur in eine Richtung führt, ob du es darauf angelegt hast oder nicht, ein Gewinnen von Neuland. Wenn nicht im Raum, dann doch immer in der Zeit. Vielleicht gibt es Menschen, die ihre Flucht tatsächlich nach vorne offenhalten können, die nur fortwollen und sozusagen mit rückwärtsgewandtem Gesicht die Welle des Neuen auf ihren Rücken klatschen lassen, während sie ins Wasser des Unbekannten waten. Charly gehört nicht zu denen, die diese Spannung lange ertragen könnten. Auf der Höhe von Bremen, als er an der Vitakraft-Fabrik vorbeifährt, muß er wissen, wohin es geht. Auch eine Flucht braucht ein Ziel. Und erst indem er sich diese Frage stellt, beantwortet er zugleich die andere: Er wird also keinen großen Bogen drehen, um heute abend wieder zurück in seiner Wohnung zu sein. Scham und Schock und Depression verlangen Extremes. Charlys Vernunft am Verhandlungstisch sucht nach einem Kompromiß. Als er eine schwarz-rote Charleston-Ente überholt, in der zwei blonde Frauen sitzen, kommt ihm der Gedanke, Thommy in Paris zu besuchen. Das ist so weit fort, daß es die Bewegungsenergie seines Fluchtdranges befriedigen muß, viel weiter, als du je ohne Vorbereitung und Koffer gefahren bist, und doch zugleich ein Ziel, an dem er von einem bekannten Gesicht, einer bekannten Stimme empfangen und untergebracht werden könnte.

Wie lange her, daß ich alleine verreist bin? (Schon denkt er »verreist«, nicht »geflohen«, hat an einer Raststätte mit Thommy telefoniert, der zu Hause ist, sich freut, aufbleiben will, bis er ankommt.) Rückfall in die Jugend. Alles wieder von vorn. Sisyphos' Felsblock ist mal wieder den Berg runtergerollt. Müde. Müde. Und dennoch wach.

Wenn man alleine unterwegs ist, verschafft einem kein Bild, kein Eindruck die Freude, die sie bei einer Reise mit dem geliebten Menschen hervorrufen, aber sie prägen sich ungleich intensiver ein. Beim gemeinsamen Unterwegssein wirkt die Präsenz des Partners wie eine opake Glasscheibe, die zwar die Helligkeit und die Wärme der Eindrücke ins Bewußtsein läßt, nicht aber diese selbst. Oder wie ein Brennglas, das den Lichteinfall bündelt und ihn auf seine Bedeutung für das Paar hin konzentriert, dessen gemeinsame Weltsicht im Grunde ein gegenseitiges Sich-Anblicken im Licht der Umwelt ist. (Dieser Sonnenaufgang, -untergang, Mond, Ausblick wirkt, als sei er nur für uns da, nur für uns so perfekt gemalt – und in der Tat, er dient, ist man zu zweit, zu nichts anderem als zur Selbstvergegenwärtigung.) Ist man aber alleine, funktioniert das blanke Bewußtsein wie ein Reflektor, der die Sinneseindrücke erhellt. Die Kathedrale, das Paar auf dem Bootssteg, die Wolken sind nicht die Kulisse einer Liebesgeschichte und ihre Echos, Verstärker und Assoziationsgeneratoren, sondern sie selbst. Sie werden im Computer des Gehirns nicht vorsortiert und unter Paralipomena unseres soundsovielten Urlaubs abgelegt, sondern treffen auf neutrale Rezeptoren, die sich unvoreingenommen mit ihnen zu beschäftigen haben. Die Kategorisierung unter schön oder häßlich, glücklich stimmend oder traurig erfolgt erst später und ist dann nur als Erinnerung abrufbar, weswegen die Eindrücke im Moment ihres Eintreffens auf der Netzhaut auch keine Freude erwecken können, dafür aber umso genauer analysiert werden.

Ist man allein unterwegs, ist jede fremde Umgebung leer und farblos und wird nur durch unsere Stimmung beseelt. Die niedersächsische und westfälische Parklandschaft, durch die du fährst, erscheint dir als melancholische Landschaft, weil deine Melancholie sie in Sepiafarben sieht, aber das hindert dich nicht, genau zu sehen. Galoppierende Pferde auf gelbem Gras in riesigen Koppeln hinter Pappeln und Weiden. Die hohen Stahlskelette der Hochspannungsmasten, die quer zu aller Landschaft und Bebauung mit den durchhängenden Bündeln der Überlandleitungen eine emotionslose Kette bilden, die vor nichts warnt, zu nichts mahnt, nur den direktesten Weg anzeigt. Wohin? Fort von hier. Die Reihenhaussiedlungen hinter den wie riesige Waffeleisen wirkenden Lärmschutzwänden. Die fremde, zusammengewürfelte Schicksalsgemeinschaft der Reisenden in dem barakkenartigen, nach Bratfett und Rauch riechenden Rasthaus – ein großes Flüchtlingslager mit den Rotkreuzzelten der LKW-Planen draußen auf dem kilometerlangen Parkplatz. Der gigantische fensterlose Kubus des Kraftwerks bei Düren, die Betonkaraffe seines Kühlturms, aus dem eine Säule weißen Wasserdampfs in den blaßvioletten Abendhimmel steigt, stacheldrahtumzäunt und so fremd und bedrohlich wirkend wie ein gefangener, betäubter King Kong. Dämmerung in Belgien unter der Lichtlaube der Autobahnbeleuchtung, in deren Schatten am Straßenrand die ärmlichen Backsteinsiedlungen Walloniens Vorkriegsidylle vorgaukeln. Das verstaubte Zementwerk mit den eingeschlagenen Scheiben in Mons. Schließlich Nacht, und du gerätst langsam in die Anziehungskraft des großen Magneten Paris, der auf der perspektivisch spitzzulaufenden sechsspurigen Autobahn den Lichtstrom der rotleuchtenden Späne immer schneller anzieht.

Warme, stickige Stadtnacht, Fenster runter, fremde Geräusche, Gerüche, du fährst zweimal rechts ran, knipst die Innenbeleuchtung an, orientierst dich mit dem Shell-Atlas, während dicht am Auto füllige schwarze Frauen mit leuchtend bunten Kleidern vorübergleiten und tänzeln und ein Schritt fahrender Korso hupender Autos es fast unmöglich macht, sich wieder in den Verkehrsfluß einzureihen. Schließlich bist du in einer denkbar unpariserischen leeren Straße mit modernen achtstöckigen Häusern, die dich durch die Sonnenbrillen ihrer dunkelbraunen, plexigläsernen Balkonbrüstungen heimlich mustern. In der Mitte eine überirdische U-Bahn-Trasse, hier muß es irgendwo sein.

Ein dunkles langes Mietshaus aus den Dreißigern, sozialer Wohnungsbau, in einem von hohen, aus Zementblöcken gebauten Mauern umfriedeten Grundstück liegt, quer zur Hauptstraße, eine steile Gasse hinab. Links zwei schlafende Clochards auf einem Pappkarton in einer Garageneinfahrt, aus der ein Geruch nach Pisse und aufgestoßenem Schnaps hochsteigt. Das Eisentor unten steht offen. Drei Eingänge, du mußt wieder hochlaufen, an Schattenrissen duftender Büsche und Bäume vorbei. Der richtige Eingang 16c, auf Höhe einer großen Kastanie, deren Laub die Lampe über der Tür von unten her anstrahlt und weiß färbt.

Die Wohnung im ersten Stock: Helligkeit, Wärme, Enge, eine mit brauner Textiltapete ausgeschlagene Höhle, Umarmungen, Geborgenheit, Wein auf dem Tisch in der Küche. Vor dem offenen Fenster wacht die Kastanie. Für Hélène, die auch wachgeblieben ist, eine kleine, dunkelhaarige, zierliche Person, empfindet Charly auf der Stelle die Sympathie, ja die Zuneigung, die nur dort sich in so reiner Form entfaltet, wo im ersten Moment klar ist, daß kein physisches Begehren besteht, eine Form der Erleichterung und der Dankbarkeit dafür, die sich auf den überträgt, der sie hervorruft. Der Fernseher in dem kleinen Wohnzimmer läuft. Spätnachrichten. Mitternachtsjournal. Genscher auf einem Balkon, gestikulierend. Der rasende französische Kommentar unverständlich.

Was ist denn da los?

Genscher in Prag. Hat den Botschaftsflüchtlingen bestätigt, daß sie ausreisen dürfen.

J'aime pas trop ce qui se trame là, sagt Hélène mit skeptisch vorgeschobener Unterlippe.

»Le président de la république, François Mitterrand, s'est dit préoccupé de la situation.«

Was heißt *préoccupé*?

Besorgt.

Besorgt ist er. So! Hm. Schwachsinn!

Na, daß wir uns hier Sorgen machen, ist doch verständlich, sagt Thommy.

Sie reden und reden die halbe Nacht hindurch. Thommy springt immer wieder auf und legt eine weitere französische Platte vor. Beifallheischend. Jetzt hör dir das mal an. Ist das nicht genial? Nougaro hat schon World Music gemacht, da war Paul Simon noch Tom und Jerry. *Nougaro, Jonasz, Souchon, Higelin*, fremde Namen. Thommy mustert ihn mit einer Mischung aus befremdetem Mitleid und neugierigem Neid. Neid worauf? Auf die Erfahrung? Auf das Leid? Steht es etwa in meinem Gesicht? Hab ich etwa graues Haar bekommen über Nacht? Übernächtigt, ja. Wärst du auch nach tausend Kilometern am Stück. Die Freundlichkeit ist im Grunde die Dankbarkeit des Gesunden gegenüber dem Schicksal, die beim Anblick des Kranken ein wenig sühnen will. Ist er ein Kranker? Oder ein Soldat, der von der Front zurückkommt? Kriegsverletzt. Wie ist es da draußen? Die bange Frage des Zivilisten, der sich einerseits bewähren will, andererseits die Hosen voll hat. Thommy, noch nicht so lange in Paris, hat selbst zuviel zu erzählen, um anderen lange zuhören zu können. Frankreich als Ausweg aus der Misere? So hört sichs in manchen Nebensätzen an. Als hätte mich Deutschland die Ehe gekostet. Was, kein Badezimmer? Ein *Cabinet de Toilette*? Aufklappbar wie ein Wandschrank im Schlafzimmer (dieselbe braune Textiltapete, weiße Holzrähmchen, Paradekissen auf dem Bettüberwurf, an der Wand Drucke von Katzen und Boucher – es ist die Wohnung von Hélènes Tante, die sie bewohnen). Nur eine Nische mit Waschbecken. Und wie duscht ihr? Na wie früher: In einen Waschzuber steigen und sich übergießen lassen. Einseifen und wieder übergießen. Thommy schwärmt von der letzten Tour de France. Fignon gegen LeMond, der Beschiß mit dem Triathlon-Lenker, acht Sekunden, acht Sekunden, aber wenn du wissen willst, was Frankreich ausmacht, mußt du die Übertragungen der Flachetappen, stundenlang süße Langeweile, Kameraschwenks durch beschauliche Landschaften, Schlösser, Weizenfelder, Kühe, Pferdekoppeln, gewundene Flüßchen, verschlafene Dörfer, und der Kommentator verliert sich in der unsterblichen Vergangenheit der schlummernden Provinzen mit ihren Königen, Heiligen, Herzögen, großen Franzosen. Hélène ist der erste Mensch seit Tagen, der mich nicht wie einen Kranken oder Invaliden behandelt. Sondern? Wie einen alten Freund. Oder eben neuen Freund. Sie kennt keine Christine, hat mich nie gesehen. Was so viel heißt wie: Ich bin offenbar immer noch ein Mensch. Nichts scheint mir zu fehlen. Lache, höre französische Popmusik, trinke Wein. Herrlich müde. Hier im Wohnzimmer. Die Couch kann ausgeklappt werden. Hélène bezieht sie. Knappe, raumsparende Gesten. Idealfrau. Hausfrau. Trinkt und raucht. Lacht. Krähenfüße um die Augen. Nicht mehr taufrisch. Hat gelebt. Wie spielt eigentlich Bayern unter Heynckes? Hier kriegst du nichts mit von der Bundesliga. Glasgow haben sie gefuckt im Meistercup, aber wer ist schon Glasgow. Glaub trotzdem, da wächst was ran. Den HSV vor kurzem auch weggeputzt. Aber jetzt erklär mir mal das: Bekker Wimbledon und Flushing Meadow und trotzdem nicht Nummer eins. Ein Nest, diese winzige Wohnung. Ganz anders, ganz anders als zu Hause. Gut, die Einrichtung ist von der Tante. Ein Nistkasten. Das liebende Paar. Hoffnung und Sackgasse. Der Fluchttrieb noch nicht versiegt. Morgen Ausflug! Wie begeistert sie zustimmen! Aber erst am Nachmittag. Morgen früh muß Hélène arbeiten. Was, am Samstag? Ja, sie arbeitet in der Marktforschung. Muß eine Telefonumfrage überwachen morgen vormittag. Aber danach. Und wohin? Ans Meer. Die beiden sehen sich an. Bretagne ist zu weit. Fahren wir in die Normandie! Sie reden und reden. Thommy ist skeptisch wegen der Russen. Und wegen der Deutschen. Wieso, bist doch selber einer. Er verzieht das Gesicht. Und deine Tankstelle? Gekündigt. Oh! Das unterbricht den Fluß. Hélène, die ein wenig deutsch versteht, will wissen, ob man leicht wieder einen Job findet in Deutschland. Ich ja. Gelächter. Wieviel hast du zum Schluß eigentlich verdient? Sehen, ob man auf Augenhöhe miteinander spricht. Jetzt mußt du mal zuhören! Damit hat er vorletztes Jahr ein unglaubliches Comeback gehabt. War von seiner Plattenfirma rausgeschmissen worden wegen mangelhafter Verkäufe! So ein Klassiker! Und dann geht er nach New York und nimmt das auf, neue Plattenfirma und Nummer eins! Er redet wie ein Franzose, der seinen Rohmilchkäse anpreist. Gute Automucke, nehmen wir morgen mit.

In der Nacht klopfen und kratzen die Zweige der Kastanie am offenen Fenster. Du bist in Paris. Frühmorgens im Halbschlaf hörst du das Rauschen der Metro, die oben an der Straße aus ihrem Tunnel kommt und mit Metall-auf-Metall-kreischenden Bremsen in die überirdische Haltestelle einfährt. Picpus. Pickpüss.

Auf dem morgendlichen Weg hinab durch die seltsam zerfledderte Stadtrandbebauung kann Charly sich wegen des unaufhörlich redenden und erklärenden Thommy nicht auf sich konzentrieren, allerdings auch nicht wirklich auf ihn. Der Freund ist zugleich Cicerone durch die fremde Stadt und ein schemenhaftes zweites Ich, eine Projektion der eigenen Lebensalternativen, die neben ihm herläuft und sich erklärt und rechtfertigt. Hier unser Gäßchen ist der Sentier de Montempoivre, von da gehen sie bergab durch die Rue de Messidor Richtung Périphérique. Anderthalb- und zweistöckige alte Häuser mit grünen eisernen Fensterläden, in der typischen Knochenfarbe von Paris zwischen grau und beige, je nach Sonneneinstrahlung. Blatternarben abbröckelnden Putzes. Ehemalige oder noch benutzte Eisenbahntrassen, über Brücken, die wie aus eiserner Spitze geklöppelt wirken. Wildbäche, die aus den Kanalisationsgittern entspringen, fließen die Bordsteinkanten entlang, werden an Kreuzungen von grünuniformierten Schwarzen der Pariser Stadtreinigung mittels stauender schmutziger Lappen um die Ecken geleitet. Die Freunde kreuzen eine stark befahrene Straße, die zu beiden Seiten bis an den Horizont von den immergleichen, fünfstöckigen Backsteinhäusern gerahmt wird, deren Fassaden bis zum dritten Stock schwarz sind von den Abgasen. Das ist der Boulevard Soult, erklärt Thommy, das heißt, hier heißt er Boulevard Soult. Ein Teil der sogenannten *Petite Ceinture*. Die geht rund um die

Stadt. Führt auch eine Buslinie einmal rum. Mit der bin ich schon gefahren. Einfach so. Ohne irgendwohin zu wollen. Wie eine Reise durch mehrere Kontinente. Alle paar hundert Meter nach einem anderen Marschall Napoleons benannt. Da gibt es einen Roman, oder besser, es gibt ihn nicht, weil er nie geschrieben wurde, nur der Titel existiert, von einem Säufer, der wunderbar über die Tour de France geschrieben hat dreißig Jahre lang für L'Equipe: *La PC des Maréchaux*. Ein wunderbarer Titel, eigentlich braucht es den Roman dazu gar nicht mehr, das wird er sich auch gedacht haben. Oder irgendwer könnte ihn schreiben. Ich sehe hinter jedem dieser dreckigen Fenster so einen Roman. Auf der anderen Seite der Stadt, im Fünfzehnten, gibt es auch so einen melancholischen Platz, den Square Georges Brassens, da ist jeden Sonntag Bücherflohmarkt, weißt du, Paris ist eine Stadt von wahrhaft saturnischer Melancholie, da habe ich mal einen alten Mann gesehen, der mit seinem Hund spazierenging. Also, ich stelle mir vor, der wohnt da an dem Platz, alleine mit diesem Hund, weißt du, so ein gelber, fetter, mit Ringelschwanz und treuen Augen, die gibts hier zuhauf, die Frage ist, was verbirgt der, was hat der erlebt und gesehen oder gemacht, ach ja, da vorne ist das Freibad, direkt unterhalb des Périphérique. Ist nichts Dolles, hier ist alles ein bißchen runtergekommen im Vergleich zu Deutschland, aber bei der Hitze ...

Einsam ist er. Oder ist das jetzt meine eigene Stimmung beim Anblick dieser fremden, heißen, stickigen, schmutzigen und armseligen Vorstadt, die ich auf ihn projiziere? Er wirkt kleiner, geduckter als früher, aber auch unabhängiger, freier. Ernster. Nicht mehr so spritzig, nicht mehr so unbeschwert. Aber auch zielstrebiger. Als hätte er etwas zu fassen bekommen und wolle es nicht mehr loslassen. Zugleich aber auch, als hätte er Grenzen gesehen, die nicht überwinden zu können er akzeptiert hat. Sehr in seiner eigenen Welt. Nicht mehr wirklich offen. In der Defensive. Genau wie heute nacht kommst du nicht drauf, woran dich das denken läßt.

Weißt du noch, sagt er, als ihr auf dem brüchigen, körnigen Beton der Beckenumrandung liegt, auf euren Frotteehandtü-

chern, im Chlorgeruch des Wassers und dem süßen Duft nach
Sonnenöl und dem Rauschen aus hundert Stimmen und dem
Autoverkehr von der Stadtautobahn, weißt du noch, auf Sylt, als
wir über die Beatles philosophiert haben? Mhm. Jetzt sind wir so
alt wie Lennon, als sie auseinandergegangen sind...

Es ist genau vierundzwanzig Stunden her, daß ich bei Ines am
Küchentisch saß und mir gegenüber Christine. Und jetzt liege ich
in einem schäbigen Freibad in Paris. Dieses Barackenhafte hier
macht Heimweh nach der Hamburger Gediegenheit. Mit welcher
Hochachtung er von seiner Hélène spricht. Die beiden haben
etwas von Philemon und Baucis. Das symbiotische Paar in seiner
Hütte, das die gefallenen Götter aufnimmt und speist und ihnen
zuhört. Weil es sich aus dem Getriebe der Menschheit zurückgezogen hat. Muß man vielleicht in dieser Stadt, die irgendwie
angst macht. Sie sei sein einziger Freund hier, sagt er. Gott, ob
das gutgehen kann.

Sie kommen dann doch erst um vier Uhr los. Hélènes Arbeit
hat länger gedauert als geplant. Schon Spätnachmittag, lange
Schatten überall. Die beiden kindlich begeistert von der Idee, nach
Etretat zu fahren, als könnten sie es nicht auch ohne mich oder
wären zuvor nie auf den Gedanken gekommen. Autobahn nach
Norden. Dann normannische Landstraßen. Die beiden so sehr ein
Paar, daß Charly sich in die Rolle des schweigenden Taxifahrers
zurückzieht, der akkurat seinen Dienst versieht. Kraft und Kom-
fort und rötlich leuchtende Bedienungselemente des Volvo als
vertraute, stumme Kameraden in der Einsamkeit. Einmal überholen sie vier Radfahrer, die hintereinander in einer Linie fahren,
ganz leicht versetzt, Rad an Rad. In hautengen, gelb-weißen Trikots, Schutzhelme auf dem Kopf, wie beim Verfolgungsrennen
oder beim Mannschaftszeitfahren. Alle schätzungsweise in den
Vierzigern. Austrainiert. Hohlwangig, die Schenkel und Waden
voller Sehnen und dicker Adern wie Rennpferde. *Système-U*, sagt
Thommy. Die haben die Trikots von Fignons Rennstall an, eine
Supermarktkette. Wieder das Lied von gestern nacht, das wie ein
Theaterstück mit Schlägen der Pauke eines Schlagzeugcomputers
einsetzt: Bomm! Bomm-Bomm-Bomm! Französischer Rock auf

einer schnurgeraden normannischen Landstraße, gestern um die Zeit noch niedersächsische Ebene und NDR. Die Differenz ist zu groß. Die Bilder überblenden einander, zerfließen. Plötzlich denkt er: Diese Aura von Einsamkeit um Thommy ist ein Programm. Eine seelische Abmagerungs- oder Entschlackungskur. Das ist kein Schicksalsschlag. Der sucht das. Es ist der Versuch, ein unangreifbares Leben zu führen, indem man sich all dessen beraubt, all das ablegt und flieht, woraus einem Leid erwachsen könnte: die Heimat, ihre Sprache, ihre Erinnerungen, ihre Herausforderungen, die Freunde und die Feinde. Wie wenn man in der Hoffnung ins Kloster geht, zu vergessen, daß die Welt draußen weiterexistiert. Er hat das Land gewechselt und glaubt, die Haut zu Hause gelassen zu haben. Aber ob sie ihn vergessen hat? Natürlich kann man es auch so machen wie die vier Radfahrer, die sich selbst davonradeln und sich nach zweihundert Kilometern und einer Bergankunft entkommen sind. Mit leeren Schädeln, einem Puls von 170, Blut spuckend. Fünf ewige, stolze, ausgepumpte Minuten lang. Auf der gigantischen Hängebrücke von Tancarville, hoch in den Lüften über Fluß und Erde, verliert er den Faden, wird ihn aber später beim Abendessen in Etretat wiederfinden.

So sehr dir am Ende der langen Fahrt die enge, kleine Wohnung warm und gemütlich und heimelig wie ein Nest vorkam, bevor deine Augen noch mehr als einen ersten Eindruck von ihr gewonnen hatten, so sehr dir Paris fremd und erdrückend und abstoßend und verkommen erschien, obwohl du außer vier Straßen am östlichen Stadtrand nichts davon gesehen hast, so sehr atmet Etretat auf den ersten Blick Hoffnung, Sehnsucht und zugleich Frieden. Vielleicht empfinden fanatische Einhandsegler in ihren Heimathäfen so. Dabei ist es objektiv eine Sackgasse, eine Endstation. Hier auf dem Parkplatz am Meer vor der tiefstehenden Sonne endet die Straße, endet die Flucht.

Dennoch. Vielleicht liegt es an der Perspektive. Eingeschlossen von den beiden riesigen, weißgrauen, glatten Kreidekalkfelsen mit dem flaumartigen Haaransatz des grünen Bewuchses oben an der Abrißkante, ist es die Perspektive von jemand, der soeben geboren wird, dessen Körper noch in der warmen Bauchhöhle steckt, dessen Kopf aber bereits in die endlose Helligkeit der Welt (des Meers) hinausblickt und gerahmt wird von den Schenkeln der Mutter zu beiden Seiten.

Man kann kaum gehen mit bloßen Füßen auf den dicken Kieseln des Strandes. Das Wasser ist eiskalt. Sieht man hinaus – die Augen ertragen den Blick in die schwache Abendsonne bereits –, ist es unmöglich zu sagen, welche Farbe das unaufhörlich flakkernde, gekräuselte, waschbrettgemusterte Auf- und Abzittern der Wellenhaut hat. Hellgrau-dunkelgrau? Silbern-graugrün? Golden-bronzen? Taubenblau-mausgrau? Türkis-violett? Rosigelfenbeinern? Milchweiß, weißer als weiß, aber was wäre das? Ein Schmelzen? Je länger man hinschaut, desto müder werden einem die Augen. Charly wird immer trauriger und vergnügter. Die winzigen Wellen prallen schlürfend, zischend, fisselnd, gurgelnd gegen die knochenfarbenen, blaßgrünen, rosigen, schwarzgeäderten Steine. Der Wind weht vom Meer, einige Fahnen auf der Promenade knattern, und Schäkel klirren gegen die Fahnenstangen.

Natürlich machen sie einen Spaziergang entlang des Uferwegs, des *Chemin des Douaniers*, hinauf zu den berühmten Felsen. Nachsaison, die wenigen Touristen sind entspannter und besser gekleidet als im Sommer. Charly reicht Hélène die Hand, wenn es steil oder zu steinig für ihre Docksides wird. Sie nimmt sie und dankt mit einem Lächeln.

Aus der Entfernung betrachtet, könnte man von den drei Gestalten, die die Klippe hinaufwandern, der Frau und den beiden Männern, der eine etwas größer als der andere, nicht sagen, in welchem Verhältnis sie zueinander stehen. Die Frau, in stetigem Tempo bergan klimmend, im Rhythmus der Schritte leicht nickend wie eine genügsame, erfahrene Bergziege, scheint die Männer an elastischen Gummibändern zu führen; bald sind sie weiter fort, bald direkt vor und hinter ihr, manchmal reicht der eine, manchmal der andere ihr die Hand. Dann klettert einer weit voraus, wartet auf die anderen oder fällt zurück und bleibt stehen, die Augen mit der Hand beschirmend, um einen Blick auf die Unendlichkeit des Meers oder die tief unten liegende Promenade und die spitzen Giebel der Fachwerkhäuser zu werfen. Etwas Jules und Jimhaftes hat die kleine Gruppe, vielleicht auch wegen des weithin leuchtenden weißen Pullovers der Frau, dessen Rollkragen viel zu weit ist.

Auf der Landseite des *Chemin des Douaniers* liegt oben auf der Hochebene des Kliffs ein Golfplatz, nur ein Weidezaun trennt ihn von dem Pfad. Dicht dahinter steht ein Spieler, die zweirädrige Golftasche neben sich geparkt, auf dem Grün, auf dessen teppichkurzem und dichtem Rasen der Golfball leuchtet wie ein Pilz oder eine seltsame weiße Frucht. Völlig unbeeindruckt von den vorüberkommenden Spaziergängern macht der Mann mehrere Schritte, bückt sich, prüft das Gefälle, den Schnitt, geht dann gemächlich zurück zu seiner Tasche, zieht einen Schläger heraus, postiert sich mit winzigen korrigierenden Schrittchen vor dem Ball (seine Schuhe sind braun mit weißen Kappen), schlägt, und in einer bizarren Kurve um die direkte Linie zwischen Abschlag und Loch rollt der Ball ins Ziel. Mit einem raschen Griff, in dem ebensoviel Beiläufigkeit wie Befriedigung enthalten scheint, nimmt der Spieler den Ball aus dem Loch, packt den Schläger ein und zieht sein Wägelchen weiter Richtung Inland. Als Charly sich wieder zum Meer umdreht, ist die Sonne versunken. Mitten durch das rötliche Farbspiel des Himmels verlaufen zwei schmale hellgrüne Streifen. Das Geschrei der Möwen über der Kante der Klippe ist einen Moment lang ohrenbetäubend.

*

Die Gesichter, die sich jetzt nach Einbruch der Dunkelheit in der Glasscheibe spiegeln, die die Restaurantterrasse vor dem Seewind schützt und die von weißlackierten Pfosten eingefaßt ist, deren Farbe, durchzogen von feinsten Linien und Runzeln, plättchenweise abblättert, sind alle vom Tag in der Sonne und jetzt von der abendliche Kühle rosig überhaucht, als habe der gegen Ende milchig verschwimmende Sonnenuntergang vorhin einen Abdruck auf der Haut von Wangen und Stirn hinterlassen. Charly, ohne die Sonnenbrille, die auf dem Tisch zwischen

Speisekarte und Gläsern liegt, erinnert mit der liegenden Acht etwas blasserer Haut rund um die Augen an einen Automobilrennfahrer der fünfziger oder sechziger Jahre, die nach dem Rennen, wenn sie ihre Schutzbrillen abzogen, eine ebenso leuchtend weiße, pandahafte Zeichnung mitten im ölgeschwärzten Gesicht offenbarten. Fehlt allerdings der Lorbeerkranz um die Schultern.

Das Serviermädchen bringt den Wein heraus und stellt den Kühler neben ihrem Tisch ab. Thommy hat einen *Muscadet sur Lie* bestellt. Sie gießt Charly den Probeschluck ein.

Siehst du, sie merkt gleich, wer hier der Chef ist.

Aber offenbar nicht, wer der Chauffeur ist.

Sehr gut, bringen Sie mir nach Dienstschluß noch eine Flasche davon aufs Zimmer?

Comment...?

Lächelndes Abwinken. Schon gut.

Non non c'est rien. Monsieur fait des blagues, wiegelt Thommy ab.

Während Charly ihr nachsieht, fällt sein Blick auf den Namen des Restaurants auf der Fassade.

Restaurant de la Grève, was heißt das?

Grève? Weiß ich auch nicht. Ich kenn nur *crève,* das heißt Schnupfen oder Grippe im Argot oder als Imperativ: Verreck! *Hélène, grève, ça veut dire quoi?*

Mais voyons! Quand les gens cessent de travailler pour avoir une augmentation, tu le sais bien.

Er schüttelt den Kopf, sie diskutieren kurz, lachen dann. Thommy erklärt: Sie meinte zunächst »Streik«, das stimmt auch, hatte ich ganz vergessen. Aber es heißt eben auch Strand. Sandstrand.

Sandstrand ist ja wohl leicht übertrieben, sagt Charly.

Das Serviermädchen bringt die große Schale mit den Miesmuscheln in Weißwein-Schalottentunke und wünscht guten Appetit. Kommt kurz darauf nochmal mit einem großen Korb Brot und dem grünen Salat, den Charly bestellt hat.

Sag ihr mal, daß sie gut schmecken, ihre Muscheln.

Monsieur dit qu'elles sont délicieuses, les moules.

Sie verschränkt die Arme und lächelt: *Eh ben merci* und geht wieder hinein. Charly blickt ihr hinterher. Vom nahen Strand ist leise die Brandung zu hören, aber das Meer ist nicht mehr zu sehen.

Wie gehts eigentlich Ines? fragt Thommy.

Seit wann interessierst du dich für Ines? Ich weiß noch, wie du mir mal gesagt hast, vor Jahren, daß du den Kontakt abgebrochen hättest und daß man ab und zu seine Bekannten durchgehen und die falschen aussortieren müsse. Und dann hast du gesagt, irgendeine Gestalt aus irgendeinem Buch, das du damals gerade gelesen hast, käme dir tausendmal interessanter und lebendiger und realer vor als Ines.

Genau, und du hast mich daraufhin ein Arschloch geschimpft und gesagt, daß jeder, aber auch wirklich jeder lebendige Mensch doch etwas ganz anderes sei als ein erfundenes Wesen aus Papier.

Und, wie siehst du das heute?

Nicht viel anders als damals. Eher noch stärker. Momentan beispielsweise lese ich einen Roman, einen berühmten, das heißt, einen, von dem du schon vorher weißt, weil du darüber gelesen hast, wer die wichtigen Gestalten sind, die sozusagen unsterblichen, und natürlich bist du gespannt, wann sie auftauchen werden, freust dich darauf, sie kennenzulernen. Also, die Szene spielt sich in einem Hotel hier in der Normandie ab, der Erzähler bemerkt die Ankunft eines Mannes, du fragst dich zuerst: Kann *er* es sein? Er ist es tatsächlich, ganz unauffällig wird er eingeführt zunächst, und plötzlich steht er da, und, glaub es oder nicht, ich hatte das Gefühl, einem großen und wichtigen Augenblick meines Lebens beizuwohnen, es war ein ungeheuer feierlicher Moment, wie ich mich nicht erinnern kann, in den letzten Jahren einen ähnlichen bei einem Menschen aus Fleisch und Blut erlebt zu haben. Ich weiß nicht, wie ichs erklären soll, welchen großen Mann würdest du im Leben gern einmal persönlich kennenlernen?

Hm, McCartney vielleicht oder Coppola oder Piëch oder Mandela?

Gut, dann stell dir vor, du sitzt zu Hause im Sessel, und plötzlich geht die Tür auf und da steht Piëch oder Mandela und sagt: Lieber Herr Renn, jetzt haben wir einen ganzen Abend nur für uns. Der Vergleich hinkt natürlich, aber so ungefähr. Es ist wirklicher, nein, wahrer als die Wirklichkeit. Und vor allem intensiver. Es ist ganz einfach eine andere Wirklichkeit, eine andere Dimension von Wirklichkeit, die Luft ist dort reiner, der Sauerstoffgehalt sozusagen höher ...

Charly nickt. Ich sehe ungefähr, was du meinst, wenn ichs auch nicht nachvollziehen kann.

Dieses ganze Buch ist wie ein verzauberter See. Abends vor dem Einschlafen springe ich hinein und tauche unter den Wasserspiegel der Schrift und verwandle mich gewissermaßen in ein Amphibium der Literatur. Du kriegst noch mit, was oben passiert, aber es erreicht dich nicht mehr. Ich bin als Leser so eine Art Astralleib, schwebe körperlos in diesem anderen, glücklicheren und leidloseren Universum herum.

Glücklich und leidlos aber doch wohl nur, weil du darin wie ein Schatten im Hades bist. Eher so eine Art Nahtoderfahrung, würde ich sagen.

Ja, aber dafür inkarnierst du dich in jeder beliebigen Gestalt des Buches und wirst zu ihr und erlebst ihre Emotionen und Gedanken mit. Das relativiert die eigenen Probleme von da oben, da draußen ganz gründlich, oder wenn es sie nicht relativiert, denn wenn du auftauchst, sind sie ja wieder da, dann läßt es sie dich immerhin vergessen, solange du fort bist. Manchmal, aber das kann ich nicht erklären, inkarnierst du dich nicht in den Leuten, sondern in der Sprache, in den Sätzen ...

So wie beim Musikhören, wenn du in der Musik verschwindest.

Ganz genau! ruft Thommy beglückt, und sie stoßen an und dann noch einmal mit Hélène.

Charly denkt über die Worte des Freundes nach, und dabei fällt ihm auf, daß die Identifizierung mit Frankreich und mit der Literatur demselben Zweck dienen: etwas Objektives zu finden außerhalb seiner selbst, was einem hilft, Schicksalsschläge zu überstehen. Was könnte das für dich sein? Daß du dergleichen brauchst ist erwiesen, nochmal eine solche Woche hältst du nicht durch. Es muß ein Wert sein, ein Wert in sich. Ein Ideal – aber das ist die Liebe auch. Konkreteres. Ein Wissen. Kenntnisse. Es muß etwas sein, das im Moment der Katastrophe stehenbleibt, weil es von der Katastrophe nicht betroffen ist. Aber doch so mit dir verbunden, daß du dich daran festhalten kannst. Ja, es muß etwas sein, das man lernen kann. Der berühmte Tischlerberuf der Intellektuellen.

Wolltest du nicht auch mal Tischler werden? fragt er Thommy.

Der lacht. Ja sicher. Etwas Handfestes. Ein Stuhl. Ein Möbel. Aber es ist wohl doch zu weit weg von mir, als daß ich jemals ernsthafte Anstalten gemacht hätte. Irgendwann habe ich mir dann auch gesagt, daß es im Grunde ja ein Mißtrauensvotum gegen die eigene Passion wäre.

Charly nickt.

Als würde ich *noch was* brauchen. Das standhält...

Was standhalten soll, sagt Charly, muß jedenfalls etwas sein, das nicht im zwischenmenschlichen Bereich liegt. Nicht in den weichen Werten. Es muß eine Anzahl Dinge geben, das heißt, du mußt sie finden, die du beherrschst, kennst, weißt, weiterlernst, liebst, vor denen du Hochachtung hast, die dir Lebenssinn, Erfüllung, Zeitvertreib bieten, wenn –

Nicht unbedingt. Ich meine die weichen Werte. Schau dir Mutter Teresa an oder Franz von Assisi. Für manche Menschen scheint die karitative Liebe durchaus ein Bollwerk sein zu können.

Hm, sagt Charly. Sie stecken sich Zigaretten an. Charly stellt sich vor, wie er in Kalkutta Lepröse pflegt und Erbrochenes aufwischt. Zusammen mit dem Serviermädel, das seine Einladung angenommen, seinen Job hier hingeworfen hat und mitgekommen ist. Abends in der Hitze und dem Lärm der Stadt vögeln wir dann...

Ich habe mal bei Bertrand Russell gelesen, beginnt Thommy wieder, daß es drei menschliche Grundantriebe gebe. Den nach Liebe, den nach Anerkennung und den höchsten, nicht mit dem zweiten zu verwechseln, auch wenn das immer wieder leicht passiert, den dritten nennt er den Wunsch nach Partizipation. Das heißt, wenn ich es recht verstanden habe, den Wunsch, Teil einer über die Zeiten reichenden Kette zu sein, die etwas schafft und verbindet, mitzuarbeiten an einem größeren Ganzen, das über den Tag hinaus Bestand hat.

Interessant, was du da sagst, meint Charly. In diesem Moment gähnt Hélène unwillkürlich, entschuldigt sich lachend, aber der Faden ist gerissen, und es wäre jetzt unhöflich, weiter auf deutsch zu monologisieren. Auch kommt die Kellnerin zum Abräumen und fragt, ob sie noch etwas möchten.

Charly lächelt sie an, deutet auf den Tisch und sagt: *Très bon*, reibt sich dann den Magen. Dann deutet er auf sie: *Très beau*. Es ist zu kompliziert, wenn man die Sprache nicht spricht. Sag ihr, was ich gerne bei ihr bestellen würde, steht leider nicht auf der Karte. (Immer noch sie anblickend bei diesen Worten. Scherzen auf hohem Grund. Er fühlt sich, als gehe er auf dünnem Eis und müsse, geht er noch einen Schritt weiter, unweigerlich einbrechen und im eisigen flaschengrünen Wasser versinken.)

Das Serviermädchen hält inne, die Schüssel mit den Muschelschalen auf dem Unterarm balancierend – es ist Nachsaison, sie ist entspannter, nächste Woche ist ihr Engagement hier zu Ende, sie hat Muße, ein bißchen zu plaudern. Die Intonation der Stimme und der Blick aus langbewimperten Augen von unten herauf ihren Körper hoch haben sie aufhorchen lassen. Sie lächelt verdutzt, neugierig, geschmeichelt, nachdenklich, dann alles abschüttelnd, wie ein Pudel sein nasses Fell ausschüttelt.

Je comprends pas bien ce que Monsieur dit là, c'est quelle langue?

Allemand, sagt Thommy und denkt, daß die Scheu, den Gemeinten direkt anzusprechen, typisch ist für solch ein einfaches Mädchen, aber auch, daß sie sich gewiß für ihn interessiert.

Allemand! Ah bon! Mais j'ai bien l'impression que c'est un petit coquin, Monsieur…

Dein unwillkürlich taxierender Blick. Festes Programm, das ganz unabhängig von deinem Willen und deinem Interesse an der jeweiligen Frau gestartet wird. Wahrscheinlich so etwas wie der automatische Blick zum Himmel, welches Wetter ist, sobald man aus dem Haus tritt, obwohl wir alle seit Jahrhunderten keine Bauern mehr sind. Nur die Richtung unterscheidet wahrscheinlich einen Mann vom andern. Du fängst immer unten an: blasse, schlanke Beine, unbehaart bis auf ein wenig blonden Flaum. Gut. Schlanke Fesseln, wichtig. Nichts schlimmer als Elefantenfüße. Strumpflos in etwas ausgelatschten Halbschuhen, was auf X-Beine oder Senkfüße hindeutet. Nicht schlimm. Das Becken schmal. Fürchterlich sind breite Becken, kurze Beine und dazu dicke Schenkel, die der Slip unter der Hose zu Würsten schnürt. Große Titten für den schmalen Körper. Bestimmt große Warzenhöfe. Wie alt mag sie sein, zwei-, dreiundzwanzig, steht also alles noch. Noch. Im Grunde mag ich ja dicke Titten lieber. Gesicht erst zum Schluß. Hals lang, Pluspunkt. Bißchen kantiges Kinn, bißchen zu große, spitze Nase. Die Haut nicht berühmt. Immerhin weiße Zähne, jetzt, wo sie lächelt, wenn auch nicht ganz gerade. Leider gezupfte Brauen, verdirbt alles, wie die auf solche Ideen kommen können! Dafür schönes dickes Haar, allerdings köterblond. Finger etwas rötlich, muß die hier etwa auch spülen? Um deinen Schwanz? Ja, doch. Glaube, ihr würde es Spaß machen. Hier leben. Dauergast im Hotel. Oder Inhaber? Nach Dienstschluß Spaziergang mit ihr. Oder sie kommt den Berg hoch und holt mich vom Golfen ab. Abends am Strand. Sie bläst mir einen. Danach vögeln im Schlafzimmer. Dann sie raus, damit ich noch in Ruhe fernsehen. Sie bringt mir Tablett mit Frühstück rein. Trägt nur dieses Servierschürzchen. Die großen Brüste. Es ist angerichtet. Und das Ende: Sie hat neuen Vertrag im Süden, wir vögeln nochmal, sagen uns tschüs, nette Erinnerungen. Leichten Herzens vergessen. Meine erste Französin. B-Picture-Leben. Konnte gut blasen. Jemineh.

Was heißt *coquin*, fragt Charly, während die Bedienung nach drinnen geht.

Spitzbube, übersetzt Hélène.

Geiler Bock heißt es, sagt Thommy.

Spitzbube ist schön. Ich glaube, seit zwanzig Jahren hat mich keiner mehr einen Spitzbuben genannt.

Und, was hast du jetzt so vor? fragt Thommy.

Du, wir fahren jetzt zurück, hauen uns in die Falle, morgen früh frühstücken wir nochmal schön mit Baguette und Croissants, und dann mache ich mich auf die Heimfahrt.

Nein, ich dachte eigentlich längerfristig, mit Job und – überhaupt.

Ein Meisterwerk über das Wesen unserer Zeit – von einem der wichtigsten deutschsprachigen Schriftsteller

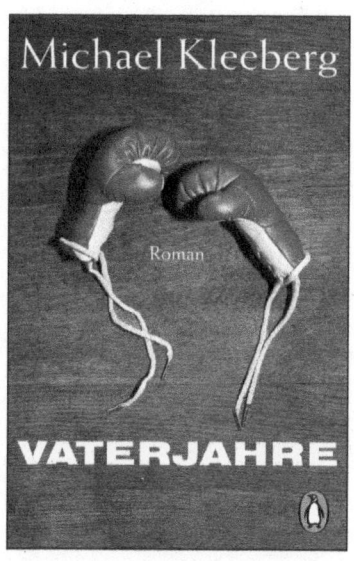

Die Liebe und Sorge eines Vaters, Selbstbehauptung im Beruf, Konfrontation mit Kindheit und Familie, Abgründe der Freundschaft, Verlockungen des Ausbruchs und Einbruch des Todes. Dies ist die Geschichte des mühevollen Reifeprozesses und der Bewährungsproben Karlmann Renns, der sein Leben ohne die Tröstungen der Religion, der Kunst und der Philosophie meistern muss.

Michael Kleeberg gestaltet seine Welt mit vielfältigen Stimmen, Klängen und Rhythmen, durch die multiplen Perspektiven seines Erzählens. Komik und Tragik, Lakonie und Zärtlichkeit – die sprachschöpferische Lust dieses Romans ist grenzenlos.

Der große Gesellschaftsroman von einem der bedeutendsten deutschsprachigen Autoren der Gegenwart

Albert Klein ist gerade einmal zwanzig Jahre alt, als er Anfang der 1980er einer unerfüllten Liebe wegen aus Deutschland flieht. Doch als er gut ein Jahrzehnt später in seine wiedervereinigte Heimat zurückkehrt, erscheint ihm das Land so fremd, dass er gleich weiter nach Prag flieht. Dort schenkt ihm ein Antiquar ein leeres Buch und verspricht: »Was immer Sie hineinschreiben, wird Wirklichkeit geworden sein, wenn Sie das Buch beendet haben.« Das lässt sich Klein nicht zweimal sagen, und so erschreibt er sich ein neues Deutschland des 20. Jahrhunderts …

PENGUIN VERLAG

Ein großes Buch über zwölf Schicksale in einer globalisierten Welt

An einem warmen Sommerabend trifft sich ein Kreis von Freunden in Mühlheim bei Frankfurt. Man versucht, über Freundschaft und Gesellschaft nicht nur nachzudenken, sondern auch Utopien eines anderen Zusammenlebens zu verwirklichen. Dabei: Hermann, einst Doktorand der Philosophie, dann Aussteiger, jetzt Lehrer. Maryam, eine iranische Sängerin, die auswandern musste, weil ihr das Singen verboten wurde. Und Kadmos, ein arabischer Lyriker. In einem Roman in zwölf Büchern – angelehnt an Goethes »West-Östlichen Divan« – erzählt Michael Kleeberg auf virtuose Weise ihre Geschichten und begibt sich zu den Wurzeln ihrer Kulturen.

🐧 **PENGUIN** VERLAG

**»Ein meisterhaft komponierter Roman voll
erschütternder und unvergesslicher Szenen.«**
BUCHMAGAZIN

Paris, im Winter 1991. Hélène steht in der Empfangshalle
des amerikanischen Hospitals, als vor ihr ein Mann zusammenbricht. Sein Blick brennt sich in ihre Augen. Das ist die
erste Begegnung zwischen der dreißigjährigen Pariserin und
dem Amerikaner David. Die beiden vom Schicksal Gebeu-
telten freunden sich an und stützen einander auf ihrer
schmerzhaften Suche nach der Wahrheit über sich selbst.

Michael Kleeberg verwebt eindringlich Zeitgeschicht-
liches und Privates, die seelischen Qualen des Krieges
und die körperlichen des unerfüllten Kinderwunschs
mit der dichten Atmosphäre der Stadt Paris.

 **PENGUIN** VERLAG